우리 시대의 작가

존 버거의 생애와 작업

A Writer of Our Time. The Life and Work of John Berger

First published by Verso 2018
ⓒ Joshua Sperling 2018
All rights reserved.
published by arrangement with Verso (The imprint of New Left Books).

John Berger

우리 시대의 작가

존 버거의 생애와 작업

창비
Media Changbi

조슈아 스펄링 지음
장호연 옮김

나의 첫 번째 스승이었던 부모님에게

그리고 에이미에게

자신의 노력만으로는 결코 살지 못한다.
혼자서는 결코 살지 못한다.
우리의 가장 내밀하고 가장 개인적인 사고도
수많은 연결고리에 의해 세상의 사고와
맞닿아 있기 때문이다.

- 빅토르 세르주

차례

들어가며: 변증법과 배나무   9

1장 리얼리즘을 위한 전투   39

2장 헌신의 위기   89

3장 예술과 혁명   127

4장 말과 이미지   183

5장 모더니즘에 축배를   235

6장 우정의 작업   273

7장 이데올로기를 넘어   315

8장 골짜기의 모습   363

감사의 말   406

주   410

한국어판 참고문헌   472

찾아보기   476

일러두기

1. 한글 및 외래어, 외국의 인명과 지명, 작품명 등은 국립국어원 표기 원칙을 기준으로 했다.
   단 일부는 관용에 따라 예외를 두었다. 예컨대 존 버거(John Berger)의 영미식 발음은 '존
   버저'로 알려져 있으나, 각국 언어로 다양하게 불리고 있음을 감안해 국내 관행에 따라 '존
   버거'로 표기했다.
2. 존 버거의 저작을 비롯해 국내 소개된 책·영화 등은 가급적 한국어판 제목을 따르고 원제
   를 병기했다.
3. 책·잡지·신문은 『 』, 글·기사는 「 」, 회화·영화·연극 및 텔레비전 프로그램은 〈 〉, 노래·전
   시는 ' '로 표시했다.
4. 본문의 각주는 모두 옮긴이의 것이며, 미주는 원저자의 것이다.

들어가며:
변증법과 배나무

존 버거John Berger는 1962년 영국을 떠났다. 이제까지 살던 삶을 접고 새로운 삶을 시작한 게 이번이 마지막은 아니었다. 만일 그때 글쓰기를 그만두었다면 버거는 『뉴 스테이츠먼New Statesman』에 기고한 젊은 마르크스주의자 미술비평가로만 기억되었을 것이다. 노동당 좌파 주간지에 정기적으로 실린, 자신만만하고 열정적이고 거침없으면서 간결한(한 평자는 "얼굴 붉힘이나 머뭇거림이 없다"고 말했다)[1] 버거의 글은 영국에서 사회주의자가 문화를 이해하는 데 가장 훌륭한 배출구 역할을 했다. 격렬하고 공격적인 냉전 시대 논쟁이 벌어지던 한복판에서 말이다. 당시 논쟁은 이후 잦아들기는 했지만 한 세대에 흔적을 남긴 투쟁이었다.

물론 그는 글쓰기를 그만두지 않았다. 버거가 자신이 개척한 길을 따라 입지를 다진 것은 유럽 대륙으로 건너가면서부터였다. 처음에는 스위스 제네바에 살았고(프랑스 파리와 뤼베롱Luberon 지역에 잠깐 머물기도 했다), 이어 프랑스 오트사부아Haute-Savoie주의 시골에 정착했다. 그의 주제는 자연, 정치, 예술을 오갔다. 그의 도구는 펜, 스케치북, 오토바이였다. 그는 소설, 에세이, 설화(이야기), 그 밖에 분류하기 곤란한 이른바 논픽션을 썼다. 영화, 사진-텍스트, 연극, 방송 일을 거들기도 했다. 버거는 본인 말대로라면 영국 저널리즘의 갑갑한 구속복에서 벗어나려고 영국을 떠났다. 그리고 2017년 세상을 떠났을 때는 세계의 원로라는 지위를 얻었다.

하지만 영국 언론은 이런 그의 새로운 정체성을 딱히 반기지 않았고, 그가 이룩한 업적을 다 인정하지도 않았다. 그들 눈에 버거는 조국을 떠난 지 반세기가 지났어도 여전히 무례한 그때 그 대중 선동가로 비쳤다. 버거가 세상을 떠난 2017년 1월 2일, 도널드 트럼프가 백악관 주인이 되고 영국 유권자들이 유럽연합을 탈퇴하기로 결정한 지 몇 달밖에 안 됐을 때, 버거의 작업과 그가 살았던 역사적 현실의 끈끈한 관계는 여전히 언급되지 않고 넘어갔다. 부고 기사가 연이어 나왔지만, 표준문안으로 작성된 글 대부분이 그를 '논쟁적' 인물로 기억했다. 그는 많은 정치적 논쟁을 일으켜 큐레이터들과 교수들의 반감을 산 미술비평가로, 1972년 부커상을 수상했을 때 상금의 절반을 블랙팬서Black Panthers에 기부하여 부커상 위원회를 면박 준 소설가로, 텔레비전 시리즈 〈다른 방식으로 보기Ways of Seeing〉를 통해 케네스 클라크Kenneth Clark의 아성에 도전한 진행자로 소개됐다. 언론은 항상 대결을 좋아하며 버거는 여기에 자주 불려 나갔다. 실제로 그는 못 말리는 마르크스주의자이자 자칭 혁명가로 농민들과 함께 살고자 떠났지만, 한편으로는 미술에 관해 감동적인 글을 썼다. 이제 아흔 살에 세상을 떠났으니 그에게도 칭송의 말이 건네질 수 있겠다. 어제의 싸움은 역사의 다락방으로 물러났고, 과거의 전투원들은 비현실적일 수도 있는 이상에 활기를 불어넣은 공로로 기억될 차례다. 기득권층은 옛 적의 등을 두드려준다. 그리고 과거는 머나먼 것으로 채색될 수 있다. 그 과거가 오늘 아침 헤드라인에서 지치지 않는 에너지를 과시하고 있을지라도.

이 책의 관점은 정반대다. 과거는 현재에 있고, 과거의 이야기는 힘을 잃지 않았다. 특히 존 버거처럼 해가 바뀌어도 역사 감각과 희망의 원칙에 기대어 앞으로 나아간 작가의 경우에는, 그의 작업을 관통한 흐름이 지금도 계속되고 있을지 모른다. 여러 갈래의 흐름은 서로 연결되기도 하고 겹치기도 하면서 작업 자체를 넘어 손을 뻗는다. 그 흔적을 추적하는 것, 그 흐름이 어디서 나왔는지 혹은 어디로 이어지는지 알아보는 것은 사방으로 확장되는 반세기의 지형을 살펴보는 일이기도 하다. 아무리 눈길을 끄는 논쟁도 긴 여정의 굴곡진 도로에 지나지 않을 수 있다. 그 아래에는 역사적이기도 하고 개인적이기도 한 복잡한 면면이 흐른다. 신문에는 이를 자세히 다룰 지면이 없다.

이를테면 이런 이야기다. 버거가 숨을 거둔 집은 파리에서 7마일 떨어진 바람이 잘 드는 교외의 아파트다. 이곳은 그가 사랑했고 함께 희곡을 쓰기도 했던 소비에트 태생의 작가 넬라 비엘스키Nella Bielski의 집으로, 그는 비엘스키의 소설을 직접 번역한 적도 있다. 수십 년간 버거는 이 집과 동쪽으로 몇

파리 교외 앙토니 자택. 2016년 에릭 하즈(Eric Hadj)의 사진.

캥시 자택에서 즐기는 오후의 에스
프레소. 2012년 버거가 직접 찍은
사진.

시간 거리에 있는 또 다른 집을 오가며 생활했다. 알프스 기슭 언덕에는 밭과 과수원으로 둘러싸인 오두막이 있었는데, 이곳은 버거가 사랑한 또 한 명의 여인, 수십 년간 그의 아내였으며 세 번째 자식의 어머니인 미국인 베벌리 밴크로프트Beverly Bancroft와 함께 살았던 집이다. 이 책에서는 전통적으로 전기傳記가 담당하는 사사로운 영역을 지나치게 깊게 파고들진 않을 것이다. 의사 왕진이나 가정불화는 거의 언급하지 않으며 가끔 겉모습과 본마음의 간극을 살펴보려는 시도를 할 뿐이다. 하지만 버거의 거주 방식에서 짐작할 수 있는 애착의 이중성은 무언가 더 깊은 상징성을 띠었다. 그의 작업은 단순히 도발하는 것이 아니라 훨씬 중요한 의미가 있었다. 긴장과 다중성, 움직임과 열정도 있었다.

언젠가 버거는 독일 태생 극작가 페테르 바이스Peter Weiss(동료 공산주의자, 망명자, 그리고 화가에서 전향한 작가)에 대해 말하면서, 바이스의 자전적 소설들이 "작가의 사적 삶과 공적 삶의 은밀한 차이를 드러내는 데는 관심이 없고, 작가의 내밀한 자아와 그의 시대에 일어난 전례 없는 사건들의 관계에 집착한다"고 했다.[2] 이 책도 비슷한 집착의 산물이다. 논의의 출발점으로 삼은 것은 비평집이 풍부한 상상력을 드러내듯 상상의 산물도 정치적일 수 있다는 확신, 그리고 과거에 역사의 렌즈를 장착하는 것은 과거가 미래를 비추는 빛의 초점을 다시 맞추는 일이기도 하다는 확신이다. 버거는 언젠가 이런 말을 했다. "우리는 각자의 삶을 살 뿐만이 아니라 우리 세기世紀의 열망도 산다."[3]

따라서 이 책은 두 가지 방향을 내다본다. 한편으로는 버거가 나아가는 과정과 그의 여러 창조적 변모에 따른 이해관계를 전체적으로 파악하고자 한다. 다른 한편으로는 그의 사례와 일련의 정치적 분수령을 통해 한 세대를 골치 아프게 했던 거대한 질문을 탐구하고자 한다. 즉 예술의 목적, 창조적 자유의 본질, 헌신의 의미, 현대성과 희망의 관계를 묻는 질문들이다. 이런 질문은 지금도 우리를 곤혹스럽게 한다. 버거는 서른네 살에 『뉴 스테이츠먼』의 한자리를 버리고 영국을 떠나면서, 시간을 가로지르는 연계, 친밀함과 경험의 영역을 가로지르는 연계가 단기적 인과관계의 철칙에서 풀려나기 시작한 활동 장에 들어섰다. 그는 유럽 작가가 되기 위해 대륙으로 건너가는 것이라고 말했다. 결국 그는 인본주의 좌파의 영적 길잡이가 되었다. 양심의 수호자이자 자기 세대에서 전 세계적으로 가장 중요한 목소리 중 하나가 된 것이다.

＊＊＊

　문학이란 무엇인가? 우리는 왜 글을 쓰나? 누구를 위해 쓰나? 이런 질문은 사르트르Jean-Paul Sartre가 잡지 『현대Les Temps Modernes』에서 제기하며 유명세를 타고는 반짝 유행했다 사그라들었다. 그러나 프랑스에서 막 물러난 독일 탱크, 그 밑바탕이 되었던 생각과 감정의 틀은 1945년의 정신이 다른 방면으로 흩어지고 난 한참 뒤에도 버거에게 계속 남아 있었다. 어쩌면 그런 이유로 그는, 우리가 위 질문들에 답하는 데 도움을 줄 수 있는 최고의 안내자인지 모른다. 그의 삶과 작업, 특히 작업을 꼼꼼하게 살펴보면, 현대에 헌신적인 작가로 살아간다는 것이 어떤 의미인지 더 폭넓게 이해할 수 있다. 전례 없는 이주, 극심한 정치적 압박, 끊이지 않는 문화 전쟁, 신념을 위한 계속적인 투쟁이 벌어지던 시대에 그런 질문은 결코 수사적인 것만이 아니었다.

그러나 버거에게 이런 질문은 사르트르 자신이나 그 뒤를 이어 아도르노Theodor W. Adorno가 노력했던 것처럼 오로지 이론 차원에서만 검토할 수 있는 것도 아니었다.[4] 연역演繹할 수 없는 선택이 있다. 헌신은 자세나 입장처럼 의지에 따라 채택할 수 있는 태도로만 볼 수는 없었다. 헌신은 찬성하거나 반대하는 것 이상을 의미했다. 여기에는 노력, 투지, 끈기, 희생이 요구됐다. 헌신은 시간 속에서 일어났다.

영국을 떠나기로 한 것은 버거의 삶에서 가장 결정적이었다. 여기서는 그가 그런 결심을 하기 이전에 내놓은 작업들을 먼저 살펴볼 것이다. 전쟁 이후 1960년대로 접어들기 전까지의 시기, 이제는 희미해진 기억처럼 "망각된 50년대"라고 불리는 이 시기는 화가 존 브랫비John Bratby의 표현에 따르면 영국에서 "배급통장의 색깔과 분위기"가 만연했던 10년간, "전쟁이 끝난 뒤 전반적인 분위기가 삼베옷과 재"*였던 10년간이다.[5] 역사에서 우리 시대와 가깝고도 먼 순간이었다. 새로운 금기와 새로운 자유가 서로 경쟁한 시대였고, 앞으로 보겠지

---

* 구약성서에 나오는 표현으로 삼베옷을 입고 재를 덮어쓴다는 것은 파멸하여 신 앞에서 참회한다는 뜻이다.

만 예술과 정치가 불가분의 관계를 맺으면서도 곧잘 좌절감을 줄 만큼 심하게 얽힌 시대였다. 그 결과 복잡하게 엉킨 모순이 생겨났는데, 이는 버거가 모국을 떠나 일궈낸 걸출한 경력 밖으로 드러나지 않은 근본 구조이기도 했다. 그가 망명 중에 했던 모든 작업은 그 모순 없이는 상상할 수 없다.

영국을 떠난 것이 버거의 삶에서 가장 중대한 결정이었다면, 열여섯 살에 미술을 공부하려고 학교에서 도망친 것은 그 다음으로 중요한 일이었다. 1926년 본파이어 나이트Bonfire Night[*]에 런던 중산계급 부모에게서 태어난 버거는 조숙한 학생이었다. 그와 같은 배경에서 자라나 어릴 때부터 학업에 재능을 보인 영국 남자아이라면, 나중에 옥스퍼드나 케임브리지에 진학해 관리회계사였던 그의 아버지처럼 평판 좋은 직업을 갖는 것이 거의 당연시되었다. 젊었을 때 그의 부모는 이상주의자였다. 어머니 미리엄은 한때 여성 참정권 운동을 했고, 아버지 스탠리는 처음에는 영국성공회 사제가 되려고 했는데 1914년 전쟁이 발발하자 하급 장교로 4년을 꼬박 전선에서 복무했으며, 휴전이 되고 나서도 죽은 자들을 땅에 묻는 일을 도우려고 전선에 남았다. 두 사람은 스토크 뉴잉턴의 중산층 교외에 안온하게 정착해 가정을 이뤘다. 미리엄은 전업주부가 되었고, 스탠리는 강직한 영국 신사의 행실을 완벽하게 갖췄다. 아들은 훗날 아버지를 일러 "올곧고 위엄 있는 사

---

[*] 1605년 잉글랜드 가톨릭교도들이 국회의사당을 폭파하고 국왕을 살해하려 한 '화약 음모 사건'이 실패로 돌아간 것을 기념하는 날로 매년 11월 5일에 축제를 벌인다.

람"이라고도 했지만, 코스트 앤 워크스 회계법인Institute of Cost and Works Accountants의 감독으로 일한 아버지는 "상상할 수 있는 온갖 사기꾼의 모습을 다 갖춘 프론트맨"의 모습을 보이기도 했다.[6] 종합해보면 스탠리는 전쟁으로 마음의 상처를 깊게 입었다. 홀로 간직한 상처였지만 그것은 간접적으로 드러났고 두 아들(존에게는 형이 있었다)의 상상력에 각인됐다. 그 결과 버거가 느꼈을 혼란스러운 감정, 즉 아버지의 고통에 대한 연민과 아버지의 침묵에 대한 분노가 뒤섞인 감정은 이 책에서 반복될 한 모티브의 원동력으로 작용했다. 그는 영국의 여러 멘토들과 아버지 같은 존재들, 심지어 영국 자체에도 애정과 갈등이 교차하는 불편한 관계를 느낀 것이다. 그는 나중에 「자화상 1914-1918」이라는 시에 이렇게 썼다. "나는 죽은 자의 모습을 하고 태어났다 / 머스터드 가스에 감싸인 채로 / 대피호에서 먹고 자라며. (…) 나는 영웅들이 살기에 적합한 세계였다."

여섯 살에 그는 기숙학교에 들어갔다. 처음에는 길퍼드 외곽의 학교였고, 이어 옥스퍼드에 있는 세인트 에드워드 학교 St Edward's School로 옮겼다. 훗날 버거는 인터뷰를 할 때 어린 시절에 대한 말만 나오면 이야기하기를 꺼렸다. 집에서 외로웠다고 하소연하거나(자신을 자주 고아에 비유하곤 했다), 영국 기숙학교의 "더없이 야만적인" 문화를 강조하는 게 고작이었다.[7] 어쩌면 이런 상황을 감당하기 위해 그림을 그리고 시를 썼는지도 모른다. 그가 나중에 주장한 대로 예술은 항상 무기로 사용될 소지가 있다고 한다면, 그는 자기방어용 무기로 가장 먼저 예술을 집었다. 상상을 통해 감각은 확장된다. 경험을 털어놓음으로써 무감각하던 것이 형태를 취한다.

버거는 또한 열심히 읽었다. 하디, 디킨스, 모파상, 체호프, 헤밍웨이는 물론, 크로포트킨을 비롯한 아나키스트의 고전들도 탐독했다. 열네 살에 그는 프리덤 출판사Freedom Press에서 나온 세 권의 소책자를 읽고는 시인이자 비평가 허버트 리드 Herbert Read와 편지를 주고받았다. 그는 (이 책 1장에서 비중 있게 다룰) 연상의 작가에게 자신이 처음으로 쓴 시 몇 편을 보여주고는 의견을 말해달라고 했다. 리드는 비판과 격려가 담긴 답장을 보냈고, 버거는 몇 달 동안 그의 답장을 주머니에 넣고 다녔다. 두 사람이 잡지의 투고란에서 날카롭게 맞서기 한참 전의 일이었다.

우리는 버거의 세인트 에드워드 시절이 얼마나 비참했는지 전모를 결코 알지 못하지만, 훗날 그가 기억하기로는 "파시스트 훈련소" "군 장교와 고문자를 양성하는 훈련소"의 나날이었다.[8] 1942년 더 넓은 세상이 대대적인 파시즘과 전쟁을 벌일 때 그는 그곳을 떠났다. 2년 동안 몰두할 일이 필요했던 그는(열여덟 살에는 군에 징집될 예정이었다), 아버지의 소망을 저버리고 런던 사우샘프턴 로우에 있는 센트럴 스쿨 오브 아트Central School of Art에 장학금을 받고 들어갔다. 새로운 경험이었다. 난생 처음 예술적·문학적 독립을 맛보았고 위험도 겪었다. 그는 전쟁 중인 도시에서 비좁은 하숙집을 오가며 동료 학생과 함께 지냈다. 나중에 털어놓기를 자신이 처음으로 사랑한 여인이라고 했다. "너무나 많은 일이 한꺼번에 들이닥쳤어요." 그는 1942년 그해를 이렇게 기억했다. "폭격이 있었는데, 이 말은 곧 아주아주 짧은 시야로 엄청나게 급박하게 그 시절을 살았다는 뜻입니다. 그리고 나에겐 완전히 새로운 세상인 미술학교가 있었고, 그 친구와 함께 지낸 생활도 있었습니다. 태어나서 처음으로 나 자신이 만든 문제의 해결책을 스스로 선택할 수 있었던 (…) 시기였습니다. 다른 사람들이 나에게 하라고 하는 것들 가운데 하나를 단순히 고르는 게 아니라요."[9]

미술학교, 침실, 전시의 런던, 이 셋은 버거의 미성년기에 중심이 된 무대였다. 1944년 열여덟 살이 된 해에 그는 입대했다. 장교직을 받아들이기로 했다가 첫 훈련을 받고 나서는 거절했다. "어리석고 쩨쩨한 관료주의적 보복" 행위였다고 나중에 밝히기도 했지만, 버거는 일병 계급을 달고 한 훈련소에 배치되었다.[10] 그는 노르망디에서 면제되어 북아일랜드의 작은 항구 도시 발리켈리로 가게 되었고, 거기서 2년 동안 노동계급 사람들과 함께 지냈다. 중산계급 출신으로서는 이례적인 일이었다. 군대에서는 '기타 계급other ranks'이라 불리는 일반 사병들과 접촉하며, 글을 써야 하는 새로운 이유를 찾았다. 훗날 버거는 이렇게 술회했다. "나와 상당히 다른 18년을 살아온 사람들이었지만 나는 그들과 함께 지내는 것을 더 좋아하게 되었습니다." 그중에는 문맹에 가까운 사람도 많아서, 자신들의 여자 친구와 부모에게 전하는 이야기를 그로 하여금 대신 받아 적게 했다.[11] 사실인지 아닌지 확인할 수 없지만 그는 그 역할을 오랫동안 떠맡았다. 이렇게 해서 한때 군인이자 필

경사였던 버거가 제대하고 나서도 가난한 노동계급의 대변자 역할을 계속했다는 신화가 만들어졌다. 수십 년 뒤에 그는, 하루 종일 벌거벗은 여자들을 그릴 수 있어 미술학교에 갔는데, 군에 복무한 경험 덕분에 첼시의 학교에 가서는 주종소鑄鐘所와 공사장에서 일하는 남자들을 그리게 됐다며 농담을 했다.

일찍이 버거에게 사회주의 이념과 문화적 신념을 키워준 것은 고국의 전선과 전후 재건에서 발휘된 단합 정신이었다. 그는 몇 년 뒤 한 라디오 방송에서 이렇게 말했다. "예술을 하기 위해 전쟁이 필요하다는 것은 어불성설이지만, 목적의식과 일체감은 필요한 법입니다."[12] 전후 대중주의가 물러나고 냉전의 편집증적 공포가 들어서자 그런 일체감이 너덜너덜해지기 시작했고, 아울러 1950년대 초의 압박이 추상 대 구상, 자율성 대 목적성, 개인 대 집단의 미학적 논쟁으로 확장되면서 버거는 회화를 버리고 저널리즘에 뛰어들었다. 그는 『뉴 스테이츠먼』에 정기적으로 미술 리뷰를 기고했고, 이십 대 후반에는 일약 스타가 되어 자기 세대에서 가장 총명한 비평가 가운데 한 명으로 사람들 입에 오르내렸다. 그는 달변에 에너지가 넘치고 단호하게 자기 입장을 드러내고 가끔은 위협도 불사하는 비평가였다. 전쟁에서는 전투를 겪지 않았지만 잡지 문화면에서 전투를 치렀다. "비평가로서 예술 작품을 볼 때마다 나는 아리아드네의 실타래처럼 결코 똑바르지 않은 실타래를 잡고, 그것을 초기 르네상스, 피카소Pablo Picasso, 아시아의 '5개년 계획', 우리 기득권층의 역겨운 위선과 감상주의, 그리고 최종적으로 이 나라의 사회주의 혁명과 연결시키고자 노력한다.

유미주의자들이 이런 고백에 달려들어 내가 정치 선전원임을 증명하는 것이라고 말한다면, 나는 그것이 자랑스럽다. 그러나 내 마음과 눈은 변함없이 화가의 마음과 눈이다."[13]

이로써 마르크스주의자 선동가 존 버거가 탄생했다. 60여 년 뒤 공식 부고 기사에서도 이런 모습으로 그를 기렸다. 자신이 오랜 세월 몸담았고 자주 내세우기도 했던 정체성이지만, 이건 그의 여러 목소리 가운데 상대적으로 큰 하나의 목소리일 뿐이었다. 아주 초창기부터 겉으로 드러나는 비타협적인 태도와 내면을 탐구하는 태도 사이에는 항상 긴장이 흘렀고, 최고의 작업들은 이런 긴장에서 나왔다. **그러나 내 마음과 눈은 변함없이 화가의 마음과 눈이다**라는 반전은 그의 생애 프로젝트에서 발생한 모순을 다 담고 있었다.

*　*　*

의미심장하게도 버거는 처음에 라디오 원고를 썼다. 막 성년이 된 그는 전후 사회가 급격하게 민주화되던 시절에 현대적인 통신수단에서 작가로 일했다. 그는 이후에도 기나긴 경력 내내 가급적 많은 청중에게 다가가고자 글을 썼고, 텔레비전에도 자주 출연했다. 그가 방송에서 작업한 평이한 스타일은 폭넓게 설득하고 다가가기 위한 방책이었다. '방송broadcast'이라는 말의 어원을 살펴보면 '여기저기 씨를 뿌린다'는 뜻이다. 버거는 자신의 작업으로 가능한 한 넓은broad 그물을 던졌다cast. 그는 특별한 지식이 없는 사람에게도 가닿을 수 있는 어법을 의도해 글을 썼다.

그리고 1970년대 이후 수많은 학생들에게 버거는 그저 파란색 스크린 앞에서 예술에 대한 이야기를 들려주는 더벅머리 남자였다. 이상한 일이었고, 텔레비전의 힘이었다. 〈다른 방식으로 보기〉(1972)는 수년간 미술학교나 기초 미술사 수업에서 해가 갈수록 문화적 해독제로서 각광받았다. 앞으로 보겠지만 개입은 변화시키는 힘이 있었다. 이후 인문학 커리큘럼에서 핵심으로 자리 잡은 것, 예컨대 발터 벤야민Walter Benjamin의 기술 복제(재생산)에 관한 에세이, 남성적 시선에 관한 페미니즘 비평, 기호학의 광고 해체, 관념적인 천재론에서 유물론적 문화 분석으로의 전환은 버거의 시선, 혀짤배기소리, 주름진 이마를 보며 배우는 학생들의 뇌리에 가장 먼저 충격을 주었다. 그의 카리스마는 일종의 광채였다.

평생에 걸쳐 그는 유혹자로 이름을 날렸다. 개인적인 매력과 지성이 단단히 얽혀 뭇사람을 사로잡았다. 하지만 그는 속마음을 터놓을 수 있는 친구이기도 했다. 존 에스켈John Eskell은 이렇게 말했다. "그는 내가 아는 최고의 청자입니다." 에스켈은 버거가 신경쇠약을 극복하도록 도움을 준 시골 의사로, 나중에 버거가 쓴 가장 감동적이고 울림이 큰 초상 『행운아A Fortunate Man』의 주인공이 되었다. 에스켈은 초상 작가의 모습을 그리며 이렇게 덧붙였다. "그는 모든 사람의 말을 들어요. 사회적 지위가 어떻든 상관하지 않고 말입니다."

그는 지식인에게 관심을 갖는 만큼 농민에게도 관심이 많습니다. 어떤 질문을 받아도 정확히 답하고 싶어 합니다. 한참 생각하다가 마침내 아주 분명한, 한 치의 오차도 없이 진실한 대답을 내놓지요. 자신이 모르거나 이해하지 못한다고 말하는 데 두려움이 없습니다. 그는 사랑하는 것을 삶에서 가장 값어치 있는 일로 여깁니다. 주위 상황에 극히 예민하다는 점에서 신경이 과민한 사람이지만, 신경증 환자처럼 안달복달하는 사람은 아닙니다. 그는 주위에서 벌어지는 모든 일을 대단히 의식합니다. 하루에 여러 시간 글을 쓰도록 습관을 들였고, 공공 도서관에서 자료를 열심히 모으며, 유명한 1911년 판 『브리태니커 백과사전』을 갖고 있으면서 탐독합니다. 항상 논쟁에서 일관된 입장을 취합니다. 러시아의 '시스템', 특히 작가·화가·조각가에 관한 시스템에 반대합니다. (…) 항상 극도로 정중하고 온순한 모습을 보입니다. 이따금 발끈 화를 낼 때가 있는데 주로 가정 문제 때문입니다.[14]

누구나 버거와 한 시간만 지내보면 그가 발끈할 때 말고는 매 순간 고도로 집중하며, 상대의 말에 온전히 귀 기울이고 있음을 확신할 수 있다. 그의 서두르지 않는 예언자 같은 억양이 모든 대화에 전염되어, 상대방 역시 이야기를 하는 중에 평소보다 더 신중하고 무게감 있는 모습이 될 것이다. 유튜브 영상으로 그의 모습을 10분만 본다면 이 말이 어느 정도 이해가 갈 것이다. 개인적인 매력, 겸손함을 갖춘 전문가의 자기 확신, 마음과 눈의 예리한 집중력. 〈다른 방식으로 보기〉 내내 모두가 목도하는 것은 무늬 있는 셔츠와 바지 차림으로 내셔널 갤러리National Gallery나 텔레비전 스튜디오에서, 카라바조Caravaggio를 바라보는 아이들에게 둘러 싸여 있는, 혹은 여성들과 함께 탁자에 둘러앉아 있는 버거의 모습이다.

버거는 나이를 먹으며 사자 같은 아름다움을 갖게 됐다. 로라 키프니스Laura Kipnis는 버거가 유달리 잘생겼기 때문에 남들이 자신을 바라보는 데 익숙해질 수밖에 없었다고 했다. 그런 버거가 응시의 이론가가 된 것은 놀랍지 않다. 쇼맨십을 갖춘 예술계 전문가가 된 것도 그렇다. 버거는 남들에게 보이는 모습의 중요성에 일찌감치 눈을 떴다. 그의 책에 실린 저자 사진은 하나같이 신중하게 고른 것이었다. 일례로 그의 첫 번째 책 미국판을 들 수 있는데, 영국에서 출간된 에세이 모음집 『영원한 빨강Permanent Red』을 미국 사람들을 의식해 『현실을 향하여Toward Reality』라는 온화한 제목의 책으로 바꿔 출간한 것이다. 이 미국판에는 자신감 충만하고 목적의식이 분명해 보이는 삼십 대 남자가 나온다. 자신감이 자만심으로, 확신이 오만으로 비칠 수도 있는 모습이다. 깊게 들어간 눈, 이마에 쌍둥이처럼 파인 주름, 말런 브랜도나 제임스 딘을 의식한 듯 담배를 문 모습, 캔버스 천도 자를 것 같은 날카로운 옷깃. 크노프Knopf 출판사의 마케팅 부서는 자신들이 무엇을 하는지 틀림없이 의식했을 것이다. 책 표지에 실린 사진 때문에 책이 더 많이 팔릴지 누가 알겠는가? 그러나 버거 본인도 알고 있었다. 사람들에게 그런 모습으로 보이고 행동하자, 안경 끼고 책에만 파묻혀 사는 마르크스주의자에게는 닫혔을 문이 열렸다. 그는 그보다 더한 것도 얼마든지 할 수 있었다.

그러나 그는 남들의 시선이 어떻게 자신을 옥죄는 감옥이 될 수 있는지 여러 차원에서 이해했다. 아울러 텔레비전이 아

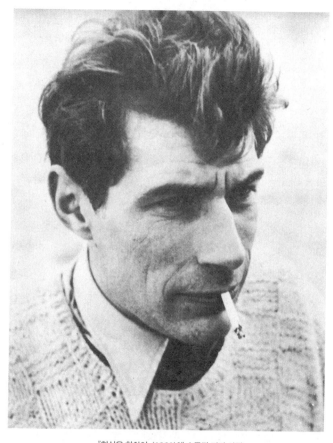

『현실을 향하여』(1960)에 수록된 저자 사진.
존 버거는 "자신의 모습을 소개하는 책이 아니라 주장을 내세우는 책"이라고 밝혔다.

무리 강력하고 보편적인 매체라 해도 그저 또 다른 도피 수단이 될 수 있음을 알았다. 수십 년 동안 〈다른 방식으로 보기〉는 존 버거와 동의어였다. 수익을 얻는 건 나쁠 게 없었지만 쇼(나중에 페이퍼백 책으로도 제작되었다)의 영향력은 장기적으로 그에게 부담이 됐다. 이 텔레비전 시리즈는 그의 인지도를 크게 높인 대표작으로 지금껏 남아 있으나, 맥락에서 떼놓고 보면 그의 업적 전체를 잘못 전달할 수도 있다. 이를테면 첫 에피소드 시작 부분에서 버거가 보티첼리Sandro Botticelli의 〈비너스와 마르스〉 일부만 잘라 소개한 이후 그림의 이 부분만 인쇄되어 돌아다녔는데, 마찬가지로 〈다른 방식으로 보기〉 역시 훨씬 거대하고 변증법적인 파노라마의 한 대목, 가장 유명할지언정 한 대목일 뿐, 전부는 아니었다. 〈비너스와 마르스〉를 아는 사람들에게 깊은 감흥을 주는 것은 단편적인 부분이 아니라 거대한 캔버스다.

제프 다이어Geoff Dyer는 이미 1980년대에 이렇게 주장했다. "글쓰기에 관한 기존의 평판 지도에서 버거의 이름을 더 잘 보이게 표시해야 한다고 주장하는 것으로는 충분하지 않다. 그의 사례는 지도의 형태를 근본적으로 바꿀 것을 촉구한다."[15] 버거의 엄청나게 넓은 관심사는 때로는 정체성의 중심이었고, 때로는 경력에 걸림돌이 되기도 했다. 그는 회화뿐만 아니라 동물, 시위, 농민, 혁명, 의학, 이주, 영화에 대해서도 글을 썼다. 그는 전문 비평가가 고결한 책임감을 느끼는 정전正典 만들기 따위에는 소질이 없었고, 그렇기에 미술비평에서 그의 위치가 여전히 들쑥날쑥한 것도 어찌 보면 어울리는 일이

다. 그의 위상은 이론의 여지가 없지만 작업의 전체적인 의의
는 오해될 때가 많다. 그는 전문주의에 뿌리를 둔 문화에서는
이해하기 어지러울 정도로 여러 분야에 손을 뻗었다. 그래서
〈다른 방식으로 보기〉는 유난히 견제 압박을 받았다. 이 작업
은 일종의 환유로 여겨지거나 나중에 결정적인 무엇이 나올
때까지 잠시 자리를 맡아두는 것으로 여겨졌다.

대중 선동가로 희화화되지 않을 때면 버거는 독특한 박식가
로 칭송받았다. 하지만 이 또한 오해를 부를 수 있다. 학계에
서는 그를 충분히 진지하게 여기지 않지만, 다른 이들은 그에
게 난공불락의 아우라를 씌워 그를 역사에서 탈각시키는 효
과를 가져온다. 그가 남긴 60년간의 작업은 전후 작가를 통틀
어 가장 폭넓은 것이었고 가장 큰 사랑을 받았지만, 한편으로
는 (다이어가 몇 년 뒤에 다시 강조했듯이) 가장 덜 **탐구**되기
도 했다.[16]

이 책에서는 버거를 비평적으로 포착하는 게 그토록 어려운
까닭이야말로 그가 역사적으로 중요해지는 바로 그 지점임을
주장할 것이다. 이를 제대로 인식하려면 그를 역사에, 그의 동
료들에게 돌려주어야 한다. 그러고 나서야 그의 다양한 작업
들이 실험 정신으로 충만한 개인의 표현이라기보다 그 시대
의 철학적 대립항들, 즉 자유와 헌신, 이데올로기와 경험, 말
과 이미지 사이에 다리를 놓으려는 장기간의 시도였음을 이
해할 수 있다. 그가 수행한 작업은 너무 쉽게 당연시되던 범주
구분과 분과 시스템을 교란하는 효과를 빚는다. 우리에게 주
어진 것이 영토이지 그냥 지도는 아님을 상기시킨다. 국경이

그렇듯 학과 사이의 경계란 어떤 풍경에서도 자연스레 나타나는 특징이 아니다.

다행히 모든 독자가 〈다른 방식으로 보기〉로 버거에 입문하지는 않는다. 그의 작업에 이르는 길은 잘 포장되어 있지 않을 때가 많고, 진입 지점은 경력 자체만큼이나 다양하다. 벤 래틀리프Ben Ratliff는 버거에게 다가가는 좋은 방법은 "실수로, 우발적으로 만나거나 엉뚱한 곳에서 그를 발견하는 것"이라 말한다. "계획이나 매개 없이 개인적으로 무작정 발견하는 것, 아무것도 모르는 상태에서 발견하는 것이 아마도 그와 가장 잘 어울리는 방법일 것이다. 커리큘럼에 따르는 식은 아니다. 그는 학교를 좋아하지 않았다!"[17]

***

나는 스물두 살에 존 버거를 처음으로 접했다. 물리학을 공부하러 대학에 갔지만 졸업할 무렵에는 내가 과학자가 되지 못하리라는 것을 알았다. 나는 일 년 동안 돈을 모아 여행을 다녔다. 인도와 네팔을 장기간 여행할 때 카트만두에 있는 프리크 스트리트 인근의 한 중고서점에서 『본다는 것의 의미 About Looking』를 구입했다.

버거의 에세이를 통해 나는 강의실에서 배운 것과 전혀 다르게 세상 보는 방식을 알게 됐다. 그것은 지적인 노동과 기꺼이 경험하려는 자세, 혹은 대지에 뿌리박고 살아가려는 자세 사이에 어떤 모순도 없이 글 쓰고 사유하는 방식, 내가 볼 때는 **살아가는** 방식이었다. 그의 문장에는 형이상학적이면서 동시에 과하지 않게 감각들로 체화된 본능적인 힘이 있었다. 미국의 시인 월트 휘트먼Walt Whitman은 유명한 시에서, 천문학자의 강의를 듣다가 "신비하고 촉촉한 밤공기" 속으로 나와 "가끔 완벽한 침묵에서 하늘의 별들을" 올려다본 경험을 들려준다. 이 시가 출판되고 25년 지나 반 고흐Vincent van Gogh가 비슷한 내용의 그림을 그렸다. 졸업 후 나도 스스로 비슷한 경험을 했다고 느꼈다. 유일무이한 경험이라고 생각지는 않는다. 다들 이십 대 초반에는 갑자기 세상이 이분법적으로 확 다가올 수 있다. 그러나 버거에게서 나는 천문학자와 별을 바라보는 사람을 동시에 보았다.

이후 버거의 글은 나에게 준거점이 되었다. 그의 에세이는 (다른 작가, 시인 그리고 무엇보다 화가를 소개하는) 비판적 입문서 역할을 했을 뿐만 아니라 분석적 충동과 상상적 충동, 즉 이른바 '좌뇌'와 '우뇌'가 호혜적으로 공존할 수 있는 모델이 되었다. 그는 위대한 미술을 이해하기 쉽게 만들었다. 렘브란트Rembrandt Harmenszoon van Rijn와 폴란드 건축가, 카르티에브레송Henri Cartier-Bresson과 배관공, 카라바조와 또 같은 베르가모 출신인 벌목꾼에 대해 썼다. 나는 유럽에서 몇 년을 살며 이런 많은 지역들을 돌아다녔는데, 버거의 책을 항상 들고 다닌 나머지 책이 갈수록 바래고 귀퉁이가 접혔다. 버거의 글은 자연계로, 역사로, 과거의 예술로 안내하는 일종의 휴대용 안내서였다. 그는 친구이자 나중에 내게 알려진바 미디어 이론가로서 나를 세상과 이어주는 **연결점**이었다.

조앤 디디언Joan Didion은 자신의 모교(나의 모교이기도 하다)에서 행한 유명한 강의를 통해, 창조적 작가들에게 이후 클리셰 같은 것이 되어버린, 이념의 세계에 대한 알레르기 반응에 대해 고백했다. 디디언은 특유의 무표정한 말투로 자신이 왜 글을 쓰는지 설명했다. 그녀는 학생 시절을 떠올리며 말했다. "나는 생각하려고 했습니다. 그런데 잘 안됐어요. 내 관심은 어김없이 특정한 것, 구체적인 것으로 돌아갔습니다. (…) 헤겔G.W.F. Hegel 변증법을 사고하려고 애썼지만, 어느새 창문밖에서 활짝 꽃피운 배나무에, 꽃잎이 바닥에 떨어지는 특정한 방식에 몰입해 있는 나 자신을 발견하곤 했습니다."[18]

변증법이냐 배나무냐 하는 선택은 버거라면 결코 최종적이거나 절대적인 것으로 받아들이지 않았을 선택이다. 그는 내가 아는 한, 일반적인 것에 대한 관심과 특정한 것에 대한 관심, 세상에서 정치적·도덕적으로 벌어지는 일과 단순히 창문밖에서 물리적으로 벌어지는 일을 분리하기를 완강히 거부한 유일한 전후 작가다. 그와 같은 계보를 찾으려면 발터 벤야민, 빅토르 세르주Victor Serge, D.H. 로런스D.H. Lawrence 등 양차 대전사이의 세대라든지 그 이전의 톨스토이Lev Tolstoy로 거슬러 올라가야 한다.

버거는 불과 스물여섯 살에 이렇게 말했다. "내가 정치를 예술로 끌어들인 것이 아니라 예술이 나를 정치로 끌어들인 것이다."[19] 정치와 예술은 그의 기나긴 경력에서 쌍둥이 등줄기처럼 이어졌다. 가끔은 구별할 수 없을 만큼 불가분의 관계였고, 둘의 관계의 의미는 계속해서 바뀌면서 유동적으로 출렁였다. 수전 손택Susan Sontag은 버거가 "감각적 세상에 주위를 기울이면서도 양심의 명령에 응답"했다는 점에서 "비할 데 없는" 존재라고 말했다.[20] 제프 다이어는 "버거의 생애와 작업을 지배한 두 관심사란, 세월이 흘러도 변함없는 위대한 예술의 수수께끼와 억압받는 사람들이 살아가는 경험"이라고 정리했다.[21] 이들보다 몇십 년 먼저 앤드루 포지Andrew Forge는, 버거가 매혹적인 선례가 된 것은 그의 꾸준함 때문이 아니라 꾸준하고자 노력하는 그의 모습 때문이라고 썼다. "예술에 대해 글을 쓰면서 그와 같은 책임감을 기꺼이 짊어진 사람은 좀처럼 찾기 어렵다."[22] 버거는 극심한 압박을 받으면서도 여러 층위의 관심을 놓치지 않을 수 있음을 우리에게 보여주었다. 비판적 작가와 창조적 작가 사이에는 제3의 길이 있을 수 있다. 때로는 자기 스스로 선택할 수 있다.

"어쩌면 '천재'라는 말은 적합하지 않을 수도 있다." 1951년 T.S. 엘리엇T.S. Eliot(버거도 초기에 친분이 있었다)은 시몬 베유Simone Weil에 대해 이렇게 말했다. 나는 이 미국 시인이 프랑스 철학자에 대해 한 말은 버거에게도 해당된다고 생각한다. 엘리엇의 말을 계속 인용하자면 이렇다. 베유를 처음으로 접하는 우리의 경험은 "찬성이냐 반대냐 하는 관점에서 표현되어서는 곤란하다. 그녀의 견해에 모두가 전적으로 찬성한다거나, 그녀의 일부 견해에 아무도 격렬하게 반대하지 않는다거나 하는 장면은 상상할 수 없다. 그러나 동의와 거부는 부차적인 문제다. 중요한 것은 위대한 영혼에 접촉하는 것이다".[23]

버거의 글쓰기는 급진적인 환대의 미학을 지지한다는 말이 있다. 실제로 그와 그의 동료들, 특히 장 모르Jean Mohr와 알랭 타너Alain Tanner는 사람을 환대했다. 푸조 자동차를 빌려 프랑스와 스위스의 꾸불꾸불한 도로를 달린 끝에 자신들을 찾아온 젊은 미국인 대학원생인 내게 기꺼이 문을 열어주었으니 말이다. (도중에 스위스에서 받은 신호 위반 딱지 두 장을 아직도 갖고 있는데, 내 책의 주인공에게, 그가 평생 사랑한 속도에 무의식적으로 바치는 경의의 표시다.) 나는 버거 그리고 그의 친구들과 오후를 함께 보내며, 그가 많은 작업을 이루기까지 틀림없이 거쳤을 오랜 논의의 시간이 어땠을지 간접적으로나마 체험할 수 있었다. 대화 도중 버거는 앞으로 확 나섰다가 중립 기어로 바꾸고는 한동안 브레이크 페달에 발을 올려놓은 채 달리면서 조용히 고개를 끄덕였고, 그러다가 생각이 다시 모이면 곧장 속도를 높여 멀리 달아났다. 마치 글쓰기 자체가 두 가지 시간성으로 이루어진 듯했다. 재빠르게 물살을 타는 경험이 있고 나서는, 강물 바닥에 입자들이 가라앉아 책과 상자에 모여 아카이브에 보관된다.

제임스 설터James Salter는 말했다. "삶이 무언가를 이룬다면 그건 책의 페이지가 될 것이다."[24] 버거도 이 말에 동의했을지 궁금하다. 나는 이 책을 쓰고자 사람들, 장소들, 그리고 종이에 기록된 모든 말을 조사했고, 설터의 얘기는 세 번째 항목에 해당한다. 버거는 글에서 공격적으로 군다는 비판을 자주 받았지만, 그의 육필은 펠트펜으로 부드럽게 눌러쓴 흔적이 남아 있는 흘림체였다. 나는 아카이브에서 그가 남긴 메모, 초고, 제본하지 않은 원고를 몇 달 동안 읽었다. 이 말은 곧 내 작업 방식이 얼마나 엄격했는지 웅변하려는 것이기도 하지만,

고백하건대 나는 시간의 침전물에서 은은한 불빛이 떠오르는 것을 보곤 했다. 조사한다는 것은 소생시키는 일이기도 하다. 아카이브에서 상당한 시간을 보내본 사람은 다 알 테지만, 일주일 정도 지나고 나면 묘하고 신비롭고 <u>으스스</u>한 일이 벌어진다. 과거와 친구가 되기 시작하는 것이다.

많은 작가들이 에이전트에게 원고를 넘겨 경매에서 가장 높은 값이 매겨지게 내버려둔다. 버거는 (아내 베벌리가 그를 대신해서 맡아둔) 자신의 원고를 대영도서관British Library에 기증했다. 시골에 있는 헛간에서 평생 일군 원고를 한꺼번에 수확하듯 다 가져가는 조건으로 그렇게 했다. 정리 작업을 맡은 톰 오버턴Tom Overton이 말했듯이 일종의 귀향과도 같은 선물이었다. 버거의 육신은 제네바에 묻혔지만, 그가 평생 남긴 글은 이제 세인트 판크라스 역St Pancras Station 맞은편에 있는 도서관에 보관되어 있다. 그가 처음으로 자기 미래의 가능성에 스스로를 열어두었던 미술학교에서 조금만 걸으면 되는 곳이다.

비행기 여행을 두려워한 버거는 런던을 떠나고 나서도 사실상 유럽에 매인 몸이었다. 런던, 파리, 제네바, 보클뤼즈Vaucluse주, 오트사부아주, 이렇게 다섯 곳이 그의 주요 거처였다. 하지만 나는 문학의 마술에 힘입어 세계 곳곳에서 그의 책을 만났다. 미국 메인주 액자 세공사의 오두막에서, 바르셀로나 젊은 화가의 화실에서, 샌디에이고 내 할머니의 거실에서, 런던과 뉴욕, 델리의 서점에서. 말년의 버거는 자기 말이 언젠가 음향이 울리는 홀이 되리라는 것을 알고 글을 쓴 듯하다. 글 한 줄이 수많은 생각을 촉발하고 메아리를 일으켜, 글 위에 다른 글이 쓰이고 또 쓰이는 날이 오리라는 것을 말이다. 그는 자신의 작업이 길동무를 찾아 각지로 흩어지리라는 것을 본능적으로 알았던 것 같다.

수전 손택은 이런 말을 한 적이 있다. "박식가가 된다는 것은 다른 무엇도 아닌, 모든 것에 관심을 갖는다는 것이다."[25] 버거도 비슷했다. 그는 좀 더 단순하게 말했다. "내가 여러 다양한 것에 대해 글을 썼다면 그건 여러 다양한 것에 관심이 있기 때문이다. 대부분의 사람들이 그렇듯이."[26] 그러나 앞으로 보겠지만 그의 관심의 특성, 어조와 요령은 1970년대 중반 대도시 지식인 담론의 몸통에서 갈라져 나갔다. (어느 정도였는가 하면 손택과 버거가 1980년대 초 텔레비전 대담을 위해 만난 적이 있었는데, 훈훈한 철학적 토론을 기대했던 이 자리는 공통점을 찾으려는 어색한 몸부림 비슷한 것이 되고 말았다. 버거의 유교적 슬로건이 손택의 뉴욕적인 태도와 자꾸 어긋났던 것이다.)

그는 언젠가 인터뷰에서 이렇게 말했다. "이야기를 쓰는 한가지 목적은 사람들을 에워싼 게토에서 그 사람들을 내보내는 것입니다."[27] 지금에 와서 돌아보면 그가 후기에 쓴 에세이들의 지속적인 관심사는 데리다Jacques Derrida에서 들뢰즈Gilles Deleuze에 이르는 포스트모던 사상가들의 관심사와 같다고 할수도 있다. 다만 **스타일**은 전혀 달랐다. 버거의 산문은 어법에서 벗어나는 말장난이나 메타패러독스를 신나게 늘어놓는 대신, 마치 외바퀴 손수레를 밀듯 터덜터덜 나아가는 식이었다. 친구인 로맹 로르케Romain Lorquet가 보클뤼즈주 언덕에 설치한 장소 특정적 조각에 대해 버거가 한 말은 본인의 에세이에도 적용된다. 그는 로르케의 조각이 축어적 의미와 비유적 의미 모두에서 바깥에 속한다고 했다. 사람들은 아웃사이더 미술에 대해 말한다. 그리고 버거는 아웃사이더 이론가였다. 신좌파에서 나온 모든 철학자 가운데 그는 아마도 유일하게 옥외屋外의 기풍을 실행한 사람일 것이다.

이 책의 목표 가운데 하나는 도서관(혹은 아카이브)과 그 바깥을 모두 살면서 경험의 결, 정치의 무게, 예술의 힘, 변덕스럽게 뒤로 갔다 앞으로 갔다 하는 역사의 경로가 어떻게 연결되는지 탐구하는 것이다. 이 책은 존 버거의 삶의 단계에 맞춘 세 폭짜리 그림의 형태를 띤다. 첫 번째 화폭에서는 1950년대 영국에서 저널리스트이자 문화적 투사로 보낸 그의 초창기 경력을 들여다본다. 냉전의 좌절감이 모순의 매듭을 만들어낸 시기였고 그는 이것을 풀어 헤치는 작업을 결코 멈추지 않았다. 두 번째 화폭에서는 버거가 변모한 중기의 모습을 재검토한다. 활기차고 감각적이고 왕성한 생산력을 발휘했던 그의 15년 삶이 전면에 드러난다. 그는 명목상 제네바에 기반을 두고 있었지만 오토바이와 2CV 차를 타고 유럽 곳곳을 돌아다녔다. 1960년대 시대 분위기에 올라타 혁명의 파고가 이어지는 시대의 쇄파에 부딪혀 부서질 때까지 질주했다. 마지막세 번째 화폭에서는 오트사부아주의 언덕으로 그를 따라간다. 이 무렵 우리 시대 신자유주의의 세계화가 고개를 들면서 버거는 (더 이상 혁명가가 아니라) 저항자이자 농민 경험의 기록자로 거듭났다.

이 책 전반에서는 회화, 텔레비전, 문학, 사진, 영화 등 다양한 매체를 다룬다. 각 장은 시기마다 버거를 사로잡은 주된 철학적 질문을 살펴본다. 또한 각 장마다 미술비평, 모더니즘 소설, 다큐멘터리 사진-텍스트, 내러티브 영화 등 각기 다른 **형식**을 중심으로 맴돌며, 모순이라는 문제에 대해 논쟁, 고백, 매체의 결합, 몽타주, 협업 과정, 때로는 몸 쓰는 경험으로 답한 그의 다양한 해법을 알아본다. 버거의 작업은 희귀하고도 특별한 궤도를 띠었다. 그는 성난 젊은이의 전형에서 여행하는 모더니스트가 되더니, 결국에는 완고함과 연민이 떼려야 뗄 수 없이 연결된 이야기꾼으로 살았다.

대다수 우리에게 희망과 절망이라는 닮은꼴의 양극단은 사적으로 규정되고 경험되는 것이다. 버거에게는 그 양극단이, 적어도 그의 작업(공적이고 사적인 것의 프리즘인 작업 자체)을 통해 굴절된 상태로 보자면, 더 큰 정치적 통일체의 상상된 운명과 연결되어 있을 때가 많았다. 폴란드 시인 체스와프 미워시Czesław Miłosz는 "개인적인 것과 역사적인 것이 독특하게 융합"되는 일이 간혹 벌어지면 "공동체 전체에 짐을 지우는 사건들이 한 시인에게는 너무도 개인적으로 다가오는 손길처럼 인식"되기도 한다고 말했다.[28] 버거는 주로 산문을 쓰긴 했지만(그는 달리 할 수 없을 때에만 시로 돌아간다고 말했다), 그가 짊어진 짐과 느낀 손길은 그의 공동체가 세월이 흐르면서 바뀌는 동안에도, 그가 한곳에 정착하거나 전 세계로 다양하게 터를 넓히는 동안에도 변함이 없었다. 따라서 그의 글에 담긴 감정은 좌파의 희망 측정기 내지는 거의 고고학적인 기록으로 읽을 수 있다. 이는 그가 가장 경외했고 관련해 글을 썼으며 희망과 절망, 과거와 미래, 후퇴와 전진의 매개자였던 예술에도 이중으로 반영되어 마찬가지로 작동했다.

버거는 확실히 예술과 정치를 결합하려 했지만, 변화와 연속성의 변증법에 기대어 나아갔다. 그는 모퉁이를 돌 때마다 자신을 새로운 모습으로 단장한 것처럼 보였다. 그러나 한편으로는 한결같은 기본 원칙과 공감대를 진실하게 지켰다. (기억할 것은, 그의 이런 공감이 효율적으로 잘 굴러가는 체제의 일부가 아니었다는 점이다. 제발트W.G. Sebald가 페테르 바이스에게서 발견한 점은 버거에게도 마찬가지로 적용된다. 버거의 정치는 그저 다음 승리를 바라는 것이 아니라 "시간의 종말에 이르렀을 때 희생자들 편에 서겠다는 의지의 표현"이었다.)[29] 60년 넘게 작업하면서 포기나 전향 따위는 없었다. 대신에 그는 변해가는 주위의 역사적 상황에 거의 항상 반응했다. 버거에게 경험이란 가장 참된 지식의 자금이었다. 그리고 지식은 가치 있는 것이 되기 위해 항상 경험에 투여되고 또 사용되어야 했다. 지식은 우리가 자신만만하게든 얌전하게든 역사의 과정 속으로 들어가는 데 도움을 주기 위해 존재하는 것이다.

1장
리얼리즘을 위한 전투

"확실히 젊은 미술비평가 시절에는 소란스럽게 굴었군요."

"정중한 세상에서 소란스럽게 구는 것은 그렇게 어렵지 않았으니까요."

— 1989년 존 버거의 인터뷰

1952년 초 스물다섯 살의 존 버거는 『뉴 스테이츠먼』 필진으로 합류했다. 같은 해 런던의 현대미술연구소 ICAInstitute for Contemporary Arts는 공모전을 열어, 전 세계 미술가들에게 '무명의 정치범'을 기리는 공공 기념비를 제작하는 사업에 기획안을 제출해줄 것을 부탁했다. 상금은 1만 1500파운드였고 장소는 서베를린으로 정해졌다. 선정 위원회에는 헨리 무어Henry Moore, 허버트 리드 같은 몇몇 유명 미술가와 비평가도 포함되었다.[1]

대대적으로 홍보된 공모전의 주제는 "여러 국가와 다양한 정치적 상황에서 용감하게도 자신의 자유와 삶을 인류의 자유라는 대의를 위해 바친 사람들에게 경의를 표하고자" 채택된 것이었다.[2] 이 무렵 냉전이 한창 진행 중이었다. 스탈린Iosif Stalin이 여전히 모스크바를 통치했고, 한국전쟁이 두 번째 해에 접어들었으며, 영국은 오스트레일리아 서해안에서 최초로 핵폭탄을 실험하기 불과 몇 달 전이었다. 그와 같은 분위기에서 ICA가 공언한 중립적 자세는 강요나 마찬가지였다. 위원회는 공모전 주제의 보편적 의의를 강조했지만, 소비에트와 동유럽의 출품을 받아들이지 않았고, 대회를 설계한 두 사람은 유명하고 영향력 있는 미국인이었다. 두 사람 모두 CIA와 은밀한 관계였다는 사실이 나중에 밝혀졌다.[3]

한 해 뒤에 레그 버틀러Reg Butler가 만든 모형이 수상작으로 선정되어 테이트 갤러리Tate Gallery에 전시되었을 때, 상을 둘러싼 정치적 문제의 불똥이 미학의 영역으로 튀었다. 축소 모형으로 제작된 버틀러의 작품은 자코메티Alberto Giacometti 작품을 닮은 세 개의 극소형 인물상을 안테나처럼 생긴 거대한 탑 옆에 왜소하게 배치한 것이었다. 좌파 진영의 많은 사람들에게 벌레처럼 꼬물꼬물한 이 조각은 (여기에 수반된 고상한 축하의 팡파르는 말할 것도 없고) 가식과 위선의 산물로 보였다. 어떤 사람들에게는 노골적으로 철저히 무례한 쇼였다. 3월의 어느 일요일 오후, 라슬로 실바시Laszlo Szilvassy라는 젊은 헝가리 망명자가 미술관 안으로 걸어 들어가 모형을 움켜잡고 뒤틀어 바닥에 내동댕이쳤다. "저 무명의 정치범들은 인간이었고 지금도 인간이다." 실바시는 준비해 간 성명서를 읽었고, 체포될 때 미술관 경비에게 이를 넘겨주었다. "그들을, 죽은 자들의 기억과 산 자들의 고통을 고철로 바꾸는 것은 잿더미나 폐품으로 만드는 것과 다름없는 범죄다. 인간에 대한 애정은 눈 씻고 찾아볼 수 없다."[4]

젊은 버거는 그 순간을 놓치지 않았다. 그는 이미 한 해의 대부분을 ("무의미한""혼란스러운""어림짐작으로 대충 작업

레그 버틀러, 축소 모형으로 제작한 '무명의 정치범', 1951~52년, 런던 테이트 갤러리.

한")[5] 전후 아방가르드에 맞서 싸우고 있었지만 이제 대표적 상징을 만났다. 논쟁의 기준이 된 『뉴 스테이츠먼』 기사에서 그는 ICA의 공모전이 "'공식적인' 서양 현대미술이 이제 파산" 했음을 입증한 "완전한 실패작"이라고 규정했다.[6] "한번 상상 해보자. 한쪽에는 가장 설득력 있고 그야말로 동시대적이면서 적절한 우리 시대 인간의 상징, 즉 무명의 정치범들이 있다. 또 한쪽에는 세 개의 나사와 버스표와 성냥, 구겨진 종이가방 이 놓인 테이트 갤러리 전시대가 있다. 그와 같은 대조 속에서 우리 시대의 존경받는 이른바 진보적이라는 예술이 얼마나 처참하게 실패했는지 볼 수 있다."[7]

이후 미술관을 찾은 많은 방문객들이 버틀러의 축소 모형을 대체하게 된 쓰레기를 마치 실제 수상작인 듯 진지하게 여겼다는 사실은, 버거가 보기에 공모전 전체가 웃음거리였음을 증명하는 것이었다. 그나마 테이트 갤러리에는 폐품을 활용한 레디메이드가 어울리겠지만, 진지한 정치적 맥락에서 그것이 부적절하다는 점은 더없이 '확실'했다.

버거가 공모전의 운영 방식을 질책한 것만큼이나 중요한 것은 그가 공모전의 전제를 거부한 것이다. 기념비를 선정하며 이데올로기적으로 중립인 척하는 일은 실제적으로 잘못일 뿐만 아니라 원칙적으로도 불가능하다. 미학은 결코 정치에서 온전히 자유로울 수 없으며, 자유롭다고 가정하는 것 자체가 이데올로기적 술책이었다. "모든 예술 작품은 당장의 맥락에서는 직접적이거나 간접적으로 무기로 사용될 소지가 있다. 상당한 시간이 흘러 맥락이 바뀌고 나서야만 예술품objets d'art으로서 객관적으로 바라볼 수 있다. (⋯) 타당한 예술은 열정적이고 상당히 단순한 삶에 대한 신념에서 나오기에, 어떤 의미에서는 편협하게 될 소지가 있다."[8]

버거는 "스페인에 투옥된 노동조합원"과 "시베리아의 반反혁명주의자"를 비교하는 등의 수사修辭로 자유주의자 대중을 격분시켰다. 그들은 우선 예술 작품이 더럽혀졌고, 이어 자신들의 가치가 유린되고 있다고 여겼다. ICA가 공세에 나섰다. 위원회의 중립성을 공언했던 허버트 리드는 버거를 소비에트 기관원으로 묘사했다. 『뉴 스테이츠먼』에서 버거의 맞수였던 추상화가 패트릭 헤론Patrick Heron은 그를 속 좁은 선전원이라며 몰아붙였다. 논쟁은 투고란으로 번졌다. 난생 처음 버거는 문화 전쟁의 최전선에 서게 되었다. 한 독자는 이렇게 말했다. "나는 사회주의 현실이 버거 씨에게 보편적인 현실 이상의 것을 의미한다고 생각한다." 또 누군가는 버거의 비평이 "프로파간다로서의 예술이라는 정치적 공식에 바탕을 둔, 선입견 있는 예술 이론에 들어맞도록" 왜곡된 것이라고 몰아붙였다. 공산주의자였다가 변절한 필립 토인비Philip Toynbee는 한 발 더 나아가 마치 경종을 울리는 듯했다. "이것은 우리가 그토록 오랫동안 친숙했던 신어Newspeak*의 배아胚芽다."[9]

* * *

하지만 그토록 오랫동안이란 얼마나 오래일까? 불과 몇 년 전만 하더라도 이런 것은 결코 친숙하지 않았다. 『1984』 초판은 1949년에 출간되었지만, 1950년대 들어 여러 대중적인 판본으로 나오면서 비로소 오웰George Orwell의 비유와 신조어가 사람들에게 널리 알려졌다.[10] 냉전의 편집증적 공포가 들어서고 글로벌 문화 담론이 형성되고 트루먼 독트린이 예술에 영향을 주기 전까지 '사회적 리얼리즘social realism'이라는 꼬리표는 큰 걱정거리나 도화선이 아니었다. 사람들 마음속에는 다른 것이 있었다. 목숨을 잃은 8000만 명, 다시 그려지는 지도와 국경, 폐허로 변해버린 이웃 동네, 처형되는 전범들 소식.

사실상 영국은 사회주의 덕분에 전쟁을 지나올 수 있었다.

---

* 자유로운 생각을 억제하고자 문법과 어휘에 제한을 두고 만든 언어. 조지 오웰의 소설 『1984』에 등장한다.

그렇게 거둔 승리의 기세는 거의 곧바로 새로운 대중주의 정신으로 이어졌다. 1945년 여름, 전승기념일이 지나고 불과 몇 주 뒤에 벌어진 선거에서 노동당이 처칠Winston Churchill의 토리 당에게 압승을 거뒀다. 1906년 이후 처음으로 보수당이 총선거에서 패배했다. 좌파 진영의 많은 사람들은 클레멘트 애틀리Clement Attlee가 총리에 오르자 사회주의 이념이 부분적으로 실현되리라 보았다. 여기에는 국민의료보험National Health Service 실시, 많은 경제 부문의 국유화, 사회복지·교육과 저렴한 주택 보급 확대가 포함됐다. (물론 노동당의 파벌 싸움이 심해지고 결국 1951년 선거에서 패하자, 앞서와 같은 좌파 진영 사람들은 위 과정이 완수되지 못한 것을 사회주의 이념의 배신으로 여겼다.)

버거에게도 전쟁이 끝난 시절은 가능성의 확대를 나타냈다. 훗날 문화적 냉전으로 시끄러워졌을 때 그가 **비평가로서** 두각을 나타냈다면, 전후 통합 시기에는 **예술가로서** 먼저 성년을 맞았다. 그리고 그의 경력에서 이런 두 국면을 나누는 시기는 터무니없이 짧았다. 전쟁으로 런던은 망가졌지만 잔해에서 새싹이 자라고 있었다. 1940년대 말은 묘하게도 평온한 시절이었다. 나중에 버거는 이 시절을 폭풍 사이의 고요함으로 기억했다. 그가 상대적으로 정치에 관여하지 않았을 때였다. 이제 막 스무 살이 된 그는 자신이 그리고 싶은 것을 그렸고, 영화관에 틀어박혀 오후를 보냈다.

1946년에 버거는 다시 문을 연 첼시 미술학교Chelsea School of Art(당시에는 첼시 폴리테크닉Chelsea Polytechnic)에 등록해서 3년을 다녔다. 그의 동급생 가운데 많은 이들이 전투를 겪었다. 전쟁 포로로 잡힌 이들도 있었고, 그처럼 모국에서 복무한 이들도 있었다. 버거는 또래들처럼 군기에서 막 해방되어 독립심을 처음으로 만끽한 열성적이고도 활기찬 무리에 속했다. 휴전이 맺어지면서 그들은 이제 잃어버린 시간을 보충할 수 있었다. 그러나 첼시에서 그들은 새로운 종류의 엄격함에 맞닥뜨렸다. 정물 드로잉, 그리고 '구성'이라 불린 정물 회화는 필수 과목이었다. 학생들이 주제를 받아 종이에 그리면, 선생들이 돌아다니면서 학생들의 진전을 평가했다. 버거는 드로잉에 재능이 있었다. 그리고 왕립미술대학Royal College of Art이나 슬레이드 미술학교Slade School of Fine Art의 교수들처럼 엄격하지는 않았지만, 첼시의 교수들도 여전히 첨단 실험보다는 낡은 구상 원칙을 훨씬 더 신봉했다. 회화를 가르친 교수진에는 에너지가 넘쳤던 웨일스 출신의 세리 리처즈Ceri Richards, 전쟁화가이자 포스터 디자이너였던 해럴드 윌리엄슨Harold Williamson, 버거의 다정한 멘토로 학교 근처에 있는 자기 집을 학생들과 예술가들의 모임 장소로 내주었던 로버트 메들리Robert Medley가 포함되었다. 한때 아방가르드를 열렬하게 추종했던 교수들조차 테크닉에 기반을 둔 기초를 강조했다. 예컨대 메들리는 초현실주의자들과 전시회를 갖기도 했지만, 학생들에게 고전주의에 대한 사랑을 키워주었다고 한다. 그의 영웅은 푸생Nicolas Poussin과 바토Jean Antoine Watteau였다. 버거의 친구이자 동급생이었던 해리 와인버거Harry Weinberger가 나중에 회상하기를, 수업에서는 마티스Henri Matisse가 자신의 손자를 스케치하

존 버거, '영국 축제'에 전시된 〈비계〉, 1950년, 유화, 런던 영국예술위원회.

는 모습을 영상으로 보여주며 '저렇게 그리면 **안 된다**는 예'로서 학생들에게 제시했다고 한다.[11]

첼시 캠퍼스는 영국 미술의 수호자이자 상징인 테이트 갤러리에서 가깝다. 버거는 사실 프랑스에서 본 많은 복제화들, 특히 피카소의 작품에 매료되고 감명받았지만, 그가 다닌 학교는 여전히 자국 미술의 궤도 안에서 움직였다. 이런 경향은 전쟁이 끝나고 애국주의 정서가 득세하면서 한층 강화되었다. 재건은 지역적 조류들, 예컨대 L.S. 로리L.S. Lowry, 월터 시커트Walter Sickert, 스탠리 스펜서Stanley Spencer의 복원을 의미했다. 버거를 비롯한 여러 젊은 화가들에게 특히 영향력이 컸던 것은 전쟁 전에 잠깐 존속했다가 사라진 영국의 유파로, 전통과 자연주의 화풍과 '일상의 시'를 선호했던 유스턴 로드파Euston Road School였다.

버거가 그린 그림들은 이런 일반적인 전통에서 나왔지만 향수에 젖어 있거나 사적인 그림은 아니었다. 그는 대중적이면서도 보다 확신에 찬 주제를 선호했다. 1950년 사우스뱅크 센터에서 자국의 문화와 활력을 드높이고자 '영국 축제Festival of Britain'를 준비했을 때, 스물세 살의 버거는 매일같이 그곳을 찾아 건축업자들의 모습을 캔버스에 담았다. (그 가운데 하나로 건설 시작 단계에 있던 로열 페스티벌 홀Royal Festival Hall을 그린 버거의 〈비계飛階, Scaffolding〉는 나중에 영국예술위원회 소유가 되었다.)[12] 이와 비슷한 작업, 이를테면 브르타뉴의 어부들 그림, 크로이던의 주물공장 노동자들 그림을 통해 버거는 완성된 회화로 나아갔다. 또한 그는 새들러스 웰스 극장Sadler's Wells

Theatre에서 발레 무용수들을 그렸고, 이탈리아를 돌면서 (명백히 샤갈Marc Chagall과 수틴Chaim Soutine의 영향을 받아) 거리 공연자들과 저글링하는 사람들을 그렸다. 젊은 예술가들이 대부분 그렇듯 버거도 다양한 시도를 했다. 하지만 여러 분위기와 주제를 거치며 계속해서 공통의 전제로 되돌아갔다. 그것은 서로 활동을 공유하는 집단의 유대감이었다.

훗날 버거는 자신이 회화를 포기한 이유로 긴장된 지정학적 분위기를 들었다. 예술보다 저널리즘을 통해 더 많은 것을 할 수 있고 더 빨리 할 수 있다는 건 당연하다. 하지만 이는 단순화한 설명이었다. 나이가 들어 과거를 돌아보며 얻은 자각을 더 젊고 머뭇거리던 자아에 부과한 것이다. 그가 나중에 채택한 스토리텔링의 기술은 기억에도 적용되며, 기억은 시간 속에서 서로 뒤섞인다. 스물다섯 살의 그는 여전히 자신의 길을 열심히 찾고 있었다.

미술 공부를 마친 버거는 파트타임으로 정물 드로잉 가르치는 일을 했다. 1948년에는 일러스트레이터이자 동급생인 팻 매리엇Pat Marriot과 결혼했다. 두 사람은 햄스테드의 자그마한 침실 두 개짜리 아파트에서 살았지만 얼마 안 가 이혼했다. 그는 계속 그림을 그리고 전시회를 열었지만 반응은 미미했다. 그는 나중에 이렇게 술회했다. "회화 작품 하나하나가 엄청난 고투였습니다. 나는 재능이 없었고, 당시엔 이렇게 재능이 없으니 화가가 못 된다고 생각하곤 했습니다."[13] 그러나 말솜씨와 글솜씨를 통해 버거는 빠르게 주목받았다. 그림 가르치는 일을 하면서 부업으로 노동자교육협회Workers' Educational

Association 강의 일도 맡았다. 수업을 준비하며 그는 태어나 처음으로 미술사를 진지하게 탐구하기 시작했다. 그 와중에 정치에도 다시 눈을 떴는데, 일찍이 파르티잔과 공산주의자를 선호하던 자신의 무정부주의 성향에서 벗어나고 있었다. 그 입장은 본인이 나중에 설명했듯이 "레닌주의자, 이른바 정통 볼셰비키에 더 가까워졌고, 무정부주의자와는 살짝 거리를 두게 되었다".[14]

버거의 첫 번째 책 리뷰와 전시회 리뷰는 (오웰이 한때 문학 편집자로 있었던) 민주사회주의 신문 『트리뷴*Tribune*』에 실렸다. 1950년에 그는 프로듀서로 일하는 친구의 요청으로 내셔널 갤러리에서 BBC 월드 서비스로 방송되는 미술 강의를 하게 되었다. 그리고 이 라디오 원고를 정리하여 『뉴 스테이츠먼』에 보냈는데, 이것으로 연줄 좋고 성격이 불같기로 유명한 편집자 킹슬리 마틴Kingsley Martin의 눈에 들었다. 1951년에는 『뉴 스테이츠먼』에 짧은 리뷰를 기고하기 시작했고, 1952년에는 잡지의 주요 미술비평가가 되었다. 그의 초창기 글을 읽어보면 소년다운 매력이, 목적을 찾아 나선 열정이 있었다. 그러나 그는 목적을 찾고 나자 소년다움을 벗어던졌다.

그가 찾은 대의의 이름은 **리얼리즘**이었다. 그리고 맞상대는 **모더니즘**이었다. 한쪽에는 이해하기 쉽고 대중적이고 힘이 되는 예술이 있었고, 반대쪽에는 어렵고 난해하고 곧잘 인간혐오를 보이는 예술이 있었다.[15] 20세기가 시작하면서 모더니즘은 승승장구했다. 버지니아 울프Virginia Woolf는 이에 대해 "1910년 12월 즈음에 인간 본성이 변했다"는 유명한 말을 남기기도 했다. 그러나 제1차 세계대전으로 피를 쏟고 나자 인간은 또다시 변한 것 같았다. 다다Dada, 데 스틸De Stijl(신조형주의), 초현실주의가 등장하면서 현대미술은 도를 넘어선 것으로 보였다. 양차 대전 사이에 아방가르드 물결이 몰아치자 많은 전후 비평가들의 마음속에 혼란이 일었다. 오래된 이분법이 새로이 느껴졌다. 회화는 물리적 세계를 그려야 할까, 스스로 물리적 자취를 만들어 보여야 할까? 미술은 제도 내에서 움직여야 할까, 제도에 반기를 들어야 할까? 미술가에게 적절한 주제는 꿈, 형태, 자연, 사회 가운데 어떤 것일까?

제2차 세계대전이 끝나고 그와 같은 질문들이 휩쓸고 가면서 복잡한 감정의 소용돌이를 남겼다. 현대적인 것의 딜레마—현대적인 것이란 무엇이었을까? 어떻게 다시 만들고 재해석할까?—는 누구도 피할 수 없는 듯 보였다. 사람들은 해답을 찾고 있었다. 그리고 파리는 여전히 변화하는 취향의 최전선으로 여겨졌지만(뉴욕이 그와 같은 명성을 빼앗아 간 것은 나중의 일이다), 당시 프랑스 수도에서 벌어지던 현상은 버거뿐만 아니라 영국의 많은 사람들에게 시시해 보였다.

1951년 앤서니 블런트Anthony Blunt가 에콜 드 파리École de Paris*에 대해 쓴 리뷰를 보자. "젊은 프랑스 화가들은 무엇을 하고 있는가, 하는 질문을 항상 듣는다." 블런트는 영국해협을 건너 벌링턴 하우스Burlington House(왕립미술원Royal Academy of Arts이 있

---

* 양식과 유파를 떠나 20세기 전반부에 파리에서 활약한 미술가들을 통칭하는 말.

는 건물)에 온 작품을 살펴보며 생각했다. 그는 자신이 본 것에 실망했다. "지배적인 경향은 다음과 같이 정리할 수 있을 듯하다. 피카소와 마티스의 특징을 결합하려는 절충주의 흐름이 있고, 순수 추상회화를 강하게 지향하는 운동이 있고, 표현주의 성향의 흐름이 있다. 세 번째 것은 주로 색을 통해 드러나지만, 음산하고 흉한 주제를 선택하는 데서도 이런 성향이 살짝 보인다."[16] 블런트는 이런 각각의 경향에 대해 처음부터 삐딱하게 보려는 마음은 전혀 없었지만, 그럼에도 불만족스러웠다. "익숙한 주제를 바탕으로 절묘한 변화를 자주 만들어낸다는 점은 부인할 수 없다. 하지만 이것으로 충분할까?"[17]

버거는 충분하지 않다고 보았다. 『뉴 스테이츠먼』에 처음으로 기고한 글들(1951~52)에서 그는 같은 줄기의 사유를 이어가며 한층 더 밀어붙였고, 덜 머뭇거렸다. 그는 모더니즘이 등장하면서 예술가들과 비평가들이 길을 잃었다고 선언했다. "현대의 운동과 그 모든 하위 분파가 이제 해체된 것이 현실이다. 당파적 규율이 사라지고 이론들 대부분은 마침내 실제에서 엄밀함을 잃었다." 그 대신에 "믿기지 않는 혼란"이 현대 회화를 지배했고, "방법과 목표, 기준의 혼란"이 갤러리의 극단적인 절충주의 취향에서 드러났다.[18] 버거의 말에 따르면, 여전히 최신으로 보이려고 안간힘 쓰는 현대 화가들은 "자신이 존경하는 이들의 개인적 매너리즘"을 피상적으로 모방할 뿐이었다. 그 결과 무의미하고 혼란스럽게 더듬거리는 작품들이 나왔다.[19]

처음부터 버거는 스스로를 황야의 목소리라고 여겼다. 그러나 1952년 초에 왕립영국미술가협회Royal Society of British Artists 갤러리에서 열린 '젊은 현대 작가Young Contemporaries' 전시를 보며 동료를, 그리고 대안을 만났다. 전시장에서 마주친 새로운 리얼리즘 작품은 그에게 흥분과 활력을 선사했다. 600점의 회화는 "예기치 못한 천재성"을 드러내진 않았지만 젊은이들이 공감하고 있는 "공통의 태도"를 보여주었다. 버거의 말에 따르면 학생들의 "퉁명스럽고" "절실한" 회화는 "그럴듯하게 포장하려는 어떤 몸짓도 없이, 자신들이 믿을 수 있다고 여긴 유일한 출처, 바로 자신들의 일상적이고 극히 평범한 경험"에서 나온 것이었다.[20] 학계냐 아방가르드냐 (혹은 자연주의냐 추상이냐) 하는 피곤한 이분법에서 완전히 새로운 무엇이 등장했다. **사회적 리얼리즘**의 전통을 새롭게 갱신한 것이었다. 이 화가들은 사람들이 눈길을 주기보다는 그냥 지나칠 때가 더 많은 "뒤뜰, 철도, 부두, 거리, 청어 어장, 부두의 접의자" 같은 환경을 묘사하며 일상적인 풍경에 명료함과 세심함을 부여했다.[21] 버거가 쓴 리뷰 제목은 희망을 전하는 '미래를 위하여'였다.

새로운 리얼리스트들은 세잔Paul Cézanne 대신 쿠르베Gustave Courbet에게 돌아갔다고 버거는 말했다. 어떤 면에서 버거의 비평도 그랬다. 그는 동시대적인 것, 구체적인 것, 흔한 것, 따분한 것의 중요성을 강조했다. 그는 예술가들에게 화실에서 나와 거리로, 사회적 커먼즈commons*로 뛰어들고, 선입견 없이 장

---

* 국가와 시장을 벗어나거나 혹은 이와 중첩된 공공의 영역. 공유, 공유지, 공유 자원, 공공성 등을 뜻한다.

식에 기대지 않으면서 스스로 발견한 것을 살펴보도록 촉구
했다. 화가가 된다는 것은 관찰하고 받아들이고 뛰어들고 열
린 마음으로 발견하는 것임을 그는 거듭 강조했다. 그러고는
이렇게 말했다. "예술은 소통의 수단이지만 본질적으로 상상
의 수단이다. 예술에서 상상이란 존재하는 것을 찾아내고 드
러내는 능력으로 이루어진다."[22] (똑같은 기조의 논점이 프랜
시스 베이컨Francis Bacon 작품에 대한 그의 극렬한 거부반응에
서 부정적인 방식으로 나타났다. 베이컨은 버거가 콕 집어 공
격한 첫 번째 화가였고 수십 년 동안 몹시도 싫은 사람bête noire
으로 남았다. 버거에 따르면 베이컨은 "연출에 능한 감독"이
지 "독창적인 예술가"는 아니었다. "그의 작품에는 시각적 발
견을 이루어낸 증거가 없고, 그저 기발하고 솜씨 좋은 배치만"
보인다는 것이다.)[23]

오늘날 리얼리즘이라 하면 학문적으로 연상될 수 있지만,
당시 리얼리즘은 감정을 깊이 뒤흔드는 개념이었다. 이탈리아
와 프랑스에서는 공산당이 그 미학을 옹호하고 나서면서 이
미 '투쟁의 말'이 되었다. 그러나 전후 10년간 영국 공산당은
영향력이 일천하고 제대로 된 문화 프로그램을 갖추지 못한
상황이었다. 따라서 공산당 소속은 아니었어도 그 대의에 공
감하던 버거 역시 적어도 한동안은 정치적 레이더를 피해 활
동할 수 있었다.[24] 그가 내비친 정서에 좌파를 넘어 많은 사람
들이 공감했다. 전후 대중은 자기 모습을 보고 싶어 했고 또
남들이 보아주기를 바랐다. 몇 달 만에 버거의 리뷰는 널리 읽
히고 논의되었다. 그는 유달리 충성스러운 독자층을 금세 얻

었다. 어느 정도였느냐 하면, 갑자기 그에게 여러 문이 열리더니 1952년 여름에는 적절한 타이밍과 우연에 힘입어 자신의 전시회를 직접 기획할 수 있는 드문 (그토록 젊은 사람에게는 유례없는) 기회가 주어진 것이다.[25] 아무리 열성적인 비평가라 하더라도 보통은 개인적으로 보고 싶은 것을 나타내려면 이미 전시되어 있는 것에 의지할 수밖에 없다. 반면 화이트채플 갤러리Whitechapel Gallery로부터 전권을 위임받은 버거는 직접 선정한 작품들을 통해 자기 미학의 윤곽과 시각적 상관물을 처음으로 제시할 수 있었다. 나중에 레이먼드 윌리엄스Raymond Williams는 그 시기를 이렇게 설명했다. "'리얼리즘'이라는 말이 얼마나 위력적이면서 한편으로 모호한지 직접 겪어봐서 안다. 리얼리즘을 지지한다고 선언하기는 쉽지만, 그게 정확히 무엇을 함축하는지 말하기는 어렵다."[26] 그런데 버거가 이 문제를 터놓고 나선 것이다.

그 결과물은 당시 10년간을 통틀어 가장 강력한 '선언문 전시회'로 꼽히는 '앞으로 보기Looking Forward'였다. 1952년 9월부터 11월까지 화이트채플에서 열린 이 전시는 이듬해 영국예술위원회의 후원으로 영국 곳곳을 돌았다.[27] 그해 가을 내내 이스트엔드의 갤러리는 버거의 친구들(첼시, 슬레이드, 왕립미술대학을 최근에 졸업한 학생들이 다수 포함되었고 그곳에서 가르쳤던 선생들도 몇몇 있었다)의 작품을 접하는 장소였을 뿐만 아니라, 버거가 가닿으려 했던 새로운 대중과 만나는 장소로도 보였다. 『옵저버Observer』에 실린 리뷰는 이렇게 시작했다. "노점 상인들이 생각에 잠겨 화이트채플 아트 갤러리를 돌아다니는 모습을 보는 것보다 더 훈훈한 감동은 없다."[28] 머바누이 파이퍼Myfanwy Piper에게 '앞으로 보기'는 "점점 복잡해져 교착상태에 빠진 이른바 현대미술로부터 행복하게 풀려나는 길"을 약속하는 것이었다.[29] 『서정가요집Lyrical Ballads』*이 한때 "말끔히 정돈된 상상력을 펼친 작품"을 약속했듯이 말이다. (파이퍼는 "의식적으로 보통 사람의 언어로 회귀하려는 예술가는 항상 고조된 감정 상태에서 그것을 표현해야 한다"고 말했다.) 『뉴 스테이츠먼』에서 버거의 동료로 일했던 베니딕트 니컬슨Benedict Nicolson은 이렇게 인정했다. "아직은 성과가 보잘것없고 운동의 초창기 단계가 대부분 그렇듯이 위대한 예술가를 자연스럽게 내놓지 못했지만, 그럼에도 나는 이것이 예술이 나아가야 할 방향이라고 확신한다."[30]

많은 프로그램 기획자들과 갤러리 소유주들이 비슷하게 설복되었다. 몇 년 동안 두텁게 칠하고 회갈색 색상을 많이 넣은 그림이 쏟아져 나왔다. 북부 공업단지, 일터의 사람들, 축구장, 거리와 가정의 모습이 주제로 각광받았다. 이런 시류를 잘 보여주는 전시회로 1953년 워커 갤러리Walker Gallery에서 열린 '부엌을 위한 그림Paintings for the Kitchen'이 있었다. 이듬해 (버거의 숙적이자 프랜시스 베이컨의 열렬한 옹호자인) 데이비드 실베스터David Sylvester가 잡지 『인카운터Encounter』에 「부엌 개수대」라는 글을 게재하여 시류를 온화하게 패러디했다. "필

---

* 1798년 출간된 워즈워스(William Wordsworth)와 콜리지(S.T. Coleridge)의 시 모음집으로 영국 문학에서 낭만주의 운동의 효시로 여겨진다.

요 없는 시시콜콜한 것까지 전부 다? 하다하다 이젠 개수대까지도 그림으로 그린다. 중요한 점은 대단히 평범한 가족이 사용하는 대단히 평범한 부엌이라는 점이다. (…) 그 집에 있는 사람이 예술가이거나 극히 평범하지 않은 친구임을 암시하는 것은 전혀 없다."[31] 이 이미지가 주로 버거의 개입으로 생겨난 새로운 영국 리얼리즘 유파에 들러붙으면서, 조롱조의 '개수대 리얼리즘'이라는 별명이 생겨났다.[32] 버거도 나중에 가서는 이른바 개수대 화가들이 탈정치적으로 돌아서는 것을 보고 실망감을 나타냈지만(예술가들이 정치에 대한 그의 요청을 거절했기 때문이다), 아무튼 그는 전후 영국 미술에서 큰 의미가 있는 운동이 탄생하는 데 힘을 보탰다. 스물여섯 살 청년에게는 나쁘지 않은 일이었다.

* * *

저널리스트로서 버거가 가진 최대 강점은 주간지 리뷰라는 제한된 지면에서 복잡한 입장을 명확하게 개진하고, 거기에 열정까지 실을 줄 안다는 것이었다. 그는 거의 초자연적인 재능을 발휘해 미술비평이 도덕적 열정을 갖고 숨 쉬게 했다. 영화 편집자 다이 본Dai Vaughan은 말했다. "존에게 흥미로운 점이 있다면, 그의 판단에 늘 동의할 필요는 없지만 (…) 그가 바라보는 시선의 강렬함에는 항상 존경스러운 마음을 갖게 된다는 겁니다. 그는 결코 망설이지 않습니다. 그냥 물러서는 법이 없으며, 그의 표현들은 묶어놓은 밧줄에서 결코 혹은 좀처럼 풀려나는 법이 없습니다. 몇몇 학자들의 경우와 달리 카지노에서 셈할 때 사용하는 칩처럼 되지 않습니다."[33] 학자연하거나 박식함을 과시하는 태도는 없었다. 버거의 글은 다양한 청중, 즉 예술가, 비평가, 관리자, 정치가, 교수, 무엇보다 자신들이 문화에서 점차 큰 비중을 차지한다고 느끼고 싶어 하는 젊은 독자들을 동시에 상대하면서도, 마치 사람을 직접 앞에다 두고 말하는 것처럼 들린다. 이게 바로 그의 재능이었다. 『뉴 스테이츠먼』에 글을 쓴 첫해가 저물 즈음 그는 자기 세대에서 가장 총명한 젊은 비평가 가운데 한 명으로 이름을 올렸다.

1년 만에 버거는 대부분의 비평가들이 10년에 걸쳐 이루고 싶어 하는 것 이상을 해냈다. 그러나 1952년은 예외적인 해였다. 문화와 정치가 매우 급격하게 흘러갔다. 다만 현대미술을 민주주의와, 사회적 리얼리즘을 전체주의 지배와 동일시하는 입장은 아직 미국의 핵심 담론으로 들어오지 않았다. 1940년 대 후반 보수적 대중주의가 여전히 영국에 뿌리 깊게 자리한 상황에서, 미국은 새롭게 싹트기 시작한 아방가르드를 과시하기보다는 자신들이 예술적 감수성을 가졌음을 유럽에 설득시키는 데 더 관심이 많았다.[34] 1952년 12월에는 뉴욕 현대미술관Museum of Modern Art 관장 앨프리드 바 주니어Alfred Barr Jr가 『뉴욕 타임스The New York Times』에 「현대미술은 공산주의적인가?」라는, 세간의 인식이 반영된 제목의 글을 기고했다.[35] (그의 목적은 그 반대임을 입증하는 것이었다. 문제는 리얼리즘 예술이었다.) 이렇듯 얼마간 정치화가 진행되기 이전의 맥락에서 버거가 처음 쓴 글들에는 당파적 충성이 잘 드러나지 않았다. 현대 회화의 일대 혼란에 대한 그의 공격은 대중주의적 훈계조를 깔고 있었지만, 딱 거기까지였다. 그냥 대중주의적이었고 훈계조였다. 어떤 면에서는 서구에 여전히 만연한, 특히 트루먼, 아이젠하워, 처칠이 고수했던 보수적 편견과도 닮은 점이 있었다.

1953년이 되면서 모든 것이 달라졌다. 중간 지대가 모조리 말라붙었다. 버거의 정치적 활동은 서유럽에 독자적인 사회주의 블록을 세우고자 하는 희망이 시들어갈 때 처음으로 등장했다. 『뉴 스테이츠먼』이 이런 믿음의 진원지였고, 잡지에서 발행한 영향력 있는 소책자 『왼쪽으로*Keep Left*』는 모스크바와 워싱턴 사이에 "제3의 세력"을 만들어야 한다고 역설했다. 버거의 리얼리즘 요청도 같은 전제에 따라 이루어졌다. 반드시 "서유럽 예술가가 오른손을 자르고 모스크바의 나이 든 학술원 회원처럼 그려야 하거나, 왼손을 자르고 뉴욕의 현대미술관에서 편안함을 느껴야 하는 것은 아니"라고 그는 말한 바 있었다.[36] 리얼리즘은 원래 급진적인 것이 아니라 중도의 길로 여겨졌다. 그러나 이윽고 두 개의 선택지, 오로지 두 개의 선택지만이 남았다. 그리고 서유럽 자유주의 취향에 대한 버거의 공격이 거세지자, 처음에 목적의식 있는 그의 비판을 환영했던 많은 사람들이 그를 위험한 인물로 보게 됐다. 예술을 정치적 도그마로 더럽힌다는 비판에 직면하여 버거는 어쩔 수 없이 더 일반적인 근거를 들어 자신의 미학적 입장과 정치적 입장을 변호했다. 그는 '무명의 정치범'에 대한 자신의 기사가 신들의 분노를 산 뒤에 이렇게 썼다. "평생 나는 회화에 열정적으로 관심을 가져왔다. 화가로 활동하는 한편 예술에 대해,

예술을 **위해** 생각하려고 했다. 화가의 붓끝에 머물지 않고 그 너머에 대해 생각하려고 했다. 그 결과 예술에 대한 나의 관심사가 일반적인 정치적·사회적 신념으로 이어졌다. 내가 정치를 예술로 끌어들인 것이 아니라 예술이 나를 정치로 끌어들인 것이다."[37]

영국에서 1953년은 냉전이 본격적인 문화 전쟁으로 나아간 해였다. 전선이 그어졌고, ICA 논쟁은 전투의 진정한 시작을 알렸다. 보편적 주제를 껴안고자 했던 공모전은 오히려 미적 판단의 문제가 이데올로기의 개입으로 얼마나 빨리 정치화할 수 있는지 보여주었다. 이데올로기는 이내 피할 수 없는 것이 되었다. 예술에 대한 의견 불일치가 당파적 충성에 관한 문제로 이어졌고, 결국엔 기본 원칙을 묻는 질문으로 되돌아갔다. 미적 경험은 불변하는 것일까, 역사적인 것일까? 예술 작품은 영감을 불러일으켜야 할까, 위안을 주어야 할까? 국가는 문화를 '보호'해야 할까, '촉진'해야 할까? 예술과 프로파간다의 경계는 어떻게, 그리고 어디에 그어져야 할까?

영국 내 문화적 삶의 중심부가 첨예하게 나뉘어 있다는 사실이 버거의 개입을 통해 드러났다. 한쪽에는 자유주의 비평가들이 있었다. 이들은 예술이 정치적 통제를 받아서는 안 된다고 믿었다. 미적 경험은 자율적이며, 예술을 정치에 복무시키는 것은 예술을 훼손할뿐더러 사회를 전체주의 디스토피아로 몰아가는 일이라고 주장했다(카프카Franz Kafka와 오웰을 언급하는 것은 이 시대의 공공연한 수사였다). 이 진영에 속한 지식인들로 허버트 리드, 패트릭 혜론, 데이비드 실베스터, 스티븐 스펜더Stephen Spender 등이 있었다. 그들을 가장 열렬하게 대변한 잡지『인카운터』는 ('무명의 정치범' 논란이 있고 불과 몇 달 뒤인) 1953년 10월 창간됐는데, 처음부터 영국 내 문화적 좌파에 대한『뉴 스테이츠먼』의 영향력을 의식해 이에 대항하고자 만들어진 것이다.『인카운터』가 공산주의를 파시즘과 계속해서 엮은 일(첫 호에서 히틀러, 무솔리니, 스탈린을 하나로 묶었다)[38]은 정치적으로도 미학적으로도 통하던 글로벌 담론 전략의 일환이었다. 일례로『인카운터』가 창간되기 10개월 전에 발표된 앨프리드 바 주니어의 영향력 있는 글이 소비에트와 나치의 예술을 나란히 놓고 이 둘을 그럴듯하게 연결하려고 고심했다.[39] 사회적 리얼리즘은 그런 연계 때문에 오명을 뒤집어썼다. 반면 아방가르드는 자유민주주의가 수호하는 자유의 기치로 떠받들어졌다. 이른바 비정치적 문화의 정치였다. 1953년 말이 되면 국제예술가협회Artists' International Association(1930년대 급진적 좌파 조직으로 창설되었다)조차 헌장에서 정치적 조항을 삭제했다. 미학적 논쟁은 제대로 발붙일 데가 없었다. 예술이 사회 발전과 연관해 있다거나 연관돼야 한다는 암시만 있어도 재빨리 위험 소지라는 딱지가 붙었다. 이는 "인간의 살갗에 대고 그 많은 끔찍한 범죄를 아무렇지 않게 저지른, 세상을 바꿀 수 있다는 오만한 정신"과 한패로 여겨졌다.[40]

이 시기의 핵심적인 아이러니 하나는 개인의 자유를 부르짖던 자유주의 비평가들이 조직적이고 막강한 동맹을 형성했다는 점이다. 사회적 연대를 요청한 버거는 영국에서 이례적인 존재였다. 그는 영국 공산당 일원이 아니었고, 그의 지적 멘토들 가운데는 중부 유럽인이 많았으며, 그에게 가장 큰 영향을 준 동시대인은 이탈리아 출신이었다. 두 명의 젊은 평자, 즉 『옵저버』에서 활동했고 버거처럼 각자의 매체에서 당돌한 신예로 각광받았던 영화비평가 퍼넬러피 질라트Penelope Gilliatt 및 연극비평가 케네스 타이넌Kenneth Tynan과 암묵적인 동맹을 형성하기도 했지만, 버거는 이들 가운데 정치적 마인드가 가장 강했다.[41] 뒤이어 1955년 버거는 '제네바 클럽Geneva Club'을 결성했다. 옥스퍼드 서커스 근처 술집에서 가끔씩 만남을 가진 살롱 분위기의 비공식적 모임이었다. 린지 앤더슨Lindsay Anderson, 아이작 도이처Isaac Deutscher, 에릭 홉스봄Eric Hobsbawm, 존 윌렛John Willett, 폴 호가스Paul Hogarth, 도리스 레싱Doris Lessing, 그리고 버거가 옹호했던 많은 리얼리즘 화가들과 조각가들까지, 좌파 성향의 예술가와 지식인이 다양하게 모였다.[42] 그러나 이 클럽 역시 비공식적 모임이었고, 적어도 그중 한 사람에 따르면 버거는 부산스러운 모임의 성격을 정리해서 정치화하려는 의도가 있었다.[43] 기억할 점은 제네바 클럽에서 일부 영감을 얻어 신좌파가 등장하기 전에 이미 마르크스주의가 영국에서 신망을 잃었다는 것이다.[44] 버거는 1950년대에 대해 이렇게 말했다. "당 내에서 간단히 언급하는 정도를 제외하면 마르크스주의에 대해 말하는 것은 불가능했어요. 정말 불가능했습니다. 당에서 출판한 책을 제외하면 관련 책조차 나와 있지 않았죠. 취할 수 있는 태도는 세 가지가 있었습니다. 마르크스주의를 악으로 놓고 상대방을 러시아 간첩 취급하거나, (…)

마르크스주의를 시대에 뒤떨어지고 현대 세계와 완전히 무관한 것으로 취급하거나, 아니면 그나마 너그럽게 '그건 당신의 종교로군요' 하고 마는 것이었죠. 그러다가 신좌파가 등장하면서 모든 것이 달라졌습니다."[45]

리얼리즘과 예술의 목적을 둘러싼 논쟁이 정점에 달했을 때, 런던에는 일급 미술비평가들이 제법 많았지만 거침없는 마르크스주의자는 버거밖에 없었다. 그의 명성과 정치적 견해에 비할 만한 사람은 아무도 없었다.

버거가 내세운 철학은 확고하게 '예술을 위한 예술'에 맞서는 것이었다. 한번은 '우리를 위한 예술Art for Our Sake'이라는 제목의 선언문류 책을 출간할 계획까지 했다.[46] "예술은 자신의 건강에 이바지해야 한다."[47] 이것이 그의 핵심 전제였다. 예술을 사회적 성장과 정치적 희망에, 또 이보다 큰 대의에 연결시키는 것은 사실 예술을 강화하기 위함이었다. 예술에 신념과 목적을 부여함으로써 위대한 작품이 만들어지도록 하기 위함이었다. 자유주의자들은 자율성을 자신들 이론의 핵심으로 언급했다. 프로파간다는 수단이며 예술은 그 자체가 목적이라는 주장이었다. 그러나 버거는 이런 식의 사고를 일관되게 거부했다. "어떤 전통이나 걸작 하나도 그런 감각 없이는 만들어지지 못한다. 예를 들어 피카소가 〈게르니카Guernica〉를 결코 뛰어넘지 못했다는 점, 헨리 무어가 전쟁 때 지하철역 방공호에서 작업한 드로잉을 능가하는 심오한 작품을 만들지 못했다는 점은 의미심장하다."[48] 버거는 이런 말도 했다. "문화적 성취는 사람들의 전반적인 목표, 관심사, 가치의 부산물이다."[49]

이런 믿음의 일환으로 버거는 계속해서 전통이라는 생각으로 돌아갔다. **자유, 개인, 표현**이 자유주의자들이 항상 소환하던 말이라면, 버거에게는 **목적, 리얼리즘, 전통**이 있었다. 그리고 리얼리즘이 그랬듯이, 혹은 자유주의자에게 자유가 그랬듯이 전통도 광범위하고 불안정하고 아마도 모순적이며, 그의 사유에 핵심적인 개념이었다. 과연 전통은 그에게 무엇을 의미했을까?

버거가 이해한 전통을, 명백히 더 보수적이거나 반동적인 자들이 이해한 전통과 구분하는 게 중요하다. 그는 젊은 세대가 전통을 '박탈당했다'고 종종 말했다. 전통이 '해체되고 파괴되었다'는 말도 했다. 의도적이든 아니든 그가 이 말을 강조한 데에는 중심을 차지하려는 욕망이 투영된 듯하다. 중도적으로 보이면서 영국 사회를 계속 폭넓게 설득하려는 속셈이었다. 그러나 '전통'이라는 말은 그의 손을 거쳐 곧 뚜렷하게 사회주의적인 어감을 얻었다. 전통은 품위 있게 존중되어야 할 유산이 아니라 함께 만들고 유지하는 방향성 있는 힘을 줄곧 나타냈다.[50] 전쟁을 통해 사회가 사람들을 결집시키는 힘이 있다는 사실도 드러났다. 복지국가 건설은 평화 시에도 사회가 그런 능력이 있음을 입증하는 것으로 보였다. 버거가 폭넓은 리얼리즘 전통을 부르짖은 것은 이런 맥락에서 이해해야 한다. 예술가는 자기 예술에 담긴 경험을 대중에게 항상 **넘겨주어야** 했다(전통을 가리키는 영어 '트래디션tradition'의 어원 '트라데레tradere'는 '전하다'라는 뜻이다). 이 같은 경험은 (적어도 버거가 '건강한' 전통이라고 부르는 것에서는) 사회적 커먼즈에서 도출되는 것이므로, 버거가 말하는 예술은 다시 공통의 것을 강화할 터였다. 버거에게 독창성이란 그 자체로 과시되어서는 안 되고, 개인적인 심오함이나 극단성으로 표출되어서도 안 되는 것이었다. 오히려 그것은 공통의 기반을 발견하고 확장하는 질문이어야 했다.

그렇기에 전통은 개인주의에 맞서는 보호막이었다. 여기서 우리는 미학적인 것에서 도덕적·정치적인 것으로 나아가는 첫 단계를 보게 된다. 중심적인 전통의 부재로 "그 안에서 작업하거나 그에 맞설" 수 없게 되자 천재의 숭배가 일어났고, 버거가 "재능의 남용"이라 부른 일이 벌어졌다.[51] 예술가는 "과도한 개성과 복잡성"의 관점에서 사고하고, 저마다 사적인 언어를 개발해 유아론적인 세계에 들어앉았다. (예외성에 대한 반감은 버거가 오랜 경력 내내 천재라는 범주와 불편한 관계를 이어간 까닭을 설명해준다.) 폭넓은 리얼리즘 전통을 건설하기 위해 그는 "기발한 기이함"을 계속 깎아내렸고, 집단적인 노력과 좀 더 합당한, 즉 합리적이면서도 소박한 성취를 선호했다. 1952년에 그는 이렇게 썼다. "이제 공통된 목적의식이나 빼어난 천재성만이 화가를 과시주의의 오명으로부터 보호할 수 있다."[52] 또 1953년에는 이렇게 썼다. "나는 예술가인 척하고 잔재주를 부리는 것의 위험을 잘 알고 있다. 그런 곤경에서 헤어날 유일한 길은 예술가의 책무가 지금 예술가들이 하듯 우주에 대한 열쇠를 주는 것이 아니라, 자신이 맡은 일을 열심히 잘하는 것임을 새삼 유념하는 것이다. 천재와 걸작은 스스로를 돌볼 수 있다."[53] 얼마 뒤에는 이 문제를 더 직설적으로 말했다. "천재가 아니라 합당한 재능을 가진 사람이 만족스러운 예술 작품을 만들어낼 수 있을 때 비로소 승리를 말할 수 있다. 이는 가르칠 만한 살아 있는 전통, 자신감 있는 사회, 넓은 문화적 대중이 필요하다는 뜻이다."[54]

여기서 승리란, 예술을 만들고 경험하는 의도적인 행위의 살아 있는 맥락을 의미했다. 교회에 놓인 제단화의 의미는 경매에 내놓는 그림의 의미와는 완전히 다른 것이다. 버거의 사유는 이런 면에서 본질적으로 인류학적이었다. 하지만 동시대 삶을 겨냥한, 판단이 개입된 인류학이었다. 문화가 살아가는 자연 서식지와 인위적인 서식지의 엄격한 구분은 이 무렵 그의 사유에 계속 등장했다. 그는 고매한 여러 윗세대 어른들을 가리켜 "살아 있는 맥락의 예술 작품과 유리 상자에 놓인 예술품의 차이를 이해하지 못한" "미술관 비평가"라며 비웃었다.[55] 미술관은 편협하고 시간에 구애받지 않고 일상과 떨어져 있고 맥락을 탈각시키는 공간이었다. 한마디로 동물원, 보호구역, 금고 같은 곳이었다. 예술이 번성하려면 더 거칠고 야생적이고 대중적인 토양이 필요했다. 버거는 이렇게 말했다. "상아탑은 일반적으로 문명화되고 온순한 장소다. 그러나 인간성의 본거지는 (…) 아니다."[56]

버거는 1950년대가 한창 무르익었을 때 영국에서 뉴딜New Deal 비슷한 문화 부흥 정책을 요구했다. 그는 공공 조각과 벽화의 필요성을 소리 높여 말했고 '예술을 통한 교육협회Society for Education through Art'가 진행한 '학교에 그림을Pictures for Schools' 같은 프로젝트를 지지했다.[57] 국가기관에서 예술가를 말로만 떠받들 것이 아니라 직접 채용하라고도 요청했다. 그는 많은 젊은 화가들이 "작은 그림 열 점을 엘리트층에게 파는 것보다 병원, 콘서트홀, 학교에서 거대한 벽화를 그리며 평범한 봉급을 받는 것을 선호하리라"고 했다.[58] 화가들은 "공식적인 미술 시장보다는 더 끈끈하고 영감을 주는 관객, 문화적 선입견이 그리 심하지 않은 노동조합과 노동계급 관객"과 관계 맺기를 선호할 터였다.[59] 그는 영국예술위원회도 소심한 무관심으로 일관하는 곳으로 여기고 비슷하게 공격했다. "예술위원회는 개방적이고 소극적이다." 버거는 1955년에 쓴 논쟁적인 글에서 이렇게 말했다. "당파적이고 적극적인 자세가 필요하다. 자선을 베푸는 아주머니처럼 예술에 선심 쓰듯 도움을 줄 것이 아니라 완전히 새로운 공공 예술 개념의 기수가 되어야 한다."[60] (이에 허버트 리드가 맞받아쳤다. "왜 이 나라의 문화판 전체가 허황되게 입을 놀리는 괴벨스Joseph Goebbels 무리의 프로파간다 공장이 되어야 하는가?")[61] 천재, 명성, 사유재산에 집착할수록, 또 예술이 사고팔리는 '속물적 상품'이 될수록 위원회는 제대로 된 사회적 역할을 수행하기 어려웠을 것이다. 이번에도 국가로부터 지원받는 미술관은 적절한 조치가 아니었다. 버거의 말대로 위대한 작품은 "결코 미래의 미술관에 놓이기 위해 만들어진 게 아니다."[62] 그의 매력적인 은유에 따르자면, 위대한 작품이란 어느 민중이 어떤 방향으로 움직이는 데 도움을 주는 다리의 돌 같은 것이었다.

***

학생 시절 버거는 오후만 되면 영화관을 드나들었고 〈무방비 도시〉 〈전화의 저편〉 〈자전거 도둑〉 같은 이탈리아 영화를 보며 깊은 감명을 받았다. 그와 남쪽과의 인연은 부분적으로 가족 내력이었지만(그의 할아버지가 이탈리아 트리에스테에서 영국으로 건너왔다), 전후 이탈리아 미술과 문화를 접하면서 특히 네오리얼리즘neorealism을 통해 확고하게 다져졌다. 1948년 처음으로 이탈리아를 여행했을 때는, 기차에서의 우연한 마주침을 계기로 원래 계획했던 고전주의·르네상스 미술 투어를 포기하고 토리노 교외에 있는 한 노동자 집에서 일을 도와주며 일주일을 보냈다. 나중에 회상하길 그곳은 네오리얼리즘 영화에서 곧바로 튀어나온 듯한 환경이었다.

버거가 이탈리아에서 런던으로 가져온 것은 당파적 정신과 그 수호성인인 안토니오 그람시Antonio Gramsci의 신화적 이미지였다. 소비에트나 파시스트로 희화화되곤 하지만 사실 버거는 1920년대 그람시가 처음 표명했고 전쟁 후에야 이탈리아에 널리 확산된 이념들로부터 지대한 영향을 받았다. 예술은 사회 발전에 이바지해야 한다는 것, 예술은 사회주의로 가는 길을 건설하는 데 도움을 줄 수 있다는 것, 예술가는 폭넓은 민중 문화 창조에 참여할 수 있다는 것. 그런 이념은 자유주의에 반할 뿐만 아니라 마르크스주의에 새로운 것이기도 했다. 그람시는 문화를 수동적인 이데올로기의 거울로 보지 않고 훨씬 복잡하고 생생한 것으로 본 최초의 마르크스주의자 가운데 한 사람이었다. 또한 문화적 정체성의 미묘한 차이도 헤아릴 줄 아는 사람이었다. 그는 지식인의 역할이 그저 교육받지 못한 이들을 대변하는 것이 아니라 그들에게 **목소리를 부여하는 것**이라고 여겼다. 정통 마르크스주의자들이 국가를 초월한 프롤레타리아 동맹을 이야기할 때, 그람시는 지역의 관습이 중요하다는 점을 이해했다. 여기서 발전하여 그는 '민족적-민중적'이라는 개념을 표명했다.[63]

당시만 해도 그람시의 글은 영어로 번역된 게 없었고, 그람시를 처음으로 다룬 논문들도 (유명한 한 편을 제외하면) 1950년대 중반에야 영국에 소개되었다. 그렇지만 이 사르데냐 출신 이론가가 한 세대의 이탈리아 예술가들과 지식인들에게 미친 영향은 지대했다. 그중 다수는 버거도 익히 아는 이들이었다.[64] 그람시의 『옥중수고 *Quanderni del Carcere*』 일부는 1944년부터 이탈리아에 돌기 시작했다. 1948년부터 1951년까지는 전권이 출판되면서 이탈리아 좌파들에게 마르크스주의 사회로 가는 가능한 '문화적 길'을 적극 모색하도록 자극했다. 아직 그람시의 저작이 앵글로아메리칸 지식인 사회에 잘 알려지지 않았을 때에도 버거는 그를 일컬어 "이 시대의 가장 위대한 지식인 가운데 한 명"이라고 했다.[65]

그람시가 왜 그토록 호소력이 있었는지는 분명하다. 사르데냐의 이 정치사상가는 거의 전설적인 존재였다. 다정하면서도 강철 같은 인물이었다. 어릴 때부터 신체장애가 있었지만, 재판에서 담당 검사가 "20년간 이 자의 뇌가 작동하는 것을 중단시켜야 한다"라고 말했을 만큼 위세가 대단했다. 그의 사례는 버거의 정치적 활동에 믿음을 실어주었다. 영국 예술에서 대중 참여의 문제는 "따분한 현학자들이 말하는 '비루한 취향'"과는 무관했다. "문제는 대다수 사람들이 회화나 조각에 어떠한 개인적 관심도 없고 아예 쳐다보지도 않는다는 것이다. 왜냐하면 그들은 그렇게 존재하는 작품이 자신에게 아무것도 말해주지 않는다는, 대체로 타당한 결론에 이르렀기 때문이다."[66]

그람시는 이 문제의 근원을 파헤치다가 지식인과 이른바 보통 사람이 완전히 분리된 생활권에서 살아간다는 사회 현실을 발견했다. 해결책은 장벽을 무너뜨리는 것, 지식인을 "편협하고 추상적이고 지나치게 개인주의적이고 카스트 같은 고루한 세계에서" 밖으로 내보내는 것이었다.[67] 1940년대 말에 이탈리아 공산당의 위세가 정점에 달했을 때 '안다타 알 포폴로 andata al popolo'라는 대담한 정책이 시행되었다. 화가들로 하여금 평범한 노동자 곁에서 잠시 일하게끔 하는, 예술가를 위한 일종의 통합 프로그램이었다.[68] 버거도 비슷한 경험을 한 적이 있다. 그는 북아일랜드에서 2년간 노동계급 병사들과 지낼 때 용접공, 어부, 건설업자의 드로잉을 몇 달간 그렸다. (마침내 그가 프랑스 어느 농민 공동체에 정착한 것도 이런 관점에서 볼 수 있다.) 그람시의 호소, 이탈리아 공산당의 정책, 버거의 성장에는 예술가와 노동자가 만나야 한다는 공통의 갈망이 깔려 있었다.

궁극적인 목적은 민족의 문화와, 미적 경험의 주체이자 관객으로서 노동계급 사이의 간극에 다리를 놓는 것이었다. 1950년대부터 버거의 문화적 행동 대부분에 그런 열망이 있었다. BBC 프로그램 〈우먼스 아워Woman's Hour〉의 초창기 라디오 대본이 단적인 예다. 그는 오후의 청취자에게 청취자 자신의 집, 지저분한 식기와 가스계량기 등 온갖 것을 마치 존 컨스터블John Constable이 집 안을 돌아다니며 화가의 눈으로 보듯 둘러보라고 했다. 1952년 가을, 버거는 화이트채플 갤러리에서 열릴 '앞으로 보기' 전시회를 하루 앞두고, 좀 아슬아슬한 사설을 통해 문화적 소양이 없는 독자들에게 작품을 직접 보러 와달라고 했다. "나는 이 전시회를 비평가나 본드 스트리트Bond Street의 예술 자본가를 위해 기획한 것이 아니라 현대미술을 참지 못하는 여러분과 여러분 친구들을 위해 마련했습니다. 나는 여러분이 속물이라고는 전혀 생각지 않습니다. 비난받을 것은 현대미술이지 여러분이 아닙니다."[69] (좋은 의도와 무관하게 편지의 어조는 당혹스러웠다. 이는 일방적인 대화가 지닌 보편적 난점을 보여준다. 즉 상대방이 원하는 대로 다 주지는 않으면서, 잘난 척 훈계하는 태도를 어떻게 피할 것인가 하는 문제다.) 버거는 몇 년 뒤 그라나다 텔레비전Granada Television에 진행자로 출연했을 때에도 이런 노력을 이어갔다. 그가 맡은 프로그램은 〈실물을 그리다Drawn from Life〉라는 쇼였는데, 평범한 영국인들을 미술품 가득한 텔레비전 스튜디오에 초대해 가장 가깝게 느껴지는 작품에 대해 이야기하게 하는 프로그램이었다.[70] 비록 오래가진 못했지만 버거는 이 실험을 통해 자신의 깊은 열망을 실행에 옮겼다. 시각예술은 노동자들과 연결되어야 하며, 그런 연결이 **중요하다**는 믿음을 반영한 것이다. 쇼는 하나의 표어에서 착안했다. "모든 그림, 모든 예술 작품은 인간의 경험에 관한 것이다."

교양 있는 사람들은 당연히 키득거렸다. 『타임스*The Times*』는 버거가 "문화 동호회를 시민 공원"으로 만들었다며 비꼬았고, 도리스 레싱은 그를 가리켜 "내셔널 갤러리의 윌프레드 피클스*Wilfred Pickles**"라고 불렀다.[71] 그러나 전반적으로 1950년대의 역사적 상황은 그에게 호의적이었다. 전후 대중주의의 위세가 하늘을 찌르면서 여러 의제들이 공존할 수 있었다. 귀족 그리고 귀족의 믿음 체계가 힘을 잃어갔고, 부와 정치권력이 재편되었고, 교육이 확대되면서 문맹률이 낮아졌고, 새롭고 더 민주적인 형식의 매체가 등장했다. 국가기관과 언론기관에서 이런 사회 구성의 변화에 적응하려는 움직임을 보이자 버거 같은 좌파 비평가들은 더 광범위한 청중에게 다가가고, 반反엘리트주의적 문화 이해의 기틀을 마련하고, 그람시가 '창조적 대중 심리'라 부른 것을 형성하는 데 한몫할 기회를 얻었다. 버거는 혼자가 아니었다. 앵그리 영 맨*Angry Young Men,** 프리 시네마 운동*Free Cinema Movement,*** 그리고 E.P. 톰슨*E.P. Thompson*, 리처드 호가트*Richard Hoggart*, 레이먼드 윌리엄스의 학문적 저술이 제 몫을 했다.[72] 1950년대 말은 여러 면에서 르네상스였다. 톰슨이 쓴 윌리엄 모리스*William Morris* 전기가 1955년에 나왔고,

---

* 당대를 대표하는 영국의 라디오 진행자.

** '성난 젊은이'라는 뜻으로, 부모 세대에 반기를 들고 등장한 존 오스본(John Osborne), 킹슬리 에이미스(Kingsley Amis) 같은 젊은 극작가와 소설가 들을 가리킨다.

*** 린지 앤더슨이 주축이 된 영화 운동으로 노동자들의 삶을 주로 다큐멘터리 양식에 담으려 했다.

호가트의 『교양의 효용*The Uses of Literacy*』은 1957년, 윌리엄스의 『문화와 사회*Culture and Society*』는 1958년 출간되었다. 자비스 코커Jarvis Cocker가 계급 구경꾼과 평범한 사람들에 대해 노래하고, 노엘 갤러거Noel Gallagher가 성난 얼굴로 돌아보지 말라고 노래하기* 전에 톰 마슐러Tom Maschler는 먼저 『선언*Declaration*』이라는 책에 담을 목소리를 선별하는 작업을 해야 했다.**

***

1957년 버거는 첫 책을 냈다. 이탈리아 화가 레나토 구투소Renato Guttuso에 관한, 지금은 거의 잊히다시피 한 연구서인데 당시 동독에서 출간됐다.[73] 첫 페이지에서 그는 구투소를 가리켜 현재 유럽에서 활동하는 가장 중요한 예술가라고 했다. 버거에 따르면 구투소는 예술을 감상하는 데 전문가와 대중이 따로 있을 수 없고 그럴 필요도 없음을 입증해 보였다. 회화를 소수자의 전유물에서 빼내어 더 많은 사람들에게 돌려준다고 해서 윌리엄 모리스 식의 '미술 공예 운동'을 하겠다는 뜻은 아니었다. 구투소는 자기 매체에서 최근 발견한 바를 모두 흡수했고, 예컨대 그의 작품은 친구인 피카소의 영향을 분명하게 받았지만, 그의 그림은 (버거가 자주 말했듯이) 농민들의

---

* 자비스 코커는 록밴드 펄프(Pulp)의 리더, 노엘 갤러거는 오아시스(Oasis)의 리더. 두 팀 모두 1990년대 브릿팝 전성기를 이끌었던 밴드다.

** 출판업자 톰 마슐러는 젊은 세대 작가들의 글을 모아 1957년 『선언』이라는 에세이집을 펴냈다.

외바퀴 손수레와 헛간을 만드는 데 모방되기도 했다.[74] 구투소는 르네상스부터 내려오는 유럽 전통, 즉 미켈란젤로에서 카라바조, 푸생, 다비드, 제리코, 쿠르베, 반 고흐를 거쳐 피카소에 이르는 전통을 되살리고자 애썼다. 그럼으로써 봉건주의에서 자본주의가 나오고, 이제 사회주의가 등장하는 장구한 역사의 진보를 드러내 보이고자 했다.

이런 주장은 부풀려진 감이 있지만, 한 비평가가 한 예술가에 대해 말할 때는 비평가 본인을 그 예술가에게 투사하기도 하는 법이다. 그리고 구투소의 표상 체계 일면은 버거의 표상 체계에서 영원한 중심이 되는 무언가를 드러냈다. 바로 장소의 의의와 개별성이다. 구투소가 태어난 섬은 그의 모든 작품에 활기를 불어넣었다. 그는 시칠리아가 사랑한 시칠리아인이었고, 버거에 따르면 아무렇게나 내뱉어지는 세계시민 Weltbürger 개념을 불편하게 여겼다. (구투소는 자기 영감의 근원이 "내 어린 시절, 내 민족, 내 농민, 내 측량사 아버지, 레몬과 오렌지 농장, 내가 태어나서 내 눈과 내 감정에 익숙한 위도의 농장들"로 거슬러 올라간다고 말했다.)[75] 네오리얼리즘 전체와 더불어 구투소의 예술은 "모든 나라, 모든 지방에는 고유의 노래가 있음"을 보여주었다.[76] 이는 네오리얼리즘 운동을 말할 때 이탈리아인이 아니고서는 자주 놓치던 대목이지만, 이탈리아 내에서는 핵심적인 부분이었다. 이탈로 칼비노 Italo Calvino는, 이전까지 서로 모르는 채 존재하던 너무나 다양한 이탈리아, 너무나 많은 방언과 지역을 네오리얼리즘이 아우르고 있으므로 이를 통일적인 '유파'로 간주할 수 없다는

유명한 말을 남겼다.[77]

날씨를 제외하면 양국 상황에서 비슷한 면이 눈에 띈다. 그람시가 「남부 문제」라는 글을 통해 분열된 이탈리아에 대해 썼듯이, 버거도 훗날 영국의 극심한 분열에 대해 이야기했다. 버거가 상찬한 L.S. 로리 같은 화가들은 역사상 영국 문화에서 제대로 표명되지 못했던 장소, 즉 산업 시설이 들어선 북부의 공유된 경험을 시각예술에 가져왔다. 이 화가들이 그토록 중요한 의미를 갖는 것은 그 때문이다. 버거가 나중에 말하기도 했지만 몇몇 이스트 런던 지구를 제외하면 노동계급의 세계는 트렌트강 이북에서 시작했다. 반면 거의 모든 갤러리는 런던에 있었고, 그 밖에는 옥스퍼드와 케임브리지에 몇 군데, 브리스틀에 두 군데가 전부였다. ("런던 중심부에서 어떤 방향으로든 10마일만 나가면 황야가 시작되는 기분이 든다." 당시 리얼리즘 화가로 활약했던 잭 스미스Jack Smith의 고백이다.)[78] '앞으로 보기' 전시회를 통해 버거는 이런 편협한 지도를 넓힐 작정이었다. 지역에 뿌리를 둔, 이질적이면서 동시에 민족적인 시각 문화에 대한 인식을 일깨우려는 목적에서 '앞으로 보기'는 영국 곳곳의 소도시를 돌며 이어졌다.

문화가 지역적 특수성을 지닌다는 이런 생각에 맞서는 것이 문화가 자유롭게 떠도는 상품이라는 생각이었다. 이를 비호한 세력은 마찬가지로 자유롭게 떠도는 엘리트층이었다. 버거는 그 단적인 예로 추상 양식을 떠올렸다. 유행에 민감한 세계에서 당시 최신 유행이 추상이었던 탓도 있지만, 추상의 미학이 예술과 지역적 맥락을 완전히 분리하고 있었기 때문이다. 극단적인 형식주의는 세계주의의 논리적 귀결이었다. 미국 친화적인 비평가들은 아방가르드를 자유민주주의와 결부했으나, 버거는 이를 균질적인 세계화와 연결했다. 리얼리즘이 오랫동안 그 지역에서 키운 토종 작물이라면, 어느 지역에서나 똑같은 추상은 여기에 침범한 외래종이었다.[79] 버거는 강의에서 학생들에게 이렇게 말했다. "내가 '민속적인 것'을 살려야 한다고 간청하는 것은 아니지만, '민속적인 것'과 오슬로·부에노스아이레스·도쿄·토론토의 예술가들이 죄다 파리에서 살았던 양 그림을 그리는 현재 상황 사이에는 엄연한 차이가 있습니다."[80]

추상은 악순환을 일으키는 원인이자 증상이었다. 추상은 매체를 그 자체 안에 매몰시켰을 뿐만 아니라 예술가를 소외와 사회적 잉여의 상태로 내몰았다. 이것은 다시 버거가 격분했던 "허무주의, 자기중심주의, 혼란, 형식주의"를 조장했다.[81] 예술 공간이 세계화되고 엘리트층의 페스티벌과 갤러리에 집중되면서 예술의 가치에 대한 일반 대중의 불신도 커져갔다. 그런 냉소주의에 힘입어 예술은 당혹스러운 것 내지는 번지르르한 환상이 되었다. 갈수록 많은 사람들이 예술가가 되려고 했지만, 그러는 이유는 버거가 보기에 잘못된 것이었다. 어떤 사람들은 제대로 된 이유를 들어 예술가가 되지 않기로 결심했다. "우리 시대 가장 진지하고도 인정을 못 받는 많은 예술가들이 '예술계art world'의 가식, 속물근성, 무지, 허세, 노골적인 상업주의에 진절머리가 나서 바깥에 남는 쪽을 택하거나 아예 이쪽으로 들어오려고 생각조차 하지 않는다."[82]

예술계라는 신조어의 유통은 버거가 싫어하는 모든 것을 나타냈다. 이는 첫째로 예술이 경계선을 치고 바깥과 단절된 별세계가 될 위험에 처했다는 뜻이다. 둘째로 예술가들이 기본적인 소통의 필요성보다 배타적인 환경 속으로 들어가려는 욕망에 더 휘둘리게 됐다는 뜻이다. '갤러리를 둘러보며' 쓴 어느 리뷰에서 버거는 이렇게 말했다. "그림을 앞에 두고 묻는다. 이 사람은 왜 직업적인 예술가일까? 왜 이런 그림을 그렸을까? (…) 작품이 반드시 무능하다거나 무뎌서 묻는 게 아니라(솜씨가 무척 빼어나고 감성적으로 '예리한' 경우도 많다), 최소한의 절실함이나 충동조차 갖고 있지 않기 때문이다. 예술가가 뭔가를 말하는 데 꼭 필요한 창조적 상상력을 확연히 갖고 있지 않기 때문이다."[83]

* * *

1950년대가 흘러가는 동안 영국 미술은 버거가 희망한 바에 미치지 못했다. 비난의 수위가 높아졌다. "『예술이 피 흘리고 있다*Art Lies Bleeding*』라는 책이 출간된 뒤로 여러 해가 흘렀는데, 이제 예술은 죽어가고 있다."[84] 1955년에 그가 한 말이다. 어떤 글에서 버거는 '미스터 그리피스'라는 일흔다섯 살의 연금 수령자가 기획한 시청 아마추어 미술전을 인간의 맥락을 지향하는 예술의 모범으로 거론했다.[85] 또 어떤 글에서는 반 고흐를 인용하기도 했다. "오, 그런 마을마다 작은 공공 미술관이 있어서 주민들이 훌륭하고 힘 있고 활기찬 자기네 그림을 즐길 수 있었다. (…) 여러분은 어떻게 생각하는가? 제정신인 건가, 미친 건가?"[86]

 제정신인 건가, 미친 건가? 건강한 건가, 병든 건가? 이것
은 선택의 문제였고 버거에게는 대단히 개인적인 선택이었
다. 1955년 그는 명성의 정점에 있었고 영향력이 있음을 실감
했다. 하지만 속으로는 무너지고 있었다. 그해 가을에 버거는
믿기지 않게도 자신보다 스무 살 연상으로 제1대 윔번 자작
의 딸이자 제6대 킬마노크 남작의 전 부인인 로즈메리 게스트
Rosemary Guest와 재혼했다. 영국에는 상류층 좌파라고 하는 아
주 굳건한 전통이 있지만, 그럼에도 이런 모순은 각별히 날카
롭고 혼란스러웠음에 틀림없다. 버거에게 힘든 시기가 시작되
고 있었다. 그는 서른 살에 가까워졌다. 정치적 격변의 해이자
전후 좌파에게 사건의 지평선에 해당하는 1956년으로 접어
들면서 그의 글쓰기는 갈수록 복잡해지고 주체하기 힘들어졌
다. 그는 성질을 부렸다. 버거와 이미 위태위태한 관계였던 편
집자 킹슬리 마틴은 갈수록 귀가 나빠져서 둘 사이가 언제 폭
발할지 모르는 상황이 되었다. 버거는 마치 귀먹은 대중을 상
대하거나 스스로를 상대하는 듯했다. 어느 주엔 비난을 퍼부
었다가 그다음 주엔 목전에 다가온 승리를 선언하며 극과 극
을 오갔다. 그는 영국의 예술 교육 현황에 대해 이렇게 말했
다. "모든 전통이 무너졌으므로 학생들에게는 대여섯 가지 문
명사회의 작품을 보여주고 그것으로 뭔가를 해보도록 요청한
다. (…) 대다수는 그저 허둥댈 뿐이며 그들의 허둥댐은 '실험'
이라 불린다."[87]

 버거는 그저 흥을 깨는 사람이었을까? 매슈 아널드Matthew

Arnold까지, 어쩌면 워즈워스William Wordsworth까지 거슬러 올라
가는 꾸짖는 영국인 계보에서 가장 최근 인물에 불과했을까?
분명 그는 독선적인 면이 있었다. 대중이 접하는 매체의 비중
에 대해 (그리고 어떤 문화적 산물이 대중에게 '좋을지'에 대
해) 고심했던, 곤경에 빠진 수많은 도덕주의자들과 달랐다. 그
는 문화적 사다리 아래를 살피는 것이 아니라 위를 올려다보
며 대부분의 시간을 보냈고, 이게 그의 공로이기도 하다. 그는
걸핏하면 미술관 계층을 사기꾼으로 묘사했으며 그들이 만든
첨단 작품은 키치의 음화隱畵에 불과하다고 했다. (그는 이런
직관을 나중에도 이어갔다. 1972년의 에세이에서는 프랜시스
베이컨을 월트 디즈니에 빗대어 사람들 입에 오르내렸다.) 버
거가 동시대인들에 대해 평가한 것은 자주 과녁을 벗어났다.
실은 과하게 벗어나서, 지나친 성실함에서 천재성을 보는가
하면 현재 그들이 사랑받는 바로 그 이유로 그들을 비난하기
도 했다. 그러나 예술 **시스템**에 대한 그의 공격에는 남다른 선
견지명이 있었다.[88] 헤밍웨이는 좋은 작가라면 충격 방지 기능
이 있는 헛소리 탐지기를 내장해야 한다고 말했다. 버거는 이
를 갖추고 있었다. 사회계층으로서 예술계는 바젤에서 마이애
미에 이르기까지 갈수록 부에 집착했고 스타에 혈안이 되었
다. 너무도 쉽게 풍자의 대상이 된, 거울이 달린 홀로그램 홀
이었다.

하지만 더욱 곤혹스러운 부분은, 그리고 버거가 당대의 문
화 도덕주의자들(특히 대다수 좌파 리비스주의자들*)과 본질
적으로 공유한 부분은 절대성을 빼앗긴 시대에 느끼는 현기

증이었다. 그의 혈통에 흐르던 서양 회화 전통은 대체로 종교를 대신하는 것이었고, 사회주의라는 현대 종교는 흔들리기 시작했다. 그가 문화에 관한 비전을 갖는 데 의지했을 '본질적 구조'가 흐트러지고 있었다. 자유주의자들은 그를 정치적 위협으로 느끼지 않을 때면, 향수에 젖은 구시대적 인물, 골동품 애호가라는 색을 그에게 입혔다. 버거도 미심쩍은 부분이 있어 이렇게 자문했다. "나이브 아트naive art는 부락 사회에만 필요한 것일까? 기계는 정확히 뭘 파괴하고, 어떤 공예 기술의 기회를 만들어낼까? 레제Fernand Léger가 제안한 도시의 자발적인 민중예술이 결국에는 존재할까?"[89]

현대의 비관주의가 철학적으로 체계화될 무렵, 페르낭 레제라는 예술가에게 버거가 의지했다는 사실은 놀랍지 않다. 레제는 버거가 가장 소리 높여 존경한 현대 거장이었고, 레제의 작품은 위기 때 나침반이 돼주었다. 노스탤지어의 유령을 넘어설 필요가 있을 때 레제는 방향을 일러줬다. "미래의 모습이 보고 싶으면 인간의 얼굴을 영원히 짓밟고 있는 구둣발을 상상해보라."[90] 오웰이 남긴 유명한 말이다. 그러나 레제의 그림은 밝았고 동지애와 다정함으로 가득했다. 또한 "영구적인 무언가를 상징하면서도 (…) 바람에 나부끼는 삼각기처럼 움직임으로 가득"했다.[91] 다른 아방가르드 화가들이 기계를 물신화하고 전능한 신이나 프랑켄슈타인으로 상상할 때, 오로지

---

* 영국의 문화 이론가 리비스(F.R. Leavis)는 문화를 소수 엘리트들이 만들고 지키는 것으로 보았고, 여기서 유래한 입장을 리비스주의라고 부른다.

레제만이 원래 그것의 존재 목적을 꿰뚫어보았다. 기계는 "실용적으로 역사적으로 인간의 손에 들린 도구"였다.[92] 이 모두가 레제를 "유럽 전통에서 가장 현대적인 화가"이자 "우리를 미래로 이끌 가장 노련한 안내인"으로 만들었다.[93]

비평가와 예술가 사이에 일어나는 이런 동일시에는 일종의 내기 행위가 들어 있다. 여기서 버거가 무엇을 레제 예술의 예언적 성격으로 여겼는지 생각해보면 이중의 내기를 엿볼 수 있다. 버거가 레제에게서 본 것은 노동자의 미래와 동일시한 레제였다. 그러나 프랑스 밖에서는 레제의 작품이 버거가 생각하는 방식으로 이해되지 않았으며, 소련에서는 명백히 아니었다. 레제가 1955년 말에 죽었을 때 버거는 친밀한 이인칭을 써서 부고 기사를 냈다. 그는 감동적인 동지애를 나타내는 한편, 상실로 고립된 심정을 담았다.[94] 허무주의 예술은 알아주는 사람 없이도 얼마든지 굴러갈 수 있다. 그러나 우애에 바탕을 둔 희망의 표현은 다르게 작동한다.

버거와 그가 한때 옹호한 영국 화가들 사이에도 비슷한 형세가 나타났다. 1952년 그는 새로운 협동 정신을 이야기했지만 그 뒤로 경쟁과 불화가 생겨났다. 개수대 화가들 가운데 많은 이들이 버거의 온정주의를 비판하고 나섰다. 인정해주는 것도 귀에 거슬릴 수 있다. 그들의 갤러리를 운영했던 헬렌 레소어Helen Lessore가 암묵적인 충고의 말을 했다. "수고스럽지만 개개의 예술가는 개별적으로 감상해야 한다. 분류를 통해 지름길로 질러가는 것은 피상적이다."[95] 개수대 화가들의 성공과 그들의 단합된 모습은 오래가지 않았다. 대개 1956년을 그들 명성의 정점이자 쇠락의 시발점으로 본다.[96] 그해 영국예술위원회는 보자르 4인방Beaux Arts Quartet*(존 브랫비, 잭 스미스, 에드워드 미들디치Edward Middleditch, 데릭 그리브스Derrick Greaves)을 '베네치아 비엔날레'에 파견할 영국 대표로 선정했다. 그들이 불과 몇 년 동안 쌓았던 업적을 공식적으로 인정한 것이다. 그러나 거의 하룻밤 사이에, 확실히 1957년 말에 '따분하고' '퉁명스러운' 리얼리즘은 한물간 유행이 되었다. 훗날 그리브스는 자기가 한때 스케이트보드에 빠졌다고 말하는 투로 "십 대 시절 사회적 리얼리스트"로 활동했다는 말을 했다.[97] 그리고 버거는 자신의 말을 '철회'하길 거부했지만, 그들이 각자 활약하는 것을 못마땅하게 여겼다. 2년 뒤 그는 이렇게 말했다. "내 결론은 그들의 작업이 쓸모없다는 것이다. 그게 사회적 권리를 알고 주장하는 데 사람들에게 어떤 도움이 되는지, 혹은 도움이 될지 도무지 알 수 없기 때문이다."[98] 더 이상 누구도 쿠르베의 사촌이 되고 싶어 하지 않았다. 브랫비는 이렇게 회상했다. "돌연 전쟁의 여파와 관련된 그림에 베일이 씌워졌다. 사람이든 그림이든 다시 웃고 싶어 했으니 말이다."[99]

지금 돌이켜보면 영국의 리얼리즘은 궁핍함과 대중성 사이에서 사라져간 매개자라 할 수 있다. 그리고 그 짧은 생애는 역사적 순간을 보여주는 증거였다. 전후 유럽에서는 몇 년 동안 사회주의와 실존주의가 지배권을 두고 다툼을 벌였고(가

---

* 1950년대 초 런던 보자르 갤러리에서 전시한 젊은 리얼리즘 화가 네 명에게 붙은 별명.

끔은 서로 구별하기 어려울 때도 있었다), 결국에는 힙한 버전의 실존주의가 승리를 거두었다. 버거가 처음 전통을 부르짖었을 때는 전쟁의 유령이 아직 가시지 않았을 때였다. 그러나 자기표현의 자유라는 미국 시장의 꿈이 전시戰時의 이념들을 몰아내고 그 자리를 차지하면서 이 모든 게 배급 카드와 같은 길을 갔다. 투쟁의 자리에 신경증이 들어섰다. 단합 대신에 외로운 반항아가 생겨났다. 모든 굽이마다 버거는 자신이 문화의 구역에서 본 "연결에 대한 거부"를 유감스러워하는 글을 썼다. 영향력 있는 한 미국 회화 전시회의 소개말은 많은 것을 말해주었다. "존 던John Donne의 말과는 반대로 모든 인간은 섬이다."[100]

추상표현주의가 진정한 분기점이었다. 1956년 1월 '미국의 현대미술Modern Art in the United States' 전시회가 열렸을 때 그것은 데우스 엑스 마키나deus ex machina* 같았다. 가족끼리 다투고 있는데 난데없이 뉴욕시가 무대 왼쪽에서 나타나 관심을 독차지하는 상황이었다. (존 던이 다시 소환되었다. "오, 나의 아메리카여! 새로 발견된 나의 땅이여.") 1952년부터 1956년까지 영국에서 있었던 미학적 논쟁은 구상 회화 내에서 가장 맹렬하게 벌어졌다. 베이컨이냐 브랫비냐, 실베스터냐 버거냐, 비명을 지르는 교황이냐 부엌 개수대냐. 테이트 갤러리에서 열린 전시회를 통해 비로소 구상이라는 문제 전체가 시대에 뒤

---

* 연극에서 초자연적 존재가 등장하여 개연성 없이 갈등을 해결하는 것을 말한다.

떨어지게 되었다. 실베스터가 나중에 회상했듯이 영국 언론은 (버거는 예외로 하고) "태도를 누그러뜨리고" 아직 남아 있던 반反미국주의를 걷어냈다. 여기에 필요했던 것은 "폴록Jackson Pollock의 1948년작 〈1번〉의 스트레이트 레프트, 로스코Mark Rothko의 1950년작 〈10번〉의 라이트 크로스, 데 쿠닝Willem de Kooning의 1950~52년작 〈여인 1〉의 어퍼컷"""이 전부였다.[101]

실베스터는 펀치를 맞고 바닥에 쓰러졌다. 대다수 관객들도 마찬가지였다. 하지만 버거에게는 구역질 나는 광경이었다. 그는 "칼로 긋고, 긁고, 뚝뚝 흘려대고, 훼손시킨" 작품들이라고 했다.[102] 다른 사람들이 에로틱한 펀치에 정신을 못 차릴 때 버거는 오로지 "생기 없는 주관성"과 "자살 충동에 휩싸인 절망감"만을 보았다.[103] 전시회를 둘러보며 그는 곧 자기 눈에 비친 것이 사회적 리얼리즘의 종말만이 아니라 회화의 죽음을 나타낸다고 여기게 됐다. 그는 몇 년 전 자신이 자리를 잡는 데 도움을 주었던 바로 그 연례 전시회인 '젊은 현대 작가'에 대해 이렇게 말했다. "이것은 잃어버린 세대도 배반당한 세대도 아니다. 전면적인 강탈을 당하고 남은 것으로 어떻게든 버티는 자다."[104]

* * *

1956년 9월, 수에즈 위기가 절정으로 치닫고 소비에트 탱크

** 스트레이트 레프트, 라이트 크로스, 어퍼컷은 권투에 나오는 공격 기술이다.

가 헝가리를 침공하기 불과 한 달 전에 버거는 한계 상황에 이르렀다. 당시 발표한 「탈출구와 신조」라는 글에서 그는 『뉴 스테이츠먼』을 한동안 떠날 것이라고 선언했다. 예술 작품을 리뷰하는 일은 작품에 따르는 맥락이 나아지지 않으면 아무 소용이 없었다. 이제는 "톤을 바로잡거나 형태를 가다듬는" 문제가 아니라 예술가가 사회에서 어쩔 수 없이 행하는 "수치스러운 공공의 역할"을 바로잡는 문제였다.[105] 비평가가 무슨 말을 하든 무슨 글을 쓰든 간에 "대중의 예술 참여라는 본질적인 문제"가 남았다. 이것은 "사람들이 서로 성장하도록 도울 수 있는 짜릿하고 신비로운 과정을 건설하겠다는 공무원의 표어"였다. 그리고 그는 이런 상황이 "'5개년 계획'쯤은 해야 바뀔 여지가 있다"고 결론 내렸다.[106]

이십 대 중반에 버거는 순전히 자신의 지성과 개성의 힘으로 영국 기득권층을 공격했다. 그는 자신의 재능에 맞는 시대를 타고났다. 그토록 두려움을 모르고, 그토록 끈질기게 투쟁하고, 시각예술에 그토록 도덕적 열정을 쏟아부은 전후 비평가는 없었다. 그는 아웃사이더의 지위를 결코 포기하지 않으면서 제도권 기관의 복도와 언론 지면을 용감하게 누볐다. 이 모든 게 너무도 급작스럽게 벌어졌다. 그러나 그가 글을 쓰는 동안 주변 세상도 빠르게, 혹은 더 빠르게 바뀌고 있었으며, 그가 발을 들인 충돌은 알고 보니 지정학적 문제와 관련된 무언가의 대리전이었다. 그가 1952년 가을에 '앞으로 보기'를 기획했을 때 미국은 최초의 수소폭탄을 실험하고 있었다. 그가 1956년 휴가를 선언했을 때 소비에트도 얼마 전 실험을 마쳤다. 하지만 버거는 자신이 감당하기 버거운 일을 재빨리 떠맡는 젊은이였던 동시에, 엄청나게 커진 전후 세계의 규모를 알아채고도 주눅 들지 않는 최초의 그리고 유일한 영국 비평가이기도 했다. 대영제국에 해가 지고 있었다. 이제 경성 권력과 연성 권력 모두에서 패권을 쥐게 된 '멋진 신세계' 미국이 떠오르고 있었다. 아이러니하게도 버거는 선전원으로 희화화되고 있었지만 실상 뒷돈을 받은 것은 그의 적들이었다. CIA가 ICA 공모전의 배후에 있었고, 『인카운터』 배후에 있었고, 테이트 갤러리에서 열린 미국 전시회 배후에 있었다.

'5개년 계획'은 개인적인 것일 수도 있다. 버거는 쉬는 동안 간간이 글을 발표했고 새로 창간된 잡지 『대학과 좌파 리뷰*Universities and Left Review*』에도 에세이를 하나 썼다. 여기서 그는 학생들에게 예술에 대해 글을 쓰도록 격려했지만, 비평 자체가 결코 평생의 직업이 되어서는 안 된다는 경고의 말도 했다. "모든 비평에는 (…) 밀실공포증의 요소가 있으며, 결국 이것이 치명적으로 돌아올 수 있다."[107] 대신에 그가 추천한 것은 "5년 정도 일전을 벌이듯 활동하는 것"이었다. "일전이란 건 경솔하게 그냥 갖다 붙인 이미지가 아니다."[108]

버거가 벌인 일전은 조만간 끝이 났다. 그는 잘 싸웠지만 패했다. 1년을 쉬고는 『뉴 스테이츠먼』에 돌아가 3년 더 일했다. 하지만 킹슬리 마틴이 1960년 말에 잡지 편집자 자리에서 물러나자 버거는 자신의 직위를, 그리고 영국을 영원히 떠났다.

2장

헌신의 위기

주름 없는 이마는 무감각한 사람이라는 표시다.

— 베르톨트 브레히트

레나토 구투소의 〈영웅의 죽음〉(1953)은 간이침대에 누워 있는 한 남자를 보여준다. 머리는 붕대로 동여맸고 몸은 하얀 시트를 덮었는데 시트의 주름이 강렬한 명암 대비로 처리되어 있다. 그림의 주제와 구도, 단축법으로 볼 때 만테냐Andrea Mantegna의 〈그리스도를 애도함〉을 참고한 것이 분명하다. 죽은 영웅 옆에 있는 철제 침대 프레임에는 붉은색 천이 걸려 있다.

1956년 말에 구투소의 그림은 런던에서 열린 한 이탈리아 미술 회고전에서 소개되었다. 버거는 이미 『뉴 스테이츠먼』에 쉬겠다고 선언한 터라 당시 코톨드 미술학교Courtauld Institute에서 대학원 과정을 밟던 존 골딩John Golding이 그를 대신해 전시회를 보도했다. 골딩은 구투소의 솜씨를 칭찬하면서도, 최근 벌어진 사건과 관련해 그 작품이 예기치 않게 얻게 된 의의를 유감스러운 어조로 말했다. "이 그림은 2년 전 레스터 갤러리Leicester Galleries에서 열린 구투소 전시회에서 가장 뛰어난 작품 가운데 하나였다. 다만 현재 상황에서는 살짝 불편하게 느껴

레나토 구투소, 〈영웅의 죽음〉, 1953년, 유화, 런던 에소테릭 재단.

지며, 상황이 가장 유리할 때도 공산주의 상징을 관습적으로 사용해 주제를 지나치게 감정적으로 처리한바 지금은 두 배로 불쾌감을 준다."[1]

한 달 전 시위자들이 부다페스트에서 무참히 살해되었다. 노동자와 학생이 가두시위에 나선 모습을 세계가 목도했다. 일주일 동안 헝가리는 혁명의 최전선으로 보였다. 소비에트 탱크가 포위하여 수도를 탈환하기 전까지는 말이다. 공산당의 잔혹한 강경 반응은 서구에 충격을 주었다. 골딩은 이 모든 것을 염두에 두고 있었다. "구투소의 재능은 경직된 공산주의 신념과 얽혀 있다. 하지만 사람들은 지난 몇 주간 있었던 사건을 계기로 그처럼 강렬한 화가가 그런 교조주의와 결별했으면

하는 바람을 가질 수밖에 없다."[2]

버거는 이에 참지 못하고 나섰다. 구투소에 관한 그의 논문이 드레스덴에서 곧 출간될 참이었다. 그는 자신의 후임자가 주제넘게 단정한 것을 바로잡기 위해 바로 다음 주 편집자에게 편지를 썼다. "거의 모든 영국의 비평가들처럼 골딩도 구투소의 재능을 칭찬하되 그가 자신의 재능을 사용하는 방식을 나무랍니다."

> 그는 〈영웅의 죽음〉이라는 그림이 "공산주의 상징을 관습적으로 사용"한 탓에 "지나치게 감정적"이라고 말했습니다. 그에게 묻습니다. 어떤 상징을 말하는 건가요? 붉은색 천을 두고 하는 말인가요? 만약 그렇다면, 모든 공산주의 화가가 그런 비난을 피하기 위해 붉은색을 포기해야 합니까? 그것 말고 다른 상징이 또 있나요? 없습니다. 그리고 소박한 작품을 지나치게 감정적이라고 했지요? 구투소가 시칠리아인이라는 사실을 골딩이 기억했다면, 또 '공식적인' 공산주의 회화의 폐단으로 가장 널리 인정되는 점은 따분하고 기계적이라는 점이지 지나친 감정이 아님을 골딩이 기억했다면, 그는 이보다는 설득력 있게 자신의 개인적 의견을 펼쳤을 겁니다.[3]

아울러 그는 구투소의 작품은 "소비에트의 사례를 모두 무시"하며 당의 규제와 독립적으로 발전했다고 말했다. 그리고 그날 같이 전시된 활기 없는 작품들 사이에서 그것이 "불편하게" 보인 것은 아마도 열렬한 목적의식 때문이지 정치적 의도 때문이 아니라고 강변했다(의도적인 칭찬은 아니었다). "구투소와 얽힌 것은 자기 조국의 살아 있는 역사와 비극입니다."

정치적으로 일촉즉발의 순간에 버거는 화를 자초했다. 그의 편지는 그와 친분이 있는 라이벌, 필립 토인비의 답장을 끌어냈다. 몇 년 전 토인비는 버거의 글에서 '신어의 배아'를 본 바 있었다. 이제 그는 좌파 진영에서 스스로를 돌아보고 있던 비평가를 압박할 기회를 잡았다.

> 존 버거 씨는 구투소가 공산당을 떠나기를 바라는 골딩 씨의 입장을 "무지에 입각한 무례함"이라고 여깁니다. 그렇다면 우리는 버거 씨 본인이 헝가리에서 최근 벌어진 일에 전혀 흔들리지 않았다고 여기게 됩니다. 혹시라도 그가 무지하고 무례한 나의 요청을 받아들여, 현재 당이 분석한 이런 사건을 공개적으로 옹호하면서 한층 정확하게 자신의 입장을 표명할까요? 그가 아래의 단순한 질문들에 답을 할까요?

> (1) 그는 헝가리에 주둔한 러시아 군을 해방군으로 묘사하는 것이 타당하다고 생각할까?
> (2) 그는 카다르Kádár János* 체제가 헝가리 노동자와 농민의 진정한 의지를 대표한다고 볼까?
> (3) 헝가리의 이른바 '노동자 평의회'를 파시즘, 반혁명, 서양 제국주의의 대리인으로 보는 것이 옳은가?

* 헝가리 봉기가 실패로 끝나자 총리에 올라 소련에 협조하며 헝가리를 수습한 인물.

요즘 같은 시기에 헝가리와 이집트에서 벌어진 상황에 대한 의견은 지극히 분명하게 표명되는 것이 중요하다고 봅니다. 그래야 우리 앞에 놓인 의도적으로 생성된 안개에 휩싸여 입장이 흐려지는 일이 없을 테니까요. 버거 씨는 자신이 아는 대로 솔직하게 우리에게 답해줄까요? '객관적'과 '객관적으로' 같은 단어의 사용을 가급적 피해준다면 참으로 예의 바른 일이 될 것입니다.[4]

토인비의 편지는 1956년 12월 22일 공개되었다. 이 무렵 좌파는 헝가리에서 벌어진 사건에 대해 처음 머뭇거리던 입장을 접고 암담하게 받아들이거나 뒤로 물러났다. 사르트르는 프랑스 공산당과 갈라섰다. 이탈리아 공산당은 둘로 쪼개졌다. 영국에서는 수천 명이 공산당을 떠났다. 오랫동안 스탈린에 동조적이었던 『뉴 스테이츠먼』은 입장을 다시 세워야 했다.[5] 투고란 논쟁과 구투소를 둘러싼 공방을 통해, 평생 공산주의자였던 사람들이 부다페스트에서 행해진 조치에 수치심을 느끼고 경악했다며 잇달아 고백했다.

버거는 이런 쪽이 아니었다. 다음 호 잡지에서 브레히트Bertolt Brecht 학자이자 번역가인 그의 친구 존 윌렛이 그를 대신하여 대답했다. "토인비 씨의 질문처럼 직설적이고 단순한 질문은 여기서 논의를 펼치는 모든 기고자에게 물을 수도 있을 것입니다. 토인비 씨는 모든 관계자가 '헝가리와 이집트 양쪽에서 일어난 사건에 대해' 자기 견해를 공개적으로 밝히지 않고서는 비판적 논의가 불가능하다고 생각합니까? 그게 아니라면 새로 나온 크리스마스 퀴즈인가요?"[6]

그러나 설령 토인비가 매카시 같은 악당이라 해도 버거의 침묵이 그냥 묻힐 상황은 아니었다. 소련 밖의 많은 스탈린주의자들(프랑스의 가로디Roger Garaudy, 이탈리아의 톨리아티 Palmiro Togliatti)은 여전히 소비에트의 대응이 가혹했음을 인정하지 않고 있었다. 1956년 가을과 겨울은 "참을 수 없는 긴장"의 계절이었다. 버거의 친구이자 역사가 에릭 홉스봄은 반세기 지나 이때를 돌아보며 당의 동지들이 계속되는 불안 속에서 서로에게 등을 돌린 "불운하고 과열된 언쟁"의 시대였다고 회상했다.[7]

토인비가 편지를 공개하고 3주가 지났다. 그동안 헝가리와 소비에트 수구 팀은 멜버른 올림픽에서 난투극을 벌여 피를 흘렸고, 엘비스 프레슬리는 〈에드 설리번 쇼The Ed Sullivan Show〉에서 헝가리 난민들에게 바친다며 '골짜기의 평화Peace in the Valley'를 노래했고, 사르트르는 사회주의란 총검의 힘으로 결코 이룰 수 없다고 선언했다. 버거도 마침내 침묵을 깨고 말했다. "나는 냉담하게 있고 싶지 않습니다. 나는 상상력을 발휘해 생각을 바꿀 수 있는 사람들을 존경합니다."

　　그러나 여기 이른바 인텔리겐치아 사이에서 벌어지던 논쟁을 곡해한, 최근의 무지하고 부적절한 과시 행위 때문에 참으로 우울합니다. (…) 나는 처음에 어떤 회화와 그 예술가의 정치에 대해 썼습니다. 그런데 이제 진실, 기독교, 수에즈, 부다페스트, 그리고 내 영혼까지 마구잡이로 끌려 나왔습니다. 애초에 나의 글을 촉발했던 골딩의 구절과 마찬가지로 정확성은 거의 무시되고서 말입니다. (…)

토인비에 대해 말하자면 그가 왜 '객관적'이라는 말을 무례하게 여기는지 너무도 잘 알겠습니다. 소비에트 정책의 몇몇 측면에 대해 반대하는 논거가 있지만(한참 전에 고무우카Władysław Gomułka에서 도이처에 이르는 여러 사람들이 주장한 바 있습니다), 전문적인 반공산주의자들이 모두 그렇듯 토인비도 강박관념의 희생자입니다. 그는 내 편지를, 노림수(빨갱이 사냥)가 너무 빤해서 고려할 가치도 없는 세 가지 질문을 하기 위한 구실로 삼을 뿐입니다. 그가 원하는 솔직한 대답을 해주죠. 1번 질문, 아니오. 2번 질문, 아니오. 3번 질문, 아니오. 토인비가 이제 내 견해에 대한 보다 완전한 정보를 원한다면, 공산당에서 내는 출판물을 구독하기를 권합니다. 나의 정치적 충성은 여전히 변함없으며, 내가 뭔가 할 말이 더 있다면 거기서 하겠습니다.[8]

복합적인 아이러니와 씁쓸함이 묻어나는 글이다. 버거는 소비에트 개입을 지지하지 않는다고 밝히면서도, 그 개입을 용납한 당에 충성심을 표했다. 그 충성의 표현이 한층 더 두드러지게 와닿는 것은 자신의 독립성을 늘 소중히 여기고 공식 당원이기를 **거부해온** 독립 비평가의 입에서 나온 말이기 때문이다. 게다가 함께 가던 많은 사람들이 떠나고 있는 시점에서 한 말이므로 더욱 뭉클하게 느껴진다. 버거는 모든 사람이 반대 방향으로 달릴 때 혼자서 불타는 건물을 향해 저돌적으로 뛰어들고 있었다.

하지만 표면적인 모순 너머에는 더더욱 불편한 반전이 있었다. 버거의 비평 프로젝트 전체는 논의를 **여는 것**, 그가 불과 몇 달 전에 표현했듯이 '아리아드네의 실타래'를 따라가며 예술을 미학 너머의 질문과 연결시키는 것을 전제로 하고 있었다. 그런데 그의 방법론이 이제 그의 발목을 잡는 데 사용되었고, 한때 정치를 예술로 끌어들인다는 비판을 받았던 그가 이제 자신의 적들을 같은 명목으로 비판하게 된 것이다. 근본적인 뭔가가 바뀌어버렸다. 그의 적들이 보기에는 전과 다름없다고 하겠지만, 퉁명스러운 어조로 마지못해 한 그의 답변은 그가 글을 쓰기까지 주저한 사실과 더불어 많은 것을 말해준다. 1950년대가 시작될 때 벌어진 논쟁들이 그의 정치적 활동에 생명을 불어넣었다면, 구투소에 관해 주고받은 답변은 그의 퇴장을 나타냈다. 이후 몇 달 동안 그는 침묵을 지켰다. 편지 말미에 적었듯이 뭔가 할 말이 더 없었던 것이다.

***

정체성의 위기는 이러지도 저러지도 못하는 상황에서 생겨날 때가 많다. 개인은 관계나 믿음 같은 것에 매달리고 그것은 고통을 주기 마련이다. 선택의 기로에서 어느 쪽으로 가도 정답은 아니다. 각각의 선택은 다른 쪽을 부정한다. 그 결과는 당연히 극심한 스트레스다. 하지만 이런 상황에서도 가끔 예기치 못한 새로운 합의가 일어날 수 있다. 두 가지 길만 가능하다고 생각했을 때 제3의 길이 보이는 것이다.

그와 같은 길이 1956년에 열렸다. 스튜어트 홀Stuart Hall에 따르면 그해는 "단순한 한 해가 아니라 하나의 국면conjuncture"이었다.[9] 소비에트의 헝가리 침공과 프랑스-영국의 시나이반도 침공이라는 이중의 곤경에서도 1956년은 "정치적 빙하기의 해빙"을 맞았고, 사회주의자들이 순진함을 벗으면서 신좌파가 탄생했다.[10] 철칙에 따라 전통적으로 이뤄진 장 안에 마침내 애매성과 자유로운 논의가 수용되기에 이른 것이다.

"의혹이 있다는 말씀은 하지 않으셨잖아요?" 아널드 웨스커Arnold Wesker의 1958년작 희곡『보리를 넣은 치킨 수프Chicken Soup with Barley』에서 열렬한 사회주의자 어머니를 둔 아들이 말한다. 이에 어머니가 대답한다. "내 평생 당을 위해서 일했다. 영광과 자유와 형제애를 의미하는 당에 헌신했는데 이제 와서 그것을 포기하란 말이냐?"[11] 하지만 많은 이들이 포기했다. 대표적으로 도리스 레싱이 그랬다. 훗날 레싱은 공산당에 가입한 것이 "내 인생에서 아마도 가장 신경증적인 행동"일 것이라고 말했다. 공식적으로 당원인 적이 없었던 버거에게 좌파 진영의 집단적인 신경쇠약(개별적인 신경쇠약의 집합)은 불안했지만 쇄신의 기회이기도 했다.

그는 변해야 했다. 토인비와 옥신각신한 것은 굴욕적이었다. 그는 아니오, 아니오, 아니오, 하고 외마디를 내뱉는 뻐꾸기로 쪼그라들고 있었다. 당연히 그는 할 말이 더 있었지만, 가장 절실하게 털어놓고 싶은 말은 그가 몸담고 있던 대중 언론에서 결코 말할 수 없는 것이었다. 버거의 가장 가까운 스승이자 멘토는 그가 십 대였을 때 이런 말을 해주었다. "울어야 할 일이 있고 가끔 참을 수 없을 때면 나중에 울어. 절대로 바로 울지 말고! 이 말을 꼭 기억해. 너를 사랑하는 사람들이, 오직 사랑하는 사람들이 (…) 곁에 있을 때, 그럴 때만 울 수 있어. 그게 아니라면 참았다가 나중에 울어."[12]

이는 버거가 칠십 대 후반에 쓴 회고록 비슷한 책에 나오는 장면이다. 말기 주저 가운데 하나였고 자서전이라 할 만한 그의 유일한 책이다. 인터뷰에서 그는 결코 자신의 어린 시절에 대해 먼저 이야기하는 법이 없었다. 어렸을 때 들어간 "정신병원 같았던 기숙학교"를 언급하기는 했다. 그에게 많은 것을 가르쳐준 뉴질랜드 태생의 임시 교사 켄을 만난 곳도 그곳이었다. 그러나 학교와 그 야만적인 모습은 지나가듯 언급하는 정도였고, 무시할 수 있으면 가장 좋은, 곧 잊을 시절이었다.

사실 남자들만 다니는 기숙학교 문화는 좌파 런던에 대해, 버거와 런던의 어정쩡한 관계에 대해 많은 것을 말해준다. 빅토리아 시대의 학교는 또래 간에든 스승과 학생 간에든 남성끼리 교제하면서 애정을 쌓는 (때로는 동성애적인) 공간이었다. 동시에 씁쓸한 권력투쟁, 가학증, 괴롭힘과 모멸감 주기가 일어나는 곳이기도 했다. 이 모든 일이 무심한 영국 신사를 양성한다는 명목 아래 이루어졌다. 실질적으로 1950년대 문화에 참여한 모두가 이런 특권적인, 그리고 야만적이기도 한 제도에 몸담았다. 토인비는 워릭셔의 럭비 스쿨, 버거는 옥스퍼드의 세인트 에드워드, 존 월렛은 윈체스터, 패트릭 헤론은 세인트 조지, 린지 앤더슨은 첼트넘에서 말이다. 남자들 자존심의 의례적 충돌, 매너로 승화된 공격성, 언어로 상대방의 약점을 공격하는 기술, 이 모두가 중산층 소년들에게 당연시되는 사회 현실을 구성했다.

버거에게 그 경험은 마음의 상처로 남았다. 한참 뒤에 그가 말했다. "부당하게 괴롭힘을 당한 것은 아닙니다. 하지만 그곳은 정신 나가고 악랄한 곳이었어요."[13] 결국 열여섯 살에 그는 학교에서 도망쳤다. 그리고 1956년 이제 서른 살이 되어 또다시 도망쳤다. 이번에는 런던을 떠나 두 번째 아내의 사유지가 있는 글로스터Gloucester 시골에서 지냈다. 그 무렵까지 그가 써온 글은 영국식 논쟁의 무언의 법칙을 벗어나지 않는 것으로, 그의 모습의 전부가 아니었다. 언론 문화면을 수놓은 포격 아래 훨씬 복잡한 무언가가 숨어 있었다. 스스로 떠맡은 침묵을 통해서만 밖으로 끄집어낼 수 있는 무엇이 있었다.

런던은 버거가 이름을 떨친 무대였다. 1950년대 수도 런던은 공개 토론과 전시회 개최로 흥미진진한 장소였을 테지만, 한편으로는 사회적으로 밀집되어 있고, 계급이 지배하고, 속물적이며 배타적인 곳이기도 했다. 예를 들어 토인비는 프랜시스 베이컨, 루시언 프로이드Lucian Freud 등이 회원으로 있던, 남자들만 들어갈 수 있는 소호의 엘리트 모임 '가고일 클럽Gargoyle Club'에 속했다. 또 나중에 그는 미술사가 베니딕트 니컬슨(토인비와는 이튼 칼리지 동문이며 『뉴 스테이츠먼』에서 버거의 동료였다)과 함께 '웬즈데이 클럽Wednesday Club'이라고 하는 술 모임을 만들었다. 버거도 '제네바 클럽'으로 살롱 스타일의 모임을 가졌고 예술가와 학자 들을 옥스퍼드 서커스 위쪽 술집에 끌어모았다. 이어지는 활기찬 1960년대에 비한다면 (혹은 해협 너머 카페와 실존주의의 수도 파리에 비한다면) 우중충해 보일 수도 있지만, 전후 런던은 놀라우리만치 많은 인재가 들어찬 곳이었다. 다들 전쟁의 충격을 털고 일어나 한곳에 모여들었다. 그러나 도시의 폐쇄성은 금세 밀실공포 분위기로 돌변할 수 있었다. 이데올로기 충돌은 서로 겹치는 귀족적 파벌들의 세계, 험담·반목·다툼이 횡행하는 분위기에서 벌어졌기 때문에 종종 그들의 무자비함을 부채질할 따름이었다.

버거는 신랄하게 빈정대는 공격, 퉁명스러운 비타협적 태도, 전체적으로 혼란과 분노와 편집증이 난무하는 분위기에서 벗어난 혼자만의 시간과 공간이 필요했다. 많은 작가들이 이 시기에 공통적으로 마르크스주의 신념의 위기를 겪었다고 말했다. 스스로 아무리 내색하지 않거나 억눌러도 "상실의 고통과 집착의 고통"이라 부를 만한 것이 1956년부터 버거가 쓴 글 곳곳에 나타났다.[14] 그리고 고통이 문제의 핵심이었음이 지금에 와서 분명해졌다. 사람들 앞에서 고통을 어떻게 처리할까? 그토록 많은 경쟁자들이 보고 있는데 어떻게 자신의 약한 모습을 드러낼 수 있을까? 이러지도 저러지도 못하는 상황이었다. 버거가 마침내 조국을 떠나기로 결심한 데는 이런 상황도 작용했을 것이다. 한참 뒤에 그가 살짝 한이 맺힌 듯 떠올리기로는 당시 영국인들에겐 고통을 표현한다는 게 '품위 없는' 행위처럼 여겨졌다.[15] 하지만 그가 유럽에서 만난 망명자들은 생각이 달랐다. 고통의 경험은 실은 "인간 상상력의 원천"에 놓이는 것이었다.[16]

나중에 울어, 절대로 바로 울지 말고, 버거는 그렇게 배웠다. 그는 자신의 고통을 삭히기 위해 런던을 떠났다. 그리고 그 과정에서 한 편의 소설이 나왔다.

***

1956년 헝가리 봉기가 일어나자 런던에서 오랫동안 망명 중이던 중년의 헝가리 화가가 사라졌다. 야노스 라빈은 영국인 아내와 그림이 있는 화실과 일기를 남기고 종적을 감추었다. 그 기록물, 즉 라빈이 1952년부터 1956년까지 쓴 일기가 버거의 첫 번째 소설 『우리 시대의 화가 *A Painter of Our Time*』로 이어졌다. 버거가 휴가를 생각할 즈음에 쓴 이 작품은 철학적 성찰이기도 하고 실화를 다룬 소설이기도 한데, 추후 망명 생활을 하며 비평적·창조적 작가로 활동하게 될 그의 모습이 드러난다. 그가 평생을 바친 불가능한 도전이 거의 모두 여기에 담겨 있다.

소설은 주로 허구의 인물 라빈이 쓴 일기를 사실상 버거라고 해도 무방한 젊은 미술비평가 존이 읽고 주석을 다는 식으로 구성되었다. 수록된 일기는 분량과 주제가 다양하다. 가끔 극적인 장면도 있지만, 그보다는 라빈의 예술적 발전을 매일 기록하고, 런던의 삶에 대해 자유롭게 관찰하고, 결혼 생활을 돌아보고, 베를린에서의 혈기왕성한 시절을 기억하는 등 다양한 목적을 갖고 쓰였다. 그리고 거의 매번 존이 끼어들어 설명을 덧붙인다.

이탤릭체로 쓰인 이런 곁텍스트 paratext는 라빈의 생애를 대강 가늠하게 해준다. 헌신적 사회주의자 라빈은 원래 부다페스트에서 변호사가 되려고 공부했지만, 백색테러를 피해 도망치고 나서 화가가 되기로 마음을 바꿨다. 1920~30년대에는 베를린에 살며 아방가르드와 혁명 서클에서 활동했다. 1938년

"세계대전이 벌어졌고, 최초의 사회주의 혁명이 이루어졌고, 파시즘이 활개를 치던" 유럽 본토에서 런던으로 건너간 그는 자신의 정치 경험에 매력을 느낀, 옥스퍼드에서 공부한 젊은 사회복지사 다이애나와 결혼했다.[17] 우리는 이 결혼 생활이 실망스러웠음을 일찌감치 알아차릴 수 있다. 감정적 결핍과 재정적 궁핍을 두 사람 다 감내해야 했고, 급기야 다이애나는 결혼을 후회한다.

라빈은 성공한 화가가 아니다. 그가 가르치는 미술학교에 그의 그림을 좋아하는 사람이 몇 있긴 하다. 그는 존과 가까운 사이이며 "새롭고 젊은 리얼리즘 화가" 조지 트렌트와도 친하다. 이웃에 사는 노동계급 핸콕 부부가 그의 그림의 진가를 알아본다. 하지만 그게 다고, 대체로 그는 혼자서 작업하는 무명 화가다. 존의 곁텍스트 상당 부분은 라빈에게 미술 중개인을 찾아주려는 본인의 노력을 재구성한 것이다. 이런 장면, 그리고 갤러리 소유주들이 보이는 잘난 체하고 속물적인 태도는 고도로 풍자적이다. 존과 라빈이 케네스 클라크를 희화화한 인물인 제럴드 뱅크스의 개인 수집품을 보러 간 오후를 길게 묘사한 대목이 있다. 라빈이 서재에 걸린 그림들을 보고 말한다. "맹수 사냥꾼의 수집품이군요. 당신 집에 있는 이 모든 그림이 한때는 살아 숨 쉬고 있었죠. 한데 지금은 죽은 것처럼 보이는군요."[18]

당연한 얘기지만 여기 나오는 이름은 모두 실제와 다르다, 존은 서두에 이렇게 쓴다. 아이러니하다. 독자는 허구의 인물이 실제 누구를 빗댄 것인지 알아볼 테니 말이다. 그가 앙갚음하려는 대상은 비단 클라크만이 아니다. 그 시기에 나온 다른 소설과 마찬가지로(일기 형식으로 자신이 정치에서 받은 고통에 작별을 고하는 레싱의 『금색 공책The Golden Notebook』이 대표적이다), 『우리 시대의 화가』도 인물의 정체를 살짝 가리고 누구인지 알아보라고 말한다. 통통하고 말만 번지르르한 마커스 오릴리어스는 데이비드 실베스터를 한껏 조롱한 셈이며, 조지 트렌트는 버거가 옹호했던 젊은 '북부' 리얼리즘 화가들을 나타낸다. 다이애나는 잘못된 결혼으로 오랫동안 고통받는 아내('앵그리 영 맨'이 즐겨 쓰던 인물상)의 진수를 보여준다. 존은 당연히 저자의 분신이며, 버거가 훗날 인정했듯이 라빈은 헝가리 출신 미술가이자 조각가 페테르 페리Peter Peri에게서 영감을 얻은 인물이다. 페리의 드라이포인트 판화는 소설 초판의 권두 삽화로 사용되기도 했다.[19]

마치 뒤틀린 거울과도 같았다. 소설은 버거가 런던(운동장 싸움, 흉측한 논쟁) 밖으로 나가 오로지 픽션이라는 잠망경을 통해 안을 들여다보는 방법이었다. 바깥의 목소리는 안의 목소리가 되고, 한때 그토록 활발했던 공동체는 글쓰기 행위를 통해 방부 처리된다. 그러므로 소설의 클라이맥스 장면은 상징적이다. 화려한 갤러리 개막식 밤(라빈의 일기가 아니라 존의 내레이션에 나오는 내용), 전 출연진이 마지막 단체 사진을 찍기 위해 한자리에 모이고, 라빈은 곤혹스러워하면서도 무심한 태도로 일행에서 슬며시 빠진다.

* * *

왜 픽션으로 방향을 돌렸을까? 버거가 수십 년 뒤 스스로 던진 질문이다. 대답은 이랬다. "지금 돌이켜보면 나는 늘 이야기에 아주 밀접하게 연결되어 있었던 것 같습니다. 회화에 대해 말할 때조차 그랬고요. 미술비평가로 일하면서 항상 이야기꾼의 접근 방식으로 미술을 대했습니다."[20] 지당한 말이다. 그러나 이 말을 뒤집어도 역시 참이다. 버거는 이야기를 만들면서도 여전히 회화에 대해 말하곤 했다.

『우리 시대의 화가』의 경우 확실히 그렇다. 대부분의 내용이 캔버스에 색을 넣는 문제에 대한 실제적·철학적 통찰을 담고 있다. 세커 앤드 워버그Secker & Warburg 출판사와 주고받은 자주 짜증 섞인 편지에서 버거는 라빈을 자기 생각의 '대변인'으로 계획하고 있다고 썼다. 그는 자신의 목표를 두 가지로 밝혔다. 첫째는 "현대 세계에서 예술가로 산다는 것이 어떤 의미인지 명료하게 밝히는 것"이고, 둘째는 "예술품 사기나 다름없는 행위의 부당함을 공격하는 것"이었다.[21] 라빈이 쓴 일기 부분은 확실히 버거의 초창기 논쟁처럼 읽힌다. 라빈의 화폭은 구투소와 레제에게서 가져왔다. 그는 수영선수, 파도, 일하는 사람을 그렸고, 최고 야심작 〈게임〉에는 올림픽 선수들의 모습을 담았다. 버거처럼 라빈도 예술을 위한 예술을 경멸하며, 계급 없는 사회로 나아가는 데 예술이 힘을 보태야 한다고 믿는다.

라빈과 버거의 유사점은 모르고 지나칠 수가 없다. 그러나 더 흥미로운 지점은 훨씬 미묘하게 드러나는 차이, 바로 픽션이 허용하는 자유다. 픽션은 논쟁과 달리 의심하고 주저하는 것을 반긴다. 라빈은 확실한 입장을 정하지 않음으로써 저자로부터 자율성을 얻는다. 『우리 시대의 화가』에서 버거는 자기 입장을 되풀이하면서도 자기비판을 시도한다. (라빈은 존이 "갤러리를 돌아보고 와서는 항상 자신이 본 것에 대해 분개하고 화를 냈다"고 말한다. 저자를 포함한 세 사람의 관계를 통해 자기풍자를 하는 대목이다.)[22] 그즈음 버거의 비평이 맹렬했다면, 라빈의 일기는 고통과 의심으로 얼룩져 있다. 라빈은 자꾸만 불안해하며 일상의 일부가 되어버린 "양심의 고뇌"에 시달린다. 그의 문장은 혹독한 자기비판과 자기연민과 자기과장과 자기인식을 차례로 오간다. 논쟁에서는 발목을 잡을 수도 있는 아포리아aporia*가 여기서는 경험의 고통 이전에 상상의 공감을 이끌어낸다.

후반부의 한 일기에는 그가 가진 것과 부채負債가 기록되어 있다.[23]

나의 몫	부채
회화 200점	의무 불이행
에칭 몇 점	불성실
아직 살아 있다는 것	의존

* 증거와 반증이 팽팽하게 맞서는 논리적 난제.

소설의 공간은 수직적 추론보다는 이런 수평적 병치를 더 많이 허용한다. 추상적인 수사가 전화료 고지서, 구조 조정된 미술학교, 실패한 결혼과 나란히 놓인다. 은유가 과하다 싶을 때는 일상의 관찰이 지적인 분위기를 누그러뜨릴 수 있다.[24] 라빈은 종종 말을 짧게 하는 유머를 구사한다. 저녁에 감상적인 일기를 한 줄 쓰고, 다음 날 아침에는 지난밤 술을 너무 많이 마셨다며 또 한 줄 쓴다. "말장난을 하는군", 그는 스스로에게 적는다. 자신의 이론이 (뇌의 은유 같기도 한) 화실을 벗어나기만 하면 "얼마나 냉랭하게" 다가오는지 인정한다. 그리고 유감스럽게 고백한다. "모든 이야기는 머지않아 허튼 독백이 된다."[25]

버거처럼 라빈도 갤러리와 도시, 예술과 마르크스주의, 영국과 유럽, 이론과 실제라는 골치 아픈 이분법의 그물망에 갇혀 있다. 특히 추상적 사고를 한다는 것은 버거에게 골칫거리인 동시에 강박이었다. 현란한 분석 성향을 타고난 그였지만 '추상'이라는 말은 항상 수상한 분위기를 품고 있어서, 마치 과도한 이론화는 노림수가 있는 덫처럼 여겨졌다. 라빈에 대해 말하자면, 그는 먼저 화가로 **출발했고** 나중에야 관념 세계를 받아들인 사람이다. 이 점이 버거가 이해하는 라빈의 핵심이었다. 그리고 버거가 자주 강조했듯이 회화는 시각 경험에, 지역적인 것과 특정한 것에, 우리 눈앞에 있는 것에 뿌리를 두기 마련이다. 어느 누구도 관념을 그릴 수는 없는 법이다.

그리하여 버거의 정치는 상당 부분 의인화에 의존했다. 그는 미래, 민족, 노동자, 인간에 인격을 부여했다.[26] 존은 라빈을 두고 이렇게 말한다. "물론 그는 추상적인 말을 사용했고, 누구나 그렇듯 자신만의 억양을 거기에 실었다. (…) 그는 정의를 마치 여기 존재하는 것인 양 이야기했다. 방금 방이나 동네를 뜬 여자에 대해 말하듯이 말이다."[27] 그러나 의인화가 비유적으로 쓰일 때는 문학적 장치로서의 의인화와 같지 않다. 당시 버거는 철학적 사유에서 알레고리적 픽션으로 무대를 옮기며 이를 효과적으로 탐구하는 중이었다. 혼성 구조hybrid construction 소설의 한 가지 효과는 이런 두 차원이 기묘하게 때로는 아이러니하게 서로를 반영한다는 것이다.[28] 『우리 시대의 화가』에 나오는 거의 모든 인물은 저마다의 사회적 지위로 규정되며, 예술의 목적에 대한 그들의 태도 역시 나약한 감식가냐, 철학자냐, 수집가냐, 정신없는 가게 주인이냐에 따라 달라진다. 당시 희곡도 계급과 관련해 비슷한 경향을 보여주고, 오늘날 인종 및 문화적 동화와 관련한 정체성을 다룬 소설에서도 이를 엿볼 수 있다. 하나같이 주인공은 두 세계 어디에도 속하지 못해 고통받곤 한다. 버거와 마찬가지로 라빈 역시 순수한 마르크스주의자도, 순수한 유미주의자도 아니다. 그래서 딜레마이고, 정체성의 위기이고, 또 소설인 것이다.

하지만 라빈의 의식 속에서 개인적인 것과 개념적인 것 사이의 문턱을 넘으려는 충동은 매우 다르게 작용한다. 그 충동은 일기라는 사적인 영역에 존재하며, 이때 담론은 자아와 나누는, 그리고 가장 절실하게는 기억이라는 변치 않는 유령들과 나누는 대화가 된다. 프레드릭 제임슨Fredric Jameson은 사르트르의 희곡 『닫힌 방Huis Clos』과 관련하여 이렇게 말했다. "과거는 두 가지 별도의 방식으로 기술될 수 있다. 과거는 손 닿지 않는 곳으로 흘러가서 더 이상 바뀌지 않는 것, 여전히 우리 것으로 느껴지지만 영원히 고정된 것이다. 이와 동시에 과거는 우리 손에서 계속 바뀌고 갱신되는 것이기도 하다. 과거의 의미는 우리의 자유만큼이나 유동적이며, 우리가 행하는 새로운 모든 것은 과거를 머리부터 발끝까지 재평가할 기세다."[29] 라빈이 추구하는 재평가란 자기 삶의 선택, 이를테면 동쪽으로 가는 대신 서쪽으로 가기로 한 일, 법학 대신에 회화를 공부하기로 한 일과 가장 강하게 연결된다. 그는 이런 선택을 친구들의 선택과 비교하는데, 일기를 보면 그가 친구들을 내면화된 표상으로 삼아 자신의 성공과 실패를 가늠하고 있음을 알 수 있다.

여기서 가장 중요한 인물은 한때 라빈의 가장 친한 친구였지만 예술보다 정치를 선택하면서 갈라서게 된 시인 라슬로다. 라빈은 이렇게 말한다. "라슬로는 나보다 훨씬 더 극적으로 발전했다. 어쩌면 변했다고 해야 할지도 모르겠다. 그는 대단히 냉철한 사람이 되었다. 더 이상 한가로운 억측을 하지 않았다."[30] 잃어버린 우정에 따른 고통이 죄책감의 그림자와 더불어 소설에 드리워져 있다. 라빈은 라슬로가 "스스로에게 가혹하게 군다는 것이 너무도 분명했기 때문에" 그를 다가가기 힘든 존재로 기억하며, 이를 자신을 평가하는 관점에 고스란히 반영해 자기 삶과 작업을 라슬로처럼 엄격한 잣대로 바라본다. 그러나 친구의 연설을 읽던 도중 과격한 공산주의 용어에, "중앙집권화되고 조직화된 단어들"에 주춤한다. 그는 라슬로의 현재 삶을 헤아릴 수 없다. 그리고 1952년 친구가 반역죄로 헝가리 공산당에 의해 처형되었다는 소식을 들으면서 그의 불가해함은 극에 달한다. 충격적인 소식이었다. 이를 계기로 운명의 변덕에 대한, 그리고 그들 세대(라빈에 따르면 "마무리되지 못한 이야기들의" 세대)가 직면했던 고통스러운 선택에 대한 생각이 꼬리에 꼬리를 물고 이어진다.

라빈이 양심의 강경한 표상들과 벌이는 토론이 몇 페이지에 걸쳐 이어진다. 그가 유미주의자들과 직접 대적한 일은 명확하게 표현되지만, 라슬로와 상상으로 대립한 일은 훨씬 깊고 혼란스러운 반향을 남긴다. 소설의 중심부는 이론의 거울로 둘러싸인 미로 속을 돌아다닌다. 궤변은 진실이 되고 진실은 다시 궤변이 된다. "이제 나의 옛 스승들이 반박하는 소리가 들린다. 그러면 계급투쟁은? 우리가 예술이라는 상부구조와 경제적 토대의 연계를 마르크스주의적으로 이해한 것은? 그들이 묻는다. 라빈 동지, 그대는 본인을 둘러싸고 있는 부르주아의 안락한 환상을 받아들인 건가?"[31] 라슬로는 무거운 책임감을 짊어지고 투쟁을 위해 예술을 버렸지만, 라빈은 스스로 무탈한 존재임에 부채감을 느낀다. 부채를 나타내는 독일어 '슐트Schuld'는 죄책감을 뜻하는 단어이기도 하다. 그러나 화실에서 양심을 어떻게 달랜단 말인가?

이런 장황한 생각은 문화적 냉전의 폭풍을 겪는 동안 버거에게 진정한 모순이란 외부적이기보다 훨씬 더 내면적인 것이었음을 나타낸다. 더 중대하고 참혹한 다툼은 사회주의 비평과 형식주의 비평 사이에서 벌어진 것이 아니라 예술과 정치의 다양한 논리들 사이에서 벌어진 것이었다. 사르트르는 글쓰기를 가리켜 세상에서 행하는 행위, 결과를 감당해야 하는 제시물이라고 했다. 그러나 이 같은 공식을 어떻게 실제적인 미적 기준에 적용할지는, 그리고 도덕적 예술을 어떻게 인위적으로 억누르지 않고 북돋울지는 한층 더 불명확하다.

물론 좌파 미학 전체는 서로 모순되는 것끼리 격돌해온 오랜 역사가 있다. 엥겔스Friedrich Engels는 졸라Émile Zola보다 발자크Honoré de Balzac를 선호한 것으로 유명하며 편지글에서 예술가의 올곧은 견실함을 강조했다. 반면 레닌Vladimir Lenin은 예술가들이 당에 복종해야 한다면서 예술이 더 큰 기구의 "자그마한 톱니, 작은 나사"가 되기를 요구했다. 양측의 입장은 수많은 논쟁에 모습을 드러냈으며 언론 자유와 정치적 올바름에 대한 오늘날의 논쟁에도 계속 나타난다.[32]

버거에게 이런 딜레마는 물리적 충돌로까지 이어지지는 않았지만 그럼에도 생존의 문제로 여겨질 수 있었다. 정치적 헌신은 그 정체성의 뿌리였고, 실제적으로 극심한 압박을 받으면서 내린 삶의 결정들에 영향을 미쳤다. 라빈이 라슬로에 관한 질문과 마주했듯이 우리는 버거를 둘러싼 질문과 마주한다. 그는 왜 공산당에 가입하지 않았을까? 그는 공산당의 간청(때로는 상당히 공격적이었다)을 시종일관 거절했지만, 그들의 행사에 나가 이야기하고 그들의 기관지에 글을 썼다. 일종의 **패싱**passing이나 다름없었다.

버거는 고작 서른 살에 『우리 시대의 화가』를 썼다. 그러나 이 작품은 젊은이의 소설처럼 느껴지지 않는다. 냉전이 그를 나이 들게 했다. 열정이 유명세로 또 참담한 실망으로 이어지기까지 5년밖에 걸리지 않았다. 버거는 미술사가 프레더릭 안탈Frederick Antal(헝가리 출신의 마르크스주의자 멘토)을 찾아갔을 때 스스로 "장군에게 보고하는 전령이 된" 기분이었다고 말한 바 있다.[33] 그리고 이보다 덜 전투적인 맥락에서 그는 여전히 이해되지 않는 "예술과 정치의 엄청나게 복잡한 관계"에 대해 말했다.[34] 정치화된 예술을 투쟁적으로 옹호하긴 했지만, 정치가 예술가의 작품에 어떻게 드러날 수 있는지에 대한 그의 이해는 한층 더 미묘해서 "마르크스주의 예술 분석이 종종 어처구니없을 정도로 단순하게 흐를 때가 많았다"는 점을 인정했다.[35] 그는 마티스나 보나르Pierre Bonnard 같은 예술가의 관능미를 칭찬했다. 물론 떠들썩한 방에서는 사절단의 확신에 찬 목소리로 이야기했다.

자신의 이념으로 무장하고 방어적 자세를 취할수록 그 이념을 빼앗기지 않을 가능성이 크다. 하지만 지나치게 방어적으로 굴면 위선자가 된다. 이런 역설은 버거의 지적 체계에서 몹시 억눌려 있었다. 겉으로는 그것을 인정하지 않으려 했다. 하지만 안에서는 이를 용광로 삼아 계속 나아가려 했다. 버거와 동시대인으로서 최고의 비평가 가운데 한 명인 앤드루 포지는 말한다. "그의 마음속에는 가치에 관한 체계적인 진술과 법을 갈망하는 한편, 무정부주의적인 충동에 휘말리는 양분된 입장이 내내 자리했다. 그는 모든 예술 작품을 어떻게 설명하면 좋은가, 그리고 이들 작품이 개별적으로 자신에게 어떤 느낌을 주는가 하는 문제 사이에서 스트레스를 받았고 이를 결코 해결하지 못했다. 당연히 동료 마르크스주의자라면 그에게 부르주아적 주관성의 때가 아직 묻어 있다고 할 테지만, 솔직히 말해 이런 내적 스트레스가 그의 글에 반영되지 않았다면 도저히 읽을 수 없는 글이 되었을 것이다."[36]

포지는 버거를 따르고 싶을 만큼 존경스럽고 흥미로운 인물로 여겼고, 그런 버거를 만든 것은 꾸준함이 아니라 꾸준하려는 그의 **투쟁**이었다고 말한다. 마찬가지로, 신념은 신념을 소유하려는 갈망에 불과할 때가 많다. 쉽게 되는 일이라면 노력할 가치도 없을 것이다. 그리고 대부분의 종교적 텍스트가 그렇듯 『우리 시대의 화가』도 의심의 고백인 동시에 신앙고백이다. 소설의 중심부에서 길게 이어지는 일기는 예술과 행동이라는 두 조건 사이를 왔다 갔다 하며, 모순을 지양하고 더 높은 수준의 진리로 나아가려 계속 애쓴다.[37] 라빈은 스스로에게 말한다. "그대는 항상 예술가에 대해 생각하고 말하지. 예술가가 봉사해야 하는 민중, 노동계급은 어찌 되었나? 나는 그들의 재능과 이해의 거대한 잠재력을 믿어. 하지만 웨이터처럼 그들 시중을 들 수는 없어."[38] 가장 대담한 구절에서 그는 일종의 교리문답을 제시한다.

예술가가 자기 소신을 위해 싸울 수 있는 방법은 세 가지다.
(1) 총이나 돌로 (…)
(2) 자신의 솜씨를 현재 선전원에게 활용하도록 내맡김으로써 (…)
(3) 순전히 자신의 자유의지에 따라 (…) 그리고 그에 못지않게 강력한 힘인 자신의 내적 긴장에 따라 작업하는 것이다.[39]

라빈은 세 번째 선택에 헌신할 뿐만 아니라 그런 선택의 전제가 힘을 발휘하는 세상에, 즉 자신의 내적 긴장이 더 큰 상상의 확장을 가능하게 하고 이를 통해 더 진실한 목적이 드러나는 세상에 헌신한다. 이를 통해 짐작하건대 버거가 지지하는 예술철학은 현재의 모순을 허락하되, 상상적 헌신과 정치적 헌신이 나란히 이어지다 지평선에서 하나로 수렴되리라는 전망을 가진 것 같다.

자유주의 비평가들은 틀림없이 이 얘기를 허황되게 여길 것이다. 버거와 라빈도 이에 반박할 증거가 없다. 그렇다면 무엇이 대안일까? 감식가가 되는 것? 예술을 위해 정치를 포기하는 것? 정치적 폭력에 기대는 것? 라빈의 옛 친구 막스처럼 아이러니를 묵인하는 태도는 어떨까. 타락한 급진주의자로 이제는 멋쟁이가 되어 망명 생활을 가식으로 치장하는 막스는 라슬로의 네거티브 이미지이며, 라빈은 그를 "내 동전의 뒷면"이라고 했다. "베를린 시절과 같은 것은 어디에도 없다. 그때처럼 그를 이해해줄 사람은 아무도 없다. 그러니 지금 일어나는 모든 일은 부조리할 따름이고, 그는 한 손을 주머니에 꽂은 채 공연한다."[40] 막스는 표현하기보다 공연한다. 믿기보다 유혹한다. 그는 포기했다.

라빈에게 포기하지 않는 것이란 **일하는 것**이다. 페이지가 넘어갈 때마다 소설에서 거듭 강조하는 한결같은 전언이다. 노동—아무리 일시적이거나 사소하더라도—은 모순의 고통에 대한 유일한 실질적 해결책이며, 말과 사유와 자의식의 유일한 대안이다. 라빈은 "시간을 더 빈틈없이 지키려고" 또한 더 열심히 일하려고 일기를 쓰기 시작한다. 그러므로 우리가 읽는 것은 다름 아닌 노력의 기록이다. "야노스가 언젠가 내게 이런 말을 했다. '일이라는 건 항상 똑같아. 아침 아홉 시에는 계획과 능력과 진실로 가득하지만, 오후 네 시면 패배자가 되지.'"[41] 소설 최고의 인용구로 책상 앞이나 화실에 써 붙여둘 가치가 있다. "이렇게 노예처럼 혹사당하며 일해야 할 필요에서 자유로워지는 것, 이것이 내가 그림을 완성하려고 애쓰는 이유일까? 언젠가 끝나리라는, 이것만 끝내고 나면 햇빛 아래 누워 일주일 동안 앞 못 보는 사람처럼 굴리라는 헛된 희망으로?"[42] 지속되는 창조적 노력의 현상적인 면면을 이토록 솔직하게 포착한 소설은 전에 없었다. 판에 박힌 작업의 여리고도 강박적인 속성, 시시각각 일어나는 탈진과 희열, 모든 관심사가 갑작스러운 붓질이나 한 구절의 디테일에 쏠리는 방식, 이 모든 것은 그럴싸한 위인전이 아니라 위대하든 아니든 현실의 화가가 남긴 실제 노트에서 가장 잘 드러난다.

"아이디어라는 불과 실상이라는 창작을 분리하고 나면 남는 것은 기적이다."[43] 버거는 (소설을 작업하고 있던) 1957년에 이렇게 썼다. 그가 예로 든 것은 빈센트 미넬리Vincente Minelli의 전기 영화 〈열정의 랩소디Lust for Life〉였다. 창작의 수수께끼에서 노동을 제쳐둘 때 어떤 신화적 미신이 생겨날 수 있는지 제대로 이해할 수 있으므로, 예술에 관심 있는 사람이라면 이 영화를 봐야 한다고 했다. 반 고흐가 그 신화의 중심에 있었다. 그는 예술이라는 종교의 수호성인이었지만, 버거에게는 가장 오해된 19세기 예술가이기도 했다. 버거가 〈열정의 랩소디〉에서 가장 못마땅해한 점은 광기를 찬양하며 질병을 영감으로, 장애를 천재성으로 숭상한 것이었다. 하지만 형편없는 예술을 한 미친 사람은 수없이 많다. 반 고흐가 자신의 귀를 잘랐다는 사실은 모두가 안다. 그보다 덜 알려진 사실은 그가 매일같이 그림을 그리는 고역에 거의 종교적으로 헌신했다는 점이다. 줄리언 반스Julian Barnes가 멋지게 표현했듯이 "신음하고 고함치고 무모한 계획을 세우는 일"은 "예술가의 영웅적인 과정, 즉 의욕이 꺾이는 상황—실은 자신의 타고난 성격을 접어야 하는 상황—에서 결단을 내리는 일에 수반되는 배경 소음"에 지나지 않을 수도 있다. "예술은 매일 시시각각 고되게 갈고닦는 일이다. 이 일은 어려운 현실 문제와 강렬한 몽상이 복잡하게 다층적으로 섞인 혼합물이다."[44] 바로 그 혼합물이 라빈의 예술이며, 버거의 예술이다.

***

『우리 시대의 화가』는 신념과 의심, 노동과 사유의 이율배반이라는 문제와 더불어, 숨겨져 있다시피 한 질문, 제대로 답할 수 없는 마지막 질문을 던진다. 우리는 다른 사람을 진실로 알 수 있는가? 가장 가까운 친구는 나에게 자기 자신을 드러내는가, 아니면 영원히 감추는가?

라빈이 라슬로 앞에서 확신하지 못하는 것, 존이 라빈 앞에서 확신하지 못하는 것은 비슷한 면이 있다. 자의식의 기록으로 읽히는 일기는 글쓴이의 가까운 친구들마저 그의 개인적인 생각이나 고민에 대해 얼마나 모르고 있었는지를 말해주는 증거다. 집단적 투쟁으로 이해되는 정치와 개인의 투쟁으로 이해되는 예술의 차이는 사회적인 것과 심리적인 것의 차이로 통한다. 유럽 소설이 19세기 리얼리즘에서 심리소설로, 이어 의식의 소설로 전개된 양상은, 몇몇 비평가들이 주장하듯 사회 현실에서 개인의 심리와 감정의 자율성으로 눈을 돌리게 된 것과 비슷한 움직임으로 볼 수 있다. 예술 매체가 세계를 언급하던 데서 자아를 언급하는 데로 옮겨 간 것도 비슷한 예다. 라빈은 사회적 리얼리즘에 헌신했지만 그의 일기, 나아가 그 일기를 담은 소설은 모더니즘 작품, 심지어 표현주의 작품으로도 볼 수 있다. 라빈의 일기는 소외된 도시적 자의식의 기록이다.

자아가 세상으로부터, 타인으로부터, 역사로부터 소외되는 현상은 『우리 시대의 화가』에서 망명 생활을 통해 그려진다. 라빈은 자신이 "이중으로 망명자가 되고 말았다"고 적는다. "나는 고국으로 돌아가지 않았다. 그리고 당면한 목표 대신 내 예술에 인생을 바치기로 했다. 따라서 나는 내가 참여할 수도 있었던 것을 지켜보는 구경꾼이다. 그래서 끊임없이 질문을 던진다."[45] 라빈은 개인적인 것에 갇혀 있다. 그는 정치적인 것을 경험할 수 없다. 즉 정치에 참여하지 못한다. 그는 첫 번째 일기에 이렇게 썼다. "다시 한 번 나 자신을 바라볼 필요가 있다. 과거에는 내가 참여한 중대한 사건들에서 나 자신을 인식했다. 하지만 이 한적하고 복 받은 나라에서 살아온 지난 10년간 내 삶에 사건이 없었다."[46] 자아 너머에서 자아를 인식하는 것, 이것이 『우리 시대의 화가』가 제안하는 인간됨의 모델이다. 또한 예술의 건강과 목적을 위한 버거의 모델이기도 하다. 예술은 예술의 발전을 넘어서는, 그래서 오히려 예술을 북돋는 역사 과정에 최대한 유기적으로 뿌리내릴 때 힘을 발휘한다. 개개 인간의 잠재력도 마찬가지다.

한편 우리는 각자 삶의 경험에 따라 구분되며, 그런 경험이 서로 다 들어맞지는 않는다.[47] 다이애나는 라빈과 달리 "배고 팠던 적이 없다. 심문을 받아본 적도 없다. 국경을 몰래 넘어본 적도 없다".[48] 존도 차이가 있기는 마찬가지다. 그가 술에 취해 "부다페스트를 위하여!" 하고 건배할 때, 라빈은 "간신히 알아볼 정도로" 고개를 젓는다. 그런 제스처는 짐작건대 두 사람을 갈라놓은 모든 것을 함축한다. 버거는 페테르 페리가 죽은 뒤 그에 관해 쓴 에세이에서 같은 논점을 한층 강경하게 드러낸다. "그는 우리의 경험이 부족하다고 여겼다. 우리는 소비에트 혁명 당시 부다페스트에 없었다. 쿤 벨러Kun Béla*의 패배가 불가피했을지언정 우리는 그가 어떻게 패배했는지 보지 못했다. 우리는 1920년 베를린에 없었다. 우리는 독일에서 혁명의 가능성이 어떻게 무산되었는지 이해하지 못했다. 우리는 나치즘이 슬금슬금 전진하여 이윽고 오싹한 승리를 거두는 것을 보지 못했다. 우리는 예술가가 30년간 해온 모든 작업을 포기해야 한다는 게 어떤 것인지 알지 못했다. 누군가는 이 모두를 상상할 수도 있었겠지만, 이에 관한 한 페리는 상상 따위

* 1919년 헝가리 평의회 공화국을 수립하는 데 앞장섰던 공산주의 정치가.

는 믿지 않았다."[49]

다른 한편으로 이 소설은 예술이 제대로 작동한다면 그와 같은 간극이 존재한다는 것을 요령 있게 인정함으로써, 이를 극복까지는 못하더라도 줄일 수 있다고 말한다. 1953년 가을에 라빈은 존의 초상화를 그렸다. 여러 날 오후 두 남자는 말없이 앉아 있었다. 나이 든 남자가 더 젊은 남자를 그려주었다. 남성적인 다정다감함을 보여주는 심오하고 사적인 행위다. 그림 그리기가 끝나자 라빈은 너그러움과 드러냄의 행위로, 즉 **선물**로 친구에게 드로잉을 주었다. 일기에는 이렇게 썼다. "그것은 생각하는 현대인을 보여준다." 존에게 이 초상화는 자신이 의혹에 시달릴 때 "크나큰 용기를 주는 힘"이 되었다. 그는 책을 쓰면서 책상 위에 기념으로 그림을 걸어놓았다.[50]

버거는 예순 살이 되어 말했다. "내 지난 삶에서 관심이 가는 것은 모두 평범한 순간이다."[51] 하지만 그의 첫 소설 『우리 시대의 화가』는 그럴 가능성이 없을 때에도 희망을 놓지 않은 모순 속에서 태어났다. 소설 클라이맥스에서 벌어진 행위가 애매하게 느껴지는 것은 이런 까닭이다. 라빈은 헝가리 봉기가 일어나자 갑작스레 영국을 떠나기로 마음먹는다.

그는 어떠한 설명도 없이 마음을 굳힌 채 사라져버렸다. 사회적 자살인 동시에, (동쪽으로 가는 라빈의 모습이 빈에서 마지막으로 목격된 것으로 보아) 자신이 태어난 곳이자 역사에 동참했던 곳으로 향하는 귀환일 수도 있다. 레이먼드 윌리엄스는 당시 이렇게 썼다. "공동체를 부르짖으면서도 거기서 도망치는 행위를 찬양하는 것, 일체감을 부르짖으면서도 오로지 도망치려는 욕망에서만 하나가 되는 것은 우리 세대의 역설이다."[52] 그가 지적하기를, 일반적인 빅토리아 시대 소설은 일이 계속 안정적으로 매듭지어지면서 끝나는 반면, 현대 소설은 인물이 혼자 도망치는 것으로 끝난다. 즉 "지배적인 상황에서 탈출하고, 그런 행동에서 자신을 발견"하는 셈이다.[53]

이 같은 설명은 『우리 시대의 화가』에 정확하게, 한편으로 묘하게 적용된다. 라빈이 떠나는 것은 실제적으로 탈주이지만 가설적으로 재통합이기도 하다. 그런 애매함은 지극히 현실적인 정치적 혼란을 정교하게 대체한다. 버거는 1956년 봄에 페퇴피 서클Pétofi Circle*이 첫 모임을 가진 직후 소설을 쓰기 시작했으며, 1958년 너지 임레Nagy Imre**가 처형되기 몇 달 전에 탈고했다. 라빈이 헝가리 정치 상황에 관여했는지는 불확실하게 처리된다. 일기는 그의 실종을 둘러싼 프레임이며 그 역逆도 마찬가지지만, 서로 설명이 되지는 않는다. 등장인물들은 각기 다른 철학적 필요를 투영해 라빈의 운명을 자기 식대로 해석한다. 다이애나는 그가 총살되었다고 여긴다. 조지 트렌트는 그가 자유의 투사가 되었다고 확신한다. 막스는 그가 서양에서 상업적 성공을 감당할 수 없어 도망쳤다고 믿는다. 존은 라빈이 이제 카다르와 함께라고 믿고 싶어 한다. 이렇듯 라빈은 사람들에게 저마다 다른 것을 의미했다. 일기는 어느 쪽인

---

* 헝가리 봉기의 시발점이 된 지식인 모임.
** 헝가리 총리로 소비에트 침공에 저항했던 개혁파 인물.

가 하면, 그가 자신에게 어떤 존재였는지를 설명한다.

***

『우리 시대의 화가』는 1956년이라는 경계에 걸쳐 있다. 라빈의 일기는 경계선 이전의 몇 해에 속하고, 존이 이탤릭체로 써넣은 설명은 경계선을 넘어 뒤돌아본다. 일기는 스탈린, 레제, 드 스탈Nicolas de Staël, 그리고 한 세대 사회주의 이념의 화신인 라슬로의 죽음을 기록한다. 그 세대를 형성한 경험은 전쟁, 혁명, 반혁명, 파시즘, 두 번째 전쟁, 레지스탕스였다. 1950년대 영국의 정치 지형은 이보다 불투명했다. "멋지고 용감한 대의 같은 것은 씨가 말랐어." 지미 포터*의 유명한 대사다. 이 말은 수에즈·헝가리만큼이나 당시 역사의 순간에 귀속되어 있던 한 희곡에 등장한다.

하지만 서구 마르크스주의자들에게 전후 신념의 위기는 고통이자 아울러 쇄신의 기회였다. 일부는 환멸을 느꼈지만, 많은 이들이 더 명민한 눈으로 자신의 입장을 재차 다질 수 있었다. 지금에 와서 하는 말인데 1968년의 씨앗은 1956년 직후 몇 달, 몇 년에 걸쳐 심어졌다. 1세대 신좌파에서 다음 세대가 나온 것이다. 그리고 버거가 첫 번째 혁명에서 (순진해서든 정직하지 못해서든 간에) 역사의 잘못된 쪽에 섰다면, 1968년 그 역사적인 해의 봄에는 프라하로 건너가 체코 학생들의 저

* 존 오스본의 1956년작 희곡 『성난 얼굴로 돌아보라』에 나오는 인물.

항운동을 기록함으로써 자신의 잘못을 속죄했다. 한때 이를 악물고 참아야 했던 그가 이번에는 앞서 써야 했던 글을 자유롭게 썼다. "러시아인들은 자기네 거짓말에 들어맞는 현실을 강압적으로 만들어낼 수 있었다."[54]

하지만 『우리 시대의 화가』 출간 당시에도 이 책이 응답하려 했던 처음의 긴박한 위기는 여전했다. 수만 명의 헝가리인이 체포되고 결국 수십만 명이 해외로 달아났다. 너지는 막 처형당했다. 「정치와 페인트 뒤섞기」라는 리뷰에서 스티븐 스펜더(한때 공산주의자였고 『실패한 신 The God that Failed』이라는 책에 글을 썼다)는 '존'이 카다르를 지지한다고 넌지시 말하는 문장을 콕 집어 지목했다. 그냥 넘어갈 수 없는 구절이었던 것이다. 그는 라빈을 "살인자"이자 "사법 살인의 옹호자"라 했고, 버거를 젊은 시절의 요제프 괴벨스를 연상시키는 인물이라고 했다.[55] 괴벨스는 『미하엘』이라는 자전적 소설을 쓴 바있는데, 스펜더는 『우리 시대의 화가』와 『미하엘』 모두 "총격과 정치범 수용소의 냄새"를 풍긴다고 말했다. (몇 달 뒤 아널드 케틀 Arnold Kettle도 『월간 노동 Labour Monthly』이라는 잡지에 이렇게 썼다. "강제수용소 냄새가 나는 것은 맞다. 우리 시대 유럽의 어느 진지한 소설에 그 냄새가 없을 수 있겠는가?")[56]

『인카운터』에 실린 리뷰에서 헝가리 출신 망명자 폴 이그노투스 Paul Ignotus는 그렇게 적대적으로 굴지 않았다. 그는 라빈의 진정성을 알아보았다. "책에 묘사된 유형은 진짜다. 나는 그런 사람을 잘 알며 여러 장소에서 그런 사람을 보았다. 정국이 바뀌면서 기회가 달라지긴 했는데 베를린의 로마니셰스 카페에서, 빈의 무조임 카페에서, 파리의 르 돔 카페에서, 어쩌면 버거 씨가 그런 사람 혹은 그 그림자를 마주쳤을지 모를 런던에서도 보았다."[57] 그러나 이 소설에 묘사된 정치는 "너무 심각하게 받아들여져서도 안 되"지만, "무시하기에는 너무 눈에 띄게 표현"되었다. 의도적으로든 아니든 이그노투스는 버거에게서 국가 테러의 옹호자를 보았다. "'나의 정치는 피뢰침이다'라고 야노스 라빈은 쓴다. 수많은 사람들이 죽더라도 그는 피뢰침이 되어 자신의 번개를 끌어오고 싶어 한다."[58]

소설은 출간되고 얼마 지나지 않아 재고 처리되었다. 나중에 버거가 언급한 바에 따르면, 스펜더의 리뷰에 세커 앤드 워버그 출판사와 미국 문화 정책 기관지인 『인카운터』의 인연도 영향을 미쳐서, 첫 소설은 거의 하룻밤 사이에 "효력 없는 사문"이 되고 말았다. 그가 이 일을 과장해 표현했을 수는 있지만, 개인적인 믿음에도 진실은 있는 법이다. 책의 수명이 금방 끝나고 만 데는 정치적 이유만이 아니라 상업적 이유도 있었는데, 둘은 함께 작용할 수 있다. 게다가 출판계에 진심 어린 사회주의자가 이름을 올릴 자리를 보지 못했던 문화적 어젠다도 한몫 거들었다. 그리하여 『우리 시대의 화가』는 중심 인물인 라빈과 마찬가지로 사라질 운명에 놓였다. 벗어나려고 몸부림쳤던 바로 그 극단화의 희생양이 되고 만 것이다. 출간 당시 리뷰를 쓴 이들은 이 소설에 도그마적이라는 편견을 씌웠지만, 오늘날의 독자들은 여기 담긴 슬픔과 희망 모두에서 성숙한 면모를 볼 가능성이 크다. 자기 것으로 소화하는 일은 곧 변화를 통해 생명을 부지하는 일이다. 고통의 경험을 통해 소설이 세상에 나왔고, 그 소설을 통해 버거는 자신의 일부를 자유롭게 놓아줄 수 있었다.

그러는 동안 『우리 시대의 화가』는 제2, 제3의 생명을 얻었다. 먼저 1960년대 중반 펭귄Penguin 출판사에서 판권을 얻어 두 번째 판본을 냈다. 1990년대에는 랜덤하우스Random House가 특별 후기를 더한 판본을 냈고, 더 최근에는 버소Verso에서 출간했다. 이 소설은 꾸준히 새로운 독자를 만나고 있다. 우리가 살지 않은 시대를 돌아보지만 그 시대의 역설은 우리에게도 낯설지 않다. 『우리 시대의 화가』는 영웅이 없는(그게 옳든 그르든) 냉소적 시대에 헌신을 깊이 있게 파헤친 문제작이다.

3장

예술과 혁명

예술 작품은 우리의 창조력을 정지 상태로 담아놓은 결정체이며,
그것은 나중에 살아 있는 에너지로 다시 바꿔서 쓸 수 있다.

— 막스 라파엘

매 순간이 메시아가 들어올 수 있는 좁은 문이었다.

— 발터 벤야민

혁명은 어떻게 일어나는가? 혁명이 일어난 뒤에는 무슨 일이 벌어지는가? 오늘날 서구 독자들의 향수를 자극할 법한 질문이다. 역사의 종말이 이야기되기 전인 과거 시대가 떠오른다. 우리는 비즈니스와 스타일, 과학기술에서는 혁명을 계속 이야기하지만, 정치 분야에서 예전 같은 의미의 혁명을 이야기하는 일은 좀처럼 없다. 그것은 예술에서도 마찬가지다. 오늘날 도처에서 우리를 둘러싸고 있는 자본주의 세계 질서 너머를 내다보는 것보다는, 차라리 거대한 재앙이 닥쳐와 지구에 사람이 살 수 없게 되는 것을 상상하는 편이 더 쉽다. 그런 대격변이 일어나고 나서야 우리는 리셋 버튼을 누르고 새로 시작할 수 있을 것이다. 이것은 여름 시즌 많은 블록버스터 영화들이 담고 있는 유토피아적 내용이기도 하다.

그러나 불과 두 세대 전만 해도 미래의 개념과 가능한 것에 대한 감각이 지금과는 달랐다. 유럽 좌파에게 중대한 해, 즉 1789년, 1848년, 1871년, 1917년, 1968년을 쭉 나열해보면 혁명이 그들 마음속에서 계속 중심을 차지해왔음을 보여주는 급진적 계보가 만들어진다. 역사는 살아서 몸부림치는 힘이라는 것이 거듭 확인된다. 민중의 에너지가 분출하고, 걷잡을 수 없게 되고, 꺾이고, 다시 일어나고, 꺾였다가 다시 일어나는데, 그 모습이 스펙터클하게 펼쳐질 때가 많다. 기나긴 19세기가 이 점을 잘 보여준다. 그리고 이런 혁명의 순간—대규모 교란과 돌이킬 수 없는 역사의 변화로 나아가는 창문—에 정치적 선봉에 선 전위대는, 재림이 목전에 다가왔다고 확신하며 **꿈꾸던 바를 살아온** 사람들이라 말할 수 있다.

대혼란을 꿈꾸는 몽상가가 아니라 전통을 지키는 활동가로 시작했던 버거에게 갑작스레 기분을 들뜨게 하는 변혁의 개념은 나중에야, 그러니까 전후 통합에 품었던 희망이 사라지고 나서야 비로소 와닿은 개념이었다. 일찍이 그가 맛본 정치적 실망감은 이런 의미에서 색다른 경험이었다. 젊은 날의 혁명이 잘못되었다거나 불발되었다는 게 아니라, (미국에서 건너온) 문화 혁명이든 (동유럽에서 일어난) 정치혁명이든 실제로 **일어난** 혁명들이 출처가 틀린 혁명이었다는 뜻이다. 그 와중에 그가 차곡차곡 진작시키려 했던 예술적 뉴딜은 자체 야심의 무게에 짓눌려 허물어져갔다. 중산계급이 밀물처럼 몰려오면서 새로운 태도와 열망이 대거 생겨났다. 이른바 '광고 매스컴' 문화, '이렇게 좋았던 적이 없었다'는 맥밀런Harold Macmillan 식 사고방식, 미국산 '쿨cool'의 숭배였다.

1956년 영국에서는 팝아트가 현장에서 탄생했고, 문화 연구가 방법론으로 등장했으며, '앵그리 영 맨'이 세대의 기표로 부각되었다. 이듬해에는 두 가지 신화가 무너졌다. 바로 소련 신화와 '인민' 신화다.[1] 그해 1월 지적 분위기의 소설가 킹슬리 에이미스Kingsley Amis는 젊은이들 전체가 믿음을 가질 만한 대의를 찾아 '쇼핑'에 나섰지만 텅텅 빈 저장고만 보게 됐다며 투덜거렸다. 한편 좀 더 의욕에 넘친 앤서니 크로슬랜드Anthony Crosland는 노동당에 따분한 대중주의 노선을 벗어던지고 날고뛰는 새로운 영국과 보조를 맞출 것을 촉구했다.[2] 비틀스The Beatles가 리버풀의 클럽에서 연주를 시작하기 불과 3년 전의 일이었다.

실제보다는 상상의 거대한 역사적 힘에 자존심을 걸었던 버거는 패배에 맞닥뜨려야 했다. 1956년에는 이렇게 썼다. "결국 우리는 새로운 사람들이 등장해 예술을 새로이 통합하기를 기다려야 한다. 그동안 우리가 할 수 있는 일이라곤 따로 떨어진 부분들을 향상시키려고 애쓰는 것뿐이다."[3] 버거는 지난 몇 년을 조망하며 자신의 실패를 분석할 수 있었다. 그는 "서유럽에서 시각예술이 오늘날 갖는 사회적 역할"을 오해했으며, 회화와 조각이 "다른 예술들처럼 폭넓게 발달할 수 있으리라" 착각했다.[4] 하지만 새로운 기술(라디오, 영화, 텔레비전)이 대중적 소통의 역할을 빼앗아 가자 시각예술가는 오로지 부르주아에 의존하는 신세가 되었다. "그 결과 우리 사회적 리얼리즘 비평가들은 예술가에게 직접적이고 절실한 사회적 논평을 만들어낼 것을 요구하거나 기대하는 잘못을 저질렀다. 이것은 가장 큰 좌절감을 주는 모순 속에 예술가를 가두는 일이었다. 예술가는 자기 매체나 내용물에 환멸을 느끼게 됐다."[5]

그러나 버거는 이런 말도 했다. 우리의 희망이 남긴 것은 긴 절망이지만, 그 절망이 다시 희망을 낳으리라고. 때로 그 과정은 그리 길지 않다.

1956년의 위기를 통해 신좌파라는 이름으로 자기반성과 쇄신의 시기가 일어났고, '1960년대'라는 문화적 빅뱅이 그 뒤를 이었다. 처음엔 영국 마르크스주의 내에서, 이어 전 세계적으로 반항의 분위기가 휩쓸면서, 폭발적인 재배치가 이루어졌다. 이 말은 곧 버거가 자유롭게 거듭날 수 있었다는 뜻이기도 하다. 러시아 출신 번역가 애나 보스톡Anna Bostock(아냐 보스톡)과 결혼하고 비슷한 시기에 영국을 떠난 것은 그에게 새 출발을 나타냈다. 이로써 소요하며 활발하게 활동하는 그의 중기가 시작되었다. 망명을 떠나기 채 1년도 남지 않은 1962년『월간 노동』에 쓴 시에서 보듯 말이다.

> 인간은 뒷걸음치거나 앞으로 나아가거나
> 두 가지 방향이 있다.
> 하지만 양쪽을 갈 수는 없다.

버거에게 앞으로 나아간다 함은 대륙으로 가는 것을 의미했고, 새로운 종류의 글쓰기를 의미했다. 이는 그가 비평가로 활동하며 잠깐 보았을 뿐인 합습의 가능성을 예술가로서 실현하겠다는 뜻이었다.

제네바 교외에 기반을 두긴 했지만 그는 대부분을 길 위에서 보냈다. 그리고 '68세대'가 날개를 펴에 따라 그의 작업도 기성의 모델을 모두 벗어던졌다. 그는 사진-텍스트, 방송, 소설, 다큐멘터리, 장편영화, 에세이 등 경외심이 일 정도로 다양한 작업을 했다. 감각적이면서 의욕적인 15년이었다. 오토바이를 타고 미술관을 돌아다녔고, 시골의 친구들 집에 머물렀고, 야외에서 풍경화를 그렸고, 제단화와 기념비를 순례했고, 양차 대전 사이에 사라진 원고들을 찾아다녔고, 가두행진과 토론회에서 발언했다. 이 모든 활동이 (영국 작가가 아닌) 유럽 작가라는 새로운 정체성의 밑거름이 되었다. 버거가 맨처음 런던의 살벌한 논쟁의 장에서 이름을 떨쳤다면, 신좌파가 최고조에 달했을 때 나타난 그의 면모는 이동 중인 이론가, 고국에 답장을 쓰는 비평가였다. 실로 변혁이었다.

* * *

1950년대 말은 일종의 나들목이었다. 그는 저널리즘에서 잠시 벗어난 이후 런던을 떠나 시간을 가졌다. 첫 번째 소설을 발표하고, 두 번째 결혼이 파경을 맞고, 사회적 리얼리즘 프로젝트가 무산되는 등 이 모든 일을 겪은 뒤에는 『뉴 스테이츠먼』으로 돌아가 3년을 더 일했다. 그는 1958년부터 1960년까지 다시 전시회에 관한 글을 썼지만 초점은 크게 바뀌었다. 동시대 미술에 대한 관심은 무시나 무관심 수준으로 쪼그라들었다. 1958년 '베네치아 비엔날레'에 대한 리뷰는 간명하게도 제목이 '따분한 비엔날레The Banale'였다.[6] 두 명의 친구를 제외하면 그가 진지한 관심을 보인 전후 화가는 잭슨 폴록이 유일했다. 그러나 여기서도 새로운 관점이 보였다. 폴록은 얼마 전

교통사고로 죽었고, 버거는 뉴욕 모더니즘의 '강매'에 대해 더 이상 항의하지 않았다. 그 대신 지금도 널리 읽히는 에세이를 통해, 폴록의 대단한 재능(버거도 마침내 인정했다)이 **부정적으로만** 드러날 수 있었다고 주장했다. 버거에 따르면, 재능의 낭비를 생생하게 보여주는 증거가 바로 폴록이 마음을 비우고 감옥 담벼락에 그린 낙서였다. 버거는 그가 "말할 수 있는 능력을 갖고 있으면서 벙어리처럼 행세했다"고 썼다.[7]

버거가 보기에 폴록의 실패는 자신이 속한 문화적 상황 "너머를 생각하거나 의문을 제기하지" 못한 탓이었다. 스스로 던진 이런 충고에 귀 기울이기라도 하듯 버거의 글쓰기는 역사에 뿌리를 내리면서 넓어져갔다. 물론 쿠르베, 고야Francisco Goya, 코코슈카Oskar Kokoschka, 샤갈 같은 대가도 연구했고 중간중간 논쟁도 벌였다. 그러나 이제는 더 총체적인 시선으로 과거의 예술을 들여다보았다. 그는 더 큰 질문을 제기했다. 회화는 인간의 의식 발달에 대해 무엇을 말할 수 있을까? 우리의 감각은 문명인으로서 갖는 믿음에 어떤 영향을 받을까? 예술가는 다른 분야 사상가들 사이에서 어떤 자리를 차지할까? 그는 벨라스케스Diego Velázquez를 갈릴레오와, 푸생을 데카르트와, 피카소를 하이젠베르크와 연관 지으며 글을 썼다. 휴 웰던Huw Wheldon이 진행하는 텔레비전 프로그램 〈모니터Monitor〉에 출연했을 때는 벨리니Giovanni Bellini의 성모 마리아 그림 네 점을 소개하며 그 사이를 가르는 코페르니쿠스와 바스쿠 다 가마의 혁명을 이야기했다. 이런 비교는 물론 엄밀한 것이 아니라 상상력을 자극하기 위함이었다. 버거는 예술을 그저 사상사의 부속물로 간주할 때(에르빈 파노프스키Erwin Panofsky의 도상학에 대해 자주 제기된 비판이다), 어떤 함정이 있는지 잘 알았다. 그러나 핵심 전제는 확고하게 고수했다. 그는 독자들에게 상기시켰다. "과학의 발달과 예술의 발달은 독립적이지 않다는 것을 기억해야 한다. 과학자들이 제기한 질문과 예술가들이 제기한 질문은 똑같은 역사가 만들어낸 것이다."[8] (토머스 쿤Thomas Kuhn과 미셸 푸코Michel Foucault처럼 상이한 사상가들도 같은 시기에 저마다 나름의 구조주의에 도달한 것을 보면, 이는 시대가 만들어낸 통찰이었다.) 모든 분야는 자기 시대의 이데올로기적 가능성을 만들어내는 조건이면서, 동시에 그 가능성으로부터 영향을 받는다. 현대적 미술사의 거두 하인리히 뵐플린Heinrich Wölfflin은 버거보다 반세기 앞서 이렇게 말했다. "사람들은 언제나 자신이 보고 싶어 하는 것을 보았다." 그는 "시각 자체에도 역사가 있다"면서 "이런 시각적 단층들을 드러내는 것"이야말로 학자의 주요 과업이라고 주장했다.[9]

(직업적인 학자가 아니라 비평가와 작가로서) 버거의 욕망을 건드린 두 무대는 르네상스와 모더니즘이었다. 둘 다 철학적 혁명으로서 어깨를 나란히 했지만, 더 최근 계보인 모더니즘은 특별한 관심을 끌 만했다. 왜냐하면 오랫동안 모더니즘은 좌파에게 출입금지 구역이었기 때문이다. 말하자면 소련에서 비밀스럽게 유포된 지하 출판물 같은 위치였다. 그러나 냉전의 안개가 걷히자 버거는 멀리 떨어진 곳을 볼 수 있었다. 이내 그는 온전히 사로잡혔다.

그를 그토록 매료시킨 것은 이제 우리 모두에게 친숙한 화가인 마네Édouard Manet, 모네Claude Monet, 드가Edgar Degas, 세잔, 고갱Paul Gauguin, 반 고흐, 마티스, 피카소의 작품이었다. 대부분이 파리 몽파르나스 지역에서 작업한 것으로 프랑스 모더니즘의 대표작들은 그에게 파르나소스산이 되었다. 직접 거닐며 넋을 잃고 빠져들 만한 크고 높은 봉우리들을 만난 것이다. "밧줄로 단단히 묶고 산을 오르는 기분이었다." 브라크Georges Braque는 피카소와 함께한 시간을 이렇게 표현했는데, 버거가 무척 마음에 들어 한 비유였다.[10]

정상에는 입체주의cubism가 있었다. 버거는 피카소, 브라크 등이 제1차 세계대전 전야에 작업한 회화를 서양 미술에서 중대한 단절로 보았다. 그런 생각 자체는 새롭지 않았다. 모든 미술사가가 입체주의를 문턱으로 바라본다. 하지만 버거가 입체주의에 대해 말한 내용은 형태를 보는 관점이나 방법을 보는 관점 모두에서 미술사의 관례로부터 크게 벗어났다. 그는 추상이 입체주의를 확장한 것이 아니라 입체주의의 원칙을 저버린 것이라고 말했다. 입체주의의 **양식적** 유산은 어디에나 있고 사무실 건물부터 컵받침에 이르기까지 온갖 사물에서 쉽게 알아볼 수 있지만, 그 **혁명적 약속**은 역사의 호박琥珀 속에 갇혀 봉인된 채로 있었다. 타락하기 전의, 추락하기 전의 모더니즘이라는 것이 과연 있었을까? 버거는 이 같은 질문을 추구하면서 십자군 전사의 정체성을 벗어던지고(성전聖戰은 끝났다), 미술사 **조사관**으로 새롭게 태어났다. 그는 잃어버린 약속의 땅 위로 날아오르는 정찰 비행사가 되었다. 그렇다고 초창기 활동가 시절 사절단의 열정이 완전히 떠난 것은 아니었다.

그저 형태를 바꿨을 뿐이다. 이제 그는 다가오는 미래의 예술을 옹호하는 대신, 과거의 예술에 존재했다가 사라져버린 혁명적인 무언가를 옹호했다.

＊＊＊

성숙기에 접어들어서야 나타나는 가장 급진적인 발상도, 돌이켜보면 한참 전에 이미 뿌리를 내리고 있었음을 발견할 때가 종종 있다.

사실 버거는 오래전부터 입체주의에 끌렸다. 다만 자신이 느낀 친밀감을 이해하지 못했을 뿐이다. 일례로 그는 스물다섯 살에 문화자유회의Congress for Cultural Freedom에서 주관한 '20세기 걸작Twentieth Century Masterpieces'이라는 순회 전시회 리뷰에서, 전시 제목에 값하는 작품은 독창적인 입체주의자들의 작품밖에 없다고 분명히 말했다. "세잔의 1900년작 해골 정물화부터 피카소가 그린 빌헬름 우데Wilhelm Uhde 초상화까지는 그야말로 감동적인 경험이다." 그는 후안 그리스Juan Gris의 〈찬장〉이 개인적으로 가장 마음에 들었다고 했다. 구성이 "너무도 직설적"이라 "그렸다기보다는 벤치 위에 만들어놓은 것처럼 느껴진다"고 썼다.[11]

이 리뷰는 분석적인 것과는 거리가 멀었다. 버거는 개인적으로 받은 인상을 표명했을 뿐이고, 이것도 한두 해 지나 얼어붙은 냉전의 분위기 속에서는 더 이상 들어맞지 않았다. 공산당이 모더니즘 전체를 싸잡아 거부한 데 의혹을 갖더라도 그건 혼자만 간직하고 있어야 했다. 침묵이 몇 년간 이어졌다.

그가 품고 있던 의구심은 1956년에야 비로소 수면 위로 올라올 수 있었다. 그해 여름 신좌파가 등장하기 직전, 버거는 자신의 속내를 털어놓으며 "불확실성의 필요성"을 이야기했다. 같은 제목의 기고문을 당 기관지 『계간 마르크스주의Marxist Quarterly』에 싣기도 했는데, 전투적인 독자들에게 그들이 자동 반사적으로 내치려는 바를 의심해보라고 촉구하는 글이었다. 그는 불확실성을 나약함의 표시로만 볼 필요는 없다고 주장했다. 불확실성은 적절한 순간에 변혁의 도구가 될 수 있었다.

기고문은 그간의 실책을 하나하나 열거하며 시작했다. 피카소의 스탈린 초상화를 두고 벌어진 '혼란', 레제가 프랑스 공산당에서 결국 소외된 것, 영국 공산당이 갈수록 늘어나는 젊은 노동계급 예술가들을 포섭하는 데 실패한 것, 소비에트 관료주의가 인재들을 불필요하게 억압하고 망가뜨린 것. 이 모든 좌절의 배후에는 더 근본적인 혼란이 있었다. 무엇이 예술 작품을 사회주의적으로 만드는가? 여기서 버거는 마르크스주의 비평가들이 너무도 자주 지나치게 단순화한 대답을 내놓았다고 주장했다. 그는 "효과적이지만 오래가지 못하는 프로파간다와, 현재의 불확실성 속에서 예술가가 보다 영속적인 작품을 만들어내기 위해 실험할 수 있는 권리를 더 정확히 구별"할 것을 당에 요청했다.[12] 그것은 인내와 신뢰의 문제였다. 버거는 이렇게 말했다. "예술에서 신속한 결과물을 기대하지 말자. 이 말은 예술가를 믿어야 한다는 뜻이다."[13]

근본적으로는 형식과 내용을 너무 단순하게 구분하는 데서 비롯한 문제였다. "예술가가 의자를 그린다고 할 때 (미국 공산당 기관지)『데일리 워커*Daily Worker*』신문을 의자 위에 올려 둔다고 해서 무작정 사회주의 그림이 되는 것은 아니다."[14] 마찬가지로 예술가가 형식을 실험한다고 해서 무작정 그가 형식주의자인 것은 아니다.

이런 통찰을 동지들에게 전하며 그는 색다른 이야기를 하고자 했다. 19세기 모더니즘에 관한 전통적인 내러티브에서는, 모방mimesis을 벗어나 주관성, 추상, 순수 감각의 미학으로 관심사가 이동하면서 아방가르드가 등장하는 것으로 설명한다. 자유주의자와 마르크스주의자 모두 이런 견해를 공유한다. 그 것을 좋게 보느냐 나쁘게 보느냐로 의견이 갈릴 뿐이다. 버거는 대안적인 견해를 제시했다. 그의 생각에 위대한 모더니즘 화가들은,

부르주아 예술과 가치가 무력하고 타락했음을 저마다 다양한 방식으로 인식하고 있었고, 다들 20세기에는 새로운 유형의 인간이 등장하리라 예감했다. 그들은 이런 새로운 인간을 반드시 이해한 것은 아니었지만 환영하려고 했다. 그들은 자신들이 혁명 전야에 살고 있음을 알았고 스스로를 혁명가로 여겼다. 그러나 이런 혁명의 사회적·정치적 성격을 이해하지 못했으므로 혁명의 열정을 자신들이 예술이라 여긴 바에 모조리 쏟아부었다. 어떻게 거리에서 혁명을 할지 몰랐으므로 캔버스에서 혁명을 이루었다.[15]

비록 모더니즘 화가들의 작업이 사회 변화를 일으키는 데는 거의 공헌한 바가 없지만, 그들이 철학적으로 기술적으로

발견한 바는 엄청난 효용 가치를 가질 수 있었다. 이런 면에서 그들의 극단성은 절망적이기보다는 오히려 건설적이었다. 전쟁 이후의 회화에 대해서는 똑같은 말을 할 수 없었다. 초창기 현대 대가들의 바탕에는 새로운 미래를 상상하려는 필사적인 열정이 있었지만, 전후 아방가르드의 바탕에는 '필사적인 절망'이 있었다.

여기서 핵심은 버거가 **긍정적** 모더니즘과 **부정적** 모더니즘을 구분한 점이다. 아주 단순해 보이지만, 어떤 인식으로 나아가는 첫 단계는 그냥 단순한 것이 아닐 때가 많다. 당시 그의 의견은 이단에 가까운 취급을 받았다. 『계간 마르크스주의』 다음 호에 버거의 논점을 반박하는 두 개의 긴 글이 실렸다. 당의 삽화가 레이 왓킨슨Ray Watkinson은 친구가 태도를 싹 바꾸었다며 충격적이라는 반응을 보였다. 왓킨슨에 따르면, 버거가 시도한 재평가는 "예술이 삶의 대용품이고 현실 세계에서 좌절을 겪는 데 대한 보상임"을 의미하는데, 이는 "우리 모든 비평가 가운데 누구보다도 그가 믿지 않는 것"이었다. "여기에 몇몇 이름을 덧대보면 더욱 부조리해질 따름이다. 고결한 마음의 무정부주의자 피사로Camille Pissarro라면 이 같은 생각을 얼마나 경멸했을까. 시냐크Paul Signac, 케테 콜비츠Käthe Kollwitz, 쿠르베도 마찬가지다. 정치적으로 반대 진영에 선 이들이라고 해서 다르지 않다. 세잔이 이런 생각을 접한다면 얼마나 분노할지 상상해보라! 아울러 바리케이드 앞에 선 세잔의 모습도 상상해보라!"[16]

또 다른 편지는 익명의 독자가 보냈는데, 그렇게 흥분하진 않았지만 경멸 조이기는 마찬가지였다. 글쓴이는 모두에게 이렇게 상기시켰다. "투쟁의 뿌리와 핵심은 공장에 있다."[17] 그런데 전투적인 노동자에게도 허락되지 않는 특권을 대체 왜 예술가에게 부여하려는 것일까?

소동은 모스크바에도 보고되었다. 당의 방침에 충실한 블라디미르 이바셰바Vladimir Ivasheva 교수가 『10월Oktiabr』이라는 잡지에 기고한 글에서 버거를 수정주의자이자 "모더니즘을 옹호하는 아첨꾼"이라고 칭했다.[18] 이 소비에트 비평가는 영국의 독실한 마르크스주의자들이 버거의 생각을 듣고도 "불필요할뿐더러 좀처럼 이해하기 어려운 정중함과 자제"를 보였다며 나무라기도 했다. 버거는 "모더니스트들"의 "작품을 특징짓는 모호함은 오로지 형식의 일면일 뿐 내용과는 무관하다"는 근거를 내세워 충실한 지지자들에게 이해를 촉구했으나, 도리어 본의 아니게 유미주의자로 낙인찍히고 말았다. 그는 "자신이 사랑하는 '순수예술'에 대한 은밀한 갈망" 때문에 타락한 인물로 간주됐다.[19]

모스크바의 공격은 어리석긴 했지만 당시 분위기가 얼마나 숨 막히는 것이었는지 보여주었다. 번역된 글이 영국에 소개되면서 혼란은 심해졌다. 심지어 버거는 『인카운터』의 직원으로부터 그가 반공산주의 진영으로 '전향'하면 언제든 환영받을 것이라는 전화를 받기도 했다. (그는 초대를 일언지하 무시했고 『10월』에 자신의 신념을 확인시키는 편지를 보냈다.) 그러나 이런 반격을 통해 오히려 자명해지는 것은, 당시 논쟁이 진행된 양상으로 보건대 버거의 에세이가 사람들을 몹시 흔들어놓았다는 점이다. '현대미술'은 단적으로 말해 마르크스주의자에게 출입금지 구역이었다. 영국에서 가장 유명한 리얼리즘 비평가가 모더니즘 실험에 대해 호의적으로 말한다는 건 확고하게 나뉜 양쪽 진영 모두를 혼란에 빠뜨리는 일이었다. 이는 금기를 건드리는 일이었다.

1940년대에 조지 오웰은 말했다. "정설orthodoxy을 받아들인다는 것은 언제나 해결되지 않은 모순들을 떠안는 일이다."[20] 그리고 오웰도 익히 알았듯 정설에 도전하면 외로운 길을 걸을 때가 많다. 버거의 견해는 누구의 마음에도 들지 않았다(여기에는 본인도 포함되는데, 상처를 달래려고 『뉴 스테이츠먼』을 떠난 게 그 무렵이다). 그런데 만약 리얼리즘과 모더니즘의 완전한 대립이 지나치게 과장된 것이었다면 어떨까? 적어도 지나치게 단순화된 것이었다면? 버거는 나중에 이런 말을 했다. "진정한 독창성이란 추구하거나, 이를테면 서명해서 얻어지는 게 결코 아니다. 그보다는 무언가, 어둠 속에서 만져지다가 머뭇머뭇하는 질문으로 되돌아오는 것에 깃든 특질이다."[21]

그렇게 볼 때『계간 마르크스주의』에서 벌어진 논쟁은 버거의 사유에 열린 중요한 틈을 증명하는 것이었다. 첫 에세이가 실리고, 그에 따라 논란이 벌어지고, 몇 달이 지나 두 번째 글이 실렸을 때 이미 그는 자기 견해에 뚜렷한 자신감을 얻은 터였다. 적어도 질문을 제대로 표명할 수는 있었다.

현대의 운동, 즉 입체주의, 표현주의, 초현실주의 각각은 정확히 어느 단계에서 그 혁명적 기원을 저버렸을까? 이런 배신은 처음부터 예정되었던 것일까, 아닐까? 우리는 아직 모른다. 우리는 부르주아와 제국주의 세계관이 어떻게 예술가의 비전을 제한하고 망가뜨리는지 볼 수 있다. 그 파괴적 성향들을 볼 수 있다. 하지만 어떤 성향이 가장 크게 기여할지 아직은 볼 수 없으므로 불확실한 상태로 남아 있다. (…) **초창기 현대 대가들은 부르주아 가치의 타락을 알았을까? 그리고 20세기가 새로운 유형의 인간을 만들어내리라는 것을 예감했을까?** 여러 인용문을 보면 그들 대부분이 이를 알고, 또 예감하고 있었던 것 같다. 확실히 그들은 혁명가였다. 독창적인 **화가**였기 때문이다. 하지만 그렇다면 왜 그렇게 많은 독창성이 필요했을까? 사회혁명이 이루어졌다면 그래도 독창성이 그토록 극에 달했을까?[22]

이런 질문들, 그리고 독창성 문제는 버거가 이후 10년간 어떤 지형을 탐사할지를 보여준다. 그는 지도를 그리기 시작했다.

* * *

신좌파는 상황을 완전히 바꿔놓았다. 공기가 달라졌다. 버거가 이미 개인적으로 다가가고 있던 종합적synthetic 사고가 거대한 규모로 벌어졌다. 스탈린주의 편에 서지도 자본주의 편에 서지도 않은 『대학과 좌파 리뷰』 같은 새로운 잡지는 고루한 이분법 구조를 거부했다. "정치적 정설이 힘을 잃어가는" 시대에 창간된 이런 잡지들은 "자유롭고 개방적이고 비판적인 논쟁의 전통을 완전히 재건"할 것을 요청했다.[23] 한때 마르크스주의자가 생각하거나 보거나 말하기 아주 어려웠던 것이 한결 쉬워졌다.

버거가 『뉴 스테이츠먼』에 복귀하고 나서 처음으로 쓴 글 하나가 프로젝트의 진정한 시작을 알렸다. 「입체주의의 스타」라는 글로, 말버러 갤러리Marlborough Galleries에서 열린 후안 그리스 회고전에 맞춰 봄에 실렸다. 그가 나중에 발전시킬 많은 정치적 이념들을 여기서 미리 볼 수 있고, 그런 점에서 마르크스Karl Marx와 그람시의 인용문으로 리뷰를 시작한 것은 효과적인 전략이었다. 당 기관지의 버거가 예술을 이데올로기의 손아귀에서 처음으로 해방시킨 사람이라면, 이제 그는 반대쪽으로 발길을 돌려 예술 작품을 상업주의의 손길에서 놓아주려고 했다. 상품화는 유감스럽지만 피할 수 없는 현상이었다. 마르크스는 이렇게 말했다. "최고의 지적 생산도 오로지 부르주아만이 알아보고 받아들인다. 왜냐하면 그런 지적 생산이 물질적 부의 직접적인 산물로 제시되고, 그런 식으로 잘못 전시되기 때문이다."[24] 바꿔 말하자면 그림의 아찔한 현금 가치에 눈이 멀어 예술의 인본주의적 의미를 못 보아서는 안 된다는 얘기다. 버거는 이어지는 자신의 주장을 위해 그람시로 눈을 돌린다. "인간성이라는 것은 실재로서든 개념으로서든 출발점일까, 아니면 도착점일까?"[25]

버거에게 출발점은 후안 그리스의 작품이었다. 버거는 그리스를 일러 "그 어떤 현대 화가들에 가까운 만큼이나 과학자에 가까운" 인물이라고 했다.[26] 혁신가라기보다는 신봉자인 스페인 출신의 이 화가는 피카소와 브라크의 발견으로 마련된 공식에 따라 작업했고, 그래서 버거의 말에 따르면 "입체주의자를 통틀어 가장 순수한, 입체주의라는 이름에 가장 어울리는"

사람이 되었다. 그의 캔버스를 보면 더욱 일반적인 원칙들을 유추할 수 있다. 버거는 이렇게 생각했다. "입체주의 회화의 진짜 주제는 병이나 바이올린이 아니다. 진짜 주제는 시각 자체가 기능하는 방식이다." 여기에는 심오한 철학적 의미가 수반되었다. 고정적인 외양을 주장하는 경험주의가 물러나고 새로운 통합이 들어선 것이다. 즉 데카르트적인 정신의 범주(스스로를 의식하는 것)와 물질의 범주(공간에서 연장된 것)가 화가들의 작업을 통해 함께 묶이게 되었다. 현상학에서처럼 감각의 경험은 세계 **안에** 있으면서 동시에 세계에 **대한** 것이었다. 고전물리학 이후에서처럼 측정과 자연은 이제 일종의 양자적 춤으로 한데 얽혀 있었다. 입체주의 회화를 본다는 것은 버거에게는 별을 바라보는 것과 같았다. "별은 객관적으로 존재하고, 회화의 주제도 마찬가지다. 그러나 그 형태는 우리가 그것을 바라본 결과물이다."[27]

전에 누구도 이런 얘기를 한 적이 없다. 마르크스주의자는 말할 것도 없다. 피카소의 〈게르니카〉를 옹호하는 글을 썼던 교조적이지 않은 좌파 미술사가 막스 라파엘Max Raphael조차도 피카소의 입체주의 단계에는 당혹감을 감추지 못했으며, 입체주의에서 오로지 퇴행적이고 혼란스러운 양식만을 보았다. (한 학자가 지적했듯이, 아마도 라파엘은 입체주의에서 피카소의 잠재된 조현병 징후를 발견한 카를 융Carl Jung의 에세이를 읽고 마음이 흔들렸을 것이다.)[28] 라파엘은 자기만의 비평적 방법을 개발하기 전에 하인리히 뵐플린 밑에서 수학했다. 당의 방침을 충실히 따르는 사람이 결코 아니었다. 그러나 마

르크스주의자이든 아니든 다른 많은 비평가들처럼 그도 입체
주의를 본질적으로 비이성적이라며 무시했다.

버거의 논지와 이보다 더 동떨어질 수는 없었다. 버거에게
입체주의는 "현대의 이성적인 예술"이었다. 입체주의 정신은
과학적이었다. 그는 1958년 발표한 두 번째 글에서 이런 생
각을 더욱 발전시켜 입장을 펴나갔다. 이번에는 자크 립시츠
Jacques Lipchitz에 대한 글이었는데, 버거는 러시아 출신의 이 예
술가를 예지적이라고 칭찬했지만("우리 시대에 몇 안 되는 위
대한 조각가 가운데 한 명"),[29] 리뷰보다는 더 큰 철학적 프로
젝트를 위한 밑그림에 가까운 글이었다. 에세이는 이렇게 시
작한다. "비평가들은 자신이 좋아하는 화제에 대해 비판적인
자세를 가져야 한다. 그럼에도 내가 지난 40년과 앞으로 40년
(비평가라면 최소한 이 정도 기간은 주시해야 한다)의 예술
에 대해 생각하면 할수록 입체주의 문제는 근본적인 문제, 어
쩌면 유일하게 근본적인 문제라는 확신이 든다."[30] 실체의 예
술이라기보다는 과정의 예술이며 다시점多視點의 예술인 입체
주의는 시각예술을 시대착오에서 해방시켰다. 과학·심리학·
정치 분야에서 일어난 비슷한 발전과 마찬가지로 (하지만 표
현주의의 '왜곡'이나 버거가 액션페인팅action painting에서 보았
던 '우연한 것의 숭배'와는 달리) 입체주의자들은 지식을 '파
괴하는' 쪽이라기보다 '확립하는' 쪽이었다. 앞서 그가 리얼리
즘을 규정할 때 핵심 개념이었던 '발견'이 이렇게 하여 웅대한
변화를 맞았다. 입체주의자들이 자연에서 본 것은 더 이상 지
역적인 것, 개인적인 것, 잠정적인 것(졸라가 "기질을 통해서

바라보는 자연의 한 모퉁이"라고 불렀던 것)이 아니라 근본적으로, 존재론적으로 **참된** 무엇이었다. 그것은 과학의 방식으로 사물의 본질에 맞닿아 있었다.

예언적이면서도 이미 준비되어 있던 입체주의자들은 버거에게 새로운 언어로 말을 걸며 예술 활동 자체가 갖는 철학적 지평을 보여주었다. 회화가 40년의 간극을 강력하지만 신중하게 뛰어넘어 현재시제로 혹은 심지어 미래시제로 말할 수 있다는 것은 비평적 방법의 일반적인 윤곽을 뒤트는 것이었다. 버거에게서 새로 싹튼 인식의 열정은 예술의 활기에 투영되고 또 거꾸로 자극을 받는 듯도 했다. (화가 앤드루 포지는 이렇게 썼다. "모든 비평가는 어떤 예술 작품의 모습을 하고 있는 것처럼 보인다. 내 생각에 버거는 립시츠가 최근 작업한 청동상에 꽂힌 것 같다.")[31]

이런 새로운 출발의 에너지는 버거가 『뉴 스테이츠먼』에서 보낸 마지막 2년 동안 입체주의와 후기 입체주의 예술가들을 연달아 조망하는 데 원동력이 돼주었다. 여행을 떠나기 전에 배낭을 꾸리듯 자신의 예감을 활자로 차곡차곡 정리하는 모양새였다. 그는 레제를 입체주의자의 자신감을 물려받은 진정한 후계자라고 칭찬했다. 자킨Ossip Zadkine이 로테르담에 세운 기념비에 대해서는 "변증법적 걸작"이라고 불렀다. ("그것은 시간에 관한 작품이다. 왜 그런가 하면 예술 작품으로서 전체적인 개념이 발전과 변화의 인식에 바탕을 두고 있기 때문이다." 버거의 말이다.)[32] 현대적인 것에 대해 직접적으로 말하지 않을 때에도 그의 새로운 어휘는 영향력을 발휘했다. 버거는 새로 단장한 나폴리의 카포디몬테 미술관Capodimonte Museum을 돌아본 경험에 대해 쓴 바 있다. 전시실을 오가며 지나간 세기들을 돌아보던 그는 갑자기 현대의 삶에서 갈수록 깊어가는 소외를, 문화와 자연이 다른 길을 걷게 된 경위를 직감했다. 하지만 이런 냉혹한 인식은, 그가 표현하기로 "새로운 통합이 가능하다"고 믿었던 20세기 예술가들의 중요성을 오히려 더 크게 부각시켰다.[33]

버거가 『뉴 스테이츠먼』에 마지막으로 기고한 글은 영국을 영영 떠나기 직전에 발표됐다. 그는 글 말미에서 입체주의자들의 혁명적 의의에 대한 자신의 믿음을 이렇게 털어놓았다. "우리 시대 최고의 예술이 자의적으로 일어나는 개성과 기질의 결과가 아니라는 증거가 나오고 있다. 나보다 유능한 다른 사람들이 이제 논의를 더 진전시키기를 바란다. 나는 이것이 중대한 논의라고 믿어 의심치 않는다."[34]

* * *

1961년 버거는 애나 보스톡을 따라 제네바로 갔다. 보스톡이 유엔에 일자리를 얻었기 때문이다. 두 사람은 가정을 꾸렸다. 1962년 딸 카탸가 태어났고, 이듬해에는 아들 자코브가 태어났다. 몇 년 동안 버거는 미술비평을 하지 않았다. 두 권의 소설 『클라이브의 발Foot of Clive』과 『코커의 자유Corker's Freedom』를 냈는데 큰 주목을 받지는 못했다. 연상인 한 작가에게 쓴 편지에서 그는 자신의 투쟁에 대해 말했다. "말 그대로 투쟁입니다. 미술비평가로서 적이 너무도 많고, 이제 미술비평을 그만듦으로써 질서에 분란을 일으켰고, 지금은 이곳에서 망명 생활을 하며 소중하지만 힘없는 몇몇 친구들 말고는 아무도 만나지 않으니까요. 그렇더라도 글을 쓰고 희망을 가져야 합니다."[35]

소설을 낸 것을 제외하면 영국을 떠난 처음 몇 해는 상대적으로 침묵의 시간이었다. 아카이브의 자료도 별로 없다. 몇 년 간 버거는 정기적으로 연락하는 출판사가 없는 상태로 지냈다. 그는 영국 텔레비전에 간간이 출연하며 영국에서 벌어지는 지적 흐름을 놓치지 않았다. 그러나 제네바는 조용한 도시여서 런던에서의 삶과 비교하면 고립된 삶에 가까웠다.

그럼에도 조용한 망명 생활은 나름의 장점이 있다. 그중 하나가 사회적 가면을 덜 써도 된다는 것이다. 많지 않은 인간관계는 깊어지고, 새로운 언어들이 몸속에 들어오고, 대도시에서는 묻혔을 목소리들이 들리고, 과거와 교류하기가 더 쉬워진다. 그리고 프로젝트 진척에는 더 큰 인내심이 요구된다.

이런 변화는 버거의 산문을 통해 공적인 차원에서 감지할 수 있는 부분이다. 하지만 그의 사생활을 이루는 중심축은 새 아내였다. 애나 지세르만Anna Zisserman이라는 이름을 갖고 태어난 애나 보스톡은 과거 격동의 유럽을 몸소 겪었다. 러시아 혁명을 피해 빈으로 갔고, 다시 나치를 피해 영국으로 건너가 옥스퍼드에서 장학금을 받으며 언어학을 전공했다. 1950년대 말에 버거와 만났을 때는 이미 결혼했다가 이혼한 상태였으며(보스톡이라는 성은 유지했다), 러시아어·독일어·프랑스어 번역 작업을 하고 있었다.[36]

서양 사상사를 보면 재능이 뛰어난 여성이 안타깝게도 남편의 지적 야심을 자기 야심보다 앞세운 오랜 전통이 있다. 두 사람의 결혼 생활에서 지적 노동이 어떻게 나뉘어졌는지는 추측만 할 수 있을 뿐이다. 그래도 부인할 수 없는 사실은 버거가 유럽인으로서 새로운 정체성을 구축하는 과정에서, 아내의 뒷바라지는 말할 것도 없고 아내의 영향력이 결정적이었다는 점이다. 노발리스Novalis, 헤겔, 하이데거Martin Heidegger에 이르는 대륙 사상의 긴 줄기가 보스톡의 작업과 학식을 통해 버거의 시야에 흘러들어 왔다. 이는 그가 예술과 자연을 바라보고 세상에 대해 글 쓰는 방식에 영향을 미쳤다.

보스톡의 업적은 지금도 제대로 주목받지 못하고 있다. 보스톡은 신좌파에게 크나큰 영향을 미친 번역가였다. 또한 다른 이들과 함께, 침체되어 있던 마르크스주의 전통을 주류로 다시 올려놓는 데 공헌했다. 버거와 결혼한 시절에는 여러 주요 저작들을 최초로 번역하기도 했다. 발터 벤야민의『브레히트 이해하기』, 루카치 죄르지Lukács György의『영혼과 형식』및『소설의 이론』, 일리야 에렌부르크Ilya Ehrenburg의 회고록 제1권 (1891~1917), 빌헬름 라이히Wilhelm Reich의『계급의식이란 무엇인가』등이 여기 포함되는데, 남편과 함께 브레히트의 시집도 한 권 번역했다.

양차 대전 사이에 기세등등했던 중부 유럽은 마치 신화의 나라 같았다. 런던에 있을 때 버거는 프레더릭 안탈이나 페테르 페리 같은 망명자들과 우정을 나누면서 부다페스트의 전설적인 '일요 모임Sonntagskreis'이라든지 그곳을 대표했던 루카

피터 드 프란시아, 〈애나 보스톡 2〉, 1954년, 유화, 피터 드 프란시아 소장.

치의 막강한 지성에 대해 알게 되었다. 철학자이자 비평가였던 루카치의 사상은 버거가 초창기에 리얼리즘을 지지하는 데 상당한 영향력을 행사하기도 했다. 그러나 이제 묻혀 있던 논쟁이 파헤쳐지면서 새로운 관점이 나타났다. 특히 브레히트와 벤야민의 저술이 차례로 번역되어 루카치 사상의 패권에 도전하거나 상황을 복잡하게 만들었다. 뉴 레프트 북스New Left Books에서 루카치와 브레히트의 논쟁을 젊은 세대에 소개하기 몇 년 전에 버거는 자신의 거실에서 바로 그 텍스트를 접했다.

보스톡은 버거와 결혼 생활을 하는 동안 오스트리아의 반체제 공산주의자 에른스트 피셔Ernst Fischer의 저술도 번역했다. 그의 초창기 정치 활동과 파시즘을 피해 달아난 이력은 버거가 그간 존경해왔던 많은 망명자들의 개인사와 닮아 있었다. 제2차 세계대전 때 피셔는 모스크바의 호텔 럭스Hotel Lux에 살았는데, 그곳에서 엉뚱하게도 스탈린에 대한 반역 음모에 휘말려 전체주의 피해망상의 공포를 몸소 체험했다. 나중에 그는 오스트리아 공산당에서 문화 관련 직책을 맡았다. 버거에게 피셔는 유기적 지식인의 전형이자, 역사적 사건들 곁에서 살아가는 행동가요 문필가였다. 피셔는 버거와 보스톡을 알프스 지방의 여름 별장에 초대해, 버거와 길게 산책하고 이야기를 나누면서 그에게 아버지 같은 존재가 되었다.

피셔의 사례는 이례적이다. 그는 이제 거의 잊힌 인물이다. (프레드릭 제임슨은 『마르크스주의와 형식』 앞부분에서 그를 대학원 세미나보다는 야학에 더 어울리는 비평가로 언급했는데, 피셔라면 이를 칭찬으로 받아들였을 것이다.)[37] 하지만 버거가 그를 알았을 때는 그의 책이 널리 읽히고 있었다. 1963년 보스톡이 번역한 피셔의 『예술이란 무엇인가The Necessity of Art』는 펭귄 출판사가 영국과 미국에 같이 배포했다. 그 책과 다른 책들을 통해 피셔는 당대에 가장 두드러지고 거침없는 '이단적 마르크스주의자' 가운데 한 명이 되었다.

피셔가 버거를 비롯한 좌파 진영 사람들에게 터놓고 보여준 것은 모더니즘 예술로 채워 넣은 독자적인 반소비에트 형식의 마르크스주의를 채택할 수 있다는 자신감이었다. 피셔는 1963년 체코에서 열린 한 문학 학술대회에서 이렇게 말했다. "우리는 카프카는 말할 것도 없고 프루스트Marcel Proust를, 조이스James Joyce를, 베케트Samuel Beckett를 부르주아 세계에 버려둬서는 안 됩니다. 우리가 손 놓고 있으면 이 작가들은 우리에 반하는 도구로 사용될 것입니다. 그러지 않는다면 이들은 부르주아 세계를 돕지 않고 우리를 도울 것입니다."[38] 이런 견해는 큰 소동을 일으켰다. 특히 동독에서는 강경파가 들고 일어나 피셔의 책이 금서가 되었다. 동독의 한 비평가는 자신이 카프카의 재평가에서 보게 되는 것은 다가올 봄이 아니라 "해질녘에 몰려나오는 박쥐들뿐"이라고 했다. 이에 피셔는 한껏 조롱을 담아 반박했다고 한다. "카프카에게도 체류 허가증을 내줄 셈인가?"[39]

뻔뻔함은 버거에게 결코 문젯거리가 아니었다. 하지만 유미주의자들 앞에서 난리를 피우는 것과 공산주의 집단 내에 소란을 부추기는 것은 다른 문제였다. 1961년에도 그는 자신의 새로운 사상이 정치적으로 타당한지 불안해하는 마음을 여전히 갖고 있었다. 비록 잘 알려진 글은 아니지만 그해 『월간 노동』에 실린 「사회주의 예술의 문제」가 그의 입장을 잘 보여준다. 여기서 그는 좌파 진영이 시각적 모더니즘을 관대하게 재고해야 한다는 자신의 논지를 되풀이했다. 물론 그의 **이론적** 입장은 한층 깊어졌지만, 그는 여전히 변절자로 몰릴까 두려워 신중하게 처신했다.

"대단히 쓰기 힘든 글이다. 오해될 소지가 크다. 그럼에도 내가 위험을 감수하기로 한 것은 얻을 수 있는 이득이 막대하기 때문이다."[40] 그는 이렇게 운을 뗀 다음, 서두에서 연대의 입장을 분명히 하고는 자신이 본 문제의 핵심으로 돌아간다. "우리는 인상주의 회화와 그 추종자들이 그저 부르주아 문화의 퇴폐를 표현한 데 불과하다며 무시할 수 있을까? 대략 플레하노프Georgi Plekhanov가 그랬던 것처럼? 아니면 그와 같은 작품들이 지닌 모순 속에서 변증법적으로 일어나는 긍정적이고 진보적인 가능성, 일단 밝혀지고 나면 무시할 수 없는 가능성을 찾을 수 있을까?"[41]

이어 버거는 "논의의 시작의 시작에 불과한 것"으로 여겨야 한다고 단서를 붙이면서, 모더니스트들의 과정 지향적인 인식과, 주체와 객체 사이에 "불가피하게 존재하는 변증법"에 대해 자신이 새롭게 연구한 바를 서술했다. 그 전면적인 존재론적 변화—실체에서 과정으로, 대상에서 사건으로, 존재being에서 생성becoming으로—는 마르크스주의 철학자들이 전통적으로 개별성(고립된 사건들의 표현)보다 총체성(총체적 현실의 이해)을 더 강조한 것과 놀랄 만큼 비슷했다. 그토록 자주 '파편화'라며 무시되었던 것이 반대로 보일 수도 있었다. 캔버스가 출발점이 되어 모든 현대적 경험의 바탕이 되는 복잡성으로 나아간 것이다. 이것은 자연을 마음과 바꾸는 거래의 문제가 아니라 어느 쪽도 상대 없이는 이해될 수 없다는 인식의 문제였다. 이 글은 정치적으로 귀결되는 바를 알아듣게 납득시키고자 레닌의 글귀를 맨 앞에 제사題詞로 인용했다. "진실은 현실의 현상을 이루는 모든 측면의 총체와 그 상호 관계에서 형성된다."

사실상 버거의 에세이는 그가 『뉴 스테이츠먼』에서 보낸 마지막 2년간 개괄적으로 살펴보았던 미술비평의 개념들을 명백히 마르크스주의 체계 안에 통합하려는 초기 시도였다. 이 프로젝트에는 모더니스트들의 작업을 재평가하는 작업만이 아니라(전체의 절반에 불과했다), 그들을 무시한 마르크스주의 비평가들을 재평가하는 작업도 함께 포함된다는 사실이 점점 분명해졌다. 버거의 말을 빌리자면, 특히 이 문제는 총체성과 리얼리즘의 위대한 이론가 루카치로 되돌아가는데, 그의 개념적 혁신이 실제에 적용되거나 잘못 적용된 방식을 살펴보는 것이 관건이었다.

루카치는 플레하노프나 즈다노프Andrei Zhdanov보다 훨씬 다재다능한 비평가였지만 문학적 모더니즘에 대해서는 비슷한 입장이었다. 『월간 노동』에 실린 버거의 글은 루카치의 사유를 이루는 여러 가닥에 조용히, 그러나 분명하게 이의를 제기했다. 먼저 버거는 "리얼리스트의 작업이 우연적인 것보다 전형적인 것을 묘사해야 한다"고 인정했다. "하지만 전형적인 것을 찾아낸 화가라면, 즉 적절한 주제, 적절한 인물, 적절한 행동, 적절한 분위기를 찾아낸 화가라면, 과연 우연적인 묘사를 넘어선 적이 없는 양 계속 똑같은 방식으로 그리겠는가?"[42] 나중에 그는 이렇게 말했다. "사실상 이론가들, 문화 관료와 계획자들은 자연주의가 이루어야 하나 이루지 못한 게 리얼리즘인 양 취급했다."[43] 버거는 그런 도식에 점차 불만이 쌓여갔고, 이내 그것을 완전히 거부했다.

"형식에, 예술에서 형식의 발달에 무게를 두면 안 된다는 말은 순전히 헛소리다. (…) 우리는 엘리자베스 시대 사람들과는 다르게 집을 짓는다. 놀이를 만드는 방식도 다르다."[44] 브레히트가 한 유명한 말이다. 메를로퐁티Maurice Merleau-Ponty는 반대

방향에서 같은 논점에 이르렀다. "형식주의를 비난하는 것은 전적으로 옳다. 하지만 흔히들 잊는 것이 있으니, 형식주의의 오류는 형식을 지나치게 높이 떠받든다는 것이 아니라 형식을 경시하여 의미와 따로 떼어놓는다는 것이다."[45] 『예술이란 무엇인가』에서 피셔는 브레히트와 벤야민을 폭넓게 인용하며 비슷한 생각을 거듭 전하는 한편, 루카치는 한 번도 언급하지 않았다. 영국의 문학비평가 스탠리 미첼Stanley Mitchell은 영국에서 루카치의 『역사소설론』(1962)과 『우리 시대의 리얼리즘』(1963)이 출간되고 "곧이어" 피셔의 책이 출간된 점에 주목하고는, 당시에야 영어로 소개되기 시작한 루카치와 다른 서구 마르크스주의 이론가들의 대결을 요청했다. 아울러 그는 이렇게 새로 발굴된 여러 갈래의 전통과 영국 고유 혈통 간의 "또 다른 대결"도 요청했다.[46]

지금 와서 보면 미첼이 요청한 대결이 정확히 버거가 하고 있던 그 작업이라는 점이 놀랍다. 버거가 모더니즘을 재평가한 것은 이런 대결의 단층선에서 벌어진 일이었다. 그리고 버거의 이해가 현재 학자들 사이에서 별다른 영향력을 갖지 못한다면, 그 이유는 오로지 버거의 작업이 학문적이라기보다 철학적 에크프라시스ekphrasis*의 연장선에 놓인 작업이기 때문이다. 그의 작업은 회화가 새로운 합合에 이르는 입구 역할을 했다. 입체주의를 만난 버거는, 릴케Rainer Maria Rilke가 세잔의

---

* 시각예술을 언어로 생생하게 묘사하여 듣는 사람의 머릿속에 그것을 그려내도록 하는 것.

그림을 보며 느꼈다던 활활 타오르는 명료함을 경험했다. 모더니즘에 관한 그의 에세이를 따라 신좌파의 흥망성쇠를 짚어보는 일은, 유럽식 유화의 오랜 전통이 새로운 형이상학의 열기에 녹아내리는 것을 목격하는 일이다. **견고한 모든 것은 대기 속에 녹아버린다.** 마르크스의 이 말은 회화를 묘사한 말이기도 하지 않았을까?

***

1930년대에 브레히트는 이런 말을 했다. "현실은 변화한다. 그것을 담아내려면 재현의 양식도 달라져야 한다." 버거는 이에 암묵적으로 공감하며 이렇게 적었다. "리얼리즘은 주어진 상황 내에서 정의될 수 있을 뿐이다. 그 방법과 목표는 항상 바뀌기 마련이다."[47]

변화의 기운이 확연히 감돌았다. 1960년대에 접어들어 시대정신Zeitgeist이라는 개념이 강력하게 돌아왔다. 아방가르드의 자식들은 자기 존재를 알렸고, 지식인들은 인쇄 문명에서 전자 문명으로, 문자 문화에서 시각 문화로, 가부장제에서 성적 다원주의로, 클래식 음악에서 로큰롤로 패권이 넘어간 대대적 변동을 크게 외쳤다. 비슷한 강도의 격변은 지정학적으로도 벌어지고 있었다. 쿠바 혁명, 콩고 해방, 알제리 독립이 일어났다. 신좌파가 서구권의 반문화, 동구권의 문화 해빙, 남반구의 반제국주의 운동까지 포섭하자, 버거는 과거와 현재를 갈랐던 역사의 빙하가 녹고 있음을 새롭게 확신하며 모더니스트들에게로 돌아갔다. 사회구조가 중간에서부터 점차 무너지면서 그동안 보이지 않던 반세기의 구조적 이동이 돌연 모습을 드러냈다. 언젠가 피카소는 이런 지적을 했다. "아인슈타인의 천재성이 히로시마의 비극을 낳았다." 하지만 그건 불가피했을까? 혹은 빅토르 세르주가 『레닌에서 스탈린까지』에서 물었듯이 "부검으로 확인되는 사망균을 가지고 살아 있는 사람을 판단하는 것은 (…) 그렇게 합당한 일일까?"

이처럼 버거의 작업은 항상 양쪽을 바라보았고, 그의 중기 시절 마르크스주의-모더니즘은 두 가지 경로로 나아갔다. 한편으로 그의 작업은 상상 속에서나 가능할 것 같던 1968년 혁명을 기대하고, 이어 직접 맞닥뜨리고, 마지막에는 뒤돌아본다. 다른 한편으로 그의 글은 지나간 과거에 존재한다. 그의 글은 위대한 사회주의-모더니즘 프로젝트의 물줄기가 시작되는 상류로 (볼셰비즘과 입체주의로) 거슬러 헤엄쳐 간다. 탁해지고 유독해지기 전에 그것이 어떻게 구성되었는지 확인하기 위해서다. 두 가지 역사는 버거의 마음속에서 한 번도 멀찍이 떨어진 적이 없다. 그리고 우리 마음속에 이런 생각이 서서히 든다. 버거는 20세기 공산주의의 운명에 관해서라면 말하지 않을 것을 현대미술의 운명에 관해서라면 말할 것이라는 생각이, 그리고 예술에서는 아직 희망할 수 없는 것을 정치에서는 희망할 것이라는 생각이.[48]

* * *

1965년 펭귄 출판사에서 출간된 『피카소의 성공과 실패*The Success and Failure of Picasso*』로 버거는 미술비평 무대에 복귀했다.

그의 아내 애나, 에른스트 피셔 그리고 '막스 라파엘에 대한 기억'에 헌정된 이 책은 피카소의 모든 공과를 낱낱이 파헤쳐 그의 명성에서 후광을 걷어내고자 했다. 대담한 프로젝트였다. 대부분의 언론 보도는 버거가 뻔뻔하게도 그런 대가에 관한 책을 쓰면서 칭찬 일색의 일반적인 글쓰기에서 벗어난 점에 주목했다. 한 평자는 마치 링 옆에 서 있는 것처럼 말했다. "버거는 싸움을 하려고 털을 바짝 세운 모습으로 글을 쓴다. 그는 맥더프가 맥베스 뒤를 살금살금 쫓듯 피카소를 쫓아다니며 자신의 먹잇감이 지나치게 오래 누리게 된 행복한 삶에 구멍을 내려고 기를 쓰고 달려든다."[49]

사실 이 책은 그렇게 호전적이지 않았다. 버거가 쫓아다닌 것은 피카소라는 인물이라기보다는 피카소가 상징하는 바였다. 버거는 그 재능의 어마어마함, 정치적 태도의 모호함, 부와 명성의 왜곡에 관심이 있었다. 이런 각각의 면에서 피카소는 현대미술 전체를 대신하는 존재가 되었다. (버거는 일찍이 이렇게 말한 바 있다. "피카소가 차지하는 위치 때문에, 그의 작업에 대한 모든 오해는 현대미술 전반에 대한 오해를 부추길 뿐이었다.")[50] 따라서 『피카소의 성공과 실패』는 저자의 목소리를 내는 간이 무대일 뿐만 아니라 토론의 장이기도 했다. 이 책에는 20세기 미학의 성격, 예술의 자연스러운 맥락을 구성하는 것, 순수 추상의 '무장소성placelessness' 등을 길게 살펴보는 대목이 있다. 이렇게 본론에서 벗어난 대목들 가운데 가장 중요한 부분은 책 중간쯤 등장하는데, 30페이지에 걸쳐 입체주의—버거가 피카소의 작업 생애에서 "위대한 예외"라 부른 것—의 정치적·철학적 의미를 논하고 있다.

버거는 입체주의 예술이 가장 앞서간 예술이자 가장 활발히 제작된 예술이라고 말한다. 여기에 견줄 만한 것은 르네상스 예술밖에 없다. 그리고 15세기 이탈리아 예술을 이해하려면 과학, 철학, 새로운 인본주의에서 동시적으로 일어난 발달에 이를 비추어 봐야 한다고 할 때, 입체주의는 양자물리학, 앨프리드 노스 화이트헤드Alfred North Whitehead의 '과정 철학', 마르크스와 레닌의 혁명적 예언에 비추어 봐야만 제대로 이해할 수 있다. (마지막 것은 가장 예기치 못했던 상응으로, 당연히 버거가 가장 야심차게 살펴보는 부분이다.) 이런 비교를 더욱 밀고 가려는 듯 버거는 피카소의 〈등나무 의자가 있는 정물〉(1912)을 15세기 프라 안젤리코Fra Angelico의 〈성 니콜라우스 이야기〉 곁에 나란히 둔다. 겉보기에 두 그림은 명백히 대조적이다. 프라 안젤리코의 제단화는 종교적인 장면을 기하학적 원근법으로 묘사했고, 피카소의 혼합 매체 콜라주는 "공중에서 바라본 풍경에 가까운" 모습이다. 그러나 버거는 양쪽 모두에서 새로움의 감각과 발견을 본다. 형식의 명료함이 주는 기쁨, 참신한 객관성은 새로운 진리의 이해에서 나오는 것이다. 프라 안젤리코가 이탈리아 도시국가에 나타난 "새로운 인본주의의 약속"을 반영하는 것처럼, 피카소의 정물화는 버거가 "현대 세계의 약속"이라 부르는 것에서 태어났다. 버거는 "그 사이의 5세기 동안 이에 필적할 만한 것은 하나도 없다"고 말했다.[51]

버거에 따르면 입체주의자들의 의의는 아무리 강조해도 지나치지 않다. 그의 눈에 들어오는 범위는 거의 성서만큼이나 방대하다. 그는 역사, 미술사, 그리고 궁극적으로 철학에 이르는 여러 유사점들을 모아, 입체주의를 추상주의 회화를 낳은 부모가 아니라 혁명적 꿈을 품은 고아로 재구성하기 위한 굳건한 토대를 만든다. 그가 『뉴 스테이츠먼』 지면에서 서둘러 윤곽만 잡았던 유사점들이 이제 한층 무게감 있게 서술된다. 여전히 템포는 빠르지만 말이다. 그는 세기말에 가속화된 변화를 열거한다. 새로운 재료들의 대량 생산, 자동차·비행기·영화의 발명, 새로운 도시적 감각 경험과 변화된 시간·공간의 경험, 독점자본의 강화, 식민 제국의 가파른 확장, '원격 작용action at a distance'[*]과 '장field' 개념의 등장, 상대성과 양자역학이라는 과학 혁명, 현대 사회학과 심리학의 탄생, 자신만만한 사회주의 인터내셔널의 등장.

이 모두가 예술 전반에 걸쳐 모더니즘이 등장하는 데 토대가 되고, 입체주의의 등장에도 영향을 미친다. 버거는 당대의 새로운 면면을 제대로 평가하려면 그것이 차후에 일으킨 파괴, 즉 두 차례 세계대전, 대량 학살, 파시즘, 전체주의, 원자폭탄도 아울러 고려해야 함을 인식한다. "입체주의자들이 이룩한 업적이 서구에서 제대로 인정받지 못하는 것은 우리가 느끼는 극심한 불안과 고뇌 탓이다."[52] (그는 이런 말도 덧붙인다. "소련에서 제대로 인정받지 못하는 까닭은 시각예술에 관한 소련의 공식 입장이 여전히 19세기의 것이기 때문이다.")[53]

---

[*] 중간 매질을 거치지 않고 거리에 상관없이 물체와 물체 사이에 작용하는 힘.

그러나 버거는 독자들에게 대항적 유토피아의 잠재성을 상상해볼 것을 권한다. 역사적인 맥락에서, 또 명백히 마르크스주의적인 용어를 사용해가며 그는 이렇게 서술한다. "1900년 혹은 1905년까지 우리의 희망이나 공포는 그 규모가 고정적이었다. (…) 독점자본주의로 말미암아 전례 없는 규모의 계획이 이뤄졌고, 전 세계를 하나의 단위로 취급할 가능성이 생겨났다. 결국 사람들은 물질적 평등의 세계를 만들어낼 수단을 실제로 목도하게 되는 지점으로까지 내몰렸다."[54]

마르크스와 엥겔스에 따르면 산업자본주의는 공산주의로 가는 과정에서 거쳐야 하는 필연적인 단계였다. 산업자본주의가 사회주의에 필요한 구조적 기초 작업(노동력의 집중과 조직화)을 하면서 혁명에 필요한 위기(실업과 과잉생산)를 일으켰다는 설명이다. 버거의 논점은 이런 유명한 결정론을 지지하는 것도, 뒤늦게 상황을 알았으니 체념해도 좋다고 말하는 것도 아니다. 그는 좌파들이 영원히 낙담하고 우울해하는 것을 두고 보지 않았다. 그가 주장하는 것은 무자비한 반세기의 고질적 비관주의를 잠정적으로나마 유예할 수 있는 상상의 공간이다. 버거의 논의를 거칠게 정리하자면 이렇다. 비록 상황이 최고조로 무르익었다고 생각한 순간에 예정대로 혁명이 일어나지는 못했지만, 혁명이 오리라는 기대감이 오래전에 불씨 하나를 만들었고, 그것이 예술 속에 간접적으로 보존되어 오늘날 우리가 현재를 고정불변의 것으로 받아들이지 않도록 제동을 걸 수 있다. 회화는 노아의 방주 같은 것이었는지도 모른다. 전쟁이라는 홍수가 밀어닥치기 전에 한 세기의 희망을 간수해두려고 만든 거대한 선박 말이다.

***

버거가 그린 현대미술 지도는 색인이 딸린 지도책이 아니라 손으로 그린 스케치였다. 명료함을 위해 단순화한 지도였고 효과를 위해 정치화한 지도였으므로 불완전할 수밖에 없었다. 그러나 엄청난 설득력이 있었다. 아마도 그것이 직설적인 힘, (냉전의 여파를 여러 해 겪은 뒤였으므로) 예기치 못한 힘을 지녔기 때문일 것이다. 대공황 이후 서구 대중은 모더니즘을 정치적으로 무능하거나 엘리트주의적인 것으로 여기도록 교육받았다. 이들은 세상의 소금 같은 리얼리즘이 좌파에게 허용되는 유일한 진정한 양식이라고 배웠다. 버거의 책은 이런 틀을 폐기하고 완전히 새로운 방침을 정함으로써 오랫동안 무시되었던 혹은 자주 억압되었던 가능성을 한 세대에 열어 보였다. 어쩌면 선발 주자였기 때문에 서술이 과장된 면도 있겠지만, 이렇듯 길을 터준 덕분에 추후 더 정교한 정치적 모더니즘과 학문적 재평가가 나올 수 있었다. 예를 들자면 근래에야 T.J. 클라크T.J. Clark가 좀 더 정색하면서 예민한 눈초리로 버거와 비슷한 주장을 폈다. 그는 모더니즘과 사회주의 둘 다 "모더니티를 다르게 상상하려는 필사적인 그리고 아마도 헛된 노력"을 했다고 지적했다. 나아가 이렇게 덧붙였다. "현존하는 자본주의를 종식시킬 만한 실질적인 가능성이 없다면 모더니즘은 끔찍한 형식으로든 가련한 형식으로든, 결코 존재할 수 없었고 앞으로도 없다는 것이 어쩌면 진실일지 모른다."[55] 클라크는 2001년 점잖은 숙명론의 입장에서 글을 썼고, 버거는 1960년대 중반에 천년왕국의 열정으로 글을 썼지만, 둘은 놀랄 만큼 비슷한 직감에서 출발했다. 그리고 버거가 1956년에 던진 질문은 여전히 공개적인 논쟁거리로 남아 있다. **'하지만 그렇다면 왜 그렇게 많은 독창성이 필요했을까? 사회혁명이 이루어졌다면 그래도 독창성이 그토록 극에 달했을까?'**

역사적 유사성은 질문을 일으키지만 답을 주지는 않는다. 버거가 한 것처럼 아폴리네르Guillaume Apollinaire와 레닌을 나란히 놓는다면, 이는 명확한 수사적 주장을 하기 위함이다. 둘 다 예언적이고 포괄적인 용어를 써가며 말한다. 둘 다 미래에 대한 과열된 믿음을 드러낸다. 하지만 모더니즘 **미학**은 어떻게 설명할 수 있을까? 입체주의 **회화**의 혁명적 내용은? 여기서 버거는 양차 대전 사이의 비평가 막스 라파엘이 제시한 사유에 직접적으로 의지하고 있다. 한 학자가 요약한 바에 따르면 라파엘은 "19세기에서 20세기로 넘어온 중요한 예술의 문제는 유물론을 변증법과 결합하는 문제"라고 여겼다.[56] 라파엘은 쿠르베를 유물론의 기수로, 세잔을 변증법의 기수로 보았지만, 1933년에 쓴 글에서 제대로 된 마르크스주의 미학의 등장은 아직 요원한 일이라고 믿었다.

버거는 본질적으로 라파엘의 주장을 되받아서 말한다. 그러나 라파엘이 미적 가치의 전이轉移 문제를 해결되지 않은 것으로 생각한 반면에, 버거는 입체주의에서 그가 보지 못한 합슴을 보았다. 버거는 쿠르베와 세잔에 대해 이렇게 말한다.

오늘날 두 사례는 별도의 유파로 나뉜다. 세상 대부분의 회화는 따분하고 기계적인 자연주의 양식 아니면 추상, 둘 중 하나다. 그러나 1907년부터 몇 년 동안 둘이 결합한 적이 있었다. 스탈린주의자와 포스트스탈린주의자가 회화에 대해 선언한 데서 모스크바의 무지와 무교양이 드러났고, 그 화가들 중 누구도 마르크스주의자가 아니었지만, 그럼에도 입체주의를 당시 회화 가운데 변증법적 유물론의 유일한 사례로 규정하는 것은 가능할뿐더러 논리적이다.[57]

당부의 말과 조심스러운 표현을 썼지만 결론은 선동을 의도한 것이었다. 일부 평자들은 격노했고 일부는 신이 났다. 그토록 의견이 나뉘었던 것이나, 피카소에 대한 버거의 주장이 그토록 논쟁적이었던 것이나, 이유는 같았다. 피카소가 그만큼 중요한 인물이었기 때문이다. 20세기 모더니즘의 원전으로서 입체주의가 양 진영 모두를 아우를 수 있는 것이라면, 현대미술의 전체 계보는 다시 검토될 필요가 있었다.

누구도 입체주의의 중요성에 이의를 제기하지 않는다. 종종 요란하게 팡파르를 울리며 논란이 된 것은 입체주의의 정확한 의미다. 대다수가 합의하는 내용은 두 가지다. 입체주의의 등장은 르네상스 이후 서양 회화에서 사용되어온 기하학적 원근법이 돌이킬 수 없이 해체되었음을 나타냈다. 또 한편으로 입체주의는 20세기 미술에서 순수 추상과 매체 성찰적 '연극성'이 등장하는 것을 예고했다. 사실상 캔버스가 납작해지고 자각적인 성격을 띠게 된 것이다. 비평 유파들은 저마다 이런 양상을 자신의 목적에 맞게 굴절시켰다. 입체주의가 맹아적 위치를 차지하는 이유 하나는 바로 이런 해석적인 유연함에서 나온다. 회화성이 오르락내리락하는 것이 입체주의 작품의 근본적인 성격인데, 이 점이 비평의 수준에도 그대로 반영된다. 비평가나 비평 유파에게 로르샤흐 테스트Rorschach test*로 작용하는 예술이 많겠지만, 입체주의는 그야말로 그렇다.

"모든 예술 가운데 회화가 철학에 가장 가깝다." 버거는 입체주의에 가장 빠져 있을 때 이렇게 말했으며, 입체주의가 자신을 철학자로 만들었다고 했다.[58] 그는 기호학적·수행적 측면, 새로운 재료의 사용, 캔버스의 폭넓은 사용, 아프리카 모티브의 도입, 농담, 부르주아 취향의 유쾌한 과시를 인정한다. 그러나 이런 측면은 입체주의가 추구한 것이 아니라 건드린 것이다. 버거의 분석은 주로 지각과 존재론의 질문에 집중한다. 텍스트와 더불어, 복제된 그림이 논의에 시각적 증거를 제공한다. 마치 그는 자신이 짐작한 바를 확증하려고, 혹은 말로 표현하기 어려운 것을 채워 넣으려고 이미지에 의존하는 것 같다. 그 결과 버거의 산문은 여러 합습(그 복잡성 때문에 서로 동떨어져 있을 때가 많았지만)에 도달하고자 애쓰는 반면, 그가 제시한 회화는 말이 없지만 반박 불가한 근거를 제공하는 창조적 형식의 대위법이 펼쳐진다. 언어적 포장이 과한 다른 아방가르드 예술가들과 달리 입체주의자들은 자신의 작품에 대해 말을 아꼈다. 버거의 친구인 화가 피터 드 프란시아

---

* 좌우 대칭의 불규칙한 잉크 무늬를 어떻게 해석하는지에 따라 그 사람의 심리 상태와 성향 등을 판단하는 테스트.

Peter de Francia는 이런 역설을 다음과 같이 정리했다. "그들의 불확실한 태도는, 그들의 회화에 내재된 전제가 오로지 회화 자체를 통해서만 검토될 수 있다는 사실에서 비롯했다."[59]

한번은 버거의 텍스트가 연대순으로 정렬된 이미지에 완전히 자리를 내어주기도 했다. 세잔의 〈목욕하는 여인들Les Grandes Baigneuse〉(1898~1906)과 피카소의 〈아비뇽의 처녀들Les Demoiselles D'Avignon〉(1907)을 시작으로 분석적 입체주의의 절정기에 만들어진 일련의 누드화, 풍경화, 초상화를 말없이 넘기다 보면 마침내 피카소의 혼합 매체 콜라주 〈바이올린The Violin〉(1913)에 이른다. 〈바이올린〉은 일종의 큐레이팅된 시각적 에세이로서, 20세기를 19세기와 갈라놓는 이미지 제작의 혁명을 포착하려 한다. 스톱모션 애니메이션처럼 하나의 **아이디어**가 점진적으로 발전해가는 과정을 보여주는 것이다. 이때 우리는 아이디어의 전면적인 함의들이 확산되고 강화되고 뿌리내리는 것을 본다. 그러나 그 아이디어의 의미는 무엇이었을까? 그것은 어떻게 표명될 수 있을까? 그리고 버거가 생각했던 세계사의 거대한 흐름과는 어떻게 연결될 수 있을까?

이 질문에 답하기 위해 다시 루카치와 포스트헤겔주의 사상의 여러 조류로 돌아가 보자. 루카치는 상품의 물신숭배를 분석했던 마르크스를 이어받아 물화物化, 즉 "원래는 사물의 양태를 갖지 않는 것이 '사물'로 변형되는 일"의 본질에 대해 상세하게 논했다.[60] 그는 이런 경향을 중산계급 의식의 지배적인 특징—사실상 인간관계의 살아 있는 산물인 사회 현실을 영원하고 객관적인 것으로 오해하는 태도—으로 보았다. 마르크스주의 변증법의 강점은 견고해 보이는 것 아래에 있는 사회적 힘들의 연결망을 드러낼 수 있는 능력이었다. 루카치는『역사와 계급의식』의 핵심 대목에서 이 점을 논했다.

> 그리하여 사회적 사실들은 객체가 아니라 인간들 사이의 관계라는 인식이 강화되어 사실들이 과정 속으로 완전히 용해되는 지경에 이른다. 그러나 사실들의 존재가 생성으로 드러난다고 해서, 과거를 휩쓸고 가는 추상적인 보편적 흐름으로 해석되어서는 안 된다. 공허한 실재적 지속durée réelle이 아니라, 그와 같은 관계들의 끊임없는 생산과 재생산으로 이해되어야 한다. 이런 관계들이 맥락에서 벗어나 추상적이고 정신적인 범주에 의해 왜곡되면 부르주아 사상가에게 사물로 나타날 수도 있다.[61]

이런 인식을 통해 루카치는 하나의 통찰을 얻었다. "헤겔식으로 말해서 생성이 이제 존재의 진리로 나타나고, 과정이 사물에 대한 진리로 나타난다면, 이것은 역사의 발전 경향이 경험적 '사실들'보다 더 고차적인 현실을 이룬다는 뜻이다."[62]

루카치만 그런 게 아니었다. 1920년대의 다른 위대한 반反데카르트주의 논문들에서도 이와 상당히 유사한 반실증주의를 찾을 수 있다. 대표적인 것이 앨프리드 노스 화이트헤드와 마르틴 하이데거의 논문이다. 이들은 각자의 방법으로 버거가 40년 뒤에 입체주의에서 읽어낸 것과 비슷한 것을 철학적으로 읽어내려 시도했다. 지성의 정적인 추상으로부터 사유를 역동적으로 해방시키는 것이 바로 그것이다. 루카치는 변증법을 통해, 화이트헤드는 창조성을 통해, 하이데거는 현존재와 시간-내-존재를 통해 이를 시도했다. 루카치에게 **생성**이란 역사적이고 정치적인 것으로 보였다. 화이트헤드에게는 우주적이고 과학적인 것이었고, 하이데거에게는 개인적이고 성스러운 것이었다. 그런 이들 모두 19세기 과학주의를 몰아내는 데 주력했다. 이들이 보기에 19세기 과학주의는 고정되어 있고 정체되어 있고 소외를 일으키는 것이었으며, 심오한 경험의 필요 불가결한 진실에 다가가지 못하는 것이었다.

버거도 1960년대 내내 거듭 비슷한 혁명을 이야기했다. 이는 곧 "우리가 일반적으로 사고하고 해석하는 양식에 일어나는 혁명"이었다. "과정은 모든 고정된 상태를 휩쓸어버렸다. 인간이 가진 최고의 자질은 더 이상 지식이 아니라 스스로 과정을 인식할 줄 아는 점에 있다."[63] 입체주의자들은, 무미건조하게 말하자면 **사이에 있는**interjacent 것을 그렸다. 그들은 "현실을 따로따로 분리시켜놓은 고정된 범주들"에 대해 다른 분야의 다른 사상가들도 비슷하게 도전하고 있던 "놀라운 우연"의 시점에 존재했다.[64] 버거는 그런 범주가 "마음의 감옥이 되어" 사람들로 하여금 현상과 사건 사이에 "계속 벌어지는 작용과 상호작용"을 알아차리지 못하게 했다고 지적한다.[65]

피카소와 브라크의 (또한 세잔과 어쩌면 드 스탈의) 회화에서 도움을 얻은 버거는 시각, 그 날것의 감각이 자신에게 보여주는 바를 진지하게 생각하기 시작했다. 금광 채굴자가 선광 접시에 흙을 받쳐놓고 사금을 채취하듯, 시신경에서 흘러들어오는 것을 하나하나 가려내려 한 사람들이 있었다. 메를로퐁티는 말했다. "우리는 시각이 우리에게 가르쳐주는 것을 있는 그대로 받아들여야 한다. 이를테면 우리가 태양과 별을 볼 수 있는 것은, 우리가 모든 곳에 동시에 존재하는 것은 시각 덕분이다."[66] 그것은 일종의 환각 여행, 새로운 지각의 열림이었다. 약물을 경험해본 사람이라면 알 것이다. (최근 마이클 폴란Michael Pollan은 실로시빈psilocybin 복용 경험을 이렇게 설명했다. "정원을 걷고 있는데 '통렬하다'는 단어와 그 단어의 의미가 확 다가왔다. 평소 스스로를 공간에서 대상을 관찰하는 주체로 느끼는 감각―허공이 그 주위를 감싸고 있는 덕분에 대상이 선명하게 별개의 것으로 느껴지는 감각―이 밀려나고, 그 대신 이 장면 속으로 깊숙이 들어가 완전히 연루되면서, 내가 무수한 다른 존재들에, 전체에 연결되어 있다는 감각이 들어섰다.")[67]

버거 본인이야 약물을 하진 않았지만, 입체주의에 제대로 취하면 환각 여행이나 각성 비슷한 효과가 있었다. 말하자면 한 꺼풀 녹아내린 진리로 떠나는 여행이었다. 이는 자아를 분산시키는 데는 물론, 시각 세계를 **탈물화**脫物化하는 데도 도움이 되었다. 버거가 말하길, 입체주의는 총체성을 건드리고, 이처럼 지각의 더 깊은 지층을 드러낸 유일한 예술이었다. 평평해지고 파열된 공간, 면의 단절, 캔버스의 명백한 이차원성, 공간 원근법의 몽타주. 이 모든 것에서 우리는 이미지의 **인공성**madeness을 보지만(대부분의 비평가들이 여기에 집중했다), 한편으로 어떤 시각의 장에 들어서기도 한다. 이 시각의 장은 끝없는 도착到着의 상태로 존재하는데, 이때 대상은 우리 지각의 조직 능력이 모든 것을 고정된 자리에 붙잡아두기 전까지는 영원히 생겨나고 스스로를 갱신하기 때문이다. "하지만 현실은 존재하는 것이 아니라 **생성되는** 것이다."[68] 루카치의 말이다. 버거는 이렇게 적었다. "입체주의 회화에 대해서는 '그것이 참인가?' 혹은 '진실한가?'라고 묻기보다는 '계속되는가?'라고 물어야 한다."[69]

* * *

버거는 유럽 작가가 되기 위해 영국을 떠났다고 했다. 그 과정에서 그는 새로운 종류의 사상가, 더 형이상학적이면서 더 세속에 가까운 사상가가 되었다. 그가 망명지로 선택한 곳과 그가 그곳을 어떻게 상상했는지를 생각하면 역설적이다. 그는 제네바 교외에 거주지를 뒀지만 1960년대 중반의 상당 부분을 보클뤼즈주 언덕에서, 특히 라코스트Lacoste 마을에서 보냈다. 두 명의 화가 친구 피터 드 프란시아와 스벤 블롬베리Sven Blomberg의 집이 거기 있었다. 그곳에서 동쪽으로 조금 가면 뤼베롱의 산비탈에 놓인 보니유Bonnieux라는 마을이 있었는데, 그와 보스톡은 한동안 그곳을 거처로 삼기도 했다. 버거가 알게 된 프랑스는 태양과 라일락의 나라였지만, 그의 마음속에서는 언제나 카뮈Albert Camus, 사르트르, 메를로퐁티의 고향이기도 했다. 현상학은 감각적인 것과 개념적인 것, 보이는 것과 보이지 않는 것을 이어주는 경첩이었다. 세잔은 이런 말을 했다. "풍경이 내 안에서 자신을 생각한다. 그러므로 나는 풍경의 의식이다."

피카소에 관한 책이 나온 1965년, 당시 『뉴 소사이어티*New Society*』 부편집장이던 폴 바커Paul Barker가 잡지의 예술·문화 지면을 늘리면서 정기적으로 글을 써줄 사람이 필요하다며 버거에게 청탁했다. 자신이 쓰고 싶은 어떤 주제로든 쓸 수 있었다. 다시 한 번 그는 자신의 의견을 펼칠 연단을 얻었다. 그러나 런던의 갤러리를 돌며 글을 쓰던 시절과 달리, 망명 생활이라는 거리감이 그의 문장에 좀 더 차분하고 개인적이고 종종 시적인 탐구의 기운을 불어넣었다. 그가 옹호해야 하는 명제는 줄어들었고(몇 개는 계속 남았지만), 탐구해야 할 경로와 풀어야 할 수수께끼는 더 많아졌다. 자주 언급되는 바이지만 에세이essay라는 말은 '시도하다' '시험하다'라는 뜻의 프랑스어 동사 '에세예essayer'에서 나왔다.

훗날 버거의 여러 선집들에서 볼 수 있는, 가장 사랑받는 글 대부분은 『뉴 소사이어티』에 처음 실린 것이었다. 사진에 관한 글, 동물을 바라보는 시선에 관한 글, 폴 스트랜드Paul Strand와 쿠르베와 터너J.M.W. Turner에 관한 유명한 성찰을 담은 글. 그가 그저 들판에 서서 느끼는 경험에 대해 말하는 글도 있다. "높고 넓게 자리한 푸르른 들판은 손 닿을 만큼 가까운 곳에 있고, 그 위로 덮인 풀은 아직 높이 자라지 못했고, 그 위의 파란 하늘 사이로 비치는 노란빛이 세상이라는 분지가 담고 있는 표면의 색을, 거기에 딸린 들판의 색을, 하늘과 바다 사이의 높고 넓은 대지의 색을 더욱 푸르게 만들며, 대지의 정면에는 인화기로 찍어낸 듯한 나무 장막이 쳐져 있고, 양쪽 옆은 부스러질 것만 같고, 모퉁이는 둥그스름하며, 태양에 열기로 답한다."[70]

거의 휘트먼의 시에서 느껴지는 분위기다. 하지만 화가의 팔레트로 들판을 칠하고 나서 그는 논리학자의 엄격함으로 경험에 도표를 그린다. 느껴지고 들리는 모든 것이 서로 연결되어 있음은 "모든 사건이 과정의 일부"이며 각각의 사건은 서로의 관계를 통해서만 규정될 수 있음을 증명한다.[71]

이런 감각적이면서 이지적인 혼성 양식 덕분에 버거는 사람들로부터 인정만이 아니라 애정도 받았으며, 지식인 부류를 훨씬 넘어서는 충성스러운 추종자들을 거느리게 됐다. 그의 언어는 결코 세미나나 심포지엄을 생각나게 하지 않았다. 들판은 그에게 비유의 공간이 아니었다.

이후 10년의 출발점에서 버거는 최종적으로 도약하기에 앞서 자신의 무게를 한쪽 발에서 다른 쪽 발로 옮기며, 수다스러운 수업에서 벗어나 땅과 역사에 더 가까운, 더 지중해적인 새로운 자세로 균형 잡기를 시험해보는 듯했다. 그는 1960년대가 정점에 달했을 때 뛰어올라 새로운 삶에 헌신했다. 뤼베롱의 산비탈에 돌로 지은 자그마한 오두막에 머물며 무화과나무, 과수원, 닭과 개, 매미와 올빼미를 벗 삼아 아침에는 밭에서 일하고 오후에는 철학서를 읽었다. 그가 스스로 찾아낸 (그리고 큐레이팅한) 대륙적 사유와 느낌, 혹은 대륙적 사유의 느낌으로 이뤄진 삶, 라벤더·양파·테라코타와 공동 식사의 삶이었다. 그는 철학적 모더니즘을 야외로 들고 나가 그것이 자신의 살갗을 태우도록 했다. 그 과정에서 하이데거가 주장했지만 개인적으로 결코 이루지 못했던 일을 해내려고 했다. 바로 철학을 삶에 돌려주는 일이었다. 혁명은 삶을 통해 몸으로 겪어내는 것이어야 했다.

***

입체주의 회화를 본다는 것은 일련의 몰입으로 끌려들어 가는 것이라고 버거는 말했다. "우리는 표면에서 출발하여 일련의 형태를 따라 그림으로 들어가고, 갑자기 표면으로 다시 돌아가서는, 새롭게 얻은 지식을 거기 맡겨두고, 다시 그림을 공략하러 나선다."[72] 이것은 그가 입체주의에 대해 쓴 많은 글에 대한 은유이기도 하다. 입체주의자들이 다양한 각도로 화병이나 기타에 접근하여 정물에 운동감을 부여했듯이, 그들의 회화를 다룬 버거의 에세이도 신좌파의 역동성을 제대로 보여준다. 그 또한 1958년, 1961년, 1965년, 1967년, 1969년이라는 다양한 역사적 각도에서 글을 썼다.

버거의 최종 공략은 최종적 에세이 「입체주의의 순간」이었다. 그가 죽을 때까지 가장 굳건하게 생명력을 이어간 이론적 글쓰기의 산물이었다. 문체는 속도감 있으면서도 밀도가 높다. 한 자리에서 쭉 읽히기를 원하는 글이면서 마음에 충격을 주고자 하는 글이다.

1967년에 쓰였고 이듬해 수정을 거쳐 1969년에 다시 나온 이 글은, 버거가 이룬 철학적 탐구의 최고 성취이자, 신화적인 1968년 세상에 나온 그의 작업 가운데 가장 전면적인 입장 표명으로 봐야 한다. 입체주의자들은 모든 것이 내재적immanent이며 어떤 것도 고정되어 있지 않다고 봄으로써, 20세기를 위한 철학적 지침을 마련했다. 그들은 새로운 학생 운동과 노동자 운동이 달려가 맞이할 법한, 아직은 실현되지 않은 욕망을 표명했다. 펜타곤 행진, 프라하의 봄 깃발, 좌안 폭동, 멕시코 시티 시위, 리우데자네이루의 10만 명 행진. 이를 담은 사진이 전 세계에서 들어오고 있었다. 젊은이들의 얼굴에는 두려움이 없었고 행동하려는 의지가 있었다. 암살의 해, 자유 토론의 해, 행진의 해, 분신자살의 해였다. 얼마나 치열한 해였는지 짐작하기도 어렵지만 버거의 글에 실린 모든 단어 하나하나가 그 여파를 들려준다. 「입체주의의 순간」 페이지마다 담배 냄새와 최루탄 연기가 배어 있다. 이 에세이는 『뉴 레프트 리뷰New Left Review』를 통해 처음 나왔다가, 책에 실리면서 새로운 제사(슬로건)와 이미지가 추가되었다. 책을 펼치면 왼쪽 페이지에는 입체주의 초상화 둘(1912년 레제의 작품, 1911년 브라크의 작품)이 나오고, 오른쪽 페이지에는 체 게바라Che Guevara 의 시신 사진과 베트남 농부가 총구로 위협받는 사진이 보인다. 버거의 메시지는 너무도 분명했다. 입체주의의 순간이 바로 **지금**이라는 얘기였다.

앞서 10년간 일어난 문화적·개념적 혁명은 국가 정부와의 직접적인 대결, 때로는 폭력적인 대결로 바뀌고 있었다. 이는 버거를 비롯한 이들이 합심해 연결하려던 회로 전체의 타당성을 입증하는 것으로 보였다. '지적·역사적·상상적 노동에서 다시 혁명의 노동으로.' 버거는 당시 몇몇 사건 현장에 모습을 드러내기도 했다. 1967년 옥스퍼드에서 열린 베트남 전쟁 반대 시위에 참여해 선동적인 연설을 했고, 1968년 프라하의 봄을 취재했고, 1969년 스톡홀름의 버트런드 러셀 학술대회에 참가했다. 그러나 좌파가 극에 달했을 때 그가 가장 매달린 것은 글쓰기였다. 10월 혁명 50주기로 역사적인 두 순간이 손을 맞잡았다. 버거는 과거를 샅샅이 살펴보며 어디서 일이 틀어졌는지, 언제 과거의 에너지가 새어 나갔는지, 어떻게 그것을 다시 찾을 수 있을지 알아내려 했다. 그는 입체주의에 대한 자신의 마지막 에세이 첫머리에서 이렇게 말했다. "나는 그 작품들을 앞에 두고 내가 느끼는 감정을 강조할 수밖에 없다. 작품과 그것을 바라보는 내가 고립된 시간의 영토에 갇혀 꼼짝 못하고 있고, 여기서 풀려나 1907년에 시작된 여행을 계속하기를 기다리는 심정이다."[73] 따라서 『피카소의 성공과 실패』그리고 불과 2년 뒤에 나온 「입체주의의 순간」 사이에 달라진 것은 예술에 대한 어떤 분석이 아니라(예술의 변화는 사진 건판을 현상하는 방법이 발전해 사진 윤곽이 좀 더 깊어졌다는 것 정도였다), 예술이 들러붙어 있던 다른 모든 것이었다. 즉 혁명의 본질, 현재의 정치적 잠재력, 역사적 시간의 작동이 달라진 것이다.

이 무렵 버거는 자기보다 앞선 세대의 중부 유럽인들 초상을 일련의 글로 써냈다. 빅토르 세르주(1890년생), 존 하트필드John Heartfield(1891년생), 막스 라파엘(1889년생), 발터 벤야민(1892년생)이 바로 그 주인공이다. 이들은 모두 언젠가 버거가 마르크스주의자 지식인들의 "독특한 국제적 동아리"라고 불렀던 그룹에 속했다. "1910년 이후 사진에서 그들 얼굴이 빠지지 않는다. 그들은 책을 많이 읽어서 근시이고 체격이 왜소한 경우도 많다. 하지만 자신들이 세상을 바꿀 수 있다는 것을 알고 있었다."[74] 그중에서도 벤야민은 특별했다. 벤야민이 중요하게 부각되었다는 사실은 좌파가 근본적인 원칙들로 돌아가고 있었음을, 기성 이데올로기와 초역사적 법칙에 갈수록 불신을 나타냈음을, 버거의 표현으로는 공위기空位期, interregnum*임을 상징적으로 보여주는 것이었다.[75] "공위기는 보이지 않는 세상에 존재한다. 그곳은 시간이 촉박하다. 그리고 목적이 수단을 정당화한다는 비도덕적인 신념이 있다. 여기에는 시간이 항상 자기편이라는 오만한 가정, 따라서 현재 순간, 벤야민이 말한 '지금의 시간'이 훼손되거나 망각되거나 부인될 수 있다는 오만한 가정이 깔려 있다."[76] 특히 벤야민의 후기 에세이에서 역사의 매개물 전체는 방향을 잃고 거의 환각적이라 할 재배치를 겪는다. 역사는 더 이상 연속적인 단계들로 이뤄진 사다리로 상상되지 않으며, 혁명 가능성의 불꽃들로 타오르는 비선형적이고 유사 신비주의적인 장이 된다. 스탠리 미첼에 따르면, 벤야민에게 역사란 "상존하는 경기장"이며, "(루카치의 경우처럼) 단순한 '현재의 전제 조건'은 결코 아니다". 과거의 전투는 싸우고 또 싸워야 했다. 그러지 않으면 또다시 질 수 있었다.[77] 벤야민의 재발견은 이런 점을 확증하는 것으로 보였다. 버거는 「가능한 미래에서 본 과거」라는 에세이를 통해 비슷한 맥락에서 니체를 인용한다. "어느 날 어

---

* 최고 권력이 부재한 시기, 힘의 공백 시대.

떤 유의 것이 역사가 되어갈지 우리는 알 수 없다. 어쩌면 과거는 많은 부분 여전히 발견되지 않았는지도 모른다. 과거를 발견하려면 많은 소급적인 힘들이 여전히 필요하다."[78]

과거의 예술도, 과거의 비평과 지식도 마찬가지다. 문학비평가 이브 세지윅Eve Sedgwick은 비슷한 취지에서 이렇게 물었다. "지식은 무엇을 **행하는가?** 지식을 추구하고, 지식을 소유하고 드러내며, 누군가 이미 알고 있는 어떤 지식을 다시 받아들이는 것?"[79]

*　*　*

"어디서든 무엇으로든 모든 게 가능하다." 입체주의 시인 앙드레 살몽André Salmon의 말이다. 폭발적이고 혁명적인 순간에는 그렇게 보일 수도 있다. 하지만 시간이 흘러 정치적 정체기를 맞으면 모순이 더 눈에 들어오는 법이다.

버거는 마치 땅으로 내려갈 준비를 시작하듯 두 가지 보류 사항을 전하며 에세이를 마친다. 먼저 그는 입체주의를 "마치 순수한 이론인 것처럼" 논의해야 할 필요가 있었다고 했다. 두 번째는 "입체주의의 사회적 내용, 혹은 사회적 내용의 결여"에 관한 것이었다.[80] 그는 두 가지를 별개인 양 다루지만 그 둘의 시선은 좀 더 근본적인 줄다리기로 향한다. 이 문제는 버거가 그토록 극복하려 한, 형식과 내용이라는 오랜 이분법의 변형이었다. 무언가를 의식하는 것과, 무언가를 의식하는 자신을 의식하는 것의 대립 말이다. 내가 의자를 지각하는 것은, 내가 의자를 지각한다는 것을 지각하는 것과 어떻게 같을 수 있을까? 입체주의가 시각 자체에 관한 것이라면, 그것이 또 어떻게 **우리가 보는 무엇가**에 관한 것일 수 있을까?

질문은 이내 다른 질문들로 이어진다. 입체주의자들은 시대의 산물일까, 시대를 앞서간 것일까? 그들의 예술은 예외적일까, 모범적일까? 그들은 선지자였을까, 어릿광대였을까? 진정한 긍정의 작품과 강요된 낙관주의를 담은 작품은 어떻게 구별할까? '직감에 따른 진짜 예언'과 '유토피아적 꿈'은 어떻게 구별할까? 혁명에 슬픔이 들어설 여지가 있을까?

그토록 많은 좌파들이 요구한 것은 다름 아닌 총체적 변혁이었다. 그러나 이런 식의 사고에서는, 천천히 매일같이 마지못해 수행하는 노력과 타협을, 사회주의라는 산의 고개를 넘어서도 없어지지 않는 그 일을 소홀히 넘길 때가 많았다. 여기서 모든 진보는 점진적으로 이뤄져야 한다는 중도주의자의 변명을 늘어놓으려는 것은 아니다. 다만 예술에서든 정치에서든 승리는 클 수도 있고 작을 수도 있음을 인정하려는 것이다. 최종 치유책은 그리 단순하지 않다. 1956년 버거가 개인적 위기를 겪는 와중에 동료들에게 말했듯, 사회주의조차도 예술가가 심각한 의심과 절망의 시기를 겪지 않게 막아줄 수는 없다. 인간적이라고 하는 것은 바로 이런 의미다. 20년이 지나서 버거는 비슷한 생각을 밝혔다. 그는 1968년을 돌아보며 (그가 루카치의 젊은 시절에 비교했던) 기 드보르Guy Debord와 상황주의 인터내셔널Situationist International에게서 빛나는 "필사적인 힘"에 대해 이야기했다. 그러나 그들이 고려하지 못한 것은 "비극이 갖는 일상의 실상"이었다. "재앙을 겪는다는 것은 인

내를 요하는 일이며, 그것이 유일한 긍정적 형식의 참음성"이
라고 버거는 말했다.[81] 미네르바의 부엉이는 황혼이 저물어야
날아오른다, 이것은 헤겔의 말이다.

멈췄다 전진했다 하는 역사는 개인 삶의 희망과 고통을 먹
고 자란다. 그 과정에서 수많은 사상자가 생겨난다. 신좌파도
마찬가지였다. 한동안은 모순이 용인됐고 심지어 환영받기도
했다. 모든 것이 유동적이었으며 확정된 것은 아무것도 없었
다. 그러나 고다르Jean-Luc Godard의 말처럼 모순이 폭발하자 한
세대가 (그리고 그들의 이상도) 날아갔다. 실패한 혁명에도
사망자가 거의 발생하지 않은 제1세계 역시 사정은 마찬가지
였다. 버거는 나중에 이렇게 회상했다. "당시 우리 중 많은 이
들이 진실의 가혹함으로부터 눈을 돌리려고 애썼다." 그리고
몇 년이 지나자 상황이 명백해졌다.[82]

하지만 개인의 삶과 마찬가지로 정치에서도 모든 현재의 순
간에는 투사된 미래가 깃들어 있다. 그런 미래가 우리 곁을 지
나가지 않는다고 해서, 그것이 아직 존재하지 않았다고 말할
수는 없다. 미래는 언뜻언뜻 비치는 순간 이미 존재했다.

버거가 10년 넘게 추구해온 이론적 합의가 마침내 타결될
기미를 보였다. 도처의 젊은이들이 거리에서 행진하고 있을
때였다. 그는 모더니즘에 관한 마지막 에세이 말미에서 이렇
게 말했다. "충격적인 예술은 많은 선례들이 있다. 의심과 이
행의 시기에 대다수 예술가들은 항상 환상적인 것, 통제할 수
없는 것, 끔찍한 것에 몰두하는 경향을 보였다."[83] 그러나 미래
를 재앙과 동일시할 필요는 없으며, 모더니티를 난파선으로만

볼 수는 없다. "현대적 전통은 인간과 세계 사이에 수립되고 있는 뭔가 질적으로 다른 관계를 바탕으로 한다. 그리고 그 시작은 절망이 아니라 긍정이었다."[84]

이후 50년간 위 구절은 씁쓸하고도 달콤하게 들렸다. 하지만 처음 등장했을 때는 마치 수학공식 증명의 마침표 같았다.

4장

말과 이미지

어떻게든 나도 '실질적인 것'을 만드는 방법을 찾아야겠소. 조형적인 것이나 글로 쓰는 것 말고 솜씨 자체에서 일어나는 실재 말이오. 어떻게든 가장 작은 구성 요소, 내 예술의 세포, 만질 수 있으면서도 비물질적이고 모든 것을 표현하는 수단을 찾아야겠소.

— 릴케가 루 안드레아스살로메에게 보낸 편지

1962년 제네바에 막 도착한 버거는 친구인 알랭 타너에게 아는 사진작가가 있는지 물었다. 포레스트 오브 딘Forest of Dean에 있는 시골 의사를 주인공으로 하여 글과 사진이 섞인 책을 만들고 싶었기 때문이다. 타너는 그에게 제네바의 한 시네클럽에서 만난 보도 사진작가 장 모르의 전화번호를 건넸다. 버거는 모르에게 연락했고, 둘은 만나기로 했다. 모르는 팔레스타인이 분할될 때 그곳 적십자에서 일한 적이 있었고(한참 뒤에는 에드워드 사이드Edward Said와 『마지막 하늘 이후After the Last Sky』라는 책을 공동 작업하기도 했다), 당시에는 세계보건기구의 프리랜서 사진작가로 일하고 있었다. 버거는 모르가 샤를루아의 광부들을 찍은 사진을 보고 깊은 감명을 받았다.[1]

함께 만난 자리에서 버거는 자신의 프로젝트를 설명했다. 영국 서부의 한적한 숲속 시골 마을을 찾아가 그곳에서 일하는 의사를 몇 주 관찰할 참이었다. 버거는 거기 살 적에 치료를 받은 인연으로 그 의사와 친구가 되었다. (사실 책의 아이디어를 처음 제안한 사람은 서로가 아는 친구인 인도 태생의 작가 빅터 애넌트Victor Anant였다.) 버거는 모르에게 펭귄 출판사와 잘 안다면서 둘이 수익을 공평하게 나눠 갖자고 했다. 의사 존 에스켈은 환자들과 함께 관찰 대상이 되기로 하고 프로젝트를 승낙한 상태였으며, 그들이 묵을 숙소도 제공하겠다고 했다. 모르는 합류하기로 했다. 그리하여 두 사람은 영국으로 떠날 계획을 세웠다.

이런 종류의 작업에는 선례가 있었다. 1948년 잡지 『라이프Life』에 시골 일반의의 하루 행적을 담은 W. 유진 스미스W. Eugene Smith의 포토 에세이 「시골 의사Country Doctor」가 실렸다. 버거는 제임스 에이지James Agee와 워커 에번스Walker Evans의 『이제 유명한 사람들을 찬양하자Let Us Now Praise Famous Men』도 좋아했으며, 1930~40년대의 다른 다큐멘터리 사진집, 예컨대 루이스 하인Lewis Hine, 도로시아 랭Dorothea Lange, 아우구스트 잔더August Sander, 빌 브란트Bill Brandt의 작업도 틀림없이 알고 있었다. 1954년 사르트르와 카르티에브레송은 『하나의 중국에서 또 하나의 중국으로D'une Chine à l'Autre』를 작업했고, 1955년 폴 스트랜드는 세자르 자바티니Cesare Zavattini와 손잡고 포 계곡의 작은 마을 모습을 담은 『어느 마을Un Paese』을 펴냈다. 그러나 이 모든 책에서 사진과 글은 서로 거리를 두고 있었다. 일례로 『이제 유명한 사람들을 찬양하자』의 경우 에번스의 사진이 맨 앞에 나와서 마치 에이지의 텍스트에 부친 시각적 서문처럼 보였다. 가장 일반적인 방식은 사르트르나 자바티니의 경우처럼 작가가 일종의 후기를 쓰듯 사진에 몇 마디를 덧붙이는 것이었다.

버거와 모르의 방식은 두 가지 핵심적인 면에서 차별화되었다. 첫째, 그들은 포레스트 오브 딘을 몇 주 동안 여행하며 작가와 사진작가로 팀을 이뤄 공책과 카메라를 들고 대상을 함께 관찰하기로 했다. 둘째, 이후 책 만드는 작업(후반 작업)은 철저히 협업으로 하기로 했다. 사진과 텍스트는 두 사람이 야외에서 한 작업만큼이나 페이지에서도 함께 힘을 발휘해야 했다.

마침내 모르의 제네바 아파트에서 가진 격의 없는 만남을 통해 새로운 종류의 책이 나왔다. 그들이 고안한 사진-텍스트는 현대적 경험을 새롭게 말하기 위해 필요한 새로운 표현 문법을 찾아낸 결과였다. 다큐멘터리 영화와 영화 에세이에 착안했지만, 스크린에서 페이지로 형식이 바뀌는 과정에서 그들은 인쇄 매체의 한계처럼 보이던 고정된 이미지와 침묵을 오히려 유리하게 가져가며 상상력을 펼쳤다. 이와 더불어 읽기의 경험도 조용하게 다시 구상했다. 그들이 함께 작업한 세 권, 『행운아』(1967) 『제7의 인간A Seventh Man』(1975) 『말하기의 다른 방법Another Way of Telling』(1982)은 모두 시골 의사, 이주노동자, 산악 지대 농민이라는 사회학적 주제를 다룬다. 그러나 그들의 **미적** 발견은 책이라는 형식이 갖는, 아직 완전히 파헤쳐지지 않은 잠재력의 크기를 보여주었다. 그들의 혁신은 예술가들에게 새로운 지평이 되었다. 세잔의 말처럼 색이 우리 뇌와 우주가 만나는 장소라면, 사진-텍스트는 우리 안의 여러 흐름들—언어적인 것과 시각적인 것, 얼굴과 풍경, 욕망과 이

넘—이 함께 모여 사는 장소인지 모른다.

***

사람들이 '좌뇌형 인간'이냐 '우뇌형 인간'이냐 따질 때는 기본적으로 한 사람이 둘 다일 수는 없다고 보는 것 같다. 그런 범주는 당연히 인지적 범주일 뿐 아니라 문화적 범주이기도 한데, 서양 철학을 구성하는 구분(마음과 몸, 시각과 언어, 감정과 논리, 이미지와 말)이 우리 일상의 직업적 삶으로 옮겨온 지는 오래다. 예를 들어 우리는 시각예술을 가르치는 곳과 (한때 순수문학belles letteres이라 불린) 인문학을 가르치는 곳이 다르다는 것을 당연하게 여긴다. 출판사 편집부와 디자인부가 다른 사무실에서 일하는 것도 당연하게 여긴다. 계산에 능한 사람은 좋은 시인이 못 되며, 철학자는 현실의 사람들에 대해 이야기해서는 안 된다고도 여긴다. 특히 픽션 작가들 사이에서는 추상적인 것과 구체적인 것을 딱 가른 채 추상적인 것을 멀리하려는 확고한 경향이 보인다. '비판적인' 것과 '창조적인' 것의 구분은 이제 제도적 수준에서 굳건해졌다. 교수마다 수업마다 어느 분야인지 꼬리표를 달고 있으므로 학생들은 그런 범주를 원래 존재하는 것처럼 여길 수 있다.

확실히 버거는 이 문제로 고심하며 살았다. 훗날 자신이 말한 "충성심의 분열"을 어린 시절 내내 경험하면서, 외양의 세계와 개념의 세계를 두고 강력한 내적 갈등에 휘말렸다. 그가 처음으로 쓴 일기를 보면 똑같은 개수로 나란히 놓인 스케치와 시가 가득하다. 이십 대에는 글을 써서 돈을 벌긴 했지만,

그림 그리는 훈련도 받았고 드로잉을 결코 손에서 놓지 않았다. 그는 이렇게 말했다. "생각하는 일, 글 쓰는 일의 어려움이 나의 의식 속에 주된 관심사가 되었다면, 나의 주된 현실은 시각적인 것이 되었다."[2]

회화 리뷰는 이런 분열을 이용하는 한편 가속화했다. 문학비평가는 연구 대상과 같은 매체를 사용하므로 여기에 다가가는 것도 조심스러워할 수 있다. 반면 미술비평가는 언어를 사용해 기본적으로 비언어적인 것을 환기시키고 평가하므로, 어느 정도는 늘 공감각적으로 작업한다. 버거는 비범한 두 재능을 전통적인 문학 형식에 가둘 수 없는 사람 같았다. 그래서 미술비평을 포기하고 쓴 그의 초기 소설은 어정쩡한 모습이었다. 마치 두 다리가 있는데도 걸어가지 않고 한쪽 다리로 서 있는 것처럼 보였다.

이후 1960년대 초, 버거는 텔레비전에서 일하기 시작했다. 이 경험은 그에게 결정적이었다. 생활에 보탬이 되었을 뿐만 아니라 자신의 영향력도 크게 넓히는 계기가 되었다. 그는 텔레비전의 기술적 구성에 흠뻑 빠져들었다. 이제까지 고민해왔던 분열의 해결책이 거기 있었다. 그는 화면 너머로 들리는 자신의 목소리가 이미지와 어떤 식으로 짝을 이루는지 예리하게 인식하며 대본을 썼고, 그 결과 그의 글솜씨가 새로운 시각적 차원과 대화할 수 있었다. 이미지와 언어가 화면에서 새로운 회로를 만들어냈다. 참고로 초창기 텔레비전은 '그림이 들어가는 라디오'라 불리곤 했다.

텔레비전은 다른 면에서도 버거와 잘 맞았다. 그는 방송 진행자로서 존재감이 있었다. 웨스트 런던의 라임 그로브 스튜디오Lime Grove Studios에 가죽 옷을 입고 나타난 그는 잘생기고 매력적이었으며, 자신이 갈망하던 새로운 청중, 이른바 '보통 사람'에게 직접 말을 걸 줄 알았다. BBC 독점이 깨지고 그라나다 텔레비전이 출범했을 무렵, 버거는 〈실물을 그리다〉〈내일은 좋아질 거야Tomorrow Couldn't Be Worse〉라는 두 개의 쇼를 진행하며 일반인들에게 예술에 대해 이야기했다. 1960년대 중반에는 마이클 길Michael Gill(나중에 텔레비전 다큐멘터리 〈문명Civilisation〉을 연출했다)과 긴밀하게 손잡고 휴 웰던의 영향력 있는 예술 프로그램 〈모니터〉의 특별 에피소드를 함께 작업했다. 레제가 주인공인 에피소드와 궁전을 지은 우체부 페르디낭 슈발Ferdinand Cheval이 주인공인 에피소드가 있었는데 두 편 모두 프랑스 남부에서 촬영했다. 그 밖에 다른 에피소드를 통해서는 벨리니에서 피카소에 이르는, 서양 미술의 정전으로 꼽히는 화가들에 대한 자신의 생각을 털어놓을 기회를 가졌다.

킹슬리 마틴이 『뉴 스테이츠먼』 시절 그의 멘토였다면 BBC에는 휴 웰던이 있었다. 기품 있는 웨일스 사람이자 영국 예술 프로그램의 '철인哲人 왕'(실제로는 나중에 기사 작위를 받았다)으로 불리는 웰던은 재능 있는 젊은 지식인들에게 텔레비전 매체를 포용하도록 권장했다. 그는 이렇게 말했다. "나는 이런 생각을 즐겨 합니다. 프로이트와 마르크스와 다윈이 1850~60년대가 아니라 1950~60년대에 살았다면 책뿐만 아니라 가끔 텔레비전 시리즈도 만들지 않았을까 하고 말입니다."[3]

웰던의 모든 철학에는 텔레비전이 (성공적인 경우라면) 책과 완전히 달라진다는 자명한 이치가 깔려 있었다. (그의 좌우명이자 일종의 주문인) "말과 그림이 짝을 맺는 개개의, 불가분의 결혼"도 그런 뜻에서 나왔다.[4] 대본 집필과 쇼트 리스트 작성에 이어 촬영, 장면 선택, 편집, 조합, 더빙까지, 그가 지휘한 작업 과정은 수고스러웠지만 새로운 실험이 마구 등장하도록 포문을 열어주었다. 개방적인 분위기는 미술비평가에게 특히 도움이 되었다. 슬라이드나 그림을 앞에 두고 강의하며 사람들을 이런저런 디테일에 주목시키는, 미술사가들에겐 불변이나 다름없던 관행이 기술의 도움을 받아 새로운 전기를 맞은 것이다. 웰던은 점심 강연에서 이런 말을 했다. "나는 텔레비전에서 왜 회화가 단색임에도 그토록 생생하게 보이는지 항상 궁금했습니다. 어쩌면 맨눈에는 보이지 않는 것을 카메라로 화면에 담는 행위 자체가 가만히 정지된 그림에 어떤 식으로 에너지를 부여하는 것 같습니다. 엄밀히 보자면 그림이 아닙니다. 명백히 복제죠. 하지만 다른 무엇과도 다른 복제입니다."[5] 성공적인 프로그램은 일종의 초자연적인 합일을 불러왔다. "마치 그림 안에 말이 들어 있는 것 같아요. 한 사람의 입을 통해 그림 자체가 직접 말을 건넨다고나 할까요. 그 시간 동안 다른 것에는 신경 쓰지 않고 오로지 그 그림과 관계되는 것에만 신경을 쓰는 사람의 말을 통해서요."[6]

텔레비전 작업을 통해 버거는 더 일반적인 가능성, 즉 그의 표현대로라면 "말하는 이미지"의 가능성을 처음 생각해냈다.

그는 충성심의 분열이라는 생각이 틀렸음을 깨달았다. 나아가 같은 작품 내에서나 작품과 작품을 오갈 때나, 물질적인 것을 가지고 하든 상상을 동원해서 하든, 형식들 사이를 옮겨 다니는 것이 자신이 가진 서로 다른 재능을 가장 잘 표현하는 길임을 알게 되었다. (이를 증명하듯 버거의 가장 유명한 문제작 〈다른 방식으로 보기〉는 텔레비전 방송이면서 책으로도 개작되어 나왔다.) 전후 몇 년간 확장된 미디어 환경은 두 가지 면에서 중요한 문제를 제기했다. 하나는 문화적 민주화의 문제, 다른 하나는 매체의 번역과 차이라는 문제였다. 버거 등 비평가들은 회화나 조각 작품에 대한 텔레비전 프로그램을 제작하며 매일같이 그런 질문과 맞닥뜨렸다. 이는 그들이 프로그램을 만들며 중심에 놓은 질문이기도 했다.

버거의 첫 텔레비전 출연은 케네스 클라크가 ATV 미들랜드에서 진행한 시리즈 〈예술은 반드시 필요한가?Is Art Necessary?〉를 통해 이뤄졌다. 해당 에피소드는 회화가 대중매체와 현대미술의 시대에도 여전히 대중적인 목적을 충족할 수 있는가 하는 질문을 바탕으로 했다. 생방송에서 두 사람은 피카소의 〈게르니카〉, 구투소가 그린 해변 풍경, 기네스Guiness의 인쇄광고, 이렇게 세 가지 이미지를 두고 논의를 펼쳤다(버거와 클라크의 관계에 관심 있는 사람이라면 꼭 봐야 한다).[7]

〈게르니카〉를 보며 클라크가 운을 뗀다.

클라크 그럼에도 몇몇 형태는 일반인들에게 여전히 설명하기 어렵습니다. 그러니까 이 작품은 보통 사람들에게 충격을 줄 수는 있

레나토 구투소의 〈해변〉에 대해 토론하는 케네스 클라크와 존 버거. 1958년 텔레비전 방송.

지만 대중적일 수는 없습니다. 현대미술이라는 길고 힘든 길을 걸
어본 사람만이 제대로 이해할 수 있다는 말입니다. 그렇지 않나요?

버거 네, 그렇죠. 아마도요.

그들은 이제 구투소의 회화로 옮겨 간다. 카메라는 두 사람
사이로 들어가 그들이 보고 있는 작품을 클로즈업한다. 이제
그들이 하는 말은 우리가 보는 그림을 둘러싼 질문의 프레임
이 된다.

클라크 구투소는 공산주의자입니다. 그것이 무슨 차이를 만들까
요? 미술에 스토리텔링을 다시 도입하려고 애쓰는 이런 화가들은

왜 공산주의자 아니면 좌파일까요? 사람들로 하여금 어떤 것을 생각하게 만들려고 하기 때문일까요?

버거 맞습니다. 관객과 예술가가 함께 공유하는 이런 목적을 여러분이 갖고 있다면 여러분도 소통에 나설 수 있습니다. 물론 서구에서 목적으로 사용되는 유일한 예술은 상업적 광고입니다.

이 같은 프로그램은 자기 성찰적이었다. 미술을 카메라에 담은 채 '미술을 카메라에 담는 것은 무슨 의미인가' '영상의 시대에 미술은 무엇을 할 수 있고 무엇을 할 수 없는가'라는 질문을 한데 놓았다. 기술적으로 보자면 이미지와 소리라는 두 가지 층위에서 작동했다. 제작 팀은 회화를 시각적으로 전달하는 일을 맡았다. 이들은 일반적으로 작품 전체를 잡는 설정 쇼트에 이어 패닝(수평 이동)이나 커팅(편집)을 통해 클로즈업을 이어 붙였다. 그리고 침묵하는 작품에 소리와 언어로 청각을 한 겹 입혔다. 버거는 『다른 방식으로 보기』(텔레비전 프로그램이 아닌 책)에서 다음과 같이 밝혔다. "회화가 영상 카메라로 복제되면, 그것은 불가피하게도 영상 제작자가 논하고자 하는 바를 위한 재료가 된다. (…) 회화는 영상 제작자에게 권위를 넘겨준다. 영화는 시간 속에서 전개되지만 회화는 그렇지 않기 때문이다. 영화에서는 어떤 이미지에 다른 이미지가 뒤를 잇는데, 이런 영상의 연속성 때문에, 역전될 수 없는 논의가 구성된다."[8]

***

텔레비전 진행자들이 예술을 담아낼 새로운 방법을 찾고 있을 때 예술가들은 레이아웃의 새로운 방법을 탐구하고 있었다. 전후 디자인이 열광한 것은 양차 대전 사이에 폭발한 모더니즘 운동인 포토몽타주, 구성주의, 바우하우스, 스위스 타이포그래피였다. 젊은 디자이너 집단은 발터 그로피우스Walter Gropius, 알렉산드르 로드첸코Alexander Rodchenko, 엘 리시츠키El Lissitsky, 헤르베르트 바이어Herbert Bayer, 라슬로 모호이너지Laszlo Moholy-Nagy에게 빠져들어 이들에 관한 글을 썼다.

중부 유럽과 동유럽에서 활동한 위의 인물들은 형식의 순수성보다 형식의 혼합을 높이 산 모더니즘 계열을 대표했다. 『회화·사진·영화Malerei, Photographie, Film』라는 책에서 모호이너지는 사진과 타이포그래피로 이루어진 새로운 "시각적 인쇄물"이 다른 순수예술을 시대에 뒤떨어진 것으로 만들 것이라고 했다. 그는 1925년에 이렇게 말했다. "귀와 눈이 열렸고, 그럴 때마다 풍부한 광학적·음성적 경이로 채워졌다. 몇 년 더 기술이 결정적으로 발전하고 사진 기술을 열렬히 추종하는 사람이 더 많이 생긴다면, 사진이야말로 새로운 삶이 밝아올 때 가장 중요한 요소였음을 모두가 알게 될 것이다."[9] 다른 많은 사람들도 각자의 방식으로 똑같은 결론에 이르렀다. 기술 유토피아 예언자와는 거리가 먼 앤설 애덤스Ansel Adams조차 비슷한 생각을 표명했다. "인쇄된 말과 나란히 놓인 사진은 다른 어떤 표현 매체 못지않게 의견을 지시하고 해석하고 명확히 표명하고 조절한다. 그러므로 회화, 문학, 음악, 건축에 수여되는 주목과 존중을 동등하게 받을 자격이 있다."[10]

애덤스의 말은 널리 회자되었고, 1954년 화이트채플 갤러리에서 열린 어느 사진전 입구에도 나붙었다. 버거가 그 전시회 리뷰를 썼다. 선집에 들어간 적은 거의 없지만 이후 수십 년간 지속되는 그의 사유의 출발점을 보여주는 글이다. 버거는 애덤스의 말을 접하고 기본 원칙들을 다시 상기했다. "사진이 회화나 문학만큼, 혹은 그보다 더 존중받을 자격이 있다는 말은 사실이겠지만, 그것들은 본질적으로 다른 종류의 활동이다. 회화와 문학의 관심사는 예술가가 **경험**한 사건을 기록하는 일이다. 사진의 관심사는 **사건 자체**의 선별된 한 측면을 기록하는 일이다."[11] 화석처럼 물리적 흔적으로 남는 사진은 그 기본적인 매체 특성상 새김의 성격을 갖는다는 게 버거가 막 이해하기 시작한 진실이었다. 그의 기본 입장은 이러했다. "카메라는 이미지를 가로채고, 붓이나 펜은 이미지를 재구성한다."[12]

몇 년 뒤인 1963년 그가 『옵저버』에 쓴 글에도 비슷한 표현이 보인다. "사진은 **가로채고** (…) 화가는 **재구성한다.**"[13] 그러나 이제 그것은 선택의 문제로 설정되었다. 글의 제목은 '회화냐 사진이냐?'였다. 그동안 버거는 새로운 매체가 무엇을 할 수 있는지 생각하며 흥미를 키워왔다. 여기서는 모호이너지의 영향이 느껴지는 말을 했다. "조각이 중세에, 회화가 르네상스에 했던 역할을 아마도 사진이 미래에 행할 것이다."[14] 이제 그가 보는 사진의 본질적인 **애매성**에서 새로운 관심이 싹텄다. 사진 매체가 갖는 새김의 성격은 사진에 기동성과 함께 유연성도 부여했다. 버거는 하나의 사진(콩고를 떠나는 벨기에 군대를

196

보며 루붐바시에서 울고 있는 백인 여성의 모습)에 세 가지 캡션을 붙여 세 가지 다른 의미를 끌어낼 수 있음을 이야기했다. 이렇게 보자면 사진이 언어를 **불러들이는** 것 같다. 인화된 사진이 그런 식으로 텍스트와 결합하면, 그 자체로 불안정하던 사진은 대단히 견고한 새로운 화합물, 새로운 예술의 세포가 된다. 『라이프』의 초대 사진 편집자를 지낸 윌슨 힉스Wilson Hicks의 말대로 "포토저널리즘의 기본 단위는 사진과 글의 결합이다".[15]

버거가 『옵저버』에 기고한 글은 그가 1953년 소련으로 문화견학을 갔을 때 알았던 그래픽디자이너 허버트 스펜서Herbert Spencer의 관심을 끌었다. 그동안 스펜서는 당시 유행하던 그래픽 모더니즘을 대중화하고자 『타이포그라피카Typographica』라는 디자인 잡지를 창간했다. 두 사람은 연락을 다시 주고받았다. 그들이 함께 논의한 주제는 레이아웃이나 사진을 담당하는 편집자라면 친숙할, 사진과 텍스트의 관계, 이미지를 연속적으로 배치할 때의 누적 효과, 페이지에 배치하는 문제였다. 그러나 두 사람은 충격과 명료함을 공통의 기준으로 두지 않고 이런 관심사에 접근했다. 그 대신 그들은 아직 탐구되지 않은 미적 자유를 알아보는 안목이 있었다. 버거는 앞서의 에세이에 '추신'으로 덧붙일 만한 작업을 출판하는 데 관심을 보였다. 그가 스펜서에게 말했다. "연속적으로 배치된 그림이 중요하다는 당신의 의견에 동의합니다. 그리고 어쩌면 이것은 가능성의 시작에 불과할 수도 있습니다. 시퀀스를 갖는 순간 시간이 흐르기 시작하고, 그 순간 시가 필요해질 테니까요."[16]

버거가 『타이포그라피카』에 부치는 '추신'은 개인적인 에세이 「말과 이미지Words and Images」, 사진과 시가 어우러진 소책자 『르모리앙에서At Remaurian』로 이어졌다. 그는 "이미지와 말이 새끼를 낳는다"고 선언하며, 번식의 에너지가 전통적인 분과의 한계를 무너뜨리고 있다고 말했다. (당시 미적 분위기를 설명하자면, 로드첸코의 습작들, 헤르베르트 바이어의 사진, 갈리마르Gallimard 출판사의 아트디렉터로서 '보존하고 갱신하고 발명하라'는 모더니즘 기치를 내걸었던 프랑스 디자이너 로베르 마생Robert Massin의 프로필이 잡지의 같은 호에 실렸다.) 버거는 작가, 사진작가, 일러스트레이터, 디자이너가 서로 새로운 관계를 맺을 것을 요청했다. "대중매체에서 통용되는 많은 것이 하찮고 잘못되었다. 말과 이미지의 새로운 관계 가능성이 대중적인 규모에서 건설적으로 추구되는 경우는 거의 없다. 어떤 편집자도 구비된 사진을 사용 가능한 **어휘**로 여기지 않는다. 누구도 인용문을 배치할 때처럼 이미지를 텍스트와 관련해 정확하게 두려 하지 않는다. 자기 논의를 펴는 데 그림을 사용하려고 생각하는 작가는 거의 없다."[17] 마셜 매클루언 Marshall McLuhan의 『미디어의 이해Understanding Media』(1964)를 방금 읽은 것이 틀림없는 버거는 읽기 행위를 유기적인 언어적-시각적 경험으로 다시 상상하고자 했다. 그는 이렇게 결론지었다. "다른 많은 분야에서와 마찬가지로 그동안 얻어진 기술적·생산적 수단은 이제 새로운 태도와 가치를 요구한다. 글로 읽는 것과 방송으로 보는 것 사이의 제도적 장벽이 서서히 무너지고 있다. 젊은이들은 자신이 듣는 것이 **보기**에도 좋은지 스스로 묻기 시작한다."[18]

『타이포그라피카』의 같은 호에 5×6인치짜리 작은 부록이 끈으로 묶여 같이 나갔다. 버거가 니스 북쪽 땅, 그리고 뤼베롱의 산비탈에 있는 친구 스벤 블롬베리의 집에서 찍은 흑백 사진을 모아놓은 『르모리앙에서』라는 책자였다.[19] 돌담 사진, 잔디에 드리워진 그림자 사진, 아내의 나체를 찍은 사진이 짧은 시가 인쇄된 얇은 종이로 덮여 있다. 각각의 시는 그 아래 사진과 대응한다. 속이 비치는 얇은 종이에 시를 적어 붙이는 것은 스펜서의 아이디어로, 언어와 이미지의 동시성을 나타낼 뿐만 아니라 더 촉각적이고 육욕적인 대상, 즉 미적인 것의 출발을 나타내기 위함이었다.

비록 『르모리앙에서』는 버거의 작업 세계에서 단발성 실험으로 끝났지만, 이미지와 텍스트를 더 깊은 경험의 층으로 끌어들이려는 시도는 계속 이어졌다. 『타이포그라피카』에 실린 글의 끝머리에서 버거는 자신의 야망을 살짝 내비쳤다. "현재 사진작가 장 모르와 긴밀하게 손잡고 한 시골 의사의 삶과 철학에 관한 책을 만들고 있다. 이 책에서 이미지로 말하는 것이 좋은 것은 이미지로 말하고, 말로 표현하는 것이 좋은 것은 말로 전한다. 이들이 함께 모여 우리 두 사람이 이해한 한 인간을 그려낸다."[20]

* * *

버거와 모르는 영국 서부의 숲 지역인 포레스트 오브 딘에서 6주를 머물렀다. 그들은 존 에스켈 의사가 아내와 함께 지내는 집의 남는 방에 묵었다. 낮이면 에스켈이 두 사람을 데리고 자신의 일과를 수행했다. 버거와 모르는 일하는 동안 서로 거의 말하지 않았다. 각자의 수단과 방법으로 관찰하는 일에 집중했다. 두 사람은 함께 임신, 수술, 검진, 왕진 등 많은 것을 보았다. 또한 지역 모임, 시의회 회의, 무도회에도 나갔다. 어느 날 밤에 나이 든 커플이 극심한 진통을 느끼고 의사를 찾아왔다. 모르는 처음에는 존중하려는 마음에 주저하고 있었다. 버거는 아무 말도 하지 않았다. 사진작가를 일으켜 세운 것은 에스켈이었다. 모르는 에스켈이 자신에게 이런 말을 했다고 기억한다. "여기서 벌어지는 일을 담으려고 이곳에 왔다고 하지 않았나요? 그런데 왜 사진을 찍지 않는 거요?" 사진작가는 머뭇거렸다. 의사가 말했다. "하나도 남김없이 다 담아요."

제네바에 돌아오고 얼마 뒤에 모르와 버거는 서로의 자료를 비교하려고 만났다. 그들은 서로가 서로의 매체로 훨씬 더 잘 표현할 수 있는 것을, 각자 자신의 매체로 담아내려고 얼마나 노력했는지 확인하고는 깜짝 놀랐다. 모르가 맨 처음 골라 온 200장의 사진을 보고 버거는 사진 한 장이 여러 페이지 글에 맞먹는 일을 한다는 것을 알았다. 그 반대도 마찬가지였다. 버거는 많은 사진들이, 특히 문학적이거나 표현주의적 경향을 띠는 사진들이 언어가 가장 잘하는 영역을 밟고 있다고 확신했다. 그럼에도 이제껏 그들은 각자 혼자서 책을 쓰려고 했던 것이다. 이후 두 사람이 몇 차례 만남을 통해, 그런 다음에는 펭귄 출판사 디자이너 제럴드 시나몬Gerald Cinamon과의 협업을 통해 혁신하고자 했던 것은, 텍스트와 이미지가 서로 긴밀하게 엮이는 창조적 총체였다. 그들은 나눠질 수 없는 하나의 극적인 사건을 만들어내고자 했다.

『행운아』는 책이 아니라 영화처럼 시작한다. 설정 쇼트가 들판 옆에 곡선으로 뻗은 지방도로를 달리는 자동차 한 대를 보여준다. 페이지를 넘기면 문간에 서 있는 남자가 보이고, 그를 가리키는 이름이자 우리가 손에 든 책의 제목이 보인다. 이어 양 페이지에 걸쳐 있는 사진 두 장이 여백 없이 나온다. 여기서도 빨아들일 듯한 깊이, 뒤로 물러나는 듯한 깊이가 느껴지지만 수평선이나 하늘은 보이지 않는다. 문을 살짝 열듯이 책을 펼친다. 우리가 들어서는 곳은 실제이자 상상의 공간, 바로 글로스터 시골이다.

"풍경은 기만적일 수 있다. 이따금 풍경은 그곳에 사는 주민들의 삶이 펼쳐지는 무대라기보다는 그들의 투쟁과 성취, 그리고 사건들이 벌어지는 것을 덮고 있는 커튼처럼 보인다."[21] 평온한 시골 풍경 위에 적힌 텍스트다. 다음 페이지를 펼치면 집이 듬성듬성 보이는 해질녘 언덕 풍경이 나온다. "주민들과 함께 커튼 뒤에 있는 이들에게 지형지물은 더 이상 지리적인 대상이기만 한 것이 아니라 전기적이고 개인적인 무엇이기도 하다."[22] 해가 뜨고 땅거미가 질 때까지, 그리고 공간에서 시간까지. 평면적 구성에 음화陰畵의 속성을 가진 그림들은 공연이 시작될 때 올라가는 커튼 역할을 한다.

풍경은 기만적일 수 있다. 그것은 사진도 마찬가지다. 사진에는 정보는 많지만 내러티브, 설명, 기억이 없다. 그렇기에 텍스트가 역할을 할 수 있다. 언어는 우리가 보는 것 '안으로 들어가도록' 도움을 줄 수 있다. 의사가 하는 일 중 하나는 증상과 질병의 관계를 알아내는 것이다. 다큐멘터리를 만드는 사람도 비슷한 일을 한다. 관광객은 겉표지와 책을 혼동해도 괜찮지만, 예술가는 바깥으로 보이는 것과 내적 논리를 연결할 수 있어야 한다.

『행운아』의 1막은 연결의 어휘가 바뀌고 있음을 보여준다. 처음에 모르의 사진들은 한 인물의 얼굴을 보여주지 않는다. 그 대신 폭풍, 햇빛, 강, 그리고 사람들이 지상에 남기고 간 흔적인 헛간, 담장, 보트를 담는다. 버거의 텍스트는 더없이 인간적인 사연이 있는 사건들을 설명한다. 나무에 깔린 벌목꾼의 다리, 감정적 스트레스로 앓아누운 딸, 폐렴으로 죽은 노인의 이야기다. 문장은 군더더기 없고 직접적이다. 버거는 아직 언어의 한계를 주제로 삼지 않으며, 자신을 관찰자-화자로 소개하지도 않는다. 요컨대 그는 자신이 묘사하는 사건 현장에 있었을 것 같지 않다. 이런 기법은 에세이보다는 단편소설에 핵심적인 것이다. 의사(항상 '의사'라고 언급된다)는 문학적 구성물에 머문다. 나무가 넘어지는 사고를 전하는 첫 번째 에피소드에서 버거는 안개 때문에 혈청 색깔이 "평소보다 더 노랗게 보였다"고 묘사한다.[23] 강력한 디테일, 자유로운 간접적 관찰이라는 소설의 기법이 동원되어 한층 생생한 효과를 낸다. 그러나 이런 사건들에 사진이 동반되지는 않는다. 텍스트가 설명하는 마을 사람들의 '투쟁과 성취, 사건들'은 우리가 **상상**해야 한다. 사진이 제시하는 물리적 세계는 우리가 **볼** 수 있다. 텍스트와 사진은 저마다 다른 시간 단위에 속한다. 그 둘이 결합함으로써 풍경은 지형지물이 된다.

『행운아』를 40페이지쯤 넘겼을 때 우리는 비로소 존 에스켈을 처음으로 만난다. 그는 존 사샬이라는 허구의 이름을 가진 의사로 등장한다. 멀리 바라보이는 그의 집무실에 이어, 우리는 응접실로, 그리고 수술실로 들어간다. 사샬은 핀셋을 잡고 확대경을 세심하게 들여다보며 환자를 수술하고 있다. 2막에서 시각과 내러티브의 상호작용은 또 한 번 자리를 바꾼다. 여기서 우리는 인물을 보지만 그의 삶은 상상해야 한다.

버거의 글과 모르의 사진이 엄격한 한 사람의 초상을 함께 만들어낸다. 일에 몰입할 때나("그의 손은 몸을 다룰 때 편안하다") 생각에 빠져 있을 때나("그가 물고 있는 파이프도 또 하나의 도구로 보인다") 사샬의 이마에 난 주름은 확고부동한 삶을 나타내는 상징이 된다. 텍스트는 한동안 그의 성장 과정을 소개한다. 중산층 부모에게 반항한 것, 콘래드의 '봉사 정신'에 매료된 것, 전쟁 때 해군 군의관으로 복무한 것. 그러나 글의 초점은 탐색하는 데 있다. 버거는 마치 외과 의사같이 전기傳記라는 피부 아래를 들추며 그 아래 놓인 해부적 구조를 드러낸다. 치유자의 전형적인 역할, 세월이 흘러도 여전한 질병의 경험, 슬픔의 형이상학, 가난한 마을의 좌절.

일반의로 일하는 사샬은 분업화된 의료 활동 바깥에 놓여 있다. 그는 마을에서 벌어지는 거의 모든 인간의 위기에 반응한다. 환자를 전문의에게 보내는 것은 이례적인 경우다. 버거에 따르면 그와 같은 보편주의는 사샬이 스스로를 바라보는 시각에 바탕이 된다. 사샬이 콘래드에게서 발견한 것과 똑같은 모험의 변증법이다. "그는 자신의 상상력에 부합하면서 억눌리지 않은 경험을 갈망한다."[24] (버거는 여기에 사회적 논의를 덧붙인다. "현대 사회에서 서른 살 넘은 사람 대다수가 상상력이 사장되는 까닭은, 새로운 경험에 대한 그런 갈망을 충족하는 것이 불가능함을 알기 때문이다.") 일반의라는 전통은 영국 의료계에서 오랫동안 논란이 되어왔다. 제도로서 숭배되기도 하고 시대착오로 의혹을 받기도 한다. 버거는 심지어 사샬을 이야기하면서 르네상스에 숭상되었던 보편적 인간*이라는 이념과 관련시킨다.

『행운아』도 나름의 반反전문주의를 감행한다. 글은 여러 문체(극적 언어, 전기적 언어, 수사적 언어)를 아우르고, 사진은 여러 형식(풍경, 초상, 결정적 순간)을 넘나든다. 이 모두가 지식을 말끔하게 구획하는 방식에 맞서 함께 작용한다. 시간이 흘러 버거는 사진의 부상을 19세기 실증주의와 관련해 설명했는데, 이런 식으로 이미지는 총체적 경험에서 분리된 자연주의적 증거의 파편이 될 수 있었다.『행운아』를 집필할 당시에는 이런 발상이 아직 시작 단계에 불과했지만, 그가 한참 뒤에 "사진의 활용"에 대해 말한 내용은 모르와 함께 행한 방법론에도 소급적으로 적용된다. "사진을 중심으로 하는 방사상의 체계가 구축되어, 개인적이면서 정치적이고 경제적이고 극적이고, 일상적이면서 동시에 역사적인 관점으로 사진을 볼

---

* 이탈리아 르네상스의 인본주의를 대표하는 개념으로, 우주의 중심이자 능력에 한계가 없는 만능인을 뜻한다.

수 있어야 한다."[25]

예술가와 마찬가지로 의사의 역할도 전문적인 솜씨를 발휘하는 것을 넘어서는 인간적인 면이 있다. 버거는 말한다. "우리는 의사가 우리 몸에 손대는 것을 허락한다. 의사를 제외하고 우리가 자발적으로 그런 일을 허락하는 사람은 연인밖에 없으며, 연인에게도 쉽게 허락하지 않는 이들이 많다."[26] 의사가 해줄 수 있는 가장 기본적인 것은 **알아줌**recognition이다. 사샬이 일하는 곳처럼 외지고 고립된 마을에서는 의사가 일종의 살아 있는 아카이브 역할을 한다. "지역공동체가 뭔가 느끼되 두서없이 알고 있는 바를 어느 정도 그는 생각하고 말한다. 어느 정도 그는 마을 사람들의 자의식이 (대단히 느리기는 하지만) 점차 힘을 키워가는 것을 보여준다." 사샬은, 버거의 표현에 따르면 "숲 사람들을 기록하는 서기"가 된다.

이 은유를 명백히 하려는 듯 일련의 초상이 등장한다. 숲 사람들이 카메라 앞에서 웃으며 자신의 존재를 알린다. 책에 처음으로 등장하는, 포즈를 취한 초상화다. 그러는 동안 버거의 텍스트는 지역을 분석하는 일에 매달린다. 그는 이곳이 "낙후되고 침체되었다"며 직설적으로 표현한다. 숲 사람들은 **이론**의 도구로 무장한 지식인을 믿지 않는다. 그러나 사샬은 다르다. 그는 그들에게 인정받는다. 일련의 발견을 거치면서(한번은 어떤 커플 가운데 여자 쪽이 트랜스젠더로 밝혀지는데, 커플은 그 사실을 무시하고 부인한다), 사샬은 "환자들이 달라질 수 있다는 가능성을 깨닫게" 된다.[27] 덕분에 그도 달라진다. "그는 상상력을 모든 차원에서 감안해야 한다는 것을 깨닫기 시작했다. 우선은 자신의 상상력— 왜냐하면 상상력 때문에 자신이 관찰한 것이 왜곡될 수 있으므로—을, 그다음으로는 환자들의 상상력을 감안해야 했다."[28]

책의 대단원에서 상상력과 관찰의 긴장, 텍스트와 이미지의 긴장은 극대화된다. 버거가 슬픔을 분석하기 시작할 때 우리는 슬퍼하는 사람들의 사진을 본다. 에스켈이 모르에게 찍으라고 등 떠민 사진들이다. 대위법적 효과가 묘하고 강력하다. 우리라면 이런 상태를 목격하고서 남들과 나누려 할 것 같지 않다. 버거가 가리키는 것은 신체적·정신적 비통함이 안겨주는 소외, 자아 속의 고립감이기 때문이다. 사진은 그 정도까지만 할 수 있다. 한 비평가가 말한 대로 "사진은 언어처럼 대상 '바깥을 내다보고' 그 대상의 관점을 취하는 것이 불가능하다. 오로지 안을 들여다볼 뿐이다. 그리고 (…) 사진은 언어처럼 대상을 관통하듯이 '안을 파고들지' 못한다. (…) **사진이 내러티브의 일부라면** 다르겠지만 말이다."[29]

하지만 버거의 목적은 내러티브가 아니다. 커플은 우리에게 계속 낯선 사람들로 남는다. 우리는 그들이 나이 들었다는 것을 알고, 서로를 돌본다는 것을 안다. 이는 확연히 눈에 보이는 사항이다. 하지만 그들의 이름이 무엇인지, 그들이 무슨 일을 하는지 모르며, 무엇이 잘못되었는지, 그들이 대체 왜 슬픔에 빠졌는지는 당연히 모른다. 버거의 텍스트는 구체적인 설명이 필요한 순간에 추상적으로 돌아선다. "비통함은 그 자체의 시간 단위를 갖는다. 비통한 사람과 비통하지 않은 사람을 구별해주는 것은 시간의 장벽이다. 이런 장벽이 비통함을 느끼지 않는 사람의 상상력을 위협한다."[30] 저자들은 감정을 투사하는 것의 한계를 인정하며, 커플의 경험을 개인의 사연으로 넘기는 대신 **공통의 경험**에 대해 이야기한다. 그렇게 우리는 연로한 남녀에게서 무방비로 노출된 감정을 보며 각자의 삶에 깃든 상실을 돌아보게 된다. 여러 겹 사이사이의 간극은 고스란히 남아 있다. 슬픔에 잠긴 커플은 다양한 프레임으로 등장한다. 그 가운데 좌우 펼침 페이지에 담긴 그들 모습에는 어떤 텍스트도 붙지 않는다. 절대적인 침묵과 사색의 공간을 만들려는 디자인이다. 이것은 개인의 요령일 뿐만 아니라 말로 표현할 수 없는 것 앞에서 언어가 발휘하는 요령이기도 하다.

상실은 깊은 감정과 더불어 깊은 질문도 끌어낸다. 버거는 사샬이 심각한 우울의 시기를 겪었다고 말한다. "그의 환자들은 지금 그들이 살고 있는 삶을 살 수밖에 없는 걸까, 더 나은 삶을 살아야 하는 걸까? 지금 그들의 모습은 그나마 나은 것일까, 아니면 점진적인 쇠락에 빠져들고 있는 것일까? 그들은 사샬이 때때로 그들에게서 보았던 잠재력을 계발할 기회를 가져보기나 했을까? 실제 삶의 조건으로 볼 때 그들 가운데 불가능한 삶을 몰래 소망하는 사람들이 있지 않을까?"[31]

내과 의사로 일한다는 어느 평자가 지적했듯 버거는 알베르트 슈바이처Albert Schweitzer, 프란츠 파농Frantz Fanon 같은 실제 의사와 더불어 카뮈의 소설 『페스트La Peste』에 나오는 허구의 의사 리유로부터도 영향을 받았다.[32] 사샬의 대단히 개인적인 의문을 버거가 재빠르게 정치적으로 받아 간 데에는 특히 파농이 선례가 되었다. 1956년 알제리 혁명과 전쟁이 일어나자 마르티니크 태생의 이 정신과 의사는 항의의 의미로 블리다주앙빌 병원에서의 직위를 내려놓았다. 파농은 공개적인 사임편지에 이렇게 썼다. "장관님, 끈질긴 투지가 병적 인내로 전락하고 마는 순간이 있습니다. 그러면 희망은 더 이상 미래로 열린 문이 아닙니다. 현실의 사정과 모순되는 주관적 태도를 비논리적으로 고집하는 것에 불과합니다."[33] 파농은 확실히 선례였다. 그리고 버거는 영국에서 일어나는 박탈이 식민지에서만큼 그렇게 비참하지는 않지만, 그럼에도 박탈임에는 틀림없다고 주장한다. 그 때문에 벌어지는 현상은 (오늘날 영국과 미국의 '뒤쳐진' 지역에서 볼 수 있듯이) 그냥 물질적으로만 궁핍한 것이 아니라, 윤리와 문화의 전면적인 비인간화에 도덕규범의 부재까지도 뒤따른다. 버거의 말대로 우리 모두는 "인간 삶의 가치를 알아보지 못하는 사회를 받아들이고 그 안에서 산다. 그것을 알아볼 형편이 안 된다. 만약에 알아보았다면 그것을 그냥 무시하고 그와 함께 민주주의 사회의 위선도 버리고 전체주의 사회가 되었거나, 아니면 그것을 받아들여 혁명적으로 변모했을 것이다. 어느 쪽이든 지금과는 달랐을 것이다."[34]

이와 같은 갈림길은 전쟁이 끝나고 교착상태가 제기했던 의문들을 떠올리게 한다. 그리고 아직 표류하고 있는 많은 조각들이 있다. '투덜거려서는 안 된다'는 노동계급의 태도, 상식이라는 그들의 소박한 이데올로기, 버거가 주위에서 항상 보는 반감과 무관심과 궁핍, 우리 삶에서 벌어지는 위기의 순간들, 전문 지식인들이 이론적 언어로 표명하는 방어하기 어려운 사회적 모순들. 그러므로 '행운아'라는 제목은 양쪽을 다 가리킨다. 우선 사샬이 행운아인 까닭은 그가 목적과 봉사의 삶을 살기 때문이다. 그는 인민에게 배우고 인민에 봉사한다는 마오주의의 의미에서 혁명가다. 그러나 사샬은 특권적 지위, 그가 받은 교육 때문에 행운아이기도 하다. 그가 숲 사람들 곁에 있는 것은 사회계층에서 높은 자리를 차지하기에 가능했던 선택이다. 이 문제를 어떻게 풀 수 있을까?

『우리 시대의 화가』주인공 라빈에게 해결책은 예술을 포기하고 직접적인 정치적 행동으로 뛰어드는 것으로 나타났다. 버거에게 해결책은 소설을 쓰는 것이었다.『행운아』에는 그와 같은 해결책이 없다. 정치적 혐오의 논조가 불가지론적 다짐으로 바뀌며 끝난다. 마치 버거는 시끄럽게도 말하고 조용하게도 말하는 것 같다. 방에다 대고 떠들고 혼잣말로도 중얼거리는 것 같다. 그의 에세이(그는 이 용어를 반복적으로 강조한다)는 그저 공략해본 것, 처음 시도해본 것에 불과하다. 그가 말한다. "나는 인간 삶이 어떤 가치를 갖는지 알고 있다고 주장하지 않는다. 그런 질문은 말로 대답할 수 있는 것이 아니다. 오로지 행동으로, 더 인간적인 사회를 건설하는 일로만 대답할 수 있다."[35] 그런 사회가 건설되기 전에는 "의료 행위를 판매하는 단계를 넘어선" 한 의사가 어느 정도나 가치 있는지 "산정할 수 없다".[36]

* * *

『행운아』는 출판되자마자 대체로 호의적인 평가를 받았고,

그 형식에 짐짓 당혹스러워하며 관심을 보인 평도 있었다. 편집자 톰 마슐러는 버거와 모르가 사살을 "총체적으로 설명"해 냈다면서 로베르 브레송Robert Bresson의 영화 〈시골 사제의 일기〉에 비교했다.[37] 한때 적이었던 필립 토인비도 긍정적으로 반응했지만 전적으로 칭찬하기는 꺼렸고, "강화된 다큐멘터리"라는 범주 앞에서 망설였다. "결과물로 나온 것은 공감되고 몹시 흥미로운 초상이다. 하지만 존 버거가 자신의 다큐멘터리를 과도하게 강화시킨 걸까? 아니면 그 분야의 몇몇 선례에 따라 그저 자신의 다큐멘터리 자료를 출발점으로, 그러니까 추론이라는 고공비행을 하며 한층 따분한 지상의 현실을 총천연색으로 빛나는 하늘의 반영으로 만들고자 도약하는 활주로로 삼은 것일까?"[38]

이미지와 텍스트 사이의 공간, 즉 공감의 공간을 지나치게 늘려놓은 걸까? 그람시가 물었듯이 실재로서 관념으로서 인간성이란 출발점일까, 아니면 도착점일까?

"소설을 쓸 수도 있었잖아요?" 1967년 BBC와 가진 인터뷰에서 버거는 그런 말을 들었다. "맞아요"라며 그가 대답했다. "하지만 소설은 긴장의 종류가 달라요. 전통적으로 소설의 긴장은 내러티브에서 발생하죠." 『행운아』는 그가 "현실성actuality의 긴장"이라 부른 것에 바탕을 두었다. "예를 들어 이야기의 끝을 알지 못하는 긴장입니다. 어떤 사람인지 드러내는 것은 사진이죠."[39]

현실성의 긴장은 버거와 모르가 하고 있던 작업의 힘, 그리고 위험을 어느 정도 잘 설명해주는 말이다. 영국 다큐멘터리 전통의 대부 존 그리어슨John Grierson은 비슷한 관점에서 다큐멘터리 장르를 "현실성의 창조적 해석"이라고 정의한 바 있다.[40] 이후 다큐멘터리 학자 빌 니컬스Bill Nichols는 "냉철함sobriety의 담론"이라는 표현을 사용하여 그 경계를 규정했다.[41] 『행운아』 는 확실히 창조적이었고 냉철했다.

그러나 우리는 질문을 뒤집어 버거가 왜 책을 만들기로 했는지 물을 수 있다. 왜 다큐멘터리 영화를 만들지 않고 책을 만들었을까? 프로젝트를 하기 몇 년 전부터 그는 사실 영화에 관심을 보였고, 특히 다큐멘터리에 열광하여 영국의 프리 시네마 운동을 일종의 계시로 보았다. 예컨대 그는 린지 앤더슨의 〈크리스마스를 제외한 모든 날Every Day Except Christmas〉이 "상상력 넘치고 사람들을 이어주는 힘"을 보여줌으로써, 다큐멘터리란 "기사가 모는" 차량처럼 차분하다는 편견을 뒤엎었다고 말했다.[42] 2년 뒤인 1960년대 벽두에 미국의 '다이렉트 시네마Direct Cinema'와 프랑스의 '시네마 베리테Cinéma Vérité'(버거에게 확연한 영향을 미쳤다)가 폭발하면서 그런 편견은 낡은 것이 되고 말았다.

많은 점에서 버거와 모르의 프로젝트는 영화와 닮았다. 사진작가와 글 작가의 협업이었고, '현장에서' 시간을 보냈으며, 이후 원재료의 편집과 레이아웃 과정을 거쳤다. 서로 주고받는 일은 진행 과정에만 있었던 것이 아니라 구성에서도 나타났다. 이미지와 텍스트를 페이지에 짝으로 배치하여 영화에서 소리와 영상이 함께 나가는 효과를 떠올리게 할 때가 많다. 어떨 때는 모르의 사진이 다큐멘터리의 한 장면처럼 보이고 버거의 텍스트가 보이스오버처럼 들리기도 한다. 책이 출판되었을 때 모르가 국제적으로 이름난 예술가가 아니었다는 점이 이런 느낌을 부추긴다. 사진은 부득불 그 자체로 완성작인 포트폴리오 작품이 아니라 패턴을 이룬 전체의 한 요소로 보인다. 대부분의 사진작가들은 대표작(도로시아 랭의 이주민 어머니 사진, 다이앤 아버스Diane Arbus의 쌍둥이 사진, 폴 스트랜드의 눈먼 걸인 사진)을 내고서야 대가의 명성을 얻는다. 하지만 모르는 달랐다. 그는 처음부터 협력자에 가까웠다.

『행운아』는 물론 영화가 아니었다. 매체의 차이에서 여러 효과가 나타났다. 일례로 모르가 사용한 소형 라이카 카메라는 친밀한 사건에 더 민첩하게 다가가게 해주었다. 스프링을 감는 방식의 볼렉스 영상 카메라는 기동성은 있었지만 여전히 크고 위압적이었으며, 거추장스러운 붐 마이크는 말할 것도 없었다. 하지만 더 본질적인 차이는 고정된 이미지와 움직이는 이미지의 거대한 존재론적 간극에, 롤랑 바르트Roland Barthes가 사진 "자체"에 대한 "존재론적 욕망"이라고 부른 것에 있었다. (바르트는 "나는 영화와 **대립하는** 사진을 좋아하기로 했지만, 그럼에도 그 둘을 분리할 수는 없었다"고 말했다.)[43] 이것은 버거가 회화를 텔레비전의 흐름에 맞춰 번역하는 작업을 하며 이미 역으로 제기했던 질문이다. 하지만 회화와 달리 인화된 사진은 계속되는 삶의 맥락에서 떨어져 나온 불연속성을 전면에 내세운다. 사진은 순간을 포착하므로 무한정 응시할 수 있다. 비슷한 자유가 책의 형식에도 적용된다. 영화와 달리 책은 띄엄띄엄 빠르게도 느리게도 읽을 수 있고, 중간에 내려놓거나 이어서 읽을 수도 있다. 전기가 필요하지 않다. 오로지 빛만 있으면 된다. 폭넓게 다양하게 유통된다. 주머니에 넣고 다닐 수도 있다.

그리고 책에는 침묵이 있다. 텍스트(언어)는 있지만 말소리, 음악, 사운드가 없다. 책에서 우리는 누군가가 한 말을 듣지만 그의 음색이나 어조는 들을 수 없다. 예를 들어 우리는 에스켈이 어떻게 생겼는지 볼 수 있으나(버거와 모르의 사진은 나와 있지 않다), 그의 목소리가 어떤지는 알지 못한다. 그것은 숲 사람들도 마찬가지다. 어느 페이지를 펼치면 네 개로 분할된 면이 나오는데, 세 개의 이미지는 시의회 회의를 재구성한 장면이며, 상단 왼쪽에 놓인 버거의 텍스트는 혜택 받지 못한 계층이 이론을 만드는 사람들에 대해 이해하는 바를 이론으로 정리한다. 사진에 찍힌 사람들은 완전히 고정된 모습이며 말이 없다. 그래서 텍스트에, 저자의 의식에, 상상의 보이스오버에 짐을 맡긴 채 정작 당사자들은 입을 다무는, 묘하게 힘 빠지는 장면이 된다. 버거가 지나치게 윤색한다는 토인비의 비판이 수긍 가는 대목이다. 가끔 버거는 페이지에서 말 그대로 숲 사람들을 내려다보는 투로 말한다.

다큐멘터리 제작자와 출연자 사이의 계약은 어떻게 보면 의사와 환자의 계약과 닮았다. 둘 다 접근의 문제, 목격의 문제, 요령과 알아줌의 문제를 수반한다. 아울러 둘 다 비밀 유지와 위반의 우려가 있다. 오로지 에스켈과 친구 사이였기 때문에 버거는 그렇게 접근할 수 있었고 자신의 묘사를 확신할 수 있었다. 버거는 글의 거의 끝에 가서 출연자가 살아 있지 않았다면 과연 어떤 식으로 접근했을까 생각한다. 지금 그 책을 읽는 독자는 이런 가정이 뇌리를 떠나지 않을 것이다. 『행운아』가 출간되고 여러 해가 지나서 에스켈은 우울의 시기를 겪었고, 아내가 죽은 뒤 총으로 자살했다. 그가 결국에는 자살했다는 사실을 알고 나면 버거가 자기도 모르게 폭력적인 분위기로 그의 심리를 파헤쳤을 것이라며 삐딱하게 바라볼 위험이 있다. 문장과 생각의 단호함은 때로 지배 행위와 닮아 보일 수 있다.[44] 버거의 말은 에스켈과 숲 사람들을 대변하는 것이 되고 만다.

그러나 책도 그 주인공들과 마찬가지로 새로운 삶을 이어간다. 『행운아』는 세월이 흐르면서 예기치 못한 독자를 얻었다. 1960년대와 1970년대 많은 대학생들이 이 책을 읽고 나서 처음으로 의사가 되고 싶다는 꿈을 키웠다. 내과 의사이자 작가인 이오나 히스Iona Heath는 "지구에서 딱 한 권만 선택하라면 이 책을 고르겠다"고 했다.[45] 근래에 『영국의사저널*British Journal of General Practice*』은 버거와 모르의 사진-텍스트를 의학 분야에서 가장 중요한 책으로 선정했다.[46] 또 일찌감치 『네이션*Nation*』은 의과대학 입학시험에 이 책을 사용할 것을 추천했다.[47] 절판되지 않고 계속 팔리며 사진과 텍스트가 결합된 디자인과 다큐멘터리의 표본으로, 또한 의료윤리의 기준으로 독자들의 사랑을 받는다는 것은 책의 힘을 보여주는 증거다. 두 가지 문제는 긴밀하게 연결되어 있다.

***

바르트는 말했다. "딱 한 차례 일어난 것이 사진으로 무한정 복제된다. 사진은 실존적으로 결코 반복될 수 없는 것을 기계적으로 반복한다."[48]

헌신적인 의료인이 마주치는 모순을 연구한 점에서 『행운아』는 지금도 여전히 뛰어난 성취다. 하지만 버거의 궤도에서 보자면 과도기적이다. 그가 앞으로 협업에, 시골의 경험에, 형이상학과 공감적 상상력의 결합에 관심을 보이리라는 것을 예고하는 작업이다. 그러나 영국적이라는 면에서 후속 작업과 구분된다. 버거의 첫 세 편의 소설처럼 『행운아』는 영국 사회라는 경계 내에 위치하는 개인을 다룬다. 가장 가까운 미학적 준거점은 영국 프리 시네마 영화였고, 그 범위는 명백히 지역적이고 국가적이었다.

『행운아』를 끝으로 버거는 영국에 대한 글쓰기를 사실상 중단했다. 당연히 고국을 떠나며 그리 된 일이지만 곧바로 후속 작업이 이어지지는 않았다. 버거에게는 정치도 중요한 문제였기 때문이다. 1960년대 중반에 이르러 그의 관심은 대다수 좌파와 마찬가지로 자국의 사회주의에서 전 세계적 반제국주의로 옮겨 갔다. 쿠바 혁명, 세 대륙의 투쟁이 일어나고, 프란츠 파농, 마오 쩌둥, 체 게바라 같은 다양한 사상가들의 책이 연달아 나오면서 마르크스주의의 자본-노동 대립 대신에 북반구과 남반구의 격차가 부각되었다. 에두아르도 갈레아노Eduardo Galeano는 『수탈된 대지Las Venas Abiertas de América Latina』(1971) 서두에 이렇게 썼다. "국가 간 노동 분업이란 누군가는 이기기만 하고 다른 이들은 지기만 하는 것이다."[49]

어떤 차원에서 보자면 제3세계주의Third Worldism는 단순했다. 억압하는 자와 억압받는 자의 마니교적 투쟁으로 세상을 바라보는 냉혹한 방정식을 제시했다. 하지만 다른 차원에서 보자면 세계화라고 하는 트랜지스터 회로가 현대 체제에 거의 해독하기 어려운 복잡함을 안겨준 것으로 보였다. 갈레아노와 같은 해에 글을 쓴 프레드릭 제임슨에게 포스트모던 경제의 "끈적거리는 거미줄"은 "모든 전술적·정치적 질문이 하나같이 우선적으로 이론상 따져보아야 할 질문"이라는 뜻이었다. "거리의 투사나 도시 게릴라가 현대 국가의 무기와 기술에 맞서 이길 수 있는가 하는 문제가 아니었다. 거리가 초국가에 **존재**하기는 하는지, 우리가 아는 거리가 아직 존재하는지부터 알아봐야 했다."[50]

마르크스주의라는 고전적 뉴턴의 법칙은, 과도하게 발달한 경제에서 파생물과 담보와 미래와 그에 따른 이데올로기 왜곡이 뒤얽힌 새로운 슈뢰딩거의 파동이 되었을까?* 다국적 자본주의는 흑백논리였을까, 아니면 이리저리 뒤틀린 블랙박스였을까? 요컨대 세계화는 단순했을까, 복잡했을까?

이 같은 질문이 버거의 사유에 뿌리를 내렸다. 그전까지는 늘 소박한 문제로 글을 써왔다("과녁을 맞힐 화살을 고르듯 말을 골랐다").[51] 하지만 신좌파가 유행하면서 그가 채택한 형

---

* 고전역학과 구별되는 양자역학에서 전자가 보이는 행동을 설명하는 파동역학 방정식을 1926년 에르빈 슈뢰딩거(Erwin Schrödinger)가 확립했다.

식─입체주의, 변증법적 몽타주, 이른바 방해의 예술─은 복잡성을 과시했다. 완전히 이쪽으로 넘어가기 전에 쓴 『행운아』에서는 "사람들이 표현할 수 없는 것은 항상 단순하기 마련이라는 그릇된 견해"를 이미 버렸다.[52] 이행이 가속화되던 무렵, 그가 피카소에 관해 쓴 마지막 책은 "다른 종류의 성공"을 상상했다. "이것은 인간의 마음이 만들어낸 가장 복잡하고 상상력이 풍부한 구조물과, 지금까지 단순한 존재이기를 강요당한 세계 모든 민중의 해방을 사상 처음으로 연결시키는 장에서 이루어지는 성공이다."[53]

말과 이미지를 둘러싼 충성심의 분열은 이제 대단히 실질적인 정치적 변증법에 다가섰다. 경제 이론과 개인적 경험의 모순이, 추상적 흐름과 상식의 모순이, 새로운 반反인본주의적 마르크스주의와 오래된 사회주의적 인본주의의 모순이 첨예하게 대립했다. 이것은 버거가 장 모르와 함께 작업한 후속 프로젝트이자 그가 죽기 전까지 가장 자랑스럽게 여긴 책 『제7의 인간』의 밑바탕이 된 변증법이기도 했다.

***

1960년대 후반기 버거의 글쓰기에 힘을 불어넣은 것은 새롭게 눈뜬 유럽 대륙인으로서의 정체성과 정치적 세계화의 성장이었다. 그는 네오모더니즘 소설 『G.』를 작업하고 징기적으로 『뉴 소사이어티』에 에세이를 기고하며 꼬박 5년을 보냈다. 러시아의 반체제 조각가 에른스트 네이즈베스트니Ernst Neizvestny에 관한 연구 요청이 그에게 들어왔을 때 사진은 모르가 맡기로 했다. 둘은 모스크바로 갔고, 버거가 다른 사람들과 이야기를 나누는 동안 모르는 열심히 예술 작품을 사진에 담았다. 조용하고 믿음직하고 집중력 있고 여간해서는 나서지 않는 모르는 버거의 신임을 얻었다. 두 사람과 그들 가족은 무척 가까운 사이가 되었다.

1971년까지 『G』를 마무리하고 나자 버거는 이제 새로운 프로젝트를 시도할 여유가 생겼다. 그중에서 마이크 딥Mike Dibb과 함께 작업한 〈다른 방식으로 보기〉(1972)는 예기치 않게 기념비적인 작업이 되었다. 같은 해 에밀 졸라의 『제르미날 Germinal』에 대해 만든 실험 영화는 아쉽게도 본 사람이 거의 없었다. 한편 모르는 프리랜서 사진작가로서 유럽 곳곳을 돌아다녔고, 가끔은 알제리, 중앙아프리카공화국, 스리랑카, 필리핀으로도 취재를 나갔다. 그는 커리어를 쌓느라 바빴지만 그 과정에서 개인적으로 방대한 사진 카탈로그를 모았다.

제네바에서 지내던 어느 날 버거가 이주노동자에 관한 프로젝트를 구상하고 있다고 말했다. 버거는 모르가 도움을 줄 수 있으리라 생각했다. "우리 둘 다 좋아하는 주제야. 이미 그런 주제의 사진을 많이 찍어놓았잖아. 그러니 같이 책으로 만들어보면 어때?" 모르는 당시 버거가 그런 말을 했다고 기억한다. 펭귄 출판사는 우호적이었다. 당시 버거의 명성은 최고조에 달했다. 『다른 방식으로 보기』는 한 달 만에 초판이 다 나갔고, 두 달 동안 거의 6만 권이 팔렸다.

그래서 1973년 두 사람은 작업을 시작했다. 모르는 찍어놓은 사진들에서 이미지를 추리기 시작했고 터키, 스페인, 독일,

이탈리아로 여행을 갔다. 이주민 개개인이 아니라 인구통계학적 현상을 조망하는 작업이었으므로 분산적인 작업 성격은 분산적인 협력 과정으로 이어졌다. 모르와 버거는 각자 사진과 텍스트를 모았다. 그리고 나중에는 디자이너 리처드 홀리스Richard Hollis와 둘 다 아는 친구인 스벤 블룸베리 등을 팀원으로 끌어들여 작업을 맡겼다. 이주노동자들이 빠르게 유입되었으므로(1960년대에 초창기 이주노동자Gastarbeiter 정책이 확산되고 있었다) 직접 멀리까지 여행할 일도 별로 없었다. 제네바 당국에서는 하수도 시설을 새로 건설하겠다는 계획을 발표하며 거의 전적으로 외국인 노동자들을 고용했다. 유고슬라비아, 그리스, 안달루시아, 칼라브리아에서 온 노동자가 스위스인보다 훨씬 쌌기 때문이다. 아울러 임시 취업비자로 들어온 이들은 더 순종적이었다. 스페인에서 온 노동자들은 더 나은 조건을 요구하다가 해고되어 스페인으로 돌아갔다. 모르가 터널에서 헬멧과 방독면, 헤드랜턴을 착용한 남자들을 찍은 사진은 버거가 관련해 쓴 텍스트 발췌문과 함께 『뉴 레프트 리뷰』에 '지옥의 길들'이라는 노골적인 제목으로 실렸다.[54]

처음부터 『제7의 인간』은 서사시적이면서도 친밀한 접근을 염두에 둔 관점들의 몽타주로 기획되었다. 완성된 책은 공중에서 찍은 사진과 초상 사진을, 거시적 경제와 세밀하게 담아낸 일상 경험을 함께 보여주었다. 텍스트는 이론적 주장을 제기하는 한편, 이름 없는 남자 주인공 '그'를 내세워 남쪽에서 북쪽으로 가는 그의 여정을 이야기한다. 그가 여행하고 일하고 자고 기억하는 가운데 경제학 용어들이 이주민의 모습, 소리, 감정과 한 페이지에 실리고 때로는 교차되기도 한다. 강조점은 경험의 평범함에 찍힌다. 우리가 사진으로 보는 이주민 누구라도 '그'일 수 있다. (성의 불균등이 명백한 약점으로 지적되었다. 이전 책에서 버거는 주석을 통해 사샬의 아내와 가족에 대한 이야기는 하지 않는다고 밝혔는데, 이 책 첫머리에서는 자신의 관심사가 남성 이주민들, 특히 남유럽과 터키에서 온 이주민들이라고 설명한다.)

서사시는 일반적으로 영웅의 신화적 이야기를 문명이나 국가의 건국신화와 결합한다. 이런 점에서 보자면 『제7의 인간』은 일국 문화의 서사시가 아니라 집단적이고 세계화된 모더니티, 즉 현대화의 서사시로 기능한다. 버거는 책 서문에서 현대화를 "꿈/악몽"이라고 부른다. 한편으로 꿈/악몽은 희망과 두려움이라는 양극단 사이에 펼쳐지는 이주민 개인의 시련이다. 다른 한편으로는 너무도 복잡하고 구체적이고 강력하여 마치 자연계의 힘처럼 여겨지는 글로벌 경제체제 앞에서 우리 모두가 취하는 보편적인 소극성이다. 이주민은 도착하고 나면 도시 변두리에 살겠지만, 버거의 견해로는 우리 상황을 이해하는 데 가장 핵심적인 인간형이다. "이주노동자의 경험을 파악하고, 신체적으로 역사적으로 그를 둘러싸고 있는 상황과 이를 연관시키는 것은 현 순간 세계의 정치적 현실을 더욱 확실히 파악하는 길이다. 유럽을 다루지만 그 의미는 전 세계에 통한다. 주제는 자유롭지 못함이다."[55]

버거와 모르는 일련의 충격(브레히트를 모델로 한 것이 틀림없다)을 통해 독자를 꿈에서 깨우려 한다. 때로는 판자촌 모습을 전체적으로 담은 사진이 나온다. 마치 재앙이, 이른바 '진보라는 이름의 폭풍'이 휩쓸고 지나간 듯한 모습이다. 그리고 훨씬 더 인간적인 모습을 담은 사진이 있다. 여기서 우리는 이주민의 얼굴, 고향에 남아 있는 아이들과 가족 사진(일종의 집단적인 '가족 사진첩'), 대량생산 라인의 지루함, 이와 대비되는 도시의 근사한 시각적 환경, 그리고 책에서 시각적으로 가장 충격적인 대목인데 터키 노동자들이 속옷 바람으로 일렬로 서서 가축처럼 검역관의 검사를 기다리는 장면을 본다.

텍스트도 나름의 충격을 준다. 개인을 드러내는 시와 익명적인 통계가 뒤섞인 독자적인 문단이 볼드체로 등장한다. 마치 호메로스의 서사시처럼 '그들은 여기에 왔다. 무엇을 위해 왔을까?' '그. 이주노동자의 실재' 등 주문을 외는 듯한 글이 나온다. 마르크스, 조이스, 레이먼드 윌리엄스, 헨리 포드의 글이 뒤섞여 있고, 책 뒤에 인용 출처가 정리되어 있다. 아틸라 요제프Atilla József가 책의 서두에서 우리에게 말한다. "당신이 글을 쓰는 사람이고 여력이 된다면, / 일곱 명에게 당신의 시를 쓰도록 하라."

서사시의 가장 중요한 기준은 당연히 주인공의 자질이며, 버거의 이름 없는 남성 이주민은 전사의 용기와 결단력을 보여준다. 어떤 면에서 영웅은 자신이 떠나온 사회로부터 그 자질을 인정받기도 한다(베오울프는 자신의 뿌리인 예아트족의 왕이 되었다). 하지만 버거는 젊은이들을 고향 마을에서 등 떠민 경제적 위세라는 것을 지지하지 않는다. 그렇다고 근면함과 절약정신이라는 프로테스탄트적 미덕을 찬양하지도 않는다. 이것은 해피엔딩으로 끝나는 이주민 이야기가 아니다. (버거가 글을 쓰던 당시 이주민이 새로운 사회에 동화될 가능성은 아직 별로 없었다. 대부분의 이주민들은 그의 말대로 임시 취업비자로 들어왔다.) 오히려 이주민의 영웅적 자질은 가족을 부양하기 위해 탈진과 따로 떨어져 지내는 고충과 심지어 학대까지도 참아내는 금욕적 능력에서 비롯한다.

어느 지점에서 텍스트는 인종과 계급이 이론적으로 교차하는 장면을 살펴본다. 이주민은 한편으로 토착민의 노동시장을 압박하면서 토착민 프롤레타리아의 경제적 (그리고 성적) 불안을 가중시키고, 다른 한편으로 그들 자신이 가장 착취받는 대상, 가장 먼저 불필요한 존재로 정리되는 대상, 가장 하찮은 일을 맡아 하는 대상으로 남는다는 주장이다. 버거는 이런 모순을 '첫 번째 계산'과 '두 번째 계산'이라고 부른다. 여기서 세 번째 계산이 나온다. 변증법적 합이라기보다는 브레히트식으로 스스로를 방해하는 것, 거리두기가 반대 항에 의해 무너지는 것에 가깝다. "세 번째 계산. 그는 되도록 빨리 충분히 많은 돈을 모은다. 아내는 계속해서 그에게 충실하다. 그동안 그의 가족 일부가 그와 합류할 수도 있다. 그가 고향에서 자리를 잡고 나면 결코 이곳으로 돌아올 일이 없다. 그의 건강이 버텨준다면 말이다." 이것은 실상을 가장 잘 드러내는 모순이다. 이주민은 살기 위해 자신의 목숨을 팔아야 하기 때문이다.

***

1970년대를 거치며 버거는 모르와 함께한 작업에 힘입어,

더 직접적으로는 사진을 주제로 한 많은 에세이를 통해, 사진
이론가로서 점차 이름을 알렸다. 오늘날까지도 그는 수전 손
택, 롤랑 바르트와 더불어 사진에 대한 분석적 호기심을 주류
에 소개한 세 명의 에세이스트로 묶인다. 동시대 많은 평자들
은 버거를 특히 손택과 나란히 둔다. 두 사람은 우정을 나누며
서신을 통해 의견을 주고받았는데(한동안 미국에서 출판된
버거의 책 대부분에 손택이 쓴 애정 어린 추천사가 실렸다),
버거의 영향력 있는 에세이 「사진의 활용」(1978)은 손택에게
바친 글로, 서두에서 사진 매체에 대해 손택이 쓴 일련의 글에
답하는 글이라고 밝히기도 했다.

　손택과 버거 사이에 놓인 근본적인 논점은 현대 문화에서
사진 이미지가 차지하는 지위로 모아진다. 손택에 따르면 사
진은 세계를 "서로 무관하며 홀로 존재하는 입자들"로, 그리
고 역사를 "일련의 단발성 일화와 잡다한 소식들"로 바꾼다.[56]
대단히 스펙터클하고 이데올로기적인 시각 환경의 등장에 반
응한 다른 지식인들(기 드보르, 장 보드리야르Jean Baudrillard 등)
과 마찬가지로 손택도 사진을 일종의 **대체품**으로 보았다. 사진
이미지는 살아가는 경험의 유기적 통합을 포괄적이고 모의적
이고 대리적이고 무감각한 것으로 만들며, 결국에는 감시하
는 이미지들의 망으로 대체해버린다. 손택의 말대로 카메라는
"경험을 소유하려는 심리를 이상적으로 이뤄주는 의식의 도
구"였다.[57]

　하지만 버거에게 사진은 다른 무엇이기도 했다. 손택에 맞
서 버거는 공적으로 활용되는 사진과 사적인 사진을 근본적

으로 구분했다. 사적인 사진은 "카메라가 분리시킨 원래의 맥락과 연속성을 계속 유지하면서 이해되고 읽혔다".[58] 이 경우에 카메라는 그저 경험을 소유하기만 하는 것이 아니었다. 카메라는 "살아 있는 기억에 도움을 주는 도구"이기도 했고, 사진은 "살아온 삶에서 가져온 기념품"이었다.[59] 여기서 귀결되는 바는 명확했다. 공적인 사진의 경우 의미를 다시 부여받으려면 비슷한 맥락이 이미지 주위에 마련돼야 했다. 그래야 사진의 의의가 더 통합된 전체와의 관계를 통해 전달될 수 있다. (이런 맥락은 버거가 생각하기에 돈 매컬린Don McCullin이 찍은 베트남 전쟁 사진에 결여되어 있는 바로 그것이었다. 반면 손택에게 매컬린은 '양심의 사진'의 모범적인 예였다.)

개개의 사진도 우리에게 영향을 미칠 수 있지만, 버거에 따르면 사진의 더 깊은 의미는 마치 영화의 프레임들처럼 삶의 맥락에 다시 통합되는 과정을 거칠 때 가장 잘 이해된다. 이게 성공한다면, 에드워드 스타이켄Edward Steichen*이 시도했으나 결국 이루지 못한 보편적 가족 사진첩이라는 이상이 허망한 꿈만은 아니다. 1960년대 이후 많은 반인본주의 비평가들은 목욕물과 함께 아기도 내다 버렸지만(이들은 보편주의가 규범성을 구축하는 과정에서 남용되었다며 보편주의를 거부했다), 버거는 근본적인 전제를 끝까지 지키려고 했다. 그는 관련 매체에 대해 이렇게 말했다. "영화cinema가 예술에 이를 때

---

* 전 세계 사진작가와 일반인의 사진을 추려서 1955년 '인간 가족(The Family of Man)'이라는 전시회를 열었던 미국의 사진작가.

거기 보존돼 있는 것은 전 인류와의 자발적인 연결성이다."[60] 네오리얼리즘 각본가 세자르 자바티니도 비슷한 말을 했다. "영화의 강력한 욕망은 보고 분석하려는 것이다. (…) 진실은 다른 사람들, 즉 존재하는 모든 이에게 바치는 구체적인 경의의 표현이다."[61]

이렇게 볼 때 『제7의 인간』의 진정한 모델은 (요제프의 말처럼) 시가 아니라 『행운아』와 마찬가지로 책의 형식으로 된 영화였는지 모른다. 두 책 사이에 변한 게 있다면 영화적인 것 the cinematic의 개념이다. 『행운아』가 네오리얼리즘 전통에서 성장해 다큐멘터리로 넓혀갔다면, 『제7의 인간』은 좌파 마르크스주의 모더니즘이 새로 발견한 몽타주 전통에 바탕을 두었다.

예이젠시테인Sergei Eizenshtein은 말했다. "영화의 정수는 이미지가 아니라 이미지와 이미지의 관계에 있다!"[62] 몽타주 예술은 원래 1920년대 베를린과 모스크바에서 처음 개발되었다가 파시즘과 소비에트 칙령으로 금지되었고, 1960년대에 접어들어 정치적 모더니즘의 일환으로 다시 풀려났다. 1968년 고다르와 장피에르 고랭Jean-Pierre Gorin은 '지가 베르토프 그룹Groupe Dziga Vertov'을 결성했다(4년 뒤, 베르토프의 〈카메라를 든 사나이〉 몇 대목이 〈다른 방식으로 보기〉 첫 장면에 나왔다). 1969년 『카이에 뒤 시네마Cahiers du Cinéma』는 예이젠시테인 번역 프로젝트를 시작했다. 같은 해에 몽타주에 바탕을 둔 기념비적 제3세계 영화 〈불타는 시간의 연대기La Hora de los Hornos〉가 등장해 좌파를 열광시켰다. 몽타주가 그토록 강력하게 약속한 것은 예술가를 노동자 편으로 만드는 혁명적 기법만이 아니었다(몽타주montage는 '건설하다' '모으다'라는 뜻의 프랑스어 '몽테monter'에서 나온 말이다). 형식 자체가 변증법적 과정과 닮아 보였다. 입체주의가 등장하면서 세상은 더 이상 단일한 관점으로 보이지 않았다. 마르크스주의자에게 현실은 반대되는 힘들, 계급들, 관점들의 대결로 이해되었다.

1970년대 초반 버거는 입체주의에 대한 관심에서 부분적으로 출발하여 이런 넓은 흐름에 참여하며 몽타주의 방법을 사유와 작업에 받아들였다. 그의 에세이는 결합에서 출발해 밖으로 확장하는 방식을 택하기 시작했다. 터너와 이발소, 프랜시스 베이컨과 월트 디즈니, 셰케르 아흐메트Şeker Ahmet*와 숲, 하는 식으로 말이다. 그는 마르크스에 대해 이렇게 말했다. "모델이 되는 것은 더 이상 돌이나 면을 착착 쌓아올려 만든 건물이 아니라 저울이나 시소에 보이는 중심축의 균형이다. (…) 문단을 이어갈 때 우리는 점에서 점으로 도약하며 앞으로 나아간다. (…) 마르크스의 사고가 예로 보여준 불연속성의 양식은 이제 현대적 소통 수단의 본질적인 부분이 되었다. 불연속성은 우리가 현실을 바라보는 시각의 본질이다."[63] 그 자체가 매체의 결합인『제7의 인간』같은 작업은 문단이든 사진이든 개별 요소에 내재된 의미보다는 **전체적인 배치 형태**에서 힘을 얻는다. 오로지 그와 같은 형태, 즉 중심축의 균형을 통해서

---

* 오스만제국의 화가이자 군인(1841~1907).

만 새로운 총체성이 지각될 수 있다.

체제와 경험의 관계가 문제의 핵심이었다. 영국에서 신좌파가 등장했을 때 그들을 들뜨게 한 것은 "인간 삶의 고유함"에 대한 공통된 믿음이었다.[64] 하지만 15년이 지나자 추는 정반대 방향으로 기울었다. 버거가 『제7의 인간』을 작업하던 무렵 학계에 몸담은 좌파들은 선배들을 비판했다. 『뉴 레프트 리뷰』에서 활동한 버거의 친한 친구 앤서니 바넷Anthony Barnett조차도 경험을 정치적 지식에 이르는 방법으로 과대평가할 때 생기는 오류를 지적했다. 바넷에게 경험은 "이론을 확인하는 유효한 수단"은 되겠지만, "글로벌 체제로서 자본주의가 돌아가는 법칙"은 오로지 "추상적 수준의 논의"를 통해서만 이해될 수 있었다.[65] 이런 운동 법칙의 결과는 "경험으로 알게 된다"고 그도 분명하게 밝혔지만, 체제의 작동은 "경험을 통해 알아낼 수 없다"고 했다. 나중에 이런 구분은 거의 자명한 진리가 되었다. 프레드릭 제임슨을 다시 인용하자면, 제1세계는 "살면서 우리의 사적 존재를 경험하는 것은 경제 과학과 정치 역학이라는 추상적인 것과는 전혀 달라서, 같은 잣대로 놓고 볼 수 없다"는 "깊은 문화적 신념"을 갖게 되었다.[66]

『제7의 인간』이 문제를 제기하고, 수용을 거부하고, 전복하려 하는 것이 바로 이런 '이론 대 경험'의 이분법이다. 그래서 몽타주 기법을 채택하고 매체를 결합한 형식이 등장하는 것이다. 이 책은 하나의 주장이나 이야기를 내세우는 대신 일종의 혼성적 병치를 보여준다. 그리하여 책의 핵심에 있는 이중성은 지리학적이고(북반구/남반구), 심리학적이고(사유/감정), 존재론적이지만(체제/삶-세계), 이들을 흐트러지지 않게 모아주는 수단은 **미학적**인 것이다. 말 그대로 잘라내고 이어붙이는 작업을 통해 책은 우리 인식의 칸막이들을 해체하고 재조합한다. 지성과 감정에 번갈아 호소하고, 둘을 연결하고, 하나를 통해 다른 하나를 들여다보고, 글로벌 자본주의의 모순이 사유와 감정이라는 구분에서 어떤 식으로 드러나는지 살펴보려는 전략이다.

스위스의 극작가 막스 프리슈Max Frisch는 이주노동자 정책에 대해 말하기를 "우리가 요구한 것은 일꾼들이었는데 받은 것은 사람들이었다"라고 했다.[67] 하지만 국가 간 노동 분업은 의미 있는 인간성의 토대가 되는 내적 연속성을 동강 냈다. (『제7의 인간』을 펼치면 한 남자의 모습이 사진으로 절반만 나온다. 책에서 망명자 사회의 흥겨움, 춤과 술을 보여주는 것은 오로지 한 대목뿐이고 그마저도 분위기는 우울하다.) 이주민이 **자원**으로서 대도시에 유입되면서 그 주체성은 문화적·지리적으로만 갈라지는 것이 아니라 본질 자체도 두 동강 났다. 이런 분열은 한 이주민이 국경 지역에서 알몸 검사를 받기 직전에 등장하는, 찢어진 초상화라는 강력한 이미지를 통해 단적으로 드러난다. 사진의 반쪽은 국경을 넘게 해준 밀수꾼이 자신이 약속한 바를 지켰다는 증거품으로 가져간다. 나머지 반쪽은 이주민이 대도시에 도착하고 나서 자기 가족에게 부칠 것이다. 이로써 그의 부재가 완성된다.

아리스토텔레스는 모든 이야기가 두 가지 원형에서 비롯한다고 말했다. 하나는 주인공이 여행을 떠나는 이야기, 다른 하

나는 이방인이 마을에 오는 이야기다. 눈치챘겠지만 두 번째
는 그저 첫 번째를 뒤집어놓은 이야기다. 두 번째 것은 토착민
이 이주민을 받아들이는 유일한 방식이기도 하며, 여행자의
입장에서 보면 첫 번째가 되는데 그에게는 새로운 삶으로 떠
나는 장대한 여행인 셈이다. 이것이 바로 버거와 모르의 프로
젝트가 담고 있는 변증법적 시각, 양안시兩眼視다. 폭풍을 맞
으며 나아가고 고향으로 돌아가기까지 이주민이 겪는 고통
은 오로지 그의 것이지만, 여기에는 그의 고통 말고 다른 것도
있다. 그것은 브라질의 사진작가 세바스치앙 사우가두Sebastião
Salgado가 20년 뒤에 버거와 대화를 나누면서 "지구 크기만 한
비극"이라 부른 것에 속한다.

*　*　*

"이미지와 말이 새끼를 낳는다." 버거가 1964년에 한 얘기
다. 그가 옳았다. 이후 10년간 디자인, 레이아웃, 영화 형식, 미
적 경험, 그 밖의 많은 것에서 혁명이 잇따랐으니 말이다. 하
지만 1970년대 중반에는 번식의 폭풍이 잦아들고 있었다.

『제7의 인간』이 작업에서 출판으로 이어지기까지는 결코
순탄치 않았다. 펭귄 출판사 내부적으로 여러 장벽이 있었
다. 버거의 친한 친구인 편집자 토니 고드윈Tony Godwin이 뉴욕
으로 전근을 갔고, 런던에서는 그 후임으로 온 닐 미들턴Neil
Middleton이 프로젝트에 제동을 걸었다. 그는 제작부에 들어온
요구 사항이 "언짢은 감정"을 일으켰다며 버거에게 편지를 썼
다. 그는 또한 책 디자이너 리처드 홀리스가 "직업적 배려가

없고 책 제작의 단순한 많은 공정들을 이해하지 못한다"며 불
만을 나타내기도 했다.[68] (홀리스는 나중에 자기 세대에서 가
장 유명한 디자이너 가운데 한 명이 되었다.) 특이한 레이아웃
때문에 실수도 이어졌는데 이를 바로잡기 위한 비용이 인세
에서 깎였다. 『제7의 인간』은 결국 상업적으로 실패했다. 이로
써 버거와 펭귄 출판사의 관계도 끝나고 말았다.

1982년 버거와 모르는 『말하기의 다른 방법』을 통해 세 번
째로 함께 작업했다. 이미지와 텍스트를 세심하게 짝으로 배
치하는 일은 더 이상 없었다. 이 책에는 사진의 본질적 애매
성, 사진과 드로잉의 존재론적 차이, 사진이 말과 짝을 이루어
새로운 통합적 의미를 만들어내는 방식을 다룬 에세이가 실
렸다. 밀도 높은 주장을 담고 있지만 때로는 지나치게 힘이 들
어갔다는 느낌도 준다. 그중 단순하게 '외양들'이라는 제목이
붙은 에세이는 한 시대를 정리하는 느낌이다. 『타이포그라피
카』에 실린 버거의 소책자 이야기로 시작해 20년에 걸친 사유
의 과정을 훑으며 신좌파의 등장과 몰락, 그리고 시차를 두고
구조주의의 등장과 몰락을 밟아나가는 글이다.[69] 버거가 보기
에 구조주의는 "닫힌 체계를 사랑하여" 언어적인 것을 잡느라
시각적인 것을 놓쳤다. 이후에도 버거는 에세이들을 통해 가
시적인 것의 수수께끼와 기적, 가시적인 세계가 존재할 수 있
다는 순수한 놀라움에 대해 거듭 언급한다.

그렇기에 『말하기의 다른 방법』에 실린 유일한 사진 시퀀스
에 말이 없다는 점은 의미심장하다. 책의 한가운데 놓인 시퀀
스는 아마도 책 제목이 겨냥하는 바로 짐작되는데, 모르가 찍

고 모르와 버거가 배치한 150장의 캡션 없는 흑백사진들로 구성된다. 시퀀스 앞에 붙는 글에서는 "나이 든 한 여성이 자신의 삶을 돌아보는 것을 따라가려 한다"고 밝힌다.[70] 하지만 나이 든 여성은 허구의 인물이다. 우리는 그 인물이 농민이고, 결혼하지 않고 혼자 살고 있으며, 두 차례 전쟁을 겪었다는 말을 듣는다. 사진과 그 인물의 기억이 딱 맞게 일치하지는 않는다. 글은 이렇게 시작한다. "혼란스럽게 만들 생각은 결코 없지만, 이런 연속적인 사진들에 언어적 단서나 스토리라인을 부여하는 것은 불가능하다. 그렇게 되면 외양들에 단일한 언어적 의미를 부과하여 외양 자체의 언어를 억압하거나 부정하게 되기 때문이다."[71]

이렇게 언어적인 것에서 시각적인 것으로 물러나는 측면을 어떻게 읽어야 할까? 앞서 버거가 모르와 두 차례 함께 작업한 프로젝트는 정반대의 전제를 바탕에 두고 있었다. 즉 우리의 시야를 고정시키는 게 아니라 여기에 맥락을 부여하고 조건을 만들기 위해, 사진의 명백한 존재감을 결코 포기하지 않으면서 우리로 하여금 사진의 위아래 옆을 둘러보도록 하기 위해, 서로에게 득이 되는 긴장을 조성했다. 반면 『말하기의 다른 방법』에서 텍스트와 이미지는 서로 멀찍이 거리를 둔다. 마치 개념적인 것과 이미지적인 것 사이에 공간을 두는 **요령**의 미학이 지나쳐서 버거가 처음에 극복하려고 그토록 애썼던 전통적인 형식으로 도로 무너져 내린 것 같다. 대부분의 평자들은 사진 시퀀스가 묵묵히 요구받았던 바를 제대로 이행하지 못했다며 실망감을 드러냈다. 사실상 이런 식의 '말하기의 다른 방법'은 열등한 말하기의 방법이라는 것이다.

어쩌면 버거와 모르가 함께 작업한 앞의 두 권이 세 번째 책 제목에 더 합당한지도 모른다. 『행운아』와 『제7의 인간』은 강력하고 뇌리에 오래 남는 새로운 형식으로 진정한 혁신을 이뤘다. 〈다른 방식으로 보기〉는 영향력은 대단했지만 지금 와서 보면 시대에 뒤진 느낌을 주기도 한다. 그 영향력이 확산되고 내면화된 데다 그 이후로 문화는 계속 나아갔기 때문이다. 『행운아』와 『제7의 인간』은 그렇게 흡수되지 않았다. 지금도 지평을 밝히는 불빛으로 존재한다. 오늘날 우리는 다큐멘터리 영화의 홍수 속에 살고 있지만, 다큐멘터리 양식의 사진-텍스트는 상당 부분이 탐험되지 않은 과제로 여전히 남아 있다.

버거가 어린 시절부터 느꼈던 충성심의 분열에 해결책을 찾은 것은 전쟁이 끝나고 미디어 환경이 확장되면서였다. 우리의 미디어 환경 또한 지난 반세기 동안 몰라보게 확장되었다. 필름 사진은 거의 멸종되다시피 했으며 텔레비전도 조만간 멸종될 추세다. 우리는 신호와 안테나와 위성과 셀카봉과 스마트폰과 가상현실 고글과, 무엇보다 **스크린**으로 도배된 새로운 디지털 세상에 산다. 주유소에, 택시 뒤쪽에, 비행기에, 우리 호주머니 안에 스크린이 있다. 진부한 말로 들리겠지만 우리는 지금보다 더 연결된 적이 없었다. 하지만 지금보다 더 외로웠던 적도 없다.

21세기의 디지털 변혁을 맞아 버거는 자신의 첫사랑인 드로잉으로 돌아갔다. 그의 어린 시절 일기장이 시와 스케치를 결합했다면, 말기의 저서 가운데 한 권은 드로잉과 형이상학을 결합했다. 바뤼흐 스피노자Baruch Spinoza의 삶에서 영감을 얻은 『벤투의 스케치북Bento's Sketchbook』(2011)은 17세기 철학자가 마음과 몸을 분리시키는 것이 잘못이라고 믿었을 뿐만 아니라, 그보다 덜 알려진 사실이지만, 그가 그림 그리기도 좋아했음을 우리에게 상기시킨다. 스피노자가 갖고 있었다는 스케치북이 버거의 상상력을 사로잡았다. 버거는 "스케치북이 발견되더라도 거기에 대단한 드로잉이 있으리라 기대하지는 않았다"고 한다. "나는 그저 그가 쓴 말을, 철학자로서 그가 주장한 명제들을 다시 읽고, 아울러 그가 자신의 눈으로 관찰했던 것들을 보고 싶었을 뿐이다."[72]

5장

모더니즘에 축배를

세상의 삶에서 한순간이 지나간다.
그것을 있는 그대로 그려라!

— 세잔

버거의 가장 유명한 소설 『G』에서 이야기가 거의 끝나갈 즈음, 주인공은 슬로베니아 농민 집안의 딸을 무도회에 데려간다. 오스트리아-헝가리제국 트리에스테의 모든 사람이 그곳에 와 있다. 주인공이 유혹하려고 하는 여자의 은행가 남편도 포함해서 말이다. 그것은 계획된 모욕, 망신 주기였다. 얼마 지나지 않아 "모두가 수군거리기 시작"한다. "시골에서 온 슬라브 여자랑 왔는데, 진주 장식을 주렁주렁 매달고 모슬린과 인도산 실크로 만든 옷을 입었더군."[1]

1972년 11월 23일 저녁, 버거는 검은색 나비넥타이를 매고 부커상 시상식에 참가했다. 센트럴 런던의 카페 로열Café Royal에서 열린 시상식은 당시 노동당 "급진파의 중심"에 있던 인물인 로이 젱킨스Roy Jenkins 하원의원이 주최했다. 버거가 앉은 원형 테이블 옆으로 애나 보스톡, 그리고 그가 초대한 손님이자 '아프리칸 북스 컬렉티브African Books Collective'를 창립한 탄자니아의 월터 브고야Walter Bgoya, 영향력 있는 출판업자 톰 마술러와 그 아내, 편집자 토니 고드윈, 고인이 된 휴 웰던의 아내, 문학비평가 조지 스타이너George Steiner(그는 시릴 코널리, 엘리자베스 보언과 함께 심사위원이었다)가 함께 자리했다.[2] 저녁 행사가 끝날 때 발표가 있었다. 버거의 소설이 수상작으로 선정되었다.

이후에 벌어진 일은 부커상 역사에 길이 남는 사건이 되었다. 무대 위로 올라간 버거는 상이 불쾌한 경쟁심을 조장하고, 승자와 패자에 집착하고, 작가들을 한갓 경주마로 전락시킨다며 비판을 쏟아냈다. 하지만 가장 날카로운 비판의 칼은 서인도제도에 보유한 엄청난 자산으로 막대한 부를 쌓은 시상식 후원자 부커-매코널Booker-McConnell 기업을 위해 남겨놓았다. 버거는 자신이 받게 될 상금으로 이주노동자를 다루는 다음 프로젝트를 작업한다면, 책에 나오는 사람들의 친척을 착취한 돈으로 책이 만들어지는 웃지 못할 상황이 된다고 말했다. "대단히 미묘한 관계를 파고드는 소설가가 아니더라도 이 상금 5000파운드가 원래 그 돈이 나왔던 경제 활동으로 다시 돌아가는 것을 추적해볼 수 있습니다."[3]

연설은 곧바로 적대적인 반발을 불렀다. 그 자리에 초대된 많은 사람들이 앞에 놓인 유리잔을 짤랑거리기 시작했다. 그에게 고함을 치는 사람도 있었다. 며칠 전에 자신이 수상자가 되리라는 언질을 미리 받았던 버거는 행사가 있던 그날 낮에 텔레비전에 출연하여 자신의 계획을 밝혔다. 그는 상금의 절반을 연대감을 표하는 뜻에서 런던에서 활동하는 흑인 좌파 조직 '블랙팬서'에 기부하겠다고 했다.

처음부터 도발하려는 의도가 역력했다. "여러분이 내게 이 상을 수여했으므로 그것이 내게 어떤 의미인지 잠깐 알려드려도 될 것 같군요."[4] 한번은 리베카 웨스트Rebecca West가 바로 맞받아쳤다. "우리는 당신이 그 돈으로 무엇을 할지 알고 싶지 않아요. 입 다물고 자리에 앉아요!" 극작가 막스 게블러Max Gebler도 그냥 참고 있지 않았다. "돈을 살인자들에게 줄 생각이라면 차라리 IRA에게 주시오!" 보다 못한 젱킨스가 끼어들었다. "그의 말을 들어봅시다."[5]

"우선, 제가 어떤 논리로 이런 입장을 취하는지 분명히 밝히는 게 좋겠습니다." 버거가 말했다.

이것은 죄책감이나 양심의 가책 때문이 아닙니다. 자선 활동으로 하는 것도 물론 아닙니다. 일차적으로 정치의 문제도 아닙니다. 내가 작가로서 계속 성장하느냐의 문제입니다. 그러니까 나를 지금의 나로 만든 문화와 관련된 문제입니다.

노예무역이 시작되기 전에, 유럽인들이 인간성을 폐기하고 스스로를 폭력으로 무장하기 전에, 흑인과 백인이 서로 경이로움을 가지고 잠재적으로 동등한 존재로 대했던 시기가 분명 있었습니다. 그런 시기는 지나갔고, 그 이후로 지금까지 세상은 잠재적 노예와 잠재적 주인으로 나뉘어졌습니다. 그리고 유럽인은 이런 사고방식을 자신의 사회 내에 들여왔습니다. 이는 유럽인이 만물을 바라보는 방식의 일부가 되었습니다.

소설가는 개인의 운명과 역사의 운명이 서로 어떻게 작용하는지에 관심을 갖습니다. 우리 시대의 역사적 운명은 확실해지고 있습니다. 억압받는 사람들은 그들을 억압하는 사람들이 그들 마음에 세워놓은 침묵의 벽을 뚫고 나아가고 있습니다. 그리고 착취와 신식민주의에 맞선 그들의 투쟁에서, 하지만 오로지 함께 투쟁하는 과정을 통해서만, 노예의 자손들과 주인의 자손들이 잠재적으로 동등한 존재라는 경이로운 희망을 갖고서 다시금 서로 다가갈 수 있습니다.[6]

부커상 연설은 버거가 남긴 가장 통렬한 수사적 언사다. 같은 해 BBC에서 〈다른 방식으로 보기〉가 방영되자 1972년은 그의 명성이 절정에 달한 해가 되었다. 부커상 스캔들은 지금까지도 사람들이 버거 하면 떠올리는 대표적인 유산으로, 정작 수상작인 책은 잘 기억하지 못해도 스캔들은 안다.

지구 주위를 도는 달처럼 연설은 그 계기가 된 소설과 흥미로운 관계를 보인다. 둘은 하나의 관계를 공유하지만 단순 명료한 관계는 아니다. 연설은 마치 책을 마무리하는 현실판 코다와 같으며, 연설이 불러일으킨 소동은 소설에 등장하는 한 장면 같다.

버거는 10년 전에 영국을 떠났다가 이제 돌아왔다. 그리고 혁명을 꿈꾸는 작가가 홀로 조명을 받으며 문화 기득권층을 바라보는 이 상황은 그의 소설이 풀고자 애썼던 바로 그 문제를 보여주는 것이었다. '나를 지금의 나로 만든 문화와 관련된 문제입니다.'

***

　문학적·성적·정치적 담론이 정신없이 쏟아지는 것이 『G』의 특징이다. 주인공 이름은 나오지 않고 "편의상" 하나의 이니셜로만 표기되는데, 그의 짧지만 다채로운 삶에서 에피소드를 소개하는 식으로 소설이 구성된다. 『G』는 무엇보다도 전기다.[7] 1886년 리보르노 출신의 상인과 변덕스러운 미국인 정부 사이에서 사생아로 태어난 G는 어릴 때 영국의 시골 영지로 보내져 이모와 삼촌 밑에서 자랐다. 그의 어린 시절은 결정적인 몇 가지 사건의 묘사로 재구성된다. 조숙하게도 여자 가정교사에게 매혹되고, 어스름한 해질녘에 두 명의 밀렵꾼과 오싹하게 마주치고, 이가 빠지는 낙마 사고를 당하고, 밀라노에 갔다가 호텔 밖으로 나와 1898년 폭동을 목격하고, 마침내 열다섯 살에 이모와 근친상간에 빠지면서 어른이 된다.

　『G』는 돈 후안Don Juan 신화를 다시 쓴 것으로 홍보되었고, 후반부에 가면 피카레스크picaresque식 구성의 유혹 장면이 이어진다. 우리는 이제 스위스에서 비행사들이 알프스산맥을 최초로 넘는 비행사가 되려고 경쟁을 벌이고 있을 때 부유하고 하릴없는 여행자 G가 여종업원을 유혹하는 것을 본다. 다음으로는 그가 도모도솔라에서 자동차 제작자의 아내와 바람피우는 것을 본다. 이후 그는 제1차 세계대전이 벌어지기 직전 트리에스테에 나타나 합스부르크의 한 장교 부인과 노닥거리고, 스파이 혐의를 받아 이탈리아 민족통일주의 조직에 쫓기는 신세가 된다. 소설 마지막 페이지에서 G는 머리를 맞고 바다에 던져진다.

1968년 버거는 이렇게 말했다. "오랫동안 싸워온 일인데, 지난 몇 년 새 성性에 대해 터놓고 글을 쓸 수 있는 권리가 마침내 쟁취됐다."[8] 『G』에서 그는 확실히 성에 대해 터놓고 글을 쓴다. H.G. 웰스H.G. Wells가 조이스를 두고 불평했던 "배설의 강박"이 여기서는 사방에 널려 있다. 필요할 때는 멜로드라마에 나올 법한 생생한 묘사가 등장한다. 꽃 이미지도 즐겨 쓰인다. "그리하여 한 송이 앵초가 피어난다. (…) 그의 성기에 감각이 다시 일면서 발기하고, 포피가 음경관에서 다시 뒤로 당겨진다."[9] 텍스트 대신에 남녀의 성기 그림이 등장하기도 한다. 몇 페이지 뒤에 가면 자웅동체 성기에 젖가슴·입술·속눈썹이 달린 눈을 그려 넣은 유쾌한 스케치가 나온다.

솔직한 섹슈얼리티와 미학적 실험주의와 대중적 스캔들은 한데 뭉쳐 모더니즘에서 유난히 굳건하고 영예로운 계보를 이룬다.[10] 1860년대 중반에 마네의 〈올랭피아Olympia〉가 나왔고, 1년 뒤에 쿠르베의 〈세상의 기원L'Origine du Monde〉이 이어졌다. 버거가 장식적으로 그린 그림은 부분적으로 피카소의 영향을 받은 것이었다. 그는 피카소에 관한 책에서, 얼굴을 일그러뜨려 성적 은유로 삼는 것(코는 남근, 입은 음부)을 언급했으며, 〈아비뇽의 처녀들〉을 설명하면서 "격렬한 정면 공격"이라고 말했다. 문학적 모더니즘의 전성기에는 조이스, 로런스, 밀러Henry Miller가 있었다. 그러고 나서 1950~60년대에 나보코프Vladimir Nabokov, 로스Philip Roth, 비달Gore Vidal이 등장했다. 외설의 미학으로 불리던 것은 예술가들에게 창조적 영감을 주는 깊은 우물임이 밝혀졌고, 대중성을 얻도록 도와주는 샘물이었음은 물론이다. 예술적으로 반항하든 성적으로 반항하든 결국에는 도발하기 위한 행동이다. 그들이 충격을 주려 한 사람들은 똑같은 대상, 즉 자칭 좋은 취향의 옹호자였다.

버거는 마흔 살 무렵에 『G』를 쓰기 시작했는데 여전히 증명해 보일 게 많았다. 젊었을 때는 런던에서 냉전의 금기를 위반하며 기득권층의 심기를 불편하게 했다. 그리고 그가 떠나온 런던은 그 없이도 아무 문제가 없어 보였다. 첫 세 편의 소설은 판매가 부진했다. 최고의 작품을 내려면 아무래도 상대가 필요해 보였다. 피카소에 대한 책으로 그는 상대를 찾았지만, 논쟁을 하면서 비평가라는 예전의 정체성으로 후퇴했다. 그는 작가라는 새로운 정체성으로 발을 내딛고 싶었다. 버거는 나중에 자신의 삼십 대 시절을 돌아보며 이렇게 말했다. "다른 역할을 해보고 싶었어요. 이런저런 상상력을 발휘해 작품을 쓰고 싶었습니다. 고정된 역할에서 벗어나려고 초조하게 애썼죠. 어릴 때부터 나는 영국에서 분류하고 판단하고 평가하는 기준이 되는 범주들에 묘한 불편함을 느꼈습니다. 나 자신이 여러 모양을 찍어내는 페이스트리 반죽처럼 느껴졌고요. 이런저런 모양으로 더 쓰일 여지가 있는 반죽 말입니다."[11]

그는 5년 동안 『G』 작업에 묵묵히 매달렸다. 그 결과 그의 숱한 야망이 모여든 기념비적인 소설이 만들어졌다. 이 소설의 다양한 면을 이해하려면 모더니즘 조각을 맞닥뜨린 사람과 마찬가지로 그 주위를 거닐어봐야 한다. 『G』는 교양소설을 실험적으로 개작한 것이자 한 평자의 말처럼 "입체주의를 문학으로 옮겨놓으려는" 시도였다.[12] 성적·정치적·미학적 혁명을 정렬한 것이며, 삶의 경험의 현상적 흐름과 역사적 과정의 총체성을 자주 대위법적으로 포개놓은 것이다. 버거의 데뷔작『우리 시대의 화가』가 정치적 절망에서 빠져나가려는 방편이었다면,『G』는 대단한 자기 믿음의 시기를 반영하는 작품이다. 여기서 제기하는 합슴은 버거가 한때 소설이라는 형식에, 어마어마한 역사와 경험을 포괄할 수 있는 소설의 역량에 신념을 갖고 있었음을 보여준다. 아울러 더 진실한 표현 영역을 개척하려는 네오모더니즘의 열망에 대한 신념도 보여준다. 1971년 그는 이렇게 말했다. "이제까지 내가 쓴 모든 것은 지난 5년간 매달린『G』를 작업하기 위한 준비 과정에 지나지 않았다."

총체적 소설의 전통은 양차 대전 사이 유럽의 기념비적인 모더니즘 대작들에서 연이어 절정을 맞았다.『G』는 이런 계보에 빚지고 있음을 명백히 과시한다. 책은 출간되자마자 조이스, 무질Robert Musil, 만Thomas Mann, 스베보Italo Svevo, 더스패서스John Dos Passos, 로런스, 지드André Gide와 나란히 놓였다. 이 소설은 특히 조이스를 참고했다. 책 마지막에 적힌 "제네바 파리 보니외 / 1965-1971"이라는 서명에서『율리시스Ulysses』의 마지막 서명 "트리에스테 취리히 파리 1914-1921"을 떠올릴 수 있다. 어릴 때부터 버거는 조이스에게 마음을 빼앗겼다. 조이스의 작품을 읽노라면, 이 아일랜드 작가가 마치 오디세우스처럼 대양을 건너 장대한 여행을 하며 망명 생활을 하는 영웅의 모습일 것만 같았다. 버거는 한 에세이를 통해 열네 살에『율리시스』를 처음 접한 경험을 떠올렸는데, 배를 타고 그 안

으로 들어가 "항해하는" 마음으로 책을 읽었다고 했다.[13]

가장 개인적이고 실제적인 차원에서 보자면 그것은 중산층의 두려움을 자극하는 책이기도 했다. 한때 금서 목록에 올랐다는 점 자체가 매력이었다. 불법성의 아우라는 문학적 명성과 떼려야 뗄 수 없었다. 전쟁이 걷잡을 수 없이 확산되던 1941년 가을, 버거의 아버지는 아들이 염려되어 책을 강제로 빼앗아 자신의 사무실 금고에 넣고 잠갔다. 훗날 버거는 이렇게 술회했다. "나는 열네 살 소년이 낼 수 있는 최대한으로 화를 냈다. 아버지 초상화를 그렸다. 그때까지 그린 가장 큰 그림이었다. 메피스토펠레스의 색깔을 칠해 악마처럼 보이게 했다."[14] 그러나 『율리시스』가 아버지의 기밀 서류와 함께 금고에 보관되어 있다는 생각은 어린 버거의 상상력을 더욱 부추겼다. 위대한 문학은 위험할 수 있고 마땅히 위험한 법이다.

* * *

"붓질은 단순한 기록이 아니다." 알렉스 단체브Alex Danchev는 세잔과 관련해 이렇게 말했다. "획 하나하나가 경험의 단위다. 섬세하게 조정하고, 목표 지점에 맞추고, 숙고한 것이며, 그러면서 리듬이나 박자처럼 주위의 것에 반응하여 맥박을 만들고, 애를 태운다. 회화라는 건물은 계획된 것이면서 동시에 즉흥적으로 만들어지는 것이다. 감흥은 그것이 딱 맞아떨어질 때 일어난다."[15]

소설도 마찬가지다. 문단은 붓질과도 같다. 들여쓰기를 하지 않아 사각형 덩어리처럼 보이는 문단이 페이지에서 다양한 호흡으로 배치되어 있는 『G』의 문단 구조는 모더니즘 캔버스의 각진 모습을 참작한 것이다. 이를 통해 클로즈업에서 파노라마까지, 체리의 맛에서 전쟁 발발까지 아우른다. 한편 이 책은 개인적인 돌파구이기도 했다. 버거의 글쓰기는 항상 압축적이고 아포리즘적인 방향을 지향했는데, 이제 더 짧은 문장들을 연이어 붙여 더 긴 작품을 구성할 수 있게 되었다. 『G』는 말 그대로 몽타주 프로젝트였다. 버거와 디자이너 리처드 홀리스는 가위와 테이프를 들고 몇 날 며칠을 레이아웃에 매달렸다. 픽션 사이에 인용문과 오려낸 뉴스 기사, 드로잉, 시, 악보 조각을 삽입했다. 메타픽션으로 넣은 여담에서 버거는 자신의 작업 과정, 자신의 꿈, 언어와 성의 성격에 대해 이야기한다. 시간이 팽창하고 수축한다. 시점視點들이 나선형 모양으로 서로 뒤얽힌다. 그때와 지금을 말하는 다양한 시제가 패권을 두고 다툰다. 입체주의에서 납작함과 깊이의 근본적인 구분이 시간의 입체 시점에서 전개되는 모양새다. 글쓰기는 과거의 현실을 불러내지만, 아울러 어떤 행위의 흔적이기도 하다.

버거는 『G』에서 줄곧 역사소설에 내재된 이원성을 밀어붙여 사실과 환상을 모호하게 뒤섞는다. 이 점은 1898년 밀라노 폭동, 1910년 알프스 비행, 1915년 전쟁 발발을 배경으로 하는 부분에서 두드러진다. 발자크 소설에서 영화 〈포레스트 검프〉에 이르는 이런 장르의 주된 기법은 가상의 인물을 역사적 사건에 밀어 넣은 다음, 친밀감 있는 드라마로 공적 기록에 입체감을 부여하는 것이다. 루카치는 톨스토이를 그 대가로 높이 샀다. 버거의 기법도 비슷한데 유려하기보다 들쭉날쭉한 편이다. 이 같은 병치는 극중에서도 언급된다. 고지식한 미국인 비행사 웨이먼Charles Weymann이 G의 "유치한" 행태를 질책하는 장면이다. 스위스 브리그에 도착한 날, 그는 이제 직업적 유혹자가 된 G에게 말한다. "우리는 선구자들이네. (…) 그런데 어떻게 우리가 지금 하고 있는 일, 우리 같은 선각자들의 일을, 아직 자네가 말도 붙여보지 못한 작은 스위스인 웨이트리스에게 하루 만에 푹 빠져버린 일과 비교할 수 있단 말인가? 어떻게 그 두 가지를 나란히 놓을 수 있지?"[16]

버거가 방법을 생각해냈다. 불과 몇 페이지 뒤에 나오는 가장 인상적인 대목에서 버거는 생플롱 고개를 넘는 호르헤 차베스Jorge Chávez의 전설적인 비행(산문으로 구현된 아에로피투라aeropittura*)과 더불어, G와 웨이트리스 레오니의 탐색적인 성적 결합을 교차 편집한다. 그리고 이런 문장이 있다. "앞으로는 어떤 이야기도 유일무이한 이야기로는 들리지 않을 것이다."[17] 선언은 경첩처럼 작동한다. 한쪽에는 비행기가 있고, 다른 쪽에는 침대가 있다.

버거는 서른 살이 채 안 돼서 (젊은이 특유의 비장한 허세가 살짝 느껴지는) 이런 글을 썼다. "모든 창조적 비평 이면에는 의심과 비극적 모순이 있다. (…) 위대한 창조적 비평은 희망이, 예술의 이론이 실제 예술보다 많은 것을 약속할 때, 글 쓰

---

* 비행의 역동성, 힘, 속도감을 회화로 구현하고자 했던 1920년대 이탈리아 아방가르드 운동.

는 사람이 아량과 관대함과 재기 면에서 어떤 회화도 시도 노래도 상대가 되지 않는 예술의 비전을 마음속에 담고 있을 때, 오직 그때에만 발생한다. (…) 모든 위대한 비평에서 우리는 새로운 국가의 비전을 보지만, 직접적으로 그것을 건설하려고 쌓아놓은 벽돌은 아직 존재하지 않는다."[18]

같은 글에서 버거는 들라크루아Eugène Delacroix의 일기 한 구절을 인용한다. "몸에 그림자가 뒤따르듯 마음의 작업에 비평이 뒤따른다." 그러나 그는 톨스토이, 러스킨John Ruskin, 보들레르Charles Baudelaire, 모리스와 관련해 비유를 다시 고쳐서 이렇게 질문한다. 만약 비평이 몸 **앞에** 오는 그림자라면 어떨까? 비평이 평가라기보다 **계획**에 가까운 것이라면 어떨까?

버거가 『G』를 출간하기 전에 쓴 에세이들은 확실히 그랬다. 1967년 그는 "현대 소설의 위기에 관한 얘기가 많이 들린다"며 이렇게 말했다.

이는 기본적으로 서술 양식의 변화를 함의한다. 시간이 순차적으로 전개되는 직선적인 이야기를 하는 것은 이제 거의 불가능하다. 그리고 우리도 줄거리를 계속 횡으로 가로지르는 것이 무엇인지 인식한다. 요컨대 하나의 지점을 인식할 때, 일직선상을 이루는 무한히 작은 한 부분으로서가 아니라 무한한 선들이 만나는 무한히 작은 한 부분으로, 선들을 포개서 만든 별의 중심으로 인식한다. 이 같은 인식은 사건들과 가능성들이 동시에 일어나고 확장하는 것을 우리가 끊임없이 의식하는 결과다.[19]

내러티브상 시간의 공간화를 바탕으로 한 기하학적 은유는 『G』의 몇몇 대목에 계속 등장한다. 이들 대목은 소설이 어떻게 쓰였는지, 따라서 어떻게 읽혀야 하는지에 대한 생각을 담은 작품 해석의 마스터키임을 자처한다. 그중 한 대목에서 버거는 자기 스타일의 남다른 점을 이렇게 옹호한다. "하지만 나는 시간의 전개에 대해 거의 아는 바가 없다. 내가 인식하는 사물들 사이의 관계는 (…) 내 마음속에서 복잡한 동시적 패턴을 이룬다. 남들이 순차적으로 이어지는 챕터들을 볼 때 나는 들판을 본다."[20]

어쩌면 버거의 주장이 무리일 수 있다. 그림자는 그저 투사된 영상이기도 할 것이다. 데이비드 코트David Caute는 버거가 누보로망Nouveau Roman* 소설가들의 장치를 "채택해서 다소 무리하게 부려먹는다"고 비판했다(코트의 리뷰는 사로트Nathalie Sarraute, 솔레르스Philippe Sollers, 뷔토르Michel Butor를 언급했다). 하지만 『G』는 이야기가 소멸하는 느낌이 아니라 이야기가 가능한 한 많은 차원들로 확장되는 느낌을 준다.[21] 프랑스 구조주의자들은 감상성, 관습, 가짜 심리주의 등을 들어 내러티브 개념 자체를 공격했지만, 버거의 방법론은 인간에 대한 더 깊은 사랑에서, 조연들도 항상 자기 삶의 주인공이라는 믿음에서 비롯한 것으로 보인다. 이런 공감은 그의 작업 내내 끝까지 이어졌다. 버거의 말기 소설 가운데 하나가 『여기, 우리가

---

* 1950년대 말부터 프랑스에서 시도된 실험적 소설을 통칭하는 말. 뒤에 나오는 세 명은 누보로망의 대표적 소설가다.

만나는 곳: 교차하는 길들의 이야기*Here is Where We Meet: A Story of Crossing Paths*다. 제목은 이런 말을 한다. "우리 자신의 삶 속으로 들어오는 삶의 숫자는 셀 수 없을 정도로 많다."[22]

그와 같은 충만함은 어떻게 표현할까? 소설이 대양이라면 (그리고 독자가 항해자라면) 무엇이 그 해안을 규정할까? 혹은 은유를 뒤집어 각각의 순간을 별이라고 한다면, 별들의 위치를 페이지에 어떻게 표시할까? 무한을 어떻게 손으로 만질 수 있을까?[23]

버거가 시도한 것으로 보이는 형식적 해결책은 내러티브의 입체주의다. 단일 시점에 힘을 몰아주지 않고 전경과 배경의 분할을 흐트러뜨리는 것이다. G의 이모가 남아프리카로 갈 때 소설도 함께 그곳으로 간다. 몇 페이지에 걸쳐 우리는 비중이 낮은 이 인물의 경험을 오간다. 인력거 끄는 줄루족 소년과 말 없이 시선을 교환하고, 은촛대가 놓인 만찬에 참석하고, 마지막으로 밧줄이 풀리고 "기울어져서" 자신이 점차 미쳐가고 있다고 인식한다. 그 순간, 남아프리카의 더반으로 무대가 옮겨졌을 때와 마찬가지로 급작스럽게 우리는 영국의 시골 영지로 돌아온다. G는 이제 열다섯 살이고, 고국에 돌아온 서른여섯 살의 이모가 그와 동침하려고 자신의 방으로 초대한다.

이것은 맹렬히 파열된 내러티브다. 공간에서뿐만 아니라 시간에서도 이런 파열이 반복적으로 일어난다. 가리발디Giuseppe Garibaldi가 죽고 나서 4년 뒤에 G가 태어났다는 말과 함께, 소설은 나폴리에서 있었던 가리발디의 출정식 이야기로 이어진다. 그다음 장은 이탈리아 리보르노에 있는 페르디난도 1세

Ferdinando I의 동상을 설명하면서 시작한다. 발판 모서리에 노예 네 명이 사슬에 묶여 있는 동상으로, 부커상 연설에서 버거는 이것을 "책에서 가장 중요한 이미지"라고 했다.[24] 소설이 진행되면서 우리는 좌우로 페이지를 넘기며 역사적 사실을 계속 보게 된다. 대괄호로 처리될 때가 많고, 거의 항상 인간의 희생이 따른 역사다. 지구는 기억이 매장되어 있는 퇴적암과도 같다. **앞으로는 어떤 이야기도 유일무이한 이야기로는 들리지 않을 것이다.** 이것은 가장 자주 인용되고 변용되는 버거의 글귀이며, 사실상 포스트식민주의 소설의 신조처럼 여겨졌다. (대표적인 포스트식민주의 소설가이자 버거의 친구이기도 한 마이클 온다체Michael Ondaatje와 아룬다티 로이Arundhati Roy는 각각 『사자의 가죽에서In the Skin of a Lion』와 『작은 것들의 신The God of Small Things』 제사에 이 구절을 인용함으로써 그의 영향력을 인정했다.) 세계화된 역사의 흔적(대부분이 상흔)이 축소된 형태로 모든 인물에 내재해 있음을 디아스포라 소설 『G』가 앞장서서 보여주었다. 이제 사람들이 너무도 많이 인용해서 익숙해진 살만 루슈디Salman Rushdie의 말처럼 "단 한 사람의 삶을 이해하려면 세계를 통째로 삼켜야 한다".[25]

***

하지만 문제가 하나 있다. 소설을 읽은 진지한 평론가들 대부분이 지적한 대로 사실 G는 성격을 가진 인물이 아니다. 그는 거의 말하지 않는다. 성격 묘사가 없다. 심지어는 이름도 없다. 그는 말 그대로 특성 없는 남자이며, 이 소설은 이언 플레밍Ian Fleming이 자신의 캐릭터인 제임스 본드와 관련해 말했 듯이 "극도로 따분하고 재미없는 남자에게 벌어지는 일"을 이 야기한다.[26] G는 욕망하고 여행하고 유혹하는 기계다. 하지만 자아가 없다.

다른 인물들은 그렇지 않다. 오히려 정반대다. G가 실존적 으로 빈 서판인 것과 달리, 다른 인물들은 사회적으로 고정된 스테레오타입에 가까운 모습을 보인다. 자신의 국적과 계급을 대표하는 특징을 나타내며 그렇게 분석된다. 무뚝뚝한 이탈리 아인 자본가, 고지식한 빅토리아 영국인 신사, 무능한 미국인 상속녀, 억압된 프랑스인 아내, 완고한 오스트리아인 은행가. 에세이 양식으로 쓰인 소설로 '생체 해부자'라는 별명을 얻은 로베르트 무질이 여기에 영감을 주었는데, 버거도 비슷한 것 을 의도했다. 거의 의학적인 필치의 묘사가 종종 보인다. 일례 로 베아트리스의 얼굴을 말할 때 "넓적한 편으로 양쪽 귀가 입 을 계속 잡아당겨서 웃고 있는 것처럼 보인다"고 묘사한다.[27] 적어도 이 인물에 관한 한 저자와 인물의 관계는 검사관과 표 본의 관계다. 사회문화적 통찰을 시도해볼 수도 있지만, 인물 들은 애초에 살아 있던 적이 없는 박제된 인공물이다.

이런 식의 묘사는 예기치 못한 결론으로 이어진다. 움베르 토와 로라가 사랑을 나누고 난 뒤에 G가 소설에서 태어난다. "여기에 잉태된 것은 내가 이야기하고 싶은 인물의 본질들이 다."[28] 차베스와 그의 비행기가 곤도 협곡에 도달할 때 비행기 엔진이 멈춘다. 그러자 텍스트도 멈춘다. "이런 상황에서 의식 적 판단을 논하는 것은 아무 의미가 없다. 이런 상황에서 나는 계산을 해가며 글을 쓸 수 없다."[29] 여기서 일어나는 것은 매혹적인 반전이다. 작가라는 그림자, 즉 존 버거 자신이 책의 주인공으로 나서서 책을 쓰는 경험에 몰두하고 있다. 이렇게 볼 때『G』는 소설의 성장을 이야기하는 성장소설이라는 점에서 이중으로 교양소설이다. 버거가『G』를 작업했던 5년은, (트리스트럼 섄디에서 스티븐 디덜러스에 이르는)* 소설 주인공들이 삶을 활용하는 바로 그런 방식으로 그가 소설을 활용한 5년이었다. 그는 소설을 경험의 자산으로, '내면의 모험'으로, 가치와 운명의 질문들을 검증하는 수단으로 사용했다. 버거는 글쓰기를 통해 자신을 유구한 전통에 포함시켰다. 그는 어린 시절에 갖고 있던『율리시스』를 아버지에게 빼앗긴 이후 반세기가 지나 이렇게 말했다. "나는 조이스가 내게 열심히 준비시켜준 삶을 계속 살고 있다. 그리고 나는 작가가 되었다. 문학은 모든 위계질서에 반할 수 있음을, 사실과 상상, 사건과 감정, 주인공과 화자를 분리하는 것은 마른 땅에 머물면서 바다에 결코 나가지 않는 것임을, 아무것도 모르던 나에게 보여준 사람이 바로 그였다."

***

버거에게 1972년은 분수령이 된 해였다. 그의 나이 마흔다섯 살이었다. 우선 그의 소설이 런던 전역에 깔렸다. 커다란 G

---

* 각각 로런스 스턴(Laurence Sterne)의 전위 소설『신사 트리스트럼 섄디의 인생과 생각 이야기』(1759~67), 제임스 조이스의『율리시스』(1922) 주인공이다.

자가 표지에 가득 차 넘치는 인상적인 디자인의 책이었다. 그리고 부커상 논란이 문학계 기득권층을 집어삼켰다. 카페 로열에서 일어난 그의 도발적 행동은 몇 주 동안 언론을 떠들썩하게 장식했다. 신문들은 평소 버거와 관련해 자신들이 하던 식으로 돌아갔다. '버거는 왜 자신에게 돈을 주는 손을 물었을까?' '손을 물다' '버거의 검은 빵' '돈이 권력' '산타에게 총질하지 말 것'.[30] 바보 같은 헤드라인이지만 드러내는 바가 있다. 10년간 외국 생활을 하고 돌아온 버거는 예전의 역할을 하고 있었다. 그래서 영국 언론도 편안하게 예전에 자신들이 맡았던 역할로 돌아갔다. 다들 원하던 상황이었다. 서로 으르렁거리는 상황 말이다.

버거가 한때 일했던 잡지 『뉴 스테이츠먼』의 기자는 전년도 부커상 수상자인 나이폴V.S. Naipaul과 전화 인터뷰까지 했다. 서인도제도 출신의 이 작가는 버거의 행태가 "무지하고 어리석으며 허튼 짓일 뿐만 아니라 해로운 결과를 주는" 일이라며 말했다.[31] "흑인의 삶을 위해 애쓰는 대부분의 작가들은 오로지 백인과만 상대합니다. (…) 나이트클럽에 나가고, 텔레비전에 출연하고, 멋진 옷을 차려입는 것이죠."[32] 3주 뒤에 버거가 "간단히 말해 나는 서인도제도 정치에 무지하지 않다"라며 응수했다. 또한 더 큰 논의를 하는 데에 "온통 거짓말뿐인 것"은 "무지한 것보다 더 나쁘다"고 했다.[33] (아울러 그는 오랫동안 부커-매코널의 회장이었던 에스칸의 캠벨 남작Lord Campbell of Eskan이 『뉴 스테이츠먼』의 소유주이기도 하다고 지적했다.) 여기서 우리는 다시 소득 없는 논쟁의 소용돌이에 휘말려든다. 블랙팬서 당원이기도 한 린턴 케시 존슨Linton Kwesi Johnson 은 "영국은 개잡년 / 빠져나갈 방법이 없어 / 영국은 개잡년 / 결코 도망칠 수 없어"라고 노래했다. 버거도 자신만의 독특한 (그리고 상대적으로 특혜를 누린) 방식으로 비슷한 교훈을 얻은 듯했다. 모국의 궤도는 견고하다는 것을 말이다.

원투펀치로 명성을 굳힐 때가 종종 있다. 1972년이 그랬다. 『G』가 출간되고 소동을 일으킨 바로 그해 버거는 영국 문화 기득권층의 또 한 축을 이루는 미술관에 수류탄을 투척했다. 그의 소설과 마찬가지로 (그러나 말들이 더 많았던) 〈다른 방식으로 보기〉는 정치적 모더니즘의 시한폭탄이자 계획된 소이탄이었다. 프로그램은 별문제 없이 방영되었지만 1972년 말이 되자 〈다른 방식으로 보기〉는 폭발했다.

언론은 이를 상금이 걸린 시합처럼 다뤘다. 그리고 설명하기 어려울 때는 대놓고 상상을 했다. 부커상 시상식과 같은 날 『가디언The Guardian』에 실린 캐럴라인 티스달Caroline Tisdall의 리뷰를 보자. "존 버거의 〈다른 방식으로 보기〉는 멋진 텔레비전 프로그램을 만들 역량이 되는 미술사가들끼리 언쟁을 벌인다는 게 핵심이다."[34] 티스달은 게인즈버러Thomas Gainsborough가 그린 앤드루스 부부 초상화 앞에서 케네스 클라크가 "세심히 관찰한 밭"을 그렸다며 무덤덤하게 말하는 모습을 상상한다. 그때 버거가 공격에 나선다. "루소주의와 자연 관상으로 눈가림할 수는 없습니다. 앤드루스 부부는 **지주**이고, 회화에 나타난 태도는 자산을 묘사하는 것에 지나지 않습니다." 여기에 다시 로런스 고윙Lawrence Gowing이 구원투수로 합세한다. 티스달의 상상 속 장면(그 자체가 일종의 역사화다)에서 고윙은 "존 버거가 그림과 우리 사이에 끼어들어 눈에 보이는 의미를 가지고 이렇다 저렇다 하기 전에" 그 영국인 부부는 그저 "대원칙을, (…) 타락하지도 변태적이지도 않은 대자연의 진짜 '빛'을 철학적으로 즐기고" 있었을 뿐임을 지적한다.[35]

실제로 보면 프로그램의 대결적 성격은 직접적으로 표출되었다기보다는 더 나은 논의로 승화되었다(그리고 셋이 대립하는 양상이었다). 아무튼 대결의 성격이 있는 것은 사실이었다. 버거는 프로그램 내내 싸움을 걸었다. 미국의 미술사가 시모어 슬라이브Seymour Slive(당시 하버드에서 안식년 휴가를 받아 옥스퍼드에서 슬레이드 미술학교 석좌교수로 있었다)를 인용하면서는 그가 얼마나 화려한 언변으로 헛소리를 내뱉는 사람인지 보여주려고 했다. 슬라이브는 프란스 할스Frans Hals가 그린 두 점의 단체 초상화에 대해 거만하게 설명했는데, 버거는 "그가 마치 그림이 직접적으로 쉽게 와닿는 것을 두려워하는 듯이, (…) **우리**가 **우리**의 방식으로 그림을 이해하는 것을 원치 않는 듯이" 그림 자체를 은폐하려 한다고 지적한다. 한편 케네스 클라크가 유럽의 누드화에 대해 말한 것을 두고는, 그가 회화와 조각과 로마사에 대해서는 해박하겠지만 여성에 대해서는 거의 아무것도 모른다는 사실을 드러낼 뿐이라고 말한다. 나체는 단순히 옷을 입지 않은 모습이 아니라, 누군가의 본모습이다. 이와 달리 누드가 된다는 것은 "다른 사람에 의해 벌거벗은 몸으로 보인다는 것이며 자신의 본모습을 인정받지 못하는 것이다". 버거에 따르면 잉글랜드의 찰스 2세는 정부를 그린 그림을 갖고 있었는데, 그녀의 존재를 기리는 기념품으로서가 아니라 자신의 지배력을, "그의 요구에 그녀가 굴복했음"을 보여주는 징표로서 갖고 있었다.

『G』에서와 마찬가지로 버거가 겨냥한 표적은 혈통 있는 신사, 영예로운 교수, 공국의 통치자, 식민지의 구경꾼-소유주였다. 가상의 적이든 아니든 적은 많았다. 버거는 "화가가 그림 그려준 사람들", "세상은 자신이 살아갈 곳을 제공하기 위해 존재하는 것이라고 확신하며" 삶을 개척한 사람들이 모두 여기에 해당한다고 말했다. 그것은 존경, 질투, 소유, 권력의 문제였다. 한마디로 자아의 문제였다. 그리고 『G』에서처럼 버거는 해방자 역을 맡았다. '별안간 뚝 떨어진 침입자'(그는 피카소를 그렇게 불렀다)같이 그는 성城에 몰아치는 폭풍이었다. 이어 역풍이 불어닥쳤다. 그러나 언젠가 마네는 졸라에게 말했다. "당신처럼 맞서 싸울 수 있는 사람이라면 공격받는 것을 정말로 즐길 줄 알아야 합니다."[36]

***

부커상을 받기 전부터 『G』는 논란에 불을 지폈다. "지적 포르노" "낙서가 들어간 포르노"라는 말을 들었다. 모욕은 계속 이어졌다. "유행에 편승한 교활함" "알쏭달쏭한 헛소리" "허세에 찬 쓰레기" "트렌디한 흉내 내기" "저능하다"라는 평을 받았다.[37] 성과 형이상학의 결합은 무엇보다 영국의 국민성을 나타내는 두 가지 확고한 교리, 즉 점잖음과 경험주의를 공격했다. 『옵저버』의 리뷰는 이렇게 시작했다. "버거 씨에게서 인정할 수밖에 없는 것 하나는, 가식적으로 보일까 봐 두려워서 행동을 삼가는 사람이 아니라는 것이다."[38] 영국 언론은 거의 반사적으로 이 소설을 진지하게 보지 않으려고 작정한 듯했다. 버거의 지면이기도 한『뉴 소사이어티』에 실린 리뷰 제목은 '지스트링G-string*을 걸치다'였다.『인카운터』에서 로저 스크러턴Roger Scruton은 마치 턱받이를 하고 식사를 하기라도 하듯 "불편하고 제대로 소화되지 않는다"며 불만을 나타냈다.[39]

문제작의 논리에 따라 적대적 반응은 책에 호의적으로 작용했다.『G』는 부커상뿐만 아니라『가디언』픽션상, 제임스 테이트 블랙 기념상도 수상했다. 비록 판매는 부진했지만 이야깃거리가 되었다. 한 비평가가 1972년 말에 이렇게 말했다. "내가 기억하기로 최근 몇 년 동안 언론의 날카로운 조명을 이토록 많이 받은 책은 없었다. 왜 이렇게 난리 법석일까? 사람들은 버거가 산에서 대단한 물건을 갖고 내려온 사람이라 생각한다."[40]

어떤 면에서는 그렇기도 했다. 그러나 프랑스의 언덕에 있을 때도 그는 항상 영국의 이상적인 모습을 마음속에 담아두었다. 기득권층에 반대하는 글을 쓴다는 것은 예나 지금이나 자기인식의 핵심적인 방법이었다. 1950년대에 버거는 금욕적인 마르크스주의자 보이스카우트로 희화화되었다. 이제 그는 음란한 마르크스주의자 사티로스로 풍자되었다. (유니스 립

---

* 엉덩이가 노출되는 속옷.

턴Eunice Lipton은 『폭스The Fox』에 기고한 글에서 상황을 예리하게 파악했다. "모든 점을 고려할 때 미술사가들이 버거를 경멸하는 것은 당연하다. 이들은 전문가로서 자기 권력에 위협을 느끼고 있으며, 버거가 적이 되었다.")[41]

『G』에서 성은 보복이 벌어지는 주요 현장이지만, 그 밖에도 많은 의미가 있다. 성은 쾌락, 혼란, 긍정, 자유를 안겨준다. 사적인 것과 공적인 것을 가져다가 가장 놀라운 돋을새김 조각을 빚어낸다. 언어의 한계를 시험하고 시간에 대한 우리의 평범한 이해를 시험하는 경험이다. 반대되는 것들의 결합, 모든 이율배반의 지양, 몸으로 느껴지는 총체성의 인식, 한마디로 전적인 형이상학이다. 버거는 항상 자신의 책을 바칠 대상을 세심하게 골랐는데, 『G』는 흥미롭게도 자신의 아내에게 바쳤다. "애나에게, 그리고 여성해방을 위해 애쓰는 그녀의 동료들에게." 소설에 나타난 성적 모더니즘과 가부장제에 맞서는 더 폭넓은 역사의 투쟁이 같은 목표로 연대함을 보여주려는 뜻 같다. 1세대 페미니즘에 이어 2세대 페미니즘의 시대였다. 파리 아방가르드에 이어 프랑스 뉴웨이브가 활동하던 시대였다.

그러나 여기에도 문제가 있다. G는 성적 악당picaro이다. 리비도 경제의 로빈 후드, 여성을 자산으로 취급하는 사회에서 자신이 유혹하는 여성들의 고유한 영혼을 알아보는 해방자다. 하지만 현대의 독자들은 여기서 어떤 오류를 볼 수도 있다. 왜냐하면 G가 유혹하는 모든 여성은 서로 뒤바뀌어도 무방한 존재로 보이기 때문이다. 한 평자가 올바르게 지적했듯이 버거는 "혁명의 편에 섰기 때문에 여성해방의 편에 서게 된, 자

기도 의식하지 못한 남성 우월주의자로 비친다"는 게 역설적인 부분이다.[42]

『G』는 기본적으로 여성의 투쟁보다 남성의 욕망에 더 관심을 둔다.[43] 이런 식으로 소설이 읽히면서 제법 상당한 추종자들도 생겨났다. 일례로 유고슬라비아의 영화감독 두샨 마카베예프Dušan Makavejev는 이 책에 너무도 매료되어 책의 일부를 영화화하고 싶어 했다. 그는 버거에게 쓴 편지에서 주인공이 자기 욕망에 충실한 점이 특히 마음에 들었다고 했다. 당시 다른 많은 좌파 독자들이 어떤 생각을 갖고 있었는지를 염치없이 우스꽝스럽게, 그리고 당연히 **문제적으로** 보여준다는 점에서 여기 인용할 만하다.

> 그의 성(음경), 그의 영혼, 그의 마음, 그의 도덕은 같은 존재입니다. 그토록 긍정적이고 시적인 방식으로 누군가를 그 음경과 동일시한 다른 책이 또 있는지 모르겠습니다. 그가 여자들을 존중하기 때문에, 여자들에 대해 느끼는 자신의 감정 때문에 여자들과 잔다는 사실이 마음에 듭니다. 존중은 항상 감정에 맞서는 것으로 그려지곤 했지요. 성과 존중을 진정으로 연결시켰다는 것이 이 책의 혁명적인 점입니다.[44]

당신의 존재를 긍정하려고 당신을 범한다! 마카베예프를 그토록 흥분시켰던 것은 결국에는 남성 판타지에 지나지 않았다. 얼핏 급진적으로 보였기에 그만큼 더 환상에 불과한 것이었다.

신좌파가 대대적으로 비판받는 대목이 바로 여성혐오다. 은

연중에 드러날 때도 있고 더 표면적으로 부각될 때도 있는데, 아무튼 신좌파의 맹점이었던 것은 분명하다. 『G』는 한 세대 차원에 뿌리 깊은 성차별주의 관점에서 쓰인 작품이지만, 한 편으로는 젊은이들과 자유주의자들의 필독서로 꼽혔던 『에로스와 문명Eros and Civilization』 『일차원적 인간One-Dimensional Man』을 쓴 헤르베르트 마르쿠제Herbert Marcuse의 영향력을 확실히 보여주는 소설로 반문화 독서 목록에 포함되기도 했다. 마르쿠제가 사회적 억압과 성적 억압에 비슷한 면이 있다고 지적했듯이 『G』는 자유의 지식이 어쩌면 성에 기원을 둔 것일 수도 있다고 제안한다. (책 곳곳에서 오르가즘과 혁명의 비유적 연관 관계가 드러나는데, 군중이 '경련성 움직임을 보이고spasmodic' 대중의 열정이 '분출한다erupt'는 표현이 대표적인 예다.) 빌헬름 라이히의 영향이 보이는 대목도 있다. 보스톡이 에세이를 번역하기도 했던 이 괴짜 오스트리아 의사에 따르면 성적 좌절은 파시즘을 더 묵인하는 성격 유형을 빚어냈다. 강력한 가부장제 사회에서 좌절한 시민은 성적 대리 만족을 파시즘에서 찾았다는 것이다. 라이히의 이론은 엉뚱한 상상 수준을 넘어설 때가 많았다. 대표적으로 그는 **오르곤**orgone이라고 하는 성적 에너지 물질의 존재를 상정했고, 이것을 측정하고 축적할 수 있다고 생각했으며 심지어 공중에서 추출하려고 구름을 모으는 장치를 만들기까지 했다. 하지만 성과 정치가 한곳에서 합류하는 일은 의미가 있었다. 그 자체로 새로운 의미는 아니었다. 돌아보면 신좌파가 추구하는 대목은 역사소설이 언제나 관심을 둬온 대목, 바로 개인적인 것과 정치적인 것, 리비도적인 것과 사회적인 것의 조화였다.

하지만 버거의 소설에서 성의 변덕스러운 성격은 안정적이거나 직설적인 유추를 어렵게 만드는 것 같다. 한 텔레비전 인터뷰에서 성 혁명과 정치혁명을 같게 보느냐는 질문에 버거는 뒤로 물러났다. 그는 『G』에서 두 영역은 등치된 것이 아니라 '병치'된 것이라고 말했다. 그러나 병치는 형식적 기법이다. 그것은 페이지에서 둘이 연결되는 방식에 관한 설명이지 둘의 관계가 무슨 의미인지에 관한 설명은 아니다.

이런 맥락에서 볼 때 이 소설의 **문제**는 지나치게 힘이 들어간 점이 아니라, 오히려 정치적 입장을 명확히 표명하지 않고 말을 너무 아낀 점이었다.[45] 하지만 1970년대 영국의 대중은 버거가 쓴 모든 글을 정치적으로 읽으려는 경향이 강한 나머지 그 이상은 살펴보려 하지 않았다. 평자들은 성, 모더니즘, 마르크스주의라는 세 가지 논란거리를 공략했다. 이들이 소홀히 한 것은 세 가지 영역이 따로 또 함께 어느 역사적 인물의 작업으로 거슬러 올라갈 수 있다는 사실이었다. 즉 G가 태어난 해에 자신의 진료실을 개업했던 오스트리아 의사의 작업을 간과한 점이야말로 이 소설을 수용하는 데서 드러난 진정한 맹점인지도 모른다.

프로이트Sigmund Freud는 버거가 공개적으로 인정하지는 않았지만 아버지 같은 존재였다. 그가 『G』에 끼친 영향은 자명하다. G의 잉태를 시작으로 소설 끝까지 오이디푸스 삼각관계가 나타난다. 움베르토는 로라의 음부를 쳐다보며 이 신체 부위가 "그의 행위"를 만족시키려고 거기 있는 게 아니라 "제

3의 인물이 세상 밖으로 나오는 여행"을 도우려고 있는 것임을 깨닫고 놀라워한다.[46] 뒤에 가서 G가 모유를 먹을 때 우리는 로라의 심정을 엿보게 된다. "거울처럼 서로를 비추는 이런 상황에서 아이는 그녀 몸의 일부다. 그녀의 모든 신체 부위가 하나씩 더 있다. 하지만 이 거울에서는 그녀도 아이의 일부이며, 아이를 그 아이가 원하는 대로 완성시켜주는 존재다."[47] 프로이트가 주장하듯 어린 시절의 성 심리 경험은 어른이 된 이후 행동을 결정한다. G의 어머니는 아직 젖먹이이던 그를 버렸다. 그래서 G는 여자 가정교사들 밑에서 자랐지만 모두들 그를 떠났다. "부모 없이 자랐기에 그는 아직도 자기 아닌 다른 모두를 대표하는 한 사람, 자신의 반쪽이자 반대쪽이 되어줄 한 사람을 찾고 있다."[48] G가 "자신의 몸에서 활활 타오르는 신비로운 느낌"을 발견할 때 그는 자기 고유의 트라우마, 어머니가 자신을 버렸다는 트라우마도 발견한다. 사춘기에 동정을 잃을 때 그 상대는 그가 접할 수 있었던 어머니에 가장 가까운 인물인 이모다. 계속되는 카텍시스cathexis,* 성적 차이에 대한 강박, 그리고 흥미롭게도 프로이트가 "대양과 같은 느낌"이라 부른 것과 연결되는 대양의 비유. 이런 렌즈를 통해 소설을 들여다보면 책 안팎으로 선명한 틀이 눈에 들어온다.

버거의 경력을 살펴보면 대부분의 남성 작가들처럼 곳곳에서 오이디푸스 반항이 발견된다. 아버지에게 『율리시스』를 빼

---

* 정신적 에너지가 특정 대상에 집중적으로 달라붙는 것.

앗긴 일, 허버트 리드나 케네스 클라크(둘 다 나중에 작위를 받았다)에 맞선 일, 그리고 영국과 대결 관계를 보인 일까지. 물론 반항은 반대 방향에서도 작용한다. 버거가 후학으로 삼았던 젊은 비평가 피터 풀러Peter Fuller는 나중에 그를 멘토로서 거부한 일로 유명하다. 풀러는 처음에 칭찬 일색의 책 『버거 보기Seeing Berger』를 냈다가 나중에 공격하는 책 『버거 꿰뚫어보기Seeing through Berger』로 돌아섰다.[49] (풀러는 훗날 말하기를 "버거의 한쪽 다리가 되거나 철천지원수가 되거나 둘 중 하나의 방법밖에 없어 보였다"고 했다.)[50] 버거가 겪었던 가족의 비극 가운데는 맏아들 자코브와 사이가 소원해진 일이 있었다. 완전한 화해는 아니더라도 결국 화해를 하긴 했지만 두 사람 모두 깊은 트라우마를 떠안았다. 시간이 흘러 자코브는 고통을 역사적으로 바라볼 수 있었다. 단순히 자기 아버지가 집에서 강압적으로 군림한 사람이었던 게 아니라, 아버지가 속한 세대는 다들 자기네가 처음부터 사회를 다시 만들 수 있다고 믿었던 정치적 "우두머리 수컷들"이요 "과대망상증" 환자들이었다고 말이다.[51] 그런 수컷들의 세계에서 어린아이는 늘 일종의 침입자로 비칠 뿐, 아이의 정신적·신체적 필요는 눈에 들어오지 않는 법이다. 부커상 연설에서 버거가 말했듯이 그를 지금의 그로 만든 문화와 관련된 문제였다.

버거는 당연히 프로이트를 의식했다. 화가로 일할 때 영국의 정신분석학자 도널드 위니코트Donald Winnicott의 사무실이 있는 건물 위층에 작업실을 얻은 적이 있어서, 계단을 오를 때면 위니코트가 일하는 곳을 지나쳤다. 더 주목할 만한 사실은

1930년대에 보스톡의 가족이 빈에 있던 프로이트 옆집에 살았다는 점이다. (보스톡은 어릴 때 말을 더듬는 증상이 있었는데 프로이트를 만나고 나서 나았다고 한다.) 그럼에도 여전히 프로이트는 『G』에서 가장 억압된 인물, 어쩌면 버거가 중년을 통틀어 가장 억누르고 있던 인물이라 충분히 말할 수 있다. 마르크스로부터 받은 영향은 대놓고 보이면서 프로이트의 영향은 꽁꽁 숨겼기 때문이다.

이런 식의 생략을 설명하기란 복잡하다. 라디오에도 앞면이 있고 뒷면이 있듯이 어쩌면 계산된 자기포장의 일환일 수도 있다. 다시 말해 자기 브랜드에 맞지 않는 회로를 보이지 않게 뒤로 감추었다는 것이다. 하지만 마르크스주의라는 위대한 신이 실패했다는 말이 들리는 가운데, 그 빈자리를 프로이트가 그토록 빠르게 채우는 것을 보고 버거가 본능적으로 혐오를 느꼈던 것일 수도 있다. 전후 마르크스주의자가 신념의 위기를 겪으며 프로이트로 눈을 돌린 데는 몇 가지 이유가 있었다. 첫째, 공산주의 위기(도리스 레싱이『금색 공책』에서 생생하게 묘사했다)로 말미암아 심리치료를 받아야 하는 신경쇠약자가 많아졌다. 둘째, 더 일반적으로는 정치에서 신념이 사라지자(이 또한 레싱의 소설이 파헤치고 있다), 행동이 영향을 미치는 영역, 즉 행동에 따라 변화가 일어나는 영역이 사회에서 개인과 가족으로 쪼그라드는 것처럼 보였다. 셋째, 역시 일반적인 이유인데, 진단하고 처방하는 임무를 계속 이어가던 사회 비평가들이 보기에 대중 스스로 억압에 공모하는 꼴이라 할 수 있는 허위의식의 역설이 갈수록 심해지면서, 그들도 어쩔 수 없이 대중심리를 설명하는 쪽으로 관심을 돌린 것이다. 프랑크푸르트학파가 정교하게 설명했듯이 문화적 조작은 강압적 폭력보다 더한 법이다.

자기연민이든 자존심을 접은 것이든 프로이트를 이렇게 받아들인 상황에서 좌파의 우울을 감지할 수 있다. 정치가 막을 내렸음을 인정한 셈인데, 버거는 이에 항상 저항했다. 하지만 프로이트가 『G』의 배후에 있었다는 주장은 논란의 여지가 없어 보인다. 버거가 그려낸 역학 관계를 통해 그가 사십 대에 들어서도 여전히 벗어나려 애쓰던 많은 욕망들을 읽어낼 수 있다. 소설에 숨은 정신분석학적 도식이 암시하는 바는, 성욕화된 신체를 혁명적인 정치적 통일체와 은유적으로 연관시키는 것은 모든 은유가 그렇듯 양방향적이라는 것이다. G의 유혹은 오늘날 단순 명료하게 오이디푸스적인 왕위 찬탈(그는 항상 자기보다 나이 많은 사업가의 아내와 바람을 피웠다)로 읽힐 수 있다. 반면 1970년대 초반의 맥락에서는 프로이트에 기댄 좌파들, 특히 젊은 남성 전사들의 많은 에너지가 적어도 부분적으로는 세대적 반항에서 기인한 것임을 말해준다. 그러니까 아버지들과 아들들이 벌이는 영원한 투쟁이다. 이 소설의 맨 처음에 나오는 단어가 무엇인가? 바로 "아버지"다.

***

『G』에는 버거가 남겨놓은 것이 많았다. 공격적인 모더니즘, 임상적인 엄격함, 오르가즘과 혁명에 대한 집착, 오이디푸스적인 반목, 여성혐오의 맹점. 그가 나중에 쓴 픽션들, 특히 소설이 아닌 이야기들은 혁명가 개인 대신에 다른 관심사로 눈을 돌려 사랑하는 커플, 위협받는 공동체, 장기간 돌봄에 따른 합병증, 상실을 겪은 뒤의 회복을 다룬다. 공격적인 남성 작가들은 나이가 들면서 괴팍한 노인으로 눌러앉을 때가 많지만 버거는 갈수록 부드러워졌다. 저항의 장소이자 기원으로서 사랑이 섹스의 자리를 대신했다. 더 이상 혁명은 없었지만 저항은 계속되었다.

그러나 『G』운 그냥 거쳐 가는 국면이 아니었다. 새로운 흐름이 밀어닥치고 있다는 기록이기도 했다. 세월이 흐르면서 소설은 또 다른 드라마에서 조연 역할을 하게 됐다. 『G』에서 두드러지는 메타픽션, 패러디, 역사의 재구성 같은 특성 때문에 많은 비평가들이 버거를 **포스트모더니즘**이라는 당시 어딜 가도 눈에 띄던 흐름과 연관해 바라봤다. 이런 비평가들은 하나같이 똑같은 결론에 이르렀다. 버거는 사실상 전형적인 틀에 맞지 않는다는 것이었다. 그의 글에는 포스트모더니즘 대표작들에 나타나는 거울의 미로 같은 특징, 말장난, "기표의 비지시적 유희"가 없었다.[52] 데이비드 제임스David E. James는 이렇게 적었다. "『G』는 자신이 만들어진 이야기임을 인정하면서 여전히 픽션으로서 권리를 주장한다."[53] 제프 다이어에게 『G』는 "'현실'을 대체하는 데 관심을 갖는 반反자연주의" 작품이 아니라 "그런 현실을 보다 정확하게 해석하는 데 관심"을 갖는 작품이었다.[54] 또 다른 비평가는 "언어의 한계를 인식하는 것이 『G』의 핵심적인 특징이지만, 텍스트가 언어의 기반을 완전히 무너뜨리지는 않는다"고 평했다.[55] 역사는 반복되었다. 이 같은 논의는 포스트모더니즘 이론이 호황을 누리던 1980~90년대에 나타난 것이긴 하나, 실은 버거가 런던에서 활동하던 초창기 시절 불거졌던 바로 그 논쟁을 되풀이하는 것이었다. 자연주의와 추상이라는 '쌍둥이 같은 위험'이, 해체주의의 시대를 맞아 각각 환영주의illusionism*의 '사기'와 언어의 '감옥'으로 다시 쓰이고 있었다.

텍스트는 회화와 마찬가지로 만들어진 대상이지만, 그렇다고 해서 오로지 자신의 인공성에 대해서만 말할 수 있는 것은 아니다. 버거는 항상 **바깥으로** 나가야 한다고 주장했다. 가장 안쪽에 숨겨진 마음의 (혹은 책이나 회화의) 변두리에도 우리를 세상과 연결해주는 가느다란 실이 있다. 글쓰기가 경험으로 얻는 감정에 앞서 아주 강렬한 자각을 드러내는 순간은 『G』가 빚어내는 가장 강력한 순간이다. 문장은 마치 두텁게 칠한 유화처럼 손으로 만져질 것만 같다. (세월이 흐르며 확실히 빛이 바랜) 성을 환기할 때 말고, 골이 진 나무껍질의 감촉, 공중제비 돌기, 비행의 어지러움을 환기할 때 말이다. 이런 대목에서 소설은 세잔이 마찬가지로 추구하고자 했던 "원초적 지각의 세계"에 속한다. 혹은 메를로퐁티가 "우리는 세계와의 교역을 재발견해야 한다. (…) 세계는 지성보다 오래되었다"라고 말하면서 얻으려 했던 바가 바로 이것일 터다.[56]

실존주의자들이 마음에 새긴 격언은 실존이 본질에 앞선다

---

* 이차원 평면에서 삼차원 실물을 보는 듯한 착각을 일으키도록 만드는 회화 기법.

는 것이었다. 버거에게는 '경험이 언어보다 앞선다'가 될 것이다. 여기서 그의 생각은 한 세대 학자들에게 크나큰 영향을 미쳤던 구조주의의 창시자 소쉬르Ferdinand de Saussure와 정면으로 충돌한다. 소쉬르의 기본적인 공리는 언어가 이미 존재하는 것을 가리키는 명명법이 아니라 현실 자체를 인식하는 수단이라는 것이다. 버거의 입장과는 완전히 상반된다. 무엇보다 버거는 시각의 능력을 중요하게 여겼는데 이것은 그의 책 제목, '시각의 의미' '본다는 것의 의미' '다른 방식으로 보기'가 명백하게 보여준다. 『다른 방식으로 보기』 서두에서 그가 말한다. "본다는 것은 말에 앞선다. 주위의 세계에서 우리의 위치를 정해주는 것이 보는 행위다. 우리는 그 세계를 말로 설명하지만, 우리가 세계에 둘러싸여 있다는 사실은 말로도 어떻게 바꿀 수 없다."[57] 이렇게 볼 때 버거의 생각은 공간적이다. 언어를 통해 경험에 다가가지만, 말로 경험을 복제하거나 대체할 수는 없다. 각자 자신의 삶을 표현하는 어휘가 있으나 이것으로도 삶을 결코 완전하게 표현하지는 못한다. 여기에 좌절이 있고 경이가 있다.

***

톨스토이는 '논증으로는 이해할 수 없는 바를 이해하고 느끼게 하는 것이 예술가의 일'이라는 유명한 말을 남겼다. 『G』의 거의 마지막에 나오는 중요한 에피소드가 있다. 버거는 이 부분을 일인칭 시점으로 서술했다. 화자는 한 친구가 북아프리카에서 찍은 사진을 보려고 친구 집을 방문한다. 사진에 온

정신이 팔려 있을 때 그는 허깨비의 방해를 받는다. 허깨비는 노인의 얼굴을 하고 있는 열 살짜리 아이다. 잠깐 동안 그는 충격을 받는다. 무슨 일이 일어났는지, 그러니까 아이가 친구의 아들이며 가면을 쓰고 있었다는 사실을 이성적으로 설명할 수 있기 이전에 그는 거대한 수수께끼에 휩싸인다. "나는 수없이 많은 알 수 없는 것들과 함께 있는 모습으로 그를 알아보았다. 예전에 나는 한 번도 내 지식에 비추어 그를 불러낸 적이 없었다. 오히려 내 무지의 어둠 속에서 그가 나를 찾아낸 적이 한 번 있었다."[58]

버거는 시각과 보이는 것을 강조하지만, 이원론의 나머지 절반을 이루는 **보이지 않는 것**에도 주목한다. 버거를 비판하는 많은 이들이 당연하게도 간과하는 대목이다. 버거는 말한다. "내가 상상력을 발휘해 이 소설을 쓰기로 마음먹은 것은, 내가 만져보기는 했지만 결코 정체를 확인하지 못한 시간의 측면에 대해 암시하는 바가 있기 때문이다. 나는 똑같은 어둠 속에서 이 책을 쓰고 있다."[59] 이후 그가 쓴 소설 『결혼을 향하여*To the Wedding*』는 앞을 못 보는 그리스 예언가가 이야기를 이끈다. 그리고 말기 작업인 『벤투의 스케치북』은 다음과 같은 주문으로 거듭거듭 돌아간다. "그림을 그리는 우리는 다른 사람들 눈에 무언가를 보여주기 위해서만 그리는 게 아니다. 헤아릴 수 없을 만큼 먼 목적지까지 보이지 않는 무언가와 동행하기 위해서도 그림을 그린다."[60]

1972년에는 『G』에 신비주의의 요소가 있음을 언급한 비평가가 없었다. 대신에 전체적으로 무슨 말인지 모르겠다는 지적을 많이들 했다. '당혹스러운'이라는 단어가 리뷰에 반복적으로 등장했다. 여기에 아이러니가 있다. 경력을 시작할 무렵 버거는 예술 작품에서 신비로움을 몰아내고 정치적 도구로 격하시킨 예술론을 제안했다며 비판받았다. 그런 그가『G』로 신비화라는 비판을 받은 것이다.

하지만 당혹스러워하는 것이 꼭 나쁜 일은 아니다. 당혹스러워한다는 건 겸손하게 자세를 낮추는 것, 황홀에 젖는 것, 잠깐 동안 다른 미래를 내다보는 것, 경이롭게 기적을 보는 것일 때가 종종 있다. **흑인과 백인이 서로 경이로움을 가지고 잠재적으로 동등한 존재로 대했던 시기처럼.** 부커상 연설에 담긴 평등한 세상의 모습은 그저 정치적 꿈만이 아니었다. 알레고리이자 굴절된 자화상이기도 했다. 카페 로열의 무대에서 예술가와 혁명가는 거울에 비친 서로에게 경의를 표했다. 버거는 소설이 출간된 해에 친구 에바 파이지스Eva Figes에게 보낸 편지에서 이렇게 털어놓았다. "『G』는 정치적인 책이 아니야. 그 책을 쓴 것이 작가의 정치적 행위라고 믿고 싶기는 해. 하지만 그저 혼자만의 생각인지도 모르지."[61]

6장

우정의 작업

우리는 저마다 상상도 할 수 없는 것을 선택해야 한다. 예술가라는 것은 우리에게 내려진 저주이기도 한데, 그런 예술가로서 우리는 각자 자기만의 도시를 마음속에 그리고, 자신이 그 중심에 선 모습을 상상할 수 있어야 한다. 한 인간으로서 집단의 힘을 믿는 내가, 혁명가 개인이 아니라 혁명 계급의 힘을 믿는 내가 이 점을 인정하려니 씁쓸하다.[1]

이 글을 쓸 당시 버거는 서른 살이었다. 문화 전쟁에는 고충이 따르기 마련이지만 모든 고충이 똑같지는 않다. 오랫동안 그는 영국 미술계에서 마음 맞는 사람들끼리 친교를 나누자고 외쳤다. 그러나 그의 목소리는 외로울 때가 많았다. 반면 잘 조직된 (자금도 넉넉한) 자유주의자들은 개인의 우위를 한목소리로 노래했다. 이런 아이러니는 더 일반적인 역설을 드러낸다. 사회주의자 작가는 집단의 힘을 믿지만, 자신의 책상에서 외롭게 작업한다. 그의 메시지는 동료들을 향한 것이지만, 그의 성공은 개인의 것이다.

1960년대에 영국을 떠난 버거는 외로운 사람들에 대한 책을 연이어 작업했다. 의사, 화가, 돈 후안이 그 주인공이었다. 새로운 삶을 시작하면서도 그가 계속 관심을 보인 지점은 인물과 운명의 관계였다. 부커상 연설에서 그는 이렇게 말했다. "소설이 그토록 중요한 이유는 다른 어떤 문학 형식도 물을 수 없는 질문을 하기 때문입니다. 자신의 운명에 순응하며 일하는 개인에 관한 질문들, 자신의 삶을 포함하여 삶을 어떤 용도로 활용할 것인가 하는 질문들 말입니다."[2]

5년을 꼬박 『G』를 작업하고 난 1971년, 버거는 여러 새로운 파트너십에 뛰어들었다. 먼저 BBC의 예술 프로듀서 마이크 딥과 함께 〈다른 방식으로 보기〉를 만들었다. 1972년에는 오픈 대학교Open University와 손잡고 더비셔의 한 광산에 가서 단편영화를 만들었다. 1973년에는 장 모르와 함께 『행운아』를 작업했다. 같은 해 두샨 마카베예프와 한 달을 같이 지내며 시나리오 작업을 하기도 했다. 픽션이라는 배 안에서 홀로 5년을 보낸 그는 마침내 바깥으로 나온 듯했다. 버거는 소설가로서 (오랫동안 염원해왔던) 공식적인 인정을 받았고 〈다른 방식으로 보기〉로 국제적 명성을 얻었다. 『G』가 일종의 총결산 작업이었다면, 〈다른 방식으로 보기〉는 비평의 교본이었다.

마흔다섯 살에 위기를 겪으면서 그는 일련의 변화를 주기 시작했다. 그는 애나 보스톡과 헤어지고 당시 펭귄 출판사에서 편집 보조로 일하던 미국인 베벌리 밴크로프트를 만났다. 밴크로프트는 프랑크푸르트 도서전에서 버거 옆에 붙어 다녔

프랑크푸르트 도서전의 존 버거. 당시 그는 명성이 절정에 달했고
새로운 삶을 모색하던 시기였다. 1973년 장 모르의 사진.

다는 비난을 들은 인물이다. 두 사람은 곧 제네바 외곽의 한 골짜기로 이사를 갔고, 그곳에서 아들을 낳으며 평생을 살았다. 버거는 개인적인 명성을 충분히 얻었으므로 이제 자신을 지지해주는 기반, 즉 자아를 흔들리지 않게 잡아주는 관계의 망을 찾아 나섰다. 1974년에는 워싱턴 DC의 한 진보적인 정책연구소와 연계되어 암스테르담에 세워진 '국경 없는 연구소 Transnational Institute'의 연구원 자리에 지원했다. 오랫동안 제도권의 삶을 피해왔던 버거는 이제 대학 관련 네트워크는 매력적으로 혹은 적어도 유익하게 보았다. 그는 지원서에 이렇게 적었다. "역설적이게도 관심사가 전 세계로 확장될수록 오늘날 고립의 위협은 더 심해집니다."[3]

버거가 자신을 더 이상 소설가로 여기지 않게 된 것이 이 무렵이었다. 그는 **이야기꾼**이면서 **협업자**가 되었다. 협업은 방법인 동시에 아이디어이며 강력한 은유였다. 아주 인간적인 규모에서 이뤄지는 협업은, 아이디어를 공유하고 과제를 위임하고 논쟁을 합의로 이끄는 등 집단의 문제를 해결해나가는 과정의 축소판이었다. 공은 함께 나눴다. 혼자서 하는 일이 결코 아니었다.

팀을 이뤄 작업한다는 것 자체는 새로울 게 없었다. 텔레비전 작업도 팀 작업이었으니 말이다. 하지만 사십 대에 이르러 버거는 이런 식의 공동 작업을 더 열심히 추구했다. 공동체가 개인을 대체하면서 그의 작업은 갈수록 공동의 성격을 띠었다. 그 이후로 버거는 유럽에서 가장 너그러운, 포용력 있으면서 고집도 있는 협업자 가운데 하나로 이름을 떨쳤다. 그가 함께 작업한 사람들은 극작가, 영화감독, 사진작가, 화가, 조각가, 시인, 음악가, 무용수에 이르렀다. 유럽 좌파에 속하는 거의 모든 예술가가 어느 정도는 버거를 통해 연결되었다. 프랑스의 골짜기에서 활발한 교류가 일어났다. 손으로 쓴 격려의 편지를 주고받았고, 많은 친구들을 만났다.

***

그가 협업자로 변모하는 과정에는 단연 눈에 띄는 협업 관계가 하나 있었다.

『G』를 마치고 난 1971년 버거는 오랜 친구인 스위스 영화감독 알랭 타너의 각본 작업을 도와주기로 했다. 그렇게 해서 나온 영화 〈불도마뱀La Salamandre〉은 칸 영화제에서 첫선을 보였고 여러 곳에서 상영되었다. 특히 뉴욕 현대미술관에서 신인 감독 시리즈로 소개되면서 퍼넬러피 질라트의 길고 호의적인 리뷰가 『뉴요커The New Yorker』에 실렸다.[4] 반항기 있는 노동계급 여성과 그녀에게 매료된 두 남자의 걷잡을 수 없는 변덕을 다룬 코미디 영화로, 아직 잘 알려지지 않은 스위스 누보시네마Nouveau Cinéma Suisse의 거친 매력을 청중에게 소개했다. 영화가 성공하고 곧바로 타너는 버거의 간접적인 도움으로 또 한 편의 영화 〈아프리카로부터의 귀환Le Retour d'Afrique〉(1973)을 만들었으며, 이어 공식적으로 그와 손잡고 연속해서 두 편의 영화 〈세상의 한가운데Le Milieu du Monde〉(1974) 〈2000년에 스물다섯 살이 되는 조나Jonas Qui Aura 25 Ans en l'An 2000〉(1976)를 내놓았다. 집중적인 협업 에너지가 폭발적으로 분출했다. 버거는 나중에 이때의 작업이 발전적이었다고 말했다. "내가 그때의 발전을 대단히 정확한 용어로 정의하는 것은 쉽지 않겠지만, 우리는 각각의 영화에서 뭔가를 배우고 그것을 다음 영화에 적용하려 노력했다고 생각합니다."[5] 유럽의 좌파들이 우왕좌왕하고 있는 것처럼 보이던 당시에 버거-타너가 내놓은 영화들은 운동이 어디로 갈 수 있는지, 충돌하는 열정이 어느 쪽을 향하고 있는지 돌아보게 해주는 좌표였다.

영화는 해당 영화가 어떤 조건에서 만들어졌는지 보여주는 증거가 되기도 한다. 버거와 타너의 첫 번째 영화인 〈불도마뱀〉은 잠정 협업하기로 한 두 친구의 이야기다. 돈이 필요하던 파트타임 기자 피에르는 한 젊은 여성이 삼촌에게 총을 쏴서 부상을 입혀 기소되었다는 이야기를 지역신문에서 보고, 이를 바탕으로 텔레비전 원고를 쓰기로 한다. 어떻게 전개할지 막막해지자 그와는 기질이 다른 보헤미안 친구 폴에게 도움을 청한다. 피에르는 (타너처럼) 목소리가 크고 무뚝뚝하며, 폴은 (버거처럼) 온순하면서도 자신의 이상에 집착하는 인물이다. 피에르는 친구에게 프로젝트를 설명하고는 관심이 있는지 묻는다. 폴은 찬찬히 생각한다. 그러고는 우리가 어떻게 작업하느냐에 달렸다면서 이렇게 말한다. "둘이서 함께 일하는 것은 쉽지 않은 일이야."

이 구절은 영화에서 불길한 대사는 아니지만, 버거와 타너의 파트너십이 시작되는 시점에서 알레고리적 제사처럼 들린다. 둘이서 함께 일하는 것은 쉽지 않다. 바로 그렇기에 이 일이 중요하다. 그리고 영화가 진행되면서 두 친구는 각자의 재

능인 아이러니와 공감을 나누는 법을 배운다. 노동 분업으로
된 협업, 반대되는 것의 결합인 협업, 상보적 음색의 협업, 우
정의 협업으로서 성공적인 협업 모델을 보여주는 것이다.

근래 출간한 책에서 미술비평가 서배스천 스미Sebastian Smee
는 미술가들 사이의 건설적인 라이벌 관계에 대해 이야기했
다. 그는 "사내답게 철천지원수라고 상투적으로 표현하는 관
계가 아니라" 좀 더 투과성과 휘발성을 허락하는 관계, 한정된
기간 동안 "양보하고 친밀하게 대하고 기꺼이 영향을 주고받
는" 관계를 다뤘다.[6] 두 친구가 공동 작업을 하기로 하면 서로
주고받는 것이 한층 진지해지고 이해관계도 커진다. 버거는
경력 내내 수많은 예술가들과 함께 일했지만, 타너와의 협업
은 독보적이었다. 한번은 버거가 두 사람의 협업 과정에서 본
인이 맡은 역할을 설명해달라는 질문을 받고 이런 비유를 들
었다. "두 사람이 영화 세 편 하고도 반을 함께 작업했고, 게다
가 오랫동안 친구로 지냈다면, 그런 질문은 결혼한 커플에게
'결혼 생활에서 당신이 맡은 역할은 무엇이죠?' 하고 묻는 것
과 비슷하겠지요. 아마도 이혼을 했다면 설명할 수 있을 겁니
다. 그렇더라도 그건 사실이 아닐 수 있습니다."[7]

묘하게 의미심장한 비유다. 두 사람이 함께 제작한 영화 안
팎을 고려해봐도, 그들이 속한 더 큰 역사적 국면에 비춰봐도
이해가 가는 내용이다. 신좌파가 막바지에 접어들어 히피와
급진주의자들이 동맹 관계를 유지하려 애쓰고 있을 때, 강력
하고 서로 구별되는 기질을 가진 두 사람이 만나 여러 편의 영
화를 만들었다. 그 자체가 혼합체였다. 그들이 만든 영화는 협

업의 산물이기만 한 게 아니다. 영화 하나하나가 동맹 관계를 어떻게 만들 것인가 하는 문제를 스크린으로 보여준다. 이들의 영화는 공동체를 협동 작업으로, 우정을 변증법으로 바라본다. 미국의 극작가 토니 쿠슈너Tony Kushner는 이렇게 말했다. "마르크스가 옳았다. 더 이상 나눌 수 없는 최소의 인간 단위는 한 사람이 아니라 두 사람이다. 한 사람은 허구이기 때문이다. 그런 영혼들의 그물망에서 사회가, 사회적 세계가, 인간의 삶이 생겨난다."[8]

***

이십 대와 삼십 대에 버거는 특히 화가들과 가까운 우정을 이어갔다. 그는 뉴랜드(두 번째 아내의 집이 있었다)에서 지내다가 런던을 들를 때면 햄프스테드에 있는 피터 드 프란시아의 집에서 묵었다. 드 프란시아는 역사화를 주로 그린 좌파 화가로 로마에 있을 때 레나토 구투소와 함께 작업한 적이 있었다. 버거는 이 친구를 통해 이탈리아 네오리얼리즘의 영향을 흡수했고, 중요한 몇몇 이탈리아 예술가들을 알게 되었으며, 자신이 리얼리즘에 개입할 틈을 마련할 수 있었다. (아이디어만 교환한 것이 아니었다. 애나 보스톡은 버거를 만나기 전에 드 프란시아와 10년 가까이 함께 살았다.) 드 프란시아가 1957년 라코스트에 집을 마련하자 버거는 그곳 바로 동쪽에 있는 보니유에서 집을 구했다. 두 사람은 1970년대까지도 우정을 이어갔지만, 특히 1950년대에 드 프란시아는 단순한 친구가 아니라 길잡이이자 영향력을 미치는 사람이자 속마음을 털어놓을 수 있는 친구였다.

1960~70년대에 버거는 또 한 명의 화가 스벤 블롬베리와 가깝게 지냈다. 그는 키가 큰 스웨덴인으로 1940년대에 스톡홀름을 떠나 파리에 정착했고, 이후 자급자족의 삶을 살려고 보클뤼즈주(라코스트)로 이사를 왔다. 버거와 보스톡은 블롬베리 그리고 당시 그의 아내였던 조각가 로맹 로르케와 몇 주를 함께 보내며 정원을 가꾸고, 그림을 그리고, 지붕을 고치고, 요리를 하고, 벌거벗은 채로 산책을 했다. 드 프란시아와 달리 블롬베리는 결코 유명세를 얻지는 못했지만(드 프란시아는 왕립미술원 교수가 되었다), 파리에서 알게 된 철학자와 예술가 집단, 특히 가로디와 메를로퐁티를 중심으로 하는 사람들과 연락을 계속 이어갔다. 버거의 많은 에세이가 그에게 헌정되었다. 블롬베리는『다른 방식으로 보기』와『제7의 인간』에 외부자의 시선으로 참여하기도 했다. (괴팍하고 고집이 센 그는 아마도 서둘러 사진 배치를 하고는 씩씩거리며 방을 나갔을 것이다.)

그러고 나서는 물론 장 모르가 있었다. 첫 협업 이후 버거와 모르는 평생 친구가 되었고 두 권의 책을 더 함께 만들었다. 하지만 작업 관계가 오래 이어질 수 있었던 것은 확실한 노동 분업(각자의 매체가 있었다)과 간헐적인 작업(책과 책 사이에 거의 10년의 간격이 있었다) 때문으로 보인다. 천성이 공손하고 정중하고 내성적인 모르는 기질적으로 버거와 정반대였다. 버거는 모르를 일러 "겸손함 그 자체"라고 했다.[9] 모르의 사진은 조용한 힘이 있었지만 강압적이지는 않았다. 두 사람의 책이 영화라면, 모르는 촬영감독이고 버거는 각본가이자 감독이었다.

타너와의 작업은 달랐다. 처음부터 자석처럼 서로에게 끌렸고 변덕스럽게 타올랐다. 두 사람 모두 좌파였지만 이데올로기적으로 각자 영역이 있었다. 버거는 노동자에게 주로 공감한 반면 타너는 청년들에게 공감했다. 버거는 전후 인본주의 전통에 뿌리를 두고 있었고, 타너의 세계관은 1968년의 산물로 무정부주의에 가까웠다. 이 같은 면모는 어조의 차이에 반영되었다. 버거의 수사는 정확하고 진지했다. 타너의 수사는 자유분방했다. 버거는 스스로 보헤미안이라 여기는 것을 좋아하지 않았지만, 타너는 머리와 턱수염을 길렀다. 그러나 두 사람 다 상대방에게 없는 것을 채워줄 수 있었다. 타너는 손쉽게 풀어내는 재주가 있었고 진지한 표정으로 아이러니를 던지는 젊은이다운 감각을 사랑했다. 버거는 문화에 대한 지식이 깊었고 놀라운 분석적 지성의 소유자였다. 타너는 "존의 지혜를 빌렸다"고 했고, 버거는 타너의 스타일 감각에 대해 말했다.

즉흥적으로 추는 춤 같았다. 두 사람이 호흡을 맞춘 몇 년간 한쪽이 리드했다가 다른 쪽이 리드했다가 하며 양상이 계속 바뀌었다. 예를 들어 〈불도마뱀〉 작업을 도와달라고 먼저 요청한 사람은 타너였지만, 영화가 국제적으로 성공하자 2년 뒤에는 사정이 역전되었다. 영화가, 특히 프랑스 영화가 사람들의 주목을 받으면서 1973년 말에 다가간 사람은 버거였다. 작가적 지문은 흐릿해졌다. 그들의 영화는 스위스와 프랑스에서 만들어졌는데, 타너가 친구에게 아무리 공을 돌렸다 하더라도

스위스 영화감독 알랭 타너와 작업하는 존 버거. 1975년경 장 모르의 사진.

감독인 타너의 존재가 더 부각되는 것은 당연했다. 하지만 공동 각본을 쓴 버거의 개성도 뚜렷이 드러났다. 그는 각각의 영화를 역사 및 이념과 연결시켜주는 사내社內 철학자, 문화 담당관 역할을 했다.

그들이 함께 만든 영화들은 1970년대의 예언적 유물로 남아 있다. 지금 다시 보면 너무도 다른 두 친구가 한때 함께 살았던 집을 둘러보는 듯한 기분이 든다. 한쪽 방에는 레닌의 포스터가, 다른 방에는 지미 헨드릭스 포스터가 붙어 있는 집. 그들이 우정을 나눈 사실 자체가 어느 한 시대를 보여준다.

버거와 타너는 친구가 될 운명이었는지도 모르겠다. 두 사람이 처음 알게 된 것은 제네바가 아니라 런던에서였다. 타너는 이십 대에 바다를 돌아다니다가 1955년 무일푼으로 런던에 와서 영화감독 린지 앤더슨의 집에 방을 얻었다. 예기치 않은 만남이었다. 앤더슨은 일요일마다 살롱을 열었는데, 타너는 비록 잡다한 일(해러즈 백화점에서 셔츠를 팔았다)을 하는 무명의 하숙인이었지만, 영국 전후의 문화적 르네상스에서 핵심적인 역할을 하게 될 많은 사람들을 만났고, 그중에 버거도 있었다.

타너가 첫 단편영화 〈멋진 시간Nice Time〉을 만든 것도 런던에서였다. 스위스인 친구 클로드 고레타Claude Goretta와 함께 연출했고, 영국영화협회British Film Institute로부터 약간의 보조금을 받았다. 피카딜리 서커스를 중심으로 태동하는 밤 문화를 다룬 이 다큐멘터리는 1957년 프리 시네마 상영 프로그램에 포함되었고 버거의 눈길을 끌었다. 그는 영화의 태도에서 "저항의 가능성"을 보았다고 칭찬하며 이렇게 덧붙였다. "중요한 것은 저항이 냉담하거나 행정적이거나 고매한 것이 아니라는 점이다. 밤이면 에로스 동상*으로부터 400야드 이내 거리에서 즐거움을 추구하거나 생계를 꾸려가는 사람들 편에 서서 만든 영화다."[10] 버거는 구투소의 1953년작 〈부기우기Boogie

---

* 피카딜리 서커스 중심부에 있는 유명한 동상.

Woogie〉에 나오는 십 대들에 대해서도 비슷한 말을 한 적이 있었다. 어떻게 코카콜라에 입맛이 길들여진 세대를 깔보지 않으면서도 달콤한 문화 상품에 굴복하지 않을 수 있을까 하는 질문이 여기서 생겨났다. 타너는 이런 역설을 해결하려고 준비하고 있었던 것 같다. 이후 타너가 만든 영화 속 인물의 표현을 빌려 위 질문을 살짝 바꿔 말해보면, 어떻게 "잡지 표지에 나오는 가짜 행복"을 거부하면서도 젊은이들의 욕망을 잘 활용할 수 있을까 하는 문제였다.

〈멋진 시간〉은 타너의 런던 생활을 갈무리하는 작업이었다. 그는 영국에서 3년을 보낸 뒤 파리에 들렀다가 누벨바그Nouvelle Vague** 주역들과 어울렸고, 이후 제네바로 돌아갔다. 마침 버거가 1962년 제네바로 거처를 옮긴 것과 시점이 맞아떨어졌다. 제네바에서 둘은 더 가까운 친구가 되었다. 나이 차이는 세 살밖에 나지 않았지만, 버거는 이미 영국 전역에서 이름과 얼굴을 알아보는 명사였고, 타너는 프랑스어로 방송하는 스위스 텔레비전 네트워크 SSR에서 이제 막 프로그램을 시작하는 단계였다. 1966년 타너는 르 코르뷔지에Le Corbusier에 관한 다큐멘터리 〈찬디가르의 도시Une Ville à Chandigarh〉를 만들면서 버거에게 보이스오버 원고를 써달라고 부탁했다. 젊고 지명도도 떨어지는 한 예술가가 나이도 많고 훨씬 더 인정받는 예술가에게 부탁을 한 것이다.

** 1950년대 후반 프랑스에서 일어난 '새로운 물결'의 영화 운동.

다른 한편으로 보자면 타너는 스위스가 모국이고 버거는 스위스에서 외국인이었다. 버거와 보스톡이 제네바 공항 외곽의 메랑으로 이사를 온 그해에 타너는 스위스 영화감독협회를 창설하는 데 힘을 보탰다. 그는 좁은 프랑스-스위스 문화계에서 발이 넓었고, 버거가 장 모르를 처음 소개받은 것도 타너를 통해서였다. 1960년대에 타너가 연배로나 정신적으로나 더 젊었다는 것은 다른 중요한 의미가 있었다. 그는 아이들과 대화가 통하는 사람으로 보였는데, 아이들은 이제 스스로 생각하고 말하기 시작했다.

1968년에 일어난 사건들은 좌파 진영의 모두를 흥분시켰다. 버거에게 그것은 변곡점이었고 타너에게는 도화선이었다. 5월 시위가 벌어지자 타너는 소규모 텔레비전 인력을 데리고 파리로 가서 짧은 뉴스영화 〈거리의 권력Le Pouvoir dans la Rue〉을 만들었다. 그러나 그의 영화를 전 세계 관객에게 알린 것은 후속작인 첫 번째 장편 극영화 〈샤를을 찾아라Charles Mort ou Vif〉(1969)였다. 많은 이들이 문화적 변화의 전조로 여긴 (그리고 버거와의 대화에서 부분적으로 영감을 받기도 했던) 〈샤를을 찾아라〉는 남부럽지 않게 살던 사업가가 이제까지의 삶을 버리고 보헤미안 히피로 새롭게 태어나는 과정을 담았다. 중년의 샤를은 신경쇠약을 겪고 나서 카를로로 개명하고는 다자연애를 실천하는 커플의 친구가 되어 그들의 허름한 오두막집에 얹혀살며, 그들이 샤를 자신의 자동차를 몰고 절벽 아래로 떨어지는 것을 흡족하게 바라본다. 그와 젊은 커플은 불교의 선문답처럼 전용될 수 있는 혁명의 문구('불가능한 것을 요구하라')를 거대한 간판에 칠한다.

　로카르노 영화제에서 그랑프리를 수상한 〈샤를을 찾아라〉
는 아픈 곳을 예리하게 찌르는 타너의 문제작이었다. 영화 마
지막 장면에서 샤를은 체포되어 정신병원으로 이송되며 씁쓸
하게 상황을 받아들인다. 구급차 안에서 그는 큰 소리로 철학
적 구절을 읊는데, 버거의 사유 억양이 확연히 느껴진다. "생
쥐스트Louis Antoine de Saint-Just*는 행복이라는 개념이 프랑스에서
그리고 세계에서 새로운 것이라고 말했다. 그런데 불행도 마
찬가지라고 말할 수 있다. 불행을 인식하려면 그와 다른 무엇
의 존재를 전제해야 하니까. 아마도 오늘날 행복–불행의 갈등
은, 혹은 가능한 행복의 인식과 현실적인 불행의 인식은 운명
이라는 낡은 개념을 대체한 것 같다. 우리가 전반적으로 불안
을 느끼는 것은 이것 때문이 아닐까?" 운전사 두 명은 짜증 섞
인 표정으로 서로 쳐다보고는 사이렌을 울리며 속도를 높여
달린다. 영화 끝.

　이것이 타너의 스타일이었다. 거칠고도 활기에 넘치며, 철
학적이지만 결코 지나치게 진지하지는 않았다. 혼자서 이뤄
낸 작업인 〈샤를을 찾아라〉는 조만간 협업의 변증법으로 드러
나게 될 작업의 한쪽 측면을 보여주었다. 버거라면 전혀 재주
가 없고 '정상적인' 상황에서는 좋아하지도 않았을 아무렴 어
때 하는 식의 태도로 가득 차 있었다. 하지만 1969년은 정상적

---

* 프랑스 혁명을 이끌었던 급진적 정치 지도자 가운데 한 명.

이지 않았다. 1968년 5월은 좌파에게 평소의 정치와 급격하게 단절된 모습을 보여주었다. 청년 운동이 바삐 해체하려 든 대상은 부르주아의 규범만이 아니었다. 마르크스주의의 확신도 그들의 해체 대상이었다. 관습적이던 정치의 목적이 사라졌다. 파리에 나붙은 낙서가 많은 것을 시사했다.

> 1936년부터 나는 봉급 인상을 위해 싸웠다.
> 나에 앞서 아버지도 봉급 인상 투쟁에 몸 바쳤다.
> 덕분에 이제 텔레비전도 냉장고도 폭스바겐 차도 생겼지만
> 내 인생은 지긋지긋하다.
> 사장하고 협상하지 말라. 사장을 없애라!

사회를 변화시키려는 투쟁이었을까, 삶의 변화를 위한 투쟁이었을까? 거리의 혁명이었을까, 머릿속의 혁명이었을까? 유토피아는 새로운 국가였을까, 지나가는 순간이었을까? 수년 동안 신좌파는 이 같은 두 개의 항들을 통합적으로 보았을 뿐만 아니라 애초부터 둘이 분리될 수 없다는 생각에 바탕을 두고 있었다. 라울 바네겜Raoul Vaneigem은 이렇게 말했다. "일상생활을 명시적으로 언급하지 않으면서, 사랑에 어떤 전복적 요소가 있는지, 제약을 거부하는 것에 어떤 긍정적인 면이 있는지 이해하지 못하면서 혁명과 계급투쟁을 입에 올리는 사람은 시체를 입에 물고 있는 것이다."[11] 페미니즘에서 유래했지만 훨씬 넓은 함의를 가졌던 시대의 주문呪文은 바로 개인적인 것은 정치적이기도 하다는 것이었다. 그렇다면 욕망보다

더 개인적인 것이 또 있을까?

* * *

개인적인 것이 정치적이라는 사고는 버거와 타너의 파트너
십 핵심에 있었고, 두 사람의 첫 공동 작업인 〈불도마뱀〉의 중
심이기도 했다. 영화의 주인공은 사사건건 규범에 반발하는
젊은 여성이다.

뷜 오지에Bulle Ogier(자크 리베트Jacques Rivette의 1969년작 〈미
치광이 같은 사랑L'Amour Fou〉에 출연한 배우)가 연기하는 로즈
몽드는 젊고 매혹적이지만 참으로 수수께끼 같은 점이 있으
니, 도무지 목표가 없는 사람처럼 보인다는 것이다. 로즈몽드
가 실제로 억압적인 삼촌을 총으로 쐈는지(애초에 폴과 피에
르가 그녀에게 관심을 갖게 된 뉴스 내용)는 이야기를 전개하
기 위한 핑계에 불과하다. 두 남자와 마찬가지로 영화는 곧 더
흥미로운 관심사인 로즈몽드에 집중한다. 세대에 관한 풍자
가 두드러진다. 그녀는 주크박스에서 기타 솔로를 틀고, 콜라
를 주문하고, 비틀스 포스터를 붙이고, 미니스커트를 입고, 껌
을 씹는다. 그녀가 의지력을 행사하는 것은 오로지 부정적으
로 반항할 때밖에 없다. 최대한 종잡을 수 없이 사는 게 그녀
의 소명처럼 보이며, 남는 시간에는 로큰롤에 맞춰 머리를 흔
든다. 그녀의 감정 상태를 잘 나타내는 두 가지 표현은 "상관
없어"와 "지긋지긋해"다.

무엇보다 그녀는 일하기를 싫어한다. (소르본 대학교 담벼
락에 자주 붙었던 구호 하나는 '절대 일하지 말라!'였다.) 영화

는 도축장에서 로즈몽드가 남근처럼 생긴 금속 소시지 튜브에 콘돔처럼 생긴 플라스틱 케이스를 끼우는 모습을 불편하리만치 긴 쇼트로 보여준다. "일을 마치고 나면 항상 소리를 지르거나 뭔가를 부수고 싶어져." 그녀가 피에르에게 말한다. (그는 건조하게 대답한다. "참고 기다려. 40년 지나면 은퇴할 수 있으니까.") 각본에 보면 로즈몽드가 "일상의 노동 조건에 신체적으로 적응하지 못하는" 인물이라고 적혀 있지만, (버거와 너무도 다른) 노동에 대한 이런 냉담함은 영화 전체에 스며들어 있다. 피에르는 자신의 꿈이 평생 연금 수령자라고 말한다. 폴은 각본 쓰는 것을 도와준다고 하면서 딸과 게임만 한다. 결국 두 사람이 기획한 텔레비전 원고는 폐기된다. 사회학적 연구를 하려고 모인 사람들은 그냥 친구가 되었다. 파리에 나붙은 또 하나의 슬로건은 '추상을 타도하자, 순간이여 영원하라!'였다.

〈불도마뱀〉에서 우리는 버거와 타너의 협업 관계를 이루는 기법, 주제, 상징과 어조를 처음으로 보게 된다. 배우, 배경, 상황 등 여러 요소들이 반복된다. 그중 하나가 스위스다. 영화에서 단역 인물이 피에르의 동네에 배포하는 '작은 빨간색 책'은 진정한 당대의 기록으로, 실제로 정신방위위원회Committee of Spiritual Defence*가 펴낸 수백 페이지짜리 책이다. 중산층이 히피와 급진주의자들을 공동의 적으로 여긴 데서 보듯 스위스는

---

* 전체주의 이데올로기에 맞서 스위스다운 정신과 가치를 함양하고자 했던 국가 차원의 운동 본부.

장소라기보다 상징에 가까웠다. **굶어 죽을 염려는 없는 대신에 지루해서 죽을 위험이 따르는 세상을 누가 원하겠는가?** 유명한 상황주의자의 이런 탄식은 1970년대 초반 스위스에 오싹하게 들어맞았다. 제네바는 바로 그런 풍요롭지만 생기 없는 곳이었다. (또한 대단히 가부장적인 곳이었다. 〈불도마뱀〉이 만들어진 1971년이 되어서야 스위스 여성들이 비로소 투표권을 얻었다.)

실존적으로 수수께끼인 금발의 인물은 유럽 예술영화에 자주 등장하는 유형이지만, 로즈몽드는 폴과 피에르에게 그랬듯 버거와 타너에게도 (비록 시작 단계일지언정) 정치적 가능성의 시험대였다. 바로 여기서 협업의 변증법상 가장 첨예하게 주고받는 바가 드러난다. 놀이일까, 일일까? 해방일까, 회복일까? 종종 장황하게 늘어지려는 (버거의) 각본을 (타너의) 아이러니가 붙잡아주듯이 반대의 경우도 있었다. (거구의 아이러니스트 장뤽 비도Jean-Luc Bideau가 연기한) 피에르로 구현되는 타너의 빈정거림은, (시적인 자크 드니Jacques Denis가 연기한) 폴로 구현되는 버거의 지혜로 서서히 넘어간다. 폴은 로즈몽드와 함께 시가전차를 타고 도시를 가로지르며 영화가 주장하는 바에 가장 가까운 말을 한다. "자신의 본모습으로 살아갈 자유가 제도적으로 허락되지 않는 사람들이 너무 많아." 〈불도마뱀〉은 이론적으로 선동하는 영화는 아니지만 몸짓은 항상 정치의 방향을 향한다. 금방이라도 정치로 넘어갈 듯한 태세를 취하고 있는 것이다.

1971년에는 충분히 그래 보였을 수 있다. 버거와 타너의 첫

협업 작품은 우정과 젊음과 반항에 바치는 송가였고, 당시로
서는 작품의 그런 성격이 뭔가를 약속하는 듯했다. 하지만 영
화는 조용하게 그리고 불편하게 일체의 목표를 거절하는 것
이기도 했다. 주인공 로즈몽드와 마찬가지로 영화도 목표 없
는 상태로 행복하게 머물렀다. 영국의 비평가 조지 멜리George
Melly는 로즈몽드에 대해 말하며 영화의 모순을 이데올로기적
용어로 표현했다. "어떻게 번뜩이는 통찰력과 난감한 변덕의
소유자가, 이렇게 재미 삼아 범죄를 저지르고 신경증적 혼란
을 내비치는 그녀가 좌파의 경직된 관료 체제에서 살아갈 수
있겠는가? 마르크스주의에 과연 흥분한 무정부주의자가 묵을
말끔하게 정돈된 방이 있을까? 실제로 그런 조짐은 한 번도
보지 못했다."[12]

***

1973년 말에 버거는 타너에게 가서 또 다른 프로젝트의 가
능성을 알아보았다. 당시 버거는 자신의 결혼 생활을 정리하
는 중이었다. 이들의 두 번째 협업 작품인 〈세상의 한가운데〉
는 공교롭게도 자신의 결혼 생활을 정리하지 못하는 한 남자
의 이야기였다. 또한 알레고리적 형식에 어울리게, 국적이 다
른 두 사람이 만나 반대되는 것들이 일시적으로 하나가 되는
모습을 보여주는 영화이기도 했다.

〈세상의 한가운데〉는 〈불도마뱀〉보다 훨씬 더 버거의 흔적
이 짙다. 영화는 스위스 지역 정치가 폴과 이탈리아에서 온 웨
이트리스 아드리아나, 두 사람의 위태위태하고 잠재적으로 해

방적인 관계의 부침을 112일간 따라간다. 앞서 타너가 만든 영화들에 감돌던 보헤미안 분위기는 사라졌다. 우리가 있는 곳은 특색 없는 카페, 주유소, 사무실이 있는 쥐라Jura주의 산간 마을이다. 〈샤를을 찾아라〉와 〈불도마뱀〉이 떠들썩한 분위기로 진행된 데 반해 〈세상의 한가운데〉는 침울한 어조를 바탕에 깔고 있다. 영화의 기질이 바뀐 점을 반영하듯 공기도 차갑다(겨울에 촬영했다). 냉정한 모더니즘과 역사 분석과 성을 결합한 점에서 영화의 미학적 전략은 버거가 얼마 전 완성한 소설과 근본적으로 맞닿아 있다. 『G』가 메타픽션의 어조로 시작하듯 〈세상의 한가운데〉는 영화 촬영장의 모습을 잡은 장면으로 시작하여 영화의 역사적 성격과 영화 제작의 순간에 관한 내레이션으로 이어진다.

아드리아나와 폴의 이야기는 '정상화normalization'의 시대에 일어난 것이라고 영화는 소개한다. 이는 **근본적으로 아무것도 바뀌지 않는 한** 자유로운 상품 교환이 허용되는 시대로 정의된다. 화자는 이렇게 말한다. "희망이 없는 것은 아니지만, 그런 희망이 낡고 정형화된 태도로 정상화된다. (…) 바뀌는 것은 오로지 말과 날짜, 계절뿐이다." (당시 버거가 쓴 에세이에 친숙한 사람은 그의 목소리를 곧바로 알아볼 것이다.) 두 사람의 욕구불만 관계를 해부하는 데서는 안토니오니Michelangelo Antonioni 감독이 모니카 비티Monica Vitti와 함께 찍은 삼부작 영화가 떠오르는데, 그렇게 〈세상의 한가운데〉는 정치적 정체 停滯 이론을 성적 친밀함의 영역으로 옮겨 온다. 아드리아나는 폴이 아내와 아이를 떠나기를 원하지만, 지역 선거에 출마

하는 폴은 그럴 수 없다. 자신의 열정을 제대로 행사하지 못하는, 오히려 열정을 분류하고 관리해야 하는 그의 모습은 관리-정치 계급의 금욕을 상징한다. 정치적 충동이든 성적 충동이든 권력자의 충동은 불가피하게 진정한 개혁의 발목을 붙잡는다는 것을 암시한다.

버거가 〈세상의 한가운데〉에 어떤 식으로 기여했는지 확실히 보여주는 근거가 있다. 그는 (캐스팅이 이뤄지기도 전에) 주요 배우 두 명에게 그들이 연기할 인물에 대해 설명하는 에세이에 가까운 긴 편지를 썼다. 프로필이라기보다는 키르케고르Søren Kierkegaard의 철학적 단상에 가까운 이런 텍스트를 통해 버거는 자신의 질문들을 파고들었다. 폴에 관한 편지가 훨씬 더 길다. 버거에 따르면, 열정은 총체화하는 것이어서 내적으로 분열된 사람은 열정의 잠재력을 제대로 흡수하지 못한다. 열정을 거부하는 것은 **총체성**을 거부하는 것이다. 사랑하는 대상과, 나아가 전 세계와 자아를 연결해주는 총체성을, 그 기적은 물론 수수께끼도 거부하는 것이다. 폴이 그렇듯 열정을 부정한다는 것은 미지의 무언가가 자아로 침투한다는 데 두려움을 느끼는 것이다. 무질서하고 거친 무언가는 오로지 **바깥**에만 산다는 환상을 유지하려는 것이다. "미지의 것을 자기 외부에 있는 무언가로 보면서, 계속 대책을 세우고 경계해야 할 대상으로 취급하도록 훈련받거나 스스로를 단련한 사람은 열정을 거부할 가능성이 큽니다. (…) 미지의 것을 바깥에 두는 것은 열정과 양립할 수 없습니다. 열정은 자기 안에 있는 미지의 것을 알아보도록 요구하기 때문입니다."[13]

버거는 폴에 관한 편지를 1973년 겨울 스트라스부르의 한 카페에서 썼다. 마음속에 생각이 많았다. 비슷한 무렵, 아마도 같은 여행에서 그뤼네발트Matthias Grünewald의 제단화를 보러 알자스 지방의 또 다른 마을 콜마르에 들렀다. 10년 전에도 그는 콜마르에 간 적이 있었다. 1963년, 스위스에 막 정착해서 가정을 꾸리기 시작한 직후였다. 버거가 자신의 경험을 적은 에세이에는 나오지 않는 전기적 사실이지만, 여기서 정치적 풍경에 드리워진 개인의 모습을 읽을 수 있다. 그는 콜마르를 처음 방문한 뒤로 10년 동안 많은 것이 바뀌었다고 말한다.

> 콜마르뿐만 아니라 전반적으로 세상이, 그리고 내 삶도 많이 바뀌었다. 극적인 변화는 지난 10년의 한가운데에서 나타났다. 수년간 지하에서 키워온 희망이 1968년 세계 곳곳에서 태어나 이름을 부여받았다. 그리고 같은 해에 이런 희망은 단언컨대 패배했다. 이 점은 돌이켜볼 때 더욱 분명해졌다. 하지만 당시 많은 우리들은 진실의 가혹함에서 눈을 돌리려고 했다. 예컨대 1969년 초에도 우리는 여전히 1968년이 다시 반복되고 있다고 생각했다.
>
> 여기는 정치적 형세의 변화를 세계적 규모로 분석하는 자리가 아니다. 나중에 **정상화**라 불리게 된 것에 길을 내주었다고 말하는 정도로 충분하다. 그에 따라 수많은 이들의 삶도 바뀌었다. 하지만 이것은 역사책에는 기록되지 않을 것이다.[14]

역사적으로 크게 낙담하면서 제단화의 의미도 달라졌다. 원래 그 그림은 가난하고 병든 이들을 돌보는 수도원의 의뢰를 받아 나무판에 그려진 십자가 책형磔刑 그림이었다. 시간이 흘러도 여전히 고통에 관한 그림이었지만, 고통의 **의미**가, 그리고 고통을 덜어주려 했던 희망과 사랑의 의미가 일종의 성변화聖變化＊를 거치면서 달라졌다. 그림의 재평가를 통해 버거는 지성에서 감정으로 옮겨 갔다. 그는 에세이 말미에 이렇게 썼다. "그 어떤 것도 역사로부터 면제되지 않는다. 그뤼네발트의 그림을 처음 보았을 때 나는 **그것**을 역사적으로 위치시키려고 애썼다. (⋯) 이제 나는 나 자신을 역사적으로 위치시켜야 하는 입장이 되었다. 혁명의 기대로 들뜬 시기에 내가 본 것은 과거의 절망을 담은 증거로서 살아남은 예술 작품이었다. 견뎌내야 할 시기에 나는, 똑같은 작품을 마주하며 절망을 건널 수 있는 좁은 통로가 기적적으로 제시되는 것을 본다."[15]

재방문이라는 경험은 오랜 세월 수많은 시인들과 작가들에게 깊은 감정을 불러일으킨 원천이었다. 워즈워스가 틴턴 수도원을 다시 찾았을 때 그 역시 갈림길에 서서 자신의 삶을 둘러보아야 했다. 버거도 마찬가지로 벼랑 끝에서 새로운 애착을 마주했다. 1960년대 초가 갑자기 엄청나게 멀어 보였다. 메마르고 크게 뜬 눈으로 세상을 어떻게 바라볼 것인가를 질문하던 그는, 10년이 지나 스스로 "사랑의 공감"이라 부른 것을 통해 세상을 바라보게 되었다. 개인적인 것과 역사적인 것이 한데 뒤얽혀 비극이 되었다. 그런 가운데서도 예술 작품은 시

＊ 성체성사에서 빵과 포도주가 그리스도의 살과 피로 바뀌는 것.

298

간에 묻히지 않고 살아남았다는 점에서 희망을 전했다. 버거는 그런 희망을 놓치지 않고 글을 씀으로써 다시 안전한 곳으로 돌아갈 수 있었다. 버거 자신에게도 다른 이들에게도 축복인 일이다.

제단화를 보는 것과 마찬가지로 사랑에 빠지는 것, 혹은 가정을 꾸리는 것 역시 미래가 밝을 때와 그렇지 않을 때 의미가 다르다. 미래가 밝지 않다고 해서 더 나쁜 것은 아니다. 그저 다른 것일 뿐. 어쩌면 그때는 서로를 더 보듬어주어 관계가 더 오래 지속될 수도 있다.

***

버거와 타너가 세 번째로 또 마지막으로 함께 작업한 영화 〈2000년에 스물다섯 살이 되는 조나〉(이하 〈조나〉)는 가장 사랑받은 작품이자 두 사람의 에너지가 가장 잘 조화를 이룬 작품이 되었다. 버거는 어떤 친구들끼리 농장에서 함께 생활하며 아이를 갖는 내용의 영화를 구상했는데, 이 무렵 자신도 새 아내 베벌리와 함께 시골로 이사를 갔고 그들 또한 출산을 앞두고 있었다. 영화 마지막에 태어나는 조나와 마찬가지로 버거의 아들 이브도 2000년에 스물다섯 살이 될 터였다.

버거는 〈조나〉에 대해 "20세기를 떠날 준비를 하는, 때로는 칼라로 때로는 흑백으로 된 코미디 영화"라고 했다.[16] 이 영화는 부동산 개발업자의 손에서 유기농장을 구해낸 여덟 명의 제네바 사람들을 따라가는 앙상블 영화로, 스토리 중심이라기보다는 모자이크에 가까운 구성이다. 또 갈등보다는 **수렴**에 바탕을 둔 영화이며, 친구들만 한자리에 모이는 것이 아니라 관념들(음식·동물·시간의 모티브가 반복해서 나온다)도 하나로 합쳐진다. 타너는 각본이 준비되기 전부터 배우들의 참여를 끌어냈고, 그들의 사진을 들고 오트사부아주에 새로 정착한 버거의 집에 찾아갔다. 두 사람은 함께 일련의 질문을 중심으로 각각의 인물(모든 이름이 '마$_{Ma}$'로 시작한다)을 만들어가기 시작했다. 1968년 세대는 이후의 혹독한 10년을 어떻게 살고 있을까? 정치적 실패를 어떻게 딛고 일어설까? 좌파들이 했던 '위대한 종합적 예언'에서 무엇이 남았을까?

앙상블을 구성하던 와중에 버거와 타너는 모든 인물이 작고, 표의적이고, 시적이라고 말했다. 캐릭터 각각의 기질은 하나의 스케치이며, 포스트유토피아의 시대 조건에 대한 저마다의 응답인 셈이었다. 영화에는 정원사, 교사, 성적 탐험가, 냉소주의자가 등장한다. 마치 입체주의 회화를 이루는 시점들처럼 다양한 기질들이 어우러지면서 하나의 그물망을 직조해낸다. 관념들로 이뤄진 한 편의 드라마에서 각각의 배우가 하나의 **관점**을 맡아, 각자 맡은 역할을 수행하는 듯하다. "기질은 부분적으로 사회적 조건의 결과물이다." 버거는 10년 전에 피카소에 관한 책에서 이렇게 말했다.

그러나 작가들은 역사가 캐릭터 창조에 주관적으로 관여할 수 있다는 점에 충분히 주목하지 않았다. 여기서 내가 **주관적**이라고 한 까닭은, 역사적 사건이나 흐름의 직접적인 효과가 아니라 특정한 성향, 습관, 정서적 태도, 믿음에 깃든 역사적 내용을 말하려는 것이기 때문이다. 이런 역사적 내용은 객관적인 사실과는 잘 안 맞을 수 있지만, 특정한 캐릭터를 형성하면서 그 모습을 드러낸다. 우리가 특출한 경우를 묘사할 때 흔히 하는 말에서 이런 진실을 확인할 수 있다. 예컨대 "그는 시대를 앞서가지" "그는 다른 시대에 속하는 인물이야" "그는 르네상스 시대에 태어났어야 했어" 같은 말을 떠올려보면 된다. 그런데 사실 똑같은 이치가 모든 캐릭터에 적용된다. 역사 전체가 의식이 반영하는 현실의 일부다. 그러나 하나의 캐릭터, 하나의 기질은 현실, 즉 역사의 다른 측면은 희생하고 특정한 측면을 강조함으로써 유지된다.[17]

〈조나〉에 나오는 모든 인물은 '1970년대의 무기력함'으로 요약되는 자기 시대의 인물이면서 모호하게 시대에 앞서거나 뒤쳐져 있다. 이십 대 후반에서 삼십 대인 이들은, 정상으로 돌아간 세계에서도 혁명 정신을 지키려 하나같이 애쓴다. 버거의 용어로 말하자면 각자 가능한 것의 '특정한 측면'을 강조한다. 명목상 트로츠키주의자이자 사랑스러운 투정꾼인 막스(여기서도 장뤽 비도가 연기한다)를 예외로 하면 모든 인물은 낙관주의자가 되고자 했다. 그들은 정치를 이론적 관점에서 생각하지 않고 저마다 작은 행위와 꿈을 통해 실천한다. 슈퍼마켓 계산대에서 일하는 여성은 연금 수령자에게 돈을 적게 받는다. 노동조합원은 진보적인 학교를 세운다. 고등학교 교사는 소시지를 가지고 혁명사를 가르친다. (이것은 타너와 버거가 지닌 상이한 기질의 합슴을 가장 상징적으로 보여주는 장면이다. 아이들은 개그에 깔깔 웃고 나서는 진지하게 수업에 임한다.)

〈조나〉는 칼라와 흑백을 번갈아 보여주면서 상상력과 사실을 오가는 것을 강조한다. 한 흑백 장면은 은행가가 돼지로 바뀌는 모습을 상상으로 보여준다. 막스가 거울에 비친 자기 모습에 총을 겨누는 장면도 있는데 결국은 탁상시계에 대신 총을 쏜다. 영화 곳곳에 인용문(루소Jean-Jacques Rousseau, 파스Octavio Paz, 피아제Jean Piaget)과 역사적 사건의 자료 화면이 나온다. 장대한 범위를 아우르는 영화처럼 들리겠지만 짜깁기에 가깝다. 영상은 지역적이다. 주인공들이 시가전차를 타고 루소 동상을 지나칠 때 우리는 이곳이 루소의 고향 제네바임을 실감한다. 영화에 관한 모든 것이 구심력 있게 돌아간다. 클라이맥스 장면에서는 전 출연진을 농장에 불러 모아 축제의 만찬을 벌인다. 사운드트랙으로 노래와 웃음소리가 들린다. 영화 마지막 장면은 공동체의 아이들이 그린 벽화, 그리고 여덟 명의 친구·연인들의 집단적 예언으로서 태어난 아이 조나의 모습을 담으며 끝난다.

***

공동체에 대한 유토피아적 관심은 버거의 후기 픽션에서는 당연하게 여겨질 정도로 일관되게 흐르는 특징이다. 그러나 1970년대에는 뜻밖의 것으로 받아들여졌다. 〈조나〉 이전에 그가 한 작업은 집단보다 개인을 훨씬 더 많이 탐구했다. 이 영화가 전환점이었지만 여기에는 양면성이 있었다. 한편으로 〈조나〉는 파편화의 시대에 교감의 힘을 강조했다. 다른 한편으로는 유토피아적 갈망이 사회 전체의 변혁에서 일상의 요소로 쪼그라들었음을 나타냈다. 막스는 유기농 먹거리 운동이나 슬로푸드 운동이 일어나기 한참 전에 선견지명을 보이며 이렇게 소리쳤다. "이제는 채소도 정치의 문제야!"

지역주의는 정치의 배신이었을까? 아니면 진보라는 안일한 개념을 분별 있게 바로잡아주는 것이었을까?

〈조나〉를 만들기 2년 전에 타너는 〈아프리카로부터의 귀환〉이라는 작은 영화에서 이 같은 딜레마를 정면으로 다루었다. 에메 세제르Aimé Césaire의 서사시 『귀향 수첩Cahier d'un Retour au Pays Natal』(버거와 보스톡이 막 번역을 마쳤다)의 구절이 반복적으로 나오고, 버거가 들려준 이야기(세계 여행을 하기로 계획했지만 자신의 아파트를 결코 벗어나지 못했던 두 친구 이야기)에 바탕을 둔 '비공식적 협업'인 타너의 영화는 정치적 우화이기도 했다. 삶이 지겨워진 스위스인 커플이 알제리로 이주하기로 하고 떠나기 전에 사람들을 초대한다("유럽은 우리에게 거짓말을 늘어놓지"라고 한 명이 말한다). 그러나 이 커플은 예기치 않게 오도 가도 못하는 신세가 된다. 과연 떠날 수 있을지 초조하게 연락을 기다리던 이들은, 한편으로 너무 당황한 나머지 자기들이 아직 못 떠났다는 얘기를 아무에게도 하지 못한 채 빈 아파트에 계속 머문다. 자기 도시에서 망명자가 된 것이다. 지루하게 매트리스에 앉아 라디오를 들으며 웃고 우는 그들의 여행은, 예상할 수 있듯 바깥으로의 여행이 아니라 내면으로의 여행이 된다. 영화가 끝날 때쯤 그들은 자신들이 상상했던 알제리에서의 삶이 현실도피였음을 깨닫는다.

  오늘날 기준으로 보자면 어설픈 점이 많지만 〈아프리카로
부터의 귀환〉은 중산층의 정치적 열망이라는 주제에 성실하
게 매달린다. 지금이라면 비웃거나 비꼬는 투로 다뤄졌을 주
제다. 그러나 타너와 버거는 이를 진지하게 대했다. 또한 감
정을 대단히 애매하게 처리하고 에너지에 초점을 맞춤으로써
정치적·리비도적 갱생의 우화를 만들었다. 종종 미학적으로
혼란스럽지만 이데올로기적 궤도는 놀랄 만큼 확실하다. 영
화는 저 멀리 제3세계주의까지 갔다가 다시 가장 지역적인 문
제, 즉 세입자 문제와 아이들 돌보는 문제로 되돌아온다. 이에
일부 비평가들은 드라마의 지역색이 너무 강하다는 점을 지
적했는데, 예컨대 빈센트 캔비Vincent Canby는 "지적이고 인간
적이지만, 오늘날 스위스의 따분한 삶에 짓눌려 있다는 느낌
을 공유하지 못하는 사람들이 보기엔 살짝 안 와닿는다"고 했
다. 그럼에도 전 지구적으로 생각하고 지역적으로 행동하라는
영화의 메시지는 다른 관객들, 특히 제1세계의 젊은 사회운동
가들에게 큰 호응을 얻었다.[18] 미국 좌파에게 영향력 있던 새
잡지 『점프 컷Jump Cut』은 극찬의 리뷰를 실으며, 영화 제목 '아
프리카로부터의 귀환'이 호소로 읽힐 수도 있음에 주목했다.
"타너가 유행에 밝은 젊은 백인 부르주아 관객에게 말하려는
바는 이것이다. 제3세계 정치에 몰입함으로써 혁명에 대해 배
우고 혁명에 기여할 수도 있겠지만, 진정한 싸움은 여러분이
어디에 있고 어떤 존재인가 하는 것이다. 여러분이 가장 영향
을 미칠 수 있는 곳에서 시작하라."[19]

처방은 적절했다. 정신이 들게 하고 희망을 주었다. 하지만 유지하기는 어려웠다. 1970년대가 흘러가면서 소매를 걷어붙이고 나서는 것이 갈수록 힘들어졌다. 사람들은 자기 삶으로 도로 내동댕이쳐졌다. 분위기가 시큰둥했다. 쓸쓸함이 슬금슬금 기어들어 왔다. 많은 사람들이 나가떨어졌다. 〈조나〉와 같은 역사적 순간에 나온 미국 영화로, 여러 면에서 더 거칠고 적막한 분위기인 로버트 크레이머Robert Kramer의 〈이정표들Milestones〉에서 한때 급진주의자였던 인물이 모호하게 말한다. "어쩌면 중간 규모의 도시 몇 곳을 둘러볼 수도 있을 거야." 그러자 옆에 있던 사람이 말한다. "혁명은 그저 일련의 사건이 아니라 삶 전체야."

* * *

예지의 빛이 시들해지면 반짝이는 것은 무엇이든 등불이 된다.

〈조나〉는 1976년에 개봉하여 큰 인기를 누렸다. 폴린 케일Pauline Kael과 세르주 다네Serge Daney는 영화의 기개와 자유를 칭찬했다. 데이비드 덴비David Denby는 한때 고다르보다 못하다고 여겼던 타너를 1970년대의 르누아르Jean Renoir에 빗대었다. 영화는 유럽과 미국에서 놀랄 정도로 장기간 상영되었다. 버거와 타너는 불가능한 것을 해낸 듯 보였다. 그들은 한 세대가 지난 뒤의 우울함과 후회를 조용한 응원과 다짐으로 바꿔놓았다.

그러나 영화는 좌파에게 웃을 일이 거의 남아 있지 않을 때

제작된 코미디 영화이기도 했다. 주류 매체 기사들이 타너의 "명랑한 마르크스주의자 게릴라들"에게 굽실거리는 동안, 강경파는 모순이 날카롭게 부각되는 것을 보았다. 단적인 예로 한때 타너와 버거의 작품을 높이 샀던 『점프 컷』은 그들에게 등을 돌렸다. 〈조나〉의 한 장면을 표지에 실은 한 호는 '전복적 매력일까, 퇴행적 노스탤지어일까?'라는 제목을 내걸고 문제를 직설적으로 제기했다.

영화는 좌파를 분열시켰다. 열심히 옹호하는 측이었던 로버트 스탬Robert Stam은 이 영화가 "변증법적 아이디어들의 음악"이라면서 비고Jean Vigo의 〈품행제로Zéro de Conduite〉에 비교했고, 고다르와 브레히트를 언급했다. 또 공공연하게 정치적인 다른 많은 영화들과 달리 〈조나〉는 삼키기 힘든 알약 같은 영화가 아니라 따뜻한 온기와 공동체, 유희를 찬양하는 영화이며, 바로 이런 특징이 사람들의 눈길을 사로잡았다고 강조했다.[20] 스탬에 따르면 이 영화는 "좌파가 아닌 일반 대중을 위해 만들어진" 것으로서 "대다수 사람들, 그러니까 적어도 탄압과 직접적인 이해관계가 없는 사람들이 가진 혁명적인 무언가에 호소하려는" 영화였다.[21]

같은 호에서 여러 필자가 쓴 반박 글은 다른 견해를 취했다. '실로 전복적 매력!'이라는 신랄한 제목 아래 좀 더 엄격한 입장을 대변하는 글이었다. 필자들은 버거와 타너가 마르크스를 버리고 루소에 붙어서는 "중간에 손을 털고 자식들에게 희망을 걸어도 괜찮다"며 모호하게 안심시키려 한다고 말했다. 이들은 씩씩거렸다. "썩어가는 자본주의가 어떻게 하면 인간 삶을 최고로 망가뜨릴까 궁리하는 듯한 이때, 어떤 것에도 기분 좋은 감정을 느끼기란 지독히 어렵다."[22]

독선적인 태도를 제쳐두자면 이 글이 제기하는 두 가지 논점은 살펴볼 만한 가치가 있다. 첫 번째는 〈조나〉의 낙관주의가 음험한 거래를 은폐한다는 비판으로, 우쭐대며 계급을 슬며시 누락시킴으로써 환멸에 찬 관객의 자기만족에 영합한다는 것이다. 이런 관점에서 보자면 〈조나〉는 중산층 예술가들이 농부처럼 차려입고 나오는 "가볍고 살짝 진보적인" 문화관광 (혹은 전유) 행사에 불과했다. 두 번째는 필자들이 "노골적이고 용납할 수 없는 성차별주의"로 본 것과 관련된다.[23] 이점은 부정하기 어려웠다. 증거가 화면에 그대로 나오기 때문이다. 영화에서 여자들은 옷을 벗고 감정적으로 굴고, 남자들은 생각하고 논의한다. 글은 이렇게 마무리한다. "타너는 원하면 어떤 변명도 댈 수 있겠지만, 지난 10년에서 15년 동안 여성들이 투쟁해온 바를 자신이 하나도 모른다고 실토하는 영화를 만들어버렸다."[24]

버거보다도 타너가 영화를 대변하는 공식적인 얼굴이었다. 인터뷰에서 그는 불가지론적 태도를 취했다. "여기에 진정한 메시지 따위는 없습니다. 나는 사람들에게 어떻게 행동하거나 생각하라고 말하지 않습니다. 나는 목사도 정치가도 아닙니다. 〈조나〉는 그저 1968년 이후 사람들에게 무슨 일이 벌어졌는지 보여주는 영화입니다. 영화에 희망이 있다면 그건 인물들이 그저 뒤로 물러서서 침묵하는 다수에 남으려고 하지 않기 때문입니다. 작은 방식으로 앞으로 나아가려 하지요."[25] 버거는 논쟁에서 발을 뺐지만, 영화의 청사진을 만든 사람이 바로 그였다. 영화 제작에 앞서 버거는 타너와 함께 시도하려는 것을 비유를 들어가며 노트에 정리했다. 그에 따르면 등장인물들은 좌파의 모범 사례로 내세운 것이 결코 아니었다.

역사라고 하는 고래에 요나*와 비슷한 여덟 명의 인물이 있다. 그들은 모두 **우스꽝스럽다.** 이 사실을 결코 잊어서는 안 된다. 그들은 우스꽝스럽다. 때로는 멍청하고 때로는 맹목적이며, 부정한 일을 자주 벌이고 옹졸하게 집착한다. 우리는 부르주아가 곧바로 묵살해버릴 그들의 그런 측면이 제대로 표명되도록 해야 한다. 하지만 그들의 작은 예언은 바로 그런 우스꽝스러움에 바탕을 두고 있다. 그리고 그 예언 덕분에 그들은 자신들이 속한 사회가 저지르는 자기 파괴와 살인 행각에서 구제된다. 하지만 그들은 하나로 뭉친 동료가 아니다. 그러기에는 너무도 개인주의적이다. 그들은 서로 다투고 반박한다. 그들이 공통점으로 인정하는 유일한 것은 다들 어느 정도 일탈했다는 점이다.[26]

여기서 한 가지 흥미로운 아이러니를 살펴볼 수 있다. 버거의 예견에 따르면 중산층이 묵살할 법한 측면이야말로 이 영화에 관대하지 않은 동료들을 더욱 불편하게 한 바로 그 지점이라는 것이다. **그들은 지나치게 방만하다! 지나치게 무책임하다!**

---

* 고래 뱃속에 사흘간 갇혔다가 살아 나왔다는 구약성서의 인물로 〈조나〉의 모티브가 됐다.

버거의 표현을 사용하자면 **그들은 우스꽝스럽다!**

영화는 이런 모순을 뒤집고 또 뒤집는다. 한 장면에서 막스, 마르코, 마티유가 채소를 썰며 저녁 준비를 한다. 막스가 말한다. "또 환멸의 시대로 돌아가고 있군. 모두들 도피처를 찾고 있지. 육체든 자연이든 섹스, 양파, 연꽃이든. 아무것도 바뀌지 않는다고 하는 세상에서 소소한 위안만 찾고 있어."

마르코가 묻는다. "소소한 즐거움도 안 된다는 거야?"

"즐거움뿐이겠어? 모든 게 다 소소하지. 소소한 술책. 소소한 속임수."

"미래를 위해 희생해야 한다니. 제기랄! 그건 혁명의 낡은 수법이야. 자본주의가 항상 설교하는 것이지. 과거에 사는 건 바로 너야. 너는 새로운 1905년, 1917년, 1968년을 원하지."

그러자 반죽을 빚으며 내내 듣기만 하던 마티유가 끼어든다. "또 그 소리, 이제 신물이 나. 간단한 문제야. 우리는 먹고 살려고 일을 해. 일을 통해 이윤을 얻어. 그리고 남은 에너지로 체제에 맞서 싸우는 거야."

이렇듯 〈조나〉는 수수하고 장난기 섞인 낙관주의 쪽으로 톤이 기울어져 있음에도 헌신의 아포리아는 해결하지 않은 채로 두었다. 영화에 나오는 농담이나 노래는 어떤 합습이라기보다는 모순의 논리적 종착지에 가까울 때가 많았다. 이는 결과적으로 어떤 사람에게는 힘을 북돋우는 것으로 받아들여졌지만, 어떤 사람에겐 불쾌하게 느껴질 수도 있었다. 정치적 예술이라면 당연히 혁명을 이론화하거나 억압을 묘사해야 한다고 생각하던 사람들에게는 배은망덕한 행위였다. 반면 마분지에 적은 슬로건이 지겹던 사람들에게는 **순수함**의 증거요, 머릿속에서 부풀려진 괴로움에 굴복하지 않는 행위였다. 영화가 사람들 영혼에 미친 효과를 측정할 수는 없다. 하지만 〈조나〉의 경우에는 실마리가 있다. 1970년대 후반, 장차 영화감독이 될 알폰소 쿠아론Alfonso Cuarón과 페르난도 트루에바Fernando Trueba 를 비롯하여 엄청나게 많은 부모들이 아들 이름을 '조나'라고 지었다. 무슨 설명이 더 필요하겠는가?

토드 기틀린Todd Gitlin에 따르면 버거-타너 영화들의 "공공연한 비밀"은 신실함이었다. 인물들은 꿍꿍이속이 없었다. 그들은 "잘못을 저지르지도 속임수를 쓰지도 않았다". 정치적 실패를 다루는 대부분의 드라마는 죄의식이나 분노에 바탕을 둔다. 하지만 〈조나〉는 참여를 권유했다. 기틀린은 말한다. "그들은 이슈를 제기하고, 여러분이 1968년 이후, 베트남 전쟁 이후, 닉슨 이후 점잖게 신중하게 그리고 철저히 자유롭게 살기로 결심했다고 가정한다."[27]

영화가 뉴욕, 버클리, 런던, 마드리드의 예술극장에서 상영되고 있을 때 정치적 이정표는 갈수록 불투명해졌다. 미래로 가는 길은 안개에 덮여 흐릿했다. 도덕적 이원론을 사건들에 적용하는 것이 더 이상 쉽지 않았다. 영화에서 마들렌이 막스에게 말한다. "너는 상황을 복잡하게 만들어. 모든 것을 좋은 것과 나쁜 것, 유용한 것과 해로운 것, 이렇게 둘로 구분하지. 법정에서마냥 항상 판사와 변호사로 나눠서 생각하려고 해." 사람들은 정치가 더 이상 조직하는 문제가 아니라고 말했다. 자기표현, 신체, 정체성, 일상의 선택과 라이프스타일이 정치의 주제가 되었다.

〈조나〉는 정치적 분기점의 양쪽에 걸쳐 있다. 영화는 오늘 날의 단층선이 그어지고 있었을 당시 좌파의 분위기를 구체적으로 담아냈다. 즐거움은 정치화될 수 있을까? 무엇이 자유이고, 무엇이 방종일까? 무엇이 진정제이고, 무엇이 각성제일까? 지역적인 것이 그저 도피처에 불과할 때는 언제일까?

질문은 지금도 계속된다. 마음 맞는 공동체를 꾸리든, 약물에 취해 환각을 경험하든, 사랑과 우정을 나누든, 이상 사회에거는 최소한의 내기 행위로서 아이를 갖기로 결정하든, 유토피아를 갈구하는 개인의 노력에는 항상 위와 같은 질문이 따라붙는다. 그리고 질문은 여전히 열려 있다. 버거가 '삶을 활용하는 방식'이라 말한 것은 아직 발견되어야 한다. 이런 불확정성은 〈조나〉에도 적용된다. 영화는 아이의 모습을 잡은 정지 화면으로 끝난다. 아이가 어떤 사람으로 자랄지, 우리는 알지 못한다.

***

"파란 옷 없는 사람은 누구냐? / 점심 못 먹고 전차 못 타는 사람은 누구냐? / 준비된 담배와 주머니 크기만 한 고통 하나 없는 자 누구냐?" 세사르 바예호César Vallejo*는 이렇게 물었다.

버거와 타너는 여전히 친구로 남았지만 〈조나〉는 그들의 마

---

* 페루 태생의 시인이자 극작가, 저널리스트. 정치적으로 긴박하던 20세기 초반에 프랑스와 스페인에서 활동하며 『트릴세(Trilce)』(1922) 등의 작품을 남겼다.

지막 협업 작품이었다. 두 사람의 파트너십의 정점이자 마지막 단계였으며, 합슴의 행위이자 막다른 골목이기도 했다. 이 점을 먼저 알아차린 사람은 버거였다. 그는 "상호 합의에 의한" 결정이었다고 우아하게 말하면서 이렇게 덧붙였다. "한동안은 함께 작업하지 않는 것이 서로에게 좋겠다는 의견을 먼저 낸 사람은 나였지만 말이다."

이후 몇 년간 타너는 우울증을 겪었다. 그는 두 명의 레즈비언 도망자(나중에 〈델마와 루이스Thelma and Louise〉에 영감을 주었다)가 나오는 쓰라린 영화 〈메시도르Messidor〉(1979)로 돌아왔다. 가부장제에 끊임없이 생채기를 내는 〈메시도르〉는 〈조나〉에 쏟아진 페미니즘적 비판에 대한 직접적인 응답인 셈이었다. 그리고 응답은 계속 이어졌다. 스스로 자기 작품을 어떻게 생각했는지는 몰라도 이후 타너의 궤적은 성차별주의와 순박함이라는 비판에 계속 맞붙어온 과정으로 볼 수 있다. 그는 영화에서 파괴적인 여성 반영웅들, 그리고 쾌감을 느끼지 못한 채 방향감을 상실한 남자들을 탐구했다. 무심하게 거리를 둔 우화가 젊은 시절의 유쾌함과 불손함을 대체했다. 타너의 후기 영화들에 대해 세르주 다네는 이렇게 말했다. "등장인물들이 익숙한 모습이다. 1968년에는 결함이 있었고 나쁜 짓을 했다. 그런 다음에는 탁상공론이나 펼치는 이상주의자였고, 1985년에는 적대감과 불만에 찬 히피였다."[28] 매몰찬 평가이지만 작품의 힘이 떨어지고 있음을, 즉 타너가 협업으로 한 작업에 못 미칠 뿐만 아니라 전에 개별적으로 만들었던 영화들의 에너지와 영감을 되찾는 데도 실패했음을 제대로 지적했다.

한편 버거는 〈조나〉 이후 다른 방향으로 나아갔다. 그는 베벌리 밴크로프트와 함께 정착한 골짜기에서 새로 이웃이 된 나이 많은 농민들과 어울리며 배우기 시작했다. 나중에 그는 사람들에게 말할 때 〈조나〉에서 자신이 맡은 일은 깎아내리는 반면, 비슷한 시기 장 모르와 함께 작업한 『제7의 인간』은 가장 자랑스러운 책으로 손꼽았다.

하지만 결혼이나 운동과 마찬가지로 어떤 협업에서는 불안정한 면이 오히려 아름다움의 일부가 될 수 있다. 짧은 기간이었지만 버거와 타너는 목표로 하는 바가 겹쳤다. 당시 두 사람이 만든 영화들은 정신과 발상과 어조에서 유례가 없었다. 두 사람은 함께 사랑스럽고 밝은 새로운 화음, 장7도의 화음을 울렸다.

7장

이데올로기를 넘어

천문학자가 강당에서 큰 박수를 받으며 강의하는 것을 들었을 때

나는 알 수 없게도 금방 따분하고 지루해져서

자리에서 일어나 밖으로 빠져나와 홀로 거닐며

신비하고 촉촉한 밤공기를 맞았고, 가끔

완벽한 침묵에서 하늘의 별들을 올려다보았다.

— 월트 휘트먼

『뉴 스테이츠먼』에 거의 마지막으로 기고한 글에서 버거는 독자를 너도밤나무 아래로 데려가 고개를 들고 잎사귀를 보라고 청한다. 화창한 오후 산들바람이 가벼운 나뭇가지를 살랑살랑 흔든다. 그는 독자에게 당신이 보는 것에 집중하라고 말한다. "반쯤 감긴 눈으로 올려다보자. 그러면 보이는 것도 반쯤 감긴 모습이 된다. 당신이 의향을 갖고 관찰하기 때문이다."[1]

하지만 의향은 다양할 수 있다. 1959년 봄, 버거가 서른두 살에 쓴 이 에세이는 철학자로서, 공학자로서, 시인으로서, 연인으로서, 화가로서 풍경을 보는 다섯 가지 방식을 이야기한다. 각각의 보는 방식은 물리적 세계에서 저마다 다른 측면을 끄집어내고, 보는 사람은 그때마다 세계와 다른 관계를 맺는다. 공학자는 측정하고 셈하기 시작한다. 연인은 느긋하게 만끽하며, 철학자는 추론을 펼친다. 화가는 "설비 기술자처럼, 수학자와는 다르게" 나뭇가지의 색깔과 각도를 순수하게 살

핀다. 지각하는 마음의 움직임에 따라 지향하는 바도 달라지기에, 본다는 것은 일종의 활동 내지는 거의 **솜씨**로 이해해도 무방하다. 보는 것은 수정되고 훈련될 수 있다. 우리를 둘러싼 것에 대한 우리의 인식은, 우리 존재를 이루는 나머지 부분과 역동적이고 계속적인 상호작용 속에 하나가 된다. 메를로퐁티는 이렇게 말했다. "세계는 주체와 분리될 수 없다. 다만 이 주체는 세계에 대한 투사일 뿐이다."[2]

교차대구법*은 버거의 생애 프로젝트들에 일관되게 흐르는 일련의 변증법—내부와 외부의, 몸과 자연의, 자아와 역사의 변증법—과 맞닿아 있다. 그는 보기 드문 재능의 소유자였다. 비록 전문적으로 훈련받은 철학자는 아니었지만, 그런 이율배반에 무너지지 않고 오히려 힘을 얻었다. 다양한 수단을 통해, 이를테면 때로는 순전히 수사적 자제력을 발휘하여, 때로는 더 조용히 신념을 긍정하며, 때로는 급진적인 자기규정의 몸짓을 통해, 때로는 세심하게 제작한 예술 작품을 통해 그는 이율배반을 붙잡아두려고 했다.

버거가 작가로 활동한 방식은 여러 가지였다. 그는 비평가, 논객, 이론가, 협업자, 소설가, 시인을 번갈아 오갔다. 작업 하나하나만큼이나 그가 걸어온 궤적을 규정하는 것이 이런 다양성이었다. 버거는 자기 세대의 많은 이들이 당연시하던 범주 구분을 한사코 받아들이지 않았다. 다양한 작업을 했다는

---

* 앞에 나온 어휘들을 순서를 바꿔 다시 배열하여 흥미로운 대구를 이루게 하는 수사법.

사실을 그가 쉬지 않고 일해왔다는 표시로만 봐서는 안 된다. 그것은 부단한 철학적 내기에 가까웠다. 너무 쉽게 분리되곤 하는 경험의 장들을 어떻게 연결할 수 있을까 하는 문제였다.

「나무를 보는 다섯 가지 방식」은 과열된 추상적 논의에 짓눌리던 무렵 나온 버거의 가장 서정적인 에세이로 꼽힌다. 어쩌면 이런 이유에서 가장 예지적인 에세이이기도 했다. 개인 고유의 태도, 지향, 세계관으로 이해되는 '보는 방식'은 지각에 영향을 미치고, 거의 **존재하는** 방식이 된다. 이것이 버거가 정치적인 것에 대한 이해를 넓히고 그것을 미적인 것과 접합하려고 애쓰던 때에 보인 중심적인 관점이었다. 그는 몇 달 뒤 이렇게 썼다. "세계를 보는 방식은 저마다 그 세계와의 어떤 관계를 암시하며, 모든 관계는 행동을 암시한다."[3]

방식은 수단인 동시에 경로일 수도 있다. 이렇게 유연한 틀 덕분에 그는 1960년대에 최대한 멀리 나아갈 수 있었다. 지각-지향-행동이라는 기본 삼각관계는 유연하게 연결되어 있었고 형식과 내용을, 시각과 믿음을 매개했다. 그러나 유연한 만큼 취약한 구성물이기도 했다. 그리고 그것은 이후 10년간 행동 위주의 급진적 정치가 무너져감에 따라 점차 넓게 벌어진 철학적 단층선 위에 놓였다. 바야흐로 **이데올로기**라는 새로운 용어가 지배하는 때에 이른 것이다. 버거가 그토록 극복하려 했던 낡은 전후 논쟁이 마르크스주의 내에서 구조와 경험을 두고 벌이는 새로운 논쟁으로 바뀌고 있었다.

한동안 버거는 1970년대 초반의 이데올로기 비평에서 핵심적인 참여자로 활동했다. 어쩌면 아이러니하게도 이런 상황이 그를 그토록 유명하게 만들었는지 모른다. 1972년 초에 BBC에서 처음 방영한 4부작 시리즈 〈다른 방식으로 보기〉는 당시 가장 영향력 있는 예술 프로그램이었다. 30분씩 구성된 각각의 에피소드에서 버거는 예술을 왕의 조각상처럼 떠받드는 신사의 전통을 역사적 유물론의 공격에 노출시켰다. 그에 따르면 유화의 형식은 촉각의 미덕을 구현한 것이 아니라 상업 자본주의의 소유욕을 나타내는 것이었다. 누드화는 인본주의에 바탕을 둔 신체의 찬양이 아니라 남성 관음주의의 산물이었다. 시각적 광고의 언어는 내용이 어떻든 간에 질투심과 사회에서 배척당할 두려움을 자극하여 체제를 공고히 만들었다. 그리고 가장 근본적인 것으로, 예술에 대한 사랑은 유럽 지배계급의 문화적 알리바이에 불과했다.

이 모든 것은 엄연히 이데올로기다. 논의는 인류학적이고 전면적이었다. 버거는 예술에서 "가짜 수수께끼"와 "가짜 종교성"을 걷어내야 한다고 말했다. 그 유명한 시리즈 첫 장면은 사실상 신성모독의 아이콘이 되었다. 내셔널 갤러리로 짐작되는 곳에서 1970년대 유행하던 티셔츠를 걸친 버거가 보티첼리의 〈비너스와 마르스〉에 칼을 갖다 댄다. 화폭을 잘라내는 소리가 마치 비트처럼 유난히 크게 들리다가 이내 보이스오버에 섞여 들어간다. 버거가 말한다. "이 프로그램에서 나는 유럽 회화 전통과 관련하여 일반적으로 전제되는 몇 가지 가정들에 질문을 제기하려 합니다. 그와 같은 전통은 1400년경에 태어났고 1900년경에 죽음을 맞았습니다." 그의 은유는 명백하다. 질문한다는 것은 해부하여 그 아래와 너머를 들여다보는 것이다.

버거는 퀴퀴한 열매들을 하나하나 칼로 잘라 더 큰 질병의 징후를 드러냈다. 열매의 이름은 감식안이었고, 질병은 가부장적인 유럽 자본주의였다. 그는 홀바인Hans Holbein the Younger의 〈대사들〉과 게인즈버러의 〈앤드루스 부부〉가 그저 과장되게 떠받들어지는 작품일 뿐임을 설득력 있게 읽어낸다. 〈파리스의 심판〉은 미스 유니버스 선발대회와 다를 바 없어 보인다. 그는 나중에 프로그램 원고로 활용된 에세이에서 이렇게 말했다. "유럽에서 재현이라는 방식은 소유하는 경험을 가리킨다. 원근법적 시선이 여기저기 펼쳐진 모든 것을 개인의 눈에 맞춰 모아놓듯, 재현이라는 방식은 묘사되는 모든 것을 개인 소유주-구경꾼 손에 넘겨준다. 이로써 회화는 은유적으로 전유 행위가 된다."[4]

버거는 이를 재전유한다. 프로그램은 자르고 붙이는 실시간 콜라주를 통해 자체 논의를 뒷받침한다. 지금은 많이 사용하는 기법이지만 당시에는 뻔뻔한 일이었다. 전통을 구성하는 데 한몫한 작품들은 전통 해체 작업을 통해 즉시 고아 신세가 되었고, 전통에 연루된 명목으로 유죄판결을 받았다. 프로그램이 방영되기 전까지 예술 교과과정에 무엇이 남아 있었건 간에 이후에는 주춧돌만 가까스로 서 있었다.

해체 작업은 분수령이 되었다. 마틴 제이Martin Jay는 〈다른 방식으로 보기〉가 "도전장"을 내밀었다면서 그 뒤로 "시각 문화 연구는 결코 예전과 같을 수 없었다"고 말했다.[5] 그리젤다 폴록Griselda Pollock은 버거가 개입한 "순간" 즉 1972년을 일종의 방법론적인 원초적 장면primal scene*으로 보았다. 이를 계기로 인문학이 형식주의의 그늘에서 벗어나 조만간 지배적 양식으로 자리 잡게 될 "권력을 분석하고 계급·인종·성과 관련된 의미를 해체하는 작업"으로 눈 돌리기 시작했다.[6] 몇 년 지나지 않아 『스크린Screen』 『아트 포럼Art Forum』 『크리티컬 인콰이어리Critical Inquiry』 같은 잡지가 버거의 논의를 이어받아 정교하게 다듬고 수정했다. 곧 버거가 과하게 단정하고 종종 과하게 단순화한 논의의 줄기는 어엿한 체계를 갖추게 되었다. (일례로 1975년 발표된 로라 멀비Laura Mulvey의 남성의 응시에 관한 유명한 에세이는 버거의 페미니즘적 논지를 고전 할리우드 영화의 젠더 관객성에 적용한 결과로 읽을 수 있다.)[7] 한편 영국과 미국의 강의실에서는 〈다른 방식으로 보기〉가 한 교수의 표현대로 "간편한 강의계획서 자료"가 되었다.[8] 두 시간이면 기초 과정의 예술학부 학생들이 문화적 편견을 씻어내고 더욱 정교한 비판적 방법을 받아들일 수 있었으니 무척이나 효율적인 프로그램이었다. 이렇게 보면 방송은 학기마다 자신의 '순간'을 다시 누린다고 할 수 있다. 페미니즘 미디어 학자 제인 게인스Jane Gaines는 한 세대 학계뿐만 아니라 학계의 가르침을 받은 많은 학생들을 대신해서, 버거가 형성기에 미친 영향을 이렇게 인정했다. "우리는 일, 놀이, 예술, 상업 등 모든 것에 대한 기본 전제가 이를 둘러싼 이미지의 문화에 숨어 있다

* 아이가 처음으로 목격한 성교 장면.

는 점을 그에게서 배웠다. (…) 첫눈에 보이는 모습이 아니라 그 아래 감추어져 있는 비밀을 밝혀내야 한다."[9] 예술을 공부하는 것은 더 이상 고개를 끄떡거리며 감상하는 일이 아니라 게인스가 말한 "암호를 푸는 정치적 열쇠"를 찾아나서는 일이었다. 요컨대 일종의 가면 벗기기였다. 버거가 걸작을 숭배하는 대신에 가르친 것은 교수법에서 **비판적 보기**critical seeing라고 하는 것이었다. 이미지는 더 깊은 의미를 어떻게 감출까? 사회적 관계는 어떤 주제를 다루는 형식에 어떻게 새겨질까? 예술은, 혹은 예술을 사랑한다는 것은 더 광범위한 권력의 행사에서 어떤 역할을 할까?

버거가 제시한 대답은 하나의 본보기가 되었다. 엄격한 방법론이나 구체적인 분석 내용 때문에 영향력을 발휘한 게 아니었다. 그의 대답들은 새로운 **분위기**, 새로운 스타일의 사유를 예고했다. 같은 시기 프랑크푸르트학파와 푸코 등에 대한 이해와 더불어, 〈다른 방식으로 보기〉는 학계에 특정한 지적 태도, 즉 **비판적** 태도를 들이는 데 앞장섰다. 첫 에피소드가 끝날 때쯤 버거가 한 말을 기억하자. "나는 이 프로그램에 필요한 복제라는 방식을 나만의 목적으로 통제하고 사용합니다. 내 뜻을 여러분이 헤아려주기를 바랍니다. **하지만 회의적으로 봐야 합니다.**" 물론 수사적으로 하는 말이었지만, 머지않아 비평계를 지배할 흐름에 매우 시의적절한 태도이기도 했다. 〈다른 방식으로 보기〉 시리즈와 이를 바탕으로 한 책은 수류탄 역할을 했다. 땅을 말끔하게 치워놓고는 학계에서 시각 연구, 문화 연구, 미디어 연구 등이 융성할 기반을 마련한 것이다.

버거는 이번에도 때맞춰 도착했다. 절묘한 타이밍이었다. 새로운 고객들이 미술관과 대학에 새로이 압력을 행사하고 있었다. 제도는 거듭나야 했다. 하지만 이번에도 버거는 오래 머물지 않았다. 두 가지 면에서 아이러니했다. 하나는 급진적 전복이 곧 학계의 정설로 자리 잡았다는 점이다. 다른 하나는 맨 처음 전복을 일으킨 부류의 한 명이 학술대회 기조연설 따위는 결코 하지 않을 사람이었다는 점이다. 버거는 항상 제도권의 삶을 싫어했다. 하지만 텔레비전 출연으로 보여준 매력—깊게 찡그린 눈, 흥분을 잘하는 이마, 빤히 쳐다보는 유명한 눈길—을 통해 동류를 대표하는 얼굴이 되었다. 물론 스스로 곧 자리를 떴다. 그는 수류탄을 던졌고, 돌무더기에서 뭔가를 건져 올리는 일은 다른 사람들에게 맡겼다.

* * *

〈다른 방식으로 보기〉는 1970년대에, 혹은 전후 시대를 통틀어 가장 영향력 있는 미술비평 프로젝트였다. 하지만 버거 자신에게는 요행수일 따름이었다. 그의 스타일 전체로 보자면 호전적이고 구조주의적인 한 극단을 나타낼 뿐, 결코 본인이 주요하게 여긴 프로젝트는 아니었다. 그로서는 논쟁 태세로 임한 마지막 행보였다. 그리고 시리즈는 줄곧 (전통을 이루는 대가들에 관한) 그의 법칙에도 예외가 있음은 물론, 어쩌면 예술의 존재 이유가 이런 예외에 있음을 암시하고 있었다.

이런 식의 사유는 프로그램의 도발에 묻혀 잘 드러나지 않았다. 하지만 1970년대 말에 이르면 이런 관점이 버거에게서 훨씬 더 명백하게 드러났다. 이렇게 보자면 1970년대가 상황을 명확하게 정리한 셈이었다. 변증법적으로 아주 세심하고 신중하게 내걸었던 보는 방식이라는 개념은 이데올로기냐 경험이냐, 이글턴Terry Eagleton이냐 윌리엄스냐, 톰슨E.P. Thompson이냐 알튀세르Louis Althusser냐 하는 선택의 문제로 서서히 바뀌어 갔다. 그리고 버거가 〈다른 방식으로 보기〉를 제작하던 무렵 지적 풍경이 얼마나 혼란스러웠든 간에(나는 버거가 당시 인본주의를 통하지 않고 마르크스주의에 도달하는 사람이 있을 것으로 상상했다고는 보지 않는다), 이후 구조주의 그리고 포스트구조주의가 등장하면서 신좌파가 끝났음을 확실히 각인시켰다.

두 편의 에세이가 이런 격변을 제대로 보여준다. 첫 번째 글은 「예술 '작품'」으로 1978년 영국에서 출간된 니코스 하지니콜라우Nicos Hadjinicolaou의 『예술사와 계급투쟁Art History and Class Struggle』에 관한 리뷰다. 여기서 버거는 확신에 찬 알튀세르주의 방법론과 처음으로 맞붙었다. 그는 가던 길을 멈추고 스스로를 돌아보았다. 1950년대 중반에 당의 교리를 위반했을 때와 마찬가지로 글의 서두에서 자신의 반응이 개인적으로 또 이론적으로 복잡하다는 것을 밝힌다.

버거의 반응은 기본적으로 적대적이다. 그는 시각적 이데올로기라는 설명 도구가 "추상적이긴 하지만 우아한 방안"이라고 하면서도 거기에 매몰되지 않는다. 그에 따르면 일단 시각적 이데올로기라는 것을 절대시할 때 우리는 "눈먼 상태를 감안해 이를 극복하며 사는 법을 배워야 하는 맹인과 비슷해진다. 하지만 계급사회가 지속되는 한 시각 자체를 허락받지는 못한다".[10] 그 결과는 예술을 만들거나 보는 경험, 그 행동과 수수께끼가 제거된 이론이었다.

버거는 〈다른 방식으로 보기〉에서 자신의 논의도 시각적 이데올로기라는 도구가 실패하는 바로 그 지점에서 취약했음을 인정한다. 예외적인 작품, 즉 위대한 예술 작품의 힘은 이데올로기 분석만으로 온전히 설명될 수 없을 터였다. 버거는 당시 한 친구에게 이렇게 털어놓았다. "그런 예술 작품들이 있어. 그리고 그런 작품들만이 끊임없이 나를 매료시키고 신비롭게 남아 있지. 본질적으로 설명을 뛰어넘는 작품인 거야."[11] (브라크도 비슷하게 "예술에서 딱 하나 중요한 게 있다면 그건 설명할 수 없는 무엇이다"라고 말했다.)[12] 물론 버거는 이 모든 맥락에 동어반복과 주관성이 잠재할 수 있음을 이해하지만, 그럼에도 주장을 꺾지 않았다. 그는 리뷰 말미에 이렇게 썼다. "하지니콜라우와 그 동료들은 자신들의 접근법이 자멸과 퇴행을 불러 즈다노프나 스탈린의 환원주의와 크게 다르지 않은 환원주의로 귀결될 가능성을 고려해봐야 할 것이다."[13]

다른 많은 사람들에게도 그랬지만 버거에게 **이론**의 등장은 사실상 정치의 종말을 나타냈다. 이론은 행동 대신 제약에, 과정 대신 닫힌 체계에, 깨달음 대신 허위의식에 집착했다. 당시 만연한 태도는 힙하면서 살짝 거만한 조심성을 자기 지시적 폐쇄성과 결합했다. 강한 기시감이 느껴지는 대목이다. 한때 버거는 1950년대 회화에서 안으로 파고드는 일, 자살하는 일, 실험실을 위해 세계를 버리는 일이 벌어지고 있다며 우려를

표했다. 그런 그가 1970년대 말에 마르크스주의에서 목격한 장면도 이와 같았다. 이론을 위한 이론으로 보든 아니면 "의심의 해석학"의 일환으로 보든, 버거는 남들도 곧 알아차리게 될 바를 직감적으로 파악했다. 비평 자체가 마침내 힘을 잃어가고 있다는 사실이었다.[14]

버거가 불과 몇 년 사이에 얼마나 멀리 나아갔는지 보여주는 두 번째 에세이는 1983년 발표된 「세계의 생산」이다. 이 글은 암스테르담에서 열린 '국경 없는 연구소' 연례회의에 참석하기 전 그의 망설임을 들려준다. 1974년 버거는 연구소의 초대 연구원 가운데 한 명이었다. 하지만 1980년대 초에 이르자 반식민주의 투쟁의 나날은 먼 옛날 일로 보였다. 사람들은 지쳐 나가떨어졌다.

나는 가지 않기로 거의 마음을 굳혔다. 너무 지쳐 있었다. 나의 탈진은, 말하자면 신체적인 만큼이나 형이상학적인 것이었다. 더 이상 회의를 함께 끌어갈 수 없었다. 사람들에게 연락한다는 생각만으로도 괴로움이 밀려왔다. 그냥 가만있을까 생각했다. 그럼에도 가까스로 회의에 갔다.

실수였다. 나는 회의를 따라가지 못했다. 말과 그 의미의 연결이 깨어졌다. 마치 길을 잃은 듯했다. 인간의 으뜸가는 힘―명명하는 힘―이 작동하지 않았다. 어쩌면 그런 힘은 줄곧 환영이었는지도 모르겠다. 모든 게 무너졌다. 나는 농담을 하고, 자리에 누워보고, 차가운 물에 샤워하고, 커피를 마시고, 커피를 마시지 않고, 혼잣말을 하고, 머나먼 곳을 상상해봤다. 어떤 것도 도움이 되지 않았다.[15]

심한 고립감을 느낀 버거는 회의장을 떠나 길 맞은편에 있던 반 고흐 미술관으로 향했다. 그림을 보러 간 게 아니라("이 순간 반 고흐 같은 건 전혀 필요하지 않다고 스스로 되뇌었다"), 자신을 집에 데려다줄 수 있는 친구가 거기 있어 간 것이었다.[16]

여기까지가 글의 전주 부분이다. 이어 그는 "갑옷용 장갑"처럼 생긴 미술관 통로를 지나며 예기치 못한 치유제를 발견한다. 반 고흐의 회화에서 문득 "실재가 확고해진" 것이다. 회의장에서 그토록 오싹하게 느꼈던 괴로움, "공허함의 현기증"은 감쪽같이 사라졌다. 정맥주사를 맞은 것 같았다고 할 만큼 효과는 즉각적이었다.[17]

반 고흐가 버거에게 열어젖힌 것은 그저 세상의 **거기 있음** thereness만이 아니라, 손에 닿을 만큼 가까이 세상을 현존하게 둔 채 자신을 세상 속에 위치시키기 위해서는 부단한 신체적·미학적·영적·열정적 작업이 필요하다는 점이었다. 이는 반 고흐가 캔버스에 그려낸 그림 자체의 무뚝뚝한 물질성에서 오롯이 드러났다. 〈감자 먹는 사람들〉 〈종달새가 있는 밀밭〉 〈오베르의 들판〉 〈배나무〉는 화폭에 담긴 대상에 최대한 가까이 다가가려 한 화가의 노력을 보여주었다. 그는 연민을 가득 담아 우주를 두텁게 묘사했다. 훗날 버거가 말했듯 반 고흐의 작업은 "지극히 실존적이며 어떤 이데올로기도 걸치지 않았다".[18] 농민들은 먹을 때 사용하는 바로 그 손으로 자신들이 먹는 것의 씨를 뿌렸다. 태양에서 꽃으로 옮아간 그 에너지야말로 반 고흐가 그림에 옮겨놓으려 한 에너지였다. 이데올로기의 장막이 아닌, 세계의 생기 넘치고 본능적인 활동성. 결론적으로 버거는 실재 자체가 창조의 형식이며, 실재에 다가갈 최선의 방법은 이름하여 '존재의 노동'을 통하는 것이라 여겼다.

1978년 에세이가 이데올로기에 대한 버거의 최종 거부를 나타냈다면, 1983년 에세이는 그가 이미 돌아서고 있던 새로운 방향, 새로운 형이상학을 가리켰다. 노동은 버거가 후기에 몰두한 주제로, 그는 죽을 때까지 결코 쉬지 않고 일했다. 그는 이렇게 적었다. "자연은 에너지이며 투쟁이다. 가시성可視性은 일종의 성장이다."[19] 신좌파의 오랜 숙취에서 벗어난 버거에게 노동이란 혁명이나 비평이 아니라 존재의 지속적 생산에 참여함을 의미했다. 그는 레오파르디Giacomo Leopardi에 관한 에세이에서 이렇게 말했다. "생산 과정에 참여하는 순간 전면적인 비관주의는 설 자리가 없어진다. 이 얘기는 노동의 존엄성이니 뭐니 하는 헛소리와 무관하다. 인간의 신체적·정신적 에너지의 본질과 관계되는 것이다. 이렇게 에너지를 소모하고 나면 음식과 잠, 잠깐의 휴식이 필요해진다."[20] 여기에는 점진적이지만 재생으로 이어지는 신진대사 활동이 있다. 버거는 말했다. "노동은 생산적이므로 가차 없이 인간에게서 생산적인 희망을 생산한다."[21]

암스테르담의 일화를 담은 에세이는 여러 방식으로 읽을 수 있다. 불안과 땅에 발 디딤에 관한 우화, 포스트구조주의적 구역질에 대한 개인의 설명, 회화의 내밀한 힘에 대한 긍정, 그리고 무엇보다 대도시의 논쟁 한복판으로부터 버거의 퇴장을 알리는 알레고리로서 말이다.

〈다른 방식으로 보기〉는 개입일 뿐만 아니라 고별이었다. 1980년대 초에 이르면 버거는 지적 논의의 중심에서 자발적으로 멀어져 있었다. 이제 교수들은 그에게 배울 바가 별로 없었고, 버거도 마찬가지로 그들에게 배울 바가 없었다. 이따금씩 그가 쓴 에세이가 새로운 하위 분야로 이어지기도 했지만(일례로 「왜 동물들을 구경하는가?」는 동물 연구의 교본이 되었다), 대체로 그는 쓸모가 없었다. 그는 당혹스러울 정도로 진지했고, 무비판적일 정도로 진심이었다. 그리고 많은 사람들이 볼 때 남의 눈을 전혀 의식하지 않고 남자다움을 드러낸 사람이었다. 비슷한 또래의 이론가들이 기표와 기의에 대한 담론에 몰입하고 있을 때 버거는 혼자 돌아다녔다.

그는 비판적 방식을 거의 포기하다시피 했다. 그의 야심은 이제 하나의 작업보다는 평생 이어지는 프로젝트를 통해 표현되었고, 여기서 다양한 이야기와 시와 편지와 스케치가 부산물처럼 생겨났다. 어조는 친밀하면서도 사려 깊어졌다. 다루는 범위는 자연계나 동물계의 세밀한 관찰에서 형이상학적인 것으로 급작스럽게 바뀌었다.

1959년 버거는 "현대 세계에서 사람들이 자신의 사회적 권리를 주장하는 데 도움을 줄 수 있느냐 없느냐"로 예술 작품을 판단한다고 썼다.[22] 1985년에도 에세이집 서문을 쓰며 같은 주장을 반복했다. 하지만 새로운 주장을 덧붙였다. "예술의 다른 얼굴, 그 심원한 얼굴은 인간의 존재론적 권리라는 질문을 제기한다. (…) 예술의 심원한 얼굴은 언제나 기도의 형식을 취한다."[23]

***

    1970년대 중반 버거는 제네바 외곽 오트사부아주의 한 산악 마을에서 새로운 가정을 꾸리며 새로운 삶을 시작했다. 쉰 살을 내다보는 나이에 자칭 "두 번째 교육"을 시작한 곳은 기프르Giffre강 골짜기였다.

    손위의 많은 이웃들은 수 세기 동안 이어져온 농경 방식으로 삶을 영위하고 있었다. 버거는 그들 곁에서 일하기 시작했다. 그들은 버거의 스승이 되었다. "내겐 대학이나 마찬가지였다. 나는 낫질하는 법을 배웠고, 삶에 대한 감각과 가치를 아우르는 별자리를 배웠다."[24] 그가 이후 16년에 걸쳐 쓴 삼부작—사라져가는 농민들에 대한 이야기와 시와 에세이의 혼합체—의 제목은 성서에서 가져왔다. "다른 사람들이 노동하였고 / 너희가 그들의 노동에 함께 하였느니라." 하지만 그것은 인류학적 서명이자, 거의 신학에 가까운 자기만의 방법과 원칙에 관한 표명이기도 했다.

    처음에 버거와 베벌리 밴크로프트는 캥시Quincy 마을에 살지 않고 길 위쪽에 있는 낡은 농가에서 지냈다. 아래층은 사용하지 않은 외양간이었고, 부엌에는 아궁이가 있어 석탄과 땔감으로 불을 땠다. 그런데도 겨울이면 혹독하게 추웠다. 수돗물은 나왔지만 온수가 없어서 난로에 물을 데워야 했다. 화장실은 진입로 건너편 바깥에 따로 마련되어 있었다. 전화는 없었다. 버거는 위층에 책상과 타자기, 책들을 두고 서재로 썼는데, 창문 너머로 몽블랑 산군이 저 멀리 보였다. 마을까지는 조금만 걸으면 되었지만 그곳에는 상업 시설이 없었다. 가장

오트사부아주 산악 마을에서 존 버거와 임신 중인 베벌리 밴크로프트. 1976년 장 모르의 사진.

가까운 식료품점과 우체국은 강을 따라 이어진 도로를 수 마일 가야 나왔다.

어떤 사람에게는 후퇴의 행보로 보였다. 그가 돈키호테나 톨스토이의 삶을 산다고 여기는 사람이 많았다. 하긴 마거릿 대처Margaret Thatcher가 권력을 잡으면서 복지국가가 무너지고 광부들이 파업을 벌이고 있을 때 영국에서 가장 유명한 좌파라는 사람이 프랑스 시골에서 지냈으니 그럴 만도 했다. 그가 1년에 한 번 정도 런던에 들를 때마다 불가피한 질문이 나왔다. 한 친구의 표현을 빌리면 이랬다. "계급투쟁이 치열하게 벌어지는 이곳에 있어야 할 **네가** 농부들에 대한 낭만적인 생각이나 하며 **그곳에서** 뭘 하고 있는 거야?"[25]

또 어떤 사람에게는 미학적 굴복으로 비쳤다. 그가 소설에서 보여주던 엄격한 모더니즘을 내던지고 향수에 젖었다는 것이다. 1983년 채널 4에서 주선한 내밀하고 솔직한 대담 자리에서 수전 손택은 버거 맞은편에 앉아 흰머리 희끗한 당당한 풍모로 계속 이 점을 물고 늘어졌다. "하지만 존, 변한 건 아니겠죠?" 손택은 거듭 물었다. 버거는 당황한 기색을 보였다. 살짝 주저하더니 자존심을 잃지 않고 말했다. "그게, 어떻게 글을 써야 할지 다시 배워야 해서 말입니다."

알프스 기슭에서 얼마나 토착민의 삶을 살았건 간에 그는 언제든 떠나고 여행하고 배웠으며, 중요한 예술가나 출판업자와 어울리는 특권을 누렸다. 그 때문인지 버거의 프랑스어는 끝까지 더듬거리는 수준이었고 과한 억양을 극복하지 못했다. 그곳에서 한 시간만 차로 달리면 유럽에서 가장 세계적인 도시이자 자신의 전 아내와 다 큰 두 아이들이 살고 있는 제네바에 갈 수 있었다. 그리고 1980년대 중반이 되어 버거는 오트사부아주와 파리 교외를 오가며 지냈다. 파리 교외에는 그가 새로 사귄 우크라이나 태생의 작가 넬라 비엘스키가 살고 있었는데, 그는 넬라와 베벌리를 동시에 사랑했다.

이런 상황이긴 했지만 그가 시골로 거처를 옮긴 것은 일시적인 기분에서 한 일이 결코 아니었다. 당초 회의적이었던 친구들, 그러니까 땅값 상승을 노린 행위라거나 유행하는 시골 건물을 불법 점유한 행위로 삐딱하게 볼 수도 있었던 사람들 역시 그곳을 방문한 뒤에는 버거가 자신에게 어울리는 새 거처를 얻었음을 인정하지 않을 수 없었다. 버거는 마을 사람들의 삶을 함께 살았다. 추수 때면 건초 만들기를 돕고, 소 떼에게 풀을 먹일 때가 되면 고지대 초원을 찾고, 벌목꾼과 함께 나무를 베러 가고, 사과를 따서 주스를 만들고, 마을 축제에서 사람들이 돌리는 브랜디를 마셨다. 마을 사람들의 사회를 이루는 가십에 동참했고 가십의 주인공이 되기도 했다. 그는 처음에는 소유하지 않고 이웃 농부의 집을 빌려 생활했다. 1981년 그곳을 찾은 미국의 한 언론인에게 그가 말했다. "다른 어느 곳에서도 느껴보지 못한 편안함을 여기서 느낍니다. 영국에서는 확실히 아니었어요. 내가 프랑스 사람으로서 느끼는 바는 아니지만, 이 마을에 있으면 편안하게 내 본연의 모습을 받아들이게 됩니다."[26]

후퇴는 도피를 함의한다. 항복하든 쉬어 가든 자리를 피하는 행위인데, 버거는 어느 쪽도 아니었다. 오히려 비난의 유령이 그를 더 열심히 일하도록 내몰았다. 글쓰기뿐만 아니라 책상 앞이 아닌 데서 하는 일도 포함해서 말이다. "나는 탈출하려는 욕망 같은 것은 없었습니다. 뭔가를 만나고 싶었어요. 그래요, 시골 생활에 대해 더 많이 접하고 또 알고 싶었어요. 도시 생활과 상반된 삶이라든지 도시 생활을 벗어난 안식처를 구하려는 게 아니었고요."²⁷ 시골 생활은 하나를 벗어나는 문제가 아니라 다른 것에 가까이 다가가는 문제였다. 시골이란 어쩔 수 없이 **도망쳐서 가는 곳**이라는 관념 자체가 도시 전문가 계층의 역사적 유아론을 드러낸다는 게 그의 생각이었다.

버거는 캥시 마을에서 지내는 삶이 관조하는 삶이 아니라 온몸으로 받아들이는 삶이라고 확신했다. 그가 탄복하게 된 밀레Jean-François Millet의 그림 소재들이 버거 스스로 새롭게 선택한 일상을 이뤘다. 낫질하기, 양털 깎기, 나무 쪼개기, 감자 수확하기, 땅파기, 양치기, 거름주기, 가지치기.²⁸ 그는 밀레가 감상주의자가 아니라 부르주아적 형식을 고수한 선동가라고 주장했다. "이제까지 화폭에 담기지 않았던" 농부의 경험을 금박 액자의 유화 전통으로 가져오려는 욕망이 워낙 전례가 없었기에, 밀레에게 어떤 실패의 지점이 있다 해도 그런 과업의 어려움을 보여주는 것에 불과했다.²⁹ 어떤 계급 사람들에겐 너무도 직접적이지만 다른 계급에는 너무도 낯선 경험을 어떻게 나타낼 것인가? 풍경화의 관객은 농부가 **그 안에서** 살아낸 바를 **앞에서** 바라보기만 할 터였다.

풍경을 관조하는 데서 벗어나려면 그런 풍경을 보기 전에 노동의 물성을 몸소 겪어봐야 했다. 그래야 제대로 보고 묘사할 수 있었다. 결국 진정성의 문제였다. 손에 굳은살이 박이지 않고서는 밭을 일구는 경험을 알 수 없었다. 산속에서 겨울을 지내보지 않고서는 추위에 대해 글을 쓸 수 없었다. 버거의 수입은 당연히 책에서 나왔지만, 그는 낮이면 바깥에서 지냈다. 햇빛과 비를 맞으며 땅을 일구고 이웃과 함께 계절을 났다. 수고로움과 피곤함을 몸으로 느끼는 것은 그가 찾아 나섰던, 낮과 밤만큼이나 아주 오래 짝을 이뤄온 두 감정이었다.

버거는 『제7의 인간』이 자신에게 가장 중요한 축이라고 늘 말했다. 그 책을 준비하면서 그는 유럽의 남쪽 변방인 포르투갈, 스페인, 그리스, 터키에서 온 수백 명의 이주민들을 만나 이야기를 나눴다. 거의 대부분이 공장이나 광산, 혹은 공공사업에 종사했다. 주거지는 도시 외곽이었다. 버거는 이런 새로운 삶의 모습을 그려낼 수 있었다. 그러나 그들이 두고 온 것, 즉 그들 부모의 삶과 그들 마을의 모습은 그릴 수 없었다. 그들 대부분은 농민의 아들이었다. "이야기를 들으면서 나는 그들이 느끼는 많은 부분을 내가 제대로 파악하지 못한다는 것을 깨달았습니다. 나는 아무것도 몰랐습니다. 그런 무지를 극복하고 싶었습니다."[30]

여기서 안다는 것은 경험을 뜻했다. 농사일의 경험만이 아니라 그 사회적 커먼즈에 통합되는 경험도 포함해서다. 두 가지는 함께 갔고, 시골 마을의 삶을 함께 일궜다. 버거는 말했다. "농민을 알게 되는 최고의 방법은 이야기를 나누는 게 아니라 함께 일하는 것입니다. 여러분이 나처럼 그들과 함께 손에 흙을 묻히고 외양간을 청소하고 밭일을 할 준비가 되었다면, 한편으로 그들은 대가이고 여러분은 멍청이이므로 이런 일을 지독하게 못한다면, 농민과 거리감이 좁혀지면서 가까워진 것을 느낄 수 있습니다."[31] (그보다 한 세대 위인 프랑스 철학자이자 신비주의자 시몬 베유도 비슷한 말을 했다. 베유는 "온종일 농민들 옆에서 진이 다 빠지는 노동을 함께하고 나서야" 비로소 그들이 마음을 열어 "진심에서 우러난 대화"를 할 수 있었다고 했다.)[32]

버거는 명목적으로는 제네바에 기반을 두고 있었지만 한곳에 뿌리내리지 않은 채 10년 이상 이곳저곳 돌아다니며 살았고, 〈다른 방식으로 보기〉와 부커상 수상으로 국제적 명성을 얻었다. 그런 그가 위기와 이혼을 겪은 이후 캥시의 일하는 삶에서 발견한 것은 단순한 집이 아니라 그를 정착하게 만든 닻, 바로 **공동체**였다.

그런 깊은 소속감은 대개는 살면서 한 번이나 두 번 정도 느끼는 것이 고작이다. 그보다 자주 일어났다면 그렇게 특별한 일이 아닐 터다. 영국을 떠나면서 버거는 자신이 주도적으로 활동한 첫 번째 사회적 무대인 전후 영국의 화실과 갤러리, 클럽, 살롱, 논쟁의 세계를 뒤로했다. 십수 년이 흘러 그는 "나스스로 그 공동체의 확실한 일원이라고 느꼈습니다"라고 말했다. 그러고는 곧바로 명확하게 설명을 덧붙였다. "예술계가아니라 수백 명, 수천 명의 화가들과 그 친구들로 구성된 공동체 말입니다."[33] 20년 뒤에 그의 새로운 공동체는 기프르강 골짜기에 있었다. 구성원은 이웃과 가족이었다. 먼젓번은 도시 공동체였고 다음번은 시골 공동체였지만, 둘 다 '일'이라는 공통의 전제를 깔고 있었다.

"농사일과 예술은 피할 수 없는 친연성이 있다. 농사일에는 지식만큼이나 캐릭터, 헌신, 상상력, 구성 감각이 중요하다. 그것은 실용적인 예술이다."[34] 미국의 환경운동가 웬들 베리 Wendell Berry의 말이다. 버거도 레나토 구투소에 대해 쓴 첫 번째 책에서 비슷한 점을 간파했다. 이탈리아 땅이 거의 마지막 남은 1에이커까지 평평하게 혹은 계단식으로 개간된 것과 비슷하게, 구투소는 화폭의 거의 마지막 1인치도 남기지 않고 작업했다. 이에 버거는 농사 기술과 구투소의 회화 기법 사이에 통하는 점이 있음을 깨달았다. 풍경화는 이런 면에서 명사인 동시에 동사일 수 있다. 구투소나 반 고흐 같은 화가가 특별했던 것은 나무와 들판과 예술가의 **활동성**을 알아보았기 때문이다. 버거의 초기 소설에 그 친연성을 지적하는 부분이 있다. 『우리 시대의 화가』 한 대목을 보자. "가로 2미터, 세로 3미터의 거대한 캔버스다. 이것은 10헥타르의 땅을 경작하는 것에 맞먹는다."[35]

젊은 시절 버거가 일하는 사람을 그렸다면drawing, 이제 그는 일 자체에 마음이 끌렸다drawn. 그가 예전에 예술을 두고 했던 말―지역적인 것에, 노동의 이미지에, 공동 작업의 동지애에 표했던 공감―은 이후 시골에 정착해 농사일을 하는 삶의 예언으로 되돌아온 셈이었다. 중기 시절 곳곳을 돌아다니며 모더니즘 미학에 몰입했던 버거는 후기에 이르러 초창기 활동에서 나왔던 아이디어, 즉 장소가 가진 결의 특수성으로 돌아갔다.

캠시에서 건초를 옮기고 있는 아버지와 아들. 1987년 장 모르의 사진.

1950년대에 버거가 추상미술을 공격했던 이유는 장소와 무관한 국제적 양식이라는 점 때문이었다. 추상은 어디에도 속하지 않았다. 그가 보는 '예술의 자율성'이 바로 그랬다. 자유로운 실험정신이 아니라 창문 없고 폐쇄적인 실험실 분위기를 나타내는 것이었다. 그는 1952년 「비엔날레」라는 글에서 이렇게 말했다. "유고슬라비아에도 뒤피Raoul Dufy가 여럿, 캐나다에도 미로Joan Miró가 여럿, 쿠바에도 몬드리안Piet Mondrian이 여럿이다. 다들 자기 나라에서 작업하지만 하나의 국제적 양식이 전 세계에 확산되는 데 기여하고 있다. 에스페란토가 문학의 전통을 생산하지 못하듯 이런 양식으로는 더 이상 예술의 전통이 나올 수 없다."[36]

버거에게 회화란 보는 경험에 뿌리를 두었다. 그리고 보는 것은 다시 지역적인 것, 개별적인 것에 뿌리를 두었다. 가시성은 장소에서 일어난다. 예술가가 세계의 외양을 다루고자 한다면 한 마을이나 들판, 얼굴의 외양에서 시작해야 한다. 그는 1950년대에 한 대담에서 이렇게 말했다. "회화와 조각은 본질적으로 지역 예술입니다. 지역의 맥락에 의지합니다. 즉 국가적 전통과, 사람들과, 빛과, 풍경과, 그리고 회화나 조각을 위해 마련된 건축과 분리될 수 없습니다."[37] 그는 출판되지 못한 선언문 양식의 책에서 한 챕터 전체를 "대문자 예술Art의 허구성"과 "국제적 문화에 비해 지역적·국가적 문화가 갖는 장점"에 대해 서술할 계획이었다고 밝혔다.[38] 버거는 첫 번째 소설에서 이 문제를 직설적으로 제기한 바 있다. "세계주의와 형식주의는 서로를 먹여 살린다. (…) 세잔에 대해 써놓은 헛소리를 보라. 그를 추상적인 이론가라고 말하는데, 그것은 프로방스를 잊고 산악 지방의 그 성자를 무시할 때에만 가능한 말이다. 그러다가 그가 샤르댕Jean-Baptiste-Siméon Chardin과 같은 행동을 하는 것을 본다. 자연을 너무도 열심히 관찰하는 그를, 마치 냇물이 풍차 주위를 돌 듯 자연을 따라 시선이 돌아가기 시작하는 그를 본다. 피에로 델라 프란체스카Piero della Francesca도 있다. 그가 그린 하늘과 언덕은 런던에서는 숭고해 보이지만, 움브리아 지방에서는 버스보다도 특이할 게 없다."[39]

미국의 미술 시장은 미국의 기업식 농업과 비슷했다. 이는 전 세계적으로 진행되는 역사적 과정의 일부였다. 결국에는 지역적 차이를 지워버리고, 이탈로 칼비노가 언젠가 말했듯 공항 이름 말고는 아무것도 바뀌지 않는 특색 없고 중심 없이 곁가지를 치며 뻗어가는 세계를 만드는 일이었다.[40]

1970년대 말과 1980년대에 나온 버거의 가장 사랑받는 에세이들은 반대 방향으로 나아갔다. 그의 에세이는 화가들을 기원으로 돌려놓았다. 터너를 템스강 및 부친이 운영한 이발소와, 모네를 르 아브르의 절벽과, 페르메이르Jan Vermeer를 델프트의 빛과 운하와, 페르디낭 슈발을 드롬과 연결하며 일종의 탄생 이야기를 들려주었다. 버거는 말 그대로 풍경의 **주소**를 찾아 나섰다. 그는 땅의 성격이 "그곳에서 태어난 사람들의 상상력을 어떤 식으로 결정하는지" 살펴보았다.[41] 정체성이나 자부심의 문제라기보다는 인식의 문제였다. 가스통 바슐라르Gaston Bachelard가 '공간의 시학'이라 부른 것, 다시 말해 장소의 현상학이었다. 일례로 쿠르베의 작품에서 쥐라주의 언덕은 단순한 주제가 아니라 명백한 철학이 되었다. 석회암과 이끼, 짙은 녹색의 숲, 그리고 숲 옆으로 들어오는 빛. 이 모두가 결합해 시각의 날카로운 "무법성"을 만든다. 마치 빽빽한 숲에서 세상을 보는 일이 "교양 있는 자들의 선택적인 무지"에 대한 도전이기라도 하듯이.[42] 이베리아반도 회화에 대한 긴 에세이에서 버거는 말라붙어 죽어가는 스페인 내부 상황이 남긴 "상처"를 이야기했다. 그는 벨라스케스와 고야처럼 서로 구별되는 예술가들에게서 똑같이 상처 입은 회의적 태도를 감지할 수 있었다. 그는 심지어 종교도 이런 식으로 이해했다. "사하라 사막에 있는 사람은 코란에 들어선다. 이슬람은 사막 유목민들의 삶에서 태어났고 지금도 계속 태어나고 있으며, 그들의 필요에 답을 주고 그들의 고통을 달래준다."[43]

〈다른 방식으로 보기〉에서 버거는 파란색 스크린 앞에 서서 이야기했다. 파란색 때문에 그가 마치 하늘을 등진 모세처럼 비쳐 권위자 같은 모습이 두드러졌다고 주장하는 사람들도 있다. 그러나 중요한 것은 색 자체가 아니라, 그가 텔레비전이라는 기술적 장치를 발가벗기고, 촬영 스튜디오의 **어디에도 속하지 않는 특징**nowhereness을 강조했다는 점이다. 케네스 클라크가 〈문명〉에서 세계 곳곳을 돌아다닌 데 반해 버거는 오로지 형식 자체에 집중했다. 현대 미디어가 행한 것은, 그리고 그의 프로그램이 의식적으로 행하고 있던 것은 예술 작품을 원래의 맥락에서 분리시키는 일이었다. 이런 작업은 발터 벤야민이 지칭한 **아우라**Aura를 예술에서 걷어냄으로써 이미지를 복제 가능한 것, 이동 가능한 것, 징표로 축소되는 것으로 만들었다. 버거는 감상 대신에 비판적 보기를 가르쳤다. 하지만 방송이 나가고 세월이 흐르면서 그는 조용히, 그러나 급진적으로 다른 가르침을 주고 있었다. 그것은 일종의 친밀하고 협업적인 비전이었다. 버거는 화가들을 정전으로 끌어올리기보다는 (그가 잘하는 일이 결코 아니었다), 정전을 지상으로 끌어내렸다. 비판적 환대라는 전복적인 행위. 그는 대가들을 미술사적으로 평가하거나 이데올로기적으로 규정하지 않고 그들의 작품을 이발소, 숲, 마을 외곽에서 이뤄지는 공통의 경험 속에 통합했다. 예술이 **경험의 커먼즈**로 들어간 셈이다. 그의 후기 에세이들은 예술 작품이라는 이정표를 통해, 우리가 공동으로 경험하는 삶의 영토를 드러내는 하나의 친밀한 지도가 된다.

당시의 지적 유행은 이와 판이하게 달랐다. 알튀세르가 말한 '이데올로기적 국가기구'라든지 푸코가 말한 '규율 권력'이 곳곳에 만연해 막강한 힘을 행사하고 있었다. 모든 곳에 존재하면서 어디에도 존재하지 않는 것. 리처드 로티Richard Rorty가 이 상황을 정리한 글을 인용하자면, 그것은 마치 원죄처럼 "우리가 쓰는 언어의 모든 단어에, 우리 사회의 모든 제도에 지워지지 않는 얼룩을 남겼다. 항상 그곳에 이미 존재하므로 다가오거나 지나가는 것을 볼 수 없다".[44] 유일한 해결책은 끝없이 경계하는 것이었다. "대단히 세밀하게 짜인 보이지 않는 그물망에서 벗어나려면 개인적이고 사회적인 자기분석을 끝없이 수행하는 수밖에 없다. 어쩌면 그렇게 해도 그물망에서 벗어나지 못할 수 있다."[45]

이데올로기는 눈으로 보거나 만날 수 없다. 반면 빛과 망막의 마주침, 세상과 신체의 마주침처럼 가시적인 것은 마주침을 의미한다. 버거가 후기에 쓴 글들은 이 점을 존재의 원칙으로 끌어올렸다. 그는 '공통의 순간'에 대해, 랑데부와 합일의 지점에 대해 쓰고 싶었을 뿐이라고 말했다. 뒤늦음과 소외된 반복으로 특징지어지는 시대에 그의 전체 프로젝트는 예술을 기원으로 돌려놓는 것, 함께한 순간과 장소의 아우라를 되찾는 것, 자본주의의 인스턴트 문화로부터 빼앗긴 신성한 의미를 경험에 되돌려주는 것이었다. 요컨대 개인적·예술적·지적 재주술화reenchantment 프로그램이었다. 그의 언어에는 심오한 공간과 침묵이 때로는 수수께끼처럼 존재한다. 예컨대 그는 이런 말을 했다. "자연 속 공간은 바깥에서 수여된 무엇이 아니다. 안에서 생겨난 존재의 조건이다. 존재의 과거 모습, 앞으로의 모습, **그렇게 되어갈** 모습이다."[46] 그의 후기 글쓰기에 나타나는 깊은 고요함도 비슷했다. 이는 커다란 소음 속에서 잠깐 중단되거나 괄호 쳐진 것이 아니라 주위를 둘러싼 조건, 적극적으로 귀 기울여 듣는 방식, 미약하게 붙들고 있는 무언가였다. 그는 최선을 다해 경탄하고 주목했다. 미술사가들이 정밀한 투광조명을 설치하거나 캔버스 주변에 비계飛階를 세우거나 캔버스에 엑스레이를 투과시켜서 공식 기록에 못 박아두려 할 때, 버거는 다른 일을 했다. 그는 촛불을 들고 회화의 디테일을 살피며 속삭였다. '여기를 보라!'

물론 모든 장소 가운데 한 군데가 빠졌다. 바로 현대 도시다. 버거가 가끔 도시에 대해 글을 쓴 것은 사실이지만 결코 납득한다는 식으로, 적어도 좋다는 식으로 쓰지는 않았다. 오트사부아주로 이사를 간 그해 버거는 비행의 공포를 극복하고 뉴욕을 방문했는데, 거기서 지옥의 아래층과도 같은 장면을 목격했다. 때는 1970년대 중반이었고 도시의 보도는 "실내 장식처럼 닳고 얼룩져" 있었다. 지나가는 사람들은 하나같이 "속이 뒤집혀" 영혼이 너덜너덜해진 모습이었다. 그가 결론짓길, 맨해튼은 "하루하루 자기 희망에 배신당하는 데 이골이 난" 사람들로 가득했다.[47]

우울할 때 타임스 스퀘어를 걸어본 사람이라면 누구나 이런 정서에 공감할 것이다. 『제7의 인간』에서와 마찬가지로 여기서 보이지 않는 것은 기쁨, 자유, 도시가 주는 흥미로운 익명성과 우연한 마주침이다. 도시 빈민가의 노숙자들을 다룬 소설 『킹King』에서든 가상의 도시를 배경으로 하는 삼부작 소설의 마지막 권인 『라일락과 깃발Lilac and Flag』에서든, 그가 만들어낸 도시 인물들은 역경을 짊어지고 있었다. 이들은 무관심하고 익명적이며 종종 비극적인 도시의 혼돈으로부터 어떻게든 통합의 자리를 지켜내려 했다.[48] 버거에게 현대 도시는 자연스러운 집이 아니었다. 그리고 작가들에게는 더더욱 그러했다. 그는 한 인터뷰에서 이렇게 밝혔다. "우리가 사는 세상에서 대도시들은 타락했습니다. 존 버니언John Bunyan 식으로 도시가 악의 장소라고 말하는 것은 아니지만, 이데올로기적 장에서, 그러니까 지식인들이 활동하는 장에서는 특히 타락했습니다. 극도로 맑은 정신을 유지하고, 극도로 원칙을 지키며 버텨내야 하는 곳으로 보입니다."[49] 언젠가 그는, 도시에서는 사람들이 모여 의견을 주고받지만 시골에서는 사람들이 모여 노래한다고 말했다.

모든 지도가 그렇듯 여기에도 가장자리가 있었다. 유럽은 자기들 세계의 윤곽선을 규정했다. 남쪽으로는 지중해와 마그레브, 동쪽으로는 팔레스타인과 아나톨리아, 서쪽으로는 리스본과 갈리시아, 북쪽으로는 유라시아 스텝 지대와 스칸디나비아, 라플란드, 헤브리디스제도가 있었다. 그 중앙에 그의 마을과 제네바가 마치 바퀴의 중심축처럼 자리 잡고 있었다. 버거가 오트사부아주가 아니라 시애틀이나 리마, 혹은 일본에 정착했으면 어땠을지 상상해보자. 어울리지 않는다. 그는 철저하게 유럽 작가였다. 그의 작업은 세계 곳곳에서 독자들을 만났고 전 세계 언어로 번역되어 널리 뿌려졌지만, 그는 죽을 때까지 뼛속들이 말 그대로 유럽중심주의자였다.

이것은 가치판단이 아니라 있는 그대로 묘사한 것이다. 버거는 자신의 기질, 자신의 재능, 자신의 정치에 어울리는 장소를 찾았다. 그러고 나서야 비로소 그는 전 세계적으로 읽히는 작가가 될 수 있었다. (이런 일을 가능하게 한 모순이 있다. 지역의 특수성에 그토록 관심을 보였음에도 그는 지역 방언으로는 결코 글을 쓰지 않았다. 언어는 사람들을 끈끈하게 이어주는 기초가 결코 아니었던 것이다. 버거의 영어는 비즈니스 영어나 자막으로 처리되는 영어와 비슷했다. 말장난을 배제하고 의사소통을 위해 조정된 공통어의 개념에 가까웠다.)

유럽 바깥의 세상은 마을 사람들이 보는 마을 바깥의 세상처럼 거대한 비현실이었다. 그리고 버거가 가장 편안하게 여기던 유럽은 국가들의 연합체가 아니라 지방들과 풍경들의 연합이었다. 그는 정치적 경계를 믿지 않았다. 오트사부아주는 통치자가 여러 차례 바뀐 역사가 있었다. 버거의 네트워크는 변방의 네트워크였다. 그가 노년에 쓴 가장 중요한 책 『여기, 우리가 만나는 곳』은 유럽이라는 제도의 여러 섬들(리스본, 제네바, 크라쿠프, 아일링턴)의 모습을 차례로 보여준다. 그가 농민들과 함께한 시기에 나온 가장 중요한 책 『옛날 옛적 유럽에선Once in Europa』은 그 제목을 그가 쓴 다른 많은 이야기나 에세이에 붙여도 무방하다.

* * *

〈다른 방식으로 보기〉 이후 버거는 또 다른 주제에 몰입했다. 장소에 이어 시간에 관심을 보인 것은 그로서 당연한 귀결이었다. 시간의 가변적 현존은 '생각'만큼이나 오랜 수수께끼다. 히포의 아우구스티누스Augustine of Hippo는 의문에 잠겼다. "과연 시간이란 무엇인가? 아무도 내게 묻지 않을 때 나는 알고 있다. 누가 물어봐서 설명하려 할 때 나는 알지 못한다."

버거는 이 문제를 풀려고 애썼다. 그는 공책에 도표와 경구와 인용문을 빼곡히 적었다. 철학자, 물리학자, 신비주의자, 시인, 심리학자와 편지를 주고받았다. 플라톤, 헤겔, 다윈, 베르그송, 하이데거를 읽었다. 시간은 그가 계속해서 매달린 철학적 주제로, 뮤즈이자 난제이자 가능성의 원천이었다.

『G』에서 이미 이런 주제를 제기한 바 있었다. 그리스 출신의 오스트레일리아 비평가 니코스 파파스테르기아디스Nikos Papastergiadis는 이 소설이 "어린 시절, 섹슈얼리티, 혁명이라는 세 가지 순간을 탐구하며, 이 모두는 균질한 달력 시간 바깥에 놓이거나 직접적으로 여기에 맞선다"고 평가했다.[50] 버거는 성이라고 하는 생의 약동élan vital을 가지고 정치적 비유를 밀어붙였다. 마치 역사의 좌절이 분초 단위의 성적 경험에 속속들이 스며들 수 있는 것처럼 말이다. 소설에서 그는 이렇게 썼다. "소수의 지배층은 그들이 착취하는 자들의 시간 감각을 무력화하고, 가능하면 말살할 필요가 있다. 정권을 유지하는 방법으로 감금이 효과적인 이유가 여기에 있다."[51]

그 뒤로 몇십 년 이어질 철학적 프로젝트의 씨앗을 여기서 찾을 수 있다. 그는 1970년대 말 런던의 한 친구에게 편지를 썼다. "시간에 관한 에세이를 작업하는 중이네. 삽화가 많이 들어가는 짧은 책이 될 거야.『다른 방식으로 보기』와 살짝 비슷하지만 미술에 대한 이야기는 조금밖에 없어. 하지만 그런 건 일단 제쳐놓고 이야기에 집중하기로 했어."[52] 공교롭게도 시간에 관한 에세이여서 그런지 이 작업은 계속 시간을 끌었다. 나중에 그는 "여러 가지를 떠올리게 하는 시간에 대한 '고백록'"을 계획하고 있다고 밝혔다. "이미지가 환기에 도움을 줄 거라 믿네. 전통적인 철학 에세이는 아니야. 독자를 마음속이나 삶 속으로 데려가 스스로를 돌아보게 하려는 하나의 방법이지."[53]

시간에 관한 책은 '다른 방식으로 시간 재기'나 '다른 방식으로 존재하기'에 가까운 것이 될 터였다. 시간도 시각과 마찬가지로 문화적 바탕 위에 놓일 수가 있다. 우리는 19세기에 이르러 실증주의와 정밀한 시간 측정법이 등장하면서, 지난 천

년 동안 다양하고 불균등하고 신비롭게 체험되었던 것이 난폭하게 밀려났음을 알고 있다. 시간에도 원근법에 상응하는 일이 벌어졌다. 현대 과학은 모든 것이 영향을 받는, 즉 먼지·곤충·식물·세포·인체·문화 할 것 없이 모든 것이 종속되는 무자비하고 획일적인 과정을 제안했다. 여기에는 아주 세밀하게 조율된 정확함이 있지만, 정신적인 폭력도 있었다. 미르체아 엘리아데Mircea Eliade가 말한 전통 사회의 '위대한 시간', 영원하고 원형적인 현재는 현대성이 가속화되면서 온데간데없이 사라지고 말았다. 어디서건 진보와 불안의 새 시대가 열렸다. 기술적이면서도 형이상학적인 이런 변화는 농업의 출현이나 금속의 발명만큼 급격한 것이었다.

농민에 대한 버거의 관심은 그 자체로 역사적 저항 행위였다. 그는 자신이 정착한 골짜기를 이렇게 설명했다. "이 지역은 특별합니다. 제네바에서 50마일을 달려 이곳에 오는 것은 어떤 점에서는 두 세기를 건너뛰는 일이라고 할 수 있습니다."[54] 하지만 **시간을 거슬러 올라간다**는 상투적인 표현보다는 **다른 종류의 시간**에 닿는다는 표현이 더 적절해 보인다. 거의 모든 인간의 시간 단위는 자연의 순환에 바탕을 두고 있다. 문화를 가리키는 '컬처culture'라는 말도 인도-유럽어족의 어원을 파고들면 '돈다' '거주한다'는 뜻과 이어진다. 웬들 베리는 이렇게 말했다. "산다는 것, 지상에서 살아간다는 것, 흙을 돌본다는 것, 신을 숭배한다는 것, 이 모든 것은 근본적으로 순환이라는 개념과 연결되어 있다."[55]

시간은 질감이 있다. 즉 나름의 느낌과 모양이 있다. 버거는 농부들과 함께 살며 이 점을 이해하게 됐다. 그는 농민 이야기를 담은 첫 번째 책 『기름진 흙*Pig Earth*』에 「역사에 관한 후기」라는 글을 부쳐 두 가지 삶의 방식, 두 가지 인간의 운명을 구별했다. 자급자족하는 농부의 삶에 보이는 생존의 문화에서는 시간의 경과가 지구의 움직임과 마찬가지로 작동한다. 이는 양피지에 적힌 문장을 지우고 그 위에 다시 쓰는 것과 비슷하다. 계절마다, 곡식을 거두거나 가축을 잡을 때마다 전통이라는 실을 바늘에 꿴다. 과거, 현재, 미래가 태양의 주기나 동물의 생활 주기에 맞물려 공존한다.

하지만 기업 자본주의에 보이는 발전의 문화에서는 시간이 이런 자전축을 잃는다. 기술이 한없이 발전하고, 혁신과 젊음에 집착하고, 죽음을 병적으로 무서워하고, 새로운 이윤·상품·시장을 자꾸만 필요로 하는 현대의 경제는 불안과 기대가 끝없이 이어지는 '인스턴트 문화'를 만든다. 여기서 시간은 유동적인 상품이 된다. 거래가 이뤄질 수 있도록 촘촘히 분절된 단위가 쭉 이어진 것이 시간이다. 이제 미래는 "생존하기 위해 앞서 했던 행위를 반복하는 것"이라기보다 머릿속에 무한히 뻗은 지대로 그려지며, 현재와 달리 잠재적으로 상상할 수 없는 것이 된다.[56] 또한 현대사를 보면 세대에서 세대로 넘어가는 과정이 교감의 이어짐이 아니라 돌이킬 수 없는 상실과 떠남의 자리를 나타내는 것만 같다. (파파스테르기아디스의 존 버거 연구서 『망명으로서의 모더니티*Modernity as Exile*』는 제목부터 이런 틀을 염두에 두고 있으며, 데이비드 로언솔David Lowenthal의 『과거는 낯선 나라다*The Past is a Foreign Country*』등 같은

시기 같은 분위기에서 쓰인 여러 책들도 마찬가지다.)[57]

버거는 처음에 쓰기로 했던 시간에 관한 책을 끝내 쓰지 못했다. 하지만 결국 여기로 돌아왔다. 1984년 출간된 『그리고 사진처럼 덧없는 우리들의 얼굴, 내 가슴And Our Faces, My Heart, Brief as Photos』은 과연 10년에 걸친 사유에 값하는 결과물이었다. 논문이라기보다는 수작업으로 만든 소책자에 가까웠고, 시간이라는 주제에서 본질적인 것만 남겨놓은 듯 분량이 100페이지 정도밖에 되지 않았다. 보석 세공을 하듯 정교하고 부드럽게 다듬은 언어가 인상적인 책이다. 『제7의 인간』이나 『G』의 기념비적인 모더니즘은 찾아볼 수 없다. 하지만 철학과 미술 비평과 시가 혼합된 얇은 두께의 이 책은 그가 쓴 어느 책 못지않게 형식 면에서 독창적이고 이질적이고 포괄적이다.

앞서의 작업들처럼 여기서도 다양한 형식을 동원하지만, 이번에는 몽타주가 아니라 혼합물mélange이다. 버거는 『뉴 소사이어티』와 『빌리지 보이스Village Voice』에 기고한 에세이에서 몇몇 구절을 가져와 아무런 표시도 없이 시와 경구와 추론 사이에 끼워 넣는다. 자기 글이 많지만 다른 데서 가져온 글도 있다. 노발리스, 카뮈, 마르크스 인용문이 등장하는가 하면 렘브란트, 카라바조, 반 고흐에 대한 단상이 있고, 예브게니 비노쿠로프Yevgeny Vinokurov, 카바피Constantine P. Cavafy, 안나 아흐마토바Anna Akhmatova의 시가 나온다. 책은 잠듦과 깨어남의 중간 상태에 존재하는 것 같다. 우화처럼 시작해(맨 처음 토끼가 나오고, 이어 새끼고양이가, 그런 다음 반딧불이 유충이 등장한다), 일기장에 나오는 삶의 모습으로 넘어간다(우체국에 가고, 언덕을 걷고, 친구의 죽음을 생각한다). 일상적인 것과 형이상학적인 것이 도로 위를 나란히 달린다. 글은 명제들로 가득하다. "만약에 시간이 여러 갈래로 존재하거나 순환적이라면, 예언과 운명은 선택의 자유와 공존할 수 있다."[58] "시인은 언어를 시간이 닿지 않는 곳에 둔다. 더 정확히 말하자면, 시인은 언어가 마치 하나의 장소, 집결지인 것처럼 다가가며, 그곳의 시간은 끝이라는 게 없다."[59]

새로운 목소리였다. 이 책은, 나아가 1980년대는 벤 래틀리프의 표현처럼 "무심히 던지는 계시적인 소리"의 등장을 알렸다. 그리고 이 표현은 버거의 후기 스타일을 정의하는 말이 되었다.[60] 〈다른 방식으로 보기〉가 텔레비전과 페이퍼백을 통해 일제사격을 가했다면, 『그리고 사진처럼 덧없는 우리들의 얼굴, 내 가슴』은 야생화를 꺾어 꽃병에 꽂아둔 일에 가까웠다. 제목의 '우리'와 '나'라는 대명사가 깊은 울림을 준다. 당시 판테온Pantheon 출판사 아트디렉터였던 루이스 필리Louise Fili는 책의 독특한 어조에 감응한 나머지, 프랑스에 머물던 버거에게 연락해 책 제목을 육필로 써달라고 부탁했다. 그렇게 필기체 소문자로 쓰인 글씨는 차콜그레이 색상 종이에 인쇄되어 책 표지로 사용되었다.

언젠가 버거는 이렇게 적었다. "친밀함에는 시간 여유가 있다는 뜻도 포함된다."[61] 그가 사랑하는 넬라 비엘스키를 위해 쓴 책이기도 한 『그리고 사진처럼 덧없는 우리들의 얼굴, 내 가슴』은 다정한 철학적 지혜가 핵심에 있다(아마도 롤랑 바르트만이 이런 책을 썼을 것이다). 여기서 지식은 가슴앓이로 다가온다. 후기 바르트의 글처럼 사적인 느낌이 극에 달해서 오히려 익명적인 글로도 느껴진다. 욕망의 화가 카라바조에 대한 단상이 바로 이렇게 시작한다. "언젠가 침대에 있을 때 어떤 화가를 가장 좋아하느냐고 당신이 물었다. 나는 머뭇거리다가 조금이라도 알고 있는 화가들을 떠올리며 가장 정확한 대답을 찾으려고 애썼다. 그런 다음 카라바조라고 답했다. 스스로도 나의 대답에 놀랐다."[62]

후기 버거의 글이 (나를 포함한) 젊은 독자들에게 그토록 매력적으로 여겨지는 까닭은 무엇일지 생각해보면, 위 장면에 그 실마리가 있다. 나이 드는 것이 꼭 씁쓸한 일만은 아니다, 항상 놀라움의 여지가 있다, 생각과 욕망, 발견과 자기반성은 함께 간다, 과거의 천재들과 현재의 친구들이 같은 테이블에 둘러앉은 듯하다고 말하는 이야기. 버거는 사랑하는 사람에게 이렇게 털어놨다. "우리가 같은 장소에 있는가, 서로 떨어져 있는가에 따라 나는 당신을 두 가지 모습으로 안다. 두 가지 당신이 있다. 내 눈앞에서 당신은 예측 불가능한 존재로 변한다. 당신이 무엇을 할지 나는 알지 못한다. 나는 당신을 좇는다. 그리고 당신이 하는 행동에 이끌려 나는 또다시 사랑에 빠진다."[63] 이것은 예순 살이 다 된 남자의 목소리다. 자식이 세 명 있는 남자, 역사적 희망이 실패로 돌아갔다가 다시 희망으로 되살아나는 삶을 산 남자의 목소리다. 하지만 새롭게 황홀을 느끼는 남자의 목소리이기도 하다.

『그리고 사진처럼 덧없는 우리들의 얼굴, 내 가슴』은 버거의 성숙한 스타일을 알리는 책이자 이후 그의 여러 주제들이 나오는 책이다. 사랑, 상실, 망명, 고통, 희망의 원칙, 집에 대한 탐색, 이 모두가 그의 마음속에 서로 연결되어 있었다. 그가 '사라짐의 세기'라고 한 20세기는 그것들을 하나로 불러 모았다. "최근에야 깨달은 사실인데, 지금까지 내가 한 작업들을 돌아보면 모든 글이 사실상 이주에 관한 것입니다."[64] 버거가 1980년대 초에 한 말이다. 이런 인식은 시간이 흐를수록 확실해졌다. 1995년 BBC의 제러미 아이작스Jeremy Isaacs에게 말하기를, 버거 자신이 "도망칠 수 없었던""가장 근본적인 주제"는 바로 이주와 망명 경험이었다. 그러면서 그는 이렇게 덧붙였다. "하지만 가장 넓은 의미에서의 이주입니다. 자발적이든 강제로든 (…) 살던 곳을 떠나는 사람들 말입니다."[65]

떠나는 것이든 돌아오는 것이든, 선택에 의한 것이든 상황에 떠밀린 것이든 작별이라는 문제는 시작부터 그와 함께였다. 첫 소설 『우리 시대의 화가』에서도, 전후 런던의 유럽 망명자들(주로 유대인들)과 우정을 나눈 데서도, 이주노동자들의 운명에 점차 관심을 보인 데서도 이를 알아챌 수 있다. 어쩌면 그가 태어날 때부터, 그러니까 그의 아버지가 서부전선에서 돌아오며 가져온, 입 밖에 낼 수 없던 트라우마에도 작별의 문제가 있었는지 모른다. 물론 삼십 대 초반에 영국을 떠나기로 한 결정, 그의 삶에서 가장 결단이 필요했던 행동에도 그 문제는 존재했다.

버거의 후기 작업에는 철학적 힘이 있다. 주제 자체는 새롭지 않았지만 그는 주제의 더 큰 인간적 의미에 점차 눈을 떴다. 그는 이렇게 썼다. "우리의 세기는 강요된 여행의 세기다.

가까웠던 사람들이 지평선 너머로 사라지는 것을 속수무책으로 바라보는 세기다."[66] 떠남의 경험은 원형적인 것이자 역사적 구체성을 띠는 것이었고, 대단히 개인적인 것이기도 했다. 그가 『그리고 사진처럼 덧없는 우리들의 얼굴, 내 가슴』에 모아놓은 "이주에 관한 시들"의 각 제목에서 이런 감정을 엿볼수 있다. '마을' '땅' '떠남' '메트로폴리스' '공장' '선창가' '부재' '내가 알았던 숲'. 여기에 일종의 코다로 붙는 시는 발터 벤야민을 위해 '20세기의 폭풍우'라고 이름 붙였다.

그런데 왜 사진일까? 왜 카메라라는 도구가 역사철학과 마음에 중심적으로 연결되는 걸까? 대답은 간단하지 않다. 부분적인 이유는 카메라를 이루는 한 쌍의 본질적인 요소, 즉 시간과 빛이 버거의 존재론에서 핵심이기 때문이다. 인간의 눈과마찬가지로 카메라 셔터는 세상이 들어오는 문이다.

어쩌면 태초에

거리를 나타내는 두 가지 표식인

시간과 가시적 세계가

새벽이 시작하기 직전에

함께 도착하여

술에 취해

문을 두드렸는지도.[67]

하지만 다른 이유도 있다. 사진 이미지는 현대적인 것, 망명과 쫓아냄의 시대, 그리고 그 어떤 양가적 위안과 특별한 관계가 있었다. 앙드레 바쟁André Bazin은 19세기에 발명되고 20세기에 대중화된 카메라가 상실을 막아주는 방어물이라고 했다. "사진은 영원한 것을 창조하지 않는다. 대신에 시간을 방부 처리한다. 사진은 그저 시간을 부패하지 않는 곳에 둔다."[68] 카메라는 순간을 영원의 영역으로 가져와 새로운 시간성을 만들어낸다. 사진 매체에 매료된 제프 다이어는 이런 시간성을 **지속적인 순간**이라 불렀다.[69]

사진 이미지가 발휘하는 이상하고도 때로는 시적이며 종종 충격적인 효과에 많은 작가들이 주목했다. 일례로 옥타비오 파스는 노벨 문학상 수상 연설을 통해, 소년 시절의 자기 사진을 보고 "현재에서 추방된" 기분을 느낀 일화를 들려주었다.[70] 버거의 우주에서 마을이 그렇듯, 파스에게 집 정원은 오랫동안 세상의 중심이었다. 파스는 자신의 로쿠스 아모에누스locus amoenus*를 언급하며 '시간이 고무줄 같았다'고 했다. "과거든 미래든, 실제든 상상이든 모든 시간이 순수하게 현존했습니다."[71] 그러나 미국 잡지에서 맨해튼 시내를 행진하는 군인들 사진을 보았을 때 그는 자신의 존재가 "지워지는", 현재로부터 "말 그대로 내쫓기는" 경험을 했다. "그 순간부터 시간은 갈수록 파열되기 시작했습니다. 그리고 공간이 여러 갈래로 존재했습니다. (⋯) 나는 세상이 쪼개지고 있다고 느꼈습니다."[72]

* 자신이 좋아하는 특별한 장소.

그와 같은 분기分岐도 원형적인 것이자 의식 특유의 것이며, 그야말로 현대적인 것이다. 이는 이주민이라는 인간상에 대한 버거의 상상적 공감에서 핵심이 된다. 이주민에 대한 공감은, 이주민의 역사적 뿌리이면서도 **다른** 존재인 농민과 정확히 변증법적 관계에 놓인다. (사진과 그 조상인 회화의 관계에 비할 만한 변증법이다.) 자기 마을을 떠나 살아가는 이주민은 더욱 일반적이고 현대적인 경험의 "극단적 형태"라는 게 버거의 생각이다.[73] 한편 사진은 나란히 발전한 운송·통신 기술과 마찬가지로 이중의 기능을 할 수 있다. 사진 자체가 이주와 비슷하다. 사진은 불쑥 끼어들어 마음을 어지럽힐 수도 있고, 마음을 달래줄 수도 있다. 현재의 순수성이라는 미몽을 깨뜨릴 수도 있고, 불확실한 미래를 위해 그 순수성을, 적어도 흔적이나마 보존할 수도 있다. 여행자는 몸에 지니고 다니는 사진을 통해 자신이 두고 온 모든 것을 떠올린다. 이제 사진 속 얼굴들은 부재로서 마음속에 간직되며, 시간상으로나 공간상으로나 그의 사랑이 머무는 **다른 어딘가**에 속한다.

버거는 말한다. "이주는 뒤에 남겨두고 떠나는 것, 바다를 건너는 것, 낯선 사람들 가운데 사는 것만이 아니라 세상의 의미 자체를 원점으로 돌리는 것이기도 하다. (⋯) 이주라는 것은 세상의 중심을 해체하기 마련이며, 따라서 길을 잃고 혼란에 빠진 파편 속으로 들어가는 것이다."[74] 그러나 순간순간의 재회, 잠시 동안 다시 만들고 다시 구해내는 일도 가능하다. 이에 버거는 묻는다. "왜 말을 더 보태려 하는가?" 모든 현대 역사가가 이주, 현대화, 시장의 창조적 파괴에 대해 한마디씩 해왔다. 버거는 그 이유가 "사라진 것을 기리며 속삭이려는 것"이라 결론짓고는 이렇게 덧붙인다. "과거를 그리워해서가 아니다. 상실의 자리에서 희망이 태어나기 때문이다."[75]

젊은 루카치의 말을 빌리면 '선험적 실향'의 시대에 시, 회화, 낭만적 사랑, 종교적 신념, 쫓겨난 자들의 계속되는 습관, 전 세계 연대를 위한 사회운동은 하나같이 새로 꾸려진 임시 피난처를 알아보기 위해 분투한다. 임시적일지언정 수리된 세상을 찾아 나서는 것이다.

***

암스테르담의 파울루스 포터스트라트에 위치한 반 고흐 미술관. 이곳에 들어선 버거는 불사조처럼 끈질긴 삶의 강렬함을 보았다. 그는 혼란스러운 상태로 미술관에 갔고, 거기서 나와 세상으로 돌아갔다. 그는 이렇게 말했다. "예술은 환영을 유지해주는 사회적 실천이거나, 다른 실천들 너머에 무엇이 있는지 흘긋 보는 행위다. 너머라 함은 현대적 시간관時間觀이 지배하지 않는 곳이기 때문이다."[76] 〈다른 방식으로 보기〉는 전자에 집중했고, 이후 그가 쓴 거의 모든 글은 후자에 집중했다.

오트사부아주로 거처를 옮기고 나서 버거는 돌이킬 수 없이 달라졌다. 그는 주류의 지식인 좌파와 결별해 자기 길을 갔다. 여전히 헌신적이었지만 성숙했다. 1980년대 중반 무렵에는 이데올로기에서 경험으로, 비판적 제스처에서 사랑이 가득한 손길로, 회의적 태도에서 믿음의 태도로, 거의 신념의 태도로 옮겨 갔다. 그는 말했다. "오늘날의 문화는 수수께끼들을 마주

보는 것이 아니라 수수께끼의 허를 찌르려고 악착같이 달려든다."[77]

버거는 몰락 이후 시대를 살며 연민 어린 신학을 옹호하기에 이르렀다. 그리고 감각을 통해 끊임없이 만나게 되는 것과 협업을 이어갔다. 그는 플라톤주의자가 아니었다. 가시적인 것은 실재를 가리는 연막이라기보다 표층 내지는 얇은 피부막에 가까웠다. 1987년 그는 이렇게 썼다. "그림을 그린다는 것은, 주어진 외양 이면에서 어떤 에너지가 나올 때 이를 경험하며 이에 반응하는 행위다. 이 에너지는 무엇일까? 어떤 식으로든 모습이 존재해야 한다고 주장하는 가시적인 것의 의지라 부르면 어떨까?"[78] 10년 뒤에도 버거는 이런 사고방식을 이어갔다. 그는 당시 미술학교에 다니던 아들 이브에게 헌정한 에세이에서, 자신의 이론들이 자신을 "낯선 지역"으로 데려간 이야기를 들려준다. 이런 낯선 장소에서는 대상들 사이의 경계는 물론, 자아와 세계의 경계도 유동적이다. "회화가 활기를 잃는 것은 화가가 어떤 협업을 시작할 수 있을 만큼 대상에 가까이 다가갈 용기가 없기 때문이다. 그는 거리를 둔 채 외양을 베낄 뿐이다. (…) 가까이 다가간다는 것은 관습, 평판, 추론, 계층, 그리고 자아를 잊는다는 뜻이다. 단 앞뒤가 안 맞는 소리를 하거나 심지어 광기에 빠질 위험도 있다. 너무 가까이 다가갈 때 이런 일이 생긴다. 그러면 협업이 무너지고 화가가 그 모델에 녹아 없어져버린다."[79]

결국 예술 작업은 **안으로 들이는 법**을 배우는 것이었다. 국가에서 집으로, 자아로 계속 내려가며 환대의 미학, 열림과 가까움의 미학을 실천하는 것이었다. 이런 갈망은 적어도 초기 르네상스 이후 서구 시문학의 일부가 되었다. 던에게서는 신의 존재로 나타났고("부수고 때리고 불태워서 나를 새롭게 만드소서"), 워즈워스에게서는 자연의 존재로("한층 더 깊이 스며들어 있는 어떤 존재에 대한 / 숭고한 감각"), 휘트먼에게서는 민주적인 군중으로 이어졌다("누구의 앞길도 막지 못하며 / 모두가 받아들여지고 / 모두가 내게 소중한 사람이다"). 그리고 반 고흐에게서도 물론 존재했다. 버거는 이후 한 에세이에서 이 네덜란드 화가의 정체성과 관련해 "윤곽의 결여"를 이야기했다. 결국 이런 재능 때문에 "그는 터무니없이 열려 있었고, 자신이 보고 있는 것에 섞여 들어가는" 비극을 맞았다.[80]

〈다른 방식으로 보기〉는 버거의 그 어떤 작업보다도 폭넓은 영향을 미쳤을지 모른다. 방송과 페이퍼백으로 전 부문에 걸쳐 인식의 전환을 이루어냈고, 미술관과 인문학에 뜻밖의 일격을 가해 시대착오에서 벗어나게 했으며 새로운 비판의 시대로 이끌었다. 다만 확실히 더 큰 사랑을 받은 것은 버거의 후기 글쓰기, 그 목소리와 느낌이다. 『그리고 사진처럼 덧없는 우리들의 얼굴, 내 가슴』은 『다른 방식으로 보기』만큼 많이 팔리지는 않았다. 그러나 벨벳 언더그라운드Velvet Underground*의 공연을 본 사람들의 다수가 스스로 밴드를 결성했듯이, 그 책을 읽은 사람들의 다수가 작가가 되기로 결심했다. '창조적 논

* 1960년대 말 뉴욕에서 활동한 록 밴드.

픽션'—여행기와 에세이, 회고록과 이론서가 뒤섞인 '장르 분류가 곤란한' 작품—이라는 분야는 버거의 사례가 없었다면 상상하기 어려웠을 것이다.[81] 버거는 새로운 독자층을 얻었다. 이들은 현대 경제의 중추신경 바깥에 위치하는 동료 여행자들로, 주변부에 있지만 더 넓은 관계망을 이루는 독자들이었다. 버거는 젊은 인재를 격려하는 데에도 열심이었다. 무명의 작가들, 사진작가들, 예술가들 책에 부친 그의 서문은 일일이 거론하기 어려울 정도다. 그는 항상 함께 작업하거나 도울 준비가 되어 있었다.

어떤 면에서 버거는 세계의 정원을 가꾸는 일에 나섰는지도 모른다. 그러나 그가 말한 '두 번째 교육'은 멸종 위기의 유럽 농민 문화를 습득한다는 의미만은 아니었다. 그것은 새로운 글쓰기 방식, 새로운 거주 방식과도 관련 있었다. 메를로퐁티는 "진정한 철학은 세계를 보는 법을 다시 배우는 데 있다"고 말했다.[82] 대단히 구체적이고 지역적인 의미에서 버거가 한 일이 바로 이것이며, 그는 자신이 배운 바를 독자들과 공유했다. 장장 40년에 걸친 그의 후기 글쓰기는 한 친구와 오래도록 걸으며 나누는 대화처럼 느껴진다. 친밀하고 솔직한 화법이지만, 직진해 가는 법이 거의 없다. 수십 년에 걸쳐 세련되게 다듬은 사유는 기억에, 그리고 그보다 더 자주 이야기에 자리를 내준다. 가끔은 새, 강, 나무 같은 자연의 광경이 예기치 않게 들어와 이야기를 방해한다. 그러나 대화의 방향은 늘 현실적인 지혜로 되돌아오며, 그래서 산책을 마치고 더 넓어진 세상에 돌아왔을 때는 근본적인 질문들이 부분적이거나 일시적으로나마 좀 더 명확해진다. 우리는 어디로 가고 있을까? 왜 여기 있을까? 어떻게 살아야 할까?

***

『다른 방식으로 보기』에서 유화에 대한 논박을 끝내며 버거는 또 한 명의 네덜란드 화가 렘브란트에 대해 말한다. "전통에 따라 시각을 형성해온 화가가 예외적인 화가가 되려면 (⋯) 자신의 시각이 무엇 때문에 지금과 같은지 인식하고, 그렇게 시각을 발달시켜온 쓰임새로부터 이를 분리해야 한다. 이제까지 자신을 키워온 예술의 규범에 혼자 힘으로 맞서야 하는 것이다. 그는 스스로를 화가의 시각을 거부하는 화가로 보아야 한다. 다른 누구도 예견치 못할 무언가를 자기 자신이 하고 있다고 여겨야 한다는 뜻이다."[83]

이를 위해 "얼마만큼의 노력이 필요한지" 예를 들고자 버거는 두 점의 자화상을 대조한다. 하나는 렘브란트가 막 결혼한 젊은 시절의 그림이고, 다른 하나는 아내를 여읜 지 오래된, 30년 후의 그림이다. 앞의 자화상에서 렘브란트는 "한껏 뽐내고" 있다. 그의 재능은 느껴지겠지만, 그건 "신인 배우가 전통적인 역할을 연기하는 스타일에 지나지 않는다".[84] 스스로를 광고하는 그림인 것이다. 하지만 뒤의 자화상은 완전히 다르다. "그는 전통을 뒤엎었다. 전통을 완전히 무시함으로써 전통의 언어를 뒤틀고 있다. 우리가 보는 것은 한 노인이다. 존재에 대한 질문의 느낌, 질문으로서 존재의 느낌을 제외하고는 모두 사라지고 없다."[85]

8장

골짜기의 모습

모든 육체는 풀이요
사랑의 본모습이 그곳에 있으니
들판의 꽃이 그것이라
모든 육체가 꽃처럼 피어나니
더 이상 꽃이 아니며 (…)

　　　　　　　　　　　　　　　　—「이사야」 40장 6절

캥시 마을에 가려면 제네바나 샤모니에서 출발하는 것이 일반적이다. 몽블랑에서 발원하여 서쪽 레만호로 흘러들어 가는 아르브강이 양쪽을 연결하는데, 그 사이 거대한 계곡은 마지막 빙하기에 형성되었다. 이 가파른 산골짜기가 수 세기 동안 유럽인들의 그랜드 투어Grand Tour*에서 단골 기착지였다. 예컨대 케임브리지 대학교 2학년을 마치고 여행 중이던 워즈워스는 자코뱅 봉기에 고무된 상태로 이곳을 찾아, 언덕 꼭대기의 한 수도원에서 '눈에 보이는 침묵과 영원한 평온함'을 발견했다. 그로부터 25년 뒤에 셸리P.B. Shelley는 이곳에 잠시 멈춰 서서 '영원한 만물의 우주'를 들여다보았다.

오늘날 샤모니는 휴양지다. 이곳은 등산가와 익스트림 스키어의 고향이며, 성수기에는 수백 대의 버스가 관광객을 싣고

---

* 17~19세기 성인이 된 상류층 자녀들이 일종의 통과의례로 유럽 곳곳을 여행하던 풍습.

들락거린다. 대부분의 사람들은 풍광을 즐기러 이곳에 온다. 빙하는 기후변화 때문에 이미 급격히 줄어들었지만, 케이블카를 타고 산에 오르면 스위스, 프랑스, 이탈리아에 걸친 알프스산맥 봉우리들을 볼 수 있다. 한편 맑은 날 서쪽으로 눈을 돌리면 또 다른 풍경이 보인다. 호수를 끼고 늘어선 제네바의 투자은행과 호텔 건물들이다.

아르브강변을 따라 기차가 운행하지만(철도가 1890년 개통되었다), 캥시에 가려면 자동차나 오토바이를 이용해야 한다. 가장 가까운 역은 클뤼스 마을에 있는데, 이제 이곳은 아파트단지와 공장, 맥도날드가 있는 지역 중심지다. 여기서부터 급커브 길을 따라 북쪽 골짜기로 들어선다. 몇 킬로미터만 가면 차량이 뜸해진다. 스모그가 걷히고 공기가 쌀쌀해진다. 겨울에는 스키 장비를 지붕에 장착한 차들이 지나갈 수도 있다. 여름에는 더 조용하다.

산등성이에 오르면 기프르강에서 갈라져 나간 높은 골짜기들이 널찍하게 자리 잡은 모습이 보인다. 여기에 오래된 마을들이 있다. 교회와 작은 광장, 우체국, 선물 가게, 그리고 돌다리도 있는 마을들이다. 이 가운데 하나인 미유시에서 두 암벽사이로 난 좁은 지방도로를 따라 북쪽으로 1킬로미터를 달리면 초원으로 이어지는 연못이 나온다. 여기가 캥시다. 도로가 갈라지는 곳 근처에 40~50채의 오두막이 모여 있는 작고 평범한 마을이다. 지도에 겨우 표시될 정도로 작은 규모다. 가게나 식당은 물론이고 교차로도 없다. 가끔 트랙터 한 대가 아스팔트 위를 천천히 오갈 뿐이다.

마을 바로 옆 지형은 가파르지 않고 완만한 경사를 이룬다. 여름에는 항상 초록의 풀이 무성하게 뒤덮여 있다. 오늘날에도 담장 없이 가장자리에 돌만 쌓아두었고, 들판과 목초지, 온실, 과수원, 정원이 있다. 그 뒤로 좀 더 가파르고 대개는 경사면이 거친 비탈이 이어지면서 널따란 분지가 하늘에 맞닿아 있다. 여기에 균형감이 있다. 캥시로 들어오는 모든 길은 갈수록 좁아지는 도로를 통하게 되어 있다. 고요하기 이를 데 없지만 고립된 마을처럼 여겨지지는 않는다. 땅의 호주머니 속에 들어가 있으면서도 결코 갇혀 있는 느낌이 아니다. 풍경에 그 실마리가 있다. 들판이 마을을 감싸는 동시에 열어둔다.

버거가 남은 40년의 생을 보낸 곳이 바로 여기다.

***

시몬 베유는 "뿌리내림은 인간 영혼의 욕구 가운데 어쩌면 가장 중요하면서도 가장 간과된 것"이라고 말했다.[1] 이것은 1943년에 쓰인 글귀다. 당시 베유는 런던에서 자유 프랑스 망명정부를 위해 일하고 있었는데, 바로 이 도시가 독일의 폭격을 받았다. 그녀는 내셔널리즘의 폐해를 누구보다 잘 알았다. 하지만 장소에 대한 애착을 키우지 않고서는 삶의 정신적 기둥이 흔들릴 위험이 있다는 것도 알았다. 그렇게 되면 한 해와 다음 해, 몸과 대지를 연결하는 실 가닥들이 풀어지기 시작할 터였다.

버거는 캥시로 이주하면서 새로 시작하려고 했다. 실력을 기르고, 가급적 단순하게 살고, 또 배우고자 했다. 그는 고국을 떠난 이방인이었다. 스스로도 얼마나 오래 거기 머물는지 몰랐을 것이다. 언젠가 자신이 마을의 묘지에 묻히리라는 것도, 근처 생제르베-생프로테 교회에서 장례식이 열리리라는 것도 몰랐을 것이다. 그러나 그는 세계사가 어떤 방향으로 흘러가고 있는지 본능적으로 알았던 것 같다. 그는 지속 가능한 뭔가를 찾고 있었다. 1970년대 중반이 되자 전 세계 좌파들의 기세가 수그러들었다. 냉전의 승패가 거의 갈렸고, 금융자본의 승승장구가 막 시작될 참이었다. 훗날 버거는 이런 상황을 "새로운 암흑시대"에 비유하며 근시안적 사고방식을 갈수록 못 견뎌 했다.[2] 그는 긴 여정에 나설 준비를 했다. 생존과 저항을 일깨워주는 사람들, 공동의 삶의 방식을 끈질기게 이어가는 마을들을 찾아 가는 여정이었다.

1970~80년대에 그가 쓴 농민들의 이야기는, 사라져가든 흔적만 남았든 그저 쓸모없다고만 치부할 수 없는 반항적인 습관을 고집하며 살아가는 사람들을 보여준다. 사실 그들은 어둠 속의 등불인지도 모른다. 이야기 속 한 농부가 워즈워스의 마이클*과도 살짝 비슷한 말을 한다. "노동은 내 아들들이 잃어가는 지식을 지키는 방식이다."[3] 버거 자신의 노동 방식도 비슷했다. 땅은 신체나 책 페이지와 비슷하게 기억의 자리로 남는다. 그리고 이야기에 등장하는 수렵꾼, 양치기와 벌목꾼, 과부와 할아버지 등 나이 든 일꾼들은 완강하게 지역적이다.

---

* 1800년 워즈워스가 쓴 동명의 시에 나오는 늙은 양치기 주인공.

그들의 삶은 마치 그라스미어Grasmere**의 언덕처럼 따로 떨어져 공유된 역사를, 풍파를 겪으며 여기저기 패인 골짜기들의 역사를 기록한다.

노동은 실제로 핵심적인 주제였다. 적어도 처음에는 그랬다. 버거의 농민들은 힘겨운 노동으로 규정되는 삶을 살았다. 그들은 밭일을 하거나 가축을 돌보며 몇 주씩 보냈다. 그러나 그들은 영웅도 희생자도 아니었다. 용감하다기보다 말썽꾼에 가까웠고 시무룩하다기보다 음악적이었다. 마치 에미르 쿠스투리차Emir Kusturica 영화에 나오는 군악대의 장단에 맞추듯 삶을 이어갔다. 사내답고 음흉한 노인, 고집불통의 노처녀, 정신 사나운 미친 여자가 전형적인 인물들이었다. 아코디언 연주자, 치즈 제조상, 고아, 불구자에 대한 이야기도 있었다. 다들 기발한 재주를 갖고 있으며 때로는 난폭하게 굴거나 카니발 축제를 벌이듯 흥겨운 모습을 보였다. (팔레스타인 시인 타하 무함마드 알리Taha Muhammad Ali는 이런 시를 썼다. "농부 / 농부의 아들인 / 내 안에는 / 어머니의 성실함과 / 생선 장수의 교활함이 있네.")⁴ 무엇보다 그들 삶의 큰 특징은 정부 관계자들이 그들에게 '이익이 된다' '불가피하다'고 하는 것을 끈질기게 받아들이지 않았다는 점이다. 그들은 수상한 거래le business를 전혀 용인하지 않았다. 가장 엄밀한 의미에서 도저히 다스릴 수 없는 사람들이었다. 나름의 태도와 나름의 모순을 가진

** 워즈워스가 살면서 많은 대표작들을 썼던 영국 중부의 마을.

버거도 별반 다르지 않았다. 마음속으로 그는 그들과 같은 부류였다.

"나는 내 마음이 한계에 달했다고 항상 느껴!" 새로운 글쓰기 작업으로 한창 바쁘던 무렵 그가 한 친구에게 털어놓았다. 1976년, 그러니까 오트사부아주에 정착한 지 2년이 되었을 때다.[5] 처음에 그는 에세이와 이야기를 놓고 마음을 정하지 못했다. 그러나 결론을 내렸다. "내러티브가 더 많은 것을 전한다고 보네."[6]

내러티브는 그를 20년 가까이 붙들고 놓아주지 않았다. 어떤 작업이든 이어가려면 규율이 필요한 법이다. 『그들의 노동에 함께 하였느니라Into Their Labours』는 1974년부터 쓰기 시작한 삼부작으로 1부 『기름진 흙』은 1979년, 2부 『옛날 옛적 유럽에선』은 1987년, 3부 『라일락과 깃발』은 1990년 출간되었다. 그러나 이런 작업에는 끈기와 성실함 이상의 것이 필요했다. (물론 끈기와 성실함은 극도로 요구되었다. 버거에 따르면 몇몇 이야기들은 손으로 스무 번 이상 고쳐가며 다시 썼다고 한다.) 책을 쓰기 위해 저자는 자신의 삶을 완전히 새로 바꿔야 했다. 의지만으로 되는 것이 아니라 열린 마음으로 기꺼이 받아들여야 했다. 그리하여 모든 시나 이야기, 모든 묘사나 대화록은 그것을 쓴 사람과 그가 사랑하게 된 장소의 오랜 마주침을 증명한다. 그를 완전히 바꿔버린 공동체의 모습이 글 안에 담겨 있다.

버거는 이야기꾼이 되었다. 소설가나 비평가 직함은 더 이상 어울리지 않았다. 『기름진 흙』이 처음 출간되었을 때는 새로운 모습을 선언하기라도 하듯 농부처럼 밀짚모자를 쓰고 표지 사진에 등장했다. 특유의 성격대로 논쟁도 마다하지 않았다. 그는 『뉴 소사이어티』에 기고한 글을 통해 중산층의 형식이 된 소설을 "나토NATO 문학"이라 부르며 공박했다. 그가 보기에 야심 찬 쟁탈전을 벌이다가 베스트셀러로 도피하는 식의 픽션 사업은, 너무 잘 먹어서 비대해진 런던과 뉴욕의 세계에 속했다. 그는 다른 곳으로 눈을 돌렸다. 가브리엘 가르시아 마르케스Gabriel García Márquez의 마술적 리얼리즘, 러시아와 이탈리아의 민담집, 나기브 마푸즈Naguib Mahfouz와 타예브 살리흐Tayeb Salih의 작품에 관심을 보였다. 삶이 가혹하여 사람들이 힘을 모을 수밖에 없는 일부 세계에서는 공통의 총체성, 공유된 열망의 무더기가 고스란히 남아 있으므로 내러티브의 공모가 여전히 가능하다는 게 그의 생각이었다. 그는 이렇게 말했다. "이야기꾼의 임무는 이런 열망을 알아내어 자기 이야기의 걸음걸이로 삼는 것이다. (…) 그러면 침묵의 공간에서 (…) 과거와 미래가 힘을 합쳐 현재를 기소한다."[7]

버거는 발터 벤야민의 후기 글도 대단히 중요하게 여겼다. 특히 에세이 「이야기꾼」을 신조처럼 받들었다. 1930년대에 글을 쓴 벤야민에게 민담은 사라져가는 형식이었다. 민담은 자본주의 이전 사회의 삶의 양식에 속했다. 경험이 여전히 입에서 입으로 전수되고, 내러티브가 그저 즐길 거리가 아니라 가르침을 주는 것이기도 하던 시절이었다. 벤야민은 현실의 모든 이야기 속에 실용적 지식의 알맹이가 묻혀 있다고 말했다. 이야기에는 "어떤 물음에 대한 대답"이 아니라 "이제 막 펼쳐지려는 어떤 이야기를 이어나가는 것에 관한 제안"이 들어 있다는 뜻이다.[8] 가끔 버거의 후기 픽션에서 핵심 메시지가 놀랄 만큼 직접적으로 드러날 때가 있다. 한 여자 농사꾼이 딸에게 말한다. "어떤 남자가 우리의 존경을 받을 만한지 너에게 말해주마. 힘든 일을 마다하지 않는 남자, (…) 자신이 가진 모든 것을 아낌없이 나눠 쓰려는 남자, 일생을 두고 신을 찾는 남자가 그런 남자야. 나머지는 쓸모없어."[9] 어떨 때는 이야기의 지혜가 훨씬 더 신비롭게 드러나기도 한다. 신의 존재가 느껴질 만큼, 넋을 잃고 경탄에 빠져들 만큼. 동트기 직전 도축장에서든 쇼베 동굴에서든, 버거는 "시각과 장소와 이름을 앞지르는" 어둠에 항상 마음을 맞추고 있었다.[10]

벤야민 스스로는 스토리텔링의 위상에 대해 양가적인 태도를 취했다. 그의 많은 후기 글들에서 보듯, 시간성의 감각이란 비선형적이다. 그는 민담을 이상화된 과거에 두고 싶었지만, 한편으로 민담의 쇠퇴가 그저 현대성의 징후라는 생각은 받아들이고 싶지 않았다. 오히려 그는 공유되는 발화 혹은 살아 있는 발화라는 풍요로운 토양에서 내러티브의 실천을 **뿌리 뽑아 몰아내고** 있는 것이 "역사의 세속적 생산력"이라고 보았다. 그런 흩어짐은 더욱 광범위하게 진행되고 있었다. 벤야민은 말했다. "스토리텔링의 기술이 종언을 고하고 있다. 그 이유는 진리의 서사적 측면이 사멸해가고 있기 때문이다."[11]

최초의 낭만주의 이후 많은 작가들이 그랬듯 벤야민도 일시적인 것에서 아름다움을 보았다. 버거는 벤야민의 말을 그대로 받아들여 이 에세이스트를 자신의 지적 선조이자 근원적 출처로 여기는 듯했다. 하지만 사실상 벤야민의 사유로 흘러들어 간 여러 조류가 있었고, 벤야민이 주장한 바든 아니든 이 것이 버거의 사유로도 이어졌다. 하이델베르크 좌파의 낭만적 반자본주의 사상이라든지, 프리슬란트Friesland* 농민의 아들로 태어난 독일 사회철학자 페르디난트 퇴니스Ferdinand Tönnies의 예지적 작업도 그중 하나였다. 19세기 말과 20세기 초에 활동한 퇴니스는 버거와 마찬가지로 전통적인 농촌 마을(고향인 슐레스비히홀슈타인)이 사라지는 것에 마음이 아팠다. 그가 여기에 대응하고자 쓴 책인 『공동사회와 이익사회Gemeinschaft und Gesellschaft』가 1887년 출간되어 이후 막스 베버Max Weber와 하이델베르크 서클을 비롯해 젊은 루카치, 에른스트 블로흐Ernst Bloch, 그리고 간접적으로 벤야민에 이르는 독일어권 저술가들의 상상력에 스며들었다.[12]

퇴니스가 『공동사회와 이익사회』에서 제시한 것은 우리 모두가 본능적으로 이해하는 추상적 이원론으로, 더 순수하고 뿌리 깊고 유기적인 마을(이웃)의 삶과, 기계화되고 파편화되고 돈에 좌우되는 새로운 시장 도시의 삶의 대립이었다. 퇴니스에게 이런 구분은 절대적이었다. 물질과 에너지의 자연경제에 바탕을 둔 마을은 유대감, 종교, 전통, 상호부조를 통해 신뢰로 끈끈하게 연결되었다. 이와 달리 도시는 집중화, 얄팍한 관계, 이기주의, 투기와 이윤을 바탕으로 조직된 사회였다. 퇴

* 북해 연안의 네덜란드와 북독일 지방.

니스는 홉스Thomas Hobbes 연구로 학자 생활을 시작했는데, 그가 본 근본적인 아이러니는 자본주의 문명이 급속하게 발달하면서 사람들을 자연 상태로 되돌려놓았다는 것이었다. 사회가 기계와 다를 바 없이 되자 서로가 서로에 대항하는 야만적 세상, 이른바 정글의 법칙이 판치는 세상이 되었다.

이런 본질적 이항 대립은 강력한 힘을 발휘했고 지금도 그렇다. 우리는 돈 많은 외부인들이 이웃에 들어와 원래 살던 주민이 쫓겨나는 젠트리피케이션gentrification에 맞서 싸우면서, 혹은 낙원에 아스팔트를 깔아 주차장을 만들었다고 하는 조니 미첼Joni Mitchell의 노래를 들으면서 이런 상황에 맞닥뜨린다. 물론 모든 이항 대립이 그렇듯 이것도 면밀히 뜯어보니 미묘한 지점을 살피지 않은 것은 물론, 사실보다는 이상화에 근거한 것임이 밝혀져 해체되고 말았다. 농촌 마을은 결코 유토피아가 아니었다. 사람들은 마음이 닫혀 있었고 허리가 휠 정도로 고단했다. 그람시의 민족적-민중적 개념이나 토착화와 토착민의 권리라는 개념과 마찬가지로 공동사회도 가부장주의와 외지인을 배척하는 경향을 내포한 위험한 개념이라는 비판을 받았다. 무엇보다 곤혹스럽게도, 사회민주주의자였던 퇴니스는 히틀러가 1930년대에 자신의 개념을 전유하여 민족공동체Volksgemeinschaft로 둔갑시키는 것을 보며 기겁했다. (퇴니스는 이에 격렬하게 저항했지만, 죽기 직전에 나치가 권력을 쥐면서 교수직에서 쫓겨나고 말았다.)[13]

역사의 온갖 참담한 역설이 여기에 얽혀 있었다. 벤야민의 유명한 말처럼 "모든 파시즘의 발흥은 실패한 혁명을 증언한다". 그리고 전통이 파헤쳐질 때마다, 디아스포라가 발생할 때마다 예기치 않게 앞으로 돌진하는 에너지가 방출된다. 좌파와 우파, 신과 악마가 같은 공간을 차지한다(그래서 중도파가 양쪽을 다 포섭할 가능성이 생겨난다). 전통에 대한, 또 연속성에 대한 버거의 믿음은 그 자체가 연속적인 것이었다. 젊은 시절로 거슬러 올라가면 초창기 활동부터 이미 과거에 젖어 있다거나 위협적이라는 비판을 받았다. 그러나 스스로 어떤 이원론은 자명하게 받아들였지만, 어떤 것은 순전히 말장난일 뿐이라며 거부했다. 그는 반동적 두려움과 세계주의의 오만함 사이에 틀림없이 제3의 길이 있다고 보았다. 이것은 그의 신념이었다. 어정쩡한 중도주의가 아니라 굳건한 환대로 나아가려는 철저한 방침이었다. 그는 공동체 개념 자체를 다른 방식으로 상상하고자 했다.

버거는 젊은 시절부터 노년에 이르기까지 파시즘과 인종차별에 철저히 반대해왔다. 발터 벤야민, 막스 라파엘, 시몬 베유 등 그의 영웅이었던 많은 이들이 유대인 망명자로서 비극적 죽음을 맞이했다. 그의 아내이자 두 아이의 어머니인 애나 보스톡은 독일이 오스트리아를 합병하고 나서, 히틀러와 괴벨스의 군중 연설을 듣고 나서 빈을 떠나 런던으로 도망쳤다. (베유는 "현대의 기술과 뿌리 뽑힌 수백만 인민의 존재 없이는 히틀러를 상상조차 할 수 없다"고 말했다.)[14] 버거는 비록 그와 같은 트라우마를 몸소 겪은 적은 없었지만, 간접적인 영향을 늘 가까이서 느끼며 살았다. 그의 말대로 20세기는 유형流刑의 세기였다. 또한 이상화되고 뿌리가 튼튼한 공동사회에 대한 갈망, 마침내 그가 실행에 옮길 수 있게 된 이 갈망은 언제나 국가라는 기계적 조직 (그리고 물화物化) **바깥에** 존재하는 것으로 상상한 공동체를 향해 있었다. 그곳은 기본적으로 아웃사이더 집단이었다. 이런 시선은 그의 작품에서 이중나선처럼 이어졌다. 그리고 1970년대에 그가 맨 처음 옹호하고자 나섰던 농촌 마을은 그가 나중에 옹호하게 된 두 공동체, 사파티스타와 팔레스타인만큼이나 주변부로 밀려난 표적이었고, 나라 없는 상태였고, 반항적이었다.

타하 무함마드 알리는 이런 시를 썼다. "당신은 내게 물었지, (…) 무엇을 싫어하고 **누구를** 사랑하느냐고."

속눈썹 뒤에서
놀란 감정이 튀어나오고
자욱한 찌르레기 떼가
드리운 그림자처럼
피가 솟구치는 가운데
내가 대답했어.
"나는 떠나는 것을 싫어해 (…)
샘물을 좋아해
샘물로 이어지는 길도
그리고 아침 중반의 시간을
열렬히 사모해"라고.[15]

문제는 집이나 주민들에 대한 애착이 아니었다. 무신경한 권력, 정치적 기회주의, 탐욕이 문제였다. 후기의 버거는 새롭게 얻은 종교적 느낌을 껴안으며 점차 악의 존재를 거론하기 시작했다. 그는 자주 신에 대해 이야기했다.

전문가들이 식사가 제공되는 학술대회나 발표자 사례금에 주로 관심을 보이던 와중에 버거의 목소리는 광야의 목소리처럼 들렸을 것이다. 그는 현재의 부정의不正義가 물질적일 뿐 아니라 정신적인 것이기도 하다고 말했다. 둘은 동시에 갔다. 그가 자본주의를 싫어한 까닭은 가난한 사람들을 착취하기 때문이었다. 하지만 그가 사랑하는 것을 파괴하기 때문이기도 했다. 자본주의는 인간의 삶을 땅, 과거, 죽은 자들, 동물, 전통, 기억, 윤리로부터 분리시켰다. 그는 "우리 세기의 궁핍함은 유례가 없는 것"이라며 말했다. "더 이상 가난은 자연적으로 뭔가가 부족해서 생기는 일이 아니다. 부유한 자들이 나머지 세상 사람들에게 강요한 우선 사항 때문에 벌어지는 일이다. 그 결과 현대의 가난은 동정받지 못하고(가난한 개인들은 예외이지만), 쓰레기로 치부된다. 20세기 소비자 경제는 걸인을 봐도 아무 생각이 안 드는 문화를 최초로 만들어냈다."[16]

* * *

베유가 자유 프랑스 망명정부를 위해 쓴 책은 『뿌리내림 *L'Enracinement*』이었다. 나중에 영어로 번역되면서 제목이 '뿌리에 대한 필요'로 바뀌었지만, 프랑스어로는 '뿌리**내리다**' '뿌리박게 **되다**'라는 뜻의 동사였다.[17]

농민을 다룬 버거의 첫 번째 책 『기름진 흙』은 무엇보다 그런 과정을 기록했다. 1974년부터 1978년까지 그가 쓴 이야기들은 농민들이 뿌리내리는 모습을 순차적으로 보여준다. 그는 "독자가 나와 동행하며 나란히 함께 여행할 수 있을 것"이라는 설명을 덧붙였다."[18]

이주한 지 얼마 안 된 사람들이 그렇듯 버거도 손톱에 새로 낀 흙과 바지에 새로 묻은 얼룩을 자랑스레 보여주려고 했다. 그는 도축장을 무대로 하는 첫 이야기에서 "삶은 유동체"라 말하고는 유동체의 목록을 열거한다. 우유, 오줌, 점액, 발효주, "짓궂게 들리는 물 흐르는 소리".[19] 그의 관찰은 곧잘 생생하고 구체적이었으며 덩굴손처럼 이리저리 뻗어갔다. 가끔은 충격을 노리는 대목도 있었다. 첫 장면은 도축된 암소의 목에서 피가 흘러내리는 모습을 보여주는데, 바닥에 고인 피가 잠시 "벨벳으로 만든 거대한 치마 같은 형상을 띠어, 상처로 갈라진 부분이 잘록한 허리 밴드처럼 보인다"고 쓰여 있다.[20]

도축장 천장에 걸린 갈고리 시스템에서 말굽 위쪽에 난 털이라든지 사람들이 모르는 숲의 구석에 이르기까지, 새로 얻은 지식이 곳곳에서 활발하게 펼쳐진다. "그녀는 어느 소나무 아래에 가면 시클라멘이 자라는지 알았다." 이 문장은 숲의 요정처럼 사는 수렵꾼 뤼시 카브롤에 대한 묘사다. 그녀의 여러 겹 인생은 책의 마지막 이야기에서 소개되며, 나중에 사이먼 맥버니Simon McBurney의 연극으로 만들어져 성공하기도 했다. 이어지는 글은 이렇다. "그녀는 어느 절벽에 가면 만병초 꽃이 제일 먼저 피는지 알았고, 어느 돌담에 가면 달팽이 무리가 전부 은신처에서 기어 나오는지 알았다. 뿌리가 가장 큰 노란색

용담이 어느 산비탈에서 자라는지, 흙에 돌멩이가 덜 섞여 있
어서 뿌리를 캐내기가 쉬운 곳이 어디인지 알았다. 그녀는 혼
자서 일하고 혼자서 거둬 모았다."[21]

이런 대목을 통해 『기름진 흙』은 냉담한 낭만화라는 혐의에
격렬하게, 적극적으로 저항한다. 그러나 그 혐의는 되돌아올
수도 있다. 뤼시 카브롤은 '컴벌랜드의 늙은 거지'나 '거머리
잡이'와 얼마나 다를까?' 거의 모든 에피소드가 일, 죽음, 흙을
강조한다. 동물의 몸에 대한 묘사가 반복해서 등장하며 그 생
생함은 대가의 경지다. (이 책을 샤갈의 1911년작 〈나와 마을〉
과 관련해 읽어봐도 좋겠다. 〈나와 마을〉은 염소와 남자가 서
로를 쳐다보고, 여자가 암소 젖을 짜고, 농부가 낫을 들고 집
으로 돌아가는 모습을 그린 목가적인 입체주의 작품이다.) 그
러나 평온한 풍경의 목가가 있는가 하면, 가축 분뇨를 맨발로
딛고 있는 목가도 있을 수 있다. 야만의 물질성도 얼마든지 이
상화될 수 있다. 심지어 건물 바깥 별채에서 삽으로 똥을 푸는
것도 낭만적인 명예 훈장으로 포장될 수 있다.

버거의 농민들 이야기 몇 편을 먼저 선보이기도 했던 런던
의 잡지 『그란타Granta』는 1980년대 초에 당시 영국에도 소개
되기 시작한 미국의 지방주의자들, 즉 레이먼드 카버Raymond
Carver, 리처드 포드Richard Ford, 제인 앤 필립스Jayne Ann Phillips를
가리키는 말로 '더러운 리얼리즘'이라는 용어를 만들어냈다.[22]

---

* 워즈워스의 시 「컴벌랜드의 늙은 거지」 「결의와 독립」에 각각 나오는 인물들로 궁핍한 상
황 속에서 꿋꿋이 살아가는 인간을 대변한다.

『기름진 흙』의 경우는 나름의 독특한 방식으로 장르를 뒤섞어 빚어낸 더러운 **마술적** 리얼리즘 작품이었다. 책은 일상적인 것으로 시작해 암소 도축, 늙은 과부의 죽음, 기형 송아지의 출생을 묘사한다. 그리고 마지막에 가서 미친 여자가 도끼로 자살하고, "기억에서 지워지지 않은 죽은 자들"이 모두 부활의 카니발을 맞아 무덤에서 일어나는 것으로 끝난다.

하지만 이것 역시 과하게 윤색한 결과일 수 있다. 들판을 낫질하든 들판을 낫질하는 것을 글로 쓰든, 새로운 솜씨의 요령을 익힌 사람들이 그렇듯 버거도 한쪽 극단에서 다른 쪽 극단으로 급작스럽게 기울어지는 경향을 보였다. 라틴아메리카의 '엘 붐El Boom' 문학에서 마술이 리얼리즘으로 일컬어지는 까닭은 공동체에 실제 떠도는 미신과 믿음을 표현했기 때문이다. 알레호 카르펜티에르Alejo Carpentier는 공중부양과 마법 치료가 카리브해의 일부 지역에서는 전혀 이상한 일이 아니라고 말한 바 있다.[23] 하지만 새로 도착한 아웃사이더인 버거에게 마술은 **테크닉**, 그것도 문화적이라기보다 문학적인 테크닉에 가까웠고, 어쩌면 마콘도'나 샤갈의 작품, 혹은 발칸 로마니 방언에서 빌려온 것인지도 모른다. 프랑스 알프스 지방에서는 자생하지 않는 마술이기 때문이다.

이런 결점을 감안하더라도 『기름진 흙』은 멋진 작품이다. 그 아름다움은 무엇보다 저자 개인의 변모를 알아차릴 때 찬

* 가브리엘 가르시아 마르케스의 소설 『백년의 고독』에 등장하는 가상의 마을 이름.

란하게 빛난다. 버거는 처음부터 진정성이 있었던 것이 아니라 소설을 쓰는 과정을 통해 **진정성 있게 되어갔다.** 중심의 부재가 재치 있는 형식이 된 셈이다. 대지, 동물, 노동, 허드렛일, 이 모두가 하나같이 집중적으로 묘사되었다. 그러나 버거가 곁에서 살게 된 사람들의 삶, 그들의 희망과 상실은 겨우 천천히 시야에 들어올 뿐이었다. 대부분의 인물 묘사가 그저 제스처 수준에 머문다. 이를테면 소를 돌보는 나이 든 한 일꾼의 주름살에 대해, "나무껍질에 이리저리 난 줄처럼 어떤 이야기와도 연결되지 않은 채 수수께끼로 남아 있었다"고 설명하는 식이다.[24] 버거는 배움이 빨랐다. 몇 년 지나자 그는 숲에 대해, 소를 기절시키는 볼트 총의 감촉에 대해 설득력 있게 글을 쓸 수 있었다. 사후 세계의 유령들에 대해서도 글을 쓸 수 있었다. 하지만 농촌 가족의 공통적인 경험이나 소속감에 대해서는 아직 쓸 수 없었다.

농민들을 다룬 두 번째 책 『옛날 옛적 유럽에선』으로 버거는 돌파구를 찾았다. 더 이상 횃대에 앉아 인류학적 시선으로 내려다보지 않았다. 삶이라는 유동체가 새로운 형태를 갖추었다. 샤갈은 "예술에서만이 아니라 삶에서도 진정한 색깔은 오직 하나"라고 말했다.[25] 버거의 새로운 연인 넬라에게 헌정된 이 책의 이야기들은 순간을 묘사할 뿐만 아니라 운명을 따라가기도 하며, 친밀한 애착 행위가 곳곳에 아로새겨져 있다. 어떤 이야기에서 우리는 죽어가는 어머니를 돌보는 아들을 만나 슬픔으로 뻥 뚫린 그의 마음과 음악에서 찾은 그의 위안을 본다. 그러다가 또 어떤 이야기에서는 중산층 아내를 얻으려는 고집스러운 농부의 헛된 욕망을 따라간다. 한편 관능적이고 영화적인 「우주 비행사의 시대」는 모성애가 일찍 발현된 젊은 여인이 나이 든 양치기와 부모 잃은 벌목꾼에게 동시에 사랑을 느끼는 이야기다. 비록 다른 조성과 박자로 되어 있지만 모든 이야기가 무르나우F.W. Murnau의 걸작 영화 〈선라이즈Sunrise〉를 떠올리게 한다. 그 자체가 농촌의 지속성을 다룬 우화다. 모든 이야기는 두 명의 인간이 부르는 노래다.

처음부터 『그들의 노동에 함께 하였느니라』는 마을에서 대도시로, 조만간 사라질 생활양식에서 그것을 대체하게 될 생활양식으로 전개되어갈 예정이었다. 삼부작의 중간에 해당하는 『옛날 옛적 유럽에선』은 그 두 가지 극단 사이에, 공동사회와 이익사회 사이에 던져졌다. 버거가 캥시와 파리를 오가던 시절에 쓰인 만큼 양쪽 삶 모두가 활발하게 뒤섞인 혼합물 같은 책이었다. 이 책이 그의 최고 성취 가운데 하나로 꼽히는 것도 이런 이유에서일 것이다. 『옛날 옛적 유럽에선』은 어떤 논의 못지않게 변증법적이면서 그보다 더 아름답다. 낭만주의에 대한 두려움은 사라지고 없다. 버거는 1984년에 이렇게 말했다. "나는 낭만적인 사람입니다. 의심의 여지 없이 그렇지요. 그것을 긍정적인 것으로 봅니다. (…) 낭만주의의 본질이자 사랑할 때 자주 드러나는 그 주관적인 직관들을 지나치게 부인하면 뭔가가 시들고 맙니다. 일관되고 논리적인 정치 노선으로는 이를 되살릴 수 없습니다."[26]

힘이 잔뜩 들어간 대지의 묘사도 사라졌다. 그 오돌토돌한 질감, 근육질을 연상시키는 물질의 묘사가 사라진 것이다. 그러자 버거의 이웃들이 마침내 눈에 들어오기 시작한다. 그러고 보면 책 서두에 나오는 무두질한 가죽에 대한 시 「사랑의 가죽」은 글을 쓰는 버거의 손가죽을 이야기하는 듯도 하다. 과거에 계속 사용하여 굳은살이 박인 덕분에 이제는 재빠르고 유연해졌으며 부드럽게 애정을 표현할 수 있게 된 그의 손 말이다. 『기름진 흙』거의 끝부분에 뤼시 카브롤의 낫 칼날에 대한 이런 말이 나온다. "20년 동안 여름마다 꾸준히 풀을 베지 않고서는 낫이 이렇게 가벼울 수 없지."[27] 오트사부아주 골짜기에서 새로운 삶을 시작한 지 10년이 넘어 이제 오십 줄에 접어든 버거의 글에 대해서도 똑같은 말을 할 수 있다. 그는 노력을 기울일 때도 한결 편안해졌다. 책과 제목이 같은 중편 길이의 이야기 「옛날 옛적 유럽에선」은 야생 양귀비에 대한 묘사로 시작하는데, 꽃봉오리가 벌어지고 꽃잎이 옅은 분홍색에서 진홍색으로 서서히 바뀌어가는 과정을 이렇게 바라본다. "이 붉은색을 어떻게든 다른 생물들 눈에 띄게 해야 한다는 절실한 욕망이 꽃받침을 벌어지게 한 힘이 아니었나 싶다."[28]

이것은 어떤 천재 모델과는 정반대였다. 항상 난해하게 흘러 결국에는 본인만 이해할 수 있게 돼버린 천재의 작품을 얼마나 많이 보았던가. 반면 버거의 글쓰기는 열려 있었다. 그의 글은 갈수록 친절해졌고 **친숙해졌다**. 그 결과물은 어느 의미로 보나 경이로웠다. "당신은 듣고 있었다. 당신은 이야기 속에 있었다. 당신은 이야기꾼의 말 속에 있었다. 당신은 더 이상 한 명의 자아가 아니었다. 이야기 덕분에 당신은 이야기와 연관되는 누구라도 될 수 있었다."[29]

2017년 초에 버거가 사망하자 공식 부고 기사들은 그를 논쟁에 불 지피던 사람, 말썽 피우던 논객으로 기억했다. 물론 그는 1970년대 문화 전쟁에 앞장선 인물이었다. 하지만 사실 작가인 그를 정의할 때는 그가 무엇에 반대했는지보다 무엇을 사랑했는지가 더 중요하다.

이야기꾼이자 철학자로서 버거는 감각을 사용하는 삶, 공동체의 삶에 세상을 구원할 정치적 가치가 있다는 확고한 신념을 갖게 되었다. 물리적 세계의 작은 디테일 앞에서 느끼는 경이감이, 우리가 함께 어디로 나아가고 있는지에 관한 더 큰 지식으로 연결된다고 믿은 것이다. 한 친구에게 보낸 편지에서 그는 이야기를 쓰려는 충동이란 "일종의 에너지에서 나오며, 그것은 어둠 속에서 작은 표지물로 작용하는 빛과 같다"고 말했다.[30] 버거의 글쓰기는 억누를 수 없는 힘에 이끌려 오랫동안 천천히 빛을 향해 나아가고 있었다. 그가 어디로 갔는지도 중요하지만, 그 점이 더욱 돋보이는 것은 그가 거기에 이른 방식 때문이었다.

어쩌면 그에게는 사랑의 윤리가 내내 있었을 것이다. 다만 그것은 씨앗 상태로 한참을 있다가 후기에 가서야 진한 색을 드러냈다. 1995년 출간된 소설 『결혼을 향하여』가 그 결실이었다.[31] 에이즈 위기가 절정에 달한 무렵 한 가족의 비극에서 영감을 얻어 쓴 이 책은, 은총에도 위계가 있음을 예리하게 보여주는, 본인이 얼렁뚱땅 만든 제사로 시작한다.

더위 먹은 사람의 입에 물린

　한 움큼의 눈도 좋고

바다로 나가고 싶어 안달인 뱃사람에게는

　봄바람도 좋지만

연인들 침대를 덮고 있는 홑이불

　한 장이 더 좋지.

　제사를 배열한 모양 자체가 글의 목적을 보여준다. 버거의
경력에서 공동으로 하는 노동 이야기와 쉼 없는 여행 이야기
는 있어왔지만, 이제 노년에 접어든 그는 마침내 (사랑의 심원
함을 배의 돛처럼 펼쳐 힘차게 품고) 마음의 이야기를 할 수
있었다.

　리비도 고착에서 벗어나 그는 더 귀한 것으로 눈을 돌렸
다. 다정한 친밀함이 성교보다 훨씬 더 중요한 초점이 되었다.
『G』의 글쓰기가 퉁명스럽거나 야하게 흘러갈 수 있었다면, 후
기 산문은 때로는 달콤한 맛이 났고 때로는 고집스럽고 감상
적인 단순함이 있었다. 그는 사랑스러운 존재가 되는 것을 두
려워하지 않았다. 어쩌면 그는 그럴 권리가 있었다. 어쩌면 용
기도 있었다. 어머니에 대해 쓴 에세이 말미에서 그는 자신이
어머니로부터 무엇을 배웠는지 이야기했다. 그의 어머니는 세
상에 중요한 것은 오로지 사랑뿐이라는 말을 하곤 했다. "아울
러 억지스런 오해를 피하려면 진정한 사랑을 하라고 했다."[32]

　노년에 이르러 버거가 구사한 화법은 비단 남성 작가만이
아니라 많은 남자들이 기피하는 것이었다. 그는 헤밍웨이나

험프리 보가트, 레이먼드 카버와는 정반대였다. 카버에게 고통은 사랑과 마찬가지로 늘 간접적으로 서서히 드러났다. 버거는 사랑을 터놓고 이야기했다. 때로는 그런 직접성이 실패하기도 했고, 힘이 떨어지는 대목에서는 문장의 진심이 과해서 오히려 가식처럼 보이기도 했다. (삼부작 마지막 책 『라일락과 깃발』은 바로 이런 이유에서 실패작이었다. 감상적이고 모호한 대목이 곳곳에 넘쳤다. 이 책은 여러 대도시 지역을 조각조각 꿰어놓은 가상의 도시 트로이를 무대로 하고 있다.)[33] 하지만 제대로 힘을 발휘하기만 하면 버거의 글은 희망을 주는 기도의 속삭임과도 같았다. 이와 비슷하게 벨 훅스bell hooks는 깊은 슬픔에 빠져 있던 어느 날, 뉴헤이븐으로 출근하던 길에 공사장 담벼락의 낙서를 보고 힘을 얻었다고 했다. 훅스가 본 것은 이런 글귀였다. "사랑을 찾아 나서는 일은 어떤 역경에도 굴하지 않고 계속된다."[34]

버거와 마찬가지로 훅스도 사랑을 주제로 한 책에서 이런 가장 내밀한 추구를 더 큰 틀 안에 두었다. 훅스가 "손쓰지 않으면 다시는 집으로 돌아가지 못할 수도 있는 영혼의 깊은 사막지대"라고 묘사한 것은 어느덧 한 세대의 자연 서식지가 되었다.[35] 1990년대가 되면 도처의 젊은이들이 사랑을 목발 내지는 마약으로 보는 데 익숙해졌다. 사랑은 허약한 사람들, 잘 속아 넘어가는 사람들, "대책 없이 낭만적인" 사람들을 위한 것이었다. 아니면 믿고 의지할 수 없는 순간적인 감정일 뿐이었다. 에리히 프롬Erich Fromm(작가이자 유대인 망명자, 하이델베르크 좌파)의 가르침에서 부분적으로 영감을 받은 훅스는 자신이 활동가들 사이에서 가진 막강한 영향력을 활용해, 사랑이라는 감정이 어떤 의미인지 재정의하고자 했다.[36] 그녀는 사랑이 동사라고 말했다. 수동적인 감정이 아니라 행동, 적극적으로 배려하는 행동이라고 했다. 버거도 여기에 동의할 것이다. 그리고 베유도 같은 생각이었다. 이 프랑스 철학자는 1942년 이런 글을 썼다. "이웃에 대한 사랑은 창조적인 관심에서 비롯되므로 천재성에 맞먹는 것이다."[37]

결론은 새롭지 않다. 다만 오늘날에는 새로워 보일 수도 있다. 많은 현대 예술이 그와 정반대 관계에 놓인 무관심이나 잔혹함에 탐닉하기 때문이다. 프랜시스 베이컨에서 라스 폰 트리에Lars von Trier에 이르기까지 이런 태도는 우리 시대의 지배적인 전통으로 자리 잡았다. 이쯤에서 누군가는 간접적 저항의 형식, "삶으로의 난폭한 회귀"에 이르거나, 아니면 환영이라는 어두운 벽장에 숨어 있던 추악한 그림자를 들춰내려 하는 이른바 '부정적 미학'으로 나아간다.[38] 어느 공동체나 어느 가족이나 어느 커플이나 균열과 격렬한 결핍이 있다. 이 문제는 인간이 가장 기본적으로 갖고 있는 철학적 애착으로 거슬러 올라간다. 그게 완전함을 향한 것이든, 현존을 향한 것이든, 집을 향한 것이든 간에 말이다.

매력적인 사고방식이다. 그러나 많은 사람들, 특히 버거에게 그 논리는 근본적으로 특권에 기대고 있는 것이었다. 잔혹함의 예술이라는 것은 호화로움에서 자라나며 그 비참함은 헐값이기에, 고통에 고통을 쌓아올릴 여유가 있다. 실제로 힙스터의 태도, 말하자면 포스트모던의 기본 양식으로 자주 거론되는 무쾌감적 무심함과 아이러니한 거리두기가 처음으로 폭넓게 유행한 것은 버거의 청년기였던 전후 10년간이었다. 당시 그가 말하길, 그것은 그저 미국이 가진 힘의 부정적 측면, 좀 더 문화적으로 치장된 한 측면일 뿐이었다. 지금도 마찬가지일 수 있다. 둘은 함께 간다. 양손을 비벼 손을 씻듯 거친 것과 부드러운 것은 한 몸이다.

버거는 완전히 다른 길을 걸었다. 정치적 이상의 패배 원인을 개인에게서 찾았던 현대 사상가들의 긴 목록(워즈워스가 그 시발점에 있다고 생각지 않기란 어렵다)에서 그는 독특했다. 그는 결코 환멸하지 않았다. 죽을 때까지 자신의 정치를 손에서 놓지 않았고 강력한 자기 믿음의 발판으로 삼았다. 여든 살이 다 되어 그가 말했다. "누군가 내게 아직도 마르크스주의자냐고 묻는다. 오늘날보다 더 광범위하게 (…) 세상이 이윤 추구로 망가진 적은 결코 없었다. (…) 그렇다, 지금도 나는 무엇보다 마르크스주의자다."[39]

다른 사람들이 극성極性이나 모순을 볼 때 버거는 많은 양의 전기를 모아두는 축전기 비슷한 것을 보았다. 그는 정치를 버리고 예술을, 혹은 세계를 버리고 골짜기(수선화를 위한 혁명)를 선택하지 않았다. 오히려 그는 둘 사이를 뛰어넘을 수 있는 새로운 불똥을, 어둠 속에서 깜빡거리는 작은 불빛을 찾아 나섰다. 그는 언젠가 "내 안에 너무도 깊게 자리하여 명확한 아이디어로 설명할 수 없는 두 가지 것"에 관해 이야기했다. "하나는 내가 항상 예술의 '수수께끼'라고 느끼는 것과 연관되며, 또 하나는 힘없는 사람들, 소외된 사람들을 향한 본능

적인 연대입니다."[40] 둘은 똑같은 것이 아니지만 버거에게는
따로 뗄 수 없는 것이었다. 뫼비우스의 띠 같은 회로가 그의
마음의 본능적인 핵심에 자리하고 있었다. 그는 이십 대 시절
부터 고리키Maxim Gorky의 선문답 하나를 좋아했다.

> 사람들에게서 결코 없앨 수 없는
> 더 나은 것을 갈구하는 욕망 때문에
> 인생은 항상 충분히 나쁘다.

그런 마음가짐은 자이로스코프처럼 작동했다. 덕분에 다른
배들을 가라앉힐 폭풍 속에서도 그는 중심을 잃지 않을 수 있
었다.

베유는 이런 말을 했다. "조토에게서 화가로서의 천재성과
프란치스코회 정신을 따로 떼놓고 생각할 수는 없다. 중국의
선종 승려들이 남긴 시화에도 화가나 시인으로서의 재능과
법열의 상태가 혼연일체로 뒤섞여 있다. 벨라스케스가 왕과
걸인들을 화폭에 담았을 때 화가로서의 재능과 그들 영혼 깊
은 곳까지 꿰뚫는 뜨겁게 타오르는 공평한 사랑은 하나가 되
었다."[41]

버거의 글쓰기가 특별했던 이유는 너그러웠기 때문이다. 그
의 글은 평온을 찾은 순간들을 사람들과 나누었는데, 그 모든
하나하나가 마주침의 순간이기도 했다. 그림과의 마주침이거
나 이방인, 연인, 동물, 유령과의 마주침이었다. (결국에는 몇
몇 마주침이 하나의 에세이로 모여든다. 버거는 『여기, 우리가

만나는 곳』의 첫 번째 글에서 리스본의 사이프러스 나무, 방금 만난 세탁소 여자, 어머니의 유령, 과거 전쟁에서 죽은 순교자들에 대해 이야기한다.) 각각의 글이 공간과 시간, 기억과 정치, 역사와 감정을 담은 은판사진 같았다. 음화로 된 사진판은 작을 수도 있겠지만, 그 안으로 들어오는 빛은 온 우주에서 오는 것이다.

노년에 이르러 버거의 주요 소통 양식은 급보急報나 스케치가 되었다. 방향성을 잃은 세상에서 발을 디디고 서기 위한 방법이었다. 그는 부사령관 마르코스Subcomandante Marcos*에게 쓴 편지에서 자신의 집 근처 하늘을 빙빙 도는 왜가리 두 마리에 대해 이야기했다. 팔레스타인을 찾았을 때는 인티파다 투쟁뿐만 아니라 꽃과 돌에 대해서도 썼다. 탈지역화에 대한 논문에서는 글을 쓰다 말고 당나귀 무리가 들판에서 풀을 뜯고 있는 것을 바라보았다. 눈에 보이는 것에 이름을 불러주는 일 자체가 저항의 행위이라도 되듯 그는 이렇게 적었다. "들판에 당나귀 네 마리, 때는 2005년 6월."[42] 이성의 언어는 점차 신념의 운율에 자리를 내주었다. 북미자유무역협정이 통과되고 나자 버거는 「죽은 자들의 경제에 관한 열두 개 테제」라는 사실상 종교적-신비적 문서를 작성하여, 더 이상 살아 있지 않은 사람들과 아직 태어나지 않은 사람들의 지도를 그렸다.[43] 거기 담긴 비전과 요구 사항을 보면 이 글은 일종의 형이상학적인

* 멕시코 무장 혁명 단체인 사파티스타 민족 해방군의 지도자.

경전이었다. 하지만 국제통화기금이나 세계은행 입구에도 마땅히 걸어놓을 만한 것이었다.

　마침내 버거는 지옥에 대해 입을 열었다. "지상의 천국에 근접하는 뭔가를 만들어낼 수 있는 세상이 아니라, 오히려 지옥의 성격에 훨씬 더 가까운 세상에 살고 있다고 가정해보자. 이것으로 우리의 정치적·도덕적 선택 하나하나는 어떻게 달라질까?"[44] 그에 따르면 유일한 변화는 "우리가 품는 희망이 어마어마해지고, 그리하여 우리가 느끼는 실망도 쓰라릴" 것이라는 점이었다.[45] 버거가 무엇이 **어떠하다**고 말할 때는 언제나, 은연중에라도 **어때야 한다**는 의미가 들어 있었다. 『옛날 옛적 유럽에선』에서 프랑스 공산주의자 미셸은 말한다. "지옥이 어떤 곳인지 정말로 알고 싶다면 이 세상을 봐. (…) 지옥이라고 계속 그대로 있으란 법이 있어? 지옥은 희망으로 시작해. 애초에 희망이 없으면 고통도 없어. (…) 지옥은 상황이 더 나아질 수 있다는 생각에서 시작하는 거야."[46]

***

　많은 경우 냉소는 딱지와 같아서 그 밑에 상처받은 흔적이 있다. 그러나 버거의 후기 글쓰기에 담긴 서정성을 감지하는 사람들조차, 그것이 버거가 내다보는 정치적 미래와 어떻게 연결되는지 완전히 이해하기 어려웠다. 그들은 버거의 공감을 공유했을지는 몰라도, 내심 버거의 공감에 본질적으로 회한이 곁들여 있다고 여겼다. 살만 루슈디는 1980년대 말에 이렇게 말했다. "내가 볼 때 그의 생각은 그의 꿈보다 많은 것을 의미했다."[47]

후기 버거의 글에는 분명 애수 어린 역설이 작동하고 있었다. 『그들의 노동에 함께 하였느니라』를 통해 그는 이제 막 지구상에서 사라져가는 공동체에 대한 애정을 드러냈다. 소설가 앤절라 카터Angela Carter의 리뷰가 아마도 다른 독자들이 느꼈을 법한 심정을 대변했다. 카터에 따르면 이 책은 사람들과 대지의 "최종 결별"에 관한 이야기였다. 사람들의 목소리는 비관적이지 않을지라도 전망은 영락없는 비극이었다.[48] 소농이 쓸모없어지면 조만간 관광지를 제외한 도시 바깥은 모조리 산업화된 단일 작물과 유령 마을만 남는 장기판이 된다. 우리가 계속 목도하는 과정이기도 하다. 남겨진 지역과 사람들, 무기력하게 도움의 손길을 구하는 이들, 집적集積에서 배제된 곳.

카터가 보기에 『그들의 노동에 함께 하였느니라』의 전반적인 기조에는 이런 상실감이 배어 있었다. 카터는 간결하게 정리했다. "조만간 노스탤지어가 유럽의 또 다른 이름이 될 것이다."[49] 버거는 이런 비판에 자주 맞붙어 싸웠다. 노스탤지어와는 전혀 무관하다고 그는 거듭 강조했다. 책에서 그는 과거만이 아니라 현재의 고통과 희망의 원칙에 대해서도 말하고 있었다.

마르크스는 종교를 영혼 없는 세상의 영혼이라고 말했다. 하지만 버거는 믿음이란 사회정의를 위한 투쟁의 뿌리에, 심지어 자신이 이해한 마르크스주의의 뿌리에도 늘 존재한다고 보았다. 시몬 베유 역시 인민의 아편은 종교가 아니라 혁명이라 여겼다. (버거가 애초에 농민들 곁에서 생활한 데는, 그리고 그의 표현에 따르자면 "끊임없이 개혁하고 좌절하면서도 궁극적 승리를 향한 조급한 희망을" 고집하던 동료 마르크스주의자들에게 농민의 중요성을 설명한 데는, 그런 사유가 부분적으로 작용했다.)[50] 삶의 비극적 측면과 더불어 사랑의 욕망이나 공동체에 대한 필요 같은 인간 불변의 욕구는 혁명의 유토피아적 사고에서 너무나 자주 배제되었다. 일단 그런 사고가 처음으로 체계화되자, 버거가 말한 '혁명의 영혼'은 국가를 운영하는 자들 손에 넘어가 버렸다. 위대한 유토피아 실험들이 그토록 끔찍하게 엇나간 이유가 바로 이런 것이었다.

억압받던 것은 당연히 되돌아온다. 프랑스 혁명 이후 수 세대를 거치는 동안, 사회정의를 위해 투쟁하는 사람들의 영성은 그들 안에 조용히 내재해 있었다. "여기 몸담은 사람들은 유물론자로 설명되었다." 이렇게 운을 떼며 버거는 말했다. "하지만 그들의 희망, 그들이 자기 마음속에서 발견하는 예기치 않은 평온함은 초월적인 선지자의 것이었다."[51] 그들의 믿음은 그들의 요구와 상관없이 "결코 이름 붙여진 적 없는, 그러나 사랑받는 사생아"처럼 비밀로 묻혔다.[52] (어쩌면 이것이 그의 픽션에 고아들이 그토록 자주 등장하는 이유인지도 모른다. 고아는 방치되었음을 나타낼 뿐만 아니라 이름 없는 희망을 나타내기도 한다.) 버거의 세대에게 정치사의 비극은 그런 믿음을 서서히 빼앗겨 결국 흔적도 찾을 수 없게 되었다는 것이었다. 두텁게 내려앉은 냉소만이 남았다. 오로지 시나 비밀에서만, 버거가 말한 **너머**의 고립된 은신처에서만 그런 믿음을 만지고 나눌 수 있었을 뿐이다.

요르단강 서안지구 라말라 외곽에서 존 버거와 그 친구인 레마 하마미(Rema Hammami).
두 사람은 팔레스타인 시인 마흐무드 다르위시(Mahmoud Darwish)의 작품을
함께 번역하기도 했다. 2003년 장 모르의 사진.

"연민 없는 사랑이 있을 수 있을까?"[53] 버거가 빚어낸 한 인물이 물었다. 많은 이들에겐 떠올려본 적조차 없는 질문일 것이다. 그러나 버거는 이런 질문을 할 수밖에 없었고, 후기 글쓰기에 보이는 전반적인 감정이 여기서 흘러나왔다. 그의 글은 투옥, 질병, 붕괴, 신체 손상, 망명을 이야기한다. 하지만 인내, 믿음의 회복, 소멸에 맞서는 저항, 공유된 유예의 순간을 전하는 것이기도 하다. 고립과 교감, 신념과 회의, 열정과 고통 같은 거대한 종교적 주제가 다뤄지며, 우화적인 구성은 신약성서를 닮았다. 하지만 정신은 현대적이다. 그의 글은 불도저에 밀려 박살난 요르단강 서안지구의 집채들을 보며 그가 "패배하지 않는 절망"이라 부른 태도를 구현해낸 것이다.

여기서 헌신은 입장을 취하는 것 이상을, 찬성하거나 반대하는 것 이상을 의미한다. 헌신은 동정심이나 회복력과 마찬가지로 시간이 지나야 본모습이 드러나며, 시간이 지날수록 더 막강하고 더 경건한 **확신**으로 나아가는 경향이 있다. 『옛날 옛적 유럽에선』에서 버거는 말한다. "'어메이징 그레이스'라는 노래는 슬프게 시작하지만, 점차 슬픔이 합창되면서 더는 슬프지 않고 저항적인 노래가 된다."[54]

같은 이야기에 나오는 미셸은 체코슬로바키아산 빨간색 오토바이를 모는 공산주의자로, 어느 날 공장에서 사고를 당해 하반신이 마비된다. 서른일곱 차례 수술을 통해 그는 금속으로 된 다리와 "다리미 같은" 두 개의 발을 이식받는다. "생명은 하나밖에 타고나지 않으니까 최대한 즐기라고 사람들은 말하죠."[55] 자신이 사랑하게 된 여자에게 그가 말을 건넨다. 여자도 오래전 남편을 잃어서 상실이 주는 "지난한 세월"을 누구보다 잘 알았다. 그는 말을 잇는다. "그건 사실이 아니에요, 오딜. 우리는 두 번째 삶을 사는 법을 배워야 했어요. (…) 첫 번째 삶은 영영 끝났으니까요. (…) 나는 어떻게 사는지 배워야 했어요. 그리고 그건 두 번째로 배우는 것 같지 않았어요. 그게 참으로 이상한 점이에요. 마치 처음 배우는 것 같았으니까요. 이제 나는 두 번째 삶을 시작하는 중입니다."[56] 『기름진 흙』의 마지막 이야기는 저자 자신의 거듭난 삶을 증명하는 글이기도 한데, 제목에 '세 인생'이라는 말이 붙어 있다. 버거는 하나 이상의 삶을 산다는 게 어떤 의미인지 분명 알고 있었다.

그것은 노스탤지어였을까? 오랜 세월 순도 높게 증류한 것이긴 해도 버거에겐 틀림없이 감상주의가 있었다. 개인적으로든 정치적으로든 말이다. 가끔 그는 유교적 색채라든지 선종 불교의 희망을 띠기도 했다. 그러나 그의 정치는 사람들이 흔히 생각하는 것보다 더 복잡했다. 감상주의는 대개 미성년기의 질풍으로 나타나지만, 후기 버거에게서는 경험을 통해 나오는 면이 있었다. 나이 든 여자 농사꾼 오딜이 자신이 살아왔던 골짜기에서 행글라이더를 타며 그곳에 있었던 기쁨과 상실, 출생과 사망을 기리듯, 버거는 언제나 장기 지속longue durée*을 생각하곤 했다. 그의 역사적 시야는 수 세대 전체를 아울렀다.

이런 시야는 물론 나이 듦이 안겨주는 혜택이자 특별함이었

---

* 페르낭 브로델(Fernand Braudel)의 개념으로, 그는 역사의 진행을 지속되는 시간의 길이에 따라 단기 지속(사건), 중기 지속(경향), 장기 지속(구조)으로 파악했다.

다. 그러나 버거에게는 보다 본연의 것일 수도 있었다. 어쩌면 그의 유전자에 잠재되어 있었는지도 모른다. 넬라 비엘스키와 함께 쓴 희곡에서 그는 이렇게 말했다. "각자 세상에 나오면서 저마다의 독특한 가능성을 가지고 온다. 일종의 목표, 혹은 법칙 같은 것으로, 우리 삶의 과제는 날마다 해가 바뀔 때마다 그 목표를 더더욱 인식하여 마침내 실현될 수 있게 만드는 것이다."[57]

신예 미술비평가였던 이십 대 중반의 버거는 그 가능성이 언젠가 어떤 모습이 될지 예감하고 있었다. 그는 샤갈, 수틴, 자킨 등의 그림이 전시된 러시아 유대인 망명자 전시회에서 그들 예술을 관통하는 추방의 감정에 돌연 사로잡혔다. "나처럼 그림이 주는 자극에 강하게 반응하는 사람이라면 이런 작품을 평가하는 것은 어려운 일이다."[58] 여러 감정이 혼합된 그들의 비전을 이해하고자 그는 제자리에서 계속 서성거렸다. 작품은 감각적 색채로 가득했지만, 그 감각성 이면에는 "비극적 책임감"이라는 부담이 있었다. 역으로 보자면 캔버스 이면에는 "정의하기 힘든 아픔"이 있었지만, 각각의 붓질은 그 아픔을 달래고 가치를 수호하려는 기록이기도 했다. 그는 리뷰의 말미에 이렇게 썼다. "노스탤지어는 대개 지루함이나 나른한 후회의 결과다. 그러나 유대인의 예술에서라면 극심한 고통과 강렬한 열망의 결과다. 유대인의 노스탤지어는 가망 없이 사라진 뭔가에 대한 감각이 아니라, 거의 가망 없이 바라는 뭔가에 대한 감각을 내비친다. 역설적으로 표현하자면, 미래를 향한 노스탤지어인 셈이다."[59]

이 구절은 예언적이다. 풍파를 견뎌내는 한 『그들의 노동에 함께 하였느니라』가 미래에 꼭 그런 관점에서 읽힐 것이기 때문이다. 신좌파의 잿더미에서, 그리고 냉전의 잉걸불에서 유토피아의 실험은 물질적으로든 정신적으로든 실패로 끝났고, 결국 냉혹한 시장 조직밖에 남지 않았다. 하지만 다른 사람들이 불가피하게 받아들이는 것에 저항하며 살아남은 자들이 있었다. 버거가 캥시에서 쓴 에세이와 이야기는 역사적 심판의 창문이자 학습과 재학습의 창문이며, 위로 방향을 트는 변곡점이었다.

버거는 언젠가 이웃 농부에 대해 이렇게 말했다. "그의 이상은 과거에 있고, 그의 의무는 자신이 살아서는 보지 못할 미래를 향한다."[60] 그들은 기회주의자들과는 딴판이었다. 많은 점에서 그들은 성자聖者였다.

***

이른바 성장의 내러티브는 새로운 것을 많이 수용하며 끝나곤 한다. 안정적으로 성인의 문턱에 들어선다, 부름이 응답받는다, 합의가 타결된다 등등. 생성becoming은 존재being로 성숙했고, 삶은 이제 순항 고도에 올랐다.

애착이 아니라 단절로 끝나는 내러티브도 있다. 과중하게 짓누르는 상황을 벗어던진다, 지평선이 손짓하며 부른다, 주인공은 짐을 꾸려서 떠난다 등등. 어떤 경우든지 더 이상 할 말이 남아 있지 않다.

마흔여덟 살에 캥시로 이주한 버거는 어찌 보면 둘 다 해낸

셈이었다. 그가 새로 찾은 집은 자신이 태어난 나라와 최종적
으로 결별했음을 나타내는 동시에(그는 결코 돌아가지 않았
다), 항구적인 삶으로 내딛는 첫발을 나타냈다(그는 다른 어
느 곳에도 가지 않았다). 그는 그곳에 뿌리를 내렸고, 창조적
목소리와 정체성을 죽을 때까지 지켰다. 물론 수십 년간 글쓰
기를 계속했는데, 오랫동안 항해할 배를 만든 것이었다.

그리고 여러 폭풍들이 지나갔다. 베를린 장벽이 무너지고,
유고슬라비아 내전이 일어나고, 북미자유무역협정으로 사파
티스타 투쟁이 벌어졌다. 하지만 냉전은 끝났다. 역사 자체가
성년기에 접어들어 순항 고도에 오른 듯했다.

그러던 어느 날 아침 9·11 테러가 일어났다. 역사의 종말은
고작 10년을 버티지 못했다. 당시 버거는 칠십 대였다. 그는
여러 방향으로 나아갈 수 있었다. 은퇴를 하고 정원을 가꾸거
나 테니스를 칠 수도 있었다. 미국의 군사적 대응을 지지하는
자유주의자들 성명서에 이름을 올릴 수도 있었다. 그저 간간
이 미술비평 활동을 할 수도 있었다.

해가 지나 돌이켜볼수록, 그가 실제로 한 행동은 뜻밖이라
기보다는 대단해 보인다. 그는 거리낌 없이 목소리를 냈다.
(당시 나이 지긋한 지식인들의 관례였던) 중도적 입장의 성명
서를 내서 뒤로 빠지기는커녕 젊은 시절의 정치적 분노를 다
시 가동하기 시작했다. 이제 그에게는 수십 년의 경험과 권위
의 힘까지 있었다. 그가 아니라면 누가 테러가 있고 몇 달 뒤
에 히로시마에 대해 글을 쓰면서 두려움도 악의도 없이 이를
맨해튼에서 폭발한 불덩이와 비교할 수 있었겠는가? 또 그가

아니라면 누가 날카롭지도 무정하지도 않은 목소리로 반세기 미국을 규정하는 두 사건을 그렇게 비교할 수 있었겠는가?

광란의 시대에 버거는 관점을 제시했다. 그는 폭풍 속 나침반이 되었다. (반세기 전에 스티븐 스펜더가 그를 두고 "안개 속의 무적霧笛 소리"라며 의도치 않은 칭찬의 말을 하기도 했다.) 버거는 이라크 전쟁이 시작되어 바그다드가 함락된 직후 이렇게 썼다. "거짓말을 하기 위해서는 반쪽짜리 진실 여섯 개 정도가 필요하다."[61] 그가 했던 많은 말들은 시간이 지나면서 점차 명확해졌다. 그러나 그는 스스로 답을 모른다고 인정한 질문들도 던졌다. 예컨대 이런 것이다. "대상을 가리지 않고 체계적으로 다 죽이는 것보다 의도적으로 선별해서 죽이는 것이 더 나쁠까?"[62]

이십 대에 그랬듯 버거는 이번에도 제3의 길을 찾으려고, 상상하려고 애썼다. 극단적 대립은 이제 워싱턴과 모스크바에서가 아니라 "두 개의 광신적 믿음이 전 세계에 퍼붓는 십자포화" 속에서 벌어졌다. 1989년 초에 루슈디의 필화 사건이 벌어지자 그는 서구 출판계 엘리트들에게 자제를 요청하며 몸소 불청객으로 나섰다. "그러지 않으면, 양측이 무시무시한 정당성으로 무장해 그야말로 20세기식 성전聖戰이 터질 수도 있다. 공항·쇼핑센터·지하철·도심지 등 사람들이 무방비로 노출되는 곳이 표적이 되어 산발적이지만 반복적으로 전쟁이 일어날 것이다."[63] 이후 그는 우리의 현실이 되어버린 많은 것을 예견했다. 기승을 부리는 민족주의, 신자유주의 경제의 탐욕, 닻줄이 풀린 역사의 감각. 그는 베를린 장벽이 무너지고

1년이 지나서 말했다. "이 순간이 얼마나 오래 지속될까? 역사의 상상 가능한 모든 위험이 대기하고 있다. 편협, 광신, 인종차별이 언제 터질지 모른다."[64]

일찍이 이를 예견한 문헌은 찾기 쉽다. 1844년 마르크스의 『경제학 철학 초고』도 있고, 에른스트 블로흐가 마르크스주의의 '차가운' 흐름과 '뜨거운' 흐름을 구별한 것도 있다. 하지만 버거의 열정은, 그런 사례에서 확신을 얻었을 수는 있겠으나 자신의 내면 깊숙한 곳에서 나온 것이 거의 확실하다. 버거 본인이라면 직감에서 나왔다고 할 것이다. 나아가 그가 21세기의 첫 10년 동안 표명한 내용은 우리 문명이 초래한 파괴를 생각할 때 여전히 유효한 포괄적 분석을 제공해준다. 감각의 둔화, 수그러든 언어의 위세, 과거·죽은 자들·장소·대지·흙과의 연결 상실, 어쩌면 동정·연민·위로·애도·희망 등 일부 감정의 상실도 여기에 들 수 있다. 그는 말했다. "오늘날 파괴되거나 사라져가는 것은 동물과 식물 종들만이 아니다. 인간이 우선적으로 가치를 두는 것들을 모아봐도 마찬가지다. 살충제pesticide가 아니라 윤리말살제ethicide가 여기에 체계적으로 뿌려진다."[65] 자유, 민주주의, 테러리즘 같은 공허한 말이 있었다. 그리고 나크바Nakbah(대재앙), 사우다지saudade(그리움), 아고라agora(토론회), 베크Weg(벌목꾼의 길) 같은 진짜 말이 있었다.

노년에 버거는 꽃 그림을 그렸지만, 테러와의 전쟁, 가난한 자들과의 전쟁에 반대하는 아주 통렬한 항의의 글도 썼다. 그의 마지막 에세이집 『모든 것을 소중히 하라Hold Everything Dear』는 수선화와는 전혀 무관하다. 하지만 책의 ISBN 옆에 붙은 서지 사항의 범주를 보면 예사롭지 않다.

1. 국제 안보. 2. 전쟁—원인. 3. 평등. 4. 권력(사회과학).
5. 국제 경제 관계. 6. 테러와의 전쟁. 2001.

버거는 바그다드에서 시카고, 사르데냐, 테헤란, 베를린, 알리칸테, 말리, 카불에 이르기까지 세계 각지의 사람들이 투쟁하는 모습을 담고 싶었다고 했다. 그는 파솔리니Pier Paolo Pasolini(이탈리아 시인이자 영화감독)의 영화 〈분노La Rabbia〉를 두고 "분노가 아니라 극심한 인내에서 영감을 받은" 작품이라고 평가했다.[66] 파솔리니는 "전혀 위축되지 않는 명료함"으로 세상을 바라보았는데, 버거는 그가 그랬던 이유를 다음과 같이 봤다. "현실이 우리가 사랑해야 하는 모든 것이기 때문이다. 다른 것은 없다."[67]

버거를 폄하하는 이들은 그의 글쓰기가 과시적이라고 말했다. "숭고한 농부들, 아니면 정체불명의 압제자들밖에 없다"고 했다.[68] 그런 면도 없지 않았다. 우리 모두가 그렇듯 그도 마주치고 싶지 않은 모순들이 분명 있었다. 이름이 알려진 공인의 지성은 장단점이 다 있다. 그러나 밤하늘에 뜬 별들처럼 그의 메시지는 지식인을 비롯한 많은 이들을 인도해주었다. "어떤 경우든 이야기꾼은 듣는 이에게 조언을 해주는 사람이다."[69] 이것은 벤야민의 문장이다. 물론 버거가 한 말이 늘 옳지는 않았다. 하지만 그의 말은 늘 생각해볼 가치가 있었다. 그는 모두에게 통할 수 있는 표현을 궁리해냈다. 그의 후기 에세이들은 전 세계에 널리 번역되고 꾸준히 팔렸다.

언젠가 그는 말했다. "어떤 사람들은 자신에게 닥친 것이 마음에 들지 않아서 싸운다. 어떤 사람들은 자기 삶을 이리저리 측정해본 다음, 자기 경험에 의미를 부여하고 싶어서 싸운다. 후자의 투쟁이 더 끈질기게 이어질 가능성이 높다."[70] 얼핏 오늘날은 그 반대라는 생각도 든다. 우리에게 밀어닥치는 많은 상황이 전례 없이 시급한 느낌을 주므로 개인의 내면에 신경 쓸 여력이 없어 보인다. 그러나 끈기와 연대감을 최대로 발휘해 파고들 준비가 되어 있다면, 비슷하면서도 좀 더 개인적인 전선을 마련할 수 있다. 압제자나 반대자에 저항하는 것만이 투쟁은 아니다. 여러 층위의 신념을 계속 이어가기 위한 투쟁도 있다. 버거는 경험의 복잡성을 이데올로기의 확실성에 돌려놓지 않고서도, 예술을 위한 예술이라는 지붕 아래 피난처를 구하지도 않고서도 투쟁이 가능함을 일러주었다. 그가 선례를 보였으니 우리도 그럴 준비만 되어 있다면 충만한 삶을 마음껏 누릴 수 있을 것이다.

낭만주의 작가들은 농업의 자본주의화가 진행되던 인클로저 시대에 글을 썼다. 버거는 삶의 말년에 이르러, 자신이 장벽의 시대에 글을 썼다고 말했다. 베를린에서 장벽 하나가 무너지자 자유가 승리한 것처럼 보였지만, 도처에서 이미 새로운 장벽이 올라갈 준비를 하고 있었다.

콘크리트 장벽, 관료주의 장벽, 감시 장벽, 보안 장벽, 인종차별 장벽. 도처에서 장벽이 지독하게 가난한 자들과, 가망이 없는데도 상대적인 부유함을 유지하려는 희망에 매달린 자들을 가른다. 장벽은 농작물 수확에서 의료 시스템에 이르기까지 모든 영역에 세워진다. 세상에서 가장 부유한 대도시에도 장벽은 존재한다. 오래전 '계급 전쟁'이라 불리던 것의 최전선에 있는 것이 장벽이다.

장벽 한쪽에는 상상 가능한 온갖 무기, 시신 없는 전쟁이라는 꿈, 미디어, 풍족함, 위생, 매력을 얻는 여러 수단들이 있다. 다른 한쪽에는 돌멩이, 부족한 물자, 반목, 보복의 폭력, 걷잡을 수 없는 질병, 죽음의 수락, 그리고 하룻밤이라도 어쩌면 한 주라도 함께 더 버티려는 뇌리를 떠나지 않는 생각이 있다.

오늘날 세계에서 의미를 선택한다는 것은 장벽 양쪽을 두고 벌어진다. 장벽은 저마다 각자의 내면에도 있다. 어떤 상황에서든 우리는 장벽 어느 쪽에 마음을 맞출지 택할 수 있다. 그것은 선과 악을 가르는 장벽이 아니다. 장벽 양쪽에 선과 악이 다 있다. 자기 존중을 선택하느냐, 자아 혼돈을 선택하느냐의 문제다.[71]

냉혹하고 가차 없는 전망이다. 젊은 시절의 호전성이 돌아왔다. 도덕적 교훈, 그리고 전에 없던 힘까지 겸비해서 말이다. "버거의 마니교적 절대성은 부분적 진리와 불완전한 해결책으로 가득한 현실 세계에서 얼마나 유용할까?"[72] 제프 다이어는 현실적인 질문을 던졌다. 우리 각자 대답할 부분이 있다. 『여기, 우리가 만나는 곳』에 묘사된 과일 맛이든, 『벤투의 스케치북』에 담긴 드로잉이든 후기 작품의 서정성에 공감하는 많은 이들은 버거의 수사적 발언을 회피할 가능성이 크다. 반면 버거를 본받아 적극적인 활동에 나섰던 사회운동가들은 모네의 풍경화에 보이는 충격적이고도 평온한 빛의 묘사라든지, 현대 정치가 등장하기 3만 년 전 쇼베 동굴에 그려진 야생 염소와 산양을 그냥 무시할 수도 있다.

버거는 다양한 대중을 위해 글을 썼다. 그는 휘어지되 부러지지 않는 법을 본능적으로 알았다. 그러나 살다 보면 진리의 순간이 온다는 것도 이해했다. 홀로 찬찬히 생각할 때는 다양한 측면이 눈에 잘 들어오기 마련이다. 하지만 실제 현실에서는 하나만을 취해야 할 때가 많다.

버거는 이 점을 알았다. 그리고 이제 우리도 새로이 배우는 중이다. 우리는 때로 선택을 해야만 한다.

감사의 말

이 책은 여러 장소를 오가며 쓰였고 친구, 스승, 아카이브 담당자, 다른 저자, 가족에 이르기까지 수많은 사람들로부터 도움을 받았다. 무엇보다 맨 처음 예일 대학교 지도교수 더들리 앤드루와 케이티 트럼페너의 격려가 없었다면 결코 시작하지 못했을 것이다. 책이 만들어지기까지 그들이 보내준 지원과 믿음, 그리고 아이디어에 깊이 감사한다. 신세를 진 예일 대학교 사람들이 더 있다. 흥미로운 의견을 준 카테리나 클라크와 존 매케이를 비롯하여 모이라 프래딩거, 에이미 헝거포드, 데이비드 브롬위치, 피터 콜, 찰스 머서가 그들이다. 나는 모두로부터 많은 것을 배웠다.

이 책을 쓰기 위해 대서양을 여러 차례 건너면서 항공료가 만만치 않게 들었다. 이런저런 지원금이 큰 도움이 되었다. 폴 멜론 센터 장학금, 로버트 M. 레일런 논문 장학금, 얼마 전에는 H.H. 파워스 여행 지원금도 받았다. 런던은 이 책과 관련한 자료가 풍부한 중심지이며, 특히 대영도서관에 존 버거 아카이브가 새로 문을 열었다. 도서관 직원 모두에게 도움을 받았다. 무엇보다 아카이브를 정리한 톰 오버턴에게 큰 빚을 졌다. 그가 베풀어준 도움과 환대, 지속적인 우정에 고마움을 표한다. 식당과 스토크 뉴잉턴을 오가며 그와 버거(그리고 축구)에 관해 나눈 대화는 영국에서 보낸 가장 기억에 남는 순간들이다. 아울러 예일 영국미술 센터, UCLA 대학 아카이브, 세넛 하우스 도서관 직원들, 오벌린 대학교의 마이클 팔라졸로, 시네마테크 스위스의 나디아 로흐, 영국영화협회 아카이브 직원들에게도 감사의 말을 전한다.

내가 모은 자료들은 프로젝트와 관련된 예술가들의 인터뷰와 대화를 통해 맥락을 갖추게 되었다. 제네바로 찾아갔을 때 시간을 내주고 따뜻하게 맞아준 알랭 타너와 장 모르, 런던에서 만나 이야기하고 희귀한 BBC 프로그램 복사본을 내준 마이크 딥, 자신의 집 스튜디오에서 그래픽디자인에 대한 귀중한 이야기를 들려준 리처드 홀리스에게도 감사한다. 그 밖에도 기억에 남을 대화를 나눈 이들로 수전 조지, 사울 랜도, 폴 바커, 데이비드 레비스트로스, 니코스 파파스테르기아디스, 존 크리스티, 제프 다이어, 콜린 매케이브, 벤 러너, 제임스 하이먼, 브루스 로빈스, 알릭스 맥스위니, 로런스 웨슐러, 가레스 에번스 등이 있다. 캥시로 찾아간 나를 환대해주었던 존과 베벌리 버거, 그리고 나중에 만난 이브 버거에게는 아주 특별한 감사의 말을 전한다.

대서양을 건너오자면, 미학과 역사에 대해 계속적으로 대화를 나눈 대니얼 페어팩스, 앞의 몇 장의 초고를 읽고 아이디어

를 던져준 팀 엘리슨, 우리 집 포치에서 이 책의 일부를 듣고
는 유용한 의견을 내준 캐스린 허친슨이 있다. 이런저런 식으
로 도움을 준 다른 친구들로 그랜트 위덴펠드, 사라 비치, 마
크 린키스트, 재스민 마무드, 미미 처브, 레이철 레이크스, 라
이언 콘래스, 크리스 스톨라스키, 정승훈, 로라 매컴버가 있
다. 내가 이 책을 쓰는 동안 내 옆을 지키면서 든든한 힘이 되
어준 친구들이 있다. 맥스 랜싱, 드마커스 석스, 애나 모건, 애
덤 코프먼, 케이티 로라, 제러미 달마스, 쿠엔틴 노트, 헌터 잭
슨, 메이브 존스턴, 애덤 래클리스, 보니 차우, 라미 도딘, 시타
르 모디, 다이애나 멜론, 브랜든 파인골드, 그리고 브뤼셀에서
만난 모든 이들이 바로 그들이다.

　여기 실린 일부 원고는 맨 처음 『게르니카』와 『점프 컷』에
발표되었던 글을 발전시킨 것이다. 두 잡지의 편집자들에게
고마움을 표한다. 오벌린에서 특별히 언급할 사람으로 내 연
구를 도와준 학생 조교 애셔 샤이네메로를 빼놓을 수 없다. 오
랜 시간 고된 일을 이어가면서도 통찰력과 협조적 자세를 잃
지 않았고, 그 와중에 나를 실내 암벽등반장으로 안내하기까
지 했다. 내 수업을 들은 학생들과 내 동료들 그레이스 안, 팻
데이, 제프 핑그리도 언급하고 싶다.

　이 책의 씨앗이 막 싹트기 시작할 때 나를 매디슨에 초대해
준 질, 그리고 멋진 브루클린 이웃이 되어준 티나와 태티에게
는 지극히 개인적인 차원에서 고마움을 표하고 싶다. 아울러
진정 영감을 주는 여성이자 과학자인 내 어머니 바버라의 도
움이 없었다면 이 책은 완성되지 못했을 것이다. 어머니의 한

없는 너그러움은 신이 주신 선물이다. 그리고 당연히 에이미를 빠뜨릴 수 없다. 그 한결같은 유머와 확고한 지원(참을성은 말할 것도 없고)은 축복과도 같다.

주

들어가며: 변증법과 배나무

1. Andrew Forge, "In Times of Sickness" (review of *Permanent Red*), *Spectator*, 28 October 1960.

2. John Berger, "A Truly European Writer" (review of *Leavetaking and Vanishing Point*), *New Society*, vol. 10, no. 249, July 1967.

3. John Berger, *And Our Faces, My Heart, Brief as Photos* (New York: Vintage 1984), 67면.

4. 사르트르가 잡지 『현대』에 발표한 에세이들은 1948년 『문학이란 무엇인가(*Qu'est-ce que la littérature*)』라는 책으로 처음 묶였다(Jean-Paul Sartre, *What is Literature? and Other Essays*, Cambridge: Harvard University Press 1988 [1948] 참고). 그로부터 대략 15년 뒤에 아도르노가 단기적 이익만 따지는 정치와는 무관한 자체적인 미적 공간을 기리는 비당파적인 '자율적' 예술을 옹호하며 반격에 나섰다. 그는 브레히트 최고의 희곡들은 전혀 교화적이지 않다고 주장했다(Theodor Adorno, "Commitment" [1962], *New Left Review* I/87-88, September-December 1974 참고). 두 사상가 사이에는 일반적으로 인정되는 것보다 공통점이

더 많을 수도 있다. 예컨대 아도르노는 위대한 소설은 결코 반유대주의적일 수 없다는 유명한 말을 했다. 사르트르는 "미적 명령의 핵심에서 도덕적 명령을 본다"고 말했다.

5. Julian Spalding, *The Forgotten Fifties*, exhibition catalogue, 31 March-13 May 1984, Graves Art Gallery, Sheffield, 14면에서 인용.

6. 1977년 5월, 폴 델라니(Paul Delany)가 진행한 존 버거 인터뷰(미출간), 저자의 협조로 얻었다.

7. Janine Burke, "Raising Hell and Telling Stories" (interview with John Berger), *Art Monthly* 124 (1989).

8. 델라니의 버거 인터뷰.

9. 같은 인터뷰.

10. 여기 인용된 말은 2011년 5월 25일, 사우스뱅크 센터에서 버거와 로리 테일러(Laurie Taylor)가 가진 공개적 대화에서 나온 것이다. 그 뒤로 여러 기사와 부고 기사에서 인용되었다. 예를 들어 Tom Overton, "John Berger, Marxist art critic and Booker Prize-winning novelist—Obituary," *Daily Telegraph*, 3 January 2017 참고.

11. 버거는 여러 인터뷰에서 이 이야기를 했다. 여기 인용된 말은 1984년 3월 나이젤 그레이가 버거와 행한 인터뷰에서 가져왔다. 버거는 그들과 어울린 것이 "어떤 이데올로기적 이유 때문이 아님"을 명백히 했다. "정치적으로 '노동계급의 투쟁'에 동질감을 느끼고 싶어서가 아니었습니다(체계를 갖춘 나의 정치적 의식은 나중에 생겨났습니다). 그들이 서로를 대하는 방식, 때로는 나와도 상대하는 방식이 마음에 들었던 겁니다." Nigel Gray, *Writers Talking* (Fremantle: Fontaine Press, Australia 2016), 63면 참고.

12. John Berger, "The Painter and His Rent," BBC radio broadcast, 18 November 1959.

13. John Berger, "Exit and Credo," *New Statesman*, 29 September

1956.

14. 에스켈과 폴 델라니의 서신, 저자의 협조로 얻었다.

15. 다이어는 자신이 쓴 버거 연구서의 머리말에서 제시했던 주장을 반복하고 있다. Geoff Dyer, *Ways of Telling* (London: Pluto 1986) 참고. 또한 Geoff Dyer, "Editor's Introduction," in John Berger, *Selected Essays* (New York: Pantheon 2001), xii면 참고.

16. "존 버거만큼 비평의 지위가 제대로 확립되지 않은, 즉 **탐구되지 않은** 작가도 없는 것 같다. 이 문제는 그의 작업이 광범위한 영역에 걸쳐 있는 것과 연관된다." Geoff Dyer, "Into Their Labours," *Brick: A Literary Journal* 37 (Autumn 1989), 41면.

17. Ben Ratliff, "The Song of John Berger," *NYR Daily*, 12 January 2017.

18. Joan Didion, "Why I Write," *New York Times*, 5 December 1976.

19. John Berger, "Artists and Critics," *New Statesman*, 4 April 1953.

20. 여기 인용한 손택의 말은 1980년대와 1990년대에 미국에서 출판된 버거의 많은 책들에 실렸다.

21. Dyer, "Editor's Introduction."

22. Forge, "In Times of Sickness."

23. T.S. Eliot, "Preface" (1952) in Simone Weil, *The Need for Roots* (London: Routledge 2002), viii면.

24. James Salter, *Burning the Days* (New York: Random House 1997), 203면.

25. Christopher Hitchens, "Susan Sontag," *Slate*, 29 December 2004에서 인용.

26. Paul Bonaventura, "Master of Diversity," *New Statesman*, 12 November 2001에서 인용.

27. Eleanor Wachtel, "An Interview with John Berger," *Brick: A Literary Journal* 53 (Winter 1996), 38면.

28. Czesław Miłosz, *The Witness of Poetry* (Cambridge: Harvard University Press 1983), 94면.

29. W.G. Sebald, *On The Natural History of Destruction* (New York: Modern Library 2003), 190면.

1장 리얼리즘을 위한 전투

1. 공모전 논의에 대해서는 Martin Harrison, *Transition: The London Art Scene in the Fifties* (London: Merrell 2002), 68~71면; James Hyman, *The Battle for Realism: Figurative Art in Britain During the Cold War 1945-1960* (New Haven, CT: Yale University Press 2001), 159~60면 참고. 로버트 버스토는 공모전을 폭넓게 연구했다. Robert Burstow, "Cold War Politics," *Art History* 12: 4 (December 1989); Robert Burstow, "The Limits of Modernist Art as a 'Weapon of the Cold War': Reassessing the Unknown Patron of the Monument to the Unknown Political Prisoner," Oxford Art Journal 20: 1 (1997) 참고. 버스토는 영향력 있는 논문으로 Eva Cockcroft, "Abstract Expressionism, Weapon of the Cold War," *Artforum*, vol. 12, no. 12 (June 1974)를 언급한다.

2. 테이트 갤러리 카탈로그에 실린 레그 버틀러의 '무명의 정치범을 위한 모형' 소개글에서 인용했다. 공모전과 논란을 상세하게 묘사하고 있는 카탈로그 글은 tate.org.uk에서 볼 수 있다.

3. 공모전을 지휘한 사람은 미국의 문화 담당관 앤서니 클로먼 (Anthony Kloman)으로, 자기 직원들과 함께 ICA 내에서 일했다. 자금은 존 헤이 휘트니(John Hay Whitney)가 마련했는데, 그는 CIA와 관련된 인물이며 나중에 영국 주재 미국 대사가 되었다.

4. Hyman, *Battle for Realism*, 159면에서 인용. 또한 Michael Clegg, "Art and Humanism: An Act of Vandalism in the Cold War," *Versopolis*, at versopolis.com 참고. 재판에서 실바시는 유죄를 인정했지만 반항적인 태도를 꺾지 않았다. 판사는 피고가 전체주의 체제 아래 "고초를 많이 겪었음"을 감안하여 결국에는 훈방 조치했다. 클레그가 실바시의 이후 행보를 추적했다. 그는 1967년 캐나다로 이민을 가서 사진작가와 벽화가로 활동했다.

5. 1952년 '베네치아 비엔날레'에 대해 버거는 이렇게 썼다. "갤러리를 돌아보고 나서 드는 생각은, 지난 70년간 나온 걸작들을 모호하게 기억해내 **어림짐작**으로 작업한 단편적인 그림들이라는 것이다." 유일한 예외는 이탈리아 사회적 리얼리스트들의 교리였다. 버거는 "정치적 얼버무림이 난무하는 가운데 하나의 솔직한 대답"이라고 했다. John Berger, "The Biennnale," *New Statesman*, 2 July 1952.

6. John Berger, "Unknown Political Prisoner," *New Statesman*, 21 March 1953.

7. 같은 글.

8. 같은 글.

9. 여기 인용된 말은 『뉴 스테이츠먼』에 '예술가와 비평가(Artists and Critics)'라는 제목으로 실린 투고란에서 가져왔다. 논쟁은 1953년 3월 28일, 4월 4일, 4월 11일, 4월 18일에 걸쳐 이뤄졌다.

10. Frances Stonor Saunders, *The Cultural Cold War: The CIA and the World of Arts and Letters* (New York: New Press 1999), 247~53면; Hyman, *Battle for Realism*, 166~68면 참고.

11. 1995년 3월 17일, 해리 와인버거 인터뷰, "National Life Story Collection: Artist's Lives," British Library Sound Archives.

12. 〈비계〉는 기하학적으로 우뚝 솟은 비계와 (로리의 스케치와 비

숫하게 그려진) 상대적으로 작은 크기의 노동자들을 대비하는 구성이 돋보이는 그림이다. 시각적 전략이 이후 버거가 비난한 레그 버틀러의 모형과 부분적으로 닮았다는 점은 묘하다. 하지만 버거의 그림에서 대비는 낙관적이다. 건물의 위용은 불길한 독재자를 나타내는 것이 아니라 공동 작업의 노력을 상징한다.

13. 1977년 5월, 폴 델라니가 진행한 존 버거 인터뷰(미출간), 저자의 협조로 얻었다.

14. 1982년 데버라 체리(Deborah Cherry)와 줄리엣 스테인(Juliet Steyn)이 진행한 인터뷰, 원래 『월간 예술(*Art Monthly*)』에 실릴 예정이었지만 출간되지 못했다. 대영도서관 존 버거 아카이브, 'Unpublished Theses & Interviews 1981-1988'에 보관된 원고.

15. 물론 내가 단순화한 것이지만, 이런 설명은 대중의 상상에 강한 영향력을 발휘했다. 이렇듯 상황을 단순화하고, 자신의 적을 희화화하고, 이로 말미암아 잘못된 이분법이 생겨나서 이후 예술가들과 사상가들이 여기서 벗어나려고 오랜 세월 애쓰는 것은 대항적인 담론에 늘 따르는 일이다.

16. Anthony Blunt, "The École de Paris and the Royal Academy," *New Statesman*, 20 January 1951. 블런트를 버거와 비교한 작가들이 있었다. Geoff Dyer, *Ways of Telling* (London: Pluto 1989), 10~11면; Christopher Green, "Anthony Blunt's Picasso," *Burlington Magazine*, January 2005, 32~33면 참고.

17. Blunt, "The École de Paris and the Royal Academy."

18. John Berger, "Present Painting," *New Statesman*, 17 November 1951.

19. 같은 글.

20. 여기 인용된 말은 두 편의 글에서 가져왔다. John Berger, "For the Future," *New Statesman*, 19 January 1952; John Berger, "The

Young Generation," *New Statesman*, 25 July 1953.

21. John Berger, "For the Future."

22. John Berger, "The Necessity of Uncertainty," *Marxist Quarterly* 3: 3 (July 1956).

23. 버거의 글을 계속 인용하자면 이렇다. "베이컨의 회화가 우리 시대의 진짜 비극을 다루기 시작했다면, 날카로운 비명을 덜 질렀을 것이고, 그들의 공포를 덜 시기했을 것이고, 우리를 결코 홀리지 않았을 것이다. 왜냐하면 양심의 거리낌을 느끼는 우리로서는 그런 사치를 부릴 여유가 없기 때문이다." John Berger, "Francis Bacon," *New Statesman*, 5 January 1952. 버거는 다른 글에서도 비슷한 주장을 했다. "판타지에 기반을 두고 있는 많은 회화들은 영향력이 크지도 않지만 그마저도 부정적인 효과에 기댄다. 그런 그림의 비전이 색다르게 느껴지는 것은 그저 특이함을 고집하기 때문이다. 뭔가 위력적인 발견을 담고 있어서가 아니다." John Berger, "Various Exhibitions," *New Statesman*, 16 February 1952.

24. 버거의 독립성은 미덕이자 결점이었다. 덕분에 그는 유연하게 이론을 구축할 수 있었지만, 한편으로는 잦은 이데올로기의 집중포화를 받았고, 어쩔 수 없이 당의 방침을 두둔해야 할 때가 많았다. 버거가 워싱턴과 모스크바 사이에서 중간 입장을 취하며 신중하게 공산주의에 대한 공감을 나타내고자 할 때마다 모순의 유령이 그의 사고 곳곳에 모습을 드러냈다.

25. 제임스 하이먼은 이렇게 설명한다. "1952년 초에 버거가 계획안을 낸 '앞으로 보기'는 한 사람의 비전이 고스란히 담긴 전시회였다. 원래는 1947년부터 1952년까지 화이트채플 갤러리 디렉터였던 휴 스크러턴(Hugh Scrutton)과의 협업으로 시작했지만, 1952년 5월 그 후임자로 브라이언 로버트슨(Bryan Robertson)이 오면서 젊은 비평가는 갈수록 많은 전권을 부여받았다." Hyman, *Battle*

   for Realism, 116면.

26. Raymond Williams, "Realism and the Contemporary Novel," *Universities and Left Review*, Summer 1958.

27. Hyman, *Battle for Realism*, 113~19, 175~78면 참고.

28. Neville Wallis, "Cousins of Courbet," *Observer*, 5 October 1952.

29. Myfawny Piper, review in *Time and Tide*, 25 October 1952.

30. Benedict Nicolson, "Looking Forward," *New Statesman*, 11 October 1952.

31. David Sylvester, "The Kitchen Sink," *Encounter*, December 1954.

32. 같은 글.

33. Richard MacDonald and Martin Stollery, "Interview with Dai Vaughan: Between a Word and Thing / You Encounter Only Yourself," *Journal of British Cinema and Television* 8: 3 (December 2011).

34. Saunders, "Yankee Doodles" in *The Cultural Cold War* 참고. 또한 David Caute, *The Dancer Defects: The Struggle for Cultural Supremacy During the Cold War* (Oxford: Oxford University Press 2005) 참고. 두 책 모두 코트가 표현하기로 "역사적 선례 없이 전 세계적 규모로 벌어지는 이데올로기적·문화적 대결"의 중요한 연대기를 포괄적으로 제공한다. 1952년 문화자유회의가 주최한 '20세기 걸작' 축제가 파리에서 열렸다. 같은 해에 뉴욕 현대미술관은 록펠러 브라더스 펀드로부터 5년간 지원을 받아 컬렉션을 외국에 소개하기 시작했다. 하이먼도 '동원령(mobilization)'의 시대가 1952년 시작되었다고 말한다.

35. Alfred Barr Jr, "Is Modern Art Communistic?" *New York Times*

Magazine, 14 December 1952. 바는 글의 서두를 이렇게 시작한다. "현대 정치 지도자들은 현대미술에 강한 반감을 느끼고 자신의 입장을 유창하게 표명한다. 철의 장막에서 우리 편에 놓이는 지도자들조차 마찬가지다." 그러면서 그는 현대미술을 가리켜 "그저 게으른 사람들이 섣부르게 허세를 부린 것"이라고 말한 트루먼과, 유엔 건물 벽에 그려진 추상화를 보고 "굳이 미치광이가 되어야만 현대적인 것은 아니다"라고 말한 아이젠하워를 언급한다. 1949년 공화당 하원의원 조지 돈데로(George Dondero)는 의회 연설에서 모든 현대미술은 공산주의적이며, 따라서 미국적 가치에 위협이 된다고 말했다. 바는 이런 조류를 되돌려놓고 싶었다.

36. John Berger, "The Missing Example," *New Statesman*, 5 February 1955.

37. Berger, "Artists and Critics," 4 April 1953.

38. 첫 호의 사설에서 이런 관점을 표명했다. "세 사람이 죽었다. 무솔리니, 히틀러, 스탈린이다. 그들과 함께 한 시대의 신화도 막을 내렸다. 마지막으로 남은 우화는 마침내 어제 동독과 체코슬로바키아에서 실체가 폭로되었다. 그곳의 진짜 공장 노동자들이 가상의 프롤레타리아와 명확하게 갈라선 것이다. 그들은 그런 단순한 행동으로 수많은 미묘한 논쟁들이 무너뜨리려 했지만 하지 못했던 마르크스-레닌주의 교리를 무너뜨렸다." "After the Apocalypse," *Encounter* 1: 1 (October 1953).

39. 바의 글은 스무 점의 이미지를 몇 가지 범주로 나눠 소개하면서 소비에트 러시아와 나치 독일에서 '증오와 두려움'의 대상이 된 그림, 그리고 역시 두 체제에서 '존경과 명예'의 대상이 된 그림을 보여준다.

40. "After the Apocalypse," *Encounter* 1: 1 (October 1953).

41. 버거는 수십 년 뒤에 인터뷰에서 이런 '동맹'에 대해 이야기했다.

"우리 세 사람은 틀에 맞춰진 영국의 문화적 상황을 더 넓은 역사적·정치적 질문과 의제로 확장시키는 데 관심이 있었습니다. 켄은 그때까지 영국에 알려지지 않았던 브레히트를 소개했죠. 우리 셋 모두 평화 운동에 적극적으로 관여했습니다. 우리는 걸핏하면 편집자들과 싸워야 했습니다. 우리는 가까운 친구 사이였습니다. 동맹이었습니다." 체리와 스테인의 인터뷰, *Art Monthly* (미출간).

42. Hyman, *Battle for Realism*, 84~85면 참고. 하이먼에게 보낸 편지에서 화가 데릭 그리브스는 "항상 정치에 대한 논의만 오갔던 것은 아니며 많은 분야의 전문가들을 만나는 기회였다"고 회상했다. 또한 Julian Spalding, "The Forgotten Fifties," in *The Forgotten Fifties*, exhibition catalogue, 31 March-13 May 1984, Graves Art Gallery, Sheffield, 38~40면 참고. 줄리언 스팰딩은 "보다 체계적인 만남을 원했던" 버거의 친구이자 호전적인 화가 피터 드 프란시아와 "우스갯소리를 하며 모든 것을 훼방 놓았던" 조지 풀러드(George Fullard) 사이에 "내부 논쟁"이 있었다고 전했다. 버거도 저자와의 인터뷰에서 클럽에 대해 이야기했다.

43. 진위가 확인되지 않은 흥미로운 일화에서 도리스 레싱이 이런 이야기를 전했다. "모두가 모인 자리였다. 사람들로 꽉 들어찼고 활기가 넘쳤다. 다들 좋은 생각이라고, 이런 생각을 하다니 존 버거가 참으로 멋지다고, 물론 앞으로도 비슷한 모임이 계속 열리리라고 생각했다." 그러나 버거가 사람들을 조용히 시키고 연설을 하자 손님들이 나가기 시작했다. "사람들이 말했다. '다시는 안 와. 여기 너무 자주 왔어.' 용감한 시도는 그렇게 끝나고 말았다. 하지만 정치가 끼어들지만 않았다면 우리는 계속 그곳에 드나들었을 것이다." Doris Lessing, *Walking in the Shade: Volume Two of My Autobiography―1949-1962* (New York: HarperCollins 1992), 221~22면.

44. Hyman, *Battle for Realism*, 229면 참고. 잡지『대학과 좌파 리뷰』
(나중에『뉴 레프트 리뷰』로 바뀌었다)의 공동 창설자 라파엘 새
뮤얼(Raphael Samuel)은 옥스퍼드 대학교 3학년 시절 제네바 클
럽에 처음 가서 느꼈던 감흥을 회고했다.『뉴 레프트 리뷰』의 사명
감은 제네바 클럽에서 부분적으로 영감을 받은 것이다.

45. 체리와 스테인의 인터뷰, *Art Monthly* (미출간).

46. 대영도서관 존 버거 아카이브, '1950s Typescripts + MS'에 보관
된 타자기로 적은 책 기획안.

47. Berger, "Artists and Critics," 4 April 1953.

48. John Berger, "A Socialist Realist Painting at the Biennale,"
Burlington Magazine, October 1952.

49. John Berger, "Public Sculpture," *New Statesman*, 4 July 1953.

50. 레이먼드 윌리엄스가 이런 구분을 적절하게 표현했다. "전통의
개념이 마르크스주의의 문화적 사고에서 철저하게 무시된 것은
(…) 대개 상부구조로 진단되기 때문만은 아니다. '전통'이 사회구
조에서 상대적으로 활성화되지 못하고 역사화된 부문으로 이해되
기 때문이기도 하다. 쉽게 말해 전통은 살아남은 과거라는 것이다.
그러나 이런 식의 이해는 전통의 통합하는 힘이 강할 때, 즉 전통
이 사실은 적극적으로 생성하는 힘으로 작용할 때 약점을 드러낸
다." Raymond Williams, *Marxism and Literature* (Oxford: Oxford
University Press 1977), 115면.

51. John Berger, "The Temptations of Talent," *New Statesman*, 25
October 1952.

52. John Berger, "Direct Communication," *New Statesman*, 29
March 1952.

53. Berger, "Public Sculpture."

54. John Berger, "Exit and Credo," *New Statesman*, 29 September

1956.

55. 이 말은 특별히 허버트 리드를 지칭하는 것이었다. Berger, "Artists and Critics," 4 April 1953.

56. John Berger, "The Siege of the Ivory Tower," *New Statesman*, 19 February 1955.

57. John Berger, "The Child, the Mystic and the Landlady," *New Statesman*, 3 March 1956 참고.

58. John Berger, "The Painter and His Rent," BBC radio broadcast, 18 November 1959.

59. John Berger, "The Unrecognised," *New Statesman*, 7 January 1956.

60. John Berger, "Aunt and Arbiter," *New Statesman*, 15 January 1955.

61. Herbert Read, "Correspondence: 'Aunt and Arbiter'," *New Statesman*, 22 January 1955.

62. John Berger, "Isolation and Freedom," *New Statesman*, 11 August 1954.

63. 이 개념에 대한 상세한 논의는 David Forgacs, "National-Popular: Genealogy of a Concept," in Simon During, ed., *The Cultural Studies Reader* (London: Routledge 1993) 참고.

64. 『타임스 리터러리 서플리먼트(*The Times Literary Supplement*)』는 중요한 두 논문을 그람시에게 바쳤다. 각각 1948년과 1952년에 게재되었고 저자 이름은 표기되지 않았다. 1950년대 초 그람시에 주목했던 핵심적인 두 인물은 해미시 헨더슨(Hamish Henderson)과 에릭 홉스봄이었다. 데이비드 포가치에 따르면, "그람시의 저작이 그가 죽고 20년이 지날 때까지 영국에서 완전히 무시된 것은 아니었지만, 1957년 처음으로 책이 출간되기 전까지는 미미한 영향

만을 미쳤다". David Forgacs, "Gramsci and Marxism in Britain," *New Left Review* I/176 (July-August 1989) 참고. 또한 Geoff Eley, "Reading Gramsci in English: Observations on the Reception of Antonio Gramsci in the English-speaking World 1957-82," *European History Quarterly* 14 (1984) 참고. 일리가 1957년의 역사를 이야기하면서 신좌파의 등장으로 시작한다는 것이 의미심장하다.

65. John Berger, "The New Nihilists," Labour Monthly, March 1957, 123~27면.

66. Berger, "The Child, The Mystic and the Landlady."

67. Kate Crehan, *Gramsci, Culture and Anthropology* (Berkeley, CA: University of California Press 2002), 159면에서 인용. 이 문제에 관한 더 많은 논의는 Alastair Davidson, "Intellectuals," in Gino Moliterno, ed., *Encyclopedia of Contemporary Italian Culture* (London: Routledge 2000) 참고.

68. 다음 논문은 레나토 구투소의 작업과 관련하여 이 정책을 논의한다. Lara Pucci, "'Terra Italia': The Peasant Subject as Site of National and Socialist Identities in the Work of Renato Guttuso and Giuseppe De Santis," *Journal of the Warburg and Courtauld Institutes* 71 (2008), 315~34면. 나는 푸치 덕분에 이 정책에 대한 더 많은 정보를 알게 되었다. 아울러 Lucia Re, "Realism and Italian Neorealism," *Calvino and the Age of Neorealism* (Palo Alto, CA: Stanford University Press 1990) 참고.

69. John Berger, "Dear Enemy⋯," *Tribune*, 26 September 1952. 편지는 풍자적 어조로 쓰였다. "여러분은 복지국가에서 예술을 죽이는 당사자입니다. 내기 축구와 피시앤칩스 말고는 아무것에도 관심을 두지 않는 응석받이 노동자입니다. 삶에서 값진 것들을 방치

하여 수많은 화가들과 예술가들이 좁은 다락방에서 굶주리게 하고 광고 에이전시에 휘둘려 타락하게 만드는 몹쓸 놈입니다. 아무튼 대체적인 상황은 이러합니다. 미술비평가이자 화가로 살아오면서 나는 여러분이 절망스럽습니다. 나쁜 악당들 같으니라고." 편지의 어조가 노린 효과는 실패로 끝났다. 그러나 버거가 자신이 속한 계급의 차마 말하지 못할 편견을 솔직하게 드러낸 것, 그리고 그런 편견을 버린 것은 적어도 부분적으로는 칭찬받을 만하다.

70. 〈실물을 그리다〉는 1961~62년 그라나다 텔레비전에서 방송되었다. 영국영화협회(BFI) 아카이브에서 볼 수 있다. 한참 뒤에 버거는 좀 더 순수한 청중과 비슷한 실험을 시도했는데, BBC의 〈다른 방식으로 보기〉에서 카라바조의 〈엠마오에서의 저녁식사〉 복제화를 학생들에게 보여주고 이야기하도록 했다.

71. 두 인용문 모두 "Notes on Broadcasting: Selling Millions the Idea of Culture (From Our Special Correspondent)," *The Times*, 9 December 1961에서 가져왔다. 여기서 평자는 『뉴 스테이츠먼』에 실린 도리스 레싱의 부정적 리뷰를 인용하고 있다. 레싱은 공격을 하고 나서 "모욕적인 편지를 소나기처럼 엄청나게 많이" 받았던 모양이다. 『타임스』는 그 이야기를 전하면서 이렇게 덧붙였다. "버거 씨가 이런 식으로 옹호를 받았다는 것은 영국 전역에서 알아보는 명사로서 그의 명성이 그만큼 높다는 뜻이다."

72. 버거는 많은 동료들과 중요한 점에서 차이가 있었다. 그는 노동계급 문화에 강한 정서적 공감을 보였고 대중오락의 "부패한 밝음"에는 반감을 나타냈지만, 그럼에도 문화주의(culturalism)를 주장하지도 않았고, 민속 전통으로 돌아가려 하지도 않았다. 버거는 문화가 소수 엘리트의 손에 있어야 한다는 F.R. 리비스의 믿음을 거부하며, 아울러 문화를 지역 마을의 자발적인 풍습 정도로만 보는 이해에도 방식은 다르지만 불편함을 느꼈을 것이다. 버거의 인

류학적 사고는 그 정도까지였다. 그는 예술은 더 큰 사회적 힘의 부산물이지만 특별한 종류의 부산물이라고 말했다. 예술가는 비전문가도 아웃사이더도 아니었다. 그람시의 영향으로 그도 예술가를 **대표**(representative)에 가까운 사람으로 보았다.

73. John Berger, *Renato Guttuso* (Dresden: Verlag der Kunst 1957).

74. 첫 텔레비전 출연에서 케네스 클라크의 초대 손님으로 나선 버거는 구투소의 작품이 대중에게 어떤 영감을 주었는지 이야기하면서, 농민들이 구투소의 그림을 모방해 자신의 집과 외바퀴 손수레를 장식한 일화를 소개했다. 그는 구투소의 작품이 버나드 베렌슨(미술사가)이나 시칠리아 농민 모두 즐길 수 있는 것이라고 말했다. 런던에서 열린 구투소의 한 전시회에 맞춰 쓴 글에서는 이탈리아 주민들이 그의 회화에 묘사된 것을 그대로 따라서 꽃 전시회를 열기도 했다고 전했다. 이렇게 지역 사람들이 작품을 찬양하는 것을 강조한 데는 버거 본인의 비평적 관심이 크게 작용했다. 구투소는 "입체주의와 코코슈카에게 큰 빚을 지고 있지만, 그 둘에 대해 전혀 들어본 적이 없는 사람들로부터 사랑을 받은 화가다." Berger, "Missing Example." 또한 John Berger and Benedict Nicolson, "Guttuso: A Conversation," *New Statesman*, 19 March 1955 참고.

75. 농민에 대한 구투소의 관심은 버거에게도 영향을 미쳤을 것이다. 이 이탈리아 화가는 이렇게 말했다. "시칠리아 농민이 내 마음속에서 중심 자리를 차지하는 것은 나도 그들 가운데 한 명이고, 내가 무엇을 하든 그들 얼굴을 눈앞에 떠올릴 수 있고, 시칠리아 농민이 이탈리아 역사에서 너무도 중요하기 때문이다." 1950년 '베네치아 비엔날레'에 소개된 구투소의 그림 〈시칠리아의 미경작 토지 점유(Occupazione di terre incolte in Sicilia)〉에 붙은 텍스트.

76. 독일어 원서를 거칠게 번역한 것이다. Berger, *Renato Guttuso*, 7면.

77. 칼비노는 이렇게 말했다. "'네오리얼리즘'은 유파가 아니었다. (…) 많은 목소리들이 결합된 것이었고, 대부분은 지역의 목소리들이었다. 존재하는 여러 이탈리아들의 여러 모습을, 특히 문학이 거의 탐구하지 않았던 이탈리아의 모습을 드러내 보였다. 서로가 서로를 모르는, 혹은 모를 것이라 믿어져온 여러 이탈리아들의 이런 다양한 모습이 없었다면, 그리고 문학의 언어로 가꿔지고 다져져야 하는 이런 다양한 방언과 지역적 형식의 이탈리아어가 없었다면, '네오리얼리즘'은 결코 존재하지 못했을 것이다." Italo Calvino, *The Paths of the Spiders' Nests* (New York: Ecco Press 2000 [1947]), 9면.

78. Harrison, *Transition*, 12면에서 인용.

79. 지역성을 민족이 아닌 경험으로 규정하는 것은 버거의 신조가 혹시 모를 반동적이라는 비판을 피하는 하나의 방법인지 모른다. '전통' '민중'과 마찬가지로 지역주의도 정치적으로 유연하여 어떻게 사용되느냐에 따라 공동체 정신과 문화적 자부심을 강조하는 대중주의 좌파로 기울 수도 있고, 외국인을 혐오하는 대중주의 우파로 흐를 수도 있다. 최근까지 몇십 년간 그람시의 민족적-민중적 개념이 비판의 대상이 된 것은 바로 이런 이유에서다. 즉 배타적으로 흐를 잠재적 경향이 있기 때문이다. 이런 비판에 맞서 두 가지 명확히 할 사항이 있다. 첫째, 버거의 지역주의 요구는 항상 환경의 특수성에 뿌리를 둬야 한다는 **뿌리내림**의 요구였고, 가장 자주 배제의 기반이 되는 물화(민족적이든 아니든)를 일체 반대하는 것이었다. 둘째, 버거와 그람시는 항상 국가적 프로젝트에서 역사적으로 **배제되었던** 지역을 통합하는 것을 강조했다. 한 학자는 이렇게 설명한다. "이탈리아 국가는 뚜렷한 문화가 없다고 상상

한 남부에 대항하여 형성되었지만, 그람시는 어떤 국가 건설 프로
젝트도 그곳에 사는 모든 계급과 집단을 국가 정체성의 적극적인
구상 속으로 통합하지 않고서는 성공하지 못한다고 주장한다. 그
러므로 민족적-민중적 개념을 구성하는 중요 요소로서 차이를 인
정하며, 민족적 순수함의 개념을 거부한다(그람시가 알바니아계
사르데냐 출신이었음을 생각할 때 놀랍지 않다)." Steven Jones,
Antonio Gramsci (London: Routledge 2006), 38면.

80. 대영도서관 존 버거 아카이브, '1950s Typescripts + MS'에 보관
된 날짜 미상의 'Arts Programme' 참고. 세계 도시들을 쭉 열거하
는 것은 1950년대 버거의 반세계주의 글들에 자주 등장한 수사
법이었다. 예를 들어 "오늘날 예술의 유행은 로마, 파리, 도쿄, 로
스앤젤레스, 런던, 어디를 가든 다 똑같다." John Berger, "Italian
Diary," *New Statesman*, 2 August 1958.

81. 버거의 글을 계속 인용하자면 이렇다. "형식주의 예술은 독점자
본주의로 인해 지역적·국가적 문화가 파괴되면서 나타난 하나의
결과다. 그리하여 불가피하게 '세계주의' 문화가 되고 말았다. 그
러나 미국이 지배하는 세계주의 예술 시장은 점차 경쟁이 불붙고
있다. 프랑스, 이탈리아, 일본, 독일, 스페인, 핀란드, 아르헨티나,
기타 많은 국가들이 거의 똑같은 상품을 내세워 경쟁에 나서고 있
기 때문이다. 그 결과 어떤 나라에서든 현재 활동하고 있는 대다
수 예술가들이 버틸 만큼 충분한 판매가 이루어지지 않는다. 아이
러니한 상황이 아닐 수 없다. 수많은 화가들이 **공식적인** 미술을 생
산하면서 '마치 낭만주의 운동의 반란이라도 하듯' 생계를 꾸려가
기 위해 바둥거리니 말이다." 대영도서관 '1950s Typescripts and
Misc'의 원고.

82. Berger, "The Unrecognised."

83. John Berger, "The Glut in Art," *New Statesman*, 7 August 1954.

426

84. Berger, "Aunt and Arbiter." 버거가 여기 언급하는 책은 1939년 출간된 비평가 프랜시스 왓슨(Francis Watson)의 책이다.

85. "이런 작품들의 대다수는 '베네치아 비엔날레'에 출품되는 대다수 현대 작품들보다 더 감상적이거나 더 모방적이지 않다. 그렇다고 그리피스 씨가 그곳에 작품을 내는 예술가들보다 더 편협하지도 않으며 자존심만 백배 더 앞세운 작품을 덜 만든다." John Berger, "The Cosmopolitan and the Village Pump," *New Statesman*, 31 August 1954.

86. Berger, "The Child, the Mystic, and the Landlady." 반 고흐의 질문에 대한 버거의 반응은 그의 마음 상태를 짐작케 한다. "지금으로서는 아마도 미친 것으로 보이겠지만, 예술이란 게, 더 좋은 대접을 받아 마땅한 몇몇 헌신적인 예술가들이 비극적이게도 자신의 삶을 희생하고 매달리는 사치품이나 취미가 아닌 날이 올 때, 비로소 제정신으로 보일 것이다."

87. John Berger, "The Impossible Student," *New Statesman*, 11 September 1954.

88. 나중에 데이비드 실베스터가 버거가 입힌 '손해'를 순전히 금전적인 가치로 평가했다는 사실은 이런 점에서 의미심장하다. 실베스터가 말했다. "그는 대단히 효율적인 작가였고 대단히 뛰어난 방송인이었다. 그러나 그러는 동안 프랜시스 베이컨 같은 화가는 이 나라에서 어떤 그림도 팔지 못했다. 1950년대 초 하노버 갤러리(Hanover Gallery)에서 베이컨 그림의 표준 가격이 300파운드에서 350파운드였는데 아무도 사지 않았다. 버거는 지독하게 멍청해서 이런 위대한 화가의 가치를 알아보지 못한 것이다. 지독하게 편견에 차 있고 지독하게 고집이 세고 지독하게 청교도적이었다. 그는 또한 너무도 단순하고 도식적인 사고에 갇혀 있었다. 추상미술이라면 무조건 싫어했다. 이 얼마나 어리석은 사람인가!" Carl

Freedman, "About David Sylvester," *Frieze*, 9 September 1996에서 인용.

89. John Berger, "Polish, German, Italian," *New Statesman*, 19 May 1956.

90. George Orwell, *1984* (London: Signet Classics 1950), 267면. 이 인용문은 이후 오랫동안 소설과는 독립적으로 사람들 입에 오르내렸다.

91. John Berger, "Fernand Léger and the Future," *New Statesman*, 18 December 1954.

92. John Berger, "Fernand Léger: A Modern Artist—I," *Marxism Today*, April 1963.

93. 같은 글.

94. John Berger, "L'Envoi for Léger," *New Statesman*, 27 August 1955.

95. 1955년 케임브리지 헤퍼 갤러리(Heffer Gallery)에서 열린 보자르 4인방 전시회 카탈로그에 실린 글이다. "그들 본인은 단체를 구성하거나 특정한 파벌 아래 뭉칠 의도가 전혀 없었다는 사실을 강조할 필요가 있다. (…) 이들 네 명의 젊은 화가들을 연구하면 할수록 그들은 서로 다르게 보인다." James Hyman, "Derrick Greaves: Paintings and Drawings 1952-2002," James Hyman Gallery, London 2003에서 인용.

96. 해리슨과 하이먼 모두 여기에 동의한다. 해리슨은 이렇게 말했다. "존 버거가 잠시 사회적 리얼리즘을 지지하긴 했지만, 그 주요 주창자들인 존 브랫비, 잭 스미스, 에드워드 미들디치, 데릭 그리브스는 마르크스주의에 대한 버거의 신념을 공유하지 않았고, 1956년 이후로 사회적 리얼리즘에 대한 관심을 계속 이어간 사람은 브랫비 말고는 없었다." Harrison, *Transition*, 14면.

97. 화가 패트릭 프록터(Patrick Procktor)의 말이다. "'젊은 현대 작가' 전시 행사에서 데릭 그리브스가 한 말 중에 나를 웃게 한 말이 있다. 그가 청중에게 이렇게 고백했던 것이다. '십 대 시절 사회적 리얼리스트였어요.'" Harrison, *Transition*, 72면에서 인용.

98. John Berger, "Gods and Critics," *New Statesman*, 5 June 1959.

99. John Bratby, "Painting in the Fifties," in *The Forgotten Fifties*, 46 면.

100. 소개말은 이렇게 시작한다. "여기 소개되는 열일곱 명의 화가들 가운데 누구도 다른 사람을 위해 그림을 그리지 않듯 누구도 다른 사람을 대변하지 않는다. 원칙적으로 그들의 개인주의는 그들이 존경하는 키르케고르의 종교의 개인주의만큼이나 강경하다. 존 던의 말과는 반대로 그들에게 모든 인간은 섬이다." Alfred H. Barr, Jr, "Introduction," in *The New American Painting as Shown in Eight European Countries 1958-1959*, Museum of Modern Art 1959.

101. David Sylvester, "A New-Found Land," in *Vision: 50 Years of British Creativity* (London: Thames & Hudson 1999), 21면.

102. "그 자체를 위해서도 칼로 긋고, 긁고, 뚝뚝 흘려대고, 훼손시킨 이런 그림들에 진지한 관심을 주어서는 안 된다. 우려되는 점은 지적이고 재능 있는 많은 사람들이 이런 그림을 진지하게 받아들인다는 사실이다." John Berger, "The Battle," *New Statesman*, 21 January 1956.

103. 같은 글. 오랜 세월이 지나서도 버거는 비록 아쉬움과 동정이 묻어나는 어조이지만 같은 분석을 이어갔다. "예술의 자살은 묘한 주제다. 내가 만약 잭슨 폴록과 그의 아내인 화가 리 크래스너(Lee Krasner)의 이야기를 하게 된다면, 그 주제로 시작하지 않을까 싶다." John Berger, "A Kind of Sharing" (1989), in Geoff Dyer, ed.,

The Selected Essays of John Berger (New York: Pantheon 2001), 527면.

104. John Berger, "Robbed," New Statesman, 28 February 1959.

105. Berger, "Exit and Credo."

106. 같은 글.

107. John Berger, "Wanted—Critics," Universities and Left Review 1: 2 (Summer 1957).

108. 같은 글.

2장 헌신의 위기

1. John Golding, "A Lost Opportunity," New Statesman, 8 December 1956. 3년 뒤에 골딩은 Cubism: A History and an Analysis 1907-1914 (London: Faber & Faber 1959)라는 책을 출간했고, 이 저술은 버거가 입체주의에 관해 글을 쓰는 데 중요한 참고 자료가 되었다.

2. Golding, "Lost Opportunity."

3. John Berger, "Correspondence: Death of a Hero," New Statesman, 15 December 1956.

4. Philip Toynbee, "Correspondence: Death of a Hero," New Statesman, 22 December 1956.

5. 1957년 1월 『뉴 스테이츠먼』에 실린 기사다. "거의 모든 사회주의 자들이 한마음이 되어 소비에트의 헝가리 침공을 도덕적으로 용납할 수 없는 잘못된 행위라고 비난하는 것으로 보이지만, 그럼에도 헝가리에서 최근 일어난 사건으로 좌파 사회주의자들은 끔찍하게 어려운 판단 문제에 맞닥뜨렸다. 사실관계를 확인하는 것이 여전히 대단히 어려운 탓도 있지만, 지금까지 알려진 바로는 어떻게 된 상황인지 간단히 설명하는 것이 불가능하기 때문이기도 하다." G.D.H. Cole, "Reflections on Hungary," New Statesman, 12

January 1957.

6. John Willett, "Correspondence: Death of a Hero," *New Statesman*, 5 January 1957.

7. 홉스봄은 이렇게 전했다. "작은 위기가 계속 이어지다가 소비에트 군대가 헝가리를 재점령하는 끔찍한 사태로 절정에 이르렀고, 이어 몇 달간 뜨거웠지만 하나 마나 한 논의를 거치면서 기진맥진한 패배로 곤두박질치고 허우적거렸던 그 악몽 같은 해의 분위기와 기억도 이제는 희미하기만 하다. (…) 반세기 가까운 세월이 흘렀지만, 우리가 미래를 위해 어떻게 말하고 행동해야 할지 끝없이 결정을 내리며 극심한 긴장 속에서 버텼던 그 몇 달을 생각하면 지금도 숨이 막혀온다. 당시 우리는 친구들이 함께 뭉치거나 적으로 날카롭게 맞서며 위험천만한 암벽으로 떨어지는 비탈길을 본의 아니게 돌이킬 수 없이 내달리는 기분이었다. (…) 그 시절을 간단히 말하자면, 1년이 넘도록 영국 공산주의자들은 정치적으로 집단적 신경증에 시달리고 있었다." Eric Hobsbawm, *Interesting Times: A Twentieth-Century Life* (New York: Pantheon 2007), 205~206면.

8. John Berger, "Correspondence: Death of a Hero," *New Statesman*, 12 January 1957.

9. Stuart Hall, "Life and Times of the First New Left," *New Left Review* II/61 (January-February 2010).

10. 같은 글.

11. Arnold Wesker, *Chicken Soup with Barley* (London: Methuen Drama 2011), 71, 74면.

12. John Berger, *Here Is Where We Meet* (New York: Vintage 2005), 86면.

13. Janine Burke, "Raising Hell and Telling Stories," interview with John Berger, *Art Monthly* 124 (1989).

14. Hobsbawm, *Interesting Times*, 205면에서 인용. 원래 출처는 Wesker, *Chicken Soup with Barley*.

15. John Berger, "Afterword" (1988) in *A Painter of Our Time* (New York: Vintage 1996 [1958]), 198면.

16. 같은 글.

17. Berger, *Painter of Our Time*, 23면.

18. 같은 책, 36면.

19. 앤서니 블런트도 페리의 숭배자였다. 1970년 한 전시회 카탈로 그에서 블런트는 그에 대해 이렇게 썼다. "[페리는] 구성주의의 혹독한 수련을 겪었으므로 가장 진보적인 유파의 모든 것을 훤히 꿰뚫고 있었다. 그럼에도 오로지 제한적인 지적 속물주의 집단들만 좋아하는 것이 아닌 예술을 하기로 결심했다. (…) 그러나 그는 죽을 때까지 좌절감에 시달렸다." Lynda Morris, "Realism: The Thirties Argument," *Art Monthly* 35 (April 1980), 7면에서 인용. 페리의 작품과 삶에 대한 상세한 논의는 Mathew Palmer, "Peter Peri (1898-1967)—An Artist of Our Time?," *Eger Journal of English Studies* X (2010); Paul Stirton, "Frederick Antal and Peter Peri: Art, Scholarship and Social Purpose," *Visual Culture in Britain* 13: 2 (2012) 참고. 두 논문 모두 페리의 생애를 논의하면서 버거의 소설을 언급한다.

20. Eleanor Wachtel, "An Interview with John Berger," *Brick: A Literary Journal* 53 (Winter 1996), 35면. 버거의 글을 계속 인용하자면 이렇다. "그러므로 내가 이야기를 하고자 허구의 화가에 대한 소설을 썼을 때, 그것은 실은 변화가 아니었습니다. 그저 발달일 뿐이었다고 생각합니다."

21. Gordon Johnston, "Writing and Publishing the Cold War: John Berger and Secker & Warburg," *Twentieth Century British*

History 12: 4 (2001), 432~60면에서 인용. 존스턴은 세커 앤드 워버그 출판사 아카이브의 자료 연구를 바탕으로 소설의 출판과 관련된 상세한 이야기를 전한다.

22. Berger, *Painter of Our Time*, 132면.

23. 같은 책, 165면.

24. 여기 하나의 예가 있다. "6월 18일: (…) 캔버스를 새로 들였는데 값을 치르지 못했다. 현관문에 새로 칠한 페인트처럼 산뜻하고 힘들이지 않아 보이는 그림을 그리고 싶다. / 6월 20일: 욕망은 나뭇잎처럼 바람에 날린다. / 6월 21일: 막스한테서 20파운드를 빌렸다." 같은 책, 127면.

25. 같은 책, 134면.

26. 제르맹 브레가 사르트르와 관련하여 한 말은 라빈에게도 그대로 적용된다. "사르트르는 정서적으로 상상적으로 추상과 연결된다. 추상은 그에게 구체적이고 자율적이고 의인화된 모습을 띠며 서로 갈등을 일으킨다. 항상 인류의 운명이 걸린 거대한 결투를 벌이는 빅토르 위고의 인물과 비슷하다." Germaine Bree, *Camus and Sartre: Crisis and Commitment* (New York: Delacorte 1972), 109면.

27. Berger, *Painter of Our Time*, 17~18면.

28. 이탈로 칼비노가 서로를 반영하는 이런 효과를 흥미롭게 분석했다. "철학과 문학은 서로 맞붙는 경쟁자들이다. 철학자의 눈은 세상의 불투명함을 꿰뚫어보고, 그 겉가죽을 벗겨내고, 다양하게 존재하는 대상들을 일반적인 개념들 간의 관계망으로 축소시켜서, 유한한 개수의 '졸병'이 체스판 위에서 거의 무한한 경로로 돌아다니게끔 하는 규칙을 마련한다. 그러면 작가가 들어와서 추상적인 체스 말들을 각기 이름과 독특한 모양과 속성을 갖춘 '왕'과 '왕비', '기사'와 '성벽'으로 바꾼다. (…) 이 무렵이면 게임의 규칙은 뒤죽박죽 흐트러져서 철학자의 규칙과는 완연히 다른 사물의 질

서가 드러난다. 여기서 이런 새로운 게임의 규칙을 발견하는 사람은 또다시 철학자들이다. 그들은 작가들이 이렇게 벌여놓은 수들을 자신들의 수 가운데 하나로 돌려놓을 수 있음을, 그리고 특정한 '성벽'과 '주교'는 다른 모습으로 위장한 일반적인 개념들에 불과함을 서둘러 입증한다." Italo Calvino, "Philosophy and Literature" (1967) in *The Uses of Literature: Essays* (New York: Harcourt Brace 1982), 39~40면.

29. Fredric Jameson, *Sartre: Origins of Style* (New York: Columbia University Press 1984), 2면.

30. Berger, *Painter of Our Time*, 102면.

31. 같은 책, 146면.

32. 이 논쟁을 간추린 아주 유용한 글이 있다. 버거의 소설과 같은 해에 나온 George Steiner, "Marxism and the Literary Critic," in *Language and Silence: Essays 1958-1966* (New York: Atheneum 1967) 참고.

33. John Berger, "Frederic Antal—A Personal Tribute," *Burlington Magazine* 96: 617 (August 1954).

34. John Berger, "Courbet's Art and Politics," *New Statesman*, 30 May 1953.

35. John Berger, "Dusk and Dawn," *New Statesman*, 31 March 1956.

36. Andrew Forge, "In Times of Sickness" (review of *Permanent Red*), *Spectator*, 28 October 1960.

37. 두 항에 대해 에른스트 피셔가 적절하게 정리한 구절이 있다. "예술은 인간이 세계를 인식하고 바꾸기 위해서 반드시 필요하다. 그러나 예술은 그 안에 내재한 마술적인 힘 때문에도 필요하다." Ernst Fischer, *The Necessity of Art* (New York: Verso 2010).

38. Berger, *Painter of Our Time*, 148면.

39. 같은 책, 142면.

40. 같은 책, 92면.

41. 같은 책, 85면.

42. 같은 책, 133면.

43. John Berger, "Vincent, Their Vincent," *New Statesman*, 20 April 1957.

44. Julian Barnes, "Selfie with Sunflowers," *London Review of Books*, 30 July 2015.

45. Berger, *Painter of Our Time*, 76면.

46. 같은 책, 17면.

47. 같은 책, 23면.

48. 같은 책, 24면.

49. John Berger, "Peter Peri" (1968), in Geoff Dyer, ed., *The Selected Essays of John Berger* (New York: Pantheon 2001), 172면.

50. Berger, *Painter of Our Time*, 100면.

51. "내가 그 순간들을 충분히 잘 전한다면, 그것은 내가 개인적으로 알지 못하는 사람들이 살았던 수많은 다른 순간들과 합쳐질 것이다." John Berger, "Mother" (1986), in *Selected Essays*, 493면.

52. Raymond Williams, "Realism and the Contemporary Novel," *Universities and Left Review*, Summer 1958.

53. 같은 글.

54. John Berger, "The Prague Student," *New Society*, 13 February 1969.

55. Stephen Spender, "Mixing Politics with Paint," *Observer*, 9 November 1958.

56. Arnold Kettle, "A Painter of Our Time," *Labour Monthly*, March

1959.

57. Paul Ignotus, "Fiddler of Our Time," *Encounter*, February 1959.

58. 같은 글.

3장 예술과 혁명

1. 페리 앤더슨은 이렇게 말한다. "1950년대로 접어들면서 지금까지 두 가지 문제가 영국의 사회주의 투쟁을 지배해왔다. 바로 '물질적 부'와 '냉전'이다. 우리 시대에 유럽 사회주의 운동의 가장 깊은 경험에는 이런 이슈가 있다." Perry Anderson, "The Left in the Fifties," *New Left Review* I/29 (January–February 1965). 이런 분석을 반영한 여러 역사서들이 있으며 관점은 자유주의에서 좌파에 이르기까지 다양하다. Tony Judt, *Postwar: A History of Europe Since 1945* (New York: Penguin 2005); Donald Sassoon, *One Hundred Years of Socialism: The West European Left in the Twentieth Century* (New York: New Press 1996); Geoff Eley, *Forging Democracy: The History of the Left in Europe 1850–2000*; Eric Hobsbawm, *The Age of Extremes: A History of the World, 1914–1991* (New York: Vintage 1994) 참고.

2. Kingsley Amis, *Socialism and the Intellectuals* (London: Fabian Society 1957); Anthony Crosland, *The Future of Socialism* (London: Jonathan Cape 1956).

3. John Berger, "Exit and Credo?" *New Statesman*, 29 September 1956.

4. John Berger, "Staying Socialist," *New Statesman*, 31 October 1959.

5. 같은 글.

6. John Berger, "The Banale," *New Statesman*, 16 August 1958.

7. John Berger, "The White Cell," *New Statesman*, 22 November 1958.

8. John Berger, "Only Connect—Ⅱ," *New Statesman*, 27 February 1960.

9. Heinrich Wölfflin, *Principles of Art History* (Mineola, NY: Dover 1950 [1915]), 154, 11면.

10. 인용문은 그가 입체주의에 대해 마지막으로 쓴 에세이의 제사로 활용되기도 했다. Geoff Dyer, ed., *The Selected Essays of John Berger* (New York: Pantheon 2001), 71면에서 인용.

11. John Berger, "Masters and Decadents," *New Statesman*, 26 July 1952.

12. John Berger, "The Necessity of Uncertainty," *Marxist Quarterly* 3: 3 (July 1956).

13. 같은 글.

14. 같은 글.

15. 같은 글.

16. Ray Watkinson, "Discussion: The Necessity of Uncertainty," *Marxist Quarterly* 3: 4 (October 1956).

17. A.M.D., "Discussion: The Necessity of Uncertainty," *Marxist Quarterly* 3: 4 (October 1956). 이 독자는 자신의 이니셜만 표기했다. "당에서 예술가에게 특별한 자리를 요구하는 것은 계급사회에서 예술가의 지위를 영속시키려는 것이다. 그와 같은 특별 대접 요구는 특정 예술가를 편애하고 고립시키는 것으로 그 자체가 계급의 관점을 보여주는 징후다." 폴리비우스라는 가명을 쓴 다른 독자는 "불확실성이 새로운 스타일을 어쩔 수 없이 혹은 성급하게 골고루 받아들여야 하는 것으로 곡해되도록 내버려둬서는 안 된다"고 강조했다.

18. 영어로 번역된 글에서 인용했다. V. Ivasheva, "Revisionism of Marxism in Britain," trans. Dorli Meek, *The New Reasoner* 7 (Winter 1958). 이바셰바는 모스크바 국립대학교 영문학과 교수였다. 카테리나 클라크(Katerina Clark)가 이 사실을 내게 알려주었다.

19. 같은 글.

20. Alex Zverdling, *Orwell and the Left* (New Haven, CT: Yale University Press 1974), 11면에서 인용.

21. John Berger, "A Jerome of Photography," *Harpers*, December 2005.

22. "John Berger's Reply," *Marxist Quarterly* 3: 4 (October 1956).

23. 창간호에 실린 사설이다. "자본주의 사회의 가치들이 파산했다고 느끼는 사람들, 자본주의 체제가 살찌우는 사회적 불평등이 개인의 잠재력에 대한 모독이라고 느끼는 사람들은 이전에 제기된 그 어떤 문제보다도 복잡하고 까다로운 문제를 마주하고 있다. (…) 그것은 바로 현대사회를 보다 민주적이고 평등한 세상으로 만들되 전체주의 사회로 퇴보하지 않도록 막는 방법을 찾는 문제다." Stuart Hall, Gabriel Pearson, Ralph Samuel and Charles Taylor, "Editorial," *Universities and Left Review* 1: 1 (Spring 1957).

24. John Berger, "The Star of Cubism," *New Statesman*, 1 March 1958에서 인용.

25. 같은 글. 이 인용문은 버거가 특별히 좋아한 것으로 그의 글 곳곳에 등장한다.

26. 같은 글.

27. 같은 글.

28. Brandon Taylor, "Demystifying Picasso," *Art Monthly*, no. 42 (1 November 1980). 이 유용한 에세이에서 테일러는 막스 라파엘의

『프루동, 마르크스, 피카소』새 번역본과 더불어 재출간된 버거의 피카소 책을 리뷰한다.

29. John Berger, "Controlling the Spin," *New Statesman*, 27 December 1958.

30. 같은 글.

31. Andrew Forge, "In Times of Sickness," *Spectator*, 28 October 1960.

32. John Berger, "A Dialectical Masterpiece," *New Statesman*, 21 February 1959.

33. John Berger, "Italian Diary," *New Statesman*, 2 August 1958.

34. Berger, "Only Connect—Ⅱ."

35. 이 편지는『코커의 자유』교정본 안에서 발견되었고 저자의 승인을 받았다. 날짜는 1963년 12월 23일이며, 수신인은 '윌슨 씨'로 되어 있는데 앵거스 윌슨(Angus Wilson)으로 추정된다.

36. 보스톡의 생애와 업적에 대한 개관은 Tom Overton, "Life in the Margins," *Frieze*, 27 February 2017; Sonia Lambert, "Anya Berger obituary," *Guardian*, 6 March 2018 참고.

37. 제임슨은 마르크스주의 비평의 전통을 **태동시킨** 인물로 크리스토퍼 코드웰(Christopher Caudwell)과 에른스트 피셔를 거론한다. "당시의 비평은 상대적으로 이론적인 면이 허약했고 교화적 성격을 보였으므로, 이렇게 말해도 된다면 대학원 세미나보다는 야학에서 더 쓸모가 많았다." Fredric Jameson, *Marxism and Form* (Princeton, NJ: Princeton University Press 1971), ix면.

38. 데이비드 코트는 카프카 학술대회를 프라하의 봄으로 이어지는 "디딤돌"로 평가한다. David Caute, *Politics and the Novel During the Cold War* (London: Transaction 2010), 238면에서 인용.

39. 같은 책, 236면.

40. John Berger, "Problems of Socialist Art," *Labour Monthly*, March-April 1961.

41. 같은 글.

42. 같은 글.

43. John Berger, *Art and Revolution: Ernst Niezvestny and the Role of the Artist in the USSR* (New York: Pantheon 1969), 51~52면.

44. Ernst Fischer, *The Necessity of Art* (London: Verso 2010), 131면에서 인용.

45. Maurice Merleau-Ponty, "Indirect Language and the Voices of Silence" (1952), in Galen A. Johnson, ed., *The Merleau-Ponty Aesthetics Reader* (Evanston, IL: Northwestern University Press 1993), 114면.

46. Stanley Mitchell, "Marxism and Art," *New Left Review* I/23 (January-February 1964).

47. Berger, "Staying Socialist."

48. 나는 데이비드 브롬위치가 1790년대 워즈워스 시를 분석한 데서 영감을 받았다. 워즈워스의 사고에서 어린 시절과 혁명 사이에 흥미로운 누락이 보이는 것과 관련하여 브롬위치는 이렇게 썼다. "서로 다른 이 시기들은 그의 생각에서 한 번도 멀찍이 떨어지지 않았다. 그리고 워즈워스가 혁명에 대해 말할 수 없었던 것을 자신의 어린 시절에 대해서는 자주 말하려고 할 것이며, 어린 시절에 대해 말할 수 없는 것을 혁명에 대해서는 말하리라는 생각이 서서히 든다." David Bromwich, *Disowned by Memory: Wordsworth's Poetry of the 1790s* (Chicago: University of Chicago Press 1998), 2면.

49. Edwin Mullins, "Politico as Critic," *Listener*, 4 November 1966.

50. John Berger, "Picasso" (1954-55), in Dyer, ed., *Selected Essays*,

31면.

51. 끝없는 미술사 논쟁을 불러일으킬 만한 논란이 되는 비교다. 흥미롭게도 시인 존 애슈베리는 버거의 의견에 상당 부분 동의했다. John Ashbery, "The Art," *New York Magazine*, 12 May 1980 참고. 마찬가지로 흥미로우면서 무엇보다 선견지명 있는 반박은 (당시 대학원생이었고 나중에 저명한 교수가 되는) 앨런 월럭이 쓴 책 리뷰에서 보았다. 월럭은 프라 안젤리코에 대해 버거가 말한 내용이 "충분히 옳다"면서 이렇게 말했다. "하지만 버거가 예로 들고 있는 작품에서조차도 프라 안젤리코는 르네상스의 발견들을 결코 제대로 그림에 담아내지 못했다는 사실이 강조되어야 한다. 게다가 〈등나무 의자가 있는 정물〉은 (…) 버거가 믿는 것만큼 예술가의 기질이 말끔하게 배제된 작품이 아니다. 이 콜라주 작품은 외양에 대한 의심이 곳곳에서 묻어나며, 등나무 의자는 진짜 등나무 의자가 아니라 기름을 먹인 천 조각에 등나무 무늬를 새긴 것이다. 콜라주의 테두리를 이루는 밧줄은 골동품 미술에 사용되는 밧줄 문양의 테두리 장식을 흉내 낸 장난임이 (…) 지적된 바 있다. 작품 전체의 장난기를 단적으로 보여주는 것은 등나무 무늬의 천 조각 위쪽에 두드러지게 새겨놓은 '놀이(JOU)'라는 단어다." 이로써 월럭은 버거가 입체주의에서 간과했고 나중에 포스트모더니즘에서 보고는 움찔했던 것을 정확하게 지적했다. 바로 짓궂은 말장난과 유희성이다. 몇 가지 의혹에도 불구하고 월럭은 버거의 책이 "이제까지 피카소에 대해 쓰인 책 가운데 가장 주목할 만한 해석"이라고 칭찬했다. Alan Wallach, "A Critical Re-evaluation of Pablo Picasso's Art," *Columbia Daily Spectator*, 10 May 1967.

52. John Berger, *The Success and Failure of Picasso* (New York: Pantheon 1989), 70면.

53. 같은 책.

54. 같은 책, 61면.

55. 클라크는 이런 아이디어를 더 확장시켰다. "사회주의는 모더니티를 설명하고 여기에 맞설 수 있는 현실적인 지반을 차지했지만, 당시에 이미 (대체로 올바르게도) 타협한 것으로 보였다. 즉 스스로 증오한다고 주장한 것과 공모 관계에 있는 것으로 보였다. **비**현실적인 지반을 차지했던 대다수 모더니즘이 허약하고 사나웠던 데 대해 변명하려는 것은 아니다. 세상의 더 많은 것을 끌어들이는 다른 방식의 계획도 있었을 수 있다(마땅히 있었어야 한다). 그러나 내가 말하려는 바는 모더니즘이 무게감 없고 극단적으로 흘렀던 데는 이유가 있었으며, 그중 하나가 노동계급 운동의 중도성에 대한 반감이었다는 것이다. 극단주의의 수사는 더 위협적으로 불을 뿜었고, 운동은 표준화되면서 의회의 길에서 교착상태에 빠지고 말았다." T.J. Clark, *Farewell to an Idea* (New Haven, CT: Yale University Press 2001), 9면.

56. Brandon Taylor, "Demystifying Picasso," *Art Monthly*, 1980. 테일러의 에세이는 라파엘과 버거의 관계를 이해하는 데 큰 도움이 되었다.

57. Berger, *Success and Failure of Picasso*, 56면.

58. John Berger, "Painting a Landscape" (1966), in Dyer, ed., *Selected Essays*, 213면.

59. 드 프란시아의 글을 계속 인용하자면 이렇다. "입체주의의 주요 화가들은 자신의 아이디어나 목표와 관련해 거의 발언하지 않았다. 나중에 1920년대에 접어들어 갖가지 선언문과 성명서가 쏟아진 것과 달리 입체주의는 그 의도를 밝힌 적이 없었다. 이렇듯 브라크, 레제, 피카소가 말을 아낀 것은 그들 작품의 최종적인 함의가 무엇인지 정말로 불확실하기 때문이었다." Peter de Francia, *Fernand Léger* (New Haven, CT: Yale University Press 1983), 7면.

60. Jean Grondin, "Reification from Lukács to Habermas," in Tom Rockmore, ed., *Lukács Today: Essays in Marxist Philosophy* (Dordrecht: D. Reidel 1988), 88면.

61. Georg Lukács, *History and Class Consciousness: Studies in Marxist Dialectics*, trans. Rodney Livingstone (Cambridge, MA: MIT Press, 1968 [1923]), 180면.

62. 같은 책, 181면.

63. John Berger, "The Historical Function of the Museum" (1966), in Dyer, ed., *Selected Essays*, p.95. 제목에서 루카치의 에세이 "The Changing Function of Historical Materialism"이 묘하게 연상되는 점에 주목하라. 버거의 아내가 바로 이 무렵에 루카치를 번역하고 있었다.

64. Berger, *Success and Failure of Picasso*, 67면.

65. 같은 책.

66. Berger, "The Sight of Man" (1970), in Dyer, ed., *Selected Essays*, 228면에서 인용.

67. Michael Pollan, *How to Change Your Mind: What the New Science of Psychedelics Teaches Us about Consciousness, Dying, Addiction, Depression, and Transcendence* (New York: Penguin 2018), 131, 134면. 폴란은 "모든 것이 상호작용이다. (…) 나는 자연과 하나가 된다"는 훔볼트(Wilhelm von Humboldt)의 말을 인용한다.

68. Lukács, *History and Class Consciousness*, 204면.

69. John Berger, "The Moment of Cubism," *New Left Review* I/42 (March-April 1967).

70. John Berger, "Field" (1971) in Dyer, ed., *Selected Essays*, 354면.

71. 같은 글.

72. Berger, "Moment of Cubism."

73. 같은 글.

74. John Berger, *A Painter of Our Time* (New York: Vintage 1996 [1958]), 102면.

75. 돌이켜보면 1960년대 말 이후로 마르크스주의의 재평가는 두 가지 기본 축을 따라 진행되고 있음을 알 수 있다. 하나는 문화 및 정체성과 권력의 관계를 다시 살펴보는 것이었고, 또 하나는 과거와 현재의 관계를 다시 살펴보는 것이었다. 여기서 버거는 헤겔처럼 역사를 구별되는 시대의 연속으로 바라보려고 했던 루카치와 완전히 갈라섰다.

76. John Berger, "Walter Benjamin" (1970), in Dyer, ed., *Selected Essays*, 190면.

77. Stanley Mitchell, "Introduction to Benjamin and Brecht," *New Left Review* I/77 (January-February 1973).

78. John Berger, "Past Seen from a Possible Future" (1970), in Dyer, ed., *Selected Essays*, 239~40면.

79. Eve Kosofsky Sedgwick, *Touching Feeling: Affect, Pedagogy, Performativity* (Durham, NC: Duke University Press 2003), 124면.

80. Berger, "Moment of Cubism."

81. John Berger, "Lost Prophets," *New Society*, 6 March 1975.

82. John Berger, "Between Two Colmars" (1973), in Dyer, ed., *Selected Essays*, 325면.

83. Berger, "Moment of Cubism."

84. 같은 글.

4장 말과 이미지

1. 이 이야기는 버거, 모르, 타너와 진행한 인터뷰들을 토대로 했다.

최근의 이야기는 Gavin Francis, "John Berger's *A Fortunate Man*: A Masterpiece of Witness," *Guardian*, 7 February 2015 참고.

2. John Berger, "Words and Images," *Typographica* 11 (June 1965).

3. Paul Ferris, *Sir Huge: The Life of Huw Wheldon* (London: Michael Joseph 1990), 214면에서 인용.

4. Huw Wheldon, *Monitor: An Anthology* (London: Macdonald 1962), 9면.

5. Huw Wheldon, "Television and the Arts," *Listener*, 18 February 1965, adapted from BBC "Lunch-time Lectures," third series.

6. 같은 글.

7. 두 사람의 관계와 경쟁을 상세하게 논의한 자료는 Jonathan Conlin, "'An Irresponsible Flow of Images': Berger, Clark, and the Art of Television, 1958-1988," in Ralf Hertel and David Malcolm, eds, *On John Berger: Telling Stories* (Leiden: Brill 2016), 269~92면 참고.

8. John Berger, *Ways of Seeing* (London: Penguin/BBC 1972), 26면.

9. Laszlo Moholy-Nagy, *Painting Photography Film* (London: Lund Humphries 1969 [1925]), 45면.

10. John Berger, "Cameras and Lies," *New Statesman*, 24 July 1954 에서 인용.

11. 같은 글.

12. 같은 글.

13. John Berger, "Painting—or Photography?" *Observer*, 24 February 1963.

14. 같은 글.

15. Harold Evans, *Pictures on a Page: Photojournalism and Picture Editing* (Belmont, CA: Wadsworth 1978), 255면에서 인용.

16. Rick Poynor, *Typographica* (New York: Princeton Architectural Press), 80면에서 인용.

17. Berger, "Words and Images."

18. 같은 글.

19. 버거는 다음과 같이 말했다. "[이미지와 텍스트는] (풍경이 인간의 살이 되고 남자가 여자가 되고, 그 반대가 되는) 변형이라는 주제에 대한 두 가지 변주를 (저마다의 규율과 매체를 가동하여) 나타낸다. 그와 같은 변형 자체는 보이는 과정(the process of being seen)에 필수적인 변주가 된다. 적어도 한 차원에서 보자면 작품의 주제는 **본다는 것**(sight)이다." 같은 글.

20. 같은 글.

21. John Berger and Jean Mohr, *A Fortunate Man* (New York: Pantheon 1967), 12~13면.

22. 같은 책, 14~15면.

23. 같은 책, 19면.

24. 같은 책, 78면.

25. John Berger, "Uses of Photography" (1978), in Geoff Dyer, ed., *The Selected Essays of John Berger* (New York: Pantheon 2001), 293면.

26. Berger and Mohr, *A Fortunate Man*, 64면.

27. 같은 책, 57면.

28. 같은 책.

29. Clive Scott, *The Spoken Image: Photography and Language* (London: Reaktion 1999), 259면, 강조는 원문에 따름.

30. Berger and Mohr, *A Fortunate Man*, 113면.

31. 같은 책, 133면.

32. Michael Sale, "Review of *A Fortunate Man*," *Journal of Medical*

Ethics 4: 3 (September 1978).

33. Frantz Fanon, "Letter to the Resident Minister" (1956), in Fanon, *Towards the African Revolution: Political Essays* (New York: Grove 1964), 53면.

34. Berger and Mohr, *A Fortunate Man*, 166면.

35. 같은 책, 167면.

36. 같은 책.

37. Tom Maschler, "A Valuable Life," *Guardian*, 28 April 1967.

38. Philip Toynbee, "Review of *A Fortunate Man*," *Observer*, 30 April 1967.

39. 『행운아』 출간에 맞춘 BBC의 방송 보도, BFI 아카이브.

40. Phil Rosen, "Document and Documentary: On the Persistence of Historical Concepts," *Change Mummified: Cinema, History, Theory* (Minneapolis: Minnesota University Press 2001), 225~64면; Brian Winston, "The Tradition of the Victim in Griersonian Documentary," in Alan Rosenthal, ed., *New Challenges for Documentary* (Berkeley, CA: University of California Press 1988), 269~87면 참고.

41. Bill Nichols, *Representing Reality: Issues and Concepts in Documentary* (Bloomington, IN: Indiana University Press 1991).

42. John Berger, "Look at Britain!," *Sight and Sound* 21: 1 (1957).

43. Roland Barthes, *Camera Lucida: Reflections on Photography* (New York: Hill & Wang 1981), 3면.

44. 에스켈이 생의 마지막까지 버거와의 우정을 소중하게 여겼다는 사실을 여기서 강조할 필요가 있다. 죽음을 몇 년 앞두고 그는 서로가 아는 친구인 네덜란드 화가 프리소 텐 홀트(Friso Ten Holt)에게 말하기를, 버거는 "내가 아는 사람들 가운데 가장 다정하고

친절한 사람"이라면서 자신은 "그와 애나의 사랑 덕분에, 그가 나를 인정해준 덕분에 살 수 있었다"고 털어놓았다. 대영도서관에 보관된 편지.

45. 2005년 런던에서 열린 버거를 기념하는 자리에서 히스가 한 말이다. 이후 여러 글들에 인용되었다.

46. Gene Feder, "*A Fortunate Man*: Still the Most Important Book about General Practice Ever Written," *British Journal of General Practice* 55: 512 (March 2005).

47. George A. Silver, MD, "Story of a Country Doctor," *Nation*, 4 September 1967.

48. Barthes, *Camera Lucida*, 4면.

49. Eduardo Galeano, *Open Veins of Latin America* (New York: Monthly Review Press 1997 [1971]), 1면.

50. Fredric Jameson, *Marxism and Form* (Princeton, NJ: Princeton University Press 1971), xviii면.

51. Berger, "Words and Images."

52. Berger and Mohr, *A Fortunate Man*, 110면.

53. John Berger, *The Success and Failure of Picasso* (New York: Pantheon 1989), 206면.

54. John Berger, "Directions in Hell," *New Left Review* I/87–88 (September–December 1974).

55. John Berger and Jean Mohr, *A Seventh Man* (New York: Verso 2010 [1975]), 11면.

56. Susan Sontag, *On Photography* (New York: Picador 2001 [1977]), 17면.

57. 같은 책, 2면.

58. Berger, "Uses of Photography."

59. 같은 글.

60. John Berger, "Ev'ry Time We Say Goodbye" (1990), in Dyer, ed., *Selected Essays*, 482면.

61. Cesare Zavattini, "Some Ideas on the Cinema," *Sight and Sound* 23: 2 (October-December 1953).

62. Jacques Aumont, *Montage Eisenstein* (Bloomington, IN: Indiana University Press 1987), 146면에서 인용.

63. John Berger, "Alexander Herzen," in *The Look of Things: Essays by John Berger* (New York: Viking 1971), 85면.

64. 신좌파 내 여러 경향들에 관한 분석은 Dennis Dworkin, *Cultural Marxism in Postwar Britain: History, the New Left, and the Origins of Cultural Studies* (Durham, NC: Duke University Press 1997)에 실린 "Socialism at Full Stretch"와 "Between Structuralism and Humanism" 참고.

65. Anthony Barnett, "Raymond Williams and Marxism: A Rejoinder to Terry Eagleton," *New Left Review* I/99 (September-October 1976). 영국 마르크스주의 내에서 바넷의 에세이와 관련한 더 많은 논쟁들은 Martin Jay, *Songs of Experience: Modern American and European Variations on a Universal Theme* (Berkeley, CA: University of California Press 2005), 199~215면 참고.

66. Fredric Jameson, "Third-World Literature in the Era of Multinational Capitalism," *Social Text* 15 (Autumn 1986).

67. Noah Isenberg, "Fatih Akin's Cinema of Intersections," *Film Quarterly* 64: 4 (Summer 2011)에서 인용.

68. 대영도서관 존 버거 아카이브에 보관된 편지.

69. John Berger and Jean Mohr, *Another Way of Telling* (New York: Vintage 1995).

70. 같은 책, 133면.

71. 같은 책.

72. John Berger, *Bento's Sketchbook* (London: Verso 2015), 5면.

5장 모더니즘에 축배를

1. John Berger, *G.* (New York: Vintage 1991 [1972]), 289면.

2. 톰 오버턴의 글을 통해 그날 저녁 어떤 일이 있었는지 상세히 알 수 있다. 또한 사건을 재구성하기까지 자료 연구가 어떻게 진행되었는지도 살짝 엿볼 수 있다. Tom Overton, "'As If It Were The Only One': The Story of John Berger's Booker Prize for *G.*," in Ralf Hertel and David Malcolm, eds, *On John Berger: Telling Stories* (Leiden: Brill 2016), 189~211면 참고.

3. John Berger, "Speech on Accepting the Booker Prize for Fiction" (1972), in Geoff Dyer, ed., *The Selected Essays of John Berger* (New York: Pantheon 2001), 253~55면.

4. 같은 글, 253면.

5. Overton, "'As If It Were The Only One'," 193면에서 대화 인용. 오버턴은 막스 게블러라고 말하지만, 문제의 극작가는 어니스트 게블러(Ernest Gebler)였을 가능성이 크다.

6. Berger, "Speech on Accepting the Booker Prize," 254~55면.

7. Berger, *G.*, 127면.

8. John Berger, "Writing a Love Scene," *New Society*, 28 November 1968.

9. Berger, *G.*, 115면.

10. Allison Pease, *Modernism, Mass Culture, and the Aesthetics of Obscenity* (Cambridge: Cambridge University Press 2000) 참고.

11. Theo Richmond, "Berger's Bet on Freedom," *Guardian*, 4

October 1971에서 인용.

12. David Caute, "What We Might Be and What We Are," *Times Literary Supplement*, 9 June 1972.

13. John Berger, "The First and Last Recipe: Ulysses" (1991), Dyer, ed., *Selected Essays*, 467면.

14. 같은 글, 469면.

15. Alex Danchev, *Cézanne: A Life* (New York: Pantheon 2012), 340면.

16. Berger, *G.*, 129면.

17. 같은 책, 133면.

18. John Berger, "The Ideal State of Art," *New Statesman*, 8 October 1955. 그의 글을 계속 인용하자면 이렇다. "그리고 비평가는 다른 사람들이 실제로 노력한 결과물을 계속 대하므로 자기 작업에서 이런 모순을 가장 분명하게 본다. 그렇게 상상력과 에너지가 넘친다면 왜 직접 뭔가를 만드는 일에 이를 투여하지 않을까? 그러지 않고 비평을 써야 한다면 왜 기술적으로 가르치고 해석하는 사람으로 만족하지 않을까? 그런 통찰력으로 왜 이류를 일류로 끌어올리려고 애쓰거나, 이음매에서 지푸라기가 터져 나와 조만간 무너질 것에 헛된 힘을 쏟을까? 인간의 조건을 향상시키고자 한다면, 차라리 신이나 정치에 대해 글을 쓰지 왜 예술에 대해 글을 쓸까?" 이런 질문은 수사적으로 묘사되었지만 버거의 경험에서 핵심에 닿는 질문들이다.

19. ohn Berger, "The Changing View of Man in the Portrait" (1967), Dyer, ed., *Selected Essays*, 101면.

20. Berger, *G.*, 137면.

21. Caute, "What We Might Be and What We Are." 다이어가 『G』에 관해 쓴 장에서도 버거를 알랭 로브그리예(Alain Robbe-Grillet),

존 파울즈(John Fowles)와 비교한다. Geoff Dyer, *Ways of Telling* (London: Pluto 1986), 80~94면 참고.

22. John Berger, *Here Is Where We Meet* (New York: Vintage 2005), 161면.

23. 소설을 어떻게 마무리하느냐의 문제는 내러티브, 질서, 혼란에 대한 더 근본적인 질문에서 나오는 것이다. 『G』가 한창 작업 중일 때 프랭크 커모드가 대중화한 표현인 '종결의 감각'은 본질적으로 는 사람들이 살아가면서 찾아야 하는 감각이었다. 우리 모두는 살아 있으므로 자신이 '정중앙'에 있다고 보지만, 그럼에도 삶이 유한하다는 것을, 언젠가는 끝이 난다는 것을 안다. 이런 자명한 이치가 주는 실존적 불화에서 "상상력을 한껏 가동하여 종결을 지음으로써 시작과 중간 부분과 만족스럽게 조화되는 것이 가능한 일관된 패턴"을 만들어내려는 욕구가 생겨났다. Frank Kermode, *The Sense of an Ending* (Oxford: Oxford University Press 1966), 17면 참고. 문제는 소설이 이야기에 얽매이지 않을수록, 즉 외견상 뚜렷한 형식이 없고 사실적일수록(true-to-life) 또 야심이 총체적일수록, 형식의 한계에 더 많은 압박이 가해진다는 것이었다. 왜냐하면 이런 형식의 한계에서만 작품의 의도가 느껴질 수 있었기 때문이다. 버거는 언젠가 "음악 작품이 시작하는 순간이 예술의 성격에 대한 단서를 제공한다"고 말했다. 그러나 곡이 끝나는 순간에 대해서도 똑같은 말을 할 수 있다. 종결은 일시적으로 유보될 수 있지만 언제까지 그럴 수는 없다. 커모드의 표현에 따르자면, 종결의 이미지는 결코 **영원히 조작**될 수 없다. 최소한 『G』에서 버거의 해결책은 이런 역설을 지체 없이 밝히고 곧장 실행하는 것이었다. 소설은 갑작스럽고 다분히 의도적인 단절로 끝난다. "공연 도중에 생뚱맞게 갑자기 내려온 커튼"처럼 말이다. 돌연 장치를 발가벗겨 속살을 드러내는, 모더니즘의 특별한 데우스 엑스 마키

452

나였다.

24. Berger, *Selected Essays*, 254면.

25. Salman Rushdie, *Midnight's Children* (London: Jonathan Cape 1981), 109면.

26. Joshua Rothman, "Lunch with Ian Fleming," *New Yorker*, 9 November 2012에서 인용.

27. Berger, *G.*, 29면.

28. 같은 책, 15면.

29. 같은 책, 139면.

30. 헤드라인은 차례로 『데일리 메일(*Daily Mail*)』『데일리 익스프레스(*Daily Express*)』『가디언(*The Guardian*)』『선데이 텔레그래프(*The Sunday Telegraph*)』『이브닝 스탠더드(*Evening Standard*)』에서 가져왔다.

31. Richard West, "Berger and the Blacks," *New Statesman*, 1 December 1972에서 인용.

32. 같은 글.

33. Letter pages, *New Statesman*, 22 December 1972.

34. Caroline Tisdall, "Partial, Passionate, Politic," *Guardian*, 23 November 1972.

35. 같은 글.

36. Ross King, *The Judgment of Paris: The Revolutionary Decade That Gave the World Impressionism* (London: Pimlco 2007), 224면에서 인용.

37. *Irish Times*, 10 June 1972; *Eastern Daily Press*, 21 July 1972; *New Society*, 6 July 1972; *Spectator*, 10 June 1972.

38. Francis Hope, "Arguing with History," *Observer Review*, 11 June 1972.

39. Roger Scruton, "Love, Madness and Other Anxieties," *Encounter*, January 1973.

40. Duncan Fallowell, "Berger on the G-string," September 1972. (출간 정보는 미확인, 대영도서관 존 버거 아카이브에 보관.)

41. Eunice Lipton, "Book Review: John Berger's *Ways of Seeing*," *The Fox* 2 (1975).

42. Karl Miller, "The Cyclopean Eye of the European Phallus," *New York Review of Books*, 30 November 1972.

43. 버거의 혼외 애정 문제를 논의하는 것은 다른 사람에게 넘기고, 나로서는 그의 사생활의 일부라고 말하는 것으로 충분해 보인다. 다만 내가 손에 넣은 여러 사적인 편지들로 볼 때 그는 가끔 옳지 못하거나 적어도 후회스러운 행동을 한 적이 있음을, 뒤늦긴 했지 만 그리고 상황에 따라 다르지만 결국에는 깨달은 것으로 보인다. 그는 자신이 받은 믿음을 되돌려주지 못해서 느꼈던 "참된 수치 심"을 털어놓은 바 있다.

44. 대영도서관 존 버거 아카이브, 'Film Correspondence: 1974-1979'에 보관된 편지.

45. Ian Craib, "Sociological Literature and Literary Sociology: Some Notes on John Berger's *G.*," *Sociological Review*, 22: 3 (August 1974) 참고. 크레이브는 버거와 마르쿠제를 나란히 놓고는 버거의 '입장'은 똑같은 방식으로 정리할 수 없다고 말한다.

46. Berger, *G.*, 15면.

47. 같은 책, 24면.

48. 같은 책, 40면. 이 주제에 관심 있는 독자라면 아래의 문장들을 서로 포개서 읽을 수도 있다. "그는 벽에 걸린 그림들을 통해 그녀 에게 남근과 고환이 없다는 것을 알았다. (…) 그 신비로운 형태는 그에게 역겹거나 불편하게 여겨지는 모든 것과 대척점에 있는 매

력적인 모습을 나타낸다. (…) 신비로운 힘에 이끌려 벌거벗고 그
녀와 하나가 된 그는 자신의 미덕에 대해 보상을 받은 것이다." 이
와 관련하여 특별히 흥미로운 점은 프로이트가 "대양과 같은 느
낌"이라 부른 것과 연결된다는 점이다. 대양의 이미지가 작가의
야망을 나타내는 지표가 아니라 정신분석적 욕망의 지표로 계속
등장한다. 프로이트는 『문명 속의 불만(*Das Unbehagen in der
Kultur*)』이라는 책의 서두에서 가장 종교적인 경험의 핵심에 있는
무한함의 감각, 우주와 합일하는 감각은 실은 자궁에 있었던 태아
시절을 그리워하며 다시 경험하는 것일 수도 있다고 가정했다. 이
것을 루카치의 『소설의 이론』과 포개어 읽기는 어렵지 않다. 여기
서 루카치는 잃어버린 시대의 내러티브, 자연으로부터 점차 소외
되는 것에 관해 이야기한다. 『G』에서는 성과 총체성과 포개어 읽
을 수 있다. "그녀는 더 이상 한정된 윤곽에 갇혀 있지 않다. 한없
이 펼쳐진 표면이다." "그녀의 몸은 경계가 없다." "그녀는 온 세상
만큼의 가치를 갖게 될 것이다. 그녀와 나의 관계에서 그녀는 자신
의 바깥에 있는 모든 것을 담게 될 것이고, 거기에는 나도 포함될
것이다. 그녀는 나를 둘러싸게 될 것이다." Berger, *G.*, 107, 117,
162면.

49. Peter Fuller, *Seeing Berger: A Revaluation of Ways of Seeing*
(London: Writers & Readers 1981); Peter Fuller, *Seeing through
Berger* (London: Claridge 1988) 참고.

50. Fuller, *Seeing through Berger*, 94면.

51. 내가 인용하는 출처는 매혹적이면서 살짝 불편한 유튜브 동영상
'자코브 버거의 7분(Les 7 minutes de Jacob Berger)'이다. 이 영상
은 2013년 파리의 정신분석 단체 '프로이트 대의학교(Ecole de la
Cause Freudienne)'에서 주최한 행사의 일환이었다. 여기서 자코
브는 '트라우마'의 의미에 대해 터놓고 말하며, 2000년대 초에 자

신이 〈사랑하는 아버지(Aime Ton Père)〉라는 영화를 만들게 된 개인적인 동기를 이야기한다. DVD 시놉시스에 따르면, 제라르 드 파르디외와 그의 실제 아들 기욤이 출연한 〈사랑하는 아버지〉는 "명성의 문제, 제대로 돌아가지 않는 가족의 문제를 너무도 노골적으로 다뤄서 불편한 드라마"다. "소통이 되지 않아 서먹서먹한" 아버지(유명 소설가)의 "그늘 아래서 살아온" 아들은, 노벨상을 받으러 오토바이를 타고 스웨덴으로 향하는 아버지를 도중에 납치하기로 마음먹는다.

52. 파멜라 매컬럼은 이렇게 정리했다. "버거의 소설은 기표의 비지시적 유희를 찬양하는 초텍스트적(ultra-textual) 포스트모더니즘보다는 물질적 기의를 강조하는 비판적 포스트모더니즘과 훨씬 더 관련이 있다." Pamella McCallum, "Postmodernist Aesthetics and the Historical Novel: John Berger's G.," *Minnesota Review* 28 (Spring 1987), 72면.

53. David E. James, "Cubism as Revolutionary Realism: John Berger and G.," *Minnesota Review* 21 (Fall 1983), 107면.

54. Dyer, *Ways of Telling*, 83면.

55. Andrzej Gasiorek, *Post-War British Fiction: Realism and After* (London: St Martin's 1995), 79~80면.

56. Maurice Merleau-Ponty, *Sense and Nonsense* (Evanston: Northwestern University Press 1964 [1948]), 52면.

57. John Berger, *Ways of Seeing* (London: BBC/Penguin 1972). 사실은 책 표지에 나오는 글이다.

58. Berger, *G.*, 300면.

59. 같은 책, 148면.

60. John Berger, *Bento's Sketchbook* (London: Verso 2015), 14면. 이 문장은 책 여러 곳에 반복적으로 등장한다.

61. 존 버거가 에바 파이지스에게 보낸 1972년 6월 27일자 편지로 대영도서관에 보관되어 있다. 톰 오버턴 덕분에 내가 이 편지에 주목하게 되었다.

6장 우정의 작업

1. John Berger, *A Painter of Our Time* (New York: Vintage 1996 [1958]), 132면.

2. John Berger, "Speech on Accepting the Booker Prize for Fiction" (1972), in Geoff Dyer, ed., *The Selected Essays of John Berger* (New York: Pantheon 2001), 253면.

3. 지원서 일부가 '국경 없는 연구소'의 한 아카이브 담당자 블로그에 포스팅되어 있다. "Tutto è possible: John Berger è Isabel," 21 October 2010, at zambrone.blogspot.nl.

4. Penelope Gilliat, "Passion," *New Yorker*, 31 March 1975.

5. Richard Appignanesi, "The Screenwriter as Collaborator: An Interview with John Berger," *Cinéaste* 10: 3 (Summer 1980).

6. Sebastian Smee, *The Art of Rivalry: Four Friendships, Betrayals, and Breakthroughs in Modern Art* (New York: Random House 2017), xvi면.

7. Appignanesi, "Screenwriter as Collaborator"에서 인용.

8. Tony Kushner, "With a Little Help from My Friends," *New York Times*, 21 November 1993. 에세이는 연극 〈미국의 천사들(Angels in America)〉의 '후기'로 쓴 것이다.

9. John Berger, "Jean Mohr: A Sketch for a Portrait," in Jean Mohr and John Berger, *At the Edge of the World* (London: Reaktion 1999), 14면.

10. John Berger, "Look at Britain!" *Sight and Sound* 21: 1 (1957).

11. Raoul Vaneigem, *Traité de savoir-vivre à l'usage des jeunes générations* (Paris: Gallimard 1967). 도널드 니컬슨스미스(Donald Nicholson-Smith)의 영역판을 참고했다(*The Revolution of Everyday Life*, London: Rebel Press 1983, 11면).

12. George Melly, "Layers of Meaning," *Observer*, 28 January 1973. 비유적 표현('말끔하게 정돈된 방')은 버거-타너 파트너십의 생산에서 핵심이 되는 것과 똑같은 성적-협업적-정치적 연관성 및 이데올로기적 결합을 빗댄 말이다.

13. 편지는 1973년에 작성되었고, 나중에 스티븐 히스와 두샨 마카베예프의 에세이와 함께 『시네트락트(*Ciné-Tracts*)』 창간호에 실렸다. John Berger, "On 'Middle of the Earth'," *Ciné-Tracts* 1: 1 (Spring 1977) 참고. 편지의 일부는 John Berger, "One Night in Strasbourg" (1974), in *The White Bird: Writings by John Berger* (London: Hogarth 1988), 41면에 단편적으로 소개되기도 했다.

14. John Berger, "Between Two Colmars" (1973), in Dyer, ed., *Selected Essays*, 325면.

15. 같은 글.

16. 대영도서관 존 버거 아카이브에 보관된 메모. 버거는 *Leaving the 20th Century: The Incomplete Work of the Situationist International* (London: Free Fall Publications 1974)을 리뷰하기도 했다.

17. John Berger, *The Success and Failure of Picasso* (New York: Penguin 1965), 128면.

18. Vincent Canby, "Retour d'Afrique," *New York Times*, 17 September 1973.

19. Bernard Weiner, "The Long Way Home," *Jump Cut* 4 (November-December 1974).

20. Robert Stam, "The Subversive Charm of Alain Tanner," *Jump Cut* 15 (July 1977).

21. 같은 글.

22. Linda Greene, John Hess and Robin Lakes, "Subversive Charm Indeed!" *Jump Cut* 15 (July 1977).

23. 같은 글.

24. 같은 글.

25. Judy Klemesrud, "Alain Tanner: 'Art Is to Break with the Past'," *New York Times*, 24 October 1976에서 인용.

26. 대영도서관 존 버거 아카이브에 보관된 〈조나〉 관련 자료에서 인용했다.

27. Todd Gitlin, "Reviews: *Jonah Who Will Be 25 in the Year 2000*," *Film Quarterly*, Spring 1977.

28. Frédéric Bas, "The Subtle Subversion of Alain Tanner," Swiss Films Director's Sheet에서 인용. 원래의 글은 다네가 1985년 8월 30일자 『리베라시옹(*Libération*)』에 쓴 영화 〈무인지대(No Man's Land)〉의 리뷰다.

7장 이데올로기를 넘어

1. John Berger, "Five Ways of Looking at a Tree," *New Statesman*, 23 May 1959.

2. Maurice Merleau-Ponty, *The Phenomenology of Perception* (London: Routledge 1995 [1945]), 430면.

3. John Berger, "This Century," *New Statesman*, 11 July 1959.

4. John Berger, "Past Seen from a Possible Future" (1970), in Geoff Dyer, ed., *The Selected Essays of John Berger* (New York: Pantheon 2001), 241면.

5. Martin Jay, "Ways of Seeing at Forty," *Journal of Visual Culture* 11: 2 (August 2012). 텔레비전 시리즈 방영 40주년을 기념한 특별호다.

6. Griselda Pollock, "Muscular Defences," *Journal of Visual Culture* 11: 2 (August 2012).

7. Laura Mulvey, "Visual Pleasure and Narrative Cinema," *Screen* 16: 3 (October 1975).

8. 애덤 리프킨은 이렇게 회상한다. "방송에 이어 책이 출간되면서 마르크스-헤겔주의 읽을거리가 부족하던 터에 간편한 강의계획서 자료가 되었다. 당시 우리는 마르크스-헤겔주의 책들을 학과 과정에 보강하고 정착시키려 애쓰는 중이었다." Adam Rifkin, "Is Berger Burning Still?" *Journal of Visual Culture* 11: 2 (August 2012).

9. Jane Gaines, "Ways of Seeing Everything," *Politics/Letters* 8 (May 2017).

10. John Berger, "The Work of Art" (1978), Dyer, ed., *Selected Essays*, 431면.

11. 대영도서관 존 버거 아카이브에 보관된 1975년 1월 27일자 편지.

12. Julian Barnes, "Always There," *London Review of Books* 27: 24 (15 December 2005)에서 인용.

13. Berger, "The Work of Art," 434면.

14. 이런 전체적인 경향의 논의는 Bruno Latour, "Why Has Critique Run Out of Steam? From Matters of Fact to Matters of Concern," *Critical Inquiry* 30: 2 (Winter 2004) 참고. 한층 더 포괄적인 분석은 Rita Felski, *The Limits of Critique* (Chicago, IL: University of Chicago Press 2015) 참고.

15. John Berger, "The Production of the World" (1983), in Dyer,

ed., *Selected Essays*, 459면.

16. 같은 글, 460면.

17. 같은 글.

18. John Berger, "Vincent," in *The Shape of a Pocket* (New York: Vintage 2001), 88면.

19. John Berger, "On Visibility" (1977), in *The Sense of Sight* (New York: Vintage 1985), 219면.

20. John Berger, "Leopardi" (1983), in Dyer, ed., *Selected Essays*, 457면.

21. 같은 글.

22. 여기서 버거는 예전에 자신의 판단 기준이었던 것을 불러온다. "몇 년 전 나는 예술의 역사적 얼굴을 고민하면서, 현대 세계에서 사람들이 자신의 사회적 권리를 주장하는 것을 도울 수 있느냐 없느냐로 예술 작품을 판단한다고 썼다. 지금도 그 생각에는 변함이 없다." John Berger, "The White Bird" (1985), in Dyer, ed., *Selected Essays*, 364면. 1959년 버거가 썼던 정확한 문장은 이렇다. "이 작품이 사람들로 하여금 자신의 사회적 권리를 깨닫고 주장하는 것을 돕거나 그렇게 하도록 격려하는가?" John Berger, "This Century," *New Statesman*, 11 July 1959.

23. Berger, "White Bird," 364면.

24. Lewis Jones, "Portrait of the Artist as a Wild Old Man," *Daily Telegraph*, 23 July 2001.

25. 앤서니 바넷이 1982년 9월 14일 런던 ICA에서 열린 행사에 버거를 초대하면서 한 말이다. 대영도서관 존 버거 아카이브에 보관된 'John Berger and Anthony Barnett, in conversation' 참고.

26. Adam Hochschild, "Broad Jumper in the Alps" (1981), in *Finding the Trapdoor: Essays, Portraits, Travels* (Syracuse, NY:

Syracuse University Press 1997), 55~56면. 원래는 『마더 존스 (*Mother Jones*)』에 실렸던 글이다.

27. "John Berger Talking to Richard Cork," *Third Ear*, BBC Radio 3, 4 February 1992.

28. John Berger, "Millet and the Peasant" (1976), in Dyer, ed., *Selected Essays*, 299면.

29. 같은 글.

30. "John Berger Talking to Richard Cork," BBC Radio 3.

31. Gerald Marzorati, "Living and Writing the Peasant Life," *New York Times*, 29 November 1987.

32. Simone Weil, *The Need for Roots*, trans. Arthur Willis (London: Routledge 2002), 87면.

33. 1970년대 말에 폴 브레넌(Paul Brennan)이 진행한 인터뷰. 대영 도서관 존 버거 아카이브에 보관된 원고.

34. Wendell Berry, *The Unsettling of America: Culture and Agriculture* (San Francisco, CA: Sierra Club 1997), 87면.

35. John Berger, *A Painter of Our Time* (New York: Vintage 1996 [1958]), 55면.

36. John Berger, "The Biennale," *New Statesman*, 5 July 1952.

37. 버거의 말을 계속 인용하자면 이렇다. "어쩌면 어느 정도는 모든 예술에 적용되는 말이지만, 회화와 조각의 언어는 음악의 언어보다 더 특정하고 문학의 언어보다 훨씬 덜 설명적이므로 이런 문제가 더 크게 부각됩니다. 물론 셰익스피어는 도쿄에서 공연될 수 있습니다. 그러나 〈리어왕〉은 세계 연극 페스티벌에 모이는 청중을 생각하는 사람이 쓸 수 없는 작품입니다. 그리고 자존심 있는 예술가라면 전 세계에 널리 복제될 것을 의식하면서 그림을 그리지 않습니다." 대영도서관 존 버거 아카이브, 'Undated-Unbound

Published Articles'에 보관된 원고.

38. 대영도서관 존 버거 아카이브, '1950s Typescripts + MS'에 보관된 책 기획안 초고.

39. Berger, *Painter of Our Time*, 139면.

40. Italo Calvino, *Invisible Cities* (New York: Harcourt 1974), 128면.

41. John Berger, "A Story for Aesop" (1986), in Dyer, ed., *Selected Essays*, 507면.

42. John Berger, "Courbet and the Jura" (1978), in Dyer, ed., *Selected Essays*, 335면.

43. Berger, "Story for Aesop," 503면.

44. Richard Rorty, *Achieving Our Country: Leftist Thought in Twentieth-Century America* (Cambridge, MA: Harvard University Press 1998), 94면.

45. 같은 책.

46. John Berger, "Romaine Lorquet" (1974), in Dyer, ed., *Selected Essays*, 351면.

47. John Berger, "Manhattan" (1975), in *The White Bird: Writings* (London: Hogarth 1988), 61~67면.

48. John Berger, *King: A Street Story* (New York: Vintage 2000); John Berger, *Lilac and Flag: An Old Wives' Tale of a City* (New York: Vintage 1990) 참고.

49. 폴 브레넌 인터뷰.

50. Nikos Papastergiadis, *Modernity as Exile: The Stranger in John Berger's Writing* (Manchester: Manchester University Press 1993), 176면.

51. John Berger, *G.* (New York: Vintage 1991), 72면.

52. 앤서니 바넷과 주고받은 1976년 3월 16일자 편지, 대영도서관 존

버거 아카이브.

53. 1981년 12월 20일자 편지, 대영도서관 존 버거 아카이브.

54. Hochschild, "Broad Jumper in the Alps," 52~53면에서 인용.

55. Berry, *Unsettling of America*, 87면.

56. John Berger, "Historical Afterword," *Pig Earth* (New York: Pantheon 1979), 204면.

57. David Lowenthal, *The Past Is a Foreign Country* (Cambridge: Cambridge University Press 1985).

58. John Berger, *And Our Faces, My Heart, Brief as Photos* (New York: Vintage 1984), 34면.

59. 같은 책, 29면.

60. Ben Ratliff, "The Song of John Berger," *NYR Daily*, 12 January 2017.

61. John Berger, "Christ of the Peasants" (1985), in Dyer, ed., *Selected Essays*, 534면.

62. Berger, *And Our Faces*, 79면.

63. 같은 책.

64. Hochschild, "Broad Jumper in the Alps," 56면에서 인용.

65. "Face to Face: John Berger," *Late Show with Jeremy Isaacs*, BBC, 2 October 1995.

66. John Berger, "Ev'ry Time We Say Goodbye" (1990), in Dyer, ed., *Selected Essays*, 474면.

67. Berger, *And Our Faces*, 34면.

68. André Bazin, "Ontology of the Photographic Image," in *What is Cinema?* trans. Timothy Barnard (Montreal: Caboose 2009), 8면.

69. Geoff Dyer, *The Ongoing Moment* (New York: Pantheon 2005).

70. Octavio Paz, "In Search of the Present," Nobel lecture, 8 December 1990.

71. 같은 글.

72. 같은 글.

73. Berger, *And Our Faces*, 65면.

74. 같은 책, 56~57면.

75. 같은 책, 55면.

76. John Berger, "That Which Is Held" (1982), in Dyer, ed., *Selected Essays*, 488면.

77. John Berger, *Here Is Where We Meet* (New York: Pantheon 2005), 132면.

78. John Berger, "A Professional Secret" (1987), in Dyer, ed., *Selected Essays*, 540면.

79. John Berger, "Steps Towards a Small Theory of the Visible (for Yves)," in *The Shape of a Pocket*, 16면.

80. John Berger, "Vincent," in *The Shape of a Pocket*, 92면.

81. 작가 데이비드 레비스트로스도 1990년대 말에 비슷한 질문을 제기했다. "존 버거의 예가 없었다면 우리는 지금 어떻게 되었을까? 그러니까 예술과 정치의 갈등 관계에 관심 있는 사람들, 어렵지 않으면서 깊이가 있고 구체적이면서 많은 정보를 담은 급진적인 비평을 갈구하는 사람들 말이다." David Levi-Strauss, "Correspondents," *Nation*, 3 February 1997.

82. Maurice Merleau-Ponty, "What is Phenomenology?" (1956), in Leonard Lawlor and Ted Toadvine, eds, *The Merleau-Ponty Reader* (Evanston, IL: Northwestern University Press 2007), 67면.

83. John Berger, *Ways of Seeing* (London: Penguin/BBC 1972), 110면.

84. 같은 책, 111면.

85. 같은 책, 112면.

8장 골짜기의 모습

1. Simone Weil, *The Need for Roots*, trans. Arthur Willis (London: Routledge 2002 [1949]), 43면.

2. 근년에 버거는 이런 생각을 대단히 확실하게 밝혔다. "지난 25년 간 우리가 살아왔던 삶이 새로운 암흑시대의 시작이라는 (⋯) 생 각이 든다. (⋯) 계몽시대에는 비록 아무것도 확실하지 않지만 (⋯) 그래도 미래로 이어지는 방향감이라는 것이 존재한다. (⋯) 그리 고 그 길은 정치적 행동을 위한 길잡이가 된다. (⋯) 암흑시대에 는 그와 같은 길이 존재하지 않는다. 오로지 좁다란 오솔길들만 있 다." Colin MacCabe, "A Song for Politics: A Discussion with John Berger," *Critical Quarterly* 56: 1 (April 2014) 참고.

3. John Berger, *Pig Earth* (New York: Pantheon 1979), 75면.

4. Taha Muhammad Ali, "Fellah," in *So What: New and Selected Poems 1971–2005*, trans. Peter Cole (Port Townsend, WA: Copper Canyon 2006), 143면.

5. 앤서니 바넷과 주고받은 1976년 3월 16일자 편지, 대영도서관 존 버거 아카이브.

6. 같은 글.

7. John Berger, "Stories Walk Like Men," *New Society* 37: 724 (1976).

8. Walter Benjamin, "The Storyteller: Reflections on the Works of Nikolai Leskov," *Illuminations*, trans. Harry Zohn (New York: Schocken 1968), 86면.

9. John Berger, *Once in Europa* (New York: Vintage 1992), 149면.

10. Berger, *Pig Earth*, 21면.

11. Benjamin, *Illuminations*, 87면.

12. Ferdinand Tönnies, *Community and Civil Society* (Cambridge: Cambridge University Press 2001 [1887]). 하이델베르크의 막스 베버 서클에 대한 개관은 Michael Löwy, *Georg Lukács: From Romanticism to Bolshevism* (London: New Left Books 1979), 22~66면에 실린 미카엘 뢰비(Michael Löwy)의 유용한 장 "The Anti-Capitalism of Intellectuals in Germany" 참고. 뢰비의 연구는 이 장에서 소개되는 여러 흐름들이 어떻게 연결되는지 파악하는 데 큰 도움이 되었다.

13. José Harris, "General Introduction," in Tönnies, *Community and Civil Society*, ix~xxx면 참고.

14. Pankaj Mishra, "*The Need for Roots* Brought Home the Modern Era's Disconnection with the Past and the Loss of Community," *Guardian*, 13 August 2013에서 인용.

15. Taha Muhammad Ali, "Meeting at an Airport," *So What*, trans. Peter Cole, 123면.

16. John Berger, "The Soul and the Operator" (1990), in Geoff Dyer, ed., *The Selected Essays of John Berger* (New York: Pantheon 2001), 574면.

17. 갈리마르 출판사에서 나온 초판 제목과 부제는 이렇다. '뿌리내림: 인간에 대한 의무 선언의 전주곡.' 알베르 카뮈가 주관한 '희망(Espoir) 총서'로 출간되었다.

18. Berger, *Pig Earth*, 13면. 나중에 나온 판본에서는 삭제되었다.

19. 같은 책, 2, 40면.

20. 같은 책, 2면.

21. 같은 책, 153면.

22. Bill Baford, ed., *Granta 8*, Dirty Realism: New Writing from America (Autumn 1983) 참고.

23. Alejandro Carpentier, "On the Marvelous Real in America" (1949) in Lois Parkinson Zamora and Wendy B. Faris, eds, *Magical Realism: Theory, History, Community* (Durham, NC: Duke University Press 1995), 75~88면.

24. Berger, *Pig Earth*, 65면.

25. 샤갈은 말한다. "내게 삶은 살아 있는 것과 죽은 것, 이렇게 두 부분으로 나뉜다. 내게 내면의 진실이 아닌 것은 모두 죽음이다. 그러나 어쩌면 좀 더 구체적이 되려면, 혹은 더 선호하는 표현으로 진실에 가까워지려면 '사랑'이라는 말을 써야 할지도 모르겠다. 왜냐하면 예술에서뿐만 아니라 삶에서도 진정한 색깔은 오직 하나이기 때문이다." Benjamin Harshav, *Marc Chagall and His Times: A Documentary Narrative* (Palo Alto, CA: Stanford University Press 2004), 561면에서 인용.

26. Geoff Dyer, "Ways of Witnessing" (interview with John Berger), *Marxism Today*, December 1984.

27. Berger, *Pig Earth*, 124면.

28. Berger, *Once in Europa*, 92면.

29. John Berger, "Stories," in John Berger and Jean Mohr, *Another Way of Telling* (New York: Vintage 1995), 286면.

30. 지아니 첼라티(Gianni Celati)에게 보낸 1995년 2월 17일자 편지.

31. Berger, *To The Wedding* (New York: Vintage 1996).

32. John Berger, "Mother" (1986), in Dyer, ed., *Selected Essays*, 497면.

33. John Berger, *Lilac and Flag: An Old Wives' Tale of a City* (New York: Vintage 1990).

34. bell hooks, *All About Love: New Visions* (New York: Perennial 2001), xv면.

35. 같은 책, x~xi면.

36. Erich Fromm, *The Art of Loving* (New York: Harper Perennial 2006 [1956]).

37. 버거는 제리코에 관한 에세이에서 이 인용문을 언급한다. John Berger, "A Man with Tousled Hair," in *The Shape of a Pocket* (New York: Vintage 2001), 175면.

38. 프랜시스 베이컨과 니체에 관한 논의는 Maggie Nelson, *The Art of Cruelty: A Reckoning* (New York: W.W. Norton 2011), 3~14면 참고.

39. John Berger, "Ten Dispatches About Place" (June 2005), in *Hold Everything Dear: Dispatches on Survival and Resistance* (New York: Vintage 2007), 119, 127면.

40. Dyer, "Ways of Witnessing."

41. Weil, *Need for Roots*, 232면.

42. Berger, "Ten Dispatches About Place," 127면.

43. John Berger, "Twelve Theses on The Economy of the Dead" (1994), in *Hold Everything Dear*, 3~5면.

44. John Berger, "Leopardi," in Dyer, ed., *Selected Essays*, 456면.

45. 같은 글.

46. Berger, *Once in Europa*, 144면.

47. Salman Rushdie, "Fog and the Foghorn," *Guardian*, 6 February, 1987.

48. Angela Carter, "John Berger and the Passing of Village Life," *Washington Post*, 29 March 1987.

49. 같은 글.

50. John Berger, "Historical Afterword," in *Pig Earth*, 212~13면.

51. Berger, "The Soul and the Operator," 573면.

52. 같은 글.

53. Berger, *Once in Europa*, 141면.

54. 같은 책, 107면.

55. 같은 책, 133면.

56. 같은 책.

57. John Berger and Nella Bielski, *A Question of Geography* (London: Faber 1987).

58. John Berger, "Jewish and Other Painting," *New Statesman*, 12 December 1953.

59. 같은 글.

60. Berger, "Historical Afterword," 201면.

61. John Berger, "Let Us Think About Fear" (April 2003), in *Hold Everything Dear*, 59면.

62. John Berger, "The First Fireball," *Guardian*, 28 June 2002.

63. John Berger, "Two Books and Two Notions of the Sacred," *Guardian*, 25 February 1989.

64. Berger, "The Soul and the Operator," 575면.

65. John Berger, "The Chorus in Our Heads or Pier Paolo Pasolini" (June 2006), in *Hold Everything Dear*, 89면.

66. 같은 글.

67. 같은 글.

68. 샘 리스는 버거의 소설 『A가 X에게』에 대해 이렇게 말했다. "문 제는 전체적인 발상이 엉터리라는 것이다. 지독하게 감상적이고 (숭고한 농부들, 아니면 정체불명의 압제자들밖에 없다), 자신의 거창한 태도에 한껏 취해 있다." Sam Leith, "Review: *A to X* by

John Berger," *Daily Telegraph*, 15 August 2008.

69. Walter Benjamin, "The Storyteller," in *Illuminations*, 86면. 번역 문을 살짝 수정했다.

70. John Berger, "Revolutionary Undoing" (1969), in Dyer, ed., *Selected Essays*, 230면.

71. John Berger, "A Master of Pitilessness?" (May 2004), in *Hold Everything Dear*, 94면.

72. Geoff Dyer, *Ways of Telling* (London: Pluto 1986), 134면.

한국어판 참고문헌

데이비드 로언솔 『과거는 낯선 나라다』(김종원·한명숙 옮김, 개마고원 2006)

도리스 레싱 『금색 공책』 1·2(권영희 옮김, 창비 2019)

도널드 서순 『사회주의 100년』(강주헌·김민수·강순이·정미현·김보은 옮김, 황소걸음 2014)

라슬로 모호이너지 『회화·사진·영화』(과학기술 1995)

라울 바네겜 『일상생활의 혁명』(주형일 옮김, 갈무리 2017)

레이먼드 윌리엄스 『마르크스주의와 문학』(박만준 옮김, 지만지 2013)

로스 킹 『파리의 심판』(황주영 옮김, 다빈치 2008)

롤랑 바르트 『밝은 방』(김웅권 옮김, 동문선 2006)

루카치 죄르지 『역사와 계급의식』(조만영·박정호 옮김, 지만지 2015)

리처드 로티 『미국 만들기』(임옥희 옮김, 동문선 2003)

모리스 메를로퐁티 『의미와 무의미』(권혁면 옮김, 서광사 1985)

_____ 『지각의 현상학』(류의근 옮김, 문학과지성사 2002)

발터 벤야민 『서사·기억·비평의 자리』(최성만 옮김, 길 2012)

벨 훅스『올 어바웃 러브』(이영기 옮김, 책읽는수요일 2012)

살만 루슈디『한밤의 아이들』(김진준 옮김, 문학동네 2011)

수전 손택『사진에 관하여』(이재원 옮김, 이후 2005)

시몬 베유『뿌리내림』(이세진 옮김, 이제이북스 2013)

에두아르도 갈레아노『수탈된 대지』(박광순 옮김, 범우사 2009)

에른스트 피셔『예술이란 무엇인가』(한희철 옮김, 돌베개 1993)

에리히 프롬『사랑의 기술』(황문수 옮김, 문예출판사 2019)

에릭 홉스봄『극단의 시대: 20세기 역사』(이용우 옮김, 까치 1997)

_____『미완의 시대』(이희재 옮김, 민음사 2007)

웬들 베리『소농, 문명의 뿌리』(이승렬 옮김, 한티재 2016)

이탈로 칼비노『거미집으로 가는 오솔길』(이현경 옮김, 민음사 2014)

_____『보이지 않는 도시들』(이현경 옮김, 민음사 2007)

장폴 사르트르『문학이란 무엇인가』(정명환 옮김, 민음사 1998)

W.G. 제발트『공중전과 문학』(이경진 옮김, 문학동네 2018)

제프 다이어『지속의 순간들』(한유주 옮김, 사흘 2013)

제프 일리『The Left 1848-2000』(유강은 옮김, 뿌리와이파리 2008)

조지 오웰『1984』(정회성 옮김, 민음사 2003)

존 버거『결혼을 향하여』(이윤기 옮김, 해냄 1999)

_____『그들의 노동에 함께 하였느니라: 1부 기름진 흙』(설순봉 옮김, 민음사 1994)

_____『그들의 노동에 함께 하였느니라: 2부 옛날 옛적 유럽에선』(설순봉 옮김, 민음사 1994)

_____『그들의 노동에 함께 하였느니라: 3부 라일락과 깃발』(설순봉 옮김, 민음사 1994)

_____『그리고 사진처럼 덧없는 우리들의 얼굴, 내 가슴』(김우룡 옮김, 열화당 2004)

_____『다른 방식으로 보기』(최민 옮김, 열화당 2012)

_____『랑데부』(이은경 옮김, 동문선 2002)

_____『모든 것을 소중히 하라』(김우룡 옮김, 열화당 2008)

_____『벤투의 스케치북』(김현우·진태원 옮김, 열화당 2012)

_____『본다는 것의 의미』(박범수 옮김, 동문선 2000)

_____『사진의 이해』(김현우 옮김, 열화당 2015)

_____『시각의 의미』(이용은 옮김, 동문선 2005)

_____『여기, 우리가 만나는 곳』(강수정 옮김, 열화당 2006)

_____『우리 시대의 화가』(강수정 옮김, 열화당 2005)

_____『G』(김현우 옮김, 열화당 2008)

_____『킹』(김현우 옮김, 열화당 2014)

_____『포켓의 형태』(이영주 옮김, 동문선 2005)

_____『풍경들』(신해경 옮김, 열화당 2019)

_____『피카소의 성공과 실패』(박홍규 옮김, 아트북스 2003)

존 버거·장 모르『말하기의 다른 방법』(이희재 옮김, 눈빛 2004)

_____『세상 끝의 풍경』(박유안 옮김, 바람구두 2004)

_____『제7의 인간』(차미례 옮김, 눈빛 2004)

_____『행운아』(김현우 옮김, 눈빛 2004)

케이트 크리언『그람시 문화 인류학』(김우영 옮김, 길 2004)

토니 주트『전후 유럽 1945~2005』(조행복 옮김, 열린책들 2019)

페르디난트 퇴니스『공동사회와 이익사회』(곽노완·황기우 옮김, 라움 2017)

474

프랜시스 스토너 손더스 『문화적 냉전: CIA와 지식인들』 (유광태·임채원 옮김, 그린비 2016)

프레드릭 제임슨 『맑스주의와 형식』 (여홍상·김영희 옮김, 창비 2014)

하인리히 뵐플린 『미술사의 기초 개념』 (박지형 옮김, 시공사 1994)

찾아보기

ㄱ

가고일 클럽(Gargoyle Club) 101

가로디, 로제(Roger Garaudy) 96, 283

가부장제 157, 259, 261, 312

갈레아노, 에두아르도(Eduardo Galeano) 215, 216

개수대 리얼리즘 58

개수대 화가들 58, 82

〈거리의 권력(Le Pouvoir dans la Rue)〉 288

〈게르니카(Guernica)〉 64, 145, 192

게블러, 막스(Max Gebler) 239

게스트, 로즈메리(Rosemary Guest) 79

게인스, 제인(Jane Gaines) 322, 323

『결혼을 향하여(*To the Wedding*)』 270, 384

곁텍스트(paratext) 103, 104

『계간 마르크스주의(*Marxist Quarterly*)』 138, 140, 142

계급투쟁 111, 290, 333

고다르, 장뤽(Jean-Luc Godard) 180, 225, 305, 306

고드윈, 토니(Tony Godwin) 229, 238

고리키, 막심(Maxim Gorky) 389

고윙, 로런스(Lawrence Gowing) 255, 256

골딩, 존(John Golding) 91~94, 96

공동체 36, 71, 105, 120, 267, 278, 282, 302, 306, 311, 337, 370, 375, 376, 380, 384, 387,
  392, 393

공산당 55, 63, 71, 92, 94, 95, 97, 99, 111, 112, 137, 138, 152

공산주의 62, 92, 93, 110, 119, 153, 158, 162, 265

광고 22, 130, 192, 194, 320

괴벨스, 요제프(Joseph Goebbels) 68, 123, 375

9·11 테러 399

구조주의 135, 230, 269, 325

구투소, 레나토(Renato Guttuso) 74, 75, 91~95, 98, 106, 192, 193, 282, 286, 338

국경 없는 연구소(Transnational Institute) 278, 327

국제예술가협회(Artists' International Association) 62

『그들의 노동에 함께 하였느니라(Into Their Labours)』 370, 382, 392, 398

그라나다 텔레비전(Granada Television) 72, 190

『그란타(Granta)』 379

그람시, 안토니오(Antonio Gramsci) 69~71, 73, 76, 144, 210, 374

그로피우스, 발터(Walter Gropius) 195

그뤼네발트, 마티아스(Matthias Grünewald) 297, 298

『그리고 사진처럼 덧없는 우리들의 얼굴, 내 가슴(And Our Faces, My Heart, Brief as
    Photos)』 351~53, 355, 360

그리브스, 데릭(Derrick Greaves) 83

그리스, 후안(Juan Gris) 137, 144

그리어슨, 존(John Grierson) 211

글로스터(Gloucester) 101, 201

글쓰기 9, 26, 31, 32, 79, 105, 112, 132, 134, 159, 174, 176, 215, 217, 246, 253, 268, 335,
    344, 360, 361, 370, 383~85, 389, 391, 395, 399, 402

『금색 공책(The Golden Notebook)』 105, 265

『기름진 흙(Pig Earth)』 350, 370, 377, 379, 380, 383, 396

기숙학교 17, 100

기틀린, 토드(Todd Gitlin) 310

길, 마이클(Michael Gill) 190

ㄴ

나이폴, V.S.(V.S. Naipaul) 254

낭만주의 57, 372, 382, 403

내러티브 36, 139, 201, 203, 206, 210, 249, 250, 370~72, 398

〈내일은 좋아질 거야(Tomorrow Couldn't Be Worse)〉 190

냉전 9, 20, 35, 41, 45, 46, 61, 111, 112, 135, 137, 163, 243, 368, 398, 399

너지 임레(Nagy Imre) 121, 123

네오리얼리즘(neorealism) 69, 75, 225, 282

네이즈베스트니, 에른스트(Ernst Neizvestny) 217

노동 28, 115, 117, 150, 175, 215, 228, 281, 283, 292, 329, 331, 335, 337, 338, 368, 369, 381, 385

노동계급 19, 20, 68, 71, 76, 104, 114, 138, 208, 279

노동자 49, 69, 71~73, 82, 92, 94, 108, 141, 175, 219, 221, 226, 284

노스탤지어 81, 306, 392, 396, 397

농민 10, 22, 26, 35, 71, 74, 75, 94, 187, 231, 237, 313, 328, 331, 336, 337, 347, 349, 350, 357, 361, 368, 369, 373, 377~79, 381, 392, 393

누드화 167, 256, 320

누벨바그(Nouvelle Vague, 프랑스 뉴웨이브) 259, 287

누보로망(Nouveau Roman) 249

『뉴 레프트 리뷰(New Left Review)』 175, 219, 227

『뉴 소사이어티(New Society)』 172, 217, 258, 351, 371

『뉴 스테이츠먼(New Statesman)』 9, 14, 20, 41, 43, 44, 51, 53, 57, 59, 60, 62, 86, 87, 91, 95, 101, 133, 142, 144, 147, 148, 154, 161, 190, 254, 317

뉴욕 33, 52, 59, 60, 84, 134, 229, 279, 310, 345, 360, 371

니컬스, 빌(Bill Nichols) 211

니컬슨, 베니딕트(Benedict Nicolson) 57, 101

ㄷ

다네, 세르주(Serge Daney) 305, 312

〈다른 방식으로 보기(Ways of Seeing)〉 10, 22, 23, 26~28, 192, 218, 225, 232, 240, 255, 276, 320~26, 330, 337, 342, 347, 352, 358, 360

『다른 방식으로 보기(Ways of Seeing)』 194, 218, 269, 283, 348, 360, 362

다다(Dada) 52

다이렉트 시네마(Direct Cinema) 211

다이어, 제프(Geoff Dyer) 26, 27, 31, 267, 356, 404

다큐멘터리 36, 73, 133, 186, 187, 190, 202, 210, 211, 213, 214, 225, 232, 286, 287

단체브, 알렉스(Alex Danchev) 245

대중주의 20, 46, 59, 73, 131

대처, 마거릿(Margaret Thatcher) 333

『대학과 좌파 리뷰(Universities and Left Review)』 87, 143

데 스틸(De Stijl, 신조형주의) 52

데 쿠닝, 빌럼(Willem de Kooning) 85

덴비, 데이비드(David Denby) 305

도이처, 아이작(Isaac Deutscher) 63, 97

독창성 66, 142, 143, 164

드로잉   47, 50, 64, 71, 120, 189, 230, 232, 233, 246, 404

드 발자크, 오노레(de Balzac, Honoré)   112, 246

드보르, 기(Guy Debord)   179, 223

드 소쉬르, 페르디낭(Ferdinand de Saussure)   269

드 스탈, 니콜라(Nicolas de Staël)   122, 169

드 프란시아, 피터(Peter de Francia)   166, 171, 282, 283

들라크루아, 외젠(Eugéne Delacroix)   248

〈등나무 의자가 있는 정물〉   160

디디언, 조앤(Joan Didion)   29, 30

딥, 마이크(Mike Dibb)   218, 276

ㄹ

라이히, 빌헬름(Wilhelm Reich)   150, 261

『라일락과 깃발(Lilac and Flag)』   345, 370, 386

라코스트(Lacoste)   171, 282, 283

라파엘, 막스(Max Raphael)   145, 159, 164, 176, 375

래틀리프, 벤(Ben Ratliff)   28, 352

랭, 도로시아(Dorothea Lange)   186, 212

러스킨, 존(John Ruskin)   248

런던   16, 18, 19, 33, 41, 46, 64, 69, 76, 83, 91, 100~105, 124, 133, 149, 150, 172, 190, 229,
    237, 238, 243, 253, 268, 282, 286, 287, 310, 333, 341, 348, 354, 367, 371, 375, 379

레닌, 블라디미르(Vladimir Lenin)   112, 154, 160, 164, 285

레소어, 헬렌(Helen Lessore)   82

레싱, 도리스(Doris Lessing)   63, 73, 99, 105, 265

레제, 페르낭(Fernand Léger)   81, 82, 106, 122, 138, 147, 175, 190

렘브란트(Rembrandt Harmenszoon van Rijn)   29, 351, 362

로드첸코, 알렉산드르(Alexander Rodchenko)   195, 198

로런스, D.H.(D.H. Lawrence)   30, 242, 244

로르케, 로맹(Romain Lorquet)   34, 35, 283

로리, L.S.(L.S. Lowry)   49, 76

로스코, 마크(Mark Rothko)   85

로언솔, 데이비드(David Lowenthal)   350

로이, 아룬다티(Arundhati Roy)   251

로티, 리처드(Richard Rorty)   343

루소, 장자크(Jean-Jacques Rousseau)   302, 306

루슈디, 살만(Salman Rushdie)   251, 391, 400

루카치 죄르지(Lukács György)   150, 151, 155, 156, 167~69, 171, 177, 179, 246, 358, 373

르네상스 20, 69, 75, 135, 160, 165, 196, 204, 300, 360

『르모리앙에서(*At Remaurian*)』 198, 199

르 코르뷔지에(Le Corbusier) 287

리드, 허버트(Herbert Read) 18, 41, 44, 61, 68, 264

리뷰 20, 51, 52, 54~56, 58, 78, 86, 123, 124, 133, 137, 144, 146, 189, 196, 249, 255, 257, 258, 271, 279, 304, 325, 326, 392, 397

리비스주의 80, 81

리시츠키, 엘(El Lissitsky) 195

리얼리즘 51, 54~56, 58~60, 63~66, 76, 77, 83, 104, 105, 118, 142, 146, 151, 155, 157, 163, 282, 379, 380

릴케, 라이너 마리아(Rainer Maria Rilke) 156

립시츠, 자크(Jacques Lipchitz) 146, 147

립턴, 유니스(Eunice Lipton) 258

ㅁ

마네, 에두아르(Édouard Manet) 136, 242, 257

마르케스, 가브리엘 가르시아(Gabriel García Márquez) 371, 380

마르쿠제, 헤르베르트(Herbert Marcuse) 261

마르크스, 카를(Karl Marx) 144, 160, 162, 167, 190, 221, 226, 265, 282, 306, 351, 392, 401

마르크스주의 63, 64, 69, 70, 102, 108, 113, 132, 138, 150, 152, 154~56, 158, 164, 167, 215~17, 225, 262, 265, 290, 294, 319, 325, 327, 392, 401

마생, 로베르(Robert Massin) 198

마술적 리얼리즘 371, 380

마슐러, 톰(Tom Maschler) 74, 210, 237

마카베예프, 두샨(Dušan Makavejev) 260, 276

마티스, 앙리(Henri Matisse) 47, 53, 113, 136

마틴, 킹슬리(Kingsley Martin) 51, 79, 87, 190

『말하기의 다른 방법(*Another Way of Telling*)』 187, 230

망명 16, 103, 115, 118, 132, 149, 172, 244, 354, 355, 395

망명자 13, 42, 102, 118, 123, 150, 152, 228, 303, 354, 375, 386, 397

매리엇, 팻(Pat Marriot) 50

매체(미디어) 26, 29, 36, 63, 73, 74, 77, 80, 118, 131, 160, 165, 167, 187, 189, 190, 192, 195, 196, 200, 212, 223, 224, 226, 227, 232, 283, 306, 322, 323, 342, 356, 404

매컬린, 돈(Don McCullin) 224

매클루언, 마셜(Marshall McLuhan) 198

맥버니, 사이먼(Simon McBurney) 378

멀비, 로라(Laura Mulvey) 322

⟨멋진 시간(Nice Time)⟩ 286, 287

메들리, 로버트(Robert Medley) 47

메를로퐁티, 모리스(Maurice Merleau-Ponty) 155, 171, 268, 283, 318, 361

⟨메시도르(Messidor)⟩ 312

멜리, 조지(George Melly) 294

모네, 클로드(Claude Monet) 136, 341, 405

⟨모니터(Monitor)⟩ 134, 190

모더니즘 36, 51, 53, 118, 134~37, 139~42, 152, 153, 155~58, 161, 163~65, 173, 180, 195, 197, 198, 225, 242~44, 246, 255, 259, 262, 266, 295, 333, 338, 351

『모든 것을 소중히 하라(Hold Everything Dear)』 401

모르, 장(Jean Mohr) 31, 185~87, 199, 200, 202~204, 206, 210~14, 217~20, 222, 229~32, 276, 283, 284, 288, 313

모리스, 윌리엄(William Morris) 73, 74, 248

모스크바 41, 60, 141, 152, 165, 218, 225, 400

모호이너지, 라슬로(Laszlo Moholy-Nagy) 195, 196

몽타주 36, 170, 217, 219, 225~27, 246, 351

무명의 정치범 41~43, 60, 62

무어, 헨리(Henry Moore) 41, 64

무질, 로베르트(Robert Musil) 244, 252

⟨문명(Civilisation)⟩ 190

문화자유회의(Congress for Cultural Freedom) 137

문화 전쟁 15, 45, 61, 275, 384

미국 24, 29, 31, 33, 59, 77, 84, 86, 87, 124, 130, 138, 152, 208, 211, 223, 224, 256, 282, 304, 305, 322, 334, 338, 341, 356, 379, 388, 399, 400

'미국의 현대미술(Modern Art in the United States)' 84

미넬리, 빈센트(Vincente Minelli) 116

미들디치, 에드워드(Edward Middleditch) 83

미들턴, 닐(Neil Middleton) 229

미술관 42, 43, 67, 68, 78, 80, 133, 255, 324, 328, 358, 360

미술비평 26, 36, 58, 148, 154, 158, 189, 324, 351, 399

미워시, 체스와프(Czesław Miłosz) 36

미첼, 스탠리(Stanley Mitchell) 156, 177

민담 371, 372

밀레, 장프랑수아(Jean-François Millet) 335

ㅂ

바네겜, 라울(Raoul Vaneigem) 290

바넷, 앤서니(Anthony Barnett) 227

바르트, 롤랑(Roland Barthes) 212, 215, 223, 352, 353

바슐라르, 가스통(Gaston Bachelard) 341

바이스, 페테르(Peter Weiss) 13, 37

〈바이올린(The Violin)〉 167

바이어, 헤르베르트(Herbert Bayer) 195, 198

바쟁, 앙드레(André Bazin) 356

바 주니어, 앨프리드(Alfred Barr Jr) 59, 62

바커, 폴(Paul Barker) 172

반 고흐, 빈센트(Vincent van Gogh) 29, 75, 78, 116, 117, 136, 328, 338, 351, 358, 360

반스, 줄리언(Julian Barnes) 117

뱅크로프트, 베벌리(Beverly Bancroft) 13, 33, 276, 299, 313, 331, 334

버거, 자코브(Jacob Berger) 148, 264

버틀러, 레그(Reg Butler) 42, 43

'베네치아 비엔날레' 83, 133

베를린 장벽 399, 400

베리, 웬들(Wendell Berry) 338, 349

베버, 막스(Max Weber) 373

베유, 시몬(Simone Weil) 31, 337, 367, 375, 377, 387, 389, 392

베이컨, 프랜시스(Francis Bacon) 55, 57, 80, 84, 101, 226, 387

베트남 전쟁 175, 224, 310

벤야민, 발터(Walter Benjamin) 22, 30, 150, 151, 156, 176, 177, 342, 355, 371~75, 402

『벤투의 스케치북(Bento's Sketchbook)』 233, 270, 404

벨라스케스, 디에고(Diego Velázquez) 134, 342, 389

보스톡, 애나(Anna Bostock, 아냐 보스톡) 132, 148~52, 171, 237, 261, 265, 276, 282, 283, 288, 303, 375

보자르 4인방(Beaux Arts Quartet) 83

보클뤼즈(Vaucluse)주 33, 34, 171, 283

보티첼리, 산드로(Sandro Botticelli) 26, 320

본, 다이(Dai Vaughan) 58

『본다는 것의 의미(About Looking)』 28

뵐플린, 하인리히(Heinrich Wölfflin) 135, 145

부고 기사 10, 21, 82, 384

부다페스트 92, 95, 96, 103, 119, 150

부르주아 111, 131, 139, 143, 144, 152, 153, 166, 168, 290, 304, 308

부사령관 마르코스(Subcomandante Marcos) 390

'부엌을 위한 그림(Paintings for the Kitchen)' 57

부정적 미학 387

부커상 10, 237, 238, 240, 251, 254, 255, 257, 258, 264, 271, 276, 337

북미자유무역협정 390, 399

〈분노(La Rabbia)〉 402

〈불도마뱀(La Salamandre)〉 279, 280, 284, 291~95

〈불타는 시간의 연대기(La Hora de los Hornos)〉 225

브라크, 조르주(Georges Braque) 136, 144, 169, 175, 326

브란트, 빌(Bill Brandt) 186

브랫비, 존(John Bratby) 15, 83, 84

브레송, 로베르(Robert Bresson) 210

브레히트, 베르톨트(Bertolt Brecht) 95, 150, 151, 155~57, 220, 222, 306

블랙팬서(Black Panthers) 10, 238, 255

블런트, 앤서니(Anthony Blunt) 52, 53

블로흐, 에른스트(Ernst Bloch) 373, 401

블롬베리, 스벤(Sven Blomberg) 171, 199, 219, 283

〈비계(飛階, Scaffolding)〉 49

〈비너스와 마르스〉 26, 320

BBC 51, 72, 190, 210, 240, 276, 320, 354

비엘스키, 넬라(Nella Bielski) 11, 334, 352, 397

비틀스(The Beatles) 131, 291

비판적 보기(critical seeing) 323, 343

빈 120, 124, 149, 265, 375

ㅅ

사랑의 윤리 384

사르트르, 장폴(Jean-Paul Sartre) 14, 15, 95, 96, 109, 112, 171, 186

사우가두, 세바스치앙(Sebastião Salgado) 229

사진 36, 172, 175, 176, 185~87, 195~204, 206, 210~15, 217~21, 223, 224, 226, 228, 230~32, 269, 283, 300, 355~57

사진-텍스트 10, 36, 133, 187, 214, 232

사파티스타 376, 390, 399

사회적 리얼리즘(social realism) 45, 54, 59, 62, 85, 118, 131, 133

사회주의 20, 45, 46, 60, 69, 75, 81, 83, 96, 104, 111, 122, 139, 158, 161, 162, 163, 179, 215

살몽, 앙드레(André Salmon) 178

상업주의 77, 144

상품 68, 76, 167, 287, 295, 350

상황주의 인터내셔널(Situationist International) 179

생성(becoming)   154, 168, 171, 398

샤갈, 마르크(Marc Chagall)   50, 134, 379~81, 397

〈샤를을 찾아라(Charles Mort ou Vif)〉   288, 289, 295

서사시   220, 221, 303

『선언(*Declaration*)』   74

설터, 제임스(James Salter)   32

성차별주의   261, 307, 312

세계주의   77, 340, 375

세계화   35, 77, 216, 217, 220, 251

세르주, 빅토르(Victor Serge)   30, 158, 176

〈세상의 한가운데(Le Milieu du Monde)〉   279, 294~96

세인트 에드워드 학교(St Edward's School)   17, 18, 100

세잔, 폴(Paul Cézanne)   54, 136, 137, 140, 156, 164, 167, 169, 171, 187, 245, 268, 340

세제르, 에메(Aimé Césaire)   303

세지윅, 이브(Eve Sedgwick)   178

섹슈얼리티   242, 347

센트럴 스쿨 오브 아트(Central School of Art)   18

셸리, P.B.(P.B. Shelley)   365

소련(소비에트)   11, 42, 44, 62, 69, 82, 85, 86, 92~94, 96~98, 119, 121, 131, 135, 138, 141, 161, 197, 225

소설   10, 11, 13, 36, 45, 102, 103, 105, 108~12, 114~16, 118, 120, 121, 123~25, 133, 148, 149, 189, 202, 207, 209, 210, 215, 217, 237, 238, 240, 241, 243~46, 248~53, 255, 258~63, 265~68, 270, 271, 276, 295, 333, 338, 340, 345, 347, 348, 354, 371, 380, 381, 384

손택, 수전(Susan Sontag)   30, 34, 223, 224, 333

수에즈   85, 96, 122

수틴, 생(Chaim Soutine)   50, 397

슈발, 페르디낭(Ferdinand Cheval)   190, 341

스미, 서배스천(Sebastian Smee)   281

스미스, W. 유진(W. Eugene Smith)   186

스미스, 잭(Jack Smith)   76, 83

스위스   9, 32, 195, 228, 241, 247, 279, 284, 287, 288, 292~94, 297, 304, 366

스위스 누보시네마(Nouveau Cinéma Suisse)   279

스크러턴, 로저(Roger Scruton)   258

스타이켄, 에드워드(Edward Steichen)   224

스타일   21, 34, 101, 129, 249, 284, 289, 323, 324, 352, 353, 362

스탈린, 이오시프(Iosif Stalin)   41, 62, 95, 122, 138, 152, 326

스탬, 로버트(Robert Stam)   306

스트랜드, 폴(Paul Strand) 172, 186, 212

스펜더, 스티븐(Stephen Spender) 62, 123, 124, 400

스펜서, 스탠리(Stanley Spencer) 49

스펜서, 허버트(Herbert Spencer) 197, 199

스피노자, 바뤼흐(Baruch Spinoza) 233

슬라이브, 시모어(Seymour Slive) 256

시 17, 18, 29, 36, 49, 57, 132, 173, 188, 197~99, 221, 225, 232, 246, 248, 331, 351, 355, 358, 360, 368~70, 376, 379, 383, 393

시각 108, 135, 145, 169, 170, 179, 188, 203, 223, 226, 229, 269, 270, 319, 323, 326, 342, 348, 362, 372

시각 문화 76, 157, 321

시각예술 72, 76, 86, 131, 146, 156, 161, 188

시각적 이데올로기 325, 326

시간 14, 15, 33, 37, 44, 50, 67, 115, 147, 161, 176, 177, 194, 201, 202, 206, 246, 248, 249, 259, 270, 300, 347~52, 355~57, 390, 395, 396

시간성 32, 356, 372

시나몬, 제럴드(Gerald Cinamon) 200

시냐크, 폴(Paul Signac) 140

시네마 베리테(Cinéma Vérité) 211

CIA 42, 87

『10월(Oktiabr)』 141

시커트, 월터(Walter Sickert) 49

신념 15, 20, 44, 61, 64, 92, 102, 114, 117, 122, 141, 177, 227, 244, 265, 318, 358, 375, 384, 390, 385, 403

신자유주의 35, 400

신좌파 35, 63, 64, 99, 122, 132, 133, 138, 143, 150, 157, 174, 180, 216, 227, 230, 260, 261, 281, 290, 325, 329, 398

〈실물을 그리다(Drawn from Life)〉 72, 190

실바시, 라슬로(Laszlo Szilvassy) 42

실베스터, 데이비드(David Sylvester) 57, 61, 84, 85, 105

실존주의 83, 84, 101

실증주의 204, 348

ㅇ

아널드, 매슈(Matthew Arnold) 79

아도르노, 테오도어(Theodor W. Adorno) 15

아방가르드 43, 47, 52, 54, 59, 62, 77, 81, 103, 139, 140, 157, 166, 247, 259

아버스, 다이앤(Diane Arbus) 212

〈아비뇽의 처녀들(Les Demoiselles D'Avignon)〉 167, 242

아우라 27, 245, 342, 344

ICA(Institute for Contemporary Arts) 41~44, 61, 87

아폴리네르, 기욤(Guillaume Apollinaire) 164

〈아프리카로부터의 귀환(Le Retour d'Afrique)〉 279, 303, 304

아흐메트, 셰케르(Şeker Ahmet) 226

안탈, 프레더릭(Frederick Antal) 113, 150

알리, 타하 무함마드(Taha Muhammad Ali) 369, 376

알제리 157, 207, 218, 303

알튀세르, 루이(Louis Althusser) 325, 343

암스테르담 278, 327, 329, 358

'앞으로 보기(Looking Forward)' 56, 57, 72, 76, 86

애넌트, 빅터(Victor Anant) 186

애덤스, 앤셀(Ansel Adams) 195, 196

애틀리, 클레멘트(Clement Attlee) 46

액션페인팅(action painting) 146

앤더슨, 린지(Lindsay Anderson) 63, 73, 100, 211, 286

앵그리 영 맨(Angry Young Men) 73, 105, 130

양차 대전 30, 52, 133, 150, 161, 164, 195, 244

언어 45, 57, 66, 100, 147, 149, 156, 173, 188, 189, 194, 197, 199~202, 204, 206~208, 213, 231, 246, 259, 267~69, 320, 343, 344, 346, 351, 352, 362, 390, 401

언어적-시각적 경험 198

에번스, 워커(Walker Evans) 186

에스켈, 존(John Eskell) 22, 186, 199, 200, 203, 206, 213, 214

에이미스, 킹슬리(Kingsley Amis) 73, 131

에이지, 제임스(James Agee) 186

에콜 드 파리(École de Paris) 52

엘리아데, 미르체아(Mircea Eliade) 349

엘리엇, T.S.(T.S. Eliot) 31

엥겔스, 프리드리히(Friedrich Engels) 112, 162

『여기, 우리가 만나는 곳(Here is Where We Meet)』 249, 347, 389, 404

여성혐오 260, 266

역설 113, 121, 125, 167, 265, 275, 287, 374, 392

〈열정의 랩소디(Lust for Life)〉 116

영국예술위원회 49, 56, 68, 83

'영국 축제(Festival of Britain)' 49

영웅   17, 47, 91, 125, 220, 221, 244, 369, 375

『영원한 빨강(Permanent Red)』   24

영화   10, 26, 36, 69, 116, 131, 161, 187, 194, 201, 210~12, 215, 218, 224, 225, 229, 232,
   246, 279~82, 284~89, 291~95, 299, 300, 302~13, 322, 369, 382, 402

예술가   46, 47, 50, 53~55, 57~60, 63, 65~67, 69~71, 74, 75, 77, 78, 81, 82, 86, 96, 101,
   106, 112~14, 116, 119, 131, 132, 134, 135, 138, 139, 141, 143, 146~48, 166, 179, 180,
   187, 194~96, 202, 205, 212, 226, 242, 269, 271, 275, 279, 281~83, 287, 307, 333, 338,
   340, 342, 361

예술계(art world)   77, 78, 80, 337

〈예술은 반드시 필요한가?(Is Art Necessary?)〉   192

예술을 위한 예술   64, 106, 403

예술 작품   20, 44, 61, 67, 73, 86, 113, 138, 144, 147, 218, 271, 298, 318, 326, 330, 342, 343,
   359

예이젠시테인, 세르게이(Sergei Eizenshtein)   225

『옛날 옛적 유럽에선(Once in Europa)』   347, 370, 381, 382, 391, 395

오버턴, 톰(Tom Overton)   33

오웰, 조지(George Orwell)   45, 51, 61, 81, 142

오이디푸스 반항   263

오트사부아(Haute-Savoie)주   9, 33, 35, 300, 331, 334, 345~47, 358, 370, 383

온다체, 마이클(Michael Ondaatje)   251

『옵저버(Observer)』   56, 63, 196, 197, 257

와인버거, 해리(Harry Weinberger)   47

왓킨슨, 레이(Ray Watkinson)   140

왕립미술대학(Royal College of Art)   47, 56

왕립미술원(Royal Academy of Arts)   52, 283

『왼쪽으로(Keep Left)』   60

요제프, 아틸라(Atilla József)   221, 225

『우리 시대의 화가(A Painter of Our Time)』   103, 105~107, 109, 112, 114, 117~25, 209,
   244, 338, 354

〈우먼스 아워(Woman's Hour)〉   72

울프, 버지니아(Virginia Woolf)   51

워즈워스, 윌리엄(William Wordsworth)   57, 80, 298, 360, 365, 368, 369, 379, 388

원근법   160, 165, 170, 349

『월간 노동(Labour Monthly)』   123, 132, 153, 155

웨스커, 아널드(Arnold Wesker)   99

웨스트, 리베카(Rebecca West)   239

웰던, 휴(Huw Wheldon)   134, 190, 191, 238

웰스, H.G.(H.G. Wells) 242

윌렛, 존(John Willett) 63, 95, 100

윌리엄스, 레이먼드(Raymond Williams) 56, 73, 74, 120, 221, 325

유고슬라비아 219, 260, 340, 399

유스턴 로드파(Euston Road School) 49

『율리시스(*Ulysses*)』 244, 245, 253, 263

의인화 108, 109

이그노투스, 폴(Paul Ignotus) 123, 124

이데올로기 27, 61, 69, 102, 144, 177, 208, 216, 292, 319, 320, 325, 326, 328, 329, 343, 358, 403

이라크 전쟁 400

이미지 27, 58, 69, 87, 166, 167, 170, 175, 187~89, 191, 192, 194, 196~200, 204, 206, 210~13, 217, 218, 223~25, 228~31, 242, 251, 322, 323, 338, 342, 348, 355, 356

이야기꾼 36, 106, 278, 370, 371, 383, 384, 402

이주 15, 26, 303, 354, 355, 357, 367, 378, 398

이주노동자 187, 218~21, 228, 238, 354

이주민 212, 219~22, 228, 229, 336, 357

〈2000년에 스물다섯 살이 되는 조나(Jonas Qui Aura 25 Ans en l'An 2000)〉 279, 299, 301~303, 305~13

이탈리아 50, 55, 63, 69~71, 74~76, 91, 95, 96, 160, 204, 219, 241, 247, 250, 282, 294, 338, 366, 371, 402

인본주의 14, 160, 204, 217, 284, 320, 325

인상주의 153

인종차별 375, 401, 403

『인카운터(*Encounter*)』 57, 62, 87, 123, 124, 141, 258

입체주의(cubism) 136, 137, 142, 144~47, 156, 158~60, 161, 164~68, 170, 171, 174~76, 178, 179, 217, 226, 243, 246, 250, 300, 379

ㅈ

자바티니, 세자르(Cesare Zavattini) 186, 225

자본주의 75, 129, 143, 162, 163, 216, 227, 228, 306, 309, 320, 321, 344, 350, 374, 371, 377

자연주의 49, 54, 155, 165, 268

자유주의 60~62, 69, 115

자킨, 오시(Ossip Zadkine) 147, 397

작가 11, 13~15, 21~23, 27, 29~31, 33, 80, 102, 103, 133, 135, 153, 171, 186~188, 198, 211, 238~40, 243, 253, 254, 271, 275, 298, 300, 318, 345, 346, 360, 361, 384

잔더, 아우구스트(August Sander) 186

잔혹함의 예술   387

재주술화(reenchantment)   344

저널리즘   10, 20, 50, 133

전체주의   59, 61, 152, 161, 208, 292

전통   49, 54, 64~67, 75, 79, 81, 82, 84, 130, 143, 150, 156, 157, 181, 204, 225, 244, 253, 284, 320, 321, 324, 335, 340, 349, 350, 362, 373, 375, 377, 387

'젊은 현대 작가(Young Contemporaries)'   54, 84

『점프 컷(Jump Cut)』   304, 306

정신방위위원회(Committee of Spiritual Defence)   292

정체성의 위기   98, 109

제3세계주의(Third Worldism)   216, 304

제2차 세계대전   52, 104, 152

제1차 세계대전   52, 136, 241

제네바   9, 33, 35, 132, 148, 149, 171, 185, 187, 200, 218, 219, 244, 278, 286~88, 293, 299, 302, 331, 334, 337, 346, 347, 349, 365, 366

제네바 클럽(Geneva Club)   63, 101

제발트, W.G.(W.G. Sebald)   37

제이, 마틴(Martin Jay)   321

제임스, 데이비드(David E. James)   267

제임슨, 프레드릭(Fredric Jameson)   109, 152, 216, 227

『제7의 인간(A Seventh Man)』   187, 217, 219, 220, 225~30, 232, 283, 313, 336, 345, 351

젠트리피케이션(gentrification)   374

젱킨스, 로이(Roy Jenkins)   237, 239

조이스, 제임스(James Joyce)   152, 221, 242 244, 253

존슨, 린턴 케시(Linton Kwesi Johnson)   255

졸라, 에밀(Émile Zola)   112, 146, 218, 257

종교   64, 81, 116, 342, 373, 392

좌파 미학   112

중산층(중산계급)   16, 19, 100, 130, 167, 203, 245, 292, 304, 307, 308, 371, 381

즈다노프, 안드레이(Andrei Zhdanov)   155, 326

『G(G.)』   217, 218, 237, 241~44, 246, 248, 249, 251, 253, 255, 257~62, 265~71, 276, 279, 295, 347, 351, 385

지가 베르토프 그룹(Groupe Dziga Vertov)   225

지각   166, 170, 178, 227, 268, 318, 319

지역주의   303

질라트, 퍼넬러피(Penelope Gilliatt)   63, 279

ㅊ

〈찬디가르의 도시(Une Ville à Chandigarh)〉 287

창조적 논픽션 360

처칠, 윈스턴(Winston Churchill) 46, 60

1968년 122, 129, 158, 174, 175, 179, 225, 242, 284, 288, 290, 297, 300, 307, 309, 310, 312

천재(천재성) 22, 31, 54, 66~68, 80, 117, 158, 353, 383, 387, 389

체 게바라(Che Guevara) 175, 215

첼시 미술학교(Chelsea School of Art) 20, 46, 47, 49, 56

초현실주의 52, 142

총체성 154, 155, 170, 227, 244, 259, 296, 371

추상 20, 53, 54, 76, 77, 108, 136, 139, 159, 161, 165, 268, 292, 340

추상표현주의 84

ㅋ

카라바조(Caravaggio) 23, 29, 75, 351, 353

카르티에브레송, 앙리(Henri Cartier-Bresson) 29, 186

카르펜티에르, 알레호(Alejo Carpentier) 380

카뮈, 알베르(Albert Camus) 171, 207, 351

카버, 레이먼드(Raymond Carver) 379, 386

『카이에 뒤 시네마(Cahiers du Cinéma)』 225

카터, 앤절라(Angela Carter) 392

카프카, 프란츠(Franz Kafka) 61, 152, 153

칼비노, 이탈로(Italo Calvino) 75, 341

캐릭터 252, 300, 301, 338

캔비, 빈센트(Vincent Canby) 304

캥시(Quincy) 331, 335, 337, 365~67, 382, 398

커먼즈(commons) 54, 336, 343

케일, 폴린(Pauline Kael) 305

케틀, 아널드(Arnold Kettle) 123

『코커의 자유(Corker's Freedom)』 148

코트, 데이비드(David Caute) 249

콜라주 160, 167, 321

콜비츠, 케테(Käthe Kollwitz) 140

쿠르베, 귀스타브(Gustave Courbet) 54, 75, 83, 134, 140, 164, 172, 242, 341

쿠바 혁명 157, 215

쿠슈너, 토니(Tony Kushner) 282

크로슬랜드, 앤서니(Anthony Crosland) 131

『클라이브의 발(*Foot of Clive*)』 148

클라크, T.J.(T.J. Clark) 163, 164

클라크, 케네스(Kenneth Clark) 10, 105, 192, 193, 255, 256, 264, 342

키프니스, 로라(Laura Kipnis) 24

『킹(*King*)』 345

E

타너, 알랭(Alain Tanner) 32, 185, 279~81, 284~89, 291~95, 299~301, 303~308, 310~13

타이넌, 케네스(Kenneth Tynan) 63

『타이포그라피카(*Typographica*)』 197~99, 230

타이포그래피 195

터너, J.M.W.(J.M.W. Turner) 172, 226, 341

테러와의 전쟁 401, 402

테이트 갤러리(Tate Gallery) 42~44, 49, 84, 87

텍스트 166, 167, 186, 187, 197~203, 205~207, 210~14, 219, 221, 222, 230, 231, 242, 252, 267, 268

텔레비전 10, 21~24, 26, 34, 36, 72, 131, 134, 149, 189~92, 195, 212, 232, 238, 254, 255, 262, 278, 280, 287, 288, 290, 292, 324, 342, 352

토인비, 필립(Philip Toynbee) 45, 94~97, 99~101, 210, 213

톨스토이, 레프(Lev Tolstoy) 30, 246, 248, 269, 333

톰슨, E.P.(E.P. Thompson) 73, 325

퇴니스, 페르디난트(Ferdinand Tönnies) 373, 374

트루먼 독트린 45

티스달, 캐럴라인(Caroline Tisdall) 255

ㅍ

파노프스키, 에르빈(Erwin Panofsky) 135

파농, 프란츠(Frantz Fanon) 207, 208, 215

파리 9, 11, 33, 52, 77, 101, 124, 136, 244, 259, 283, 287, 288, 290, 292, 334, 382

파솔리니, 피에르 파올로(Pier Paolo Pasolini) 402

파스, 옥타비오(Octavio Paz) 302, 356

파시즘 18, 62, 94, 104, 122, 151, 161, 225, 261, 374, 375

파이지스, 에바(Eva Figes) 271

파이퍼, 머바누이(Myfanwy Piper) 57

파파스테르기아디스, 니코스(Nikos Papastergiadis) 347, 350

팔레스타인 185, 346, 369, 376, 390

팝아트 130

페리, 페테르(Peter Peri)   105, 119, 150

페미니즘   22, 259, 290, 322

페퇴피 서클(Pétofi Circle)   121

펭귄(Penguin)   125, 152, 158, 186, 200, 218, 229, 230, 276

포드, 리처드(Richard Ford)   379

포레스트 오브 딘(Forest of Dean)   185, 187, 199

포스트구조주의   325

포스트모더니즘   267, 268

포스트식민주의   251

포지, 앤드루(Andrew Forge)   31, 113, 114, 147

폴란, 마이클(Michael Pollan)   170

폴록, 그리젤다(Griselda Pollock)   321

폴록, 잭슨(Jackson Pollock)   85, 133, 134

표현주의   53, 118, 142, 146

푸생, 니콜라(Nicolas Poussin)   47, 75, 134

푸코, 미셸(Michel Foucault)   135, 323, 343

풀러, 피터(Peter Fuller)   264

풍경화   133, 167, 335, 338, 405

프라 안젤리코(Fra Angelico)   160

프라하의 봄   175

프랑크푸르트학파   266, 323

프로이트, 지그문트(Sigmund Freud)   190, 262~66

프로젝트   21, 67, 97, 133, 144, 146, 149, 155, 158, 159, 185, 186, 211, 217, 218, 225, 229,
   231, 238, 246, 280, 294, 318, 324, 330, 344, 348

프롬, 에리히(Erich Fromm)   386

프리 시네마 운동(Free Cinema Movement)   73, 211, 215

프리슈, 막스(Max Frisch)   228

플레하노프, 게오르기(Georgi Plekhanov)   154, 155

피셔, 에른스트(Ernst Fischer)   151~53, 156, 159

피에로 델라 프란체스카(Piero della Francesca)   341

피카소, 파블로(Pablo Picasso)   20, 49, 53, 64, 74, 75, 134, 136~38, 144, 145, 158~60, 165,
   카167, 169, 172, 190, 192, 217, 242, 243, 257, 300

『피카소의 성공과 실패(The Success and Failure of Picasso)』   158, 159, 176

픽션   105~107, 109, 188, 246, 266, 267, 276, 302, 371, 372, 393

필리, 루이스(Louise Fili)   352

필립스, 제인 앤(Jayne Ann Phillips)   379

492

ㅎ

하이데거, 마르틴(Martin Heidegger) 150, 168, 169, 173, 347

하인, 루이스(Lewis Hine) 186

하지니콜라우, 니코스(Nicos Hadjinicolaou) 325, 326

하트필드, 존(John Heartfield) 176

『행운아(*A Fortunate Man*)』 22, 187, 201~204, 209~12, 214, 215, 217, 225, 232, 276

헝가리 봉기 94, 103, 120, 121

헤겔, G.W.F.(G.W.F. Hegel) 30, 150, 168, 180, 347

헤론, 패트릭(Patrick Heron) 44, 61, 100

『현대(*Les Temps Modernes*)』 14

현대미술 43, 52, 57, 59, 72, 158, 159, 163, 165, 192, 193

현대미술관(Museum of Modern Art) 59, 60, 279

현상학 145, 171, 341

『현실을 향하여(*Toward Reality*)』 24

협업 36, 187, 200, 211, 215, 278~81, 283, 289, 292~94, 303, 312, 313, 359

형식과 내용 138, 178, 319

형식주의 77, 111, 156, 322, 340

형이상학 157, 203, 215, 232, 257, 259, 329

호가스, 폴(Paul Hogarth) 63

호가트, 리처드(Richard Hoggart) 73

홀, 스튜어트(Stuart Hall) 98

홀리스, 리처드(Richard Hollis) 219, 229, 230, 246

홉스봄, 에릭(Eric Hobsbawm) 63, 96

화이트채플 갤러리(Whitechapel Gallery) 56, 72, 196

화이트헤드, 앨프리드 노스(Alfred North Whitehead) 160, 168, 169

환대 31, 343, 359, 375

훅스, 벨(bell hooks) 386

휘트먼, 월트(Walt Whitman) 29, 173, 360

히포의 아우구스티누스(Augustine of Hippo) 347

힉스, 윌슨(Wilson Hicks) 197

우리 시대의 작가 존 버거의 생애와 작업

초판 1쇄 발행 2020년 1월 2일

지은이 조슈아 스펄링
옮긴이 장호연
펴낸이 강일우
본부장 윤동희
책임편집 이하나 김유경
디자인 이재희
조판 이주니

펴낸곳 ㈜미디어창비
등록 2009년 5월 14일
주소 04004 서울 마포구 월드컵로12길 7 창비서교빌딩
전화 02) 6949-0966 팩시밀리 0505-995-4000
홈페이지 http://mediachangbi.com
전자우편 mcb@changbi.com

한국어판 ⓒ ㈜미디어창비 2020
ISBN 979-11-89280-82-6 03840